新版

うつほ物語 四

現代語訳付き

室城秀之＝訳注

角川文庫
23830

はじめに

新版『うつほ物語』をお届けします。

『うつほ物語』は、わが国初の長編物語で、清少納言と紫式部も読んだ作品です。『源氏物語』以上に物語らしい作品だとの評価がありながらも、巻序の混乱や本文の重複などの乱れもあって、研究が後れていました。今回、全二〇巻を六冊に分けて、注釈と現代語訳を施しました。全六巻の内容をごくごく簡単にまとめてみましょう。

第一冊　巻一「俊蔭（としかげ）」の巻から巻四「春日詣（かすがもうで）」の巻
　琴（きん）の家を継ぐ藤原仲忠（なかただ）の誕生と、源正頼（まさより）の娘あて宮をめぐる求婚の物語
第二冊　巻五「嵯峨（さが）の院」から巻八「吹上（ふきあげ）・下」
　あて宮の春宮入内（とうぐうじゅだい）に向けての求婚の進展の物語
第三冊　巻九「菊の宴」から巻十二「沖つ白波」
　あて宮の春宮入内後の物語と、仲忠と朱雀帝（すざくてい）の女一の宮の結婚の物語
第四冊　巻十三「蔵開（くらびらき）・上」から巻十五「蔵開・下」
　仲忠と女一の宮との間のいぬ宮誕生と、琴（きん）の家を継ぐ仲忠の自覚の物語

第五冊　巻十六「国譲・上」から巻十八「国譲・下」
　朱雀帝の譲位の後の春宮立坊をめぐる物語
第六冊　巻十九「楼の上・上」と巻二十「楼の上・下」
　いぬ宮への秘琴伝授の物語

本書第四冊目の読みどころを簡単に説明しましょう。藤原仲忠は、かつて祖父清原俊蔭が住み、今は先祖の霊が守っていた京極殿にあった蔵を開けて、伝来の書籍や俊蔭の日記や詩集などを手に入れます。また、仲忠と朱雀帝の女一の宮の間にいぬ宮が生まれます。俊蔭の琴を継ぐ女君の誕生です。仲忠は、朱雀帝の要請で、俊蔭の日記や詩集などを進講します。進講の際に、帝は春宮に譲位の意向を告げました。それを聞いた仲忠は、父兼雅の一条殿に住んでいた妻の一人である嵯峨の院の女三の宮を三条殿に迎えることを兼雅に提案して、兼雅とともに一条殿を訪れます。この女三の宮は、春宮妃梨壺の母です。仲忠のこの行為は、将来の譲位を見据えたものでしょう。ほかにも、次の第五冊目に語られる譲位（国譲）に向けての動きが少しずつ語られているのです。

この文庫で『源氏物語』とはまた違った平安時代の物語の世界にふれて、多くの方が日本の古典文学のおもしろさを味わってくださることを願っています。

室城秀之

目次

蔵開・中

蔵開・下

凡例

一　本書は、尊経閣文庫蔵前田家十三行本を底本として、注釈と現代語訳を試みたものである。できるだけ底本に忠実に解釈することにつとめたが、校注者の判断で校訂したところがある。校訂した箇所は算用数字（1、2……）で示し、「本文校訂表」として一括して掲げた。

一　本文の表記は、読みやすくするために、歴史的仮名遣いに改め、句読点・濁点、送り仮名・読み仮名をつけ、踊り字は「々」以外は仮名に改めた。会話文と手紙文には、「」を付した。

一　和歌は二字下げ、手紙は一字下げにして改行した。

一　内容がわかりやすいように、章段に分けて、表題をつけた。

一　注釈は、作品の内容の読解の助けとなるように配慮した。注番号は、章段ごとにつけた。注釈で、同じ章段の注を参照させる場合には注番号だけ、同じ巻の別の章段の注を参照させる場合にはその章段と注番号、別の巻の注を参照させる場合にはその巻の名と章段と注番号を示した。

一　現代語訳は、原文に忠実に訳すことを原則としたが、自然な現代語となるように、言葉を補ったり、語順を入れ替えたりした部分がある。本文が確定できないところでも、前後の文脈から内容を推定して訳した場合には、脚注でことわった。また、推定が不可能な場合には、底本の本文をそのまま残して、（未詳）と記した。現代語訳の形式段落は、現代語の文章として自然な理解ができるように分けた。そのために、本文の形式段落と異なるところがある。

一　この物語には、絵解き（えとき）・絵詞（えことば）などといわれる部分がある。本来的な本文なのか、後に加えられたものなのか、議論が分かれている。本書では、この部分も本文として読む立場を取った。そのため、ことさらに、「絵解き」「絵詞」などと名をつけずに、［　］で区別して、そのまま、本文として読めるようにした。

一　登場人物の名には、従来の注釈書を参照して、適宜、漢字をあてた。

一　各巻の冒頭に、「この巻の梗概」と「主要登場人物および系図」を載せた。

一　四冊目には、巻十三「蔵開・上」、巻十四「蔵開・中」、巻十五「蔵開・下」を収録した。

蔵開・上

この巻の梗概

十一月、藤原仲忠(なかただ)は、先祖の霊が守る祖父清原俊蔭(としかげ)の京極の屋敷（京極殿）の蔵を開け、伝来の書籍や俊蔭の日記や詩集などを手に入れる。また、女一の宮が懐妊し、翌年の十月に娘のいぬ宮が生まれる。仲忠と母の尚侍(ないしのかみ)は、いぬ宮の誕生を喜び、龍角(りゅうかく)風(ふ)の琴(きん)を弾いた。この琴は、尚侍と仲忠が秘琴(ひきん)の伝授を受けた時に弾いた琴である。物語は、仲忠に学問の家を継ぐべき者としての自覚を促し、琴の家を継ぐべき役割を仲忠からいぬ宮へとずらしてゆく。

いぬ宮の誕生後、産養(うぶやしない)が続き、藤壺(ふじつぼ)（あて宮）をはじめ、所々からお祝いの品々が届けられる。七日の産養は源正頼(まさより)の婿たちも招かれて特に盛大に催された。九日の産養は、仲忠が正頼や女一の宮の兄宮たちを招いて返礼した。また、五十日の祝いが仁寿殿(じじゅうでん)の女御によって催された。正頼は左大将を辞し、仲忠が右大将に任じられた。そのお礼に参内した仲忠は、

主要登場人物および系図（蔵開・上）

◇は系図の中に重複して出ている人

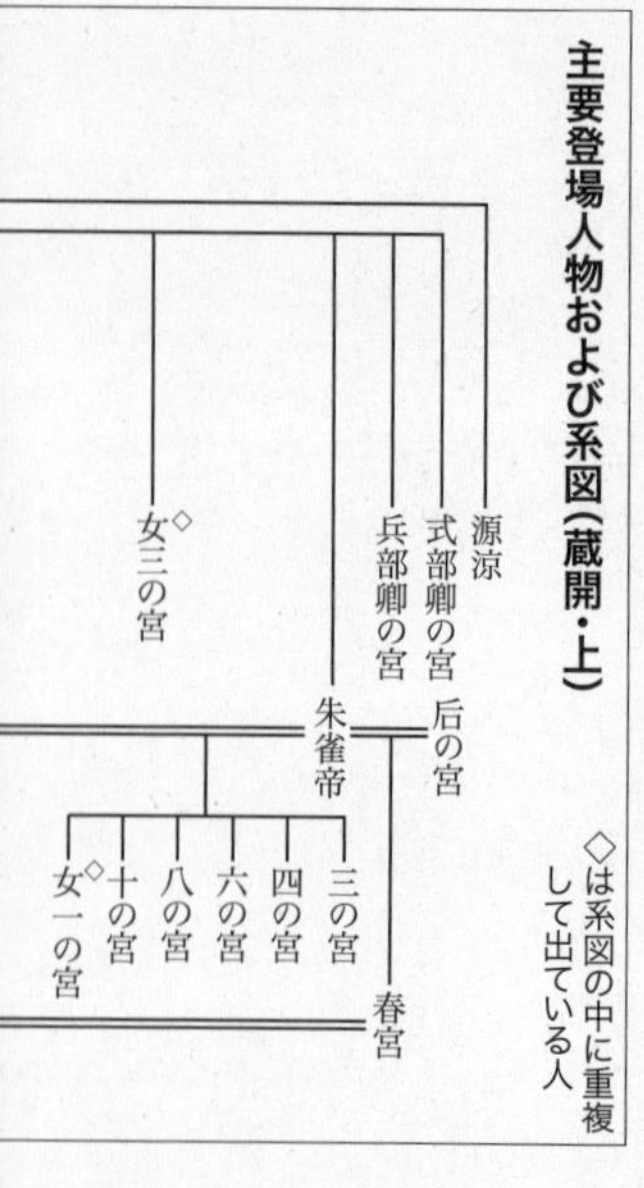

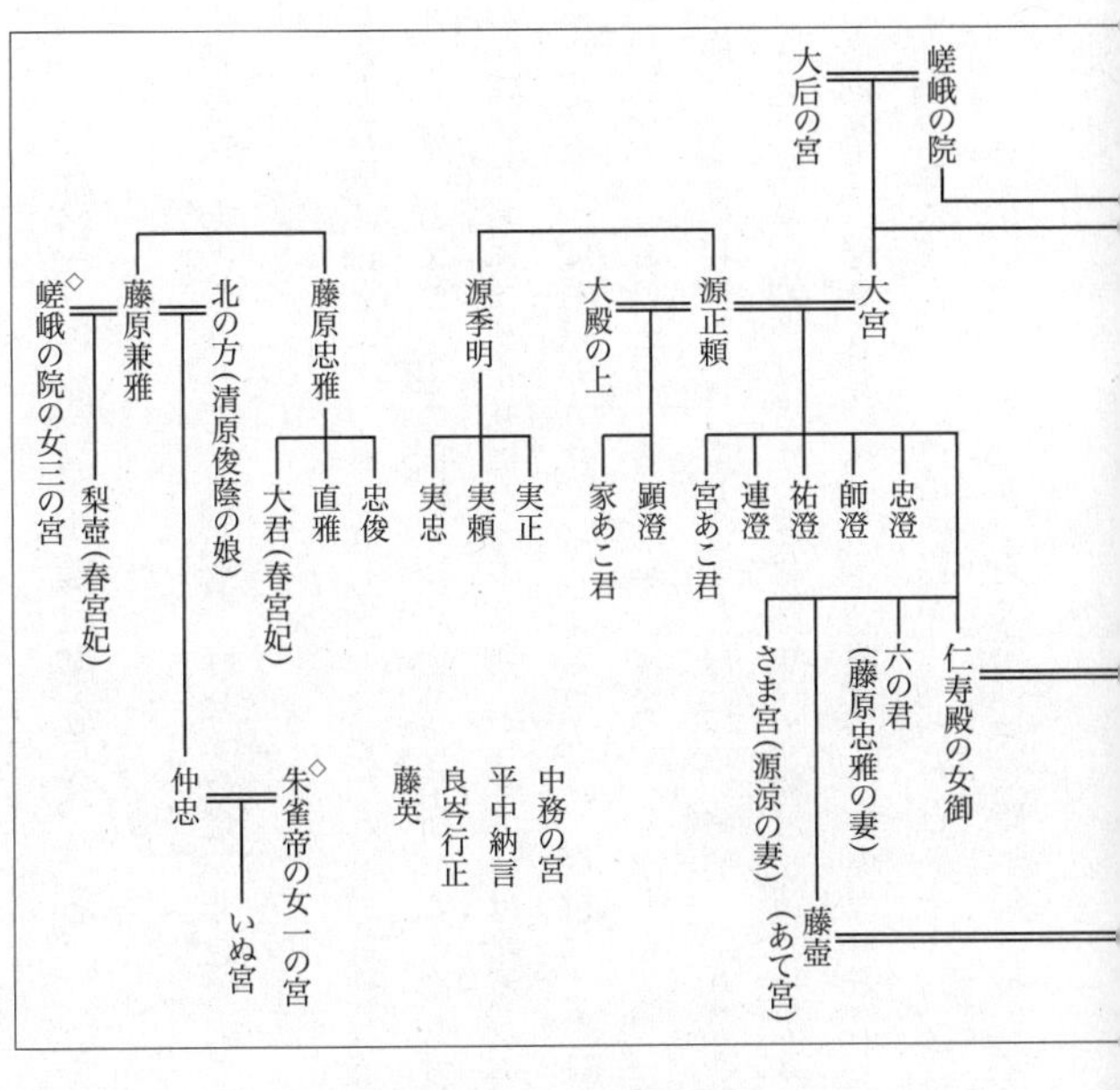

帝から俊蔭の日記などを進講するように要請される。

一方、藤壺に対する春宮の偏愛は続き、太政大臣源季明の大君に加えて、嵯峨の院の小宮の嘆きの大きさも語られる。藤壺の心には、自分への許されぬ恋によって命を落とした兄仲澄への悲しみもあった。

一　仲忠、俊蔭の京極殿に蔵を見つける。

[一]藤中納言は、衛門督なれど、装束清らにせずとて、[二]非違の別当はかけず。

さてあり経給ふほどに、[三]小さかりし世のことなれど、京極などおぼえければ、昔より、祖の伝はり住み給ひける所にこそありけれ、わが親の御時になくなりにたるを、我造らせて、母北の方に奉らむと思して、霜月ばかりに、むつましき人少し御供にておはして見給へば、[四]このほどは、野中のやうにて、人の家も見えず。さる所に、昔の寝殿一つ、[五]巡りはあらはにて、塗籠の限り見ゆ。また、[六]西北の隅に、大きに厳めしき蔵あり。中納言、[七]御前したる人の馬に乗りて、巡りて見給へば、この蔵は、[八]この地のほどにも見えず。御供なる人に、「この地の内か、見よ」とのたまふ。巡りて見て、「この内なり」と申す。近く寄りて見給へば、蔵の巡

一　藤原仲忠。

二　「沖つ白波」の巻【八】注二には、「非違の別当」を兼任したとあった。検非違使の別当は、京中の風紀の取り締まりの責任者として、装束を華美にできないという理由で辞退したのか。検非違使の別当は、饗宴の臨席などにも制限があった。

三　仲忠が京極殿にいたのは、六歳まで。「俊蔭」の巻【三九】参照。

四　この京極殿跡のあたり一帯は。

五　寝殿のまわりの格子や妻戸などもなく、中がまる見えになったさまをいう。「俊蔭」の巻【三三】に、「よろづの往還の人は宿どもも

りに、人の屍、数知らずあり。恐ろしと見つつ、なほうち寄りて見給へば、世になく厳めしき鎖かけたり。その鎖の上をば、金を縒りかけて封じたり。その封の結び目に、故治部卿のぬしの九御名文字縒りつけたり。中納言、見給ひて驚きて、一〇これは、書どもならむ、昔、累代の博士の家なりけるを、一枚書見えず、その道ならぬ琴などだに、世の中にも散り、ここにも残りたるものを、これ開けさせむと思すほどに、川原のほどより、歳九十ばかりにて、雪を戴きたるやうなる一一嫗・翁、這ひに這ひ来て、「まづ、ここ去らせ給へ。去らせ給へ」と泣く。（仲忠）「なぞ、かく申す」とて、御随身問へば、（嫗・翁）「なほ、まづ、ここ去らせ給へ。多くの人取り殺しつる蔵なり。まづ御覧ぜよ、ここらの人の屍を。去らせ給ひなむ時、一二ありやうは申さむ」とて一三言へば、あやしがりて、うち去りて立ち給ひたり。

毀ち取りつれば、ただ寝殿の一つのみ、簀子もなくてあり」とあった。
六 戌亥の方角（西北）。「俊蔭」の巻【三】注五参照。ただし、南風と波斯風の二つの秘琴を埋めたとあって、この蔵のことは見えない。
七 前駆を務めた者の馬。仲忠は、牛車に乗っていたのである。
八 京極殿の敷地の内。
九 結び目に、草名を書いたものをさらに針金で結びつけてあるの意か。
一〇 この蔵の中に納めてある物は。
一一 「嫗」は、底本「女」。「俊蔭」の巻【三】注八参照。
一二 「ありやう」は、事情の意。
一三 「言へば」を、随身の動作と解した。

二　嫗と翁、京極殿の由来を仲忠に語る。

　さて、これらが申すやう、「この村は、いみじく栄えて侍りし所なり。今年、二十年あまり、三十年にはまだ足らぬほどになむ、かく滅びて侍る。そのゆゑは、昔、一人子を唐土に渡し給へりし人の御殿になむありし。その子を、え待ち得給はで、失せ給ひて後に、その子帰りいましたりし。さて、この殿をいと清らに造りて住み給ひしほどに、御娘一人なむ持ち給へりし。その娘の小さくいますかりし時より、世に聞こえぬ音声楽、声なむ絶えざりし。その音声楽を聞く人は、皆、肝心栄えて、病ある者なくなり、老いたる者も若くなりしかば、京の内の人は巡りて承りし。その娘嫁ぎ時になり給ひしかば、御門を鎖して、人通はさでありしに、大王・皇子、宮・殿ばらの御呼ばひの使は、明け立てば、立ち巡りて、言も、え告げでぞ侍りし。しかありしほどに、その父母隠

一　『和名抄』居処部屋宅類「村　无良　野外聚居也」。ここは、平安京をはずれた地と意識されたもの。「俊蔭」の巻【三〇】注一参照。
二　清原俊蔭の死は、仲忠誕生の二、三年前。「俊蔭」の巻【五三】注二参照。仲忠は、「沖つ白波」の巻【一四】の「絵解き」に、二十六歳とある。今年は二十五歳か。
三　この「人」は、清原の大君のことをいう。「俊蔭」の巻【一】参照。
四　清原の大君の死は、「俊蔭」の巻【一七】参照。
五　「俊蔭」の巻【三〇】参照。
六　「音声楽」は、この世の物ならぬすばらしい音楽

れ給ひにしかば、かの御娘は聞こえ給はずなりにき。さりしかば、この殿は、[九]川原人・里人入り乱りて[一〇]毀ち果てて、ただ一二年に、かくなり侍りにき。屋ども、よろづの物ども取りしが、事もなかめりしかば、この蔵ばかりは物ども侍らむとてまかり寄る者は、やがて倒れて、多くの人死に侍りぬ。夜は、人にも見え侍らで、馬に乗りて来つつ、[一一]弓弦打ちをしつつ、夜巡りするやうになむ侍る。かく恐ろしき所に、百歳になり侍るまで、この嫗・翁の見奉り侍るに、わが国に見え給はぬ姿がおはする玉の男の見え給へるは、いみじう悲しさに、疾く告げ申さむとて、惑ひまうで来つれど、えまうで来あへず惑ひ侍るなり」と申す。中納言、「いとよく申したり。この巡りに住まずなりにけむは、いかであるぞ」と問はせ給へば、「この蔵を開けむ開けむとし侍りつつ、人の悪しくするを、我はなど[一二]開けざらむと、かつ倒れ伏せるを見つつ、年月を経てし侍りしほどに、皆死に侍りにき。させし人の家には時の[一三]まがこと起こりつつ、にはかに滅び給ひにき」と申せば、「いと

の演奏をいう。「俊蔭」の巻【七】注一六参照。

七　天皇と春宮。今の嵯峨の院と朱雀帝。「俊蔭」の巻【三】参照。

八　俊蔭夫婦の死は、娘（尚侍）が十五歳の時。「俊蔭」の巻【三】参照。

九　「川原人」は、賀茂川の川原に住みついた浮浪の者。「里人」は、この京極のあたりに住む人をいうか。

一〇　「俊蔭」の巻【三】参照。

一一　「弓弦打ち」は、矢をつがえずに、弓の弦を鳴らして、魔除けをすること。「弦打ち」「鳴弦」ともいう。「あて宮」の巻【三】注九参照。

一二　「開けざらむと」は、「し侍りし」に係る。

一三　底本「まつりこと」を「まがこと」の誤りと解する説に従った。

恐ろしきことかな。また開(あ)くる人やあると見侍れ」とて、御衣一(ぞひと)襲(かさね)脱ぎ給ひて、[一四]一つづつ賜ひつ。(仲忠)「この地の内に見ゆる屋のわたりに侍りて、この蔵、人、[7]また、さのごとするやあると見侍れ。さて、その蔵の巡りに[一五]うたてある物を、[8]人に[9]払ひ捨てさせて候へ」とて帰り給ひぬれば、嫗(おんな)・翁、老いの世に、見知らぬ、香(かう)ばしくうるはしき綾掻練(あやかいねり)の御衣(ぞ)どもを得て、怖(お)ぢ惑ふこと限りなし。すなはち、物詣(ものまう)でしたる人、見つけて、価(あたひ)も限らず取りつ。

三　仲忠、蔵を開けて累代の書物を手に入れる。

かくて、その[1]価(あたひ)の物をおのが孫(むまご)のあたりの者にくれて、蔵の巡りを[2]払ひ清めさせて候へば、四五日ばかりあれば、殿の[一]家司(けいし)、来て、幄(あげばり)打つ。しばしあれば、大徳(だいとこ)たち・陰陽師(おんやうじ)など来て、祓(はら)へし、読経するほどに、中納言、御前(ごぜん)いと多くて、蔵開(あ)けさすべき人など率ゐておはして、事のよし申させ、御誦経(みずきやう)をせさせ給ひて、

一四　当座の恩賞として、嫗と翁に一つずつお与えになった。

一五　底本「うたてある物の人はらひすてさせてさふらへ」。「うたてある物ども払ひ捨てさせて候へ」の誤りと見る説もある。

一　「家司」は、親王家・内親王家や、摂関家・三位以上の公卿の家で、事務を司る職。仲忠は、中納言で、従三位相当。仲忠の家司は、ここに初めて見える。仲忠が上達部としての勢力を調えてきていることが知られる。

二　「打立」は、戸がはずれないように、遣戸の左右の柱に添えて立てる副木か。参考、『落窪物語』巻二「鎖

鍵なければ、開くべきたばかりをしつつ、蔵を開けさせ給ふ。さらに開かず。そこに、二三日、多くの人を率ゐて、夜は車にて、幄の内に居給ひつつ開けさせ給ふに、さらに開くべくもあらず。打立を抜き割り、多くの人しわづらふ。

三日といふ昼つ方、御装束などし給ひて、心の内に申し給ふやう、「承れば、この蔵、先祖の御領なりけり。御封を見れば、御名あり。この世に、仲忠を放ちては、御後なし。母侍れど、これ女なり。この蔵、先祖の御霊、開かせ給へ」と祈り給ふ。されど、開かず。人の申すやう、「天下、いかに言ふとも、この鎖は割るべきにもあらず。上を毀ち、開け侍らむ」と申せば、「いかなればえ開けぬぞと見む。あやしきわざかな」とうち笑ひて、蔵に上りて見給へば、いと厳めしき鎖なり。引きくつろがしてみ給へば、開きぬ。これは、げに、先祖の御霊の、我を待ち給ふなりけりと思して、人を召して、開けさせて見給へば、内に、いま一重校して、鎖あり。その戸には、「文殿」と、印捺したり。さればよと

捻り給ふに、さらに動かねば、帯刀を呼び入れ給ひて、打立を二人して打ち放ちて、遣戸の引き放ちつれば、帯刀は出でぬ」。

三　仲忠は、先祖の霊に祈るために正装をしたのである。

四　「後」は、子孫の意。

五　「天下、いかに言ふとも」は、どんなふうにしても、絶対にの意。

六　「上」は、蔵の上の意で、屋根などをいう。

七　「引きくつろがす」は、引っ張って動かそうとする、緩めようとするの意。

八　校倉造りにして。

九　「印」は、印章・手形。観智院本『類聚名義抄』「印　オシテ　シルシ」。文殿と書いて手形が押してあると解する説や、文殿という印が押してあると解する説がある。

思して、また鎖開け給へば、ただ開きに開きぬ。見給へば、書ども、うるはしき帙簀どもに包みて、唐組の紐して結ひつつ、にたに積みつつあり。その中に、沈の長櫃の唐櫃十ばかり重ね置きたり。奥の方に、四寸ほどの柱ばかりにて、赤く丸き物積み置きたり。ただ、口もとに目録を書きたる書を取り給ひて、ありつるやうに鎖鎖して、多くの殿の人任して帰り給ひぬ。

四　仲忠、母に報告し、京極殿を修復する。

三条におはして、北の方に、ありつるやう申し給ひて、この書の目録を見給へば、いといみじくありがたき宝物多かり。書どもはさらにも言はず、唐土にだに人の見知らざりける、皆書きわたしたり。薬師書、陰陽師書、人相する書、孕み子生む人のこと言ひたる、いとかしこくて多かり。母北の方、「あなゆゆしや。昔人は、ことさら、おのれをば惑はさむとこそ思しけれ」。中納言、

一〇「帙簀」は、書物などを包む帙。竹の簾の周囲を錦や綾で飾り、組紐をつけた。参考、『源氏物語』「賢木」の巻「玉の軸、羅の表紙、帙簀の飾りも」。

一一「にたに」は、大勢、たくさんの意か。「吹上・上」の巻【三】注七参照。

一二「よき」を「四寸」と解した。

一三 この「赤く丸き物」は、後に見える沈などの香木か。

一四 文殿の入り口の所に。

一五「任す」は、指名、任命するの意。

一 仲忠の両親が住む三条殿。
二 兼雅の北の方。仲忠の母尚侍（俊蔭の娘）。
三「昔人」は、北の方の父俊蔭。

「いとかしこくものし給ひける人なりければ、思すやうこそありけめ。これらをそこ[四]に持ち給ひては、いかにかはせさせ給はまし。今まではありなましやは」などのたまひて、すなはち、国々の受[五]領などの、さしつべき[六]を、対[1]一つづつ預け、しつべき人々に、皆のたまひ預けつつ造らせ給ふ。まづ、築地、二三百人の夫[七][2]どもして、その年のうちに築きつ。

「蔵の唐櫃一つに香あり」と言へる[八]を取り出でさせ給ひて、母北の方にも一[九][3]の宮にも奉り給へば、この御族の香どもは、世の常ならずなむ。書どもも、要あるは、取り出でて見給ふ。

この殿造れば、その巡りに、「かく世に栄え給ふ君住み給は[4]む」とて、皆、家造りて来集ひぬる[5]。

かの出で来たりし嫗・翁は、[一〇]政所に召して、布・絹など、いと多く賜ふ。

「ここは[6]、京極殿[7]。蔵開けたる所。」

四 「そこ」は、二人称。
五 以下、ここも、仲忠が、上達部として、年官などのほか、除目などにおける発言権などによって、政治的な力を調えてきていることが知られる。
六 「さしつべき」の「さ」を副詞「さ」と解したが、「任し」と見る説もある。
七 「夫」は、造営などの夫役をつとめる者。
八 「言へる」は、目録に書いてあるの意。
九 「一の宮」は、女一の宮。
一〇 仲忠が政所を備えていることも、ここに初めて見える。ただし、仲忠は、女一の宮と、正頼の三条の院に住んでおり、この政所がどこにあるのか、よくわからない。

五　帝、仲忠に二条の後院を与える。

かかることを、内裏聞こしめして、後院[一]にとて、年ごろ造らせ給ふ、大宮の大路よりは東、二条大路よりは北に、広くおもしろき院[二]あり、それを、中納言召して、賜ふとてのたまふ、「この家、かく広き所なるを、まだ私[三]の家などもなかなり、これを文所[四]にして、かの神泉の琴に隠されたらむ手など習はれむに、よかんべかなる。かの皇女[五]ともろともに、琴など弾きつつ聞かせ給へ。近く[六]聞かざらむはあへなむ」とて賜ふ。「その南に、これよりは小さき所あり。それは、一の皇女にも、今ものせむ」とのたまひて賜へば、中納言、舞踏して賜はり給ひてまかで給ひぬ。

帝、女御[七]の君に聞こえ給ふ、「今、女皇子たちは、さりぬべき所造らせて、あひ次ぎ[八]つつものせむ」など聞こえ給ふ。

一「後院」は、天皇の譲位後の御所。以下、「造らせ給ふ」まで、および、「大宮の大路よりは……あり」は、挿入句。
二 二条の院。
三 挿入句。「沖つ白波」の巻【四】に、「藤中納言・右大弁、まだ私の家なし」とあった。
四「文所」は、書籍などを読み、学問をするための家の意か。
五「かの皇女」は、女一の宮。仲忠の妻。
六 女一の宮が聞いても、近くで聞くのでないならば、かまわないでしょう。
七 仁寿殿の女御。女一の宮たちの母。
八 順々に与えましょう。

---

1 この年は、年立的には、

六　翌年一月ごろから、女一の宮、懐妊。仁寿殿の女御、退出する。

かくて、[一]返る年の睦月ばかりより、一の宮孕み給ひぬ。中納言、かの蔵なる[二]『産経』などいふ書ども取り出でて並べて、[三]女御子にてもこそあれと思ほして、「生まるる子、容貌よく、心よくなる」と[四]言へる物をば参り、さらぬ物も、[五]それに従ひてし給ふ。[六]参り物は、刀・俎をさへ御前にて、手づからと言ふばかりにて、我、なほ添ひ賄ひて参り給ふ。

かくて、その年は、[七]立ち去りもし給はず、かつは、書どもを見つつ、夜昼、学問をし給ふ。

かかるほどに、子生み給ふべき期近くなりぬれば、女御の君、上に聞こえ給ふ、「一の皇女、[八]とかくし給ふべきほど近くなりぬるを、まかで侍りなむ」。上、「いつばかりにか」。女御の君、「十月ばかりのほどになむ」。上、「[九]さるべきことにこそあなれ。[一〇]さる

「沖つ白波」の巻の巻末の「絵解き」に重なる。「沖つ白波」の巻【四】注七参照。
二　「産経」は、【四】に、「孕み子生む人のこと言ひたる」とあったもの。
三　女の御子が生まれるかもしれない。
四　産経に書いてある食べ物の意。
五　産経に書かれているとおりになさる。
六　「参り物」は、女一の宮のお食事。
七　女一の宮のそばを。
八　「とかくし給ふ」は、「子生み給ふ」の意の婉曲表現。
九　母親のあなたが行ってあげたほうがいいようだね。
一〇　初産の人は、早くから気をつけて世話などするものだ。女一の宮は、ちゃんとお世話してもらっているのだろうか。

人をば、かねてより労りなどこそすれ。いかならむ」。女御、「何かは。かの朝臣、まかり歩きもせで、この頃は侍るなるを。誰も誰も、よに、疎かには」。上、「この皇女を、久しく見ぬかな。いかが生ひなりにたらむ。かの人と着き並びたらむには、よに、似げなうは見えざりしを」。御いらへ、「人は、いかが見奉らむ。まことなるにや、御髪も、御覧ぜしよりは、袿に多くあまり侍り、おほかたも、見る効なくはものし給はず」。上、「さて、二の皇女は」。女御、「君に似給ひて、それも殊に劣り給はず。ふくらかに、気近きこと添ひてなむ」。上、「なほ、所栄せ、女子生ほし立てらるる所なれば、この皇女たちも、ほかのには似ずかし。さらば、平らかにて。思ふやうにて、御子を、あまた、平らかに持給へる消物は、そこにもけしうはあらじかし」とのたまへば、まかで給ひぬ。

かくて、中納言殿の出で給ひたる間に、女御の君、中のおとどに渡り給ひて、見奉り給ひて、「いたくぞ面痩せ給ひにける。上

一一 ご心配には及びません。
一二 「かの人」は、仲忠。
一三 「栄せ」は、「栄す」の下二段活用の例か。
一四 仁寿殿の女御腹の女皇子たち。朱雀帝の女一、二、四の宮。女皇子たちは、三条の院に住んでいる。女三の宮は、后腹。
一五 話題が、再び、女御の退出の件に戻る。あなたが行ってお世話したら、女一の宮も無事に出産できるでしょう。
一六 女御は、退出して、三条の院の東北の町の西の対に入る。「嵯峨の院」の巻【五】、「菊の宴」の巻【四】参照。ただし、「沖つ白波」の巻【四】注九には、「南のおとど」とある。
一七 「上」は、帝。
一八 参考、『枕草子』「木の花は」の段「(橘は)朝露に濡れたる朝ぼらけの桜に

のさばかり後ろめたがり聞こえ給ふものを」とて見奉り給ふに、[一八]おもしろく盛りなる桜の、朝露に濡れあへたる色合ひにて、御髪は、[一九]瑩じかけたるごとして、隙なく揺りかかりて、[二〇]玉光るやうに見え給ふ。御衣は、赤らかなる唐綾の袿の御衣一襲奉りて、御脇息に押しかかりておはす。

七　出産近づく。尚侍も三条の院を訪れる。

かくて、産屋の設け、[一]白き綾、御調度ども、白銀にし返して、[三]殿に設け給ふ。[二]二月ばかりかねて、生まれ給はむ日まで、不断の修法、よろづ、神仏に祈り申させ給ふほどに、十月になりて、中の十日ばかりに、宮、気色ありて悩み給ふ。[四]御座所、[五]春宮の宮たちの生まれ給ひし所を、あるべきやうにしつらはれて、渡し奉りつ。

[六]尚侍のおとど、御車五つばかりして参り給へり。中納言は、下

劣らず」。

一九　「瑩じかく」は、「あて宮」の巻【五】注八参照。「瑩ず」は、絹などを磨いて光沢を出すの意。

二〇　「玉光る」は、「俊蔭」の巻【二四】注二参照。

一　産屋の調度は白い物を用い、金具類も白銀にする。

二　出産の予定日の二か月ほど前から。

三　『紫式部日記』「不断の御読経の声々、あはれまさりけり」。『紫式部日記』の冒頭も、親王誕生のほぼ二月前である。

四　ここは、後に見える「御帳」と同じで、寝殿の母屋に設けられたものか。

五　藤壺腹の第一御子と第二御子が誕生した所。

六　仲忠の母。

ろし奉りて、宮のおはします御帳の内へ入れ奉り給ふ。大宮[七]も、渡り給へり。それは、[八]御局して、異におはします。女御の君は、「何か。[九]相撲の節の夜、いとむつましくなりにしかば」とて、同じ御帳の内におはしまして、ただ二所にかかりもて仕うまつり給ふ。

殊にいたくあらねど、なほ、心もとなく悩み給ふ。[一〇]右大将殿も参り給ひて、[一一]あるじのおとど・君たちは、簀子に、[一二]弓引きつつ候ひ給ふ。御格子の内の廂には、[一三]宮のはらから、男宮たちおはします。御帳の前に、弓引きつつ、中納言候ひ給ふ。内裏より、御使、行き帰りあり。藤壺よりも、御使あり。

殿の内、[一四]方々の上達部は[一五]入らずもあらむと思して、[一六]町異なれば、中門を鎖して[一七]おはしまさふ。

八　女一の宮、いぬ宮を出産する。

七　大宮は、北の対に住んでいる。
八　寝殿内に設けた大宮の局。
九　「内侍のかみ」の巻【三三】で、相撲の節の後、仁寿殿の女御は尚侍に贈り物をしていた。
一〇　仲忠の父、藤原兼雅。
一一　源正頼とその男君たち。
一二　【三】注二の「弓弦打ち」に同じ。出産に際しての例は、「国譲・下」の巻【五三】注三にも見える。
一三　女一の宮の兄弟。三の宮たち。
一四　正頼の婿の上達部たち。
一五　「入らずもあらなむ」の誤りか。
一六　婿の上達部は、東南、西南の町に住む。「沖つ白波」の巻【二四】の「絵解き」参照。
一七　「おはしまさふ」は、「あり」の主体敬語として、動作主体が複数の時に用いかかるほどに、寅の時ばかりに生まれ給ひて、声高に泣き給ふ。中納言も驚きて、御帳の帷子を掻き上げて、「何ぞや、何ぞや」と聞こえ給へば、尚侍のおとど、「あなさがなや。あらはなり」とて、女御の君に居隠れ給へば、「仲忠は、今宵は、目も見侍らず」と言ふものから、女御の君に宮かかり奉りて騒ぎ給ふを見れば、白き綾の御衣を奉りて、耳挟みをして惑ひおはす。いと宿徳にものものしきものから、気高く子めきて、御髪揺りかけたり。わが親も、いづれとなくめでたし。同じ白き着給へり。中納言、なほ、物、はた、籠もれりける所かなと見給ふに、後の物も、いと平らかなり。

中納言、「何々ぞ」と問ひ給へば、尚侍のおとど、「夜目にもしるくぞ」と聞こえ給へば、中納言、万歳楽、折れ返り折れ返り舞ひ給ふ。三の皇子、いたく笑ひ給ひて、皇子たちの、その楽を高麗笛に吹き給ふ。あるじのおとど、「など、かくは」と聞こえ給へば、三の皇子、「中納言の、こめ舞し給ふなめり」。右大将、

られる。ここは仲忠をはじめとする人々の動作か。あるいは、「おはします」に継続の助動詞「ふ」がついたもので、仲忠の動作か。

一 生まれたのは、男の子ですか、女の子ですか。
二 感激の涙で、目が見えないのである。
三 女一の宮が、母女御にしがみついているさま。当時は、座産が普通であった。
四 以下は、仁寿殿の女御の様子。
五 「後の物」は、後産のこと。
六 底本「なにくそ」。「何ぞ、何ぞ」か。男の子ですか、女の子ですか。
七 「夜目」に「嫁」を掛けて、女の子だと答えたもの。
八 この笑いは、仲忠があまりにも大げさな身振りで舞ったことに対する笑いか。

「ただ今の好きは、あぢきなくぞ侍る」。あるじのおとど、御時よくうち笑ひ給へば、一度に、ほほと笑ふ。いと心地よげなり。あるじのおとど[一二]参り給へば、[一三]笑ひてつい居ぬ。おとど、「万歳は、果たしてこそ。半ばにては悪しからむ」とのたまへば、[4]立ちて、なき手を出だして舞ひ果てつ。

おとど、[一四]老鶴の紋の織物の直衣を被け給へば、[5]被きて舞ひ立てるほどに、尚侍のおとど、生まれ給へる君の御臍の緒切り給はむとて、[一五]「ただ、人は候へ。人のするわざを[6]こそはせめ。賜へや。[7]この物、[一六]見苦しの蝸牛や」とのたまへば、つい居て、「何を召すぞ」。[一七]おとど、「下なる物一つ」とのたまへば、指貫を脱ぎて奉り給へば、「否や。いま一種を」とのたまへば、白き袷の袴一襲を脱ぎて奉りて、[一八]「あな命長や」とて、御衣架のもとに立ち寄りて入りて見給へば、御達笑ふ。「仲忠も、[一九]もの[8]いちしるき夜もや」とのたまへば、孫王の君、「げに。立ち走りやすくせさせ給ふめり」と聞こゆるほどに、[9]尚侍のおとど、生まれ給へる君を、いと

九 唐楽である万歳楽を高麗笛で吹いたのは、当座の座興である。
一〇 正頼は簀子にいて、仲忠の舞を見ていない。
一一 「こめ舞」、未詳。家内に喜びを込める舞と解する説がある。
一二 簀子から、廂の間を通って、母屋に。
一三 仲忠が笑って。
一四 「老鶴の紋の織物の直衣」は、新生児の長寿を寿ぐ気持ちを込めたものか。
一五 ちょっと、誰か来てください。
一六 臍の緒を醜い蝸牛にたとえた戯れの言葉。
一七 「尚侍のおとど」の意。
一八 『荘子』天地篇「寿則多辱」による表現。
一九 尚侍の「夜目にもしるくぞ」の言葉に応じた発言。下袴を脱いで、男であることがはっきりと見られてし

清く拭ひて、[二〇]御臍の緒切りて、[二一]この袴に押し包みて掻き抱き給ふ。
中納言、御帳のもとに寄りて、つい居て、「まづ賜へや」と聞こえ給ふ。[10]尚侍のおとど、「あなさがなや。いかでか、外には」とのたまへば、[二二]帷子を引き被きて、[二三]土居のもとにて抱き取りたれば、いと大きに、[二四]首も居ぬべきほどにて、[二五]玉光り輝くやうにて、いみじくうつくしげなり。いと大きなるものかな、かかればこそ、久しく悩み給ひつるにやあらむと思ひて、[二六]懐にさし入れつ。右のおとど、「いでいで」とて寄りおはすれば、「ただ今は、さらにさらに」とて見せ奉らず。おとど、「[11]今からも、はた」とて笑ひ給ふ。

九　仲忠と尚侍、龍角風の琴を弾く。

中納言、「かの[一]龍角は、賜はりて、[二]いぬの守りにし侍らむ」。[1]尚侍のおとど、うち笑ひて、「いつしかとも、[2]はた。さても、かや

まったと、戯れたもの。
二〇 竹刀などで臍の緒を切る。『紫式部日記』では、敦成親王誕生の際は、臍の緒を道長の妻倫子が切っている。
二一 下袴に包むのは、新生児の無事を祈る当時の習俗か。
二二 「帷子を引き被く」は、帷子をかぶるようにして身を入れるの意。
二三 「土居」は、御帳台の四隅の柱を立てるための木の台。
二四 もう首もすわりそうで。
二五 「玉光り輝く」は、「俊蔭」の巻【三四】注二参照。
二六 上の係助詞「こそ」の結びとして、「あらめ」とあるべきところ。

一 龍角風。琴の伝授を受ける者が弾く琴。「俊蔭」の巻【一九】に「龍角風をば

うの折には言ふやうかある」とのたまへば、「おほかたのことは、いかが侍らむ。[三]この琴の族ある所、声する所には、天人の翔りて聞き給ふなれば、添へたらむとて聞こゆるなり」。[3]尚侍のおとど、[四]典侍して、[五]大将のおとどに、[4]「かの、おのが琴、ここに要ぜらるめり。取らせむ」と聞こえ給へれば、急ぎて三条殿に渡り給ひて、取らせておはしたり。

[六]三の宮、取り給ひて、中納言にさし遣り給ひつれば、[七]唐の縫ひ物の袋に入れたり、児を懐に入れながら、琴を取り出で給ひて、「年ごろ、この手をいかにし侍らむと思ひ給へ嘆きつるを。後は知らねど」などて、[八]はうしやうといふ手を、はなやかに弾く。声、いと誇りかににぎははしきものから、また、あはれにすごし。よろづ物の音多く、琴の調べ合はせたる声、向かひて聞くよりも、遠くて響きたり。

御方々の上達部・親王たち、[九]「そそや、そそや。[一〇]事なりにたるべし。[一一]かかることはありなむと思ふ所ぞかし。我らがしどけなき

娘のにす、細緒風はわがにて」、【四】に「龍角風をばこの子の琴にし、細緒をば我弾きて習はすに」とあった。
二 生まれた女子が「いぬ」と名づけられたことが知られる。内親王の子ゆえ、「いぬ宮」ともいう。
三 「俊蔭」の巻【二】注三参照。
四 この「典侍」は、「あて宮」の巻【三】注一四参照。
五 右大将藤原兼雅。
六 三の宮は、廂にいる。
七 挿入句。
八 「はうしやう」は、琴の曲名だろうが、未詳。
九 「そそ」は、相手の注意を促す言葉。それそれ。
一〇 御子がお生まれになったにちがいない。
一一 「かかること」は、めったに弾かない仲忠が琴を弾くことをいう。
一二 女一の宮の御帳台の前

ぞかし」とて、あるは御沓も履きあへ給はず、あるは御衣も着あへ給はで、手惑ひをしつつ走り集まりて、御前にあたりたる東の簀子に、植ゑたるごとおはしまさふ。涼の中納言は、うち休み給へる寝耳に聞きて驚きながら、冠もうち側めてさし入れ、指貫・直衣などを引き下げて、真広けて出で来たり。これかれ、見給ひて、いみじう笑ひ給ふ。源中納言、「物語をだにせざんなり。あなかまや」とうち掻きて、石畳のもとにて、直衣・指貫着て上りぬ。御方々の御随身、御供の車、固まりて、殊には近くも寄らず、塀の外に、かたに立てり。

中納言、かかるべき曲を、音高く弾くに、風、いと声荒く吹く。空の気色騒がしげなれば、例の、物、手触れにくきぞかし、わづらはしと思ひて、弾きやみて、尚侍のおとどに申し給ふ、「今、曲一つ仕うまつらむとすれど、騒がしければ、えなむ。これに御手一つ遊ばして、鬼逃がさせ給へ」と聞こえ給へば、「はしたなげにぞあめる」。君、「仲忠がためには、これにまさる折なむ侍

にあたる、寝殿の東の簀子。

一三「植ゑたるごと」は、人々が大勢整然と並んでいるさまの形容。

一四「真広く」は、衣服をはだけて着ること。

一五「物語」は、夫婦の睦言の意。

一六「うち掻く」は、手を振って相手の発言を制する動作。

一七 寝殿の階の下の敷石。

一八 簀子に上った。

一九「かたに」、未詳。「きたに」「にたに」と同じ語で、大勢、たくさんなどの意か。「内侍のかみ」の巻【三九】注一七参照。

二〇 御子誕生の際に弾くのにふさわしい琴曲の意か。

二一 仲忠は神泉苑の紅葉の賀の時に南風の琴を弾いて奇瑞を起こしている。「吹上・下」の巻【一〇】参照。

るまじき」と聞こえ給へば、尚侍(かん)のおとど、二二[10]御床(みゆか)より下り給ひて、琴(こと)を取り給ひて、曲(ごく)一つ弾き給ふ。その音(ね)、さらに言ふ限りなし。中納言の御手(み)は、おもしろく二三[11]凝(こご)しきまで、雲風の気色、色異なるを、この御手は、病ある者、思ひ怖(お)ぢ、[12]うらぶれたる人も、これを聞けば、皆忘れて、おもしろく頼もしく、齢(よはひ)栄ゆる心地す。かかれば、宮は、御琴(こと)を聞こしめしつれば、ただにおはしつるよりも若やかに、二四わざをしつるとも思(おぼ)されず、苦しきこともなくて起き居給へり。中納言の君、(仲忠)「悪(あ)しかめり。なほ臥(ふ)させ給ひて聞こしめせ」と申し給へば、宮、(女一の宮)「ただ今は苦しうもあらず。この御琴(こと)を聞きつれば、苦しかりつるも、皆やみぬ」とて居給へり。女御の君・尚侍のおとど、「風邪ひき給ひてむ」とて、騒ぎ臥せ奉り給ひつ。琴(こと)は、弾き果て給へれば、二五袋に入れて、宮の御枕上(まくらがみ)に、御佩刀(みはかし)添へて置きつ。

二二 「床」は、御帳台の台座になる浜床。

二三 「凝し」は、柔らかみに欠けていて険しいの意。「沖つ白波」の巻【四】注一〇参照。

二四 「わざ」は、ここは、出産をいう。

二五 仲忠は、龍角風の琴を、もとの唐物の縫物の袋に入れて、女一の宮の枕もとに、佩刀を添えて置いた。「御佩刀」は、魔除けの守り刀。『源氏物語』「澪標」の巻に、光源氏が明石の姫君に与えた例が見える。『栄華物語』巻一一の長和二年（一〇一三）七月の三条天皇の禎子内親王誕生の記事に、「例は女におはしますには御佩刀はなきを」とあるのは、皇女誕生の例をいうか。

一 源実頼。【二六】に、「頭の中将実頼」と見える。祐

一〇　夜が明けて、帝から手紙が届く。

かかるほどに、明け果てぬれば、御格子ども、皆上げわたし、御几帳立てつつあるに、あるじのおとど、宮の御はらからの宮たち、崩れて、皆下り給へば、皆人も、下りぬ。おとど、宮たち、殿の君たち、並み立ちて拝し給ふ。中納言の君は、かくし給へども、「あなかしこ」とも聞こえで、なほ児抱きて居給へり。

かかるほどに、内裏より、[一]頭の中将の君して御消息あり。[二]「めづらしき人の平らかにあなるに、[三]ありがたきことのさまざまものせらるなるをなむ、限りなく[四]聞こしめす。[五]例ある喜びなどもせさすべきを、ただ今、その[六]闕など、えあらで」などあり。[七]穢らひたれば、例の作法なし。中納言、[八]下りて拝し給ふ。御返り奏せさせ給ひつ。

また、内裏より、[九]蔵人の式部丞を御使にて、右大将の尚侍のお

澄の参議昇進の後任である。「沖つ白波」の巻【五】参照。
二　御子が無事に生まれたそうですが、それに加えて。出産を「めづらしきこと」、生まれた子を「めづらしき人」「めづらし人」という。参考、『源氏物語』「柏木」の巻「山の帝は、めづらしき御こと平らかなりと聞こしめして、あはれにゆかしう思ほすに」。
三　仲忠と尚侍が琴を弾いたことをいう。
四　「聞こしめす」は、自敬表現。
五　お祝いのための昇進。
六　「闕」は、闕官、欠員の意。
七　出産の穢れがあるので、勅使に対する恒例の禄などの作法はない。
八　庭に下りて。
九　底本「くら人式部允」。「沖つ白波」の巻【一〇】注

とどのもとに、御文賜へり。

「『[一〇]おぼつかなきほどにはなさじ』とものせしを、心にもあらで久しくなりにけるを。いとあはれにめづらしかりし対面に、はつかなりし物の音も忘れがたくおぼえしかばこそ、時々も参られよとて、[一一]公になどは。されど、よくこそ制しそされためれ。ここに、いかでと思ひしことを、さまざまに、そこにあなるを、いとうらやましく。そのわたりのことをも、いかにと思ふに、[8]さやうにてものせらるなれば、悩ましきことも忘られぬらむと、頼もしくなむ。いかで、[一二]歩きかやすくて、[一三]疾くもがなとぞ。[一四]内裏わたりに、はた参られざめれば」

とのたまへり。

[9]尚侍のおとど、見給ひて、御返し、

「かしこまりて承りぬ。ここに候ふことは、仲忠の朝臣の、[一五]またなきことに思ひ給へて侍るめりしかばなむ。何の数なるべき身には侍らねど、雑役をももろともにと思ひ給へてなむ。『さ

一と同一人物だろう。

一〇「近いうちにお迎えします」とお約束したのに。「内侍のかみ」の巻【三】参照。

一一 あなたを、尚侍という公職に任じたのです。

一二 気軽に出歩ける身になって。帝は、譲位の意向をほのめかしている。

一三 早くあなたが弾く琴を聞きたい。

一四 あなたは参内してくださらないようですから。

一五 女一の宮さまのご出産のことを、何よりも大切なことに思っているようだったからでございます。下二段活用の「給ふ」は、身内の者の動作に用いた例。

一六「齢比べする顔」は、孫のいぬ宮が生まれたことで院と尚侍が長生きを競っているようだの意と解した。

まざまに』と仰せ言侍るは、何ごとにかは。[一六]齢比べする顔にや。参り侍らぬことは、かかる里住みにも初々しき心地し侍れば、慎ましく思ひ給へられてなむ。いとかしこき仰せ言をぞ、返す[一七]返す聞こえさせ侍る」

と聞こえ給ふ。[一八]御使に禄なし、忌ませ給へば。

一一　出産の後の諸儀式が行われる。

かかるほどに、御乳参るべき時なりぬ。[一]御薬、父の中納言の懐にて含め奉り、[二]御乳つけ、[三]左衛門佐殿の北の方、[四]御几帳のもとに候ひ給へば、女御の君、掻き抱きて、御衣着せ奉り給ふ。襁褓に包みて、[五]御乳参り給ふ。御乳母ども召し集めたり。一人は民部大輔の娘、いま二人は五位ばかりの人の娘ども。

御湯殿すべき時もなりぬれば、その儀式、皆す。[1]白銀・白き綾を使はれたり。御湯殿、春宮の若宮の[六]御迎湯に参り給ひし典侍、

一七　「返す返すかしこまり聞こえさせ侍る」の誤りか。
一八　注七参照。

一　ここは、薬を、仲忠が含めたことをいうか。本来、乳つけ役がすることである。
二　「乳つけ」は、授乳ではなく、新生児の口の中を清めたり、薬を与えたりすること、または、それをする人をいう。多く、母方の縁者がつとめた。
三　「左衛門佐」は、正頼の四男連澄。
四　仲忠がいるので中に入れないのである。
五　ここは、「乳つけ」が授乳もした例か。あるいは、儀式的なものか。
六　「迎湯」は、湯殿の儀の際、補佐する役。「あて宮」の巻【三】注一三参照。「典侍」は、同じく、注一四参照。

白き綾の生絹に、一重襲の袿上に着て、綾の湯巻[七]、御槽の底にも敷き、迎湯は、尚侍のおとど、白き綾の袿一襲[八]、同じき裳一襲、結ひ込め給へり。中納言、白き綾の袿一襲、白き綾の襖[九]、指貫着て、弓引き給ふ。殿の君たち、弓引きつつ[一〇]おはす。

かくて、女御の君、掻き抱きてさし出で給へれば、尚侍のおとど、抱きて、典侍に渡し給ふ。今は、御湯浴[一一]むし奉る。尚侍のお[2]とど、裳[3]の上につ[4]い居給ひて、御迎湯参り給ふ。御髪、御裳に少し足らぬほどにて、瑩[一二]じかけたるごととして、白き御衣に隙なく揺りかけられたり。縒[一三]れ[5]たる御裳[6]にうち畳なは[一四]れたる、いとめでたし。御髪つき・姿、言ふ限りにあらず。ただ今、二十余に見え給ふ。中納言が[7]親とも見えで、歳二つばかりのはらからに見ゆ。

典侍のおとど、「ここら、昔より、君たちに仕うまつりつるに、ほど大きに、蟹[一五]といふもの、夢ばかりつき給はぬこそなけれ。二月浴むし奉りたるやうにこそおはすめれ」。中納言、(仲忠)「見給へ放たねば、さもあらむ」。(典侍)「典侍候ひて[8]ましかば。いとかしこかりけり。

七 「湯巻」は、衣服が濡れることを防ぐために、衣の上に着たもの。「あて宮」の巻【三】注二参照。ここは、それを湯槽に敷いた例である。
八 尚侍は、唐衣は略し、裳のみをつけた。
九 「襖」は、裏をつけた狩衣。狩襖。
一〇 「弓引く」は、【七】注三参照。
一一 「浴むす」は、「浴む」の他動詞形という。
一二 「瑩じかく」は、【六】注一九参照。
一三 下二段活用の「縒る」は、皺がよるの意か。
一四 「うち畳なはる」の下二段活用の例。
一五 「蟹」は「蟹屎・蟹糞」(胎便)の意と解する説に従った。
一六 親ではいらっしゃっても、殿方はここをお退きく親[一六]にはおはしますとも、立たせ給へや。女にこそおはしますめれ」と聞こゆれば、「何か、そは。『そ[一七]のわたりをもよく繕ひ給へ』と聞こえむとぞや」とのたまふ。

さて、御湯殿果てぬれば、女御の君、抱(いだ)かまほしう思(おぼ)せど、父おとど添ひ居給へれば、尚侍[9]のおとど抱(いだ)き給ひて、御几帳[一八]ささせて入り給ひて、宮の御方に臥(ふ)せ奉り給ひつ[10]。中納言御帳(みちやう)の内へ入り給へば、尚侍のおとど、「あなさがな。あらはなるに」とのたまへば、「何か。(仲忠)かかる宮仕へ仕うまつる人には、内外(ないげ)[一九]をこそ許し給はめ」とて慎(つつ)み聞こえ給はねば、女御の君、外(と)に居ざり出で給ひぬ。中納言、「久[11]しく寝(い)も寝(ね)侍(はべ)らねば、乱り心地いと悪(あ)しう侍る。罪許し給へ」とて、宮の御傍らにうち臥し給ひぬ。尚侍[12]のおとど、「うたて。ものおぼえぬさまし給へめり[二〇]。さて忍びて候ひ給へ」とて出で給ひぬれば、中納言、御衾(ふすま)引き着て聞こゆるやう、「かかるもの、またもがな。いと疾(と)く[二一]。こたみは、仲忠がやうにてを」と聞こゆれば、うたて言ふものかな、いと恐ろしき

ださいませ。仲忠は、湯殿に入りこんでいたのである。

一七「そのわたり」は、女陰のことをいうか。

一八 尚侍の姿を隠すためのさし几帳。

一九「内外を許す」は、ここは、御帳台の内の出入りを許すの意。参考、『源氏物語』「朝顔」の巻「神さびにける年月の労数へられ侍るに、今は内外も許させ給ひてむとぞ頼み侍りける」。

二〇「給へめり」は、「給へるめり」の撥音便「給へんめり」の撥音無表記の形。

二一 この次は、私のような男の子でね。

わざにこそありけれと思して、いらへもし給はず。

かくて、皆、御前ごとに物参りなどして、夜さり、御湯殿、例のごとしつ。御帳の西の方なる母屋に御座装ひて、大宮、子持ち[二二]の宮の御はらからの女宮たちおはしまさふ。[13]西の廂に御座装ひて、尚侍[14]のおとどの御局したる所に[15]、右大将[16]の君はやがてものし給ふ。尚侍[17]のおとどの御もとには、大人十人[二三]、童四人、下仕へ四人あり。北[二四]の方の御参り物は、あるじの方よりして参らせ給ふ。

一二　三日・五日の産養。六日目、仁寿殿の女御、香を薫く。

かくて、御産養の三日の夜は、右大将殿し給ふ。[1]白銀[2]の衝重十二、同じ物[一]、打敷、物ふ[二]の花文綾[3]に薄物重ねたる。白銀の透箱六つに、御衣・御襁褓、うち敷き入れたり。屯食[三]十具ばかり、碁[4]手百貫なむありける。籠もり給へる人々、夜一夜、遊び、碁打ちなどし給ふ。また、四[四]の宮の御方よりも、いとをかしうし給へり。

二二「子持ちの宮」は、女一の宮。
二三 尚侍が連れて来た、大人・童・下仕え。
二四 右大将兼雅の北の方。尚侍。

一「同じ物」、未詳。【三】に、「子持ちの宮の御前に、白銀の衝重十二、同じ御器据ゑて。敷物・打敷、いと清らなり」とある。

二「物ふ」、未詳。

三「屯食」は、強飯の握り飯。賀宴や産養などの饗応の際、庭上にいる身分の低い者たちに賜る。

四 朱雀帝の第四皇子。帥の宮。女一の宮の兄。

五「攤」は、賽を用いて、その目によって優劣を競う遊び。庚申や産養などの際に行われた。「あて宮」の巻【三】注一参照。

六「裛衣香」の略。『和名

五日の夜、あるじのおとど、同じく、厳めしうし給へり。男皇子たちも、さまざまに厳めしうし給へり。[五]攤打ち、物被きなどし給ふ。

かくて、六日になりぬ。女御、麝香ども多く抉り集めさせ給ひて、[六]裛衣・丁子、鉄臼に入れて搗かせ給ふ。練り絹を、綿入れて、袋に縫はせ給ひつつ、[七]一袋づつ入れて、間ごとに、御簾に添へてかけさせ給ひて、大いなる白銀の[八]狛犬四つに、腹に同じ薫炉据ゑて、唐の合はせの薫物絶えず薫きて、御帳の隅々に据ゑたり。廂のわたりには、大いなる薫炉に、よきほどに埋みて、よき沈・合はせ薫物多く焼べて、籠覆ひつつ、あまた据ゑわたしたり。御帳の帷子・壁代などは、よき[九]移しどもに入れ染めたれば、そのおとどのあたりは、よそにても、いと香ばし。まして、内には、さらにも言はず。しるしばかりうちほのめく[一〇]蒜の香などは、事にもあらず。

大宮は、北のおとどに渡り給ひぬ。[一一]ここの御座所は、女御の君

抄』調度部薫香具「裛衣香　俗云衣比」。
七　麝香と裛衣香・丁子香を一袋ずつ入れて。
八　「狛犬」は、威儀を調えるとともに、魔除けとしたもの。通例は、獅子と一対にして御帳台の前に置く。
九　「移し」は、「移しの香」。「移しに入れ染む」は、薫物の香りに染みこませるの意。参考、『源氏物語』「匂宮」の巻「わざとよろづのすぐれたる移しを染め給ひ」。「匂宮」の巻には「移しを染む」とあるが、この物語の二例は、「移しに入れ染む」である。【三】注三参照。また、「移し」の具体例は、「蔵開・中」の巻【一七】注三に、「麝香・薫物・薫衣香」と見える。
一〇　「蒜」は、葱・野蒜・大蒜などの古名。産後の強壮のために食された。『和

ぞ、時々うち休み給ふ。大人・童は、皆、例の装束したり。中納言は、例ものし給ふ東の廂に、儀式して、御手水、物の賄ひなどし据ゑたれど、母屋の隅より頭もさし出で給はで、宮の御下ろしをのみ参る。昼間の人なき折には、這入りつつ、宮の御傍らにうち休み、これかれおはすれば、御帳の外の土居に押しかかりて居眠りし給へり。夜は、弓弦走り打ちつつ寝ず。簀子には、むつましき君たち居並み給へり。

一三　七日目、女一の宮の湯殿の儀。産養の贈り物が届く。

七日になりて、女御の君聞こえ給ふ、「夕さりは、御湯殿すべし。起き給へ。御髪掻き梳かむ」と聞こえ給へば、起き給へり。白き御衣の張りたるに、赤きが打ちたる奉りて、御床の端の方に居ざり入りて、東向きにおはす。女御の君・尚侍のおとど、掻い分けつつ梳り奉り給ふ。いと多くうつくしげにて、八尺ばかりあ

名抄』菜蔬部蒜類「蒜　比流」「大蒜　於保比流　味辛温、除レ風者也」。「除レ風者也」とあるように、風邪の薬としても食した。

二　寝殿の母屋の西にある大宮の御座所。【七】注八参照。

三　作法どおりに。

一　この「御湯殿」は、女一の宮の湯殿の儀をいう。

二　御帳台の浜床。

三　底本「のめのと」。あるいは、「大輔の乳母」の誤りか。【三七】に「典侍・大輔の乳母よりはじめて」とある。

四　自分たちにさせてくれという気持ちでの発言。

五　女一の宮の御髪をいう。

六　顔色は。

七　『和名抄』調度部薫香具「龍脳香　蘇敬本草注云、龍脳香者、樹根中乾脂也」。

り。その御賄ひは、典侍と御乳母と仕うまつる。「かかる時の初め参るは、するやうの侍るものを」。女御の君、「何か。さらずとも、心もとなからぬ御髪なれば」。尚侍のおとど、「髪は多く長き、あまたあるべしや。筋・ありさまこそ難けれ。これは、ありがたくぞ」などて、掻い分けつつ見奉り給ふ。艶やかにめでたし。殊に損なはれ給はず。少し青み給へれど、いとあてに気高く、さすがに匂ひやかにおはします。

かかるほどに、「藤壺より」とて、物一斗入るばかりの瓶二つ、衝重の沈の折櫃十二、物入れて、蘇枋の高坏に据ゑて、白銀の雉二つ、腹に龍脳込めて、雉の皮をはぎて、大いなる松の作り枝につけて、端に、かくつけて押したり。

群鳥の都留の郡に住む雉のまつの枝にぞ今日は訪ひける

とて、御文あり。春宮亮の君、持て参り給ひて、宮の御前に参らせ給ふ。浅緑の色紙一重ねに包みて、五葉につけたり。宮、開けさせ給ひて、見給ひて、うち笑ひ給ふ。中納言、「何ごとにか

八「はぐ」は、つぎ合わせるの意。ここは、白銀の作り物の雉に本物の雉の皮を張り合わせるのである。

九 あるいは、「書きつけて」の誤りか。

一〇「押す」は、張りつけるの意。

一一「群鳥の」は、「都留（の郡）」の枕詞。「都留の郡」は、甲斐国の歌枕で、『二中暦』に、産養の啜粥の言葉として見える。「然者甲斐国鶴郡ニ作テフ永彦ノ稲ノ粥永ク啜ラム」。『風葉集』賀「いぬ宮の産養に、黄金の雉に書きて遣はしける　藤壺の女御」。五句「今日は訪ひける」。『風葉集』に従って五句を改めた。

一二「春宮亮」は、正頼の五男顕澄（大殿の上腹）。「蔵開・下」の巻【三】注二六参照。

侍らむ。見侍らばや」。（女一の宮）『人に、な見せそ』とあれば」とて見せ給はねば、（仲忠）「わが君は思(おぼ)し隔てたるこそ」とて、手を[一三]さし入れて取りつ。見れば、かく書き給へり。

（藤壺）「いともいとも思ふやうにめづらしかりけることは、まづと思ひ給へしを、しばしは、ものおぼえぬやうに侍りしかば、もし、[一四]いかが、見苦しき恥隠さでを御覧ぜむ[8]と思ひ給へてなむ、今までなり侍りにける。いでやいでや、[一五]いともありがたきことの、取り集め侍りける折しもこそあれ。近く侍らで、[9]え承らずなりしこそ、世になく思ひ給へらるれ。昔ながら侍らましかば、かく思ひ給へましやと思ひ給ふるにつけても、心憂くこそ。

もろともに巣馴れしものをおのが世々にかかれる鶴(つる)とよそに
聞くかな

返す返すもねたくこそ。わが君、かかることありぬべからむ折、いと疾く[10と]、[一六]またを、まろがためによ、必ず必ず」

と書き給へり。君、見給ひて、うち笑ひて、（仲忠）「久しく見給へざり

一三 御帳台の中に手をさし入れて取った。

一四 もしかしたら、私のみっともないこの手紙を、人々の目から隠すご配慮もないままにお読みになるのではないか。「いかが」は、挿入句。「御覧ぜむ」は、女一の宮に対する敬意の表現。

一五 仲忠と尚侍が琴を弾いたことをいう。【九】参照。

一六 「またを、まろがためによ」は、挿入句。

一七 こんな時でなくても、上手にはお書きにはなれないのですから。

一八 「目驚く」は、ここは、視線が定まらない興奮状態にあることをいうか。

一九 下に「書き侍らず」の省略がある。

二〇 「やはり、代わりにお

つるほどに、かしこくも書きならせ給ひにけるかな。この御返りは、仲忠聞こえむ。まだ、御手震ひて、え書かせ給はじ。[一七]さらぬ時だに侍るものを」とて、ほほ笑(ゑ)みつつ見るに、あはれに昔思ひ出(い)でられて悲しければ、[11]ゆゆしくて置きつ。

さて、赤き薄様(うすやう)一重ねに、

「(仲忠)御文賜はるべき人は、まだ、[一八]目も驚きて、え。[一九]『(女一の宮)[二〇]なほ聞こえさせよ』とて侍ればなむ。[二一][12]『思ほすやうに』と[13]のたまはせたるは、[二二]なさは、所狭(ところせ)きやうに思されけむ。誰も恨み聞こえつべしや。まこと、[二三]『御(おほん)ために』とのたまはせたるは、何ごとか。[二四]勧むる功徳こそ侍るめれ。あぢきなき御怒り[14]なりや。

『(女一の宮)[二五]同じ巣に孵(かへ)[15]れる鶴(つる)のもろともに立ち居む世をば君のみぞ見む

と聞こえさせよ』となむ」

とて、裏に引き返して、私には、

「(仲忠)いでや、[二六]『今は限り』と言ふなれば、なほこそ。

千年(ちとせ)をば今なりと思ふ松なれば昔も添ひて忘られぬかな」

返事申しあげよ」と申しますので、私がお返事をいたします。

二一　藤壺の手紙に、「思ふやうにめづらしかりけること」とあったことへの返事。

二二　「なさは」、未詳。上に脱文を想定する説などがある。

二三　藤壺の手紙に、「まろがためによ」とあったことへの返事。

二四　「勧むる功徳あり」は、人に何かを勧めると勧めたほうに功徳があるの意の当時の諺か。

二五　若宮の立坊と、いぬ宮の入内を願う気持ちを詠んだ歌。女一の宮が代筆したという体裁である。

二六　『新撰万葉集』「厭はれて今は限りとなりにしをさらに昔の恋ひらるるかな」を引くか。

と書きて、同じ一重ねに包みて、おもしろき紅葉につく。宮、「見ばや」とのたまへば、「さぞ、見給へまほしう[16]侍る」とて出[二七]ださせつれば、召し寄せて、はた、え見給はず。

女御の君、いと清らなる女の装束を取り給ひて、三の宮請じ奉り給ひて、「これ、『かかる所よりは、ただに[二八]ものせざなり』とて、この御使にものし給へ」とて奉り給へば、持て[17]出で給ひて被け給ふ。亮の君、下りて拝して、参り給ひぬ。

中納言、奉れ給へる物どもを取り寄せて見給へば、瓶に、練り[二九]たる打ち綾、一つには、練り絹、いとよき、口もとまで畳み入れ、[三〇]折櫃どもには、一つには、白銀の鯉、同じき鯛一折櫃、沈の鰹作りて入れ、一つには、[三一]沈・蘇枋をよくよく切りて一折櫃、[三二]合はせ薫物三種、[18]龍脳香、黄金の壺の大きやかなるに入れて一折櫃、[三三]「味噌」と書きつけて、[三四]赤むたひ少し、白き絹を、縫ひ目はなくて、[三五]続飯などして[三六]海松のやうにして一折櫃、[三七]白粉を入れたり。いま二つには、裏衣・丁子を、[三八]鰹つきの削り物のやうにて入れたり。

二七 使の春宮亮に渡させてしまったので。
二八 「ただに」は、禄も与えないでの意。
二九 綾と絹を酒に見立てた趣向か。
三〇 以下の折櫃の中の物は、酒の肴に見立てた趣向か。
三一 この沈・蘇枋は、何の肴に見立てたものか、よくわからない。
三二 この合わせ薫物と龍脳香も、何の肴に見立てたものか、よくわからない。「龍脳香」は、【三】注七参照。
三三 『和名抄』飲食部塩梅類「末醤 楊氏漢語抄云、高麗醤 美蘇 俗用味醤二字」。味噌は、それらしく作ることが困難なので、名札をつけたものか。
三四 底本「あかむたひ」、未詳。
三五 「続飯」は、「そくいひ」の約。飯粒を練って作ったくはしく見つつ、わづらはしく、御心入りて、かくし給ひつらむ、[三九]殿にはさりげもなかりつるものをなど思ほす。尚侍のおとど見給ふ。

夜さりつ方になりぬれば、[19]いぬ宮に御湯殿参る。宮も、御湯殿し給ふ。

かかるほどに、涼の中納言殿より、産養あり。子持ちの宮の御前に、白銀の衝重十二、同じ御器据ゑて。敷物・打敷、いと清らなり。衝重どもの内には、皆、物あり。二つには綾を練りて、一つには[20]花文綾・薄物、一つには色々の織物、一つには白き綾、一つには[四〇]練り貫、一つには練り繰りたる糸、[四一]生糸、物うるはしき入れたり。嵩高く入れて、重き物を据ゑたれば、押されて、[四二]かたにあり。女御の君の御前には、沈の折敷、同じき高坏に据ゑて九つ。打敷・敷物、[21]殊に、いと清らなり。沈の御衣箱、黄金の[四三]置口したる六つに、[四四]賭物、女の装ひ一具、[22]白き袿十襲・袴[23]十具、蒔絵の御衣櫃に入れて、物五斗ばかり入るばかりの紫檀の櫃五つに、碁

糊。

三六　底本「みる」を「海松」と解する説に従った。

三七　「白粉」は、「あて宮」の巻【二】注一六参照。「あて宮」の巻では、おしろいを飯に見立てていた。

三八　「鰹つき」は、「鰹つ木」で、鰹節のことをいうか。

三九　正頼殿の所では。

四〇　「練り貫」は、生糸を縦糸、練り糸を横糸として織った絹織物。

四一　黒川本『色葉字類抄』「生糸　ス、シノイト」。

四二　「かたに」、未詳。片側に寄っての意か。【九】注一九の「かたに」と同じとも解せるか。

四三　「置口」は、「吹上・上」の巻【三〇】注六参照。

四四　底本「かけもの」。賭物としての意か。

手、[四五]扱きて嵩高く入れたる、[四六]すみ物とてうち具し給へり。

また、[四七]左の大殿よりも、碁手・すみ物・御前の物、いと清らにし給へり。式部卿の宮・民部卿の殿よりも、さまざましつつ奉り給へり。

一四 七日目の産養の宴が始まる。

かくて、中のおとどの南の廂開けわたして、御座ども敷きわたしたり。あるじのおとどの君、出で給ひて、[一]衛門佐して、[1]左大臣・式部卿の宮の御方に申し奉り給ふ、[二]「今宵、いとさうざうしく侍るべき。いともいともかしこくとも、渡りおはしましなむや。翁、ここならば、舞ひて御覧ぜさせむ」と聞こえ給へれば、「いみじき見物侍るべかなり」とて、皆おはしましぬれば、それより下は、え籠もりおはせで、皆おはして[2]居並び給へり。この御前よりのことども、皆、[三]源中納言殿し給へり。いと[3]清らにて[4]参りわた

四五 「扱く」は、銭を緡(さし)からはずす意。緡は、銭の穴に通す紐。
四六 「すみ物」、未詳。「あて宮」の巻【三】注二五参照。
四七 左大臣藤原忠雅。仲忠の伯父。

一 左衛門佐源連澄。正頼の四男。
二 「奉る」は本動詞で、衛門佐を遣わすの意。
三 源涼。
四 「ねだれ」、未詳。酔って食べ物を吐いたことをいうのだろう。
五 以下、いぬ宮が生まれた際の人々の騒ぎを話題にする。【九】参照。「宮」は兵部卿の宮。
六 草鞋を片足だけ履いた兵部卿の宮の慌てぶりをからかう。
七 「夜戸出姿」は、夜の外

り給ふ。

御酒強ひ、物など参りて、中務の宮、一ねだれ物吐き給へり。式部卿の宮、「宮には、草鞋の片足をなむ。それに、例のやうにはあらで、うち僻みて」。兵部卿の宮、「源中納言の御夜戸出姿こそしどけなかりしか。帯は、前の下には見えし」。中納言、「いかなる帯にか侍りけむ。良中将の朝臣は、下の袴を着て、皆掻いわぐみて走らるめりし。それも、その道の人とて、裸・鶴脛にても騒がれじや」。「正頼が男子どもは、例よりも装束うるはしくして、笏取り縊りてぞ、練り出でにたりし」。民部卿の、「あはれ、宰相の朝臣、世に交じらはましかば、いかなる猿楽をして、一日あらまし」。あるじのおとど、「宮に候ふ者、いかに思ふらむ。正頼をぞ恨むらむかし。先つ頃、『まかでむ』とものせしを、まかでさせねば、いみじう怨ずらむかし」。左のおとど、「げに、さ思すらむ。ははかたといひあれば、忠雅らが言ふことは、いはゆる『牛の走る』ぞかし」とのたまへば、一度十度、ほほと笑ふ。

出姿の意。参考、『延喜十三年三月十三日亭子院歌合』「昇の朝臣の夜戸出姿こそおぼゆれ」。

八　宰相の中将良岑行正。

九　さすがに行正は舞の名手だから。

一〇　「鶴脛」は、着物の裾が短くて脛を長く出している。ここは、下袴をたくし上げて走っているさまの形容。

一一　「縊る」は、固く握りしめるの意。

一二　源実忠。民部卿実正は、実忠の兄。

一三　「猿楽」は、滑稽なしぐさの意。

一四　春宮に入内した藤壺。

一五　「ははかたといひあれば」、未詳。

一六　「牛の走る」というたとえの内容はよくわからない。当時の諺か。

一七　人々が忠雅の恐妻家ぶりを笑ったものか。

かうて、[一八]御遊びし給ふ。琵琶式部卿の宮、箏の琴左のおとど、中務の宮に和琴、兵部卿の宮笙の笛、中納言横笛、[一九]権中納言[二〇]大篳篥と、合はせて遊ばす。藤中納言、僻みたるやうなり、かはらけ取りてまうでむとて、紫苑色の織物の指貫、同じ薄色の直衣、唐綾の掻練襲着て出で給ふ。この頃、例よりも容貌盛りなり。下襲の裾、いと長く走り引きて、かはらけ取りて出で給ふ。兵部卿の宮、「あなめづらしや。いみじくも木深くも籠もられたりつるかな」とて、[二一]目を研ぎて、皆まもり給ふ。さらに難なき、帝の御婿なり。「源中納言なずらひたり」と言ひしかど、今は、いとこよなし。

中納言、式部卿の宮に、御かはらけ参り給ふ。宮、[二二]闕巡三度まで[二三]行き給ふ。さて、

式部卿 [二四]姫松はいつも生ふなる宿なれば陰涼しげに見ゆる度かな

中納言、

仲忠 いさやまだ陰は知られず姫松は年経て長き色をとぞ思ふ

一八 産養では管絃は行わないともいう。参考、『御産部類記』四（後一条天皇）「延長両度例無二管絃一、又凡人産間無二糸竹興一」。
一九 正頼の長男忠澄。
二〇 大篳篥は、源博雅の後に絶えたという。参考、『教訓抄』巻八管絃物語〈篳篥〉「康保三年之頃、良岑行正吹二大篳篥一、博雅卿伝レ之吹。其後絶畢」。
二一 「目を研ぐ」は、視線を凝らすの意か。
二二 「闕巡」は、酒宴の巡盃に後れた人に、それまでの分の酒を飲ませること。
二三 底本「ゆき」。「す（飲）き」の誤りと見る説もある。
二四 「姫松」に美しい女君、「陰涼しげ」に将来の繁栄をたとえる。

中務の宮、

二五 木(こ)高くて涼しき陰に宮人の円居(まとゐ)するまで生ひよ姫松

兵部卿の宮、

心行く心地こそすれ二葉なる松の世々のみ思ひやられて

左のおとど、

忠雅二六 二葉より生ひ並びつつ姫松は波をばまさで千世は過ぎなむ

藤大納言、

忠俊二七 岩の上に今より根ざす磯の松[13]ただにうき身をありとだに見む

右のおとど、

正頼二八 年経れば頭(かしら)の雪は積もれども小松の[14]陰も待ち出(で)てしかな

[15]右大将、

兼雅二九 昔生ひの松にし並ぶものならばまた緑子(みどりこ)の頼もしきかな

民部卿、

実正三〇 若緑二葉に見ゆる姫松の嵐吹き立つ世をも見てしか

平中納言、

二五「陰に宮人の円居するまで生ふ」は、いぬ宮が将来入内して立后することなどを予祝するか。「姫松」に、いぬ宮をたとえる。

二六 いぬ宮と、春宮の若宮との結婚を予祝する歌。

二七「うき」に「浮き」と「憂き」を掛ける。「磯の松」はいぬ宮をたとえ、「憂き身」は自分たちの身をいう。「磯」「浮き」は、縁語。

二八「小松の陰」に、いぬ宮の将来の繁栄をたとえる。

二九「昔生ひの松」は、正頼をたとえる。「藤原の君」の巻【一】注八の帝の歌参照。

三〇「姫松」はいぬ宮を、「嵐」は、松風のことで、琴の音をたとえるか。

末の世の遠くもあるかな千年経る松の二葉に見ゆる今宵は

源中納言、

涼[三一]　姫松は林と生ほすこの宿にいく度千世を数へ来ぬらむ

権中納言、[三二]

忠澄　緑子の多かる中に二葉よりよろづ世見ゆる宿の姫松

[三三]これより下にあれど、書かず。

一五　翌朝まで酒宴が続き、産養が終わる。

かかるほどに、式部卿の宮、「『事初め』[一][1]とこそ言ふなれ。[2]いづら、あのこと[二][3]は」。あるじのおとど、正頼[三]「侍りかし」とて、輪台[四]を、気色ばかり、立ちて舞ひ給へば、御前の府々、楽の遊び人ども、男ども[五]を請じつつ、琴ども[4]弾き立てつつ、一度に打つ物の音に合はせて、その楽をするほどに、三の宮、黒らかなる[六]掻練一襲、縹の綺の指貫、同じ直衣、蘇枋襲の下襲奉りて、かはらけ取りて、

三一「姫松は林と生ほすこの宿」は、女君たちが多くいる三条の院をいう。

三二　源忠澄。『風葉集』は、次の歌を、仲忠と誤って載せる。『風葉集』賀「いぬ宮の生まれて侍りけるに　うつほの右大将仲忠」。

三三　以下、省筆の草子地。

一　物事は最初が肝心だの意か。

二「あのこと」は、【四】の、正頼の「翁、ここならば、舞ひて御覧ぜさせむ」の発言をいう。

三　これから舞いましょう。

四「輪台」は、雅楽の曲名。盤渉調の左方舞。輪台を序の舞、青海波を破の舞として、ともに舞われた。

五　ここは、垣代の楽人たちを招いたことをいうか。

六「黒らかなる」は、濃い紅色が黒みを帯びて見え

中務の宮に参り給ふ御さま、丈聳やかに気高きものから、いと匂ひやかなるもてなし、いと心憎くて、中務の宮に参り給ふ。御官、弾正の宮におはし、御歳二十三。「例あり」とて、闕巡三度ばかり参り給ふ。これを、式部卿の宮・左のおとど、いとめでたし、これ、かかる婿にせむと思して、左のおとど、「御肴にせむ」と、箏の琴に、いとおもしろく掻い弾き給ふ。式部卿の宮、我も思ほすことなれば、いとをかしと思して、うちほほ笑みて見給ふ。中務の宮、御かはらけ取りて、舞ひ給へる右のおとどに参り給ふ。皇子は、叔父宮たちの御座の下に着き給ひぬ。

かくて、御かはらけ下るほどに、右のおとど、「腰屈まりたる翁をのみ奏でさせ給ひて、ただにてやはやみ給ひなむずる」とのたまへば、源中納言、立ちて舞ひ給ふ。上下、楽おもしろし。

かかるほどに、四の宮、赤らかなる綾掻練一襲、青鈍の指貫、同じ直衣、唐綾の柳襲奉りて、かはらけ取りて、兵部卿の宮に参り給ふ。見れば、いと大きやかに、ふつつかに肥え給ひつるが、

るさまをいう。
七 「綺」は、模様を浮かせて織った薄い絹織物。「内侍のかみ」の巻【三】注二九参照。
八 三の宮は、すでに、「内侍のかみ」の巻【五】に「弾正の宮」、【三】に「弾正の皇子」として登場している。
九 底本「かゝる」、不審。
一〇 催馬楽「我家」による表現。「祭の使」の巻【三】注一二参照。
一一 式部卿の宮と兵部卿の宮。あるいは、中務の宮をも含めるか。「国譲・下」の巻【五六】注七参照。
一二 涼は、正頼が舞った輪台に対して、青海波を舞ったか。注四参照。
一三 「青鈍」が喪服ではない例である。「蔵開・中」の巻【一七】注二参照。
一四 「ふつつかなり」は、たくましく太っているの意。

色白くもののしくおはす。これも[一五]聞こしめしつ。[一六]取り給ひて、舞し給ひつる源中納言に賜ふ。取り給ひて、[9]さらに、[一七][10]宮には、また参り給ふ。[一八]宮は、続きて着き給ふ。これは、[11]帥(そち)にぞおはする。歳二十二。

[12]左のおとど、「[一九]この順(ずん)の舞は、知りたらむに[13]従ひて、子ならむ[14][15]をもあまさじ。[16]ただ人もせさせむ」とのたまへば、御太郎の[17]大納言、立ちて、万歳楽(まんざいらく)を舞ひ給ふ。楽、いとおもしろくす。右のおとど、「万歳楽は、人の御[二〇]仕手(して)心なりけり。わいても、[18][二一]一日(ひとひ)の、[二二]命老いに見えし」とのたまふ。

六の宮、紅(くれなゐ)の掻練のいと濃き一襲、桜色の綺の同じ直衣・指貫、葡萄(えび)染めの下襲奉りて、かはらけ取りて、左のおとどに参り給ふを見れば、いと小さく[二三]ひちちかに、ふくらかに愛敬(あいぎやう)づき給へり。御歳二十。[二四][19]常陸大守(ひたちのたいす)にぞおはする。例の[二五]闕巡(けちずに)参り給ひて、大納言に賜ふ。また、それ、さらに参り給ふ。これも、居給ひぬ。藤宰相、[直雅][二六]「この君も舞ひ給ふものを」とて、猿楽(さるがう)する人にて、[二七]亀舞を

一五 闕巡をお飲みになった。
一六 兵部卿の宮が、その盃をお持ちになって。
一七 この「宮」を、兵部卿の宮と解した。
一八 この「宮」は、四の宮。
一九 「順の舞」は、宴席などで、列座の人々が順に舞う舞。
二〇 「仕手心」は、舞う人の心次第の意。
二一 「一日の舞」の意で、いぬ宮が生まれた際の仲忠の万歳楽をいう。【八】参照。
二二 「命老い」は、寿命が延びるの意か。
二三 「ひちちかなり」は、元気があるの意か。
二四 常陸国は、上総国・上野国とともに親王任国で、その守を大守といった。
二五 左大臣が、六の宮に闕巡を飲ませて、その盃を大納言に渡すのである。
二六 「この君」（大納言）は、

す。上下、一度に、ほほと笑ふ。人の御目ども覚めて、いと興ありと思ほす。

八の宮は、浅葱の直衣・指貫、今様色の御衣、桜襲奉りて、右[20]のおとどにかはらけ参り給ふを見れば、いとあてにきびは[二八]にて、何心もなき顔し給ひて、御歳十七。右[21]のおとど、闕巡、「多くも、な聞こしめしそ」とて、気色ばかり参[22]り給ふ。取り給ひて、戯[23]れ舞しつる宰相に賜ふ。賜はりて、また参り給[24]へる[二九]ほどに、右大将[25]の君、「兼雅は、これならぬ手をば知らぬ」とて、鳥の舞[三〇]を気色ばかりし給ふほどに、右近の幄より孔雀を出だす。左近の幄より鶴[26]二つを出だして、その楽を、上下、揺すりてすれば、鳥も折れ返りて舞ふに映やされて、このおとど、その舞をし出で給ふほどに、女御の君の、後[三一]に生まれ給ひし十の皇子、四つばかりにて、御髪振り分けにて、白くうつくしげに肥えて、御衣は、濃き綾の袿、袷の袴襷[三二]がけにて、葡萄染めの綺の直衣着て、かはらけ取りて出で給ふ。祖[27]父おとど・兄宮たち、「誰にぞ、誰にぞ」と問[28]ひ

兄の忠俊。だから舞の名手の私も舞おうの意を込める。

二七「亀舞」、未詳。亀の動作を真似た滑稽な舞でいぬ宮の長寿を寿ぐ気持ちをも込めたものか。

二八「きびはなり」は、若々しいの意。
二九　底本「あへる」を「給へる」の誤りと解した。
三〇「鳥の舞」は、童舞。「菊の宴」の巻【二】注三参照。兼雅が童舞を舞ったのは、当座の座興か。
三一　十の宮。「嵯峨の院」の巻【一五】、「菊の宴」の巻【四】に、仁寿殿の女御が懐妊していることが見える。
三二「襷がけ」は、袴が長いので、腰の紐を肩に十文字にかけて結んださま。

給ふに、「あらず」とて、[29]右大将の御座におはして奉り給へば、かはらけを見
つい居給ひて、掻き抱きて、膝に据ゑ奉り給ひて、
給へば、女御の君の御手にて、

[三三]一よだに久して[30]ふなる葦鶴のまにまに見ゆる千年何なり

と、例よりもめでたく書き給へり。大将、いとめづらしく、[三四]今年
二十年あまりといふに、この御手を見るかな、いみじうかしこく
もなりにけるかなと見給ふ。あはれに、昔思ほゆれど、涙も落ち
ぬべけれど、かしこく見入れて、懐にさし入れ給へば、「否。『こ
れに[31]御酒[32]を入れて参れ』とこそ、[三五]内裏[33]の上はのたまひつれ」とて、
肌を指し給へば、「かく墨つきて汚げなるは伝へじ。これこそ白
けれ」とて、御机なる[三六]様器を取り替へて、かれは隠し給へば、人々、
「例ならず。など納められぬる」と騒ぎ笑ふ。若宮、様器に、人々
に、[34][35]御酒入れさせ給ふ。「多しや」と聞こえ給へど、「否々」とて、
こぼさで[三七]参り給ふ。取り給ひて、宮を抱きながら、人々には参り
給ふ。取り給ひて[三八]。

三三 「一よ」に「一節」と「一夜」を掛ける。「(葦の)一節」は、短いもののたとえ。「葦鶴」に兼雅をたとえ、いぬ宮の長寿を寿ぐとともに、兼雅の不実をなじる歌。
三四 兼雅の年齢は、【一八】に、「歳四十二」と見える。二十年あまり前は、俊蔭の娘と再会する前になる。
三五 母の仁寿殿の女御。
三六 「様器」は、もと、白い釉をかけた陶器。「蔵開・中」の巻【三七】、『源氏物語』「宿木」の巻に、「白銀の様器」の例もある。
三七 十の宮が兼雅にさしあげなさる。十の宮は子どもだから、闕巡は飲まない。
三八 接続助詞「て」でとめた表現。
三九 「順の和歌」は、宴席などで、列座の人々が順々に詠む和歌。【一四】の和歌。
四〇 参考、「浜木綿」は、『万

かくて、[三九]順(ずん)の和歌、行正の中将[36]の書きつくる御硯(すずり)の近きを、さらぬやうにて、筆を取り給ひて、御果物(おほんくだもの)[37]の下なる[四〇]浜木綿(はまゆふ)に、かく書き給ふ。

「[兼雅]あなめづらしや。

よろづ世はまにまに見えむ葦鶴(あしたづ)も古(ふ)りにしことは忘れやはする」

とて奉り給へば、宮入り給ひぬ。

左のおとど、「[忠雅]かく、[四一]老い学問、皆せらるる中に、などか、[四二]衛(ゑ)門督(もんのかみ)の、いとまめやかに、疾(と)く修められけむ、かうだに乱れ給ふ所に。[四三]あふごぞまだしからむ」。右のおとど、「[正頼]何ぞは。[四四]一日(ひとひ)の役、いと重かりき。さても、間遠や[38]」。中務の宮、「などかは、さのみ[四五]座のいたく下(くだ)りたる。[四六]今宵は召し上げよや」。父おとど、「[兼雅]はやまかり着け」とのたまふ。簀子(すのこ)に、殿上人[39]の座に居給へり。

式部卿の宮、「今は、御簾(みす)の内より、[四七]流れの御かはらけ賜はらばや。[四八]かの蒜(ひる)臭き御肴(さかな)こそ、いと食べまほしけれ」。左のおとど[40]、

葉集』巻四「み熊野の浦の浜木綿百重なす心は思へどただに逢はぬかも」（柿本人麿）、『拾遺集』恋一、三句「百重なる」。
四一　「老い学問」は、正頼が舞った輪台の舞などを戯れて言ったもの。
四二　仲忠。同じ中納言である涼との混同を避けたもの。
四三　「あふご」に「朸（あふこ）」と「逢ふ期」を掛けた表現。
四四　「一日の役」は、いぬ宮が生まれた日の仲忠の活躍ぶりをいうか。
四五　仲忠は、主人役として、下座の殿上人の座にいたのである。
四六　上を仲忠への発言、下を兼雅への発言と解した。
四七　「流れ」は、「順流れ」の意か。
四八　「蒜」は、【三】注一〇参照。

「忠雅[四九][41]がすみ物もの[42]し給ふらむ。さし入れ給へや」。中務の宮、[五〇]「おとどのたまはねども、心にもあらず」。兵部卿の宮、「さばかり高かりし御声を[五一]」など、思ひつつ、これかれのたまふ。

ほのぼのと明け離るるほどに、良(らう)中将、下りて、陵王(れうわう)を、折れ返り、なき手を舞ふ。そこらの人、驚くこと限りなし。「これは、まだ、世になかりつる手かな。いかにしつることぞや。宮あこ君の[五二]御賀の舞は、これを伝へたるにこそありけれ、[五三]いづこより、いかでならむと思ひしは」とて騒ぐほどに、[五四]殿の君たち、被(かづ)け物取りつつ出で給へり。[五五]中納言・宮たち、一度(ひとたび)に取り被け給ふ。その被け物どもは、女の装束(さうぞく)、児(ちご)の衣(きぬ)、襁褓(むつき)添へてなむ。[五六]源氏の中納言、同じ被け物、疾(と)く取りて、舞する中将に、砂子(いさご)の上を下(お)りて被け給ふさま、いとなまめきてめでたし。府々(つかさ)の幄(あげばり)[43]の人々ぞ、「そこら興(けう)ありつることよりも、これこそめでたけれ」など言ふ。

かくて、皆人、三位・中将・宰相[44]には、白き袿一襲、袷の袴一具、さらぬ四位五位には、白き袿一襲、六位には、一重襲(ひとへがさね)・白張(しらはり)、

四九 「すみ物」、未詳。「あて宮」の巻【三】注一五参照。
五〇 左大臣殿がお願いなさらなくても、心配することはありませんの意か。
五一 「御声」は、いぬ宮の産声。
五二 嵯峨の院の大后の宮の六十の賀。「嵯峨の院」の巻【三五】、「菊の宴」の巻【一八】参照。ただし、陵王を舞ったのは、家あこ君。宮あこ君に落蹲を教えたのは源仲頼、家あこ君に陵王を教えたのは行正である。
五三 以下、倒置法。
五四 正頼の男君たち。
五五 仲忠と、仁寿殿の女御腹の皇子たち。
五六 源涼。

下仕へには、腰絹[五七]、上下のも、いとをかしくてあり。
[45]上の御遊びはやみて、府々[五八]の幄[46]ら、唐楽[五九]しつつ、孔雀[47]・鶴を舞はせて御覧ぜさす。御簾の内にも、皆、立ち騒ぎ、見給ふ。内より、黄金を柑子ばかりまろかして、小さき白銀の魚二つを出だし[48]給へれば、式部卿の宮取り給ひて、孔雀[49]は黄金を食ひ、鶴[50]どもは魚ども食ひて舞ふこと限りなし。孔雀に綾の御衣・袿、鶴には白き綾の児の御一重襲一具被け給ふ。
かくて、皆人、泥[六〇]のごと酔ひて、足を逆さまに倒れよろぼひつつ、御方々に[51]おはしまさふ。おのおの、御子ども・御供の人、雲[六一]のごとつきて入り給ふ。あるじのおとどの御後に、いみじく多く立ちて入り給ふ。右大将[52]よろぼひて入り給へば、中納言、しどろもどろに酔ひて、西[六二]の御方に御送りして、「酒[六三][53]を食べて、食べ酔ひて」と、いとおもしろき声に歌ひて入りおはすれば、女御の君[54]、[55]いぬ宮搔き抱きて、御局[六四]へ入り給ひぬ。

中納言、入りおはして、宮の、鳥の舞見給ふとて、御帳の柱を

五七「腰絹」は、腰ざしとして与える巻き絹。
五八　左右の近衛府の楽所の幄。
五九　唐楽は、左方楽。左大将でもある正頼家の慶事を寿ぐためのもの。
六〇「泥」は、南海に住むという想像上の虫。参考、『異物志』「南海有レ虫、無レ骨、名曰レ泥。在レ水則活、失レ水則酔、如二一堆泥一」。

六一「雲のごと」は、人や物が多く集まることのたとえ。
六二　母屋の西の廂。尚侍の局がある。【二】参照。
六三　催馬楽「酒飲」の歌詞。「酒を食べて　食べ酔うて　たふとこりぞ　まうで来ぞ　よろぼひぞ　まうで来る　まうで来る」。
六四　大宮の局か。【七】注八参照。

押さへて立ち給ひつるを、「あな見苦し。何ぞの破れ子持ち[六五]か、物は見る」とて引き据ゑ奉りて、「日ごろは、汚い物[六六]をだに引き解[57]かざりつる。今だに」とて、一所[58]に臥し給ひぬ。尚侍[59]のおとども、「大将のただ籠もり[60]給へる、訪はむ」とて、御局へおはしぬ。宮の御乳母と典侍[61]とぞ、御装束[六七]取りかけ[62]などして候ふ。御帳の内には、御乳母[63]ども、御達[六八]、にたにありけるなりとや。

[64]「南面に、皆ながら着き並み給へり。宮たち、御かはらけ取りて出で給へり。人々、舞し給ふ。

客人たち、同じ[六九]袿[65]を上に着つつ、御烏帽子し給ひて、親王[66]たち・大臣、同じやうに、納言までは、同じ姿にて、冠し給へり。

御前に、府々の幄ども打ちわたし[67]、左右近衛の府の楽所どももあり。机ども立てわたして、[七〇]ものところに結び物[七一]ども舁き立てたり。鳥ども、舞す。」

六五 「破れ子持ち」は、子どもを生んだばかりの女の意。
六六 「汚い物」は、下袴をいう。
六七 「取りかく」は、取って衣桁などにかけるの意。
六八 「にたに」は、大勢、たくさんの意か。「吹上・上」の巻【三】注七参照。
六九 被け物の白い袿。
七〇 「ものところ」、未詳。
七一 「結び物」未詳。屯食のことと解する説がある。

一 【三】に見える、源涼と左大臣藤原忠雅からの産養の品々。
二 あるいは、「取り出」は「取う出」の誤りか。
三 「権大納言」は、源季明の長男実正か。「内侍のかみ」の巻【三八】に、「従三位権大

一六　八日目の出来事。

かくて、女御の君、昨夜[一][1]のここかしこの御前の物ども取り出[二]させて御覧ずる中に、左の大殿の、沈の衝重十二、白銀の坏どもあるは、尚侍[2]のおとどの御方に、権[三]大納言殿の、浅香の衝重、御椀など、同じ数なるは、北[四]のおとどに、源[五]中納言の、白銀の衝重、蘇枋の長櫃に据ゑたる、内の物ども皆具して、藤壺に奉れ給ふ。酔[六]ひたれど、よくし給ふ、中納言聞き臥し給へり。

女御の君、御文書き給ふ。

仁寿殿
「昨日も、聞こえむとせしを、[七]あやしく酔ひて望まるめりしかば、後にとてなむ。いとわづらはしげなりしわざを、[八]一所、いかでし給ひけむとなむ。[九]さては、消物にし給ひて、[一〇]かやうなること、また、疾[3]くをとてなむ。[一一]見よげならぬも、あまたあるは憎からぬものと、今宵こそ見給へつれ」

納言兼民部卿源朝臣実正」と見える。「権」を「藤」の誤りと見て、藤原忠雅の長男藤大納言忠俊と見る説もある。

四 北の対に住む、女御の母大宮のもとに。

五 源涼。

六 「酔ひたれど」は、「聞き臥し給へり」に係る。

七 仲忠が女一の宮に代わって藤壺に返事をしたことをいう。【三】参照。

八 あなたお一人で。

九 「さて」は、話題を変える時の言葉。以下、涼の産養の品を贈ることをいう。

一〇 「かやうなること」は、出産をいう。

一一 たいしてかわいく見えない子であっても、大勢いることはなかなかいいものだ。

とて奉れ給ふ。

藤壺、見給ひて、「[一二]これこそわづらはしげなりけれ」などて、

御返り、

（藤壺）「昨日、[一三]思はずなりしかば、後ろめたくやとぞ。いでや。なほこそ聞こえもあなれ。[一四]うちにも、ありがたくめづらしくし給ふことの、さまざまに侍りけるに、離れ侍りて承るにこそ、生ける効なく思ひ給へ嘆かるれ。さて、[一五]これは、思ほえず、[一六]月離りなる心地してなむ。憎からず見給へりけむ、[一七]いづれなりけむ」

と、白き薄様一重ねに、いとめでたく書き給へり。

三の宮、取り給ひて、「よの御手や。[一八]そこの御手をこそ、よしと、世人も思ひためれ。これ、はた、こよなかめり。かかる折ならでは、心と、え見ずなりにしはや。人にのたまはすと見ましかば、つらくもあらまし」。女御の君、「かかる[一九]仲らひのあるまじきことなればにこそありけめ」。宮、（三の宮）「さてや、[二〇]小宮は春宮におはせぬ。おもとこそ、つらくおはすれ。まろを幸ひなく生み出で、も

一二 「これ」は、源涼の産養の品をいう。
一三 満足できる物ではなかったので。
一四 「うちにも」は、いろいろある中でもの意と解した。
一五 もう一人子を生むことは。
一六 底本「月さかりなる」。「月離りなり」で、時機を逸するの意と解した。
一七 どの宮のことだったのでしょうか。どの宮も皆すばらしい方々ですの意。
一八 「そこ」は、二人称。
一九 底本「ならひ」を「なからひ」の誤りと解した。藤壺と三の宮が叔母と甥の関係にあることをいう。
二〇 嵯峨の院の小宮。小宮と春宮は、叔母と甥の関係で結婚していることになる。

のを思はせ給ふ」。女御の君、うち笑ひ給ひて、「あやしの御かこ[二一]とや。心深く、[二二][6]なおはせそ。[二三]一所（ひとところ）おはすればこそ、もの思さるら[7]む。[二四]これかれ聞こえ給ふことをものしておはせよや。宮たちは、[二五]かくてややみなむとする」。[8]（三の宮）「思ひ慰むばかり、人も、えあらじや。よくせずは、法師にもありなむ[二六]とすや」とて、御文は取りて立ち給ひぬ。

女御、「[9]この御文や。昨日は、あなた[二七]怨（ゑ）じて取り給ひ、今日は、宮、かくのたまふかな。[10]さても、[11]からしや。むつかし」とうちむつかり給ふ声、愛敬（あいぎやう）づき、[12]右大将、近くて、をかしと聞き給ひて、北の方に、[13]（兼雅）[二八]「この宮にこそ、女御も似ておはするか」。[14]いらへ、[15]（尚侍）「人も見知らねば、よくおはすとのみぞ見ゆる」。[16]おとど、（兼雅）[二九]「宮方は、[17]すべて、中納言、いとあはれと思ひ聞こえたり。見どころなからむ人、さ思ふべき人にあらず」。北の方、「御息所（みやすどころ）も、[18]さばかりおはしますめりし。帝の、いみじく時めかし給ひて、[三〇]この頃も、『疾（と）く参り給ひね』とのみこそは、度々（たび）ある御文を見れば、あめ

二一「かこと」は、恨み言、愚痴の意。
二二 底本「なおはしせそ」。「なおはせそ」の誤りと解した。あまり深刻に思い詰めなさらないようにの意か。
二三（三の宮が）独身でいらっしゃるから。
二四 いろいろな方々が婿にお迎えしようとなさっているのですから、それを聞いて結婚なさい。
二五 親王がこうして独身のままでいらっしゃるわけにもいかないでしょう。
二六 あるいは、「なりなむ」の誤りか。
二七「あなた」は、仲忠。【三】参照。
二八 仁寿殿の女御も三の宮に似ているのかの意。
二九 女一の宮の一族の方々のことは。
三〇 以下のことは語られていない。

れ」。おとど、「[三一]そこをこそ、いかに[三二]見給ふらむ。よき人多くも持[19]たりし者の、かく、げに[20]、一人につきにたるよ、かかる妻(め)[21]持たりける者の、我を[三三]言ひ[22]けるとこそは見給ふらめ。今だに、[三四]頭掻い(かしらか)伏せ、[三五]例の衣(きぬ)うち着て見え奉り給へ。中納言の面伏せ(おもてぶせ)なり」。北の方、「げに、子ながら恥づかしや、同じ[三六]、時の殿上人の、さながらある夜(よ)に」。[兼雅]「わがあれば、え越え[23]てはあらで、[三七]その座に、上達部にてありつるも、あはれ。はや、[三八]小宮して奉り[三九]つるかはらけも[四〇]賜(た)ばむ」とて、枕上(まくらがみ)にうち置きて、二所(ふたところ)臥し給へり。

女御の君、乳母(めのと)を召して、「日暮れにけり。起こし奉りて、物参れ」とのたまへば、参りて、[乳母][四一]「御台候ひたり」と聞こゆれば、中納言、[仲忠][四二]「何ぞの嫗(おんな)ばらは、物[24]参る。[四三]花盛りをこそ。[四四]まろぞ、よき者」とて起き給はず。しかなど聞こゆれば、女御の君、「酔ひぬる人こそあやしけれ。[四五]人の怠るをだに、さばかり言ふものを」などのたまふ。

その日暮れぬ。

三一 「そこ」は、二人称。
三二 仁寿殿の女御は。
三三 私（女御）に求婚していたのだ。
三四 「頭掻き伏す」は、顔を伏せて顔を隠す意。
三五 普段の装束を着て。今、尚侍は、白装束である。
三六 以下、倒置法。
三七 殿上人の座。【一五】注五五参照。
三八 「小宮」は、朱雀帝の十の皇子。
三九 底本「たてまつりつる」、敬語不審。「たまひつる」などの誤りか。
四〇 与えよう。「賜ぶ」は、「俊蔭」の巻【三六】注三参照。
四一 お食事のご用意ができました。
四二 どんな婆さんたちが、食事の世話をするのか。
四三 「花盛り」を、女一の宮のことと解する説に従った。

一七　九日の産養の準備。

夜も明けぬ。つとめて、中納言、「これは、昨日か今日か」とのたまへば、人々、いみじう笑ふ。驚きて起きて、「あやしくもありけるかな」とて、物急ぎて参らす。

かくて、その日は九日なり。かねて、「仕まつる人賄ひぬべきに、その日ばかり、わざとにはあらで、ただ御肴ばかりの設けして、内外のこれかれの御料など設けよ。このわたりにも、ただ気色ばかり」とのたまへりければ、「もののたまはぬ人の、かくのたまふ」とて、よくはあらねど、設けたり。

夜さりつ方、尚侍のおとどの、御髪梳りて、掻練の御衣・御小袿など奉りて渡り給へり。女御の君も、さておはしましたり。宮も起きておはします。東面の廂に御座敷きて、御褥どもうち置きたり。簀子にも、御座敷きたり。母屋の御簾に添へて、御帳をぞ

四四　女一の宮の世話をするのは私がふさわしいの意。
四五　「怠る」は、女一の宮の世話を疎かにするの意味。

一　乳母が女一の宮に食事をさしあげる。
二　産養の九日目。
三　御簾の内と外。御簾の内の女方と、御簾の外の男方をいう。
四　私たちにも、ほんの少し食事の用意をしてください。
五　「もののたまはぬ人」は、仲忠。
六　産養九日目で、装束を、白から、通常のものに改めたのである。
七　「東面の廂」は、仲忠の御座所。【三】に、「例ものし給ふ東の廂」とあった。

立てわたしたりける。

中納言の君、北のおとどに、「渡らせ給ひなむや」と聞こえ給へりければ、おとどおはしたり。宮たち、例のごとおはす。殿の君達、中納言よりはじめて、皆おはす。右のおとど、三条殿に、「おはしまさせむや。今は、かかる御仲らひを」とて、君達して、かの御方に御消息聞こえ給へれば、大将殿おはしたり。「かしこに」とて、内に入れ奉りつ。

かかるほどに、中納言の設けさせ給へりける御前の物ども、皆参りぬ。宮の御前には、白瑠璃の衝重六つ、下には金の坏、上には瑠璃の坏など据ゑて参りたり。内の物ども、透きて見ゆめり。女御の君・尚侍のおとどには、沈の折敷六つづつ、男宮たちには、浅香の折敷四つづつ参れり。簀子に、中納言ものし給ふ。その御前には、蘇枋の机に、上達部には二つ、ただ人には一つ参れり。これは、異人なし、殿の君達の限りなり。あるじのおとど、「いづ方か、中納言の居給ふ座なるや。誰をしるべにてか、正頼も侍

八 源正頼。
九 権中納言忠澄。正頼の長男。
一〇 藤原兼雅。兼雅に対して、「三条殿」の呼称は、この巻のみ。
一一 尚侍の局。【一五】注六二参照。
一二 廂の間の中にお入れ申しあげた。
一三 仲忠。
一四 女一の宮。
一五 ガラス製の衝重。
一六 この「下」は、衝重の下の意か。
一七 黄金の坏。
一八 瑠璃の坏の中に入っている物。
一九 正頼。正頼と兼雅は、東の廂の間にいる。東の廂の間は、仲忠の御座所。
二〇 兼雅は、仲忠が正頼と同席することを遠慮して簀

らむ」。「中納言は、候ひにくければ」。あるじのおとどの、「仰せ言にて請じ入れ給へ」と、父おとどに申し給へば、「はやまかり入れ」とのたまふ。あるじのおとど、「忠澄の朝臣も、今宵は、なほまかり入れ」とのたまへば、二所ながら入りて居給ひぬ。

かかるほどに、内裏の后の宮より、例の、白銀の衝重十二、同じ御坏にして、上に唐綾の覆ひ、六折櫃、碁手・すみ物多くて、中納言の御もとに御消息して奉り給へり。

また、春宮に候ひ給ふ中納言の妹のもとよりも、一斗ばかりの金の瓶二つに、一つには蜜、一つには甘葛入れて、黄ばみたる色紙覆ひて、担ひて、二尺ばかりの白銀の鯉二つ、生きたるやうに作りなしたり。紅葉の作り枝につけたり。紺瑠璃の大きやかなる餌袋二つに、白銀の銭一餌袋に、黒方を火乾しのやうにしなして一餌袋、沈を小鳥のやうに作りなして一餌袋、鳥の毛を剝ぎ集めて、青き薄様一重ねづつ覆ひて結ひたり。御文は、唐の紫の薄様一重ねに包みて、紫苑の作り枝につけて。中納言見給へば、

子にいると答えた。
二一　廂の間の中に。
二二　朱雀帝の后の宮。春宮の母。兼雅の姉。「あて宮」の巻【二九】参照。
二三　梨壺。「御妹」とあるべきか。
二四　『和名抄』飲食部酥蜜類「蜜　美知」、「千歳虆汁　阿末都良」。「蔵開・下」の巻【三】の涼の男君の産養の際にも、「白銀の瓶二つに、蜜と甘葛と入れたり」と見える。
二五　底本「ふたつに」。「三つに」の誤りか。以下、三つの餌袋が見える。
二六　『和名抄』飲食部魚鳥類「炒臢　比保之乃以乎、俗云火干　火乾也」。
二七　実際の鳥の毛を張りつけた青い薄様の紙で沈の小鳥を覆ったの意か。
二八　接続助詞「て」でとめた表現。

梨壺[二九]「おぼつかなきまでなりにけるをなむ。久しう見え給はぬを、あやしく思ひつるに、ただ昨日なむ、ことわりなるやうにてとは承りし。[17]まことや、この鳥は、

[三〇]紫草の野辺のゆかり[18]の君により草の原をも求めつるかな

[19]疾く承らましかば、[三一]大鳥もありなましものを」

と聞こえ給へり。[三二]大将のおとど、兼雅「いづくよりぞや。いと艶ある文かな」。中納言、「梨壺[20]のよりなり」。父おとど、兼雅「いで。かれ見むや」とのたまひて見給ひて、「いかに、およすげてのたまひたりや」などのたまふほどに、[三三]左の大殿の[21]大君、春宮に候ひ給ふがもとより、物二斗入るばかりの白銀の桶二つ、同じ杓して、白き御粥一桶・赤き[三四]御粥一桶、白銀のたたい[三五]ゐ八つに、御粥の合[三六]はせ、[22]魚の四種、[三七]精進の四種、大きなる沈の折櫃にさし入れて、黄金のかはらけの大きなる小さき、白銀の箸あまた添[23]へて奉り給へり。これも、中納言に[24]御消息あり。皆、御前に取り据ゑたり。おとどたち興じ給ひて、「まづ、この粥啜りてむ」とて、添へたる[25]坏ど

二九 長い間お手紙をさしあげずにいて申しわけございませんの意の慣用的な表現。
三〇 「紫草の野辺のゆかり」は、同じ藤氏であることをいう。引歌、『古今集』雑上「紫草の一本ゆゑに武蔵野の草は皆がらあはれとぞ見る」（詠人不知）。
三一 「大鳥」は、「鸛」をいうか。『和名抄』羽族部鳥名「鸛 於保止利 水鳥似レ鵠而巣レ樹者也」。
三二 藤原兼雅。梨壺の父。
三三 左大臣藤原忠雅（兼雅の兄、仲忠の伯父）の大君。「あて宮」の巻【一〇】注四参照。当時も忠雅は右大臣。
三四 小豆を混ぜた粥。
三五 底本「たゝいゐ」、未詳。
三六 「合はせ」は、おかず。
三七 「精進」は、精進物の意で、野菜・海藻類をいう。

もによそひて、皆参る。

かくて、梨壺の御返り聞こえ給ふ。

「承りぬ。久しう参らで、思ひ給へつる[26]になむ。『昨日聞こしめしき』とは、誰かは、[三八]さりし。大鳥の上にや侍りけむ。まめやかには、この御小鷹狩に召さずなりにけるこそ、疎々しけれ。
[三九]野辺に住む群鳥よりも一番みづなるかめもめづらしきかな」
とて、皆物被け、[四〇][27]使したる者に、禄など賜びつつ、御消息しつつ奉り給へり。[28]

一八　九日の産養が始まる。

かうて、今宵は、唐綾の指貫・直衣、赤らかなる綾の袿一襲、宮たちも異人も着給へり。南の方に寄りて、北向きに、宮たち、[一]西面、母屋に向きて、おとどたち、母屋の御簾の外に、皆、[二]東にうち側みて、中納言の君たち[1]は。御帳の内には、やむごとなき

三八　風俗歌「鶴（おほとり）」の「鶴の羽に　やれな　霜降れり　やれな　誰かさ言ふ　千鳥ぞさ言ふ　鶍かやぐきぞさ言ふ　蒼鷺ぞさ言ふ　京より来てさ言ふ」の「誰かさ言ふ」による表現。
三九　「みづなるかめ」に「水なる亀」と「蜜なる瓶」を掛ける。
四〇　后の宮、梨壺、左大臣の大君の使の者。

一　「西面」は、西に向いての意。記録類に多く見える。以下、東の廂の間に、南に女一の宮の兄弟たち、東に正頼と兼雅、西に仲忠と忠澄、御簾の外の簀子に正頼の男君たち、御簾の内には上臈の侍女たちが着く。
二　東に向いて。仲忠と忠澄は、母屋を背にする。

上臈のおもと人など候ふ。御簾の外には、左大弁・宰相の中将をはじめ奉り、あるじの君達。このほどには、男は召し使ひ給はねば、童・大人召し出づれば、いと参りがたくす。中納言、「例より見奉らぬ人もおはしまさず」などのたまへば、台盤所より参る。大人四人、童四人。大人は、赤色の唐衣、綾の摺り裳、綾掻練の袿着たり。容貌清げにらうらうじき人、五位ばかりの娘どもなり。童も、赤色の五重襲の上の衣、綾の上の袴、綾掻練の衵、三重襲の袴着たり。髪丈にあまり、姿をかしげなり。

かくて、御汁物・御酒、度々参りぬ。中納言の君、「紙もがな」とのたまへば、黄ばみたる色紙一巻・白き色紙一巻、硯箱の蓋に入れて出だされたり。かの梨壺の御餌袋ども召し寄せて、開けて見給ふ。あるじのおとど、「いとめづらしき洲浜物どもかな」とのたまふ。右大将のおとど、「あはれ。いかにして侍らむ。母宮こそは次第し給ひつらめ。いと物器用に、心おはせし人ぞかし」と見給ふ。

三　廂の間の御簾の外。簀子をいう。
四　正頼の次男師澄と、三男祐澄。
五　産養の間は。
六　「汁物」は、「醂」に同じか。「藤原の君」の巻【三】注三参照。
七　「硯箱の蓋」は、物を載せる時にも用いられた。
八　梨壺から贈られた産養の品。
九　「洲浜物」は、洲浜の飾りとして作られた物。
一〇　梨壺の母宮。嵯峨の院の女三の宮。
一一　「器用なり」は、才気・才能がある の意。
一二　「黄ばみたる色紙」を二枚重ね合わせたもの。
一三　梨壺から贈られた白銀の銭。
一四　御簾の外にいる正頼の男君たちに。
一五　この東の廂の間にいる、

かくて、黄ばみたる一重ねに黄金の銭一つづつ十包み、白き色紙に白銀の銭一つづつ三包み、白き色紙をば、外に、うるはしく出ださせ給ふ。黄ばみたるをば、大人して、御前ごとに参り給ひつ。碁、双六盤参りたり。あるじのおとど、「魚・鳥、ここには、さらになし」とのたまへば、御簾の内へさし入れ給ひつ。

かくて、内外、攤打ち給ひて、御かはらけ度々になりて、油よきほどに注し給ひつ。東攤など、童・大人打つ。攤、碁の碁手は、宿徳多く打ち取りたりける。柑子一つづつぞ、女房たちは賜はりける。中納言の君・宮たちは、皆打ち入れ給ひつ。

かかるほどに、夜いたく更けぬ。中納言の君、装束かれたる御琴三つ、御笛三つ取り出でさせ給ひつ。御笛も一つ声に調べ給ひて、琴に手一つづつ弾き給ふ。その音、さらに言ふべきにもあらず。かく弾き試みて、和琴の御琴は、「これ、内裏わたりに」とてさし入れ給へば、琵琶は、「忍びて、宮わたりに」、箏の琴は、「里人に」と言ひつつ入るれば、さみども取りつつ参れば、女御

正頼・兼雅・忠澄、および、皇子たちの前をいう。
一六　碁盤と双六盤。
一七　『史記』「孟嘗君列伝」に見える、食客馮驩の「長鋏帰来乎、食無レ魚」の発言によって、梨壺から贈られた「黒方の火乾し」と「沈の小鳥」がないことを戯れて言ったものか。
一八　暗くなり、灯台の油を注すのである。
一九　「東攤」、未詳。東国で遊ばれた攤の一種か。
二〇　底本「いふそう」。「宿徳」の誤りと解した。
二一　【三五】に見える、舞人に賜った黄金の柑子と同じ物か。
二二　「打ち入る」は、博打のかたに入れ揚げるの意。
二三　ここは、一種の接待である仁寿殿の女御に。
二四　女一の宮に。

の君、「あなうたてや。いかなるべきことか」[14]。尚侍のおとど、「さ聞こゆるごとは侍らぬものを」とて、箏の琴を、いとおもしろく弾き給ふ。しばし弾かせ奉り給ひて、女御の君、[15]和琴の御琴を、いとをかしく掻き合はせ給へば、宮をば[二七][16]尻突き奉り給へば、琵琶掻き合はせ給ふ。いとおもしろし。琵琶はたなほ上手なりと聞き、しばし弾かせ奉りて、横笛はみづから、笙の笛は弾正の宮、篳篥権中納言に任し奉り給ふ。中納言、笛を、いと音高く吹き立てたり。[二八]異は、しばし合はせて吹かず。

[二九]方々の君たちは、[17]「これには聞こえぬ笛の音かな。[三〇]左衛門督にやあらむ」。「聞かばや。三条の北の方のわざをせさすらむ」。「さても、[18]人々も遊び給ふかな」などのたまふ中に、良中将、惑ひ出で、源中納言に、「いざ給へ、これに。ここに、いといみじき物の音どもかな」。[三一]絶えたる狩衣など着ていまして、[19]東の対の隅と御格子との狭間に入り立ち給ひぬ。異笛ども吹き合はせ給ひて、いみじく遊び給ふ。隠れ給ひて、源中納言、「いみじき横笛の音

二五 「里人」は、尚侍。
二六 「さみ」、未詳。侍女のことをいうか。
二七 「尻突く」は、尻ごみをしている女一の宮を、母女御が促す意。
二八 三の宮の笙と忠澄の篳篥をいう。
二九 ほかの町にいた、正頼の婿君たち。産養九日目の宴には招かれていなかった。
三〇 仲忠。「中納言」は権中納言忠澄もいるので、それと区別するための呼称か。
三一 「絶えたる狩衣」は、脇の括り糸がほつれた狩衣のことか。ここは、行正が、慌てて、衣装も構わず現れたさまをいう。参考、『今昔物語集』巻二四―五六「着ケル賤シノ水旱ノ綻ビノ絶エタリケルヲ脱ギテ」。

かな。箏の琴は、北の方のにやあらむ。いまだ聞こえぬ声す。こ[三二]のぬし、何心ありて、せぬわざわざをや、[20]響きてし給ふらむ」。中将、（行正）「いかがは、さらざらむ。物の上手は、手の伝はら[21]ぬばかりの憂へ侍らじは。かかる御中に[三三]手とどまるべければにこそ侍るめれ。かくし給はずは、内裏に聞こしめさむにも、いと物の映えなからむ」とて聞き騒ぐほどに、遊びしやみぬ。

[22]右大将、いと心地よく酔ひ給ひて、（兼雅）「などか、今宵は、宮も出で給はぬ。さうざうし」とのたまへば、[三四]宰相の君といふして、（女一の宮）「ただ今、寝て」など聞こえさせ給へれば、（兼雅）「唐土よりは近かんめれば、[三五]通辞なくとも承りなむ。[23]この朝臣どもの痴れ者や、遊び侍るとて、制して賜ばねば、まだこそ食べ酔はね。いかで、御簾の内の御かはらけ賜はらむ」と聞こえ給へば、[三六]宮の君といふ、「参り侍らむかし」。大将、（兼雅）[三七]「猿の供養は、否や」などのたまふほどに、大きなるかはらけを取りて、中納言、あるじのおとどに参り給ふとて、

三二　仲忠。

三三　「手とどまる」は、いぬ宮が生まれて音楽の技法が伝わることをいう。

三四　「宰相の君」は、女一の宮づきの侍女。「沖つ白波」の巻【一〇】注三参照。

三五　「通辞」は、通訳。ここは、言葉を取り次ぐ者の意。

三六　「宮の君」は、女一の宮づきの侍女。

三七　「猿の供養」は、猿からの施しの意。「国譲・下」の巻【三〇】注一五にも見える。ここは、宮の君を猿にたとえて戯れたものである。

仲忠三八[24] 宮浜の洲崎（すさき）に下（お）りし鶴（つる）[25]の子に寄る波立ちぬ[26]岸を見せばや

おとど、正頼 もろともに洲崎の鶴（つる）し生ひたらばのどけき岸もなどかなからむ

とて、[27]右大将に参り給ふ。取り給ひて、

兼雅三九 立ち居てぞ千年（ちとせ）も見えむ潟（かた）の洲に飼ひ込め見ゆる鶴（たづ）はいく世ぞ

四〇 弾正の宮、奉り給ふほどに、父おとどに、三の宮「中納言召して、[28]それに」と、いと高く言ふ。四の宮、「いとうぢはやし」四一[29] とのたまへば、三の宮「申さるることの侍らば」とのたまふ。父おとど、うち笑ひ給ひて、兼雅「これは、望むところなり。なほ、興事（けうじ）なりや」とて、いま一度（ひとたび）参り給ひぬ。さて、宮に参り給へば、宮、

三の宮四二 孵（かへ）りてぞ千世も見るべき卵（かひ）の中に籠もれる鶴（たづ）はいく世経（ふ）べきぞ

四の宮、

三八 「宮浜」は、場所未詳。「宮浜」に春宮の若宮たち、「鶴の子」にいぬ宮をたとえる。「岸」は正頼をたとえ、このいぬ宮も若宮たちと同じようにご庇護をお願いしたいの意か。

三九 「飼ひ込む」は、外に出さず巣の中で育てるの意。三条の院で育ついぬ宮の長寿を寿ぐ。

四〇 下の「言ふ」の主語と解した。ただし、主体敬語がないこと、不審。

四一 「うぢはやし」は、困難だの意。観智院本『類聚名義抄』「難 ウヂハヤシ」。漢文訓読で用いられる語。

四二 兼雅の歌の「飼ひ込め」を「卵込め」の意に取って、いぬ宮の長寿を寿ぐ。

四三 「かひ」に「甲斐」と「卵」、「つる」に「都留」と「鶴」、「かへり」に「帰り」と「孵り」を掛ける。「都留」

四三東路(あづまぢ)のかひの内なるつるなれや行きかへりつつ千世を見るべき

六の宮、

四四遥かにも思ほゆるかないくかへり千年(ちとせ)見るべき鶴(たづ)の雛鳥(ひなどり)

八の宮、

四五水の色はいく度(たび)澄むと川の洲に[30]孵(かへ)れる鶴(つる)の行く末は見む

権中納言、

忠澄四六 洲に住めば底にも千年(ちとせ)[31]ある鶴(つる)の流れて行けど尽きずもあるかな

左大弁、

師澄四七 まことにや千年(ちとせ)を経ると長きよをおきつつ霜の鶴(つる)の世は見む

宰相の中将、

祐澄四八 水底(みなそこ)の騒がぬ巣にぞ鶴(つる)の子のみづなる底に千世も見てしか

かくて、源中納言の奉り給へりし被(かづ)け物ども、いまだ使はれぬを、女御の君、取り出で給ひて、御簾(みす)のもとなる人々に[32]一具(ひとぐ)づつ

は、「都留の郡」。【三】注二参照。

四四「いくかへり」に、「幾孵り」と「幾返り」とを掛ける。

四五 黄河の水は千年に一度澄むという。参考、『拾遺記』「黄河千年一清」。

四六「底にも千年ある鶴」は、水底に映る影も千年の齢がある鶴の意。「流れ」は、「洲」「底」とともに、川の縁語。

四七「よ」に「夜」と「世」、「おき」に「起き」と「置き」を掛ける。「霜の鶴」は、鶴の白い羽を霜にたとえたもの。『文選』舞鶴賦「畳二霜毛一而弄レ影」。参考、『拾遺集』雑賀「千年ふる霜の鶴をばおきながら久しきものは君にぞありける」（藤原敦忠）、『忠見集』「千年ふる霜の鶴をばおきながら菊の花こそ久しかりけれ」。

持たせて、うちそよめかせ[四九]給へば、中納言、内[33]にやをら手をさし入れて取りつつ、まづあるじのおとどよりはじめ奉りて、次々被け奉り給ふ。左大弁・宰相の中将までは女の装ひ、それより下は、白張一襲、袴一具。[34]宮あこ君・家あこ君、今は冠[五〇]しつつ、今は六位なれば、白張一襲づつ被け給ふ。

「中のおとどの東面。宮たち四所、直衣姿にて参り給へり。これは、右のおとど。容貌いとあてにものものしく清らにて、[35]愛敬づき給へり。御歳五十四。されど、いと若く見え給ふ。[36]右大将、色合ひ・もてなし、中納言に似給へり。気近く匂ひやかに清らな[37]り。歳四十二。権中納言、いと清げなり。忠澄[五一]「この鯉は、生きたるやうなるものかな。[五二]ほとほど、庖丁望まむとぞ思へる」とのたまふ。御産養の物あり。[五三]粥桶の蓋には、生絹の糸の赤みたる、[五四]尻蓋といふもののやうにしなして覆ひたり。

これは、北面。台盤所。[38]后の宮より奉り給へりつる[五五]衝重並べ据ゑたり。

四八 「みづ」に「見つ」と「水」を掛ける。参考、『長能集』「君が世の千年の松の深緑騒がぬ水に影は見えつつ」。

四九 「うちそよめかす」は、御簾の外の仲忠にそれとなく知らせるために音を立てることをいう。

五〇 「冠す」は、元服するの意。ただし、「今は六位なれば」とあるので、五位に叙爵されていない。宮あこ君の叙爵は「蔵開・下」の巻【三】注四、家あこ君の叙爵は「国譲・下」の巻【三】注一八に見える。

五一 【一七】に見える、二匹の「二尺ばかりの白銀の鯉」。梨壺からの産養の品。

五二 もう少しで、庖丁を持って来てもらおうと思いました。「ほとほど」は、漢文訓読語として用いられる。

五三 【一七】に見える、二つ

北のおとど。女御の君・尚侍の殿たちの中に、物ども賜ふ。」

一九　翌日、尚侍、兼雅とともに、三条殿に帰る。

かくて、またの日の昼つ方になりて、[一]御乳つけ帰り給ふ。贈り物、いと[1]清らにし給ふ。尚侍の殿も、[2]帰り給ひなむとして、女御の君・宮などに聞こえ給ふ、「かく侍り馴らひて、いかにつれづれに。しばしをと、つれづれにもとも思ひ給ふれど、[二]旅住み苦しうし侍ればなむ」。大宮、「見奉らでは、え侍らじ。今また、疾くも」とて、[3]北のおとどより、うるはしき絹百疋、御達の中に出ださせ給ふ。

かくて、渡り給ふ。御前、大将殿・中納言殿取り合はせて、五位四位、いと多かり。[三]大将殿の[4]門へ行き着きたれば、御車どもは、[四]この殿の御門にあり。[五]近さは、一町あまりばかりあり。中納言も、御送りし給ふ。

の白銀の粥桶。左大臣の大君からの産養の品。

五四「尻蓋」は、米俵の上下の口にあてる、藁などで編んだ丸い蓋。桟俵。

五五【一七】に見える、十二の白銀の衡重。后の宮からの産養の品。

一「乳つけ」は、【二】注二参照。

二 夫の兼雅が旅住みを苦しく思っておりますので、帰ることにいたします。

三 兼雅の三条殿。「俊蔭」の巻【五〇】に、「三条の大路よりは北、堀川よりは西なる家」とあった。

四 正頼の三条の院。「藤原の君」の巻【三】に、「三条大宮のほど」とあり、三条大路の南、大宮大路の西にあった。「沖つ白波」の巻【二四】注四参照。

五「近さは、一町あまり

かくて、渡り給ひぬる後、あるじのおとど、いみじう名高き上馬二つ・鷹二つ、大将殿に奉れ給ふ。御消息、「これは、御供に候はせむとしつるを、急がせて渡り給ひにければなむ」。

また、北のおとどより、蒔絵の御衣櫃五掛、蘇枋の台、枌二つして、衣二掛、唐綾の類二掛、裛衣一つ・丁子一つ入れて、大宮の御文、尚侍のおとどの御もとに、

「近くものし給ひつるほどにだに聞こえさせまほしかりつるを、騒がしくのみありつればなむ。いとうれしく、残り少なく思ほえつるを、行く先長くなる心地して、物の音の、いともいともあはれなるをなむ。蓬萊といふなる所は近かりけりと思ふ。さて、これは、留守の人々に賜へとて」

などあり。

宮の御方よりは、后の宮よりありし衝重の内の物入れながら、蒔絵の置口の衣箱に、夏冬の御装束二装づつ、夜の二襲、同じ御

ばかりあり」とあるが、三条殿の西門と三条の院の東北の町の東門との距離は二町ほどになる。
六 「上馬」は、立派な馬の意。参考、『源氏物語』「少女」の巻「(夏の町の)東面は、分けて馬場の御殿造り、埒結ひて、……向かひに御廐して、世になき上馬どもを調へ立てさせ給へり」。
七 この「台」は、御衣櫃を載せる台か。
八 「枌」は、御衣櫃を担う棒。二つあるのは、御衣櫃が大きいことをいうか。
九 以下は、御衣櫃の五つの内わけ。裛衣・丁子は、同じ衣櫃に入れると解した。
一〇 寿命も残り少ないと思っておりましたが。
一一 いぬ宮が生まれた後の尚侍の琴(きん)の演奏をいう。【九】参照。

櫛の箱四つ、一つには沈、一つには黄金、一つには瑠璃の壺四つに合はせ薫物入れて、いま一つには、黄金の壺に薬ども入れて、麝香一つを[14]一つづつ入る黄金の壺十据ゑて、[15]清らなる包みどもに包みて、宮の御消息にて、陸奥国紙に、女御書き給ふ、

「みづから聞こえむとすれど、手震はれて[一六]なむ。[一七]日ごろは、いと頼もしくおぼえつるを、今よりは、いとつれづれになむ。[一八]ものおぼえず苦しかりし心地、すなはちやめ給ひてし物の音の、いと忘れがたさに、[一九]慕ひもせ[16]まほしきものをとなむ。これは、[二〇]いぬの尿に濡れ給ひぬめるを脱ぎ替へ給へとて」

などあり。

中納言まだものし給ふほどにあり。北の方の、女御の御文見給ふ、中納言も、「まだこそ見給へね[二一][17]」とて見給ふ。「これも、いとよき御手にこそ」。父おとど、「昔より名取り給へる上手にて、藤壺の[18]ものし給ふに劣らざるらむ」。中納言、「[二二]一日見給へ[19]しかば、これにまさりてこそ侍りしか」などのたまふ。奉り給ひつる物ど

一二 『竹取物語』の庫持の皇子は、五百日かかって蓬莱山に着いたと言っている。
一三 女一の宮。
一四 「蒔絵の置口の衣箱」は、蒔絵の縁飾りをした衣箱。「あて宮」の巻【四】注一参照。
一五 「夜の」は、「夜の御装束」の略。
一六 下に「自分で手紙が書けません」の意の省略がある。代筆の断りである。
一七 滞在してくださったここ何日間は。
一八 【九】参照。
一九 後を追って三条殿に参りたいと思っております。
二〇 いぬ宮。
二一 仁寿殿の女御の手紙を。
二二 仲忠は、【三】で、藤壺の手紙を見て、「久しく見給へざりつるほどに、かしこくも書きならせ給ひにけるかな」と言っていた。

も御前に並め据ゑ、御馬ども引かせて見給ひて、おとど、「わづらはしく、疎からむ人のやうにも、はた。后の宮よりも、かたじけなくもせさせ給へりけるかな。[二三]御息所の御仲はよろしくもあらぬを、[二四]そこによりてせさせ給へるにこそはあらめ」。中納言、「[二五]仲忠がもとになむ消息侍りし。[二六]『久しき世より』など、あまた侍りき」。「いとわづらはしく、人々の事し給へるこそ、いとほしけれ」。「[二七]中納言の、いと厳めしきこと多くし給へりつるかな。かしこにも、[二八]立たむ月ばかりには、[二九]かかることは侍るべかなるを、訪はでは、え侍らじ。そがうちにも、梨壺のいとあはれにて訪はせ給へりしこそ、いかでなりけむと見給へしか」。おとど、「そがいとあはれなりしをぞ見しや。[三〇]そこをば、よしとも見給はじを、[三一]宮、何心を思ひて、し出だし給へりけむ。[三二]宮の贖へ、いかでかはせむ」。中納言、「時々参る、さらにさる御気色もなく、心うつくしくなむ、御前に召してのたまはする」。おとど、「なほ、人は候ふや。いかに思すらむ。慎ましかりつるを、昨夜こそ、いとあはれ

二三 后の宮と仁寿殿の女御との仲をいう。女御は、朱雀帝の寵愛を一身に受けている。后の宮は藤原氏、女御は源氏で、後の立坊争いの伏線でもある。
二四 「そこ」は、二人称。
二五 【一七】に、「中納言の御もとに御消息して奉り給へり」とあったが、その手紙の内容は記されていない。
二六 『伊勢物語』一一七段の「むつましと君はしら波瑞垣の久しき世より祝ひそめてき」による表現。
二七 源涼からの産養の品を話題にする。【三】参照。
二八 「立たむ月」は、来月の意。ただし、今は十月で、さま宮の出産は十二月。「蔵開・中」の巻【三七】参照。
二九 妻さま宮の出産をいう。
三〇 「そこ」は、二人称。
三一 仲忠の母尚侍は、夫兼雅の

におぼえしか」とのたまふ。

北の方、大宮の御返り聞こえ給ふ、

（尚侍）「かしこまりて承りぬ。しばしも候はむと思ひ給へつるを、むつかしき引き避け[三三]人の急ぎ侍りつればなむ。いとあはれなる人[三四]も、見奉られでは、おぼつかなく侍るべければ、今、むつかしきまでなむ参り来べき。さて、これは、宿守り[三五]望む人多く侍るべかめる。まことや、『山近く[三六]』とのたまはせたる、鹿の音[三七]にや侍りつらむ」

と聞こえさせ給ふ。女御の君の御返りも、かやうになむ。御使どもなんどに、被け物・禄など賜ひて、御返り聞こえ給ひつ。

中納言、「今、あしこ[三八]にも候はむ」などて帰り給ひぬ。

［大将殿。］

寵愛を奪った。
三一　嵯峨の院の女三の宮。梨壺の母。
三二　下二段活用の動詞「贖ふ」の連用形の転成名詞か。償いの意。
三三　「引き避け人」は、兼雅をいう。
三四　いぬ宮。
三五　大宮から、「留守の人々に賜へ」と言って贈られた物。
三六　大宮の手紙の「蓬萊といふなる所は近かりけり」の言葉をいう。
三七　『古今六帖』二帖〈鹿〉「心しも通はじものを山近く鹿の音聞けばまさる恋かな」（紀貫之）を引くか。大宮の手紙に、琴の音ではなく、鹿の音を聞いたのではないかと謙遜したもの。
三八　「あしこ」は、女一の宮の所。

二〇 仁寿殿の女御、産養の品を帝に贈る。

また、女御の君、梨壺より奉れ給ひし黄金の瓶に、供御を入れ替へて、それに添へたりし鯉、小鳥・火乾し、餌袋に入れながら、藤壺より奉れ給へりし雉添へて、内裏に奉れ給ふとて、心ざしありて仕うまつる靫負の乳母といふがもとに、御文遣はす。

「日ごろ、もの騒がしくて、聞こえずなりにけれ、などか、それよりも訪ひ給はぬ。さて、これは、子持ちの御残り物なり。いと寒き頃なめるを、風邪も遣らひ給へとてなむ。この雉などは、上に参らせ給ひて、交野にも御覧じ比べさせ給へ」

とて、乳母のもとには、沈の高坏を五つ、白銀の壺の小さきに黒方入れ、蜜入れたる黄金の蒜五つばかり、沈の寄せ切りたりし、紙に一包み、青き色紙どもに包みて、五葉につけて奉り給へれば、乳母たち台盤所に候ふ折にて、見れば、異命婦たち、「いづこよ

一 蜜と甘葛を入れた黄金の瓶。【一七】参照。
二 帝のためのお食事。
三 沈の小鳥と黒方の火乾し。【一七】参照。
四 白銀の雉。【一三】参照。
五 仁寿殿の女御に好意をもって仕えている、朱雀帝の乳母。
六 「聞こえずなりにけれ」は、已然形で条件句になる表現か。
七 後出の「蜜入れたる黄金の蒜」をいう。蒜は、風邪の薬としても食した。【一三】注一〇参照。
八 河内国交野。交野の雉は、「交野の鳥」として、『大鏡』昔物語にも見える。
九 黄金の蒜の作り物に蜜を入れたもの。
一〇 「寄せ切りたりし」は、【一三】に、「沈・蘇枋をよくよく切りて」とあったもの

りあるぞ。興ある物どもかな」と言ひ騒ぐ。乳母、「仁寿殿の女御の、『女一の宮の御産屋の残り物』とて賜へるぞや」とて、引き開けつつ見て、「いとをかしくしたりける物どもかな」。「ことわりぞや。[一一]左衛門督の君の御産屋の物、いかでかはかからざらむ」など言ひ合へり。靫負の乳母、「[一二]おとどたちは、[一三]この乾物を一切りづつ打ち割り給へ」とて、「[一四]異物は、風邪薬にせむ」とて取りつ。

かくて、奉れ給へる物、御文など、持て参りて御覧ぜさすれば、上、御覧じて、「わざとうるはしくしたりける物どもかな。靫負が語りつらむは、何ごとぞ」とのたまふ。「この、[一五]鰹を押し寄せて切りて侍りつる物なんどぞ、これかれに[一六]賜ひつる」と申す。[一七]「いとさまざまにをかしくしたりける物どもかな」とのたまひて、餌袋は、后の宮に、「『女一の宮の残り物』とてものし給へるなり」とて奉れ給ひつ。鯉・雉などは、この頃子生み給へる、[一八]時の更衣の御もとに奉り給へり。

で、「よく切りたりし」の誤りか。ただし、注一五には、「鰹を押し寄せて切りて侍りつる物」ともある。

一一 仲忠。【一八】注三〇参照。

一二 「おとどたち」は、命婦たちへの敬称。

一三 「この乾物」は、前の「沈の寄せ切りたりし」や、次の「鰹を押し寄せて切りて侍りつる物」などをいう。

一四 黄金の蒜をいう。

一五 乾燥させた鰹を切り身にした物か。ここは、沈の作り物である。

一六 「賜ふ」の主語を、仁寿殿の女御と解した。

一七 餌袋に入った小鳥と火乾し。

一八 帝の寵愛を受けている更衣。「国譲・下」の巻【五五】注六に見える、九の皇子の母更衣と同一人物か。「子」は、皇子ならば、十一皇子になる。

御文は、「我書かむ、書かむ」とのたまひて、

「これより聞こえむとしつるほどになむ、靫負がもとにのたまひつるを。今は参り給ひねかし。世の中のはかなくのみおぼゆるを、皇子たちをもしばしば見ぬなむ[一九]。参り給はむ時は、皇子たち、十の皇子率て参り給へ。[二〇]かの子持ちも、久しくなりにけりや。おとなしくなられたらむこそいぶかしけれ。まことや、[二一]蒲生の鳥つらき心になさるるか。されど、[二二]これをこそ」

とて、

「[二三]よそながら中淀みする淀川にありけるこひを一人見るかな

なほ、疾くを」

とのたまへり。

乳母、

「かしこまりて承りぬ。みづからも、参りて聞こえさせむと思ひ給へつるを、[二四]御肖物のゆかしきほどを過ぐし侍りつるとてなむ。賜はせつる風邪薬なむ欲しく[二五]侍るべき。御消息、かくな

一九　下に「心細き」などの省略がある。
二〇　「かの子持ち」は、女一の宮。
二一　近江国蒲生野。「蒲生野の鳥」の誤りか。『万葉集』巻一の額田王の「あかねさす」の歌の詞書きに、「天皇、蒲生野に遊猟し給ふ時」とあるように、「遊猟」の地だった。仁寿殿の女御の手紙の「交野にも御覧じ比べさせ給へ」に応じたものだろうが、「蒲生野の鳥」の伝承など、未詳。
二二　「これ」は、仁寿殿の女御から贈られた鯉をいう。
二三　「こひ」に「鯉」と「恋」を掛ける。「中淀みする淀川」に、なかなか帰って来ない女御をたとえる。
二四　「御肖物」は、仁寿殿の女御をいう。【六】参照。
二五　ちょうど風邪ぎみなので、ほしいと思っていたと

むと奏し侍りつれば、御時よく御覧じて、御文侍り。二六ことごとに、みづから聞こえさせむ」

と聞こえたり。

女御の君、見給ひて、（仁寿殿）「内裏(うち)より、かくなむのたまはせたる」とて、一の宮に奉り給ふ。中納言、見給ひて、（仲忠）「げに。いかで参らせ奉らむ。心地よく直り給ひなば、参り給へかし」。宮、（女一の宮）「あな恥づかし。さらぬ時だに、二七つれづれとまもり給ふものを。今は、いかでか見え奉らむ」と。君、（仲忠）「過ちやはし給へる。二八御心とありしことかは。あなあぢきなの御物恥や。仲忠をも、参る時は、御(ご)前(ぜん)に召して、二九さぞ御覧ずるや。いかに思(おぼ)しめすにかあらむ、うちほほ笑ませ給ふ時多けれど、つれなくもてなしてぞ候ふや」など聞こえ給ふ。

ところです。

二六 くわしくは、お目にかかって直接お話しいたします。手紙の慣用的な表現。参考、『源氏物語』「夢浮橋」の巻「ことごとには、みづから候ひて申し侍らむ」（横川の僧都の浮舟への手紙）。

二七 「つれづれと」は、長い間じっとの意。

二八 あなたが自ら求めてなさったことではなく、自然なことなのです。

二九 「さぞ御覧ずる」は、「つれづれとまもり給ふ」に同じ。

二一　産養が終わって、仲忠、典侍と語る。

御座所も奥なる所も、[一]照り輝きて見ゆる。[二]御調度など、さらなり。御産屋どもは、皆人[三]下ろす。御帳の帷子・御衣どもも、よきは典侍、さらぬ物ども、一つづつ下ろす。この典侍は、[四]院の大后の宮の人、若くより、かく、よき人の御子生みに仕うまつり給ふ人なり。歳は、六十余ばかりなり。

中納言は、内裏にも、をさをさ参り給はず、歩きもし給はず、[五]宮といぬとを抱きうつくしみて居給へり。典侍、御前に居て、[六]「今のほどは、何とも見奉り給ふまじきものを、生まれ給ひしすなはちより、[七]御懐放ち奉り給はず、[八]御衣尿にそほちおはします。よろづのこと居立ちてし奉り給ふを見奉れば、嫗も、いとあはれに愛しくなむ見奉る。御湯殿は、嫗仕うまつり果てむ。[九]ここらかかる所の宮仕へし侍りつれど、御迎湯参り、その行事をこそ仕ま

一　あたり一面が白いので。あるいは、「照り輝きてぞ見ゆる」の誤りか。
二　【七】に、「御調度ども、白銀にし返して」とあった。
三　「下ろす」は、下賜されるの意。
四　嵯峨の院の大后の宮に仕えている人。大后の宮は、正頼の妻大宮の母。その縁で、大宮やその娘たち、さらには、大宮の孫にあたる女一の宮の出産の世話をするようになったのである。
五　女一の宮といぬ宮。
六　男の方は、お子さまがお生まれになったばかりの時は、その世話をなさらないものですのに。
七　「蔵開・下」の巻【二】で、源涼に、仲忠は、「まろらが子は、すなはちより懐にこそ入り居たれ」と言っている。

つれ。ただ、[一〇]藤壺(ふぢつぼ)の御局(つぼね)になむ、大殿の、[正頼]『あまた出(い)で来ぬる中に、これは、いと愛(かな)しく』などのたまはせしかば、御湯殿参り侍りし。[一一]この宮の御時には、御迎湯をなむ参り侍りし」と聞こゆ。おとど、[仲忠]「いとうれしかりなむ。なほ、さし出で給へ。女子(をんなご)は、見る効(かひ)なく生ひ出で給ふは、くちをしかるべし。『[一二]湯浴(ゆあ)むしから』とか言ふなるものを。し出で給へらば、喜びもかしこまりも聞こえむ。あまた人には見せじとなむ思ふ」とのたまふほどに、父君に、[6]尿ふさにしかけつ。宮に、[仲忠]「これ抱(いだ)き給へ」とてさし奉り給へば、[女一の宮]「あなむつかし」とて押し出でて、うち後(しり)[7]へ向き給ひぬ。君、[仲忠]「頼もしげなの人の親や」。典侍にさし取らせて、拭(のご)はせ給ふ。宮、[女一の宮]「いかに香(か)臭からむ。あなむつかしや」とてむつかり給ふ。

[一三]典侍も、「藤壺の御容貌(かたち)の児(ちご)顔に似奉り給へるかな。かれは、少し小さくぞおはせし。これは、いと大きなりや、大きなりや」と、[8]おのづから言ふやう、[典侍][一四]「上人(うへびと)し給ふべき人などは、またも出

八　参考、『紫式部日記』「この宮の御尿に濡るるは、うれしきわざかな」。
九　藤壺腹の御子誕生の際も、この典侍は、迎湯をしていた。【二】、および、「あて宮」の巻【三】参照。
一〇　藤壺が生まれた時のことをいう。
一一　女一の宮が生まれた時のことをいう。
一二　「湯浴むしから」は、女の子が美しく成長するかどうかは産湯のつかわせ方次第だなどの意の当時の諺か。
一三　係助詞「も」、不審。
一四　「上人」は殿上人で、いずれ男の子が生まれるはずだの意。
一五　いぬ宮さまに似ていた藤壺さまは、成長して、多くの求婚者たちを悩ませなさいました。

で来給ひぬべかめり。かかりし人こそは、生ひ出で給ひて、よろづの人に手惑ひはせさせ給ひしか。今は、いといみじや。御瀬越し給ふままに、あてに、へへやけさのみまさりて、穿きもし奉らば、穿げもしつべき御顔つきにて、花折りたるごとぞなりまさり給ふ。宮のつい並び給へば、花の傍らの常磐木のやうに見え給ふこそ。先つ頃、参りて侍りしかば、さらに、御宮仕へのやうにもあらで、ただ人の御仲らひのやうにぞおはしますや。宮、おはしまして、何ごとにかありけむ、聞こえ給へりしかば、うちむつかりおはしまして、御髪を繰り出でて、御座のままにうち滑させ給へりしを見奉りしかば、瑩じかけたるごとして、筋も見えず、隙もなく、同じやうに見え給ひしかば、よろづのこと忘れ、齢延ばはる心地こそし侍りしか。さるは、この頃、御気色にやあらむ、例のやうにも思したらざめり」。中納言、「長さは、この御髪と」。典侍、「さばかりにやおはしますらむ」。宮、「我は、人か。かの君は、いといみじきものを。金の漆のやうにこそあれ。同じ所に

一六「瀬越す」は、出産という女性の節目を乗り切るの意という。主語は、藤壺。

一七『遊仙窟』「荏苒畏二弾穿一」の「荏苒」を、醍醐寺本などは「へ、ヤカニシテ」と読む。顔がふっくらとして柔らかだの意。

一八「花折る」は、花を折って挿頭すの意から、美しい容姿の比喩で用いられる。

一九 春宮。

二〇 見劣りすることのたとえ。参考、『源氏物語』「紅葉賀」の巻「立ち並びては、なほ、花の傍らの深山木なり」。

二一「延ばはる」は、「延ばふ」の自動詞形か。

二二 挿入句。藤壺は懐妊しているのだろうかの意。

二三 女一の宮の髪と。

二四「我は、人か」は、「我は人にもあらず」と同じで、人並みではないの意。

ありし時、常に比べて見しかば、かの御髪(みぐし)は、色と筋とは殊なりしものを」。典侍(すけ)、「宮、かくばかりこそはおはしまさめ。嫗(おんな)が作り言(ごと)聞こえさするかは。[12]なほ見奉り給へかし。それを、かの御方のいと恐ろしくおはします、[二六]ついまさり給へれば、見まさりにこそはおはすれ。また、[二七]おとどの君の恐ろしくおはしますは、[二八]宮の御前(おまへ)におはすれば、宮の気(け)劣らせ給ふこそ。藤壺の御方[13]はしも、[14]天下(てんげ)のおとど、[二九]え打ち奉らせ[15]給はじ」。おとど、「かたじけなくは、いかでか打たれ給はむ」。典侍(すけ)、「否(いな)や。まことは、いとぞいみじきや。ただ今の人は、[三〇]三条殿[16]の北の方ぞ[17]一、藤壺二、宮三に[18]こそおはすめれ。男は、[三一]御前(ごぜん)」。中納言、「まばゆくものたまふかな。[19]さだにあらば、心地好きぬべけれ」とのたまへば、典侍(すけ)、「さては思ほえずかし。[三二]傍らほとりも」などて、「まかり立ちなむ。いましばしも候はば、また、聞こえ過ぐしもし[20]侍らむ」などて、いぬ宮掻(か)き抱(いだ)きて入りぬ。


二五「金の漆」は、漆の一種「金漆樹」の樹脂液。参考、『浜松中納言物語』巻四「（髪は）まことに金の漆なんどのやうに、影見ゆばかり艶々として」。『和名抄』調度部細工具「金漆　古之阿布良」。

二六「ついまさる」は、誰よりもまさっているの意か。

二七 仲忠。

二八 春宮。女一の宮と解する説もある。

二九「打つ」は、圧倒するなどの意。

三〇「三条殿の北の方」は、兼雅の北の方。尚侍。「内侍のかみ」の巻【三】注三〇参照。

三一「御前」は、二人称。仲忠。

三二「傍らほとりも」は、そばにいると私まで好き者になってしまいそうだなどの意の当時の諺か。

二二　その後、仲忠、女一の宮と語る。

中納言、宮に、「いみじうもの言ふ者かな。わいても、里人を褒むるぞ、空目なる。藤壺の御方まかで給はば、必ず見せ給へ。典侍の言ひつることとまことかと見比べ奉らむ」。宮、「まことぞ。いとよくもの言ふ姥[一]。[二]この君は、見るままによくなりまさり、我は、日々にあやしくぞなるや。昔だにこよなかりけり」。中納言も、「いみじき御片端にもあるかな。見なしにやあらむ、[三]御前をも、いと恐ろしげにおはすとは見奉らぬを。さなることは、必ず見せ奉らせ給へ」。宮、「いで。そこ、[四]ただにはあらじ。事引き出でて騒がれば、聞きにくからむ」。君、「よしと見奉るとも、今は、何ごとにか。昔だに、[五]引き出でずなりにしことを。上達部の御娘の、許し給はぬ[六]ことを、しひて[七]取りもいかにもしたる[1]人をば、朝廷は何の罪にかあて給ふ。また、[八]殿も、[九]仲忠を殺し給は[2]でやみ給

一「姥」は、老女の意。
二「この君」は、藤壺。
三「御前」は、二人称。女一の宮。
四 あなたが何もせずにすむことはないでしょう。
五 何も事を起こさずにいたのですから。
六 あるいは、「こと」は「人」の誤りか。
七「取る」は、親の承諾なしに結婚する、盗むの意。
八 正頼。
九 私のことを殺さずにおかぬとはお思いにならないでしょうの意。
一〇 たとえ私のことを殺さずにおかぬとお思いになったとしても。
一一 それが可能だった昔でさえ。
一二「よく」は、「ありしかば」に係る。
一三 昔は、人並みでもない

はずはこそあらましか。[一〇]それも、琴一声搔い弾きて聞かせ奉らましかば、憎みも果て給はざらまし。[一一]さりし時だに、過たずなりにしものを。いとよく、[一二]さりぬべき折も、ありしかば、帝の御娘も賜はらずやありける」。宮、「それは、わが、人にもあらねば、御子の数にも思さで、ただに捨つとこそは思しけめ。[一三]昔は、鬼にもこそは賜ひけれ。ただ人なれど、この君は、親の、さばかり思ひかしづき給ひしを、[一四]天下に思ふとも、何わざかせまし」。「そは、[一五]かぶき娘をこそ、[一六]かかることし給ひけれな。さらば、ただ捨てられ給へるなり。さても、心ざし浅きにはあらざなりな。[一七]捨てさせ給ふ好む鼠もあなり。[一八]まことには、恐ろしきものは、弾正の宮こそおはすめれ。[一九]もののたまはず、御妻もなくて、年月を経給ふに、何心を思すならむ。よし。見給へ。これぞ、事は引き出で給はむ」。「この東の対におはします、春宮の若宮たちこそ、[二〇]恐ろしきものは、世にあめれ。いかやうに生ひ出で給はむとすらむ」。「行く先の君がねにやはあらぬ。[二一]まことや、女御の君を、騒がし

娘を鬼にもお与えになったと言います。何か出典があろうが、未詳。

一四　あなたが、どんなに藤壺さまのことを思ったとしても。仲忠に対する敬語表現がない。

一五　「かぶき娘」は、「傾き娘」で、まっとうではなく、親から見捨てられたできの悪い娘の意か。

一六　「かかること」は、臣下と結婚させることをいう。

一七　「捨てさせ給ふ好む鼠」は、当時の諺か。「鼠」に、自分をたとえる。

一八　「まことには」は、話題を変える時の言葉。

一九　何も騒ぎたてることもなく。

二〇　「恐ろし」を、恐ろしいほどにすばらしいの意に用い、話題を反らしたもの。

二一　「まことや」は、話題を変える時の言葉。

かりし暁に見奉りしはや。[二三]いとよく似奉り給へりけりな。典侍のよそへ残し奉りつるこそをかしけれ。その御容貌は、げに、気高くすぐれたること、いと際あらねど、見まほしう抱かまほしげなることは、またなかめるを。さればこそは、[二四]内裏の上は、籠もり臥しがちにはおはしますめれ」。宮、「[二五]さばかりのは、ここには、いづくにかものし給はぬ。[二六]源中納言のは、藤壺にも、殊に劣らぬ人ぞかし。[二七]内裏ののみこそ、なかの醜者」。ぬし、「もの恐ろしの言や。なのたまひそ。心地騒がし」など、御物語しつつ、御帳の内に籠もり臥し給へり。

[二八]源中納言の。

二三　正頼、参内して、帝にいぬ宮の誕生を報告する。

おとど、参り給ひて、御前に候ひ給ふ。上、「久しく参られざりつるかな」。おとど、「侍る所にし[一]触穢の候ひつれば。なほ、か

二二「騒がしかりし暁」は、いぬ宮が生まれた時のことをいう。【八】参照。

二三 あなた（女一の宮）は、母君（仁寿殿の女御）に。

二四「内裏の上」は、帝。

二五 母上程度の方なら、この屋敷には、どこにでもいらっしゃいます。

二六「源中納言の」は、源涼の妻さま宮をいう。

二七「内裏の」は、内裏の女御の意。

二八「源中納言の」、本文未詳。下に脱文を想定する説や、「絵解き」の残欠と考える説などがある。


一「触穢」を、女一の宮の出産と解する説に従った。「国譲・上」の巻【三】注五には、梨壺の出産を、「触穢のことありて」と報告した例も見える。

二「上の男」は、殿上人

の後は、労りどころの侍りしかば」。上、「さりけむ。そのほどのことどもは、いかがありけむ。この頃、上の男どもは、そこの興ありしことを、さまざま言ふめる。涼の朝臣・行正を笑ふ、いかなることぞ」。おとど、「なでふことも侍らざりき。右のおとどの尚侍など琴弾き侍りしほどなむ、興侍りしや。いとありがたかりけることぞや」。上、「その琴は、いづれぞ」。おとど、「尚侍の、昔より弾き侍りける龍角となむ承りし。それをなむ、かの児になむ取らせ侍りにける」。上、「いといみじきもの得たりける女子にもあるかな」とのたまふ。「さに侍るなり」。「さて、かの朝臣は、いかが思ひたる。らうたしとは思ひたらむや」。おとど、「知らず。いかに思ひて侍るにか侍るらむ。さ聞きて侍りしすなはち、舞をなむし侍りし。日ごろは、夜昼、懐放たでなむ侍るなる」。上、笑はせ給ひて、「思ふやうなりかし。何かは知らぬ。かの親族は、女子も、よろしきはあらぬものぞかし。さりげもなき人の、子を守るらむこそ、ありがたけれ。いかで、これに、喜びもせさせて

の意。
三 人々が涼と行正のことを笑っていたが、何があったのですか。【四】参照。
四 「右のおとど」は、右大将兼雅。この呼称は、ここにだけ見える。左大将正頼から見ての表現か。
五 係助詞「なむ」が、下の「かの児になむ」と重複している。
六 ところで、仲忠は、いぬ宮のことを、どのように思っているのか。
七 仲忠が舞った万歳楽をいう。【八】参照。仲忠の喜びぶりの報告である。
八 正頼の発言「知らず」に対する発言。
九 「かの親族」は、俊蔭の一族をいう。
一〇 「よろし」は、平凡だなどの意。
一一 「喜び」は、官位の昇進の意。

しかな。さて、九日にあたりける夜になむ遊ばれけるは、いかにせしぞ」。「琴ども三つ、一つ声に調べて、一つづつなむ弾き侍りし。箏、かの家の内に、琵琶は、女一の宮に賜はせし御琴、和琴は、侍る所に嵯峨の院より賜はせためりし、きり風といひ侍る、さて、女方に入れて侍りし。笛どもは、これかれに賜ひて、みづからは横笛をなむ吹き侍りし」。上、「いみじかりけることかな。心に入れて、せぬわざわざなくしけるは、この子を、うれしと思ふにこそはあなれ。手伝へむとや思ふらむ」。おとど、「さ申し侍りき。『この手をいかにせむと思ひ侍りつるに』と申し侍りき」。上、「限りなかりき。ただ、わが本意、かくぞ。いと興なること出で来べき。御家なども、思ふやうならば、その家は、冠も得つべき所ぞや。和琴・琵琶は、誰か弾きし。笙の笛などは、誰か吹きし」など、くはしく問はせ給ふ。「笙は、弾正の宮なむ。琴どもは、誰にか侍りけむ、一つに合ひて、殊に違はず侍りつなりき」。「さやうのものぞ、子持ち、臥しながら琵琶弾きたる」とて

一二 産養九日目。【一八】参照。
一三 兼雅の三条殿にあった物の意か。
一四 帝から女一の宮に下賜された琵琶。
一五 「侍る所」は、妻大宮をいう。
一六 和琴の名。「桐風」か。
一七 仲忠の動作。「賜ふ」、不審。主体敬語ではない用法か。
一八 仲忠自身は。
一九 「わうぢやう」は、「横笛」の呉音「わうぢやく」が変化したものか。
二〇 【九】で、仲忠は、「年ごろ、この手をいかにし侍らむと思ひ給へ嘆きつるを」と言っていた。
二一 過去の助動詞「き」があるから、女一の宮を中納言と結婚させて、ほんとうによかったの意と解した。
二二 「御家」は、仲忠に与

笑はせ給ふ。「仁寿殿、和琴は名高きぞかし。すべて、いといみじかりける夜かな。これを聞きたらましかば」などのたまふ。おとど、まかで給ひぬ。

二四　藤壺、参内した祐澄に仲澄のことを語る。

[一]宰相の中将、藤壺にまうで給ひて、ありし御物語し給ふ。君、「なかなか、いとよしや。よに心憎く思ひたる人につき給ひて、[二]一所、心やすく。おのれこそ、かかる[三]大集りに出だし放たれて、よには憂くまがまがしきことを聞き、[四]見給ふ人は、殊にはなやかにも見え給はず。むつかしきままに、目も見合はせ奉らずむつか[1]れば、心よからずとは思されためり。いとこそ用なけれ。里にあ[2]りし昔のみ恋しくて、あらじものを、何せむに、かく出だし立てられてあらむと思へば、心憂く悲しきことも多くなむ」。宰相の君、「あやしき御心にこそあなれ。宮は、御心・御才[3]も、なほ、

えられた二条の院をいうか。【五】注三参照。

二三 「冠得」は、五位に叙せられるの意。「楼の上・下」の巻【三九】では、いぬ宮に秘琴が伝授された京極殿に五位の位が与えられている。

二四 挿入句。

二五 「さやうのもの」は、女一の宮をいうか。琵琶は、女が弾くのにみっともないものだった。「内侍のかみ」の巻【九】注八参照。

一 藤壺の同腹の兄祐澄。正頼の三男。

二 たった一人の妻として。

三 「大集り」は、大勢の女性が集まっている所の意。

四 底本「見給人」。春宮。あるいは、「見給ふる人」と読むべきか。

殊にはあひおはします。御遊(おほみあそ)びなども、誰にかはし劣り給へる。宮仕へし給ふ人は、敵(かたき)多かるこそはよけれ。うらやましきをこそは、悪(あ)しうはすれ。[五]昔の人の中に、あはれと思ほすやありし。[六]左衛門督(さゑもんのかみ)なりけむかし。それにぞ、下臈(げらふ)なれど、返り言(こと)などし給ふなりし」。藤壺「それは、手のよかりしかば、見むとてこそ」。[4]宰相、「今やは御覧ぜぬ。いとかしこくなりにて侍(はべ)るめるを」。君、「さて見しかば、[七]宮に聞こえたりしかば、かしこも返り言(こと)し給ひつ」。[5]祐澄「文賜へ。見給へむ。論(ろ)なう、[八][6]私事(わたくしごと)侍りけむかし。もの聞こえし人々の中には、誰をかは、心とどめては思ほしし」。君、「さ思ふべき人こそなけれ。誰をか。源宰相こそ、今に恨み言ふなれ。まことに思ひけりとは聞け、[九]さては、[一〇]まこと心ありける人しなければ、さ思ふもなし」。祐澄[一一][7]「右大将殿は、さのたまひてこそは、ものし給はずなりにしか」。君、「さらずとも、それは、傍目(あからめ)し給ふべき人ならばこそ」。祐澄「いで。祐澄をせうじ[一二]給はじやは。左衛門督なども、[一三]いたく渋りしを、制しのたまひなどして、おとどのし給へ

五 昔の求婚者たちの中で。
六 仲忠。
七 女一の宮にお手紙をさしあげたところ、左衛門督殿が返事を書いてくださいました。【三】参照。
八 「私事」は、女一の宮の代筆に言寄せての仲忠の私的な藤壺への思いをいう。
九 「聞け」は、已然形で条件句になる表現か。
一〇 それ以外には。
一一 右大将殿は、あなたへの思いを貫きたいと言って、婿におなりになりませんでした。「沖つ白波」の巻【二】参照。
一二 底本「せうし」、未詳。私のことをあてこすっておいででしょうなどの意か。
一三 女一の宮と結婚することを。「沖つ白波」の巻【三】に、「中将たち、心にもあらで婿取られ給ひぬ」とあった。

るぞかし。今は、思ひ慰み給へるめり。この頃は、いと景迹(かうさく)なりや。ねびもてゆくままに、光をぞ放つべき」。君、「久しく、このわたりに見え給はず。ここには、一四月の宴し給ひし時に、消息(せうそく)言はせ給へりし」。祐澄「いで。一五今さへ、御消息(せうそこ)、あぢきなかる。なほ、人の一六嘆きは生ほすらむかし。弾正の宮も、思し鬱(うん)じにたるにや、これも、『一七おはせ』とのみあめれど、一八かくてのみ見え給ふは」。藤壺「いま一つ、人には聞こえで、心地に、いみじく悲しと思ふこともありや」。宰相、「何ごとか。もし、祐澄が気色見給へ[8]しことか」。藤壺「いで。いかでか見給は[9]む。人の知るべきにあらずや」。祐澄「いで。されど、いとよく知りて侍り。一九さは聞こえむに、二〇侍従(じじゅう)の上に侍らずや。常に、さ見給へき。二一御徳に損なひ給ひてし人ぞかし」。女君[10]、藤壺二二「常に夢にぞ見え[11]給ふや」とのたまふままに泣き給ふ。宰相の君も泣き給ひて、「常に、聞こえむと思ひ給へ[12]つれど、事のついでもなく、常に人騒がしかりつれば、聞こえざりつるこそ。いかなりし折に、いかに二三聞こえ初めしぞ」。君、「いでや。いみじ

一四　この「月の宴」は、いつのことか未詳。
一五　「今さへ、御消息、あぢきなかる」は、「今さへ、あぢきなく、御消息ある」に同じで、今も手紙の遣り取りをなさっているのは困ったことですの意か。
一六　「嘆き」の「き」に「木」を掛けた表現。
一七　「おはせ」は、婿におなりくださいの意。
一八　「かく」は、独身でいることをいう。
一九　それでは申しあげますが。
二〇　「侍従」は、藤壺の兄仲澄。正頼の七男。
二一　あなたのことが原因で。
二二　いつも夢にお見えになるのですよ。
二三　仲澄は。

く恥隠し給ひしを、人[二四]に聞こゆると、亡き影にてもこそ見給へ」。「祐澄をば、あまたあれども、そが中に、親子[二五]の契りなしたりしかば、さもおはせじ」。「何かは、知り給へれば。まだ小さかりし時、箏[二六]の琴習はしし頃[13]なむ、あやしく、思はぬやうなる気色なむ見えし。さて、年ごろ泣き恨み給ひしかど、見知らぬやうにてやみにしを、参りて後にも、かかる[二七]文をなむ賜へりし[14]」とて、取り出でて見せ奉り給ひて、「これを持て来てすなはちなむ、さは言ひに来たりし。これを心一つに思ふなむ、いみじう悲しき」とて泣き給ふ。宰相、「心のいと操[二八]にかしこかりしかば、身をいたづらになして、事[二九]も出ださずなりにけるにこそ。祐澄ら[15]は、事の不[三〇]調の、おぼえぬわざわざはしてまし[16]。あるは、まだ宮に参り給はざりし、その年の秋頃、御[三一][17]やうならむ人もがなとは思ひ侍りし[18]」とのたまへば、君、うち笑ひ給ひて、「亡[19]き人の御やうにこそ。かの君は、ものを思ひしけにやあらむ、身[三二]の苦しきことなむ見え給ふ」とのたまへば、「あはれのことや」などて、「常にも訪はむ

二四 私が人にお話ししたと、霊となっても見ていらっしゃるかもしれません。

二五 「親子の契り」の実態は、よくわからない。祐澄は、仲澄より三歳年長。『源氏物語』に見える「親子の御契り」は、親子として生まれたことの前世からの宿縁をいう。

二六 「藤原の君」の巻【一四】参照。

二七 「かかる文」は、「あて宮」の巻【三五】の仲澄の手紙。

二八 「操なり」は、ここは、物事に左右されずにしっかりとした判断ができるの意。

二九 「事を出だす」は、事件を引き起こすの意。「事を引き出づ」に同じ。

三〇 「不調なり」は、『源氏物語』「野分」の巻の「いと不調なる娘設け侍りて、もてわづらひ侍りぬ」では、

とすれど、さすがに、もの騒がしくて[20]のみなむ。おほかたをばさるものにて、思しからむことなどは、などかのたまはぬ。かの宮[三三]に侍りし物どもも、いかでかは。などか、かうなどものたまはせざりし」。「それは、かねてより、『さやうのこと、思はむままに[21]せさせむ』[22]と、宮ののたまひしかば、まかせ奉りてなむ」。宰相の君、「金（かね）[三四]などの、いと多く侍りしを、いかでせさせ給ひけむ」。「それをなむ、しわづらはせ給ふ。上に奏せさせ給ひ、上に候ふ陸奥国守（みちのくにのかみ）などに召しつつなむ。さても足らざりければ、下[三五]には異（こと）物（もの）入れさせぬ[23]となむ聞きし。人や見けむ」。「中納言こそ、取り寄せつつ、いとくはしく見給ひ[24]けれ」。君、「恥づかしのことや」とのたまふ。宰相の君、まかで給ひぬ。

[藤壺。]

欠点が多いの意で用いられているが、ここは、後世の例だが、文明本『節用集』の「不調　フデウ　婬乱義也」に近い意味か。

三一「御やうならむ人」は、暗に、女一の宮のことをいうか。

三二　成仏できずに苦しんでいることをいう。

三三　女一の宮への産養の品々をいう。【一六】の仁寿殿の女御の手紙にも、「いとわづらはしげなりしわざを、一所、いかでし給ひけむ」とあった。

三四「金」は、「陸奥守」などに献上させたとあるので、黄金だろうが、【三】に見える藤壺からの産養の品の中には、「黄金の壺」とのみあった。

三五　黄金の下には。

二五　正頼、祐澄の報を受けて、仲澄の追善供養を行う。

かくて、北のおとどにまうで給ひて、「事のついでに、藤壺にまうでて侍りしかば、しかしかのことをのたまひしはや」。おとど、「かの産屋の折のことを思ひたるななり。天下に言ふとも、ただ人は限りあるものを、あれには頼めにおぼえなむとおぼえ候ひて。容貌・心・するわざに、心つくものなれば、左衛門督をぞ、ねたくなど思ふらむ。さて、宮をも心に入れ奉らぬなるべし。あれには、また、めざましき人に、はた、あり」。宰相、「男子に侍る祐澄だに、憎くも侍らざりし人なり。故侍従は、これを妻のやうにてこそ、これにまかり通ふ所ならず侍りしか。男たちだに、さ侍りし人を、このこと侍らで、夜昼候はせ給ふなること侍るらむと思ふこそ、いと不便なれ」。大宮、「うたて。近き所に聞こえもこそあれ」。宰相、「空言を申し侍らばこそは侍らめ。よくも知

一　「北のおとど」は、三条の院の東北の町の北の対。正頼夫婦が住む。
二　特に、藤壺が、女一の宮をうらやましく思っていると話したことをいう。
三　「あれ」は、仲忠をいう。
四　仲忠。
五　春宮。
六　それにしても、あの仲忠は、思いのほかにすばらしい人だな。
七　仲澄は、仲忠をまるで妻であるかのように慕って。
八　女一の宮さまと結婚していなかったら、藤壺さまが夜も昼もおそばにお呼びになっているだろう。
九　「近き所」は、仲忠と女一の宮が住む寝殿をいう。
一〇　尚侍は子は仲忠一人だけれどの意。
一一　「猪の子」は、豚。『和

りて侍るかなとこそ聞こしめさめ。[一〇]人は一人なれど、かやうにこそ、子は養ひ立て給へ。このわたりこそ、[一一]猪（ゐ）の子の侍らむやうに、物の用にすべきもなく、[一二]まれまれよろしかりしは、[3]はかなくてまかり隠れにしか。[4]まめやかには、故侍従の、藤壺の御夢に、[一三][5]思ひの罪に、[一四]道ならぬやうに[一五]見え侍る」など申し給ふ。おとど、「何ごとをかは、さは思ひけむ。我らを、つらしと思ふこともあらじ。官爵（つかさかうぶり）のことは限りあれば」。御いらへ、（祐澄）「男（をのこ）は、女につけてのみこそは」。（正頼）「この中には、誰かは」。（祐澄）「[一六]中宮たちの中にこそは」。大宮、心を得給ひて、さはさなりけりと思ほして、いみじう泣き給ふ。おとど、「など。さる気色見給ひしや」。宮、（大宮）「否や。さもあらずや。なほ、さるらむ。かかる気色[一七]ぞや見給ふる。すべて、よくもあれ悪（あ）しくもあれ、[一八][6]男女にてぞあるべかりける。中のおとどにて、夜昼ありて、憎げなき人々のあまたものし給ひしかば、さやうなるにやありけむ」。おとど、「[一九]一の宮なりけむ。それぞ、人に思はれぬべきさまし給へる」。宰相の君、をかしと思へど、か

名抄』毛群部獣名「猪　方言注云、豚　豕子也」。

一二「まれまれよろしかりし」は、仲澄をいう。「あて宮」の巻【三】に、仲澄が兄弟たちの中で一番正頼から期待されていたとある。

一三 この世に思いを遺した罪。

一四「道成る」は、「成道」の訓読的表現か。「成道」は、「成仏」に同じ。

一五 あるいは、「見え侍るなる」の誤りか。

一六「中宮たち」、不審。「中のおとどの宮たち」などの誤りか。

一七「や」は、間投助詞。

一八 男と女は、別々に住まわせるべきだった。底本「おとこおとこ女」。「男男、女女」の誤りか。

一九 女一の宮。正頼は、仲澄の恋の相手が妹藤壺だと思ってもいないのである。

たはらいたければ、申し給はず。この君、一の宮をいかでと思しける、今は、かの君をいかでと思せど、聞こえ寄るべくもあらねば、心一つに思す。

祐澄「さて、この人のために、なほ、誦経などせさせ給へ。その誦経の書には、なほ、『思ひの罪のがらかし給へ』と、[二〇]右大弁季英の朝臣に仰せ言賜ひて、[二一]願文書きて、せさせ給へ」と聞こえて立ち給ひぬ。

おとど、「この朝臣、そそめきたりけるは。いとまめなりと見ゆるものを。[二二]なんど戯言は多くしつる」。宮、「[二三]ある人をぞ、年ごろ、気色ありて聞こえけるや。それを、今はと思ひて、言葉散らすなめり」。おとど、「うたて。疎からぬ仲[7]らひ[8]なるに、[二四]かかることどものありけること」とのたまふ。

かくて、侍従の君のために、[二五]四十九日に、布七疋づつ誦経にせさせ給ふ。大宮も、絹など加へてせさせ給ふ。

[北のおとど。]

二〇 藤英。正頼の十三の君の婿。
二一 「願文」は、追善供養などの際に施主の願意を書いて奉る文。一定の型式があり、故事を踏まえた四六駢儷体の漢文で作ることから、漢学者などに依頼することもあった。「菊の宴」の巻【三四】注二九参照。藤英は、文章博士も兼ねている。
二二 「なんど」は、「なにと」の撥音便形で、疑問の副詞「など」に同じか。
二三 ここにいる人。
二四 「かかることども」とあるので、仲澄のことだけではなく、祐澄の身内の女性への恋もいう。
二五 仲澄が藤壺の春宮入内後しばらくして死んだことは、【三四】に見える。ここは、死後四十九日目の供養ではなく、改めて、四十九日間、七日ごとに布七疋ず

二六　いぬ宮の五十日の祝いの準備をする。

かくて、いぬ宮の御五十日（いか）は女御の君し給ふべきと、内裏（うち）に聞こしめして、これより忍びて奉らむと思（おぼ）して、頭（とう）の中将実頼に、「かうかう思すことなむある。かの右大臣（みぎのおほいまうちぎみ）の家にはあらぬ所にて、そのことものせよ。その具の物どもは、所・納殿（をさめどの）にあらむ物どもを、用に従ひてものせよ」と仰せ給へば、太政大臣（おほきおとど）の曹司（ざうし）にて、白銀（しろかね）の唐物師（からものし）など召して、急ぎせさせ給ふ。仰せ言（ごと）にてかかることとし給ふなりとて、所々より、檜破子（ひわりご）、手を尽くして奉り給ふ。さもしつべき人々には、「かかることなむある」と言ひて、せぬところなく、このこと急がす。

つを誦経料として追善供養を行ったことをいうか。

一　誕生後五十日の祝い。この日、小児に餅をくわえさせる。

二　「思す」は、自敬表現。

三　源正頼。実頼は、正頼の四の君の婿で、三条の院の西南の町に住む。「沖つ白波」の巻【四】参照。実頼は、当時は蔵人の頭を兼ねていなかった。

四　蔵人所。「内侍のかみ」の巻【三】に、唐土の人との交易の唐物を蔵人所に納めておいたとあった。

五　「納殿」は、内裏の御物を納めておく所で、宜陽殿にあり、蔵人が管理した。

六　宮中に設けられた太政大臣の曹司（宿所）。宜陽殿にあった。「国譲・下」の巻【三九】注二参照。

二七　いぬ宮の五十日の祝いが催される。

かくて、その日になりぬ。女御の君、大宮の御方に、「いぬに餅食はすべき日になむ侍りける。いかにすべきわざにか」と聞こえ給へり。大宮、「人に知らせでするやうは、いと多かることなり。それは、ここにのみなむ。わいても、禄なくてはせぬことにならむ」。女御の君、「いかでかは。いと多く候ひたり。そなたにやは参るべき」と聞こえ給へれば、「今、そこにを」とて、「今日だに、渡りて見む」とておはしましたり。

頭の中将、御前どもの物など参らせ給ふ。いぬ宮の御前には、白銀の折敷、同じ高坏に据ゑて十二、御器ども、檜破子三十荷、むくにの窪の坏ども、餅四折敷、乾物四折敷、果物四折敷、敷物・心葉、いと清らなり。また、御前どもの料に、浅香の折敷十二づつしたり。檜破子五十荷、皆々、沈・蘇枋・紫檀などなり。

一　祝宴を主催するために内々に準備することは。
二　私どもの方ですべて準備いたします。
三　せめて今日ぐらいは、そちらにうかがって、いぬ宮を見たいと思います。
四　「むくに」、未詳。「木地（むくぢ）」の誤りと解する説もある。
五　「心葉」は、饗膳の箱や折敷などを飾る、造花で作った装飾。
六　祝宴に参加する人々のために。
七　檜破子を載せる台とそれを担う棒か。檜破子を御衣櫃などに見立てた装飾か。
八　「括り」は、「括り紐」

[七]台・枋（あふこ）なども、同じ物。袋・敷物の[八]括（くく）りなども、いと清らなり。[九]入り物は、皆、参り物。片方（かたへ）は、[一〇]重破子（かさねわりご）一掛籠（ひとかけご）、御前（ごぜん）に参るばかりしたり。[一一]ただの破子五十荷添へて参れり。御前（おまへ）の折敷どもは、大宮・一の宮・女御の君の御前（おまへ）に参る。重破子、[一二]中取りて、[一三]宮・中納言などには参る。典侍（ないしのすけ）・[一四]大輔（たいふ）の乳母（めのと）よりはじめて御達（ごたち）までには、檜破子・御酒（みき）、ただの盤（ばん）[6]にては。[一五]

尚侍の殿（ないしのかん）に、女御の君の御消息（せうそこ）して、

「日ごろ聞こえざりつるほどに、かかる日までも。など、それより」

など書きて、

「[一六]これは、

[一七]いかいかと聞きわたれども今日をこそ餅食ふ日[7]とわきて知りぬれ」

とて奉り給ふ。藤壺（ふぢつぼ）に、同じ数に奉り給ふ。

かくて、餅参るべき[一八]時[8]なれば、大宮「その時になりぬれば、疾（と）く疾

の意か。

九「入り物」は、檜破子の中に入っている物の意か。

一〇「重破子」は、重なるように作った破子。「掛籠」は、箱の中に収める内側の箱。「一掛籠」で、二重になっていることをいうか。

一一「ただの破子」は、「檜破子」に対して、杉などで作ったものをいうか。

一二 中の掛籠を取り去って、破子の底に入れた物も見えるようにして。

一三「宮」を、三の宮と解した。女一の宮の兄。

一四「大輔の乳母」は、民部大輔の娘。【一】参照。

一五 下に脱文があるか。

一六「これ」は、餅をいう。

一七「いかいか」は、赤子の泣き声の擬音語。「五十日」を掛ける。

一八「時なれば」は、「率て参りたり」に係る。

く」とあれば、児君、[一九]いと出だし立てがたくし給ふ、からくして、御湯殿などして、綾の御衣一襲着せ奉りて、[二〇]大夫の乳母といふ、率て参りたり。女御の君、掻き抱き奉りて見せ奉り給ふ。大宮見給へば、いと大きにて、[二一]頸もすくよかなり。白き絹に柑子を包めるやうに見えて、いと白くうつくしげなり。(大宮)「これを、今まで見せ給はざりける。かかる人いと多く見つる中に、これはまだ見ぬさまなり。かからぬだに、[二二]さてもありぬべくなるを。いとをかしかめり」。女御の君、(仁寿殿)「いさ。醜しとて隠さるれば」。宮、(大宮)「されど、親たちにもまさり奉りぬべかめり」とて、[二三]餅参り給ふ。

御折敷見給へば、[二四]洲浜に、高き松の下に、鶴二つ立てり。一つは箸、一つは匙食ひたり。松の下に、黄金の杙して、帝の御手して書かせ給へり。

(帝)[二五]緑子は松の餅を食ひ初めてちよちよとのみ今は言はなむ

とあるを、大宮見給ひて、白き薄様に書きて、押しつけ給ふ。

(大宮)[二六]我下りて松の餅を食はすれば千年も継ぎて生ひよとぞ思ふ

一九 挿入句。主語は、仲忠。
二〇 底本「たいふのめのと」。大輔の乳母を「といふ」と紹介すること、不審。【二】の「五位ばかりの人の娘ども」の一人で、「大夫の乳母」と解した。
二一 「頸もすくよかなり」は、頸がしっかりとすわっているの意で、いぬ宮の成長の早さをいう。
二二 美しく成長するはずです。
二三 いぬ宮の曽祖母大宮が五十日の餅を与える。『御堂関白記』では、一条天皇の皇子敦成親王の五十日の餅を外祖父の道長が、敦良親王の五十日の餅を父の一条天皇が与えている。
二四 参考、『九条殿記』「殿上菊合」(天暦七年十月二十八日)、「洲浜長八尺、広六尺許、以沈香作舟橋。以銀作鶴一双、但一鶴食菊一枝、其葉書和歌一首」。

女御の君に、「かかる言ありけりや」とて奉り給へば、書きて押しつけ給ふ。

生ひの世にちをのみ知れる緑子の松の餅をいかが食ふらむ[10]

とて、一の宮に奉り給へば、ものものたまはず。これかれ、「いかでか」などのたまへば、

食ひ初むる今日や千世をも習ふらむ松の餅に心移りて

と書き給へれば、女御の君、折敷ながら、中納言の御もとにさし入れ給へば、取りて見るやうにて、

千年経る松の餅は食ひつめり今は御笠の劣らでもがな

と書き給ふを、弾正の宮、「見む」と聞こえ給へば、「いとかしこき御手侍れば、え見給はず[11]」とてさし入れつ。宮、「許されざらむ人のやうに」とて、御簾の内に這ひ入りて見給ひて、

「暇なしや。

姫松も鶴も並びて見ゆるにはいつかは御笠[12]のあらむとすらむ」


二六「松の餅」は、五十日の餅のこと。「ちよちよ」は、赤子の泣き声の擬音語で、「千世千世」を掛ける。

二六「下る」は、「下り立つ」の意か。「千年も継ぐ」は、私の千年の寿命も受け継ぐの意。

二七「ち」に「乳」と「千」を掛ける。

二八「松の餅に心移る」は、餅を食べさせてくれた大宮に感謝するなどの意か。

二九 歌をつけた洲浜を折敷に載せたまま。

三〇「さし入る」は、仲忠たちのいる所に視点を置いた表現。

三一「御笠」は、松笠で、子孫の繁栄をたとえるか。

三二 もうそんな先のことをお考えになっているのですね。

三三「姫松」にいぬ宮、「鶴」に藤壺腹の二人の御子をたとえる。

と書き給ふ。大輔の乳母、ほとりに押しつく。

大輔の乳母[三四]
緑子のちよてふことは人ごとに習ひて誰にと思ふものかは

とあるを、人々見給ひて、[三五]「乳母、ことわりや」とて笑ひ給ふ。

かかるほどに、尚侍(ないしのかみ)の殿より、御返りあり。御使は、白き袿(うちき)・袴被(はかまかづ)きたり。御文見給へば、

「これよりも聞こえむと思ひ給へ[13]つるを、日ごろは、え聞こえさせぬことの侍りてなむ。さても、聞こしめしつけたるをなむ。

[三六]声変へずいかと言ふ子をいかでかは今日[14]のなりと人の聞きけむ

いと耳疾(みみと)[15]なりや」

と聞こえ給へり。

[三七]かくて、餅参り、物など参りて、これかれ物聞こしめして、いぬ宮は、乳母抱(いだ)き奉りて[三八]。

三四 「人ごとに習ひて」は、いろいろな方から習っての意。前の女一の宮の歌に対して、大宮への感謝の気持ちばかりではなく、すべての人々の祝福の気持ちに応えて成長するはずだの意だろう。

三五 乳母としてはもっともな思いだの意。「乳母ことわり」を当時の諺と見る説もある。

三六 いぬ宮が、いつもと同じように、「いかいか」と泣いている声をお聞きになって、どうして、今日を五十日の祝いの日だとおわかりになったのでしょう。前の女御の歌に対する返事。

三七 以下、祝宴に参加した人々も、いぬ宮の相伴で餅を食べたことをいう。

三八 接続助詞「て」でとめた表現か。下に脱文を想定する説もある。

二八　三の宮、大宮・仁寿殿の女御と語る。

大宮、弾正の宮に、[1]「などか、[一]あなたにも、時々渡り給はぬ。あまたおはすれど、かたじけなければ、一所（ひとところ）をば、殊にこそは思ひ聞こえしか。いと疎々（うとうと）しくこそ思（おぼ）したれ」。宮、（三の宮）「年ごろは、身の数ならぬを思ひ給へ慎（つつ）みて」。大宮、[2]「などか、[3]旅住みのやうにては。これもかれも、[二]さてあらせ奉らまほしげに思はれたるを。見給[4]ひつべきも、いとよう聞こゆるや」。三の宮の、「昔より、数にも侍（はべ）らぬ身なれば、誰かは、さ思ひ侍らむ」。大宮、「などかは、さ思さるる」。女御の君、（仁寿殿）「いさや。この御心にぞ見給へわびぬる。藤壺（ふぢつぼ）の、里におはせし時、はかなきことを聞こえ給ひけるに、『いらへ給はざりき』とて、それを鬱（うん）じて、[三]法師のあらむやうにてのみ嘆きわたり給ひて、ある時は、『[四]きんぢが、つたなく、我を、[五]人気（ひとけ）なく、か[5]う生み出（い）だしたる』とさへぞのたまふや」。大

一 「あなた」は、大宮が住む北の対をいう。

二 あなたを婿にお迎えしたいと思っていらっしゃいますのに。【一六】注二四でも、女御が、「これかれ聞こえ給ふことをものしておはせよや」と言っていた。

三 【一六】で、三の宮は、「思ひ慰むばかり、人も、えあらじや。よくせずは、法師にもありなむとすや」と言っていた。

四 「きんぢ」は、二人称。【一六】で、三の宮は、「おもとこそ、つらくおはすれ。まろを幸ひなく生み出で、ものを思はせ給ふ」と言っていた。三の宮の発言の「おもと」を、「きんぢ」と言い換えている。

五 「人気なし」は、人並みでないの意。

宮、「さらに承らざりし。[六]かの人をば、兵部卿の宮に、さのたまひき。さては、あるまじきことなれど、[6][七][7]三条の大将さのたまふと聞く。源宰相をこそ、[8][八]心ざしあるやうに聞き侍りしか。さらにこそ知らざりけれ」。御いらへ、[三の宮][九]「多くも聞こしめし残したりけるかな。いといみじきことども、多く侍りしものを。まづは、かしこ[9]ぞ」とて、中納言を見やり給ひて、[一〇]「ここにこそ、同じ所にて、よくは知り給へらめ。[一一]鹿のたとひなることもや、思し合はすることも侍らむかし」とのたまへば、[一二]宮、をかしと思す。中納言、苦しと思す。男宮、[三の宮]「さればこそは、なほ、昔より、『数ならず』とは」。[10]大宮、「など、はかばかしく、かくなどはのたまはずなりにし。さらましかば、ともかくも聞こえてましものを。宮仕へにとて出だし立てたれど、思ふやうにもあらず。[一三]後ろやすくと頼み聞こえし人さへ許さず、心憂きことどもの多かんなれば、常に思ひ嘆くと聞き侍るは、いとうたてくなむ。[一四]なほ心やすくてあらすべかりけるものをと思ひ給ふるに」[11]。三の宮、「いとあるまじきこと

六 藤壺のことは、兵部卿の宮が、同じようなことをおっしゃっていました。「菊の宴」の巻【七】参照。
七 「三条の大将」は、藤原兼雅。この呼称は、ここにだけ見える。
八 「心ざし」は、藤壺への愛情をいう。
九 藤壺さまに求婚なさった方のことを、大勢聞き漏らしておいでなのですね。
一〇 「ここ」は、女一の宮をいう。
一一 「鹿のたとひ」は、『淮南子』説林訓「逐レ獣者目不レ見二太山一、嗜慾在レ外、則明所レ蔽矣」による表現か。
一二 女一の宮。
一三 「後ろやすくと頼み聞こえし人」は、嵯峨の院の小宮をいう。小宮は、大宮の同腹の末妹で、藤壺の叔母にあたる。小宮が、藤壺を快く思わずに泣き暮らし

かな。何か。[一五]とかく思ひ給へざりき。ただ、いらへし給はざりしをのみなむ、今に、心憂く。をかしきやうに[12]文通はしなどし給へりし人も、まめやかなる心ある者なかめれど、ここには、[一六]心ざしをだに、昔ながらにとてなむ、年ごろは。何か。思はじ。心ざして参らせ奉り給へる効ありて、[一七]宮、はた、異御心のなかめれば、いとよかめり。[一八]先つ頃、召しありしかば、内裏に侍りしついでに、かの御局にまうでたりしにも、いと思ふやうにておはすめりき。多くの人の惑ふめりし御身を、一所見奉り給へば。さらでは、効なからむかし。かの君も、今は[一九]世づき給ひにければ、[13]まうでたりしにも、いと気近くものなどのたまひき。[二〇]早うかうてこそはおはすべかりけれとなむ思ひ給へ[14]たりし。御容貌も、こよなくなりまさり給ひにけり、さは言へど、やむごとなき人につき奉り給ひて、こよなくもてなされ給ひにけりとぞ見奉りし」。大宮、「何か。それは、常にものを思ふなれば、昔のやうにだに、えあらじや。いと久しく見侍らずや。[二一]去年の秋、あからさまにまかでさせて侍り

ていることは、【三】参照。
一四 やはり、気苦労が多い宮仕えなどさせずに、気楽な結婚をさせればよかったのにと思っております。
一五 それほど深刻に思っていたわけではありません。
一六 せめて藤壺さまへの思いだけでも、昔のままに持ち続けたい。
一七 春宮。
一八 三の宮が参内したことは語られていない。
一九 「世づく」は、男女の情けを解する、人情がわかるの意。
二〇 やはりこうして春宮のもとに入内なさるべきだったのだな。
二一 昨年の秋に藤壺が退出したことは語られていない。

しかば、『侮(あなづ)りて込め据ゑたり』など、いと憎げにのたまひしかば、わづらはしさに参らせてき。常に、『まかでむ』とのたまはすなれど、まかでさせねば、いみじく恨むるや。このつごもりばかりにぞまかでさせむと思ひ給ふる」。女御の君、「源中納言は、また、いつばかりは」。「いさ。この頃とぞありしかど、まだ、さりげもなかりき。それこそ、いとようなりにたれ。髪なども、いとよう生ひためれ。さるは、苦しげなるほどなめれど。それをこそ、昔は、さも聞こえむと思ひしか。思はぬさまなることの出で来にしかば」。三の宮、「それも、えさも侍らざらまし。六日の菖(さう)蒲(ぶ)のやうにこそ」など、暮るるまで御物語し給ひて、大宮も渡り給ひぬ。女御の君も、御方へおはしぬ。

宮、物の初めなりとて、例のごと取り散らさせ給はず。

二九　仲忠、女一の宮と、藤壺のことなどを語る。

二二 「のたまはす」を藤壺の動作と解したが、「のたまはす」の敬語不審。

二三 藤壺の退出は、「蔵開・下」の巻【三】参照。

二四 「源中納言」は、源涼の妻さま宮をいう。さま宮の出産はいつごろですか。

二五 いぬ宮の誕生は十月中旬、今は、五十日の祝いだから、十二月に入っている。さま宮の出産予定は、十一月だった。【一九】注三八参照。

二六 「それ」は、さま宮をいう。

二七 上は大宮へ、下は三の宮への発言。さま宮を三の宮の妻にと思っていたことをいう。大宮は、「内侍のかみ」の巻【六】で、さま宮を仲忠と結婚させたいと思っていたと言っていた。

二八 「思はぬさまなること」は、帝の宣旨によって、源涼とさま宮が結婚したことかくて、中納言、内に這(は)ひ入りて、いぬ宮掻(か)き抱(いだ)きて、（仲忠）「いぬをば[一]、宮は、いかがのたまひつる。多くの御目に、恥づかしくこそ」。宮、（女一の宮）[二]「『見せざりけり』などこそ」。（仲忠）「『醜し』とやありつらむ」。（女一の宮）「『親どもにはまさりぬべし』とや」。君、（仲忠）[三]「仲忠・宮とあるは、さもや見じ。さては、けしうはあるまじきものなり」。宮、「よしとこそは思ひけれ」。君、「[四]典侍(ないしのすけ)の言ひしかばこそ。さればこそ、『[五]透かせつべし』とは聞こえしか。弾正の宮の御物語承りつるこそ、さることぞと思ひ給へつれば、あはれなれ。ここに候はざらましかば、かく思ひ給へてぞ侍(はべ)らまし。その[六]御心を失はせ給へるこそ、あが君は、いとうれしくおぼえ給へ。異人(ことひと)は、かく思ひ消(け)たせざらまし。[七]初めは、いとこそわびしかりしか。ここにまうで来(こ)し夜(よ)までは。[八]見奉りしかば、忘れ侍りにき。今はた、いぬなど侍れば、[九]さ思ひ侍りけむとこそ。ただ、[一〇]御心のつらからむにこそ、かれにまさりても。ただ、かの御方に、[一一]御心ざしなく思されたるなむ、恥[1]づかしく、いとほしくは。さて侍りても、何の

をいう。

二九「六日の菖蒲」は、時機を逸することのたとえ。

三〇「御方」は、仁寿殿の女御の居所である西の対。

【六】注六参照。

一 大宮。

二 以下は、【三七】参照。

三 私やあなたと一緒にいるから、いぬ宮のことを、醜いとも思わないのでしょうか。あるいは、「見じ」は「見えじ」の誤りか。

四 【三】の典侍の発言参照。

五 「透かす」を、透き見をさせるの意と解した。

六 「御心」の敬語不審。

七 「蔵開・下」の巻【二】の涼の発言参照。

八 あなたのお姿を見てからは、そんなつらい思いも忘れてしまいました。

九 昔はそんなことを思っていたのだろうかと思うだ

効(かひ)[2]かは。[一二]源宰相などのあはれにてものし給ふめるも、ただ今は、取り分きたることもなかめり。[一三]疎(うと)からぬ御仲にこそ、かくおはしたるもよけれ。[一四]もの思し知らざりけむ昔こそ、さりけめ。今は、世の中もの思し知りたれば、折あらむ時は、とかく聞こえ給ひつつも慰め給は[3]む。よそ人にとても、何の効(かひ)かは。さて、まかで給ふべかなるを、[一五]この聞こえしこと、必ず」。宮、「言ひしやうに、見たる人の、もの狂ほしきやうなれば、そこにもさやと思ふにぞ」。君、「何か。今は、天女いまそかりとも、何とか見給へむ。ただ、[一六]かかる仲らひに侍[4]るを、さる心ざしもありしに、おぼつかなからじとてこそ。もし、しばし[5]は[一七]めでいたくとも。かれをこそは、そのかみは。[一八]御前(ごぜん)[6]を一度[7]抱(だ)き奉らば、同じことぞや」。宮、「あやしの人変はりや。かの君は、我だに、同じ所にあり馴らひて、[一九]所々なりしは、いとど恋しくて、常に泣かれし。えさはあらぬものから、[二〇]仲頼などがやうにあるは見苦しくこそはと[8]」。ぬし、仲忠「いとゆゆしきこと。よし。見給へ。必ず」など聞こえて殿籠も

けです。

一〇 あなたが私に冷たくなさったら、藤壺さまに冷たくされるよりもつらい気持ちになるでしょう。

一一 「心ざし」は、愛情の意。「御」の敬語不審。

一二 源実忠。あて宮（藤壺）の入内後小野に籠もった。

一三 「疎からぬ御仲」は、三の宮と実忠をいう。三の宮は藤壺の甥、実忠は藤壺のいとこ。

一四 藤壺さまが男女の機微がおわかりにならなかった昔は。

一五 「この聞こえしこと」は、藤壺を透き見させてくれということ。

一六 「かかる仲らひ」は、女一の宮と結婚したことをいう。

一七 「めでいたし」は、「めでたし」のもとの形か。平安時代の仮名作品にほかに

りぬ。

三〇　正頼、大宮に、いぬ宮のことを聞く。

宮に[一]、おとどの聞こえ給ふ、「[正頼1]いぬは、いかがありつる」。「[大宮]いみじく生ひ出でぬべき者にこそあめれ。宮のぞ[二]、かやうにありしかど[2]、これは、いと気色殊にこそ見えつるや[三][3][4]」と。おとど、「父ぬしの[5]、今から、いと心憎くもてなすめるは。いかに生ほし立てむとすらむ。世の中にありにしかな[四]」とのたまふ。

三一　正頼、左大将を辞し、仲忠、右大将を兼任することになる。

かくて、おとど、歳も老いぬ[一]、慎むべきやうにも言ふをと思し[おぼ]て、大将辞し給ふ御表[二][1][三]、一度[ひとたび]は、奉らせ給ひてしかど、返されたれど、また奉らせ給ふ。この度[たび]もとどめられず。右大弁季英[すゑふさ][四]を召

一八「御前」は、二人称。例が見えない語。
一九 別々に住むようになった時は。女一の宮。
二〇 源仲頼。あて宮（藤壺）の入内後、出家した。

一 大宮。
二「宮の」は、春宮妃藤壺をいう。【三】の典侍の発言にも、「藤壺の御容貌の児顔に似奉り給へるかな」とあった。
三 係助詞「こそ」の結びが調わない。
四 いぬ宮が成長するまで長生きしたいものですね。

一 正頼の年齢は、【一八】に、「御歳五十四」とある。
二 正頼は、右大臣で、左大将も兼ねていた。
三 天皇に奉る辞表。
四 藤英。藤英は、仲澄の

して、「からから朝廷に申すも、[五]納められぬ。実に思してとどめらるべく、御心とめられよ。この職は、とどめられば、論なう、[六]このわたりにぞあらむ。その所、[七]藤中納言の朝臣にもがなと思ふを、その心を思ひて、かの朝臣に譲りげなる気色取らせてを」とのたまへば、すなはち御前にて作り、書きて奉る。見給ひて、「思ふやうなり」とのたまへば、[八]「こたみはとどまりなむ」とて奉らせ給ひぬ。

かかるほどに、内裏より、中納言の君の御もとに、大将かけ給ふべき御消息あり。おとど、[九]宮に、「かうかうのことなむ仰せられたりつる。[一〇]設けの物などせさせ給へ」と申し給ふ。

かかるほどに、内裏より、御唐櫃一具に、唐綾・大和綾・織物、一つには絹入れて、「これ、かの日の設けの物にし給へ」とて、宮の御もとに奉り給へり。また、[一一]源中納言の北の方の御もとより、赤色の織物の唐衣、唐裳、摺り裳、綾の細長、三重襲の袴添へたる女の装ひ五具、置口の御衣箱に畳み入れて奉れ給へり。ここか

追善供養の願文や、正頼の春宮大夫を辞する辞表も作っている。【三五】注三、「菊の宴」【三四】注三九参照。

五 受け取ってもらえない。

六 私の縁者が任じられるでしょう。

七 底本「ところ」。あるいは「職」の誤りか。

八 異例だが、ここも、正頼の発言と解した。

九 女一の宮。

一〇 「設けの物」は、任大将の饗宴のための被け物や禄などをいう。

一一 源涼の妻。さま宮。

一二 女一の宮のほうでもご用意なさる。

一三 家人たちに与える物。

しこより、皆、かやうにし奉り給へり。ここにも設け給ふ。家人料など、皆具せられたり。

三二　仲忠、右大将を兼任し、喜び申しに諸所を巡って参内する。

かくて、その日になりて、大将かけ給ひつ。御喜びとて、御装束、蘇枋襲・綾の上の袴など、ありがたき移しに入れ染めて、装束きて出で給ふままに、宮拝み奉り給ふ。女御の君・北のおとどなどに喜び申し給ひて、左のおとどの御方にまうで給ひて、御供には、四位八人、五位十余人、六位三十人ばかり、御随身ども、御前すべき人、さらぬも多かり。

方々の御前を渡りておはすれば、「あなめでたや」など言ひ騒ぐ。源中納言殿の方を見やり給へば、青色の簾に綺の端挿してかけわたしたり。高欄に押しかかりて、簀子に、童八人ばかり、青色に蘇枋襲、綾の上の袴、濃き袙着て並み居たり。御簾の内に、

一　正頼が左大将を辞任して、兼雅が左大将に移ったので、仲忠が右大将も兼任したのである。
二　「御喜びとて」は、「拝み奉り給ふ」に係る。「喜び」は、昇進のお礼の意。
三　「移しに入れ染む」は、【三】注九参照。
四　女一の宮。
五　「北のおとど」は、正頼と大宮が住む。三条の院の東北の町の北の対。
六　左大臣藤原忠雅。三条の院の東南の町の「北東のおとど」に住む。「沖つ白波」の巻【四】の「絵解き」参照。
七　東南の町に住む方々。源涼も、「西北の対」に住んでいる。
八　綺の縁取りをして。「綺」は、「内侍のかみ」の巻【三】注一九参照。

四五間(けん)に、赤色の唐衣(からぎぬ)、それも濃き袿(うちき)どもうち出でつ着たる人、[九]
居並みたり。大将、立ちとどまりて、(仲忠)[一〇]「君はおはすや」。童部、
「今朝、内裏(うち)へ参らせ給ひぬ」。おとど、(仲忠)[一一]「御方に聞こえさせ給へ。
『喜びになむ、こたびは[6]かたじけなき心地するを、かつは聞こえ
さする』」とて、遣水(やりみづ)のほどよりおはし過ぐれば、うなゐども、
扇を叩(たた)きて、[一二]「名取川に鮎(あゆ)釣るおとどの」と歌ひ合へり。大将、
見やりて、「さのたまふとも、え知らずや」とておはしぬ。
[一三][7]左の大殿に[8]喜び申させ給ひて、それより、車まはさせ給ひて、
尚侍(ないしのかん)の殿にまうで給ひぬ。それより内裏へ参り給ひぬ。

三三　参内した仲忠を見て、女房たち言い騒ぐ。

かくて、[一][1]陣に入り給ふより、人々めづらしがる。女御(にょうご)・更衣(かうい)の
御局(つぼね)の前渡り給へば、人々、「いとめづらしく参り給へるかな。
久しく見ざりつるほどに、めでたくもなりまさり給ふかな」。「な

九 「うち出づ」は、御簾の下から装束の袖と褄を出して見せるの意。出だし衣。
一〇 「君」は、源涼。
一一 「御方」は、さま宮。源涼の妻。
一二 承徳本『古謡集』陸奥風俗歌「名取川」、「名取川 幾瀬か渡るや 七瀬とも 八瀬とも 知らずや 夜し来しかば あの」と同様の俗謡か。
一三 左大臣の北の方。正頼の六の君（大宮腹）。

一 右近の陣。紫宸殿の西、月華門にある。
二 以下の発言には、仲忠に対する敬語がない。仲忠に対して、好意を持っていない人の発言か。
三 以下の発言は、仁寿殿の女御や女一の宮に対して、好意的なものだが、ここにも敬語がない。

ほ、女一の宮こそ、いと心憎けれ。そこと、心、人に知らせざりつれども、もの言ひ触れぬなかりしものを、傍目(あからめ)もせさせで持給へるよ」。「仁寿殿(じじゆうでん)の女御の、思ふやうにめでたき人なり。宮仕へは、同じき帝と聞こゆれど、上に、限りなく時めかされ奉りたり。娘は、かく世にたぐひなき人に、二つなく思はせたり。めでたし。男皇子(みこ)たちは、いとうつくしげに、容貌(かたち)よく、人に褒められつつ、あまた持たり。ただ、后に据ゑ、坊に据ゑずと言ふばかりにこそはあめれ」。また、異人(ことひと)の言ふ、「されど、これは、時々、人参上(まうのぼ)りなどす。春宮(とうぐう)のこそいみじかなれ。また二つ人あるものとも知り給はで、年ごろになりぬ。などか。坊がねは持たり。いみじき者なめりかし」。「院の御方は、夜昼、音(ね)をぞ泣き給ふなる。『昨日今日、児(ちご)・緑子(みどりこ)と聞きつる人によりて、わが、かかる恥を見つること。さりとて、院にあらむとてすれば、過ちもして寄せられぬやうに、上たちも思(おぼ)すべし。交じらへば、心肝(きも)やすからぬこと』とこそは泣き給ふなれ」。「誰々も、皆、さにこそは。太政大(おほきおほい)

四　「女御の」の「の」、不審。「は」の誤りか。
五　「后に据ゑず、坊に据ゑず」に同じ。
六　仁寿殿の女御の場合は。
七　「人」は、帝のほかの妃たちをいう。
八　「春宮の」は、春宮妃藤壺をいう。
九　藤壺さまは、入内してから何年もたつのに、春宮の寵愛を独占して、春宮はほかのお妃がいることを意識なさることもないまま過ごしていらっしゃいます。「あて宮」の巻【一〇】に、「あて宮参り給ひて、また人あるものとも知り給はず、うちはへ参上り給ふ」とあった。
一〇　藤壺さまは、仁寿殿の女御とは比較になりません。
一一　嵯峨の院の小宮。
一二　あるいは、「あらむとてすれば」は「あらむとすれば」の誤りか。

臣の君、はた、大声[4]を放ちて、夜昼、拝み呪ひ、泣きののしり給ふなり。まさなかめれども、聞き入れ給はずとや」など、局々、言ひ騒ぎ給ふ。

三四　帝、参内した仲忠に、累代の書の講書を要請する。

大将の君、蔵人して、[1]上に喜び奏せさせ給ふ。上、「かくは、[一]喜びはまさしくなりにけるを。なほ、こなたに」と仰せらるれば、[2]舞踏し給ひ、上りて候ひ給ふ。上、とばかりものものたまはで御覧ずるやう、[二]わが娘を、いとけしうはあらじとてこそ取らせしか、いとこよなくもなりまさりにけるかな、[三]いかに見給ふらむなど思ほし入りて、とばかり思ひ染み給ひて、「などか、いと久しく。先つ頃、[四]節会などありしに、参られやすると思ひしに、さもあらざりしかば、いとさうざうしくなむありし。[五]人よりはむつましかるべき心地するを、疎き上達部などよりは。されば、もの

一三　底本「おほき大殿のきみ」。太政大臣源季明の大君。「あて宮」の巻【三〇】注二五参照。当時、季明は左大臣だった。

一　【一〇】の帝からの手紙に、「例ある喜びなどもせさすべきを、ただ今、その闕など、えあらで」とあった。

二　「内侍のかみ」の巻【三】注二五の朱雀帝の発言参照。

三　女一の宮は、仲忠をどう思って見ていらっしゃるのだろう。

四　この「節会」が何の節会か、物語には見えない。

五　娘婿として、ほかの人よりは親しいつもりでいるのに、姻戚でもない上達部よりも顔を見せてくれないのだね。だから、これからは、ちょくちょく参内して

せられむこそよからめ」。大将、かしこまりて、「日々に参り来べく侍るを、月ごろ、仲忠が先祖に侍る人々のし置きて侍りける書どもなどの、いと侍りがたき所に、捨てたるやうにて侍りけるを、さすが、人の、え取り失はで侍りけるを、いと見つけがたくて取り出でて侍り、累代の書の抄物といふもの見給ふとてなむ、文書といふもの見給へつきぬれば、世間のこと侍らぬものなりければ、籠もり侍りぬる」。上、「よきことにこそはあなれ。学問など、心に入れてものせらるるは、朝廷のためにも、いと頼もしきことなり。高麗人も来年は来べきほどなるを、博士の男どもとても、昔のごとくかしこき者どもも、藤英がため殊に軽しや、殊になければ、そこにあり次ぎては、吏部の朝臣をこそは頼もしきことには。それを離れては、かしこしと思ふ者どもぞあらぬと思ふに、さる文書・書などをさへ尋ね出でられたらむ、いとかしこきこと。よろづの書どもなど、具して、皆ありや」。大将、「皆具して、なき書なく侍りけり。俊蔭の朝臣の、手書き侍りける人なりける盛り

くれないか。

六「月ごろ」は、「籠もり侍りぬる」に係る。「仲忠が……取り出でて侍り」は、挿入句。

七「いと侍りがたき所」は、とてもそんな物がありそうもない所の意で、荒廃した京極殿の蔵をいう。

八「抄物」は、書籍から内容を抜き書きしたもの。「せうもつ」とも。

九「給ふ」は、下二段活用「給ふ」の終止形の例。

一〇「見つく」は、見て親しむの意。ここは、読みふけっていたことをいう。

一一 挿入句。

一二「吏部」は、式部省の唐名。「吏部の朝臣」は、式部大輔で、藤英をいうか。藤英は、「国譲・下」の巻【三七】注五に、式部大輔を兼任していたことが見える。

一三「たらむ」、語法不審。

に、有識に侍りける、それが、皆書き詠みて侍りける、俊蔭の朝臣の父書き詠みて侍りける、全く細かにして侍るめり。それをぞさるものにて、いといみじきものをなむ見給へつけたる」。上、「いかなるものぞ」。大将は、「家の記・集のやうなる物に侍る。俊蔭の朝臣、唐に渡りける日より、父の日記せし一つ、母が和歌ども一つ、世を去り侍りける日まで、日づけしなどして置きて侍りけると、俊蔭、帰りまうで来けるまで作れる詩ども、その人の日記などなむ、その中に侍りし。それを見給ふるなむ、いみじう悲しう侍る」など奏し給ふ。上、「などか、今までものせられざりつる。有識どもの、いみじき悲しびをなしてし置きたるもの、げに、いかならむ。なほ、朝臣は、ありがたき物領ぜむとなれる人にこそ。かれ、疾く見るべきものななり」。大将、「見給へしすなはち奏すべく侍るを、かの書の序に言ひて侍るやうにも、『唐の間の記は、俊蔭の朝臣のまうで来るまでは、異人見るべからず。その間、霊添ひて守る』と申したり。俊蔭の朝臣の遺言、前の書

一四 「家の記」は家の日記、「集」は詩歌集。
一五 底本「侍る」。あるいは、「侍り」の誤りか。
一六 俊蔭の父の漢文の日記。
一七 俊蔭の母の歌集。女性である俊蔭の母は、漢文の日記ではなく、日づけなどを記して歌集を編んだ。
一八 俊蔭の詩集。
一九 俊蔭の漢文の日記。
二〇 どうして、今まで知らせてくださらなかったのか。
二一 俊蔭の父が遺した抄物の序か。日記の序と解する説もあるが、日記の序に、「唐の間の記は」と書くこと、不審。
二二 この「申す」は、次の「申して侍る」の「申す」と同じく、敬うべき客体のない用法。帝に対する畏まった表現。
二三 俊蔭の残した抄物か。

には、『俊蔭、後(のち)侍らず。文書のことは、[二四][19]わづかなる女子(をんなご)知るべきにあらず。二三代の間(あひだ)[20]にも、後(のち)[21]出でまで来ば、そがためなり。その間(あひだ)、霊寄りて守らむ』[22]となむ申して侍る。それに慎(つつ)みて、今まで奏せで侍りつる」。上、「かしこかりし人なれば、朝臣を後に得べしと知りたるにこそは」。大将、「[二五]げに、その文書置きて侍りける所、年ごろは、あたりにまかり寄る人は、皆死に侍りける。その蔵開(ひら)かせ侍りしかば、[二六]辺(へん)に侍りし者、『いとおどろおどろしきわざせさすめり。多くの人ぞいたづらになりぬ』[二七]と怖(お)ぢ侍りし」。上、「朝臣の読みて聞かせむには、その霊ども、よも祟(たた)り[23]はなさじ。今日は、府(つかさ)の者ども労(いたは)[24]ることあらむを、今日過ぐして、しめやかならむ時に、その家集[二八]ども・道[25]の抄物(せうもち)ども持たせてものせられよ」とのたまふ。

二四 「わづかなり」は、ここは、学才が乏しい、学問を学んでいないの意か。

二五 「霊添ひて守る」「霊寄りて守らむ」とあった言葉どおりに。

二六 「辺」の字音語の例は、この物語には四例（一例は「へ」）、『源氏物語』には二例見える。

二七 係り結びが調わない。「多くの人ぞいたづらになりぬると怖ぢ侍りき」とあるべきところ。

二八 底本「家しふ」。「家のしふ」の誤りか。

一 「上」は、春宮の殿上の間の意。

二 以前と同じ近衛ですから、聞き馴れていらっしゃって、新鮮味もないでしょ

三五　仲忠、藤壺のもとを訪れる。

承りて立ち給ひて、后の宮に参り給ひて、それより春宮に参り給ひて、まづ、上に喜び申させ給へば、藤壺になむおはしましけるを、出で給ふとて、藤壺にまうで給ひて、孫王の君して、御消息など申させ給ふ、「久しく候はざりつるを、今日は、喜びになむ。わいても、聞こしめし古りたらむに、めづらしげなくや」と聞こえ給ふ。孫王の君、御前に聞こゆれば、宮、「そや。右大将の御消息ありや」とて、告げ驚かし奉り給へば、君、「年ごろ、近き衛りに聞き侍りつるを、今もかけ離れ給はざなるを、喜び聞こえさせむ。めづらしくなんど承るを、今日の御心地のやうに」と言はせ給ふ。大将、「『今日のやうに思されば、いと多かるべき日に、など』と聞こえ給へよ」とて、「忘れ果て給ひにたらむな」と。孫王の君、「誰が習はしの」と言ふ。いらへ、「いで。君

う。

三　右大将から連絡があるようだよ。仲忠の春宮への消息を、藤壺へだと言いなした発言。

四　「近き衛り」は、近衛をいう。仲忠は、「吹上・下」の神泉苑の紅葉の賀で、左近中将に昇進した。

五　これまでも、喜んでいただける日がたくさんありましたのに。

六　あなたは、すっかり私をお忘れになったでしょうね。孫王の君への発言。

七　誰が身につけさせたのですか。あなたではないですか。参考、『源氏物語』「澪標」の巻「誰が習はしにかあらむ」。歌による表現か。『信明集』「偽りを誰習はして限りなきわがまことをも疑はすらむ」。

八　「耳にも」は、「耳にも聞く」などの意か。

よりぞと、耳[八]にも。おほかたこそ、ともかくもあらめ。私心（わたくしごころ）[九][6]のあらむものを。などか思し捨てたる」。孫王（そわう）、「それも、今は、何か[7]」。大将、「昔に思[8]しなすか。[一〇]よろづ、忘れずながらこそ。いかにぞ、宮[一一]の御心は[9]」。（孫王の君）「昔ながら。今は、まして。立ち去りもし給はでぞ、むつかられおはしますめる。よからぬ言（こと）[10]の、さまざまに聞こゆるままに、御心も行かで、『まかでて、心をだに遣（や）らむ』と聞こえ給へど、許し奉り給はねば、夜昼ぞむつかりおはします」。（仲忠）「このよからぬ言（こと）の筋には、[一二]梨壺をもやすからざらむかし。これを思ふこそ、かたはらいたけれ」。（孫王の君）「いで。それのみぞ。いささかなる御言（こと）は聞こえ給はず。思し隔てたる御気色なくて、時々、[一三]参上（まうのぼ）らせ給ふ。昼も渡らせ給ふ時ある。[一四]さては、憂き言（こと）のみ」。君、（仲忠）「まことにや。[一五]言葉は、聞こえぬばかり賜はる」。孫王（そわう）の君、「しか侍らむ[11]。まづ、[一六]御後見（うしろみ）は、ここならぬこともとこそ[12]」。（仲忠）「いで。[一七]みづからの喜びよりも、まづ、これを申さむ」。（孫王の君）「あいなう、賺（すか）させ給ひて、そが喜[一八]び[13]せさせ給ふらむに」など、[一九]立ちなが

九　私との個人的な愛情があるでしょうに。
一〇　私は、少しも忘れていません。
一一　「宮の御心」は、春宮の藤壺への愛情をいう。
一二　梨壺のことをも不快に思っていらっしゃるのでしょうね。
一三　春宮が梨壺を参上させなさるの意。
一四　「さて」は、梨壺以外の意。
一五　あなたのお耳に入っていないだけで、噂はうかがっていますなどの意か。
一六　後見をなさるのは、こちらではなく、梨壺さまではないかの意か。
一七　春宮には、私の昇進のお礼よりも、まず、梨壺を寵愛してくださることのお礼を申しあげましょう。
一八　「喜び」は、暗に、梨壺の懐妊をいうか。

らのたまふを、春宮、[14]簾(す)の内に立ち給ひて見給ひつつ、「[二〇][15]いと景迹(かうさく)にもなりまさりにける人かな。いかにあらむとて、かくあるらむ。いとかかるをも、親などは、ゆゆしと見るらむかし。[二一]この人、昔の心思し出でたる時か、取りもあへず、ただむつかりにむつかりて、憎み給ひてや。容貌(かたち)・するわざこそ、こよなからめ、[二二]心ざしは、並ぶ人あらじとぞ思ふや。[二三]かやうにてある人は、人一人につきてはあらざなれど、そこに、[二四]人を並べては見せ奉らじとこそ、今も行く先も思へ。[二五]参り給ひて後は、殊に、さることもなし。[二六]かかる梨壺ばかりこそ、心もおいらかに、見る目も汚げなきうちに、親なども、心ある人なり、[二七]この朝臣の聞くやなど思ひて、時々、[16]参上(まうのぼ)らせ、渡りて見などもすれ。それも、[二八]さなせそと思さば、さもせじかし」。君、(藤壺)「いとあやしきこと。[二九]誰も、早うおはしけむやうにておはせばこそ、候ひよからめ。[17]さらでは、いと聞きにくくなむ」。宮、(春宮)「さおぼえざらむことをば、いかがせむ。そこばかりもの思はせ給ふ人[18]こそなけれ。[三〇]里にものし給ひし時も、夜昼こ

一九「立ちながらのたまふ」は、仲忠の動作。
二〇 以下、藤壺への発言。
二一「時か」まで挿入句。「この人の」の誤りか。
二二 あなたへの愛情。
二三「かやうにてある人」は、春宮という立場にある人の意。
二四「人」は、春宮のほかの妃たちをいう。
二五 あなたが入内なさってからは。
二六 先ほど話題になっていた梨壺だけは。
二七「この朝臣」は、仲忠をいう。
二八 あなたが、そうしないでほしいとお思いになるなら、もうやめるつもりです。
二九 どのお妃さまも、私が入内する前と同じようなご寵愛をお受けになるなら、私も春宮にお仕えしやすい

そは思ひしか。[三一]やむごとなきことありてまかで給ひても、長居をのみし給へば、[三二]いかがは思ふ。すべて、まかでなし給ひそ」。君、「いとわりなきこと。いかでか、[三三]小さき人々を見奉らでは」。宮、「それは、呼びに遣りて見給へ。ここにも見む。[三四]大臣(おほいまうちぎみ)などは、ここにて会ひ給ふめり。[三五]いま一所(ひとところ)は、文して、よろづのこと聞こえ給へ。里住みし給ふ時は、つれづれ、いと便りなくて、物も食はれずなんどなむ。さらに許さじとす」[19]とぞ思し[20]のたまへる。

［藤壺は。[三六]］

三六　仲忠、梨壺を訪れ、三条の院に帰る。昇進の宴が催される。

かくて、大将殿は、梨壺(なしつぼ)にまうで給ひて、ものなど聞こえ給ひてまかで給ふままに、[一]御府(つかさ)の人、待ち受け奉りて、押し立てて遊[二]びて、[三]殿におはす。

殿には、あるべきやうに御座所(おましどころ)しつらはれたり、[四]例の、中のお

でしょう。
三〇　藤壺の入内以前をいう。
三一　どうしても退出しなければならない事情で退出なさった時も。出産をいう。
三二　私がどれほど悲しく思ったことか。
三三　「小さき人々」は、藤壺が生んだ二人の御子をいう。
三四　右大臣正頼。
三五　「いま一所」は、母大宮をいう。
三六　あるいは、下に脱文があるか。

一　右近衛府の官人たち。
二　楽器を演奏しながら。近衛の官人には、楽人が多く任命された。「祭の使」の巻【六】には、藤原兼雅が源正頼の三条の院に行く時にも、「大将のぬし、御車の前に駒形舞はせつつ遊びてものし給ふを」とあった。
三　三条の院。

とどの南の廂に。幄ども打ちわたしたり。中将・少将も、知らぬ人なし。いと厳めしくし給ひて、その夜一夜遊ぶ。さる物の上手の饗となれば、いかでか難なく聞かれ奉らむとて遊ぶこと限りなし。暁方に、皆、少将よりはじめて、上達部被き給ふ。上達部は、例は、かかるわざなきを、始め給ふ度なれば。中・下、別の禄など賜ひわたして、明くるまで遊びてなむ、客など立ち給ひける。

四 以下を倒置表現と解した。三条の院の東北の町の寝殿の南の廂では、「嵯峨の院」の巻【三】の「絵解き」に、「寝殿の南の廂に、四尺の御屏風北に立てて、それに沿ひて、中将着く」とあるように、賭弓の還饗が行われている。

五 皆、顔見知りの人々である。仲忠は、「沖つ白波」の巻【五】で、左近中将から中納言に転じて、再び、右大将になった。

六 仲忠という音楽の名人の任大将の饗宴ということなので、楽人たちも、ぜひ、申し分のない演奏だと聞いていただきたいと思って、心をこめて演奏する。

七 上達部には、通常、被け物のことはないのだが、初めての饗宴だから、上達部にも禄をお与えになったのだった。

蔵開・上

一　仲忠、俊蔭の京極殿に蔵を見つける。

藤中納言（仲忠）は、衛門督ではあるけれども、装束を華美にできないという理由で、検非違使の別当は兼任せずにいた。

中納言が、そう思って過ごしていらっしゃるうちに、小さかった時のことだけれど、京極にいた時のことなどが思い出されたので、「京極殿は、昔から、先祖が伝領して住んでいらっしゃった所だという。私の母の代でなくなってしまったから、私が造らせて、母上にさしあげよう」と思って、十一月ごろに、気心が知れたお供を少し連れて出かけて御覧になる。するると、この京極殿のあたり一帯は、野原のようになっていて、人の家も見えない。

そんな所に、昔の寝殿が一つ、周囲はあらわな状態で、塗籠だけが見える。また、西北の隅に、大きくて立派な蔵がある。中納言が、御前駆を務めた者の馬に乗って、周囲を巡って御覧になると、この蔵は、京極殿の敷地の内とも見えない。お供の者に、「この敷地の内か、確かめてみよ」とおっしゃる。お供の者は、一まわりして、「この敷地の内です」と申しあげる。中納言が近くに寄って御覧になると、蔵の周囲に、人の屍が数えきれないほどある。

恐ろしいと思いながらも、さらに近寄って御覧になると、世にまたとないほど頑丈な鎖がかけてある。その鎖の上には、針金を縒って封印がしてある。その封印の結び目に、故治部卿殿(俊蔭)が署名した物が結びつけてある。中納言が、見て驚いて、「この蔵の中に納めてある物は、書物であろう。昔、代々の学者の家だったのに、書物は一枚も残っていない。学問ならぬ琴などでさえ、世間にも散らばり、私のもとにも残っているのに。この蔵を開けさせよう」と思っていらっしゃると、川原のあたりから、九十歳ほどで、雪を頭に載せたような嫗と翁が慌てて這うようにして現れて、「何はともあれ、ここをお立ち去りください。お立ち去りください」と言って泣く。中納言が、「どうしてそんなふうに申すのか」とおっしゃって、随身が尋ねると、嫗と翁が、「やはり、何はともあれ、ここをお立ち去りください。多くの人を取り殺した蔵です。このたくさんの屍を、ともかく御覧ください。お立ち去りになった時に、事情はお話しいたします」と言う。随身がそれを伝えたので、中納言は、不思議に思いながら、その場を立ち去りなさった。

二　嫗と翁、京極殿の由来を仲忠に語る。

そこで、嫗と翁が、「この村は、とても栄えていた所でした。今年で、二十年以上、三十年にはまだなっていませんが、今ではこんなふうに荒れ果ててしまいました。その理由をお話しします。ここは、昔、一人子を唐の国に行かせた方のお屋敷でした。ご両親がその子の帰国を待つことができないままお亡くなりになった後に、その子は帰っていらっしゃいました。その後、その方が、この屋敷を、とても美しく造って住んでいらっしゃったのですが、そのうちに、娘が一人お生まれになりました。その娘がお小さかった時から、この世のものとは思われない音声楽が、絶えることなく聞こえてきました。その音声楽を聞いた人は、皆、晴れやかな気持ちになって、病気にかかっていた者は治り、歳老いた者も若くなったので、都の人はこの屋敷の周囲を囲んでお聞きしました。その娘が年ごろになると、門を閉ざして、人の出入りを禁じたので、天皇や春宮、宮さま方や身分が高い方々の求婚の使が、夜が明けると、屋敷のまわりを巡り歩いたのですが、何も伝えることができませんでした。そのうちに、その両親がお亡くなりになったので、その娘は行方がわからないままになってしまいました。それ以来、この屋敷は、川原人や里人が入り込んで来てすっかり壊して、たった一二年のうちに、こんなふうになってしまったのです。そこにあった物を取り尽くしたものの、建物にはたいした物もなかったので、この蔵だけには何かいい物が入っているのだろうと思って近寄って来た者は、そのまま倒れて、多くの人が死にました。夜は、人にも見えない何かが、馬に乗ってやって来て、弓弦打ちをしながら、警護の巡回をしているようでした。私たちは百歳になるまで見ていたのですが、こんなに恐ろしい所に、この国には見られない美しい男の方が現れなさったので、何かあったらと思うと、とても悲しくて、早くお知らせしようと思って、慌ててやって来たのですが、なかなかたどり着けずに途方にくれていたのです」と申しあげる。中納言が、「よくぞ申した。この屋敷のまわりに人が住まなくなってしまったのは、どういう理由なのか」と尋ねさせなさると、「この蔵を開けよう開けようとして、ほかの人が失敗しても、自分なら開けられるだろうと思って、失敗して倒れ伏している人を横目に見ながら、多くの人が何年もの間次々と挑んだのですが、皆死んでしまいました。そんなことをした人の家には、災いが起こって、このお屋敷もあっという間に荒れ果ててしまいになりました」と申しあげるので、中納言は、「なんとも恐ろしいことだな。ほかに開ける人がいないか見張っていてください」と言って、御衣を一襲(ひとかさね)脱いで、嫗と翁に一つずつお与えになった。「この敷地の内に見える寝殿のあたりに住んで、誰かまたこの蔵を開けようとする者がいないか見張っていてください。そして、その蔵のまわりにある見苦しい物を、誰かに片づけて捨てさせてください」と言ってお帰りになった。嫗と翁は、この歳まで生きてきて、見たこともない、いい香りがする美しい綾掻練(あやかいねり)の御衣をもらって、恐ろしくなってひどくうろたえる。この御衣は、物詣(ものもう)でをする人が、途中で見つけて、すぐに、いくらでもいいからと言って買い取った。

三　仲忠、蔵を開けて累代の書物を手に入れる。

嫗(おうな)と翁(おきな)が、御衣を売った銭を自分の孫などにやって、蔵の周囲を払い清めさせてお待ちしていると、四日か五日ほどすると、中納言(仲忠)の家司(けいし)がやって来て、幄(あげばり)を張る。しばらくすると、大徳たちや陰陽師などが来て、祓えをし、読経をしているうちに、中納言が、大勢の御前駆とともに、蔵を開けさせるための者たちなどを連れてやって来て、家司に状況を報告させ、大徳や陰陽師たちに誦経のためのお布施を与えさせなさる。鍵がないので、開けるための手段をいろいろと講じて、蔵を開けさせなさる。しかし、まったく開かない。中納言は、二三日、そこに多くの人を引き連れて来て、夜は、屋敷に帰らずに車で夜を明かし、昼は幄の中で過ごして、蔵を開けさせなさるが、まったく開きそうにもない。扉の打立を引き抜いて壊したりしても、多くの人がうまくいかずに苦労する。

　三日目の昼ごろ、中納言が、正装して、心の中で、「うかがったところによると、この蔵は、先祖の所領の内の物でした。封印を見ると、祖父俊蔭の署名があります。この世に、私以外には、子孫はいません。母はおりますが、これは女です。先祖の霊よ、この蔵を開いてください」とお祈り申しあげなさる。それでも、蔵は開かない。人が、「どんなふうにしても、絶対に、この鎖は壊すことができません。蔵の上の屋根を壊して開けましょう」と申しあげると、中納言は、「どうして開けることができないのか、私自身で確かめてみよう。不思議なことだなあ」と言って、笑って、蔵に上がって御覧になると、ほんとうに頑丈な鎖である。でも、中納言が引っ張って動かしてみると、扉が開いた。中納言は、「これは、ほんとうに、先祖の霊が、私を待っていてくださったのだ」と思って、人を召して、扉を開けさせて御覧になると、その中に、校倉造りにした蔵がもう一つあって、また鎖がある。その戸には、「文殿」と書いてあって印が押してある。中納言は、思ったとおりだと思って、また鎖をお開けになると、すぐに簡単に開いた。文殿の中を御覧になると、書物が、美しい帙簀に包み、唐組の紐で結んで、たくさん積んである。文殿の中には、沈香の長櫃の唐櫃も十個ほど重ねて置いてある。奥のほうには、四寸ほどの柱のような、赤くて丸い物が積んで置いてある。中納言は、文殿の入り口の所にあった目録を書いた文書だけを取って、前と同じように鍵をかけて、多くの殿人にこの蔵の管理を命じてお帰りになった。

四　仲忠、母に報告し、京極殿を修復する。

中納言（仲忠）は、三条殿にいらっしゃって、母北の方（尚侍）に、今回のことをご報告して、持ち帰った目録を一緒に御覧になる。とても貴重で珍しい宝物がたくさんある。書物は言うまでもなく、唐の国でさえ人が見てもわからなかった物が、すべて書かれている。薬師書、陰陽師書、観相のための書、妊娠した子を生む人のことを書いた書など、どれもとてもすばらしいもので、数も多い。母北の方が、「まあひどいこと。亡き父上（俊蔭）は、こんな貴重な物をしまっておいて、ことさらに、私を路頭に迷わせようとお思いになったのですね」とおっしゃるので、中納言は、「まことに聡明な方だったと聞いていますから、何かお考えがあったのでしょう。これらを母上が持っていらっしゃっても、どうにもおできにならなかったでしょう。きっと今まで残っていなかったと思います」などと言って、すぐに、依頼することができる諸国の受領などに対を一つずつ託し、ほかにも依頼することができる人々にすべて託して、京極殿を造らせなさる。まず、築地（ついじ）を、二三百人の者たちに命じて、その年の内に築いてしまった。

目録に、「蔵の中にある唐櫃（からびつ）の一つに香（こう）がある」と書いてあるので、中納言が、その香を取り出させて、母北の方にも女一の宮にもさしあげなさったので、中納言の一族の香は、ほかの方々のものとはまったく違う香りがする。書物も、必要な物は、取り出して御覧になる。

京極殿を造っていると、そのまわりに、「こんなにも世に栄えていらっしゃる中納言殿がお住みになるのだろう」と言って、多くの人々が、家を造って集って来た。

中納言は、あの時現れた嫗（おうな）と翁（おきな）を、政所（まんどころ）にお召しになって、布や絹などを、とても多くお与えになる。

［ここは、京極殿。蔵を開けている所。］

五　帝、仲忠に二条の後院を与える。

帝（朱雀帝）が、このことを聞いて、後院（ごいん）にしようと思って、長年造らせていらっしゃった、大宮の大路よりは東、二条大路よりは北にある、広くて風情豊かな院を与えようと思って、中納言（仲忠）を召して、「まだ自分の家などもないそうですね。二条の院はとても広い所だから、ここを文所（ふどころ）にして、あの神泉苑（しんせんえん）の紅葉の賀の際に弾かずに隠した琴（きん）の奏法などを練習なさるといいでしょう。女一の宮と一緒にいて、琴などを弾いてお聞かせください。女一の宮が聞いても、近くで聞くのでないならばかまわないだろう」と言ってお与えになる。その際に、「その南に、これよりは小さい屋敷がある。それは、女一の宮にも、今度与えましょう」と言ってお与えになったので、中納言は、拝舞していただいて退出なさった。

帝は、仁寿殿の女御に、「今度、女宮たちには、しかるべき屋敷を造らせて、順々に与えましょう」などと申しあげなさる。

六　翌年一月ごろから、女一の宮、懐妊。仁寿殿の女御、退出する。

翌年の一月ごろから、女一の宮は懐妊なさった。中納言（仲忠）は、あの蔵にある『産経』などという書物などを取り出して並べて、女の御子が生まれるかもしれないと思って、「生まれる子が、美しくなり、性格もよくなる」と書いてある食べ物をさしあげて、それ以外の物も、『産経』に書かれているとおりになさる。女一の宮のお食事は、包丁と俎まで前に置いて、ご自分の手を下さんばかりの状態で、これまで以上に女一の宮につききりで、ご自身で食事の世話をして食べさせてさしあげなさる。

こうして、その年は、女一の宮のおそばを立ち去りもせずに、一方では、書物を読みながら、夜も昼も学問をなさる。

こうしているうちに、女一の宮のご出産の予定の時期が近づいたので、母の仁寿殿の女御が、帝に、「女一の宮のご出産が近づいてきたので、退出したいと思います」とお願い申しあげなさる。帝が、「予定はいつごろなのか」。女御が、「十月ごろでございます」。帝が、「母親のあなたが行ってあげたほうがいいようだね。初産の人は、早くから気をつけて世話などするものだ。女一の宮は、ちゃんと世話してもらっているのだろうか」。女御が、「ご心配には及びません。あの中納言殿は、出歩くこともせずに、最近ではいつもおそばにいるそうですから。誰も、けっして、いいかげんな扱いなどするはずはありません」。帝が、「女一の宮と、長いこと会っていないな。どれほど成長しただろうか。あの中納言と並んですわったとしても、釣り合わない感じはまったくなかったが」。女御が、「ほかの人は、どのように見申しあげているのでしょうか。ほんとうのことでしょうか、髪も、前に御覧になった時に比べて、袿の丈よりもずいぶんと長くなっていますし、髪以外も、何もかも、見る効があるご様子だそうです」。帝が、「ところで、女二の宮はいかがですか」。女御が、「帝に似ていて、女一の宮に特に劣ってはいらっしゃいません。ふっくらとしていて、親しみやすさが備わっています」。帝が、「やはり、右大臣殿（正頼）の所は、興を催させ、女の子を美しくお育てになる所だから、女宮たちも、ほかの所の女宮たちとは違いますね。あなたが行ってお世話したら、女一の宮も無事に出産できるでしょう。願いどおりに、御子を、大勢、無事に出産してお持ちになっているから、安産のための肖りものとしては、あなたはふさわしいでしょう」とおっしゃるので、女御は退出なさった。

中納言が女一の宮の御座所(おましどころ)を出ていらっしゃる間に、女御が、寝殿を訪れて、「ずいぶんと顔が痩せておしまいになりましたね。帝がとても心配申しあげていらっしゃるのに」と言って、女一の宮の顔を見申しあげると、美しく今を盛りと咲いている桜が朝露にしっとりと濡(ぬ)れたような色合いで、髪は、磨いたように艶々としていて、隙間(すきま)なくゆらゆらとかかっていて、玉が光るように見える。赤っぽい唐綾(からあや)の袿の御衣一襲(ひとかさね)を着て、脇息(きょうそく)にもたれかかっていらっしゃる。

七　出産近づく。尚侍も三条の院を訪れる。

女一の宮の産屋(うぶや)のしつらいは、白い綾(あや)を用いて、さまざまな調度も白銀に改めて、右大臣(正頼)の三条の院に用意なさる。出産の予定の日の二月(ふたつき)ほど前から、お生まれになる日まで、不断の修法をして、ありとあらゆることを、神仏にお祈り申しあげさせなさる。そうしているうちに、十月の中旬ごろになって、女一の宮は、出産の兆候があってお苦しみになる。御座所(おましどころ)は、東北の町の寝殿の、春宮の御子たちがお生まれになった所を、しかるべくしつらえなさって、女一の宮をお移し申しあげた。

尚侍(ないしのかみ)が、五輛(りょう)ほどの車で三条の院に参上なさった。中納言(仲忠)は、母君を車から下ろして、女一の宮がいらっしゃる御帳台(みちょうだい)の中にお入れ申しあげなさる。大宮も、北の対からこちらにおいでになっていた。大宮は、局(つぼね)を設けて、別の所にいらっしゃる。仁寿殿(じじゅうでん)の女御は、

「遠慮なさらないでください。相撲の節の夜に、とても親しくなったのですから」と言って、同じ御帳台の中にお入りになって、尚侍と女御のお二人だけが、女一の宮のおそばにいて世話をしてさしあげなさる。

女一の宮は、それほどひどいというわけではないけれど、それでもやはり、不安を感じながら苦しんでいらっしゃる。右大将（兼雅）も参上なさる。あるじの右大臣とその男君たちは、簀子で、魔除けのために弓を引き鳴らしていらっしゃる。格子の中の廂の間には、女一の宮の兄弟の男宮たちがいらっしゃる。御帳台の前でも、中納言が弓を引き鳴らしていらっしゃる。宮中からは、帝のお使が行ったり来たりしている。藤壺からも、お使がある。

東北の町は、中納言が、ほかの町に住む上達部は入って来てほしくないと考えて、違う町に住んでいるので、中門を閉ざして、皆で籠もっていらっしゃる。

八　女一の宮、いぬ宮を出産する。

こうしているうちに、寅の時（午前四時）ごろに御子がお生まれになって、声高くお泣きになる。中納言（仲忠）も驚いて、御帳台の帷子を手で上げて、「生まれたのは、男の子ですか、女の子ですか」とお尋ねになると、尚侍が、「なんて身勝手なことをするのですか。まる見えではないですか」と言って、仁寿殿の女御の後ろにお隠れになるので、中納言は、「私は、今夜は、うれしくて涙があふれて何も見えません」と言いながらも、女一の宮が女御にしがみついて大きな声をあげていらっしゃるのを御覧になる。女御は、白い綾の御衣を着て、髪を耳挟みにして、一心不乱に世話をしていらっしゃる。とても落ち着いて貫禄があるものの、気品があり、おっとりしていて、髪はゆらゆらと垂らしていらっしゃる。それを見て、中納言は、母上も仁寿殿の女御もいずれ劣らず美しいとお思いになる。お二人とも、同じ白い御衣を着ていらっしゃる。中納言が、「やはり、美しい方が籠もっている所だなあ」と思って見ていらっしゃるうちに、後産も無事にすんだ。

中納言が、あらためて、「男の子ですか、女の子ですか」とお尋ねになると、尚侍は、「女の子ですよ」とお答え申しあげなさる。それを聞くと、中納言は、万歳楽を、何度も体を折り曲げたり伸ばしたりしながらお舞いになる。三の宮は、それを見てひどくお笑いになって、男宮たちで万歳楽を高麗笛でお吹きになる。その笛の音を聞いて、簀子にいるあるじの右大臣（正頼）が、「どうして唐楽の万歳楽を高麗笛で吹いていらっしゃるのですか」とお尋ね申しあげなさるので、三の宮は、「中納言殿が、こめ舞（未詳）を舞っていらっしゃるからです」とお答えになる。右大将（兼雅）が、「今の座興は、この場に似つかわしくないですね」とおっしゃる。右大臣がご機嫌よくお笑いになるので、中納言も、一緒に、ほほと笑う。とても満足そうだ。右大臣が簀子から廂の間を通って入っていらっしゃったので、中納言は笑いながら膝をついてすわる。右大臣が、「万歳楽は、最後まで舞うことで、祝賀の気持ちが籠もるのですよ。途中でやめてしまうのはよくありませんね」とおっしゃるので、中納言は、立ち上がって、これまで舞ったことのない妙技を披露して、万歳楽を最後まで舞った。

右大臣が、老鶴の紋様の織物の直衣を被けなさると、中納言が肩にかけて舞いながら立ち上がる時に、尚侍が、お生まれになった御子の臍の緒を切ろうとして、「ちょっと、誰か来てください。誰もがするように、この臍の緒を切りましょう。それを、こちらにください。これは、まるで醜い蝸牛みたいですね」とおっしゃるので、中納言は、膝をついてすわって、「何をお求めですか」とお尋ねになる。尚侍が、「下に穿いている物を一つください」とおっしゃるので、指貫を脱いでお渡し申しあげなさると、「それではありません。もう一つの物を」とおっしゃるので、中納言は、白い袷の下袴を一襲脱いでお渡し申しあげて、「ああ、長生きすると、恥ずかしい思いをするものですね」と言って、指貫も下袴も脱いだ姿で、立って、衣桁のもとに行って、その陰からお覗きになるので、上﨟の侍女たちが笑う。中納言が、「私も、今夜は、下袴を脱いで、男であることがはっきりと見られてしまいました」とおっしゃるので、孫王の君が、「ほんとうにそうですね。見るからに、走りまわりやすい恰好をなさっています」と申しあげる。そうしているうちに、尚侍が、お生まれになった御子を、きれいに拭って、臍の緒を切って、中納言の下袴でくるんでお抱きになる。

中納言が、御帳台のもとに近寄って、膝をついてすわって、「真っ先に、私に抱かせてください」とお願い申しあげなさる。尚侍が、「なんて身勝手なことを言うのですか。御帳台の外にお出しするわけにはいきません」とおっしゃるので、中納言は、御帳台の帷子をかぶるようにして身を入れて、御帳台の土居（つちい）の所で抱き取ると、御子は、とても大きくて、もう首もすわりそうで、玉のように光り輝いていて、とてもかわいらしい。中納言は、「ずいぶんと大きいなあ。こんなに大きいから、女一の宮が長い間お苦しみになったのだろうか」と思って、懐に入れて抱く。右大臣が、「どれどれ」と言って近寄っていらっしゃるので、中納言は、「今は、絶対にお見せするわけにはいきません」と言ってお見せ申しあげない。右大臣は、「今のうちから、もうお隠しになるとは」と言ってお笑いになる。

九　仲忠と尚侍、龍角風の琴を弾く。

中納言（仲忠）が、「あの龍角風（りゅうかくふ）の琴（きん）は、こちらにいただいて、いぬ宮のお守りにしましょう」とおっしゃる。尚侍（ないしのかみ）が、笑いながら、「お生まれになったばかりなのに、もう、そんなことを言うなんて。それにしても、こんな時には言うものではありませんよ」とたしなめなさると、中納言は、「琴（きん）以外のことならともかく、この琴（きん）の一族がいて、琴（きん）の音（ね）が聞こえる所には、天人が飛んで来てお聞きになるということですから、いぬ宮のそばに置いておきたいと思ってお願いしたのです」とおっしゃる。尚侍が、典侍（ないしのすけ）に頼んで、右大将（兼雅）に、「三条殿にある私の琴（きん）を、こちらでご所望です。与えたいと思います」と申しあげなさるので、右大将は、急いで三条殿に帰って、尚侍にお渡しなさる。

廂の間（ひさしのま）にいた三の宮が、その琴（きん）を受け取って、御簾（みす）の内の中納言のもとにさし入れなさる。

その琴は、刺繍がある中国渡来の袋に入れてある。中納言は、生まれたばかりのいぬ宮を懐に入れたまま、琴を袋から取り出して、「長年、この琴の奏法を、誰に伝えようかと思い嘆いておりましたので、うれしいことです。将来はどうなるかわかりませんが」などと言って、ほうしょう（未詳）という曲を、高らかに弾く。その音は、まことに誇らしげではなやかであるけれど、また、心が惹きつけられる感じですばらしい。中納言が弾く琴は、たくさんのさまざまな楽器と一緒に弾いたような音色で、近くで聞くよりも、遠くで響いている。

ほかの町に住む上達部や親王たちが、それを聞いて、「あらあら。御子がお生まれになったにちがいない。あちらでは、御子がお生まれになったら、中納言殿がきっと琴をお弾きになるだろうと思っていた。私たちが油断していたのだ」と言って、ある方は沓を履くのももどかしく、ある方は御衣を着るのももどかしく、慌てふためいて走って集まって来て、寝殿の御帳台の前にあたる東の簀子に、木を植えたようにお並びになる。源中納言（涼）は、眠っている時に中納言が弾く琴を聞いて驚いて、冠も横に向けてかぶり、指貫や直衣などを手に下げて、前をはだけたまま現れた。集まった方々は、それを見て、大笑いをなさる。源中納言は、「皆さまは、夫婦の睦言さえもしなかったようですね。もう笑わないでください」と言って制して、寝殿の御階の下の敷石のもとで、直衣を着て指貫を穿いて、簀子に上がった。方々の随身やお供の者の車は、一か所に集まって、特に近くにも寄らずに、塀の外に、たくさん立っている。

中納言が、御子がお生まれになった際に弾くのにふさわしい琴曲を、大きな音で弾くと、風がとても激しく吹く。空の様子が騒がしそうなので、中納言が、「いつものことだが、琴は手を触れにくいな。やっかいなことだ」と思って、弾くのをやめて、尚侍に、「今、琴曲を一曲弾こうとしたのですが、空の様子が騒がしくて、弾くことができません。母上が、この琴で一曲弾いて、鬼を追い払ってください」と申しあげなさると、尚侍は、「私が弾くのは見苦しいと思います」と言ってお断りになる。中納言が、「私にとって、これ以上の機会はありそうもありません」と申しあげなさると、尚侍は、御帳台の浜床から下りて、龍角風の琴を受け取って、一曲お弾きになる。その音色は、言葉に尽くせないほどすばらしい。中納言の演奏は、風情があるものの柔らかみに欠けていて険しいほどで、雲や風の様子が一変してしまったが、尚侍の演奏は、病気にかかった人も、恐ろしい思いをして力をなくしている人も、それを聞くと、すっかり忘れて、心が晴れ、将来に期待がもてて、寿命が延びる気持ちがする。だから、女一の宮は、尚侍の琴をお聞きになったので、普段よりも若々しくて、出産をした様子もなく、苦しむこともなくて起き上がっていらっしゃる。中納言が、「起き上がってはいけません。まだ横になったままお聞きください」と申しあげなさると、女一の宮は、「今はもう苦しくもありません。尚侍さまの琴を聞いたので、苦しかった気持ちも、すっかりなくなってしまいました」と言ってすわっていらっしゃる。仁寿殿の女御と尚侍は、「風邪をおひきになりますよ」と言って、慌てて寝かせ申しあげなさった。龍角風の琴は、弾き終えなさったので、ふたたび袋に入れて、女一の宮の枕もとに、御守りの御佩刀(みはかし)を添えて置いた。

一〇　夜が明けて、帝から手紙が届く。

こうしているうちに、すっかり夜が明けたので、格子(こうし)を全部上げて、あちらこちらに几帳(きちょう)を立てていると、あるじの右大臣（正頼）と、女一の宮のご兄弟の男宮たちが、皆、崩れるように、庭にお下りになったので、ほかの人も、皆、庭に下りた。右大臣、男宮たち、右大臣の男君たちが、庭に並んで立って拝礼なさる。中納言（仲忠）は、方々がこんなふうになさっても、「畏(おそ)れ多いことです」とも申しあげずに、相変わらず、いぬ宮を抱いてすわっていらっしゃる。

こうしているうちに、帝から、頭の中将（実頼(さねより)）を使にして、

「御子が無事に生まれたそうですが、それに加えて、これまでにないすばらしいお祝いの催しがさまざまに行われたと聞いて、とてもうれしく思っています。お祝いのために、恒例に従って、中納言を昇進させたりしなければならないのですが、現在、その欠員などがなくてできません」

などと消息がある。出産の穢(けが)れがあるので、勅使に対する恒例の禄(ろく)などの作法はない。中納言は、庭に下りて拝舞(はいぶ)なさる。お返事を奏上させなさった。

また、帝から、蔵人の式部丞を使にして、右大将（兼雅）の北の方の尚侍のもとに、手紙をお贈りになる。その手紙には、

「前に、『近いうちにお迎えします』とお約束したのに、心ならずも、長い年月がたってしまいました。あの時は、ようやくお会いできてほんとうにうれしくて、少しだけ聞いた琴の音も忘れられそうもなく思われたので、時々であっても参内してほしいと思って、尚侍という公職に任じたのです。それなのに、参内することを、ずいぶんと遠慮なさったようですね。私が、ぜひ聞きたいと思っていたことを、そちらでは、さまざまになさったと聞いて、とてもうらやましく思っています。そちらにいる女一の宮のことも心配していたのですが、琴を聞かせてくださったと聞いたので、出産の苦しみも忘れることができただろうと思って、安心しています。私は、『気軽に出歩ける身になって、あなたが弾く琴を、ぜひ早く聞きたい』と思っています。あなたは参内してくださらないようですから」

とお書きになっている。

尚侍は、その手紙を見て、

「お手紙をいただいて恐縮しております。私がこちらにおりますのは、仲忠が、女一の宮さまのご出産のことを、何よりも大切なことに思っているようだったからでございます。私など何ほどの役にも立ちませんが、雑用であっても一緒に務めたいと思っております。『さまざまに』とおっしゃいましたが、なんのことなのでしょうか。私たちは、孫が生ま

れたことで、どちらが長生きするか競っているみたいですね。参内せずにいるのは、こうして里住みしているだけでも気恥ずかしい気持ちがいたしますから、気後れしているからなのです。こんなにも畏れ多いお言葉をいただいて、ほんとうに恐縮しております」とお返事申しあげなさる。出産の穢れを慎みなさったために、使の者に禄はない。

一一　出産の後の諸儀式が行われる。

こうしているうちに、お乳をさしあげる時間になった。薬は、父の中納言（仲忠）がご自分の懐に抱いて口に含めてさしあげる。乳つけの役は、左衛門佐（連澄）の北の方が、几帳のもとに控えていらっしゃるので、仁寿殿の女御が、抱いて、いぬ宮に御衣をお着せ申しあげなさる。左衛門佐の北の方は、産着にくるんで、お乳をさしあげなさる。乳母たちを召し集めている。一人は民部大輔の娘、ほかの二人は五位程度の人の娘たちである。

湯殿の儀式をする時になったので、その行事をすべて執り行う。調度は、白銀や白い綾を使っていらっしゃる。湯殿の役は、春宮の若宮がお生まれになった時に迎湯の役を務めるために参上なさった典侍が、白い綾の生絹に、一重襲の袿を上に着て、綾の湯巻を湯槽の底にも敷き、迎湯の役は、尚侍が、白い綾の袿一襲と、同じ白い裳一襲を着て、裳は端を折り込んで結びつけていらっしゃる。中納言は、白い綾の袿一襲を着て、白い綾の狩襖と指貫を穿いて、魔除けのために弓を引き鳴らしていらっしゃる。右大臣（正頼）の男君たちも、同じように弓を引き鳴らしていらっしゃる。

仁寿殿の女御が、いぬ宮を抱いて外にお出しになったので、尚侍が、それを抱き取って、典侍にお渡しなさる。こうして、いぬ宮に湯浴みをしてさしあげる。尚侍が、裳の上に膝をついてすわって、迎湯の役をお務め申しあげなさる。尚侍の髪は、裳の丈に少し足りない程度の長さで、磨いたように艶々としていて、白い御衣の上で、隙間なくゆらゆらと垂らされている。皺がよっている裳に髪が重なり合っている様子は、とても美しい。髪の形も容姿も、言葉に尽くせないほどすばらしい。今現在、二十歳を過ぎたくらいにお見えになる。中納言の親とも思われず、二歳ほど歳の離れた姉弟に見える。

典侍が、「昔から大勢の方々の出産のお世話をしてまいりましたが、こんなにも体が大きくて、胎便という物がまったくついていない方はいらっしゃいません。二月の間湯浴みをしてさしあげたようにきれいでいらっしゃいます」というと、中納言が、「私がつきっきりで世話をしているのだから、そうなのでしょう」とおっしゃる。典侍が、「この私が初めからおそばにおりましたら、中納言殿にそんなご面倒をおかけいたしませんでしたのに。殿にお世話いただいたとは、まことに畏れ多いことでございます。親ではいらっしゃっても、殿方はここをお退きくださいませ。お子さまは、女君でいらっしゃいますよ」と申しあげると、中納言は、「そんなことは気にしないでください。『その女であるあたりも充分に手入れをしてください』とお願いしようと思って、ここにいるのです」とおっしゃる。

そうして、湯殿の儀式が終わったので、仁寿殿の女御がいぬ宮を抱きたいとお思いになるけれど、父の中納言がそばにいらっしゃるので、尚侍が、いぬ宮を抱いて、さし几帳をさせて御帳台にお入りになって、女一の宮のもとにいぬ宮を寝かせ申しあげなさった。中納言が御帳台の中に入っていらっしゃったので、尚侍が、「なんて身勝手なことをするのですか。まる見えではないですか」とおっしゃるので、中納言は、「かまわないではありませんか。このようなお世話をしている私には、御帳台の内の出入りをお許しいただきたい」と言って遠慮せずに入っておしまいになるので、女御は、いざって、御帳台の外にお出になった。中納言は、「長い間眠っていないので、とても気分が悪いのです。ご無礼をお許しください」と言って、女一の宮のそばに横におなりになった。尚侍が、「困ります。女一の宮さまはまだ意識がはっきりしていらっしゃらないようです。そのまま静かにおそばにいてさしあげてください」と言って、御帳台から出て行っておしまいになったので、中納言は、女一の宮の衾を引き寄せて体にかけて、「もう一人、こんな子がほしいですね。今すぐにでも。この次は、私のような男の子でね」と申しあげると、女一の宮は、「嫌なことを言うわ。子を生むのはとても恐ろしいことなのに」と思って、お返事もなさらない。

どなたの前にもお食事をさしあげたりなどして、夜になって、恒例に従って、湯殿の儀式を行った。御帳台の西のほうにある母屋に御座所をしつらえて、大宮と、女一の宮の妹の女宮たちがおいでになる。西の廂の間に御座所をしつらえて、尚侍が局を設けている所に、右大将（兼雅）は、三条殿にお帰りにならずに、そのままお入りになる。尚侍のもとには、侍女が十人、女童が四人、下仕えが四人いる。尚侍のお食事は、あるじの右大臣方からさしあげなさる。

一二　三日・五日の産養。六日目、仁寿殿の女御、香を薫く。

産養の三日目の夜は、右大将（兼雅）が催しなさる。白銀の衝重十二、同じ物（未詳）、打敷は、物ふ（未詳）の花文綾に薄い絹織物を重ねてある。白銀の透箱六つに、御衣と産着を、平らに敷いて入れてある。屯食十具ほどと碁手の銭百貫が用意されていた。こちらに籠もっていらっしゃる人々は、一晩中、管絃の遊びをしたり、碁を打ったりなどなさる。また、四の宮のもとからも、とてもすばらしい産養の贈り物をお贈りになる。

産養の五日目の夜は、あるじの右大臣（正頼）が、三日目の右大将と同じように、盛大に催しなさる。女一の宮の兄弟の男宮たちも、さまざまに豪華な産養の贈り物をお贈りになる。攤を打って夜を過ごし、被け物をいただいたりなどなさる。

六日目になった。仁寿殿の女御は、麝香を多く抉って集めさせて、裛衣香と丁子香を鉄臼に入れて搗かせなさる。練り絹を、綿を入れて、袋状に縫わせて、その香を一袋ずつ入れて、一間ごとに、御簾に添えてかけさせなさる。また、大きな白銀の狛犬四つに、腹の中に同じ白銀の香炉を置き、中国渡来の合わせ薫物を絶えず薫いて、御帳台の四隅に置いてある。廂の間のあたりには、大きな香炉に、たくさん埋めた、香り高い沈香や合わせ薫物を、多く薫いて、籠で覆って、あちらこちらにたくさん置いてある。御帳台の帷子と壁代などは、すばらしい香りに染みこませてあるので、寝殿のあたりは、外にいても、とてもいい香りがする。まして、寝殿の内は、言うまでもなくいい香りがする。ほんの少しほのかにただよう蒜の臭いなどは、問題にもならない。

大宮は、北の対にお帰りになった。寝殿に設けられていた大宮の御座所は、仁寿殿の女御が、時々お休みになる。侍女と女童は、皆、恒例の白い装束を着ている。中納言（仲忠）が普段おいでになる東の廂の間に、作法どおりに、手水や食事などを用意しておいたけれど、中納言は、母屋の隅から顔もお出しにならずに、女一の宮のお下がりばかり召しあがる。人がいない昼間には、御帳台の中に入って、宮の横でお休みになり、どなたかがいらっしゃる時には、御帳台の外の土居にもたれかかって居眠りをなさっている。夜は、寝ずに、魔除けのために弓を引き鳴らしていらっしゃる。簀子には、気心が知れた方々が並んですわっていらっしゃる。

一三　七日目、女一の宮の湯殿の儀。産養の贈り物が届く。

産養の七日目になって、仁寿殿の女御が、「夕方になったら、湯殿の儀式をなさらなければなりません。起きてください。髪を梳かしましょう」と申しあげなさったので、女一の宮はお起きになる。宮は、糊づけした白い御衣に、砧で打って艶出しをした赤色の表着を着て、御帳台の浜床の端のほうにいざって来て、東を向いておすわりになる。女御と尚侍が、宮の髪を左右に分けて梳かし申しあげなさる。宮の髪は、とても豊かで美しくて、八尺ほどもある。典侍と乳母とが、そのお世話をしてさしあげる。典侍が、「お産の後で最初に髪のお手入れをする時には、特別のしかたがございますのに」。女御が、「そんな必要はありません。特別なことをしなくても、なんの心配もない髪ですから」。尚侍は、「髪が豊かで長い人は大勢いるでしょう。でも、髪の一本一本の毛筋や全体の様子までが美しい人はいませんね。女一の宮さまの髪は、ほかに例がないほど美しいですね」などと言って、髪を分けて梳かしながら見申しあげなさる。宮の髪は、光沢があってすばらしい。御子をお生みになった後でも、特にやつれてはいらっしゃらない。顔色は少し青ざめていらっしゃるけれど、まことに高貴で気品があって、産後とはいえ、若々しい美しさは失っていらっしゃらない。

　こうしているうちに、「藤壺さまから」と言って、物が二斗入るほどの瓶二つと、衝重の沈香の折櫃十二を、中に物を入れて、蘇枋の高坏に載せた、白銀の雉二羽が贈られてくる。その雉の腹には龍脳香を詰めて、雉の皮を上から張り合わせて、大きな松の作り枝につけて、その端に、歌が、

　　都留郡に住んでいる雉が、このおめでたい日を待ち望んでいたので、今日、こうして松の枝を訪ねてやって来たのです。

と張りつけてあって、手紙がある。その手紙は、春宮亮（顕澄）が持って参上して、女一の宮のもとにさしあげなさる。浅緑の色紙一重ねに包んで、五葉の松につけてある。宮は、その手紙を開けさせて、読んで、お笑いになる。中納言（仲忠）が、「どのようなことが書いてあるのでしょう。私にも見せてください」。宮が、『ほかの人には見せないでください』と書いてありますから」と言ってお見せにならないので、中納言は、「女一の宮さまは、私を除け者になさるのですね」と言って、御帳台の中に手をさし入れて、その手紙を取り上げた。見ると、

「心の底から待ち望んでいた御子が無事にお生まれになったお祝いは、誰よりも先にと思っておりましたが、私が御子を生んだ時は、その後、しばらくは茫然としてほかのことは何も考えられないような状態でしたので、どうでしょうか、女一の宮さまも、もしかしたら、私のみっともないこの手紙を、人々の目から隠すご配慮もないままにお読みになるのではないかと思って、今までお手紙をさしあげずにおりました。ところで、めったに聞くことができない琴の演奏が、次々と行われたのですね。そんな時に、私は、おそばにいなかったので、それをお聞きすることができないままになってしまったことが、ほんとうに残念に思われてなりません。昔と同じように一緒に暮らしていたら、このように悔しい思いをせずにすんだだろうにと思うにつけても、つらく感じられます。

一緒に育ってきましたのに、今では、それぞれ別々に結婚して、あなたが御子をお生み

になったことを、こうして離れて聞いています。

ほんとうにうらやましいことです。女一の宮さま、今度琴の演奏が行われる時には、すぐに、必ずご連絡ください。今度は、私のために」

とお書きになっている。中納言は、読んで、笑って、「長い間、藤壺さまのお手紙を見ておりませんでしたが、その間に、字を上手にお書きになるようになりましたね。このお返事は、私がお書きいたしましょう。あなたは、手が震えて、まだお書きになれないでしょう。こんな時でなくても、上手にはお書きにはなれないのですから」と言って、ほほ笑みながら読んでいるうちに、昔のことがしみじみと思い出されて悲しくなったので、涙を流すのは不吉だと思って、その手紙を置いた。

そこで、中納言は、赤い薄様一重ねに、

「お手紙をいただいたはずの人は、まだ、視線も定まらない状態で、自分でお返事を書くことができません。『やはり、代わりにお返事申しあげよ』と申しますので、代わって私がお返事をいたします。子どもが生まれたことを、『待ち望んでいた』と言ってくださいましたが、なさは（未詳）、藤壺さまは、御子をお生みになったことで、宮中での生活を窮屈だとお思いになられたのでしょう。誰もが、二人も御子をお生みになった藤壺さまのことを恨めしくお思い申しあげているはずです。ところで、『私のために』とおっしゃったのは、なんのことでしょうか。人に何かを勧めると、勧めたほうに功徳があるようです。

でも、筋が通らないお怒りですよ。

『同じ所で生まれた、藤壺さまの若宮とこちらのいぬ宮が一緒に生活する時を、藤壺さまにだけは見ていただきたいと思います。

と申しあげよ』と言っています」

と書いて、紙を裏返して、私信として、

「さて、古歌に、『今は限り』と言うそうですから、私も、今でも恋しい思いでいます。私は、千年の寿命があっても、今を限りと思う松のような身ですから、昔のことがいつも心にあって忘れることができません」

と書いて、同じ赤い薄様一重ねに包んで、美しい紅葉につける。女一の宮が、「見たい」とおっしゃると、「私だって、同じように、藤壺さまからのお手紙を見たかったのです」と言って、外にいる春宮亮の君に渡させてしまったので、女一の宮は、その手紙を取り寄せて見ることがおできにならない。

仁寿殿の女御が、とても美しい女の装束を手にして、三の宮を呼び寄せて、『『このような慶事があった所から、禄も与えずに帰すことはないと言います』と言って、これを、このお手紙の使にお与えください」と言ってお渡し申しあげなさるので、三の宮は、それを持って外に出て被けなさる。春宮亮の君は、庭に下りて拝舞して、参内なさった。

中納言が、藤壺が献上なさった物を手もとに引き寄せて御覧になると、二つの瓶に、一つには練った打ち綾、一つには練った絹が入っている。どちらも、まことに上質な物で、瓶の口もとまで畳んで入れてある。十二の折櫃には、一つには白銀の鯉、一つには同じ白銀の鯛、一つには沈香の鰹を作って入れて、また、一つには沈香、一つには細かく切った蘇枋、一つには三種の合わせ薫物、一つには大きめな黄金の壺に入れた龍脳香、一つには、「味噌」と書きつけて、赤むたい（未詳）が少し、一つには、縫い目がなくて、糊などで海松のようにした白い絹、一つには白粉を入れてある。ほかの二つの折櫃には、裛衣香と丁子香を、鰹つきの削り物のようにして入れてある。中納言は、細かい所まで見て、「困ったことだ。藤壺さまが、このような趣向をおもしろいと思って贈ってくださったのだろう。右大臣殿（正頼）の所では、こんな物を用意している様子もなかったのだから」などとお思いになる。藤壺から贈られた物は、尚侍が御覧になる。

　夜になったので、いぬ宮に湯殿の儀式をしてさしあげる。女一の宮も湯殿の儀式をなさる。

　こうしているうちに、源中納言（涼）から、産養の品々が贈られてくる。女一の宮の前に、白銀の衝重を、同じ白銀の御器を載せて十二。敷物と打敷も、とても美しい。衝重の中には、どれにも物が入っている。二つには練った綾、一つには花文綾と薄い絹織物、一つにはさまざまな色の織物、一つには白い綾、一つには練り貫、一つには練って紡いだ糸と生糸など、美しい物が入れてある。重い物を高く積み重ねて入れて載せているので、押しつぶされて片側に寄っている。仁寿殿の女御の前には、沈香の折敷を、同じ沈香の高坏に載せて九つ。打敷と敷物は、格別に美しい。黄金の縁飾りをした沈香の衣箱六つに、賭物として用いるために、女の装束一具に、白い袿十襲と袴十具を、蒔絵の御衣櫃に入れて、物が五斗ほど入るほどの紫檀の櫃五つに、紐からはずして高く積み重ねて入れた碁手の銭を、すみ物（未詳）として加えていらっしゃる。

また、左大臣（忠雅）からも、碁手の銭とすみ物（未詳）とお食事を、とても美しくしつらえてお贈りになった。式部卿の宮と民部卿（実正）からも、さまざまにしつらえてお贈り申しあげなさった。

一四　七日目の産養の宴が始まる。

寝殿の南の廂の間の調度や障壁具を取り払って、敷物を一面に敷き並べた。あるじの右大臣（正頼）が、出て来て、左衛門佐（連澄）を使として、左大臣（忠雅）と式部卿の宮に遣わして、「今夜、あなた方がおいでにならないと、とてもの足りなくてつまらない思いがしてなりません。まことに恐縮ですが、こちらへおいでいただけないでしょうか。翁の私も、ここならば、舞を舞ってお目にかけましょう」と申しあげなさるので、お二人とも、「すばらしい舞を見ることができそうですね」と言っておいでになる。すると、お二人より身分の低い方々は、籠もっていることがおできにならずに、皆、東北の町の寝殿にやって来て、並んで席にお着きになった。この方々のお食事をはじめ、何もかも、源中納言（涼）が用意なさった。まことに美しく調えて、すべてお世話し申しあげなさる。

宴の最中、無理に酒を飲ませ、食事などをさしあげたところ、中務の宮が、食べた物を一度お吐きになった。式部卿の宮が、「いぬ宮さまがお生まれになった夜に、兵部卿の宮は、草鞋を片足だけ履いて、慌てておいでになりましたね。それも、普通とは違って、おかしな履き方で」。兵部卿の宮が、「源中納言殿の、夜の外出姿のほうが、だらしなかったですよ。帯は、はだけた体の前に垂れ下がって見えました」。源中納言が、「さて、どんな帯だったのでしょうか。良中将の朝臣（行正）は、下袴だけ穿いて、それ以外の物は、何も身につけることなく、丸めて手で持って走っていらっしゃいました。それも、さすがに舞の名手だから、裸で、短い裾から脛を長く出した姿でも、咎めたてられたりしないでしょうね」。右大臣が、「私の息子たちは、いつもよりきちんと正装して、笏を固く握りしめて、堂々と歩いてやって来ました」。民部卿（実正）が、「ああ、宰相の朝臣（実忠）が、小野に籠もることなく宮仕えをしていたら、先日だって、どれほどの滑稽なしぐさをして楽しませてくれたでしょうか」。右大臣が、「春宮に入内した藤壺は、どんな気持ちでいるのでしょうか。私のことを恨んでいるでしょうね。先ごろ、『退出したい』と言ってきたのに、退出させなかったので、ひどく恨んでいるだろうと思います」。左大臣が、「おっしゃるとおり、恨んでいらっしゃるでしょう。ははかたといひあれば（未詳）、私どもが言うことは、世に言う『牛が走る』ですよ」とおっしゃるので、人々は、何度も、ほほと笑う。

この後、管絃の遊びをなさる。式部卿の宮は琵琶、左大臣は箏の琴、中務の宮は和琴、兵部卿の宮は笙の笛、源中納言は横笛、権中納言（忠澄）は大篳篥と、合わせて演奏なさる。藤中納言（仲忠）は、「私がこのまま籠もっているのも不自然だ。盃を持って出て行こう」と思って、紫苑色の織物の指貫、同じ薄色の直衣、唐綾の掻練襲の下襲を着て出ていらっしゃる。この頃は、これまで以上に男盛りの容姿である。下襲の裾をとても長く引き伸ばして、盃を持って出ていらっしゃる。兵部卿の宮が、「ああ珍しいこと。なんとも奥深く籠もっていらっしゃったものですね」と言うと、皆が、藤中納言のことをじっと見つめなさる。帝の婿としてもまったく申し分がない。かつては、「源中納言は匹敵する」と評判だったけれど、今では、まったく足もとにも及ばない。

藤中納言は、式部卿の宮に、盃をお渡し申しあげなさる。宮は、闕巡を三度までお飲みになる。そうして、

　美しい姫松がいつも生長するというお屋敷ですから、今回も枝が生い繁って木陰が涼しそうに見えることでしょう。いぬ宮さまの成長が期待されますね。

藤中納言は、

　さあ、まだどれほど枝が生い繁るのかはわかりません。でも、この姫松（いぬ宮）は、長い年月を経て、青々と繁ってほしいと願っています。

中務の宮は、

宮仕えをする人々が、枝が高く繁って作る涼しい木陰に楽しく集まることができるように、この姫松（いぬ宮）が生長してほしいと願っています。

兵部卿の宮は、

今はまだ二葉の松（いぬ宮）が将来どんなに生長するのかと期待されて、うれしい気持ちがいたします。

左大臣は、

二葉の頃から、春宮の御子と同じ所で生まれて成長する姫松（いぬ宮）は、波をふやすことなく千年の年月が過ぎてゆくことでしょう。

藤大納言（忠俊）は、

岩の上に今からしっかりと根を張った磯の松（いぬ宮）は、ただ浮いているばかりの根なし草のような情けない私がいるとだけでも見てほしいと思います。

右大臣は、

長い年月がたって、頭に降る雪は積もるけれども、この小松が繁って木陰を作るのを待ってみたいと思います（歳をとって白髪になった私ですが、いぬ宮さまがどんなに成長なさるか見てみたいと思います）。

右大将（兼雅）は、

昔、小松から立派に生長した松（正頼）のもとで成長するのなら、この緑子（いぬ宮）

の将来も期待することができます。

民部卿は、

瑞々しい緑色の二葉に見える姫松（いぬ宮）が、生長して、松風が大きな音で吹く時が来るのを見てみたいものです。

平中納言は、

今夜は、千年の寿命を持つ松がまだ二葉に見えるのですから、この松（いぬ宮）の将来は頼もしい限りです。

源中納言は、

姫松を林のように育てているこのお屋敷では、千年の年月をいったい何度数えてきたのでしょうか。

権中納言は、

緑子が大勢いるお屋敷ですが、その中でも、この姫松（いぬ宮）はまだ二葉のうちから万年の寿命があることがわかります。

この方々より身分の低い人たちが詠んだ歌もあるけれど、今は書かない。

一五　翌朝まで酒宴が続き、産養が終わる。

こうしているうちに、式部卿の宮が、『事初め（物事は最初が肝心だ）』と言う言葉があります。さあ、お約束の舞を舞ってください」とお願いしたので、あるじの右大臣（正頼）が、「これから舞いましょう」と言って、立ち上がって、輪台をほんの少しお舞いになる。すると、前にいる左右の官人や楽人たちが、垣代の男たちを招いて、音を立てて琴を弾き、それと同時に打つ鼓の音に合わせて、輪台の楽を演奏する。その時、三の宮が、黒っぽい紅の掻練の袿一襲、縹色の綺の指貫、同じ色の直衣、蘇枋襲の下襲を着て、盃を持って、中務の宮にお渡しなさる。その姿は、背が高くてすらっとしていて気品があるものの、とても若々しくて美しい立ち居振る舞いが、まことに心惹かれる様子である。官職は、弾正の宮でいらっしゃって、今年二十三歳である。「恒例ですから」と言って、闕巡を三度ほどお飲みになる。これを見て、式部卿の宮と左大臣（忠雅）が、「とてもすばらしい方だ。この人を、婿にしたい」とお思いになる。左大臣が、「御肴にせむ」と、箏の琴で、まことに上手にお弾きになる。式部卿の宮は、ご自分でもお考えになっていたことなので、とてもおもしろいと思って、ほほ笑んで見ていらっしゃる。中務の宮が、その盃を持って、舞をなさった右大臣にお渡しなさる。三の宮は、叔父宮たちの下座におすわりになった。

　盃が身分が高い方から順に巡っている時に、右大臣が、「私のような腰が曲がった翁ばかりに舞わせて、自分たちは何もせずにすますおつもりですか」とおっしゃるので、源中納言（涼）が立ってお舞いになる。身分が高い人が奏でる楽も、身分が低い人が奏でる楽も、おもしろい。

こうしているうちに、四の宮が、赤っぽい綾掻練の袿一襲、青鈍の指貫、同じ青鈍の直衣、唐綾の柳襲を着て、盃を持って、兵部卿の宮にお渡しなさる。見ると、とても大柄で、たくましく太っていて、色が白く、貫禄がおありである。四の宮も、闕巡をお飲みになった。兵部卿の宮が、その盃を持って、舞をお舞いになった源中納言にお渡しなさる。源中納言は、受け取って飲んで、さらに、また、兵部卿の宮にお返し申しあげなさる。四の宮は、三の宮に続いて、下座におすわりになる。この四の宮は、二十二歳で、大宰の帥でいらっしゃる。

　左大臣が、「この順の舞は、知っている者は、皆、わが子であっても、例外とはせずに舞わせましょう。また、官位が低い者にも舞わせましょう」とおっしゃるので、左大臣の太郎の藤大納言（忠俊）が、立ち上がって、万歳楽をお舞いになる。それに合わせて演奏された楽は、とてもおもしろい。右大臣が、「万歳楽は、それを舞う人の心次第だったのですね。とりわけ、先日の藤中納言殿（仲忠）の万歳楽の舞は、見ていて寿命が延びる思いがしました」とおっしゃる。

　六の宮が、とても濃い紅の掻練の袿一襲、桜色の綺の同じ直衣と指貫、葡萄染めの下襲を着て、盃を持って、左大臣にお渡しなさる。見ると、とても小柄で元気があって、ふっくらとしていて魅力的な方である。二十歳で、常陸大守でいらっしゃる。恒例に従って、左大臣が六の宮に闕巡をお飲ませ申しあげなさって、その盃を藤大納言（忠俊）にお渡しなさる。藤大納言は、また、その盃を、左大臣にお返し申しあげなさる。六の宮も、下座におすわりになった。藤宰相（直雅）は、「兄上も舞を舞いなさったのですから」と言って、ふざけるのが好きな方で、亀舞を舞う。身分が高い人も低い人も、一緒に、ほほと笑う。眠たかった人々は目が覚めて、まことにおもしろいとお思いになる。

八の宮は、浅葱色の直衣と指貫、今様色の御衣と桜襲の下襲を着て、右大臣に盃をさしあげなさる。見ると、とても気品があって若々しく、あどけない顔をなさっている。今年で十七歳におなりになる。右大臣が、鬮巡を、「あまりたくさんお飲みになってはいけませんよ」と言って、八の宮に少しだけお飲ませ申しあげなさって、その盃を持って、滑稽な舞を舞った藤宰相にお与えになる。藤宰相は、その盃をいただいて飲んで、また、右大臣にお返し申しあげなさる。その時に、右大将（兼雅）が、「私は、これ以外の舞は知りません」と言って、童舞の鳥の舞を少しだけお舞いになる。その時、右近の幄からは孔雀に扮した童を、左近の幄からは鶴に扮した二人の童を出し、身分が高い人も低い人も鳥の楽を大きな音を立てて奏でると、鳥に扮した童たちも体を折り曲げたり伸ばしたりして舞う。右大将が、それに誘われるように鳥の舞を舞っていらっしゃる時に、仁寿殿の女御腹の、歳が離れてお生まれになった、四歳ほどの十の宮が、振り分け髪で、色が白くてかわいらしく太って、御衣は、濃い綾の袿、襷がけにした袷の袴、葡萄染めの綺の直衣を着て、盃を持って出ていらっしゃる。祖父の右大臣や兄宮たちが、「その盃は、誰にですか、誰にですか」とお尋ねになると、「お祖父さまや兄上たちではありません」と言って、右大将の御座所においでになって、その盃をお渡し申しあげなさる。右大将が、膝をついてすわって、十の宮を抱いて、膝にお載せ申しあげて、盃を御覧になると、仁寿殿の女御の筆跡で、
　一夜逢わずにいるだけでも長い間逢えないと嘆くという鶴がいますが、あちらこちらに千年の年月が見えるのはどうしてなのでしょう。
と、普段よりも美しくお書きになっている。右大将は、「もう今年で二十年以上もたつというのに、女御の筆跡を見るとは、まことに珍しいことだ。ずいぶんと上手になられたなあ」と思って御覧になる。昔のことが懐かしく思い出されて、涙も落ちてしまいそうだけれど、なんとかうまく涙を抑えて、書かれた歌を見て、その盃を懐の中にお入れになると、十の宮が、「だめです。母上は、『この盃にお酒を入れてお飲みください』とおっしゃいました」と言って、懐の内を指さしなさったので、「こんなに墨がついて汚い盃は次の人にお渡しするわけにはいきますまい。こちらのほうが白くてきれいですよ」と言って、食台の上にあった様器と取り替えて、その盃はお隠しになった。それを見て、人々が、「恒例とは違いますよ。どうして懐にしまっておしまいになったのですか」と騒ぎたてて笑う。十の宮は、人々に、様器に酒を入れさせなさる。右大将が、十の宮に、「多いですよ」と申しあげなさるけれど、「いえ、そんなことはありません」と言って、こぼさずに右大将にさしあげなさる。右大将は、盃を受け取って飲んで、十の宮を抱いたまま、人々にお返し申しあげなさる。人々は、その盃を手にして、順にお飲みになる。

行正の中将が、人々が順々に詠んだ和歌を書きつけた硯が近くにあったので、右大将は、さりげなく、筆を取って、果物の下に敷かれた浜木綿に、

「ずいぶんと久しぶりに歌をいただきました。千年どころか、万年の年月が、あちらこちらに見えます。鶴も、昔のことは絶対に忘れることはありません」

と書いてお渡し申しあげなさると、十の宮はそれを持って奥にお入りになった。

左大臣が、「皆が、こうして、昔おぼえた舞を披露なさっている中で、どうして、衛門督殿（仲忠）は、こんなにも皆がうち解けて騒いでいらっしゃるのに、ひどく真面目くさった顔をして、早くも心を落ち着かせていらっしゃったのでしょうか。今日は、まだ女一の宮さまとお逢いしていないのでしょう」。右大臣が、「どうしてなのでしょう。先日は、たいへんな活躍ぶりでした。それにしても、ずいぶんと遠くにすわっていますね」。中務の宮も、「どうしてそんなにも下座にいるのか」と言って、「今夜は、上座に呼び寄せてください」とおっしゃる。それを聞いて、父の右大将が、中納言（仲忠）に、「早くこちらの座に着け」とおっしゃる。中納言は、簀子の、殿上人の座におすわりになった。

式部卿の宮が、「今度は、御簾の内からも、盃を下賜していただきたい。女一の宮さまが召しあがった蒜臭い肴を、とても食べたい」。左大臣が、「私がお贈りしたすみ物（未詳）がおありでしょう。こちらにくださいませんか」。中務の宮が、「左大臣殿がお願いなさらなく

ても、心配することはありません」。兵部卿の宮が、「いぬ宮さまは、あんなにも高い産声をお上げになったのですから」などとおっしゃって、人々が、それぞれの思いで、お話しになる。

夜がほのぼのと明ける頃に、良中将（行正）が、庭に下りて、陵王を、何度も体を折り曲げたり伸ばしたりしながら、これまで舞ったことのない妙技を披露して舞う。誰もが皆、とても驚く。「これは、まだ、これまで見たことのない舞の手だなあ。どのようにして習いおぼえたのだろう。大后の宮の六十の賀の際に宮あこ君が舞った舞は、『誰から、どうやって習ったのか』と、不思議に思っていたが、これを伝授されたのだった」と言って騒いでいる時に、右大臣の男君たちが、被け物を持って出ていらっしゃる。中納言（仲忠）と男宮たちが、一斉に受け取って被けなさる。その被け物は、女の装束と、児の衣と産着を加えている。源中納言も、同じ被け物を、すぐに受け取って、庭の砂の上に下りて、舞を舞った良中将に被けなさる。その様子は、とても若々しくて上品で美しい。左右の近衛府の幄の人々が、「今日はおもしろいことがたくさんあったが、それよりも、このことが一番すばらしい」などと言う。

三位の人と中将と宰相には白い袿一襲と袷の袴一具、それ以外の四位と五位の官人たちには白い袿一襲、六位の官人たちには一重襲と白張、下仕えの者たちには腰絹が被けられる。身分にかかわらず、誰に被けられた物は、どれも、とても見事にしつらえられている。

身分が高い方々の舞楽は終わって、左右の近衛府の幄では、楽人たちが、左方楽である唐楽を演奏して、孔雀と鶴に扮した童を舞わせてお目にかける。御簾の内でも、女君たちが、皆、見て大騒ぎをしていらっしゃる。御簾の内から、黄金を柑子くらいに丸めた物と、小さい白銀の魚二つをお出しになったので、式部卿の宮が受け取ってお与えになると、孔雀に扮した童は黄金を、鶴に扮した二人の童は魚をくわえて、とても上手に舞う。孔雀に扮した童には綾の御衣と袿、鶴に扮した童には白い綾の児の一重襲一具を被けなさる。

どなたも、皆、泥酔して、ひっくり返ったりよろめいたりしながら、それぞれのお住まいにお帰りになる。どの方も、男君たちやお供の人が、雲のように大勢集まってお入りになる。あるじの右大臣の後ろに、とても大勢ついてお入りになる。右大将がよろめいてお帰りになるので、中納言が、しどろもどろに酔ったまま、西の廂の間の尚侍の局にお送りして、「酒を食べて、食べ酔いて」と、とてもすばらしい声で歌って女一の宮の御帳台の中に入っていらっしゃったので、仁寿殿の女御は、いぬ宮を抱いて、大宮の局にお入りになった。

中納言は、中に入って、鳥の舞を御覧になるために、御帳台の柱に手をかけて立っていらっしゃった女一の宮を、「ああ見苦しい。子を生んだばかりのどんな母親が、物見をするものですか」とたしなめてすわらせ申しあげて、「ここ何日かは、下袴の紐さえもほどいていません。せめて今夜だけでも」と言って、一緒に横におなりになった。尚侍も、「右大将殿が一人でじっと籠もっていらっしゃるから、見て来ましょう」と言って、西の廂の間のご自分の局においでになった。女一の宮の乳母と典侍が、中納言が脱いだ装束を手に取って衣桁にかけたりなどしておそばにいる。中納言がおいでになるまでは、御帳台の中には、乳母たちと上臈の侍女たちが、大勢いたということだ。

［寝殿の南の廂の間に、皆、並んで座に着いていらっしゃる。男宮たちが盃を持って出ていらっしゃる。人々が、舞を舞っていらっしゃる。

客人たちが、被け物の同じ白い袿を上に着て、烏帽子をかぶって、親王たちと大臣は同じ恰好で、納言までは、同じ袿を着て、冠をかぶっていらっしゃる。

庭に、左右の近衛府の幄を張り巡らし、左右の近衛府の楽人の座もある。食台を立て並べて、ものところ（未詳）に結び物（未詳）を運んで来て置いた。鳥に扮した童たちが舞を舞っている。」

一六　八日目の出来事。

仁寿殿の女御が、昨夜あちらこちらから贈られてきた産養の品々を取り出させて御覧になる。その中で、左大臣（忠雅）から贈られた沈香の衝重十二といくつもの白銀の坏は尚侍のもとに、権大納言殿（実正）からの同じ数の浅香の衝重と椀などは、北の対にお戻りになった大宮のもとに、源中納言（涼）からの、蘇枋の長櫃に載せた白銀の衝重は、長櫃の中の物を皆添えて、藤壺にお贈り申しあげなさる。中納言（仲忠）は、酔っているけれど、女御が見事に処理なさるのを聞きながら横になっていらっしゃった。

女御は、藤壺に、手紙を、

「昨日も、お返事をさしあげようと思ったのですが、中納言殿が、なんだか変に酔って、ご自分が返事をしたがっていらっしゃいましたので、後でお返事をしようと思っているうちに、今になってしまいました。あんなにも手がこんだ物を、あなたお一人で、どうやってご用意なさったのだろうと驚いています。ところで、この品々は、肖(あやか)りものにして、早く、もう一人御子をお生みくださいと願ってお贈りする物です。今夜は、たいしてかわいくない子であっても、大勢いることはなかなかいいものだと思いました」

と書いてお贈り申しあげなさる。

藤壺は、贈られた品々を見て、「こちらのほうが手がこんでいますね」などとおっしゃって、返事を、

「昨日お贈りした物は、満足できる物ではなかったので、気にかかっていました。いやはや。やはり、あれこれと噂(うわさ)されたのでしょうね。いろいろある中でも、そちらでは、めったにないすばらしいことを、さまざまになさったそうですのに、私は、離れて、それを聞いているしかないのは、生きている効(かい)がなく、嘆かずにいられません。ところで、もう一人子を生むことは、思いがけないことで、時機を逸した感じがいたします。なかなかかわいいとお思いになったというのは、どの宮のことだったのでしょうか」

と、白い薄様一重ねに、とても美しくお書きになった。

三の宮が、この手紙を横から奪い取って、「すばらしい筆跡ですね。母上の筆跡を、世間の人も、すばらしいと思っているようです。でも、藤壺さまの筆跡も、また、格別ですね。藤壺さまの筆跡は、こんな機会でなくては、思いどおりに見ることができなくなってしまいました。母上への手紙だからいいのですが、これを、ほかの男性にお贈りになったお手紙だと見たとしたら、つらい気持ちになったでしょうに」。女御が、「藤壺さまの返事がいただけないのは、叔母と甥の間の結婚はあってはならないからなのでしょう」。三の宮が、「そんなことを言っても、小宮は、叔母なのに、春宮のもとに入内なさったではないですか。母上は、ひどい方です」。女御が、笑って、「おかしな愚痴をおっしゃること。あまり深刻に思いをさせなさるなんて」。私を運がつたなく生んで、こんなもの思いでいらっしゃるから、もの思いをなさっているのでしょう。いろいろな方が婿にお迎えしようとなさっているのですから、それを聞いて結婚なさい。親王がこうして独身のままでいらっしゃるわけにはいかないでしょう」。三の宮は、「藤壺さま以外に、私の心が慰められるような女性などいるはずがありません。藤壺さまと結婚できなければ、私は法師にでもなってしまいましょう」と言って、藤壺の手紙を持ってお立ちになった。

女御が、「藤壺さまからのお手紙といったら。昨日は、中納言殿（仲忠）が恨み言を言ってお取りになり、今日は、三の宮がこんなことを言って持ってお行きになる。それにしても、つらいこと。困りますね」と、愚痴を言っていらっしゃる。その声が、魅力的なので、右大将（兼雅）が、近くで聞いていて、すてきな声だと思って、尚侍に、「女御さまも、三の宮に似ていらっしゃるのですか」とお尋ねになる。尚侍が、「いろいろな人を見ていないので、ただ美しい方だとばかり思われます」。右大将が、「中納言が、女一の宮の一族の方々のことは、どの方も、とてもすばらしいとお思い申しあげています。中納言は、見る価値がない人のことを、すばらしいと思うはずがありません」。尚侍が、「女御さまも、同じようにすばらしい方だと思います。帝が、たいそう寵愛なさって、帝から何度もお手紙があるところを見ると、最近も、『早く参内なさってください』と催促ばかりなさっているようです」。右大将が、「女御さまは、あなたのことを、どのように思って見ていらっしゃるのでしょうか。『身分も高く美しい妻をたくさん持っていた者が、ほんとうに、こんなふうに一人の妻で収まっていることよ。こんなにすばらしい妻を持っていた者が、私に求婚していたのだ』と思って見ていらっしゃるのでしょう。せめて、これからは、顔を伏せて顔を隠して、普段の装束を着てお目にかかりなさい。中納言の面目をつぶすことになります」。尚侍が、「おっしゃるとおり、今を時めく、同じ殿上人が、今夜は全員揃っている中で、中納言殿は、わが子ながら、ほんとうに立派に見えました」。右大将、「昨夜も、父親の私がいるから、上座に着くことができずに、上達部でありながら、殿上人の座にいたのは、気の毒でした。十の宮を使としてくださった盃も、早く与えましょう」と言って、枕もとに置いて、二人で横におなりになった。

仁寿殿（じじゆうでん）の女御が、乳母（めのと）を呼び寄せて、「日が暮れてしまいました。女一の宮を起こして、食事をさしあげなさい」とおっしゃるので、乳母が、御帳台（みちようだい）のもとに行って、「お食事のご用意ができました」と申しあげると、中納言は、「どんなお婆（ばあ）さんたちが、食事の世話をするのか。女一の宮さまは、今が若々しい盛りの頃なのですよ。お世話をするのは、私がふさわしいのです」と言って起きていらっしゃらない。乳母がその旨を報告すると、女御は、「酔った人は、おかしなことを言うものだ。人が女一の宮のお世話を疎（おろそ）かにするだけでも、あんなに文句を言うのに」などとおっしゃる。

その日は暮れた。

一七　九日の産養の準備。

夜も明けた。明けるとすぐに、中納言（仲忠）が、「今は、昨日なのか、今日なのか」とおっしゃるので、人々は、ひどく笑う。乳母が、驚いて起きて、「とんでもないことになってしまいましたね」と言って、急いで、女一の宮に食事をさしあげる。

その日は、産養（うぶやしない）の九日目である。中納言が、前もって、「世話をしてくれた人たちに食事の世話をしたいのですが、九日目だけは、ことさらにというのではなく、ただ酒の肴（さかな）程度の用意をして、御簾（みす）の内の女方と外の男方の人々のための物などの準備をしてください。私たちのためにも、ほんの少し」と頼んでいらっしゃったので、侍女たちは、「いつも籠もっていて何もおっしゃらない中納言殿が、こんなふうにおっしゃる」と言って、豪華ではないけれど、お食事の用意をしていた。

夜になって、尚侍が、髪を梳かして、掻練の御衣と小袿などを着ておいでになった。仁寿殿の女御も、尚侍と同じようにしておいでになった。女一の宮も起きていらっしゃる。寝殿の東の廂の間に敷物を敷いて、褥もたくさん置いてある。簀子にも、敷物が敷いてある。母屋の御簾に添えて、御帳を立て並べてあった。

中納言が、北の対においでになる右大臣（正頼）に、「こちらにおいでくださいませんか」とお願い申しあげなさったので、右大臣がいらっしゃった。いつものように、仁寿殿の女御の男宮たちもおいでになる。右大臣の男君たちも、権中納言（忠澄）をはじめとして、皆おいでになる。右大臣が、右大将（兼雅）に、「こちらにおいでいただけませんか。今は、こんなに親しくなったのですから」と言って、男君を使にして、尚侍の局にご連絡申しあげなさったので、右大将もおいでになった。右大臣は、「あちらに」と言って、廂の間の中にお入れ申しあげた。

こうしているうちに、中納言が用意させなさったお食事が、皆、食膳に供された。女一の宮の前には、白瑠璃の衝重を六つ、下には金の坏、上には瑠璃の坏などが載せて置かれている。瑠璃の坏の中に入っている物が透けて見えている。仁寿殿の女御と尚侍には、沈香の折敷が六つずつ、男宮たちには、浅香の折敷が四つずつ置かれている。簀子に、中納言（仲忠）がいらっしゃる。簀子の座には、蘇枋の食台に、上達部には折敷が二つ、それ以下の殿上人たちには折敷が一つ置かれている。ここにいるのは、他家の人はいず、右大臣の男君たちばかりである。あるじの右大臣が、「中納言殿は、どこにいらっしゃるのですか。私も同じ座に着きたいのですが、誰を道案内にしたらいいのでしょう」。右大将が、「中納言は、右大臣殿がおいでになる廂の間にはいづらいということで、簀子におります」。右大臣が、「お父上が命じて、中納言殿をこちらに招き入れてください」とお頼み申しあげなさったので、父の右大将が、中納言に、「早く、こちらに入りなさい」とおっしゃる。右大臣も、「忠澄の朝臣も、今夜は、中納言殿と一緒にこちらに入れ」とおっしゃったので、二人とも廂の間に入っておすわりになった。

こうしているうちに、后の宮から、いつものように、白銀の衝重十二と、坏も同じ白銀で仕立てて、上を唐綾で覆った折櫃六つ、ほかに碁手の銭とすみ物（未詳）をたくさん、中納言のもとに、手紙を添えてお贈り申しあげなさった。

また、春宮のもとに入内なさっている中納言の妹（梨壺）のもとからも、物が一斗入るほどの金の瓶二つに、一つには蜜、一つには甘葛を入れて、黄みを帯びた色紙で覆った物を、人がかついで持って来る。また、二尺ほどの白銀の鯉が二つ贈られる。この鯉は、まるで生きているかのように作ってあって、紅葉の作り枝につけてある。大きめの紺瑠璃の餌袋二つと、白銀の銭が入った餌袋一つ、紺瑠璃の餌袋には、一つには黒方(くろぼう)を魚の火乾(ひぼ)しのようにした物、一つには沈香を小鳥のように作った物で、実際の鳥の毛を剝(は)いで集めて、青い薄様(うすよう)で一重ねずつ覆って結んである。お手紙は、唐(から)の紫の薄様一重ねに包んで、紫苑(しおん)の作り枝につけてある。中納言が御覧になると、

「長い間お手紙をさしあげずにいて申しわけありません。久しくお見えにならなかったので、どうかなさったのかと案じておりましたが、つい昨日、ご出産のことをうかがって、

それももっともなことだとわかりました。ところで、お贈りした鳥は、

紫草が生えている野辺のゆかりである兄上のために、草の原をも探し求めたものです。

早くにうかがっていましたら、もっと大きな鳥もご用意できましたのに」

とお書きになっている。右大将が、「どこから贈られた手紙ですか。まるで懸想文(けそうぶみ)のような色めかしい手紙ですね」。中納言が、「梨壺さまからのお手紙です」。父の右大将は、「どれどれ。その手紙を見てみたい」と言ってお読みになって、「なんとまあ、大人っぽい言い方をなさるようになったな」などとおっしゃる。

そんな時に、春宮のもとに入内なさっている左大臣（忠雅）の大君(おおいぎみ)のもとから、物が二斗入るほどの白銀の桶(おけ)を二つ、同じ白銀の杓(ひしゃく)を添えて贈られてくる。白い粥(かゆ)一桶と赤い粥一桶で、白銀のたたいゑ（未詳）が八つあって、粥のおかずとして、四種類の魚と四種類の精進物を、大きな沈香の折櫃の中に入れて、大小の黄金の盃(さかずき)があり、白銀の箸(はし)もたくさん添えて

お贈り申しあげなさった。この大君からも、中納言に手紙がある。贈られた品々は、皆、人々の前に置いた。右大臣や右大将たちが、興味をそそられて、「何はともあれ、この粥を食べたい」と言って、添えてある坏によそって、皆でお食べになる。

中納言は、梨壺にお返事をさしあげなさる。

「お手紙ありがとうございました。長い間参上せずにいたので、私のほうでも気にかかっておりました。『昨日お聞きになった』とありましたが、誰がそう言ったのですか。その人が言ったのは、大鳥のことだったのでしょう。冗談はさておき、この鳥を捕る小鷹狩に私を呼んでくださらなかったのは、他人行儀な感じがいたします。

野辺に住んでいる群鳥よりも、水の中にいる番いの二匹の亀ならぬ、蜜の入っている二つの瓶のほうがすばらしい贈り物でした」

と書いて、どの人にも被け物を与え、手紙の使をした者にも禄などを与えて、お返事を書いてお帰し申しあげなさる。

一八　九日の産養が始まる。

今夜は、男宮たちもほかの方も、唐綾の指貫と直衣に、赤っぽい綾の袿を一襲着ていらっしゃる。東の廂の間に、男宮たちが南の座で北を向き、右大臣（正頼）と右大将（兼雅）が東の座で西の母屋に向き、中納言（仲忠）と権中納言（忠澄）は、二人とも、母屋の御簾を背にして、東を向いておすわりになる。御帳の内には、身分が高い上﨟の侍女などがすわっている。御簾の外の簀子には、左大弁（師澄）と宰相の中将（祐澄）をはじめとして、右大臣の男君たちがいらっしゃる。産養の間は、男の召使いはお使いにならないので、女童と侍女を呼び出しなさると、とても恥ずかしがって出て来ようとしない。中納言が、「いつもと違って、お顔を見申しあげたことがない人もいらっしゃいませんよ」などとおっしゃったので、女童と侍女が台盤所から参上する。侍女が四人、女童が四人である。侍女は、赤色の唐衣を着て、綾の摺り裳をつけて、綾掻練の袿を着ている。顔も美しくて才気がある人で、父親が五位ほどの身分の人の娘たちである。女童も、赤色の五重襲の上の衣と、綾の上の袴、綾掻練の袙、三重襲の袴を着ている。髪は背丈よりも長くて、容姿もかわいらしい。

　汁物や酒を、何度もお飲みになった。中納言が、「紙をいただけませんか」とおっしゃるので、黄みを帯びた色紙一巻と白い色紙一巻が、御簾の内から、硯箱の蓋に入れてさし出された。あの梨壺から贈られた餌袋を取り寄せて、開けて御覧になる。あるじの右大臣は、「とてもすばらしい洲浜物ですね」とおっしゃる。右大将は、「ああ。どのようにして用意したのでしょう。母である女三の宮さまが手配なさったのでしょう。とても才知があり、風流心もある方でした」と言って御覧になる。

　中納言は、黄みを帯びた色紙一重ねに黄金の銭を一つずつ包んだ物を十、白い色紙に白銀の銭を一つずつ包んだ物を三つ作って、白い色紙は、御簾の外の簀子にいる右大臣の男君たちに、うやうやしくさし出させなさる。黄みを帯びた色紙に包んだ銭は、侍女たちに持たせて、東の廂の間にいらっしゃる男宮や右大臣をはじめとする方々にさしあげなさった。碁盤と双六盤を持って来させた。あるじの右大臣が、「魚も鳥も、ここには、まったくありません」とおっしゃるので、中納言は、梨壺から贈られた黒方の火乾しの魚と沈香の小鳥を、御簾の内へさし入れなさった。

　御簾の内でも外でも、攤を打って、酒を何杯もお飲みになって、頃合いを見計らって、灯台の油をお注しになった。女童と侍女は、東攤などを打つ。攤と碁の碁手の銭は、攤や碁が上手な者が勝ってたくさん手に入れた。侍女たちは、黄金の柑子を一つずついただいた。中納言と男宮たちは、負けて、碁手の銭を皆入れ揚げておしまいになった。

　こうしているうちに、夜がすっかり更けた。中納言は、調えられた琴を三つと、笛を三つ持って来させなさった。笛も琴と同じ調子に調律して、三つの琴で一曲ずつお弾きになる。その音色は、言葉で表現できないほどすばらしい。こんなふうに弾いて音色を試してみて、中納言が、和琴は、「これを、仁寿殿の女御に」、琵琶は、「こっそりと、女一の宮に」、箏の琴は、「私の母に」と言って、御簾の内にさし入れると、侍女たちが、それを受け取ってお渡しする。仁寿殿の女御が、「まあ困ったこと。尚侍さまのような琴の名手と一緒に弾いたら、どうなることでしょう」。尚侍は、「評判ほどのことはございませんのに」と言いながら、箏の琴を、とても上手にお弾きになる。尚侍がお弾きになるのをしばらくお聞きになってから、仁寿殿の女御が、和琴を、箏の琴に合わせてとても見事にお弾きになって、尻込みをする女一の宮を促し申しあげなさるので、女一の宮も、琵琶を合わせて一緒にお弾きになる。とてもすばらしい。中納言は、やはり琵琶もまた上手だと思って聞いて、お弾きになるのをしばらく聞いてから自分は横笛を吹くことにして、弾正の宮（三の宮）に笙の笛、権中納言に篳篥を吹くようにお願い申しあげなさる。中納言は、とても大きな音を立てて横笛を吹く。弾正の宮と権中納言は、しばらく一緒に吹くのを控えていた。

ほかの町にいた婿君たちが、「ここでは聞いたことがない笛の音ですね。左衛門督殿（仲忠）が吹いているのでしょうか」。「私たちも、あちらに行って聞きたい。三条殿の北の方（尚侍）が、左衛門督殿に笛を吹かせているのでしょう」。「ほかの方々も演奏していますよ」などとおっしゃっていると、そこに、良中将（行正）が、慌てて現れて、源中納言（涼）に、「さあ、この音が聞こえてくる所に、一緒に行きましょう。この邸で、とてもすばらしい楽器の音色がしていますね」と言う。お二人は、ほつれた狩衣などを着て、東の対の隅と格子との狭間に入ってお立ちになった。その頃には、弾正の宮と権中納言も、一緒に笙の笛と篳篥を吹いていらっしゃって、演奏の真っ最中だった。源中納言が、隠れたまま、「すばらしい横笛の音ですね。箏の琴は、右大将殿の北の方が弾いていらっしゃるのでしょう。まだ聞いたことのない音色がします。左衛門督殿は、何を考えて、秘していつもはしない演奏を、こうして盛大になさるのでしょう」。良中将が、「左衛門督殿がこのようなことをなさるのも、もっともなことです。音楽の名手は、自分の技法を伝えられないことほどつらいことはないでしょう。ご一族に琴の奏法が伝えられることになりそうになったからだと思います。その喜びのお気持ちをこうして表さなければ、帝がお聞きになった時に、婿としてお迎えになった効がないでしょう」と言って、演奏を聞きながら騒いでいるうちに、演奏は終わった。

右大将が、とても気持ちよく酔って、「どうして、今晩は、女一の宮さまも出ていらっしゃらないのですか。もの足りなくてつまらないですね」とおっしゃるので、女一の宮が、宰相の君という侍女を使にして、「今は横になっておりますので」などと申しあげさせなさった。それを聞いて、右大将が、「唐の国よりは近いのですから、取り次ぐ者などなくてもお話をうかがうことができます。愚か者の中納言たちが、管絃の遊びをすると言って、制止して酒をくださらないから、まだ飲んで酔っていません。ぜひ、御簾の内の盃をいただきたい」と申しあげなさると、宮の君という侍女が、やって来て、「私が盃をさしあげましょう」と申しあげるので、右大将が、「猿からの施しは受けたくない」などとおっしゃる。そうしている時に、中納言が、大きな盃を持って、あるじの右大臣にさしあげて、

宮浜の洲崎に下り立った鶴の子に、波が打ち寄せて来ました。この子には、安心できる岸を見せたいと思います。いぬ宮の庇護をお願いしたいと思います。

とお詠みになる。右大臣は、

洲崎に下り立った鶴の子がここで一緒に成長したら、のんびりと安心できる岸も必ずあるはずです。いぬ宮さまが、この屋敷で、ほかの宮たちと一緒に育ったら、必ず庇護いたします。

と詠んで、右大将にさしあげなさる。右大将が、盃を受け取って、

鶴は、立ったりすわったりすることで、千年の寿命も見えるのです。干潟の洲で外に出さずに育てられる鶴（いぬ宮）は、いったいどれほどの寿命があるのでしょうか。

とお詠みになって、その盃を弾正の宮にさしあげようとなさると、弾正の宮は、中納言の父の右大将に、「中納言殿をお召しになって、この盃は中納言殿に」と、とても大きな声で言う。四の宮が、「とても難しいと思います」とおっしゃると、「お父上からお話しくださったら、中納言殿も承知してくれるでしょう」とおっしゃる。父の右大将が、笑って、「これは、望むところです。やはり、おもしろい趣向ですね」と言って、中納言にもう一度盃をお渡し申しあげなさった。右大将が、その後に、弾正の宮に盃をさしあげなさると、弾正の宮が、

鶴の子は、孵（かえ）ってから、千年の年月を過ごすことになります。まだ卵の中に籠もっている鶴の子（いぬ宮）は、いったいどれくらいの年月を過ごすことになるのでしょう。

四の宮が、

まだ卵の中で籠もっている鶴なのでしょうか。何度も孵って、千年の寿命を見ることができるでしょう。

六の宮が、

豊かな寿命があると思われます。何度も孵って、千年の寿命を見ることができるこの鶴の雛鳥（ひなどり）は。

八の宮が、

黄河（こうが）の水は千年に一度澄むと言いますが、この川の洲で孵った鶴の子は、将来、この川の水の色が何度澄むのかと見ることができるのでしょうか。

権中納言が、

この川の洲に住んでいるから、鶴の子は、水底に映る姿も千年の寿命があって、川が流れて行っても、その寿命は尽きることがありません。

左大弁が、

冬の長い夜を起きていて、長い年月をかけて置く霜のように白い鶴の子が、ほんとうに千年の寿命があるのかと、確かめてみたいものです。

宰相の中将が、

水底にある、波の立たない穏やかな巣で、鶴の子が見たという水底に、千年の寿命も見たいと思います。

と、次々にお詠みになる。

仁寿殿の女御が、源中納言がお贈り申しあげなさった被（かず）け物で、まだ使われていない物を持って来させて、御簾のもとにいる侍女たちに一具ずつ持たせて、御簾の外にそれとなく合図をなさると、中納言が、御簾の内にそっと手を入れて受け取って、まずあるじの右大臣に、その後、ほかの方々にも、次々に被け申しあげなさる。左大弁と宰相の中将までは女の装束、それ以下の人たちには白張一襲と袴一具。宮あこ君と家あこ君には、今は元服して六位になっているので、白張一襲ずつ被けなさる。

「寝殿の東の廂の間。四人の男宮たちが、直衣姿で参上なさっている。これは、右大臣。顔だちが、まことに気品があり落ち着きがあって美しく、魅力的な方でいらっしゃる。五十四歳。けれども、とても若くお見えになる。右大将は、顔の色合いも立ち居振る舞いも、中納言に似ていらっしゃる。親しみやすく若々しくて美しい。四十二歳。権中納言は、とても美しい。「この鯉は、生きているようですね。もう少しで、庖丁を持って来てもらおうと思いました」とおっしゃる。産養の品々がある。粥桶の蓋には、赤く染めた生絹の糸を尻蓋という物のようにこしらえて覆っている。

これは、北の廂の間。台盤所。后の宮からお贈り申しあげなさった衝重を並べて置いてある。

北の対。大宮が、仁寿殿の女御と尚侍たちのもとに、さまざまな贈り物を贈っていらっしゃる。」

一九　翌日、尚侍、兼雅とともに、三条殿に帰る。

翌日の昼ごろになって、乳つけ役を務めた左衛門佐（連澄）の北の方がお帰りになる。とても贅を尽くした贈り物をなさる。尚侍も、帰ろうとして、仁寿殿の女御や大宮などに、「こうしておそばにいることに馴れたことで、家に帰りましたら、どんなにつまらない思いをすることでしょう。もうしばらくこちらにいたいとも、家に帰ってもつまらない思いをするだろうとも思うのですが、夫の右大将（兼雅）が旅住みを苦しく思っておりますので、帰ることにいたします」と申しあげなさる。大宮は、「お目にかからずにいることなどできそうもありません。また、すぐにおいでください」と言って、北の対から、美しい絹を百疋、尚侍の上臈の侍女たちに贈らせなさる。

右大将と尚侍がお帰りになる。御前駆の者は、右大将と中納言（仲忠）のを合わせて、五位と四位の官人たちが、とても多い。御前駆の者たちが右大将の三条殿の門にたどり着いても、多くの車は、まだ三条の院の門の所にある。二つの屋敷の間の距離は、一町を超す程度である。中納言もお見送りをなさる。

右大将が三条殿にお帰りになった後で、あるじの右大臣（正頼）は、とても評判が高い立派な二頭の馬と二羽の鷹を、右大将に、

「この馬と鷹は、お帰りの際にお持ちいただこうと思って用意していたのですが、急がせ

てお帰りになってしまったので、あらためてお贈りいたします」

と手紙を書いてお贈り申しあげなさる。

また、大宮も、北の対から、蒔絵の御衣櫃五掛を、それぞれ二本の朸を渡した蘇枋の台に載せてお贈りなさる。その五掛は、衣が二掛、唐綾の類が二掛、裛衣香と丁子香が一掛で、尚侍に、

「近くにおいでになった間だけでも、いろいろとお話ししたかったのですが、騒がしいことばかりが続きましたので、それもかなわず、残念に思っております。私は、もう寿命も残り少ないと思っていましたが、とてもすばらしい琴の音を聞かせていただいたことで、寿命が延びる気持ちがして、ほんとうにうれしく思いました。不死の薬がある蓬萊の山という所は近くにあったのですね。それはそうと、これは、三条殿で留守番をしていた人々にお渡しくださいと思ってお贈りいたします」

などとお手紙を書いてお贈りなさる。

女一の宮のもとからは、后の宮から贈られた衝重を、中の物を入れたまま、ほかに、夏用と冬用の装束二装ずつと夜の装束二襲を入れた蒔絵の縁飾りをした衣箱と、同じ蒔絵の縁飾りをした四つの櫛の箱をお贈りになる。櫛の箱は、一つには沈香、一つには黄金、一つには合わせ薫物を入れた四つの瑠璃の壺、もう一つには薬を入れた黄金の壺に美しい包み紙に包んだ麝香を一つずつ入れた十個の黄金の壺が入っている。お手紙は、仁寿殿の女御が、女一

の宮に代わって、陸奥国紙（みちのくにがみ）に、

「自分で手紙を書こうと思ったのですが、手が震えて書くことができません。滞在してくださったここ何日間は、とても頼もしく思っておりましたのに、帰っておしまいになったので、これからは、とても不安でなりません。出産したばかりで、何がなんだかわからずに苦しかった時に、すぐにその気持ちを静めてくださった琴（きん）の音（ね）のことが、どうしても忘れることができないので、後（あと）を追って三条殿に参ることができたらと思っております。これは、いぬ宮の尿に濡れてしまわれたお召し物をお着替えくださいと思ってお贈りいたします」

などとお書きになる。

そのお手紙は、中納言がまだ三条殿にいらっしゃる間に届けられた。尚侍が仁寿殿の女御のお手紙を見ていらっしゃると、中納言も、「私は、仁寿殿の女御のお手紙をまだ見たことがありません」と言って御覧になる。中納言が、「これも、とても美しい筆跡ですね」。父の右大将が、「昔から字が上手だと評判の方で、藤壺さまがお書きになったものにひけをとらないでしょう」。中納言が、「藤壺さまの筆跡は、先日拝見いたしましたが、仁寿殿の女御のものよりも上手でした」などとおっしゃる。右大将が、贈っていただいた物を前に並べて置き、右大臣から贈られた二頭の馬を引かせて御覧になって、「親しくない間柄であるかのように、こんな物までお贈りくださったとは、困ったことだ。后の宮からも、いろいろと贈っ

てくださって、畏れ多い。仁寿殿の女御との仲はあまりよくもないのに、あなたのためになさったのでしょう」。中納言は、「后の宮から私のもとにお手紙をいただきました。お手紙には、『久しき世より』など、祝いの言葉がたくさん書かれていました」とおっしゃる。右大将が、「いろいろな方々が、こんなにも手をかけて産養の品々を贈ってくださって、申しわけなく思います」。中納言が、「源中納言殿（涼）が、とても盛大な産養の品を贈ってくださいました。あちらでも、来月ごろには、同じように出産なさるご予定だそうですから、こちらも産養の品を贈らないわけにはいきません。贈られてきた産養の品々の中でも、梨壺さまがとても心をこめて贈ってくださった物は、どうしてここまでしてくださったのだろうと思いました」。右大将は、「梨壺からのとても心をこめた産養の品々は、私も見ましたよ。母の女三の宮は、あなたのことを快くも思っていらっしゃらないだろうに、どのようなつもりで、あれほどの物を作って贈ってくださったのだろう。女三の宮への償いは、どのようにしたらいいだろうか」。中納言が、「女三の宮さまの所には、時々うかがっておりますが、私のことを、まったく不快に思っていらっしゃるご様子もなく、私を前に召して、親しくお話をしてくださいます」。右大将が、「今でも、女三の宮に侍女たちはお仕えしているのか。私のことを、どのように思っていらっしゃるのだろう。顔向けできない思いでいたが、昨夜は、ほんとうにうれしく思われたよ」とおっしゃる。

尚侍は、大宮に、

「お手紙をいただいて恐縮しております。もうしばらくそちらにいたいと思っていたのですが、引き離そうとするうっとうしい夫が急いでいましたので、心ならずも帰ってしまいました。とてもかわいらしいいぬ宮のことも、見申しあげることができずにいると、会いたい気持ちがつのるでしょうから、近いうちに、わずらわしいと思われるほどおうかがいするつもりです。それはそうと、こんな物をいただいたら、留守番をしたがる人が多くなってしまいそうです。ところで、お手紙に、『蓬莱の山という所は近くにあった』とありましたが、お聞きになったのは、私の琴の音ではなく、鹿の鳴き声だったのでしょうか」とお返事をお書きになる。仁寿殿の女御にも、同じようにお返事をお書きになった。使の者たちなどに、被け物や禄などを与えて、お返事をお贈り申しあげなさった。

中納言は、「これから、女一の宮の所にも参ります」などと言ってお帰りになった。

［右大将の三条殿。］

二〇　仁寿殿の女御、産養の品を帝に贈る。

また、仁寿殿の女御は、梨壺からお贈り申しあげなさった黄金の瓶に、帝のためのお食事を入れ替えたものと、一緒に贈られた白銀の鯉、また、餌袋に入れたままの沈香の小鳥と黒方の魚の火乾し、さらに、藤壺からお贈り申しあげなさった雉を添えて、帝にお贈り申しあげるために、靫負の乳母という、女御に好意を持って帝にお仕えしている乳母のもとに、手紙をお贈りになる。

「ここのところ、なんだか騒々しくて、お手紙をさしあげないままになってしまいましたが、どうしてそちらからもご連絡をくださらなかったのですか。ところで、これは、子を生んだ女一の宮が食べ残した物です。とても寒い頃ですから、これを召しあがって、風邪も追い払っていただきたいと思ってお贈りします。この雉などは、帝にさしあげて、交野の雉と比べて見ていただいてください」

と書いて、乳母のもとには、沈香の高坏を五つ、黒方を入れた小さい白銀の壺、さらに、蜜を入れた黄金の蒜を五つほどと、押し寄せて切ってあった沈香の鰹を、青い色紙に一包み包んで、五葉の松につけてお贈り申しあげなさった。

贈られてきたのは乳母たちが台盤所にいた時だったので、靫負の乳母がこの手紙を見ていると、ほかの命婦たちは、「どちらから贈られた物ですか。どれも風情がある物ですね」と言って騒ぎたてる。靫負の乳母が、「仁寿殿の女御が、『女一の宮さまの産養の残り物だ』と言って贈ってくださった物です」と言うので、人々は、開けて、中を見て、「どれもとても見事に作った物ですね」。「あたりまえですよ。左衛門督殿(仲忠)の産屋の物ですから、こんなふうに見事な物に決まっています」などと言い合っている。靫負の乳母は、「皆さんは、この乾物を砕いて一切れずつもらってください」と言い、「ほかの物は、私の風邪薬にしましょう」と言って自分の物にした。

靫負の乳母が、贈っていただいた物とお手紙などを持って、帝のもとに参上してお目にかけると、帝は、「どれも、ことさらに美しく作った物だなあ。ところで、おまえは、台盤所で、何を話していたのか」とお尋ねになる。乳母が、「沈香の鰹（かつお）を押し寄せて切ってあった物などを、仁寿殿の女御が人々にお与えになりました」と申しあげる。帝は、「どれも、皆、ほんとうに見事に作った物だね」と言って、沈香で作った小鳥と黒方で作った魚の火乾しが入った餌袋は、后の宮に、「これは、『女一の宮の産養の残り物だ』と言って贈ってくださった物です」と言ってさしあげなさった。白銀の鯉や雉（きじ）などは、最近御子をお生みになった、帝の寵愛（ちようあい）を受けている更衣のもとにさしあげなさった。

仁寿殿の女御へのお返事は、帝が、「ぜひ私が書こう」と言って、

「私のほうからお手紙をさしあげようと思っていた時に、靫負の乳母のもとにお手紙をお書きになったのですね。それはそうと、もう参内なさってください。世の中ははかないものだとばかり思われるので、皇子たちとしばしば会えないことが心細いのです。参内なさる時には、皇子たち、特に十の宮を連れて参内なさってください。女一の宮とも、ずいぶんと長い間会っていません。子を生むほどに成長なさったことが不思議な感じがします。参内なさるところで、私に蒲生野（がもうの）の鳥のようにつらい思いをさせなさるのですか。けれども、この鯉は」

と書いて、

「途中で流れをとめている淀川で泳いでいた鯉(仁寿殿の女御)を、私は、恋しい思いで、
自分の思いどおりにならないものだと思って、一人で見ています。

やはり、早く参内なさってください」

と歌をお書きになる。

靫負の乳母は、

「お手紙をいただいて恐縮しております。私のほうでも、そちらにうかがってお祝いを申しあげたいと思っておりましたが、女一の宮さまが母上に会いたがっていらっしゃる間を過ごしてからと思っているうちに、今になってしまいました。お贈りくださった風邪薬は、ちょうど風邪ぎみなので、ほしいと思っていたところです。帝に、『手紙をいただきました』と申しあげたところ、帝はご機嫌よく御覧になって、お返事をお書きになりました。くわしくは、お目にかかって直接お話しいたします」

とお返事をさしあげた。

仁寿殿の女御は、帝のお返事を読んで、女一の宮に、「帝から、こんなお手紙をくださいました」と言ってお渡し申しあげなさる。中納言(仲忠)が、そのお手紙を見て、「帝がおっしゃるとおりです。ぜひ参内させ申しあげたい。ご気分がよくおなりになったら、私のことを、参内なさるといいでしょう」。女一の宮が、「ああ恥ずかしい。なんでもない時でさえ、私のことを、長い間じっと見つめなさるのですから。子を生んだばかりの今は、お会いしたくはありませ

ん」。中納言が、「過ちを犯しなさったわけではありませんよ。あなたが自ら求めてなさったことではなく、出産は自然なことなのです。ああ、そんなことを恥ずかしがるなんて、わけがわかりません。帝は、私のことも、参内すると、御前に召して、同じように見つめなさいますよ。どのようにお思いなのでしょうか、ほほ笑みなさる時も多いのですが、私は気づかないふりをしているのです」などと申しあげなさる。

二一　産養が終わって、仲忠、典侍と語る。

女一の宮の御座所もその奥の所も、白く光り輝いて見える。調度なども光り輝いて見えることは、言うまでもない。産養の品々は、皆が下賜される。御帳台の帷子や装束も、いい物は典侍、そうでない物も、皆が一つずつ下賜される。この典侍は、嵯峨の院の大后の宮にお仕えしている人で、若い時から、こんなふうに、身分が高い方々がお子さまをお生みになる時に世話してさしあげなさってきた人である。歳は、六十歳過ぎぐらいである。

中納言（仲忠）は、ほとんど参内もせず、外出もせずに、女一の宮といぬ宮とを抱いてかわいがりながら屋敷に籠もっていらっしゃる。典侍が、中納言の前にいて、「男の方は、お子さまがお生まれになったばかりの時は、そのお世話などはなさらないものですのに、中納言殿は、いぬ宮さまがお生まれになってすぐに、懐から離し申しあげなさらず、お召し物は尿で濡れていらっしゃいます。中納言殿がいぬ宮さまのことを何もかも一心にお世話申しあげなさっているのを拝見すると、私も、いぬ宮さまのことを心の底からとてもかわいく思います。湯殿の儀式のお世話は、私が最後までいたします。このような湯殿のお世話は何度もしてまいりましたけれど、これまでは、湯殿の儀式の際に、迎湯（むかえゆ）の役としてお仕えいたしました。ただ、藤壺（ふじつぼ）さまがお生まれになった時だけは、右大臣殿（正頼）が、『大勢生まれた子どもたちの中で、この子は、特にかわいく思っている』などとおっしゃいましたので、湯殿の役をお務めいたしました。こちらの女一の宮さまがお生まれになった時には、迎湯の役をお務めいたしました」と申しあげる。中納言が、典侍に、「とてもうれしいことです。これからも、こちらに顔をお出しください。女の子は、見てがっかりするように成長なさるのは、不本意でしょう。『女の子が美しく成長するかどうかは、産湯のつかわせ方次第だ』とか言うそうですから。あなたが産湯をつかわせて美しく成長させてくださったら、感謝もお礼も申しあげましょう。この子は大勢の人には見せたくないと思っているのです」とおっしゃる。すると、ちょうどその時に、いぬ宮が、父の中納言に、尿をたくさんかけた。中納言が、女一の宮に、「この子を抱いていてください」と言ってお渡し申しあげなさろうとすると、女一の宮は、「まあ汚いから嫌です」と言って、受け取らずに押し返して、後ろを向いておしまいになった。中納言は、「頼りない親ですね」と言って、いぬ宮を典侍に渡して、濡れた衣を拭（ぬぐ）わせなさる。女一の宮は、「さぞかし臭いことでしょう。ああ汚くて嫌」と言って、不愉快そうにしていらっしゃる。

典侍も、「お子さまの時の藤壺さまのお顔だちに似ていらっしゃいますね。藤壺さまは、少し小さくていらっしゃいました。でも、いぬ宮さまは、とても大きいですね」と言って、聞かれもしないのに、「殿上人とおなりになる男君などは、またお生まれになるはずです。今いぬ宮さまに似ていた藤壺さまは、成長して、多くの求婚者たちを悩ませなさいました。今は、とてもお美しい盛りです。出産という女性の節目を乗り切りなさったことで、気品があり、お顔もますますふっくらとして柔らかくなって、指で突き申しあげたら、穴が空いてしまいそうなお顔で、折って挿頭した花のようにますます美しくおなりです。春宮が横にお並びになると、美しい花の傍らの常磐木のように見劣りなさいます。先ごろ、うかがったところ、宮仕えをなさっているようにはまったく見えず、一般の人のご夫婦のようでいらっしゃいました。どんな内容だったのでしょうか、春宮が、藤壺さまのもとに来て、何かをお話し申しあげなさったところ、藤壺さまは、ご機嫌をそこねて、後ろを向いて、髪を、表着から引き出して、御座所全体に滑らかしていらっしゃいました。それを見申しあげると、藤壺さまの髪は、磨いたように艶々としていて、一本一本の毛筋も見えず、隙間もなく、真っ黒に見えたので、私は、嫌なことを何もかも忘れて、寿命が延びる気持ちがいたしました。ところで、藤壺さまは、また懐妊なさっているのでしょうか、最近、普段とは違うご様子でいらっしゃいます」。中納言が、「藤壺さまと女一の宮さまの髪は、どちらが長いのですか」。典侍が、「同じほどの長さでいらっしゃるでしょうか」。女一の宮が、「私は、人と比べられるような者ではありません。藤壺さまの髪は、とても美しくていらっしゃいます。まるで金の漆のようです。藤壺さまと一緒に住んでいた時、いつも比べて見ていましたが、藤壺さまの髪は、その色といい、毛筋といい、格別でした」。典侍が、「女一の宮さまの髪も、藤壺さまと同じようでいらっしゃると思います。私は、嘘偽りを申しません。中納言殿も見申しあげなさってください。それはそれとして、藤壺さまの恐ろしいところは、誰よりもまさっていらっしゃる方なので、並んだ人よりすばらしく見えることです。また、中納言殿の恐ろしいところは、春宮の前においでになると、春宮が見劣りなさることなのです。藤壺さまでも、そんな名だたる中納言殿を圧倒し申しあげることはおできにならないでしょう」。中納言が、「藤壺さまが私に圧倒されなさるだろうだなんて、畏れ多いことです」。典侍が、「そんなことはありません。実際のところ、中納言殿は、ほんとうにすばらしい方でいらっしゃいます。今、女性では、私が見るところ、三条殿の北の方さま（尚侍）が一番、藤壺さまが二番、女一の宮さまが三番でいらっしゃると思います。男性では、なんと言っても中納言殿です」。中納言が、「きまりが悪いことをおっしゃいますね。もしほんとうにそうだったら、好き者気取りになれるでしょうね」とおっしゃると、典侍は、「とてもそんなふうには思われませんね。おそばにいると、私まで好き者になってしまいそうです」などと言って、「これで失礼いたします。もうしばらくこちらにおりましたら、また、言わないでもいいことまで申しあげてしまいそうです」などと言って、いぬ宮を抱いて、奥に入ってしまった。

二二　その後、仲忠、女一の宮と語る。

中納言（仲忠）が、女一の宮に、「ずいぶんとおしゃべりな人ですね。とりわけ、私の母のことを一番だと言うのは、見まちがいです。藤壺（ふじつぼ）さまが退出なさったら、必ず私にお顔を見せてください。典侍（ないしのすけ）が言ったことがほんとうなのかと、比べて見ましょう」。女一の宮が、「ほんとうのことです。典侍は、ちゃんと的確なことを言っています。藤壺さまは、見ているうちにどんどん美しくなってゆき、私は、日に日に見苦しくなってゆきます。昔だって比べようもないほどだったのですよ」。中納言も、「ほんとうに醜くていらっしゃる。でも、妻だと思って見るからでしょうか、あなたのことを、それほど恐ろしそうだなどとは思っておりませんよ。典侍が、恐ろしいと言った藤壺さまは、私に必ずお見せください」。女一の宮が、「いいえ。そんなことをしたら、あなたが何もせずにすむことはないでしょう。何か事を引き起こして騒がれたら、聞き苦しいことになるでしょう」。中納言が、「私が藤壺さまのことを美しいと思って見申しあげたとしても、あなたと結婚した今となっては、何も起こらないでしょう。昔でさえ、何も事を引き起こさずにいたのですから。上達部（かんだちめ）の姫君で、結婚を許してくださらないことを、強引に盗み出したりなどしても、その人を、帝は処罰なさらないはずです。また、右大臣殿（正頼）も、私が同じようなことをしても、私のことを殺さずにおかぬとはお思いにならないでしょう。たとえ私のことを殺さずにおかぬとお思いになったとしても、私が琴を一声弾いてお聞かせしたとしたら、私のことを憎み通しはなさらなかったでしょう。それが可能だった昔でさえ、過ちを犯さずにいたのですから。そんな時も、身を慎んで何も事を起こさなかったから、帝の姫宮であるあなたと結婚させていただいたのです」。女一の宮が、「それは、私が人並みでもないから、院は、御子のうちの一人だともお思いにならずに、ただもう見捨てようとお思いになったのでしょう。昔は、人並みでもない娘を鬼にもお与えになったと言います。臣下ではあっても、藤壺さまは、親が、あれほどかわいく思って大切になさっていたのですから、あなたがどんなに思ったとしても、何もできなかったでしょう」。中納言が、「それでは、帝は、親から見捨てられたできの悪い娘だから、私と結婚させてくださったのですね。それなら、あなたは、ただもう見捨てられておしまいになったのです。そんなあなたでも妻として大切にしている私は、愛情深いということですね。お見捨てになったものを好む鼠もいるそうです。それはそうと、恐ろしい方は弾正の宮（三の宮）さまだと思います。藤壺さまが春宮に入内なさったのに、何も不平不満を口になさることなく、結婚なさらずに、何年も過ごしていらっしゃるのですから、どんなお気持ちでいるのでしょう。わかりました。見ていてください。この方は、何か事を引き起こしなさるでしょう」。女一の宮が、「この世で恐ろしいほどすばらしい方と言ったら、この町の東の対にいらっしゃる、春宮の若宮たちでしょう。どんなふうに成長なさることでしょう」。中納言が、「若宮は、将来の帝の候補ですよ。それはそうと、あなたが出産で大騒ぎをしていた暁に、仁寿殿の女御のお顔を見申しあげました。あなたは、母上にとてもよく似ていらっしゃったのですね。典侍が、女性を比較した時に、女御のお名前をあげなかったのは、おかしいと思います。女御のお顔は、ほんとうに、このうえないほど気品があってすばらしいけれど、この方ほど、逢いたい、抱きたいと思わせる方はほかにいらっしゃいませんね。こんなに美しい方だから、帝は、女御と籠もって寝てばかりいらっしゃるのでしょう」。女一の宮が、「母上程度の方なら、この屋敷には、どこにでもいらっしゃいます。源中納言殿（涼）の北の方（さま宮）は、藤壺さまにも特に劣らない美しい方です。一族の中でも、母上だけが醜いのです」とおっしゃると、中納言は、「なんだか恐ろしいことをおっしゃいますね。もうこれ以上お話しにならないでください。胸がどきどきします」などとお話しして、御帳台の中に籠もって横におなりになった。

源中納言の。

二三　正頼、参内して、帝にいぬ宮の誕生を報告する。

右大臣（正頼）は、参内して、帝の御前に参上なさる。帝が、「長いこと参内なさいませんでしたね」。右大臣が、「私どもの所で出産の穢れがございましたので。その後は、引き続き、産養がありましたので、参内できませんでした」。帝が、「そのことは聞いています。産養では、どんなことがあったのですか。この頃、殿上人たちは、そちらで行われたおもしろかった出来事を、あれこれ言っているようです。人々が涼の朝臣と行正のことを笑っていたが、何があったのですか」。右大臣が、「何ほどのこともございませんでした。右大将の北の方の尚侍などが琴を弾いた時は、おもしろうございました。ほんとうにめったに聞くことができない琴の音色でした」。帝が、「それは、どの琴だったのですか」。右大臣が、「尚侍が昔から弾いていた龍角風だとうかがいました。その琴を、生まれたばかりのいぬ宮に与えたそうです」。帝が、「いぬ宮は、とてもすばらしいものを手に入れたものですね」とおっしゃる。右大臣が、「そのとおりでございます」。帝が、「ところで、中納言は、いぬ宮のことを、どのように思っているのか。かわいいと思っているのだろうか」。右大臣が、「わかりません。どのように思っているのでございましょうか。でも、中納言は、いぬ宮が生まれたと聞くとすぐに、舞を舞いました。ここ数日は、夜も昼も、ずっと懐に入れて抱いているそうです」。帝は、お笑いになって、「思いがかなった気持ちだ。どうしてわからないことがあろう。あの俊蔭の一族は、女の子も、平凡な子はいないものですよ。子どものことなど関心がなさそうな中納言がいぬ宮のことを大切にしてくれるのは、珍しいことです。ぜひ、中納言を昇進させたいですね。それはそうと、産養の九日目の夜に管絃の遊びをなさったと聞きましたが、どんな演奏だったのですか」。右大臣が、「三つの琴を、同じ調子に調律して、一つずつ弾きました。箏の琴は中納言の家に伝わった物、琵琶は帝が女一の宮に下賜なさった物、和琴は嵯峨の院が私の妻の大宮に下賜なさったきり風という名の物で、女性たちがいる御簾の内に入れて演奏いたしました。笛は、中納言が男たちに渡して、中納言自身は横笛を吹きました」。帝が、「すばらしい管絃の遊びだったのですね。心をこめて、惜しみなく演奏したのは、いぬ宮が生まれたことを、うれしいと思っているということですね。琴の奏法をいぬ宮に伝授しようと思っているのでしょうか」。右大臣が、「そう申しておりました。中納言殿は、『この琴の奏法を誰に伝えたらいいのだろうかと悩んでいましたので、この子が生まれてうれしいと思います』と申しておりました」。帝は、「女一の宮を中納言と結婚させて、ほんとうによかった。二人を結婚させた私の願いは、まさにこれだったのだ。いぬ宮に俊蔭の秘琴が伝授されたら、とてもすばらしいことが起こるでしょう。中納言に与えた二条の院で念願どおりに琴の伝授が果たされたら、二条の院は五位の位も得ることになるはずです。和琴と琵琶は、誰が弾いたのですか。笙の笛などは、誰が吹いたのですか」などと、くわしくお尋ねになる。右大臣が、「笙の笛は、弾正の宮（三の宮）がお吹きになりました。和琴と琵琶は、誰が弾いたのでしょうか、一つに聞こえてきて、特に区別がつきませんでした」。帝が、「女一の宮が、いぬ宮を生んだばかりで、横になったまま琵琶を弾いたのだね」と言ってお笑いになって、「仁寿殿の女御は、和琴の名手として評判の人です。何もかも、ほんとうにすばらしい夜だったのですね。私も女御の和琴を聞くことができたとしたら」などとおっしゃる。

右大臣は、退出なさった。

二四　藤壺、参内した祐澄に仲澄のことを語る。

宰相の中将（祐澄）が、藤壺のもとに参上して、いぬ宮がお生まれになった日の出来事やその後の産養での出来事をお話しになる。藤壺が、「臣下と結婚なさった女一の宮さまは、かえってとてもお幸せですね。私がとてもすばらしい方だと思っている人と結婚して、たった一人の妻として、なんの不満もなく暮らしていらっしゃいます。それにひきかえ、私は、こんな、大勢の女性たちが集まっている所に放り出されて、とてもつらく忌まわしいことを耳にし、そのうえ、春宮は、見ても、特にはなやかで美しいとは思われません。不愉快に思って、春宮と目も合わせ申しあげずに機嫌をそこねたので、春宮は、私のことを、性格が悪いとお思いになったことでしょう。こんなことを言ってもなんにもなりませんね。今は、里にいた昔ばかりが恋しくて、『こんなはずではなかったのに。どうしてこんなふうに入内させられたのだろうか』と思うと、つらく悲しいことも多いのです」。宰相の中将が、「おかしなことをお考えになるものですね。春宮は、性格も学問も、やはり、特にともに兼ね備えていらっしゃいます。音楽の才なども、誰にも劣っていらっしゃいません。春宮のもとに宮仕えをなさる方は、敵がたくさんいるほうがいいのです。人は、うらやましく思う相手に対して、憎らしく思うものです。ところで、昔の求婚者たちの中で、心が惹かれた方はいらっしゃいましたか。左衛門督殿（仲忠）だったのでしょう。身分が低かったけれど、あの方には、手紙の返事などなさっていたそうですね」。藤壺が、「それは、字が上手だったから、見たいと思って、返事を書いていたのです」。宰相の中将が、「今はもう御覧になっていないのですか。左衛門督殿の字は、とてもすばらしくなっているようですよ」。藤壺が、「そう思っていたので、女一の宮にお手紙をさしあげたところ、左衛門督殿が返事を書いてくださいました」。宰相が、「その返事を私にお渡しください。拝見したい。言うまでもなく、代筆に言寄(こと)せて、私的な思いが書いてあったのでしょうね。ほかに、求婚し申しあげていた人々の中では、誰に心を寄せていらっしゃったのですか」。藤壺は、「そんなふうに思った人はいません。誰に対してそんな思いを懐(いだ)くでしょうか。ただ、源宰相殿（実忠）は、今でも恨み言(ごと)を言っているそうです。源宰相殿は私のことをほんとうに思ってくれていたのだと聞いていますが、それ以外には、私のことを真剣に思って求婚していた人はいないので、私のほうでも心を寄せた人はいません」。宰相の中将が、「右大将殿（兼雅）は、あなたへの思いを貫きたいと言って、婿におなりになりませんでした」。藤壺が、「私とのことがなくても、右大将殿は、尚侍(ないしのかみ)さまがいらっしゃるから、ほかの女性に目を向けなさるような方ではありません。ですから、婿にはおなりにならないでしょう」。宰相の中将が、「いや、そんなことはありません。私のことをあてこすっておいででしょう。左衛門督殿なども、女一の宮と結婚することをとても渋っていたのですが、父上が、強くお勧めなさったりなどして、結婚させなさったのです。左衛門督殿は、今では、気持ちが治まっていらっしゃるようです。この頃は、とても立派におなりです。歳をとるにつれて、光を放つかのようです」。藤壺が、「長い間、こちらには姿をお見せになりません。私には、宮中で月の宴をなさった時に、人を使にして、お手紙をくださいました」。宰相の中将が、「何をおっしゃるのですか。今も手紙の遣り取りをなさっているのは困ったことです。あなたは、今でも、人を嘆かせているのでしょう。弾正の宮（三の宮）も、あなたと結婚できなかったことを、いまだにつらく思っていらっしゃるのでしょうか。宮も、『婿におなりください』という話がたくさんあるようですけれど、今でも独身でいらっしゃるようですよ」とおっしゃる。

藤壺が、「もう一つ、誰にも申しあげずに、心の中で、とても悲しいと思っていることもあるのです」。宰相の中将が、「どんなことですか。ひょっとして、私が見て気づいていたことですか」。藤壺は、「いいえ。気づいていらっしゃるはずはありません。誰も知らないはずです」。宰相の中将が、「いや。でも、ほんとうによく知っているのですよ。それでは申しあげますが、侍従（仲澄）のことではありませんか。いつも、そう思って見ておりました。侍従は、あなたとのことが原因で身を滅ぼしておしまいになったのですね」。藤壺は、「いつも夢にお見えになるのですよ」と言うなりお泣きになる。宰相の中将も泣いて、「いつも、お話ししたいと思っていたのですが、その機会もなく、いつだってあなたのまわりに人が大勢いて騒がしかったので、お話しできなかったのです。侍従は、いつ、どんなふうに思いをうち明け申しあげるようになったのですか」。藤壺は、「私の口からは言えません。このことをひどく恥ずかしく思って隠していらっしゃいましたから、私が人にお話ししたと、霊となっても見ていらっしゃるかもしれません」。宰相の中将が、「兄弟は大勢いるのですが、その中でも、親子の契りを結んだ仲ですから、恥ずかしがったりなさらないでしょう」。藤壺は、「知っていらっしゃるのだから、お話ししてもかまわないでしょう。私がまだ小さかった頃、箏の琴を教えてくれた時、どういうわけか、思いもかけない様子が見受けられました。それから、何年もの間泣きながら恨み言をおっしゃいましたけれど、気づかないふりをして終わってしまったのですが、入内した後も、こんな手紙をくださいました」と言って、侍従からの最後の手紙を取り出してお見せして、「使の者がこの手紙を持って来てすぐに、亡くなったと連絡が来ました。このことを誰にも言えずに心に秘めているのが、とても悲しいのです」と言ってお泣きになる。宰相の中将が、「侍従は、とてもしっかりとした判断ができる人で聡明でもあったから、自分の身を破滅させることで、何も事件を引き起こさずにすませたのです。私だったら、とんでもない過ちを犯してしまったでしょう。じつは、あなたが入内なさった年の、入内なさる前の秋の頃、私も、あなたのような妻がほしいと思ったのです」とおっしゃると、藤壺が、笑って、「それでは、亡くなった侍従の君のようではありませんか。侍従の君は、恋のもの思いをしたせいでしょうか、夢で見ると、成仏することもできずに苦しんでいらっしゃるようでした」とおっしゃるので、宰相の中将は、「いたわしいことですね」などと言って、「頻繁にうかがいたいと思うのですが、そう思ってはいても、なんだか騒々しいことばかりがあって、うかがうことができずにいました。ほかのことはともかくとして、ご所望のことなどがおありでしたら、どうして私に言ってくださらないのですか。女一の宮のもとにお贈りになった産養の品々は、どうやってご用意なさったのですか。どうして私に相談してくださらなかったのですか」とおっしゃる。藤壺が、「それは、以前から、春宮が、『産養の贈り物は、願いどおりにさせてやろう』と言ってくださっていたので、おまかせ申しあげたのです」。宰相の中将が、「黄金などが、とてもたくさんありましたが、どのようになさったのでしょうか」。藤壺が、「そのことでは、苦労なさっていました。帝にお願い申しあげて、殿上の間にお仕えする陸奥国守などに献上させて用意なさったのです。それでも足りなかったので、黄金の下にはほかの物を入れさせたと聞きました。誰か、見て気づいたでしょうか」。宰相の中将が、「中納言殿（仲忠）は、手もとに引き寄せて、細かい所までじっくりと見ていらっしゃったそうです」。藤壺が、「恥ずかしいことです」とおっしゃる。宰相の中将は退出なさった。

［藤壺。］

二五　正頼、祐澄の報を受けて、仲澄の追善供養を行う。

宰相の中将（祐澄）が、三条の院の東北の町の北の対に参上して、「機会があって、藤壺さまのもとにうかがったところ、こんなことをおっしゃいました」と報告なさる。右大臣

（正頼）が、「藤壺は、あの産養の時のことを、うらやましく思っているのだね。どんなに盛大にしても、臣下が催す産養では限界があるものだが、左衛門督（仲忠）には、私たちのことを期待させたいと思って、できる限りのことをしたのだ。女性は、容姿が調い、性格がよく、才芸もある男に思いを寄せるものだから、女一の宮と結婚した左衛門督のことを、ねたましく思っているだろう。だから、春宮のことをも不満にお思い申しあげているのだろう。それにしても、あの左衛門督は、思いのほかにすばらしい人だな」。宰相の中将が、「男の私でさえ、心惹かれる方でした。亡くなった侍従（仲澄）は、左衛門督殿をまるで妻であるかのように慕って、女性のもとに通うこともありませんでした。男たちでさえ、そんなふうに思っていた人ですから、『女一の宮さまと結婚していなかったら、藤壺さまが夜も昼もおそばにお呼びになっているだろう』と思うと、とても不都合です」。大宮が、「なんてことをおっしゃるのですか。近くの寝殿にいらっしゃる左衛門督殿たちに聞こえてしまいます」。宰相の中将は、「嘘を申しあげているわけではないのですから、かまいません。左衛門督殿は、お聞きになっても、よく知っているなとお思いになるでしょう。尚侍さまは、お子さまは左衛門督お一人ですが、こんなふうにしっかりとお育てになりました。それにひきかえ、こちらは、猪の子のような子ばかりで、なんの役にも立たず、わずかに一人まともだった侍従は、あっけなく亡くなってしまいました。じつは、亡くなった侍従が、藤壺さまの夢に、この世に思いを遺した罪で成仏できずにいるように見えたのです」などと申しあげなさる。右大臣が、「侍従は、どんな思いを遺したのだろう。私たちのことを、薄情な親だと思うこともないだろう。官位に関しては、制約があるのだから」。宰相の中将が、「男がこの世に思いを遺すのは、女性に関わることだけです」。右大臣が、「侍従が女性のもとに通うこともなかったということなら、わが家の誰かということになるのだろうが、いったい誰なのだろう」。宰相の中将が、「寝殿にいらっしゃる女君たちのどなたかでしょう」。大宮は、思い当たって、「侍従はあて宮（藤壺）に思いを寄せていたのだ」と思って、激しくお泣きになる。右大臣が、「どうしてお泣きになるのですか。そんな様子を御覧になったのですか」。大宮が、「いいえ。そういうわけではありません。でも、やはり、そうだったのでしょう。そんな様子を見たことがございます。まったく、どんなことがあっても、男の子と女の子は、別々にすべきでした。寝殿で、美しい男の子たちと女の子たちが、大勢、夜も昼も一緒に過ごしていらっしゃったから、こんなことになったのでしょう。女一の宮は、誰からも愛されて当然な様子をなさっていたのは、女一の宮だったのでしょう」。右大臣は、「侍従が思いを寄せていたのは、女一の宮だったのでしょう」。宰相の中将は、それを聞いて、おかしいとお思いになるけれど、心苦しいので、何も申しあげなさらない。この方は、女一の宮をぜひ妻に迎えたいとお思いになっていたのだが、今でもその思いは変わらないものの、左衛門督と結婚なさった今となっては、思いをうち明け申しあげることもできないので、その思いを心に秘めていらっしゃる。

宰相の中将は、「そういうことですから、やはり、侍従のために、誦経（じゅきょう）などなさってください。その際には、やはり、右大弁季英の朝臣（藤英）に命じて、『この世に思いを遺した罪を晴らしてください』という内容の願文を書いて、誦経をなさってください」と申しあげてお立ちになった。

右大臣が、「祐澄の朝臣は、そわそわして落ち着きがありませんでしたね。とても分別があると見えるのに。どうしてわけがわからないことをたくさん言っていたのですか」。大宮が、「こちらにいる方のことを、長年、思いを寄せて求婚していたのですね。でも、もう望みがないと思って、好き勝手なことを言っているのでしょう」。右大臣は、「困ったことだ。身内の仲なのに、こんなことがいろいろとあったとは」とおっしゃる。

こうして、亡くなった侍従のために、四十九日の間、七日ごとに布七疋ずつ誦経のためのお布施にさせなさる。大宮も、絹などを加えてさせなさる。

［三条の院の東北の町の北の対。］

二六　いぬ宮の五十日の祝いの準備をする。

帝は、いぬ宮の五十日の祝いは仁寿殿の女御がなさることになると聞いて、こちらからこっそりと贈り物をしたいと思って、頭の中将実頼に、「いぬ宮の五十日の祝いに贈り物をしたい。右大臣（正頼）の屋敷とは別の所で、その準備をせよ。その材料は、蔵人所と納殿にある物を、必要に応じて使ってかまわない」とお命じになったうえで、帝は、太政大臣（季明）の曹司で、白銀の唐物師などを呼び寄せて、急いで造らせなさる。帝のご命令でいぬ宮の五十日の祝いの贈り物を造っているそうだと言って、あちらこちらから、檜破子を、趣向を凝らしてお贈り申しあげなさる。頭の中将も、依頼できる人々には、「こんなことがある」と言って、万事遺漏なく、贈り物のことを急がせる。

二七　いぬ宮の五十日の祝いが催される。

五十日の祝いの当日になった。仁寿殿の女御が、大宮のもとに、「今日は、いぬ宮に餅を食べさせなければならない日でした。どのようにしたらいいでしょう」とお尋ね申しあげなさった。大宮が、「祝宴を主催するために内々に準備することは、とてもたくさんあります。それは、私どもの方ですべて準備いたします。とりわけ、禄がなくてはできません」。女御が、「そういうわけにはまいりません。こちらにもとてもたくさんございます。そちらにうかがいましょうか」と申しあげなさると、大宮は、「これから、私がそちらに参ります」と言い、「せめて今日ぐらいは、そちらにうかがって、いぬ宮を見たいと思います」と言って、寝殿においでになった。

頭の中将（実頼）は、方々のお食事などをお贈り申しあげなさる。いぬ宮の御前には、白銀の折敷を、同じ白銀の高坏に載せて十二、さらに、御器や檜破子三十荷やむくに（未詳）の窪坏がある。十二の折敷は、餅が四つ、乾物が四つ、果物が四つで、敷物も心葉もとても美しい。また、祝宴に参加する人々のために、浅香の折敷を十二ずつ用意した。檜破子五十荷は、どれも皆、沈香や蘇枋や紫檀などである。台や朸なども、それぞれ同じ香木で作ってある。袋と敷物の括り紐なども、とても美しい。中に入っている物は、皆、お食事である。その一部分は、重破子一掛籠で、すぐに召しあがれるようになっている。普通の破子を五十荷添えてお贈りした。折敷は、大宮と女一の宮と仁寿殿の女御の前にさしあげる。重破子は、中の掛籠を取り去って、破子の底に入れた物も見えるようにして、三の宮と中納言（仲忠）などにさしあげる。典侍と大輔の乳母をはじめとして、上﨟の侍女たちには、檜破子と酒を、普通の盤に載せて与える。

仁寿殿の女御は、尚侍に、お手紙を、

「長らくお手紙をさしあげずにいるうちに、いぬ宮の五十日の祝いの日になってしまいました。どうしてそちらからお手紙をくださらなかったのですか」

などと書いて、歌を、

「この餅をお贈りするのは、

いぬ宮が「いかいか」と泣く声を、いつも聞いていますけれども、今日は、その声を聞いて、特に、いぬ宮が餅を食べる五十日の祝いの日だと知った次第です」

と書いてお贈り申しあげなさる。藤壺にも、同じ数の餅をお贈り申しあげなさる。

いぬ宮が餅を召しあがる時刻が来たので、大宮が、「その時刻になったので、早く早く」

と促しなさったので、中納言がいぬ宮をなかなか御帳台から出そうとなさらなかったのだが、やっとのことで、湯殿の儀式などをしてから、綾の御衣一襲をお着せして、大夫の乳母という乳母が、いぬ宮を連れて参上した。女御が、いぬ宮を抱いて、大宮にお見せ申しあげなさる。大宮が御覧になると、とても大きくて、頸もしっかりとすわっている。白い絹に柑子を包んだように見えて、とても色が白くてかわいらしい。大宮が、「こんなにかわいい子を、今まで見せてくださらなかったのですね。これくらいの時期の子たちをこれまでたくさん見てきましたが、その中でも、こんなにかわいい子はまだ見たことがありません。こんなにかわいい子でなくても、美しく成長するはずです。いぬ宮は、ほんとうにかわいらしい」。女御が、「さあ、どうでしょう。醜いと言ってお隠しになるので」。大宮は、「ですが、ご両親よりもきっと美しくおなりになるでしょう」と言って、いぬ宮の口に餅を含ませ申しあげなさる。

帝から贈られた折敷を御覧になると、洲浜の、高い松の木の下に、鶴が二羽立っている。一羽は箸を、一羽は匙をくわえている。松の木の下に、黄金の杙を立てて、その杙に、帝の筆跡で、

緑子（いぬ宮）は、今日、五十日の日の松の餅を初めて食べたのですから、これからは、松にちなんで、「ちよちよ（千世千世）」とばかり泣いてほしいと思います。

とお書きになっている。大宮が、その歌を見て、白い薄様に、

私がわざわざこちらに来て松の餅を食べさせたのですから、いぬ宮は私の千年の寿命も
受け継いで成長してほしいと願っています。

と書いて、杙に張りつけなさる。大宮が、女御に、「こんな帝の歌がありましたよ」と言ってお渡し申しあげなさると、女御が、

生まれた時から千年の寿命が約束されて、乳しか飲んだことのないこの緑子は、松の餅
をどんな思いで食べているのでしょうか。

と書いて、杙に張りつけて、女一の宮にお渡し申しあげなさったところ、女一の宮は歌を詠もうとなさらない。大宮と女御が、「歌をお詠みにならずにすますわけにはいきませんよ」などとおっしゃるので、女一の宮は、

松の餅を初めて食べた今日、いぬ宮は、松の餅を食べさせてくださった大宮さまに感謝
して、千年の寿命を身につけていることでしょう。

とお書きになる。すると、女御が、これらの歌をつけた洲浜を折敷に載せたまま、御簾の外にいらっしゃる中納言のもとに御簾の下からお渡しになる。中納言が、それを受け取って、見て、

いぬ宮は、千年の年月を経た松の餅を食べたようです。今は、松笠（いぬ宮）が千年の
松に劣らずに成長してくれるのを願うばかりです。

とお書きになると、弾正の宮（三の宮）が、「私も見たい」と申しあげなさるので、中納言

が、「まことに畏れ多い方々がお書きになった歌がございますから、宮が御覧になることはできません」と言って、御簾の内に入れてしまった。弾正の宮は、「私が御簾の内に入ることを許してもらっていない人のように思っていらっしゃるのですね」と言って、御簾の内に身をかがめて入って、洲浜の歌を見て、

「皆さまは、もうそんな先のことをお考えになっているのですね。

姫松（いぬ宮）も千年の寿命を持つ鶴（藤壺の御子たち）も一緒に並んで見えるのですから、いつまでも松笠のままでいるはずはありません」

とお書きになる。

緑子（いぬ宮）が「ちよ（千世）」と泣いていますが、その子の千年の寿命は、いろいろな方から受けていらっしゃるのですから、私は特にどなたからとは思っておりません。

と書いて張りつける。方々が、その歌を見て、「乳母としてはもっともな思いですね」と言ってお笑いになる。

こうしているうちに、尚侍（ないしのかみ）からお返事がある。使の者は、白い袿（うちき）と袴（はかま）を被（かず）け物としていただいている。手紙を御覧になると、

「こちらからもお手紙をさしあげようと思っていましたのに、ここ数日、お手紙をさしあげられないような事情がありまして、失礼してしまいました。それにしても、いぬ宮の泣き声を聞いて、よくお気づきになりましたね。

いぬ宮が、いつもと同じように、「いかいか」と泣いている声をお聞きになって、どうして今日を五十日の祝いの日だとおわかりになったのでしょう。

とてもいい耳をお持ちですね」

とお書き申しあげなさっている。

祝宴に参加なさった方々にも、餅をさしあげ、食事などもさしあげて、方々はそれを召しあがって、五十日の祝いは終わった。いぬ宮は、乳母がお抱き申しあげて、奥に入った。

二八　三の宮、大宮・仁寿殿の女御と語る。

大宮が、弾正の宮（三の宮）に、「どうして、北の対にも、時々おいでくださらないのですか。皇子は大勢いらっしゃいますが、畏れ多いほどの方々ですから、あなたお一人を、特に親しくお思い申しあげていました。それなのに、とてもよそよそしく思っていらっしゃるのですね」。弾正の宮が、「長年、自分が人並みでないことを思って遠慮して、うかがえずにおりました」。大宮が、「どうして旅住みのようにお暮らしなのですか。いろいろな方々が、あなたを婿にお迎えしたいと思っていらっしゃいますのに。お相手になるはずの方も、とても美しい方だと聞いておりますよ」。弾正の宮が、「昔から、人数にも入らぬ身でございますから、誰も、婿に迎えたいなどと思ってはいないでしょう」。大宮が、「どうしてそんなふうにお考えになるのですか」。仁寿殿の女御が、「さあ、わかりません。この人が何を考えていらっしゃるのかわからずに困っているのです。藤壺さまがまだこちらに住んでいらっしゃった時に、少し思いをほのめかし申しあげなさったそうですが、『お返事をくださらなかった』と言って、それをつらく思って、まるで法師になってしまいそうに嘆き続けて、ある時には、『母上が、私を、ふがいなく、こんなふうに、人並みでなく生んだのです』とまでおっしゃったのですよ」。大宮が、「まったく存じませんでした。藤壺のことは、兵部卿の宮が、同じようなことをおっしゃっていました。それ以外では、尚侍さまがおいでになるのですから、そんなことがあるはずがないのですが、三条の右大将殿（兼雅）も、同じようにおっしゃっていたと聞いています。源宰相殿（実忠）は、いまでも藤壺のことを思っているように聞きました。でも、弾正の宮まで藤壺さまに思いを寄せていらっしゃったことは、まったく知りませんでした」。弾正の宮が、「藤壺さまに求婚なさった方のことを、大勢聞き漏らしておいでなのですね。藤壺さまが入内なさった時には、たいへんな出来事がたくさんありましたのに。一番熱心だったのは、あちらにいる中納言殿（仲忠）ですよ」と言って、中納言のほうを見て、「女一の宮さまは、藤壺さまと一緒に住んでいらっしゃったから、よくおわかりになるでしょう。鹿のたとえのようなことも思い当たることもおありでしょう」とおっしゃるので、女一の宮は、おもしろいとお思いになる。中納言は、苦々しく思って聞いていらっしゃる。弾正の宮が、「ですから、昔から、ずっと、『人並みでない』と言って嘆いているのです」。大宮が、「どうして、私に、はっきりと、うち明けてくださらないままになってしまったのですか。うち明けてくださったら、どのようにでも藤壺にお話しいたしましたのに。宮仕えをさせたいと思って、春宮に入内させたのですが、思いどおりにもいかないものですね。頼みにできると思ってあてにしていた小宮まで、藤壺のことを快く思わずに、つらいことが多いということですから、藤壺がいつも嘆いていると聞くと、とても心が痛むのです。『やはり、気苦労が多い宮仕えなどさせずに、気楽な結婚をさせればよかったのに』と思っております」。弾正の宮が、「とんでもないことです。そんなことをおっしゃってはなりません。私は、それほど深刻に思っていたわけではありません。ただ、お返事をくださらなかったことだけを、今でも、つらく思っているだけです。親しく風流に手紙の遣り取りなどをなさっていた方々も、真剣な思いがあって求婚なさっていた人はいないようです。でも、私は、長年、『せめて藤壺さまへの思いだけでも、昔のままに持ち続けたい』と思っているのです。もう嘆いたりいたしません。藤壺さまへの思いは、これまでのことといたします。願って入内させ申しあげなさった効があって、春宮は、藤壺さま以外の方を愛するお気持ちなどないようですから、ほんとうによかったと思います。先ごろ、帝からお召しがあって参内いたしましたので、その機会に、藤壺さまの局にうかがった時にも、まことに理想的なご夫婦仲だとお見受けいたしました。多くの求婚者が心を惑わせた藤壺さまを、今は春宮お一人で独占申しあげなさっていらっしゃるのですから。こうでなければ、入内させなさった効がないでしょうね。藤壺さまも、今では人の世の情けを解するようにおなりになったので、私がうかがった時も、とても親しくお話などしてくださいました。やはりこうして春宮のもとに入内なさるべきだったのだなと思いました。『お顔だちも、格段にすばらしくおなりになったものだ。宮仕えは気苦労が多いとは言いますが、尊くすばらしい春宮のもとに入内なさって、ほかの妃たちとは比べようもないほど大切にしていただいているのだ』とお見受けいたしました」。大宮が、「そんなことはありません。藤壺は、いつもの思いをしているそうですから、昔と同じようにいるなんてできないでしょう。藤壺とは、ずいぶんと長い間会っていません。去年の秋、ほんのちょっと退出させたところ、春宮が、『私のことを軽く見て、参内させずに閉じ込めている』などと、とても不愉快そうにおっしゃったので、わずらわしく思って参内させてしまいました。藤壺は、いつも、『退出したい』とおっしゃっているそうですけれど、退出させずにいるので、ひどく恨んでいるのですよ。でも、今月の末ごろには退出させたいと思っております」。仁寿殿の女御が、「ところで、さま宮の出産はいつごろですか」。大宮が、「さあ、わかりません。この頃だと言っていましたけれど、まだ、そんなけはいもありませんでした。さま宮は、とても美しくなりました。髪なども、ずいぶんと長く美しくなっています。そうはいっても、身重で苦しそうだったようですが」と言って、弾正の宮に、「さま宮は、昔は、あなたの妻にとお願いしようと思っていたのです。ところが、思いがけずに、帝の宣旨がありましたので」。弾正の宮は、「でも、私はさま宮さまと結婚できなかったでしょう。私など、六日の菖蒲のようです」などと言って、日が暮れるまでいろいろとお話しなさってお帰りになる。大宮も、北の対にお帰りになった。仁寿殿の女御も、西の対にお戻りになった。

女一の宮は、いぬ宮にとっての初めてのお祝いだということで、産養の贈り物を、恒例に従わずに、ほかの方々にお配りにならなかった。

二九　仲忠、女一の宮と、藤壺のことなどを語る。

中納言（仲忠）が、御帳台の内に入って、いぬ宮を抱いて、「大宮は、いぬ宮のことをどうおっしゃっていましたか。生まれたばかりの御子たちを大勢見てきていらっしゃいますから、恥ずかしくてなりません」。女一の宮が、「大宮は、『今まで見せてくれなかった』などと恨んでいらっしゃいました」。中納言が、「いぬ宮のことを、『醜い』とおっしゃっていましたか」。女一の宮が、『親たちよりもきっと美しくなるだろう』とおっしゃっていました」。中納言が、「私やあなたと一緒にいるから、いぬ宮のことを、醜いとも思わないのでしょうか。でも、そうおっしゃっているのなら、いぬ宮はさほど醜くはないということですね」。女一の宮が、「あなたは、藤壺さまに似たいぬ宮を、かわいいと思っていたのですね」。中納言が、「典侍が、いぬ宮は藤壺さまによく似ていると言っていましたから。ですから、『藤壺さまが退出なさったら、透き見をさせてください』とお願いしたのです。弾正の宮（三の宮）のお話をうかがって、宮も私も同じ気持ちだったと思ったので、感慨深い思いがいたしました。あなたと結婚していなかったら、私も弾正の宮と同じ気持ちで過ごしていたでしょう。私のそんな気持ちを失わせてくださったことで、あなたさまのことを、とてもうれしくお思い申しあげているのです。ほかの人だったら、私のこんな思いを抑えてはくれなかったでしょう。藤壺さまが春宮のもとに入内（じゅだい）なさった当初は、とてもつらい思いをしました。でも、それも、こちらにうかがうようになった夜までのことです。あなたのお姿を見てからは、そんなつらい思いも忘れてしまいました。今は、いぬ宮などもおりますから、昔はそんなことを思っていたのだろうかと思うだけです。あなたが私に冷たくなさったら、藤壺さまに冷たくされるよりもつらい気持ちになるでしょう。ただ、藤壺さまから、愛情がないと思われるのは、恥ずかしく、申しわけない気持ちです。でも、昔のままの思いを持ち続けていても、なんの効（かい）もないでしょう。源宰相殿（実忠）などが心をこめて求婚なさっていたようですが、今では、特別なこともないようです。弾正の宮や源宰相殿のように、藤壺さまと近親の方々は、藤壺さまを思い続けていらっしゃってもいいのです。藤壺さまが男女の機微がおわかりにならなかった昔はともかく、今では、それをわかっていらっしゃるから、機会があったら、いろいろとお話し申しあげなさることで心が慰められることもあるでしょう。ほかの方で代わりにしようとしても、なんの効もありません。ところで、退出なさるご予定だということですが、先ほどお願いしたことを、必ずかなえてください」。女一の宮が、「誰かが言っていたように、藤壺さまを見た人は、我を失ってしまうようですから、あなたも同じようになってしまうのではないかと思うと心配なのです」。中納言が、「そんなご心配はご無用です。今は、たとえ天女が降っていらっしゃったとしても、なんとも思いません。ただ、あなたと結婚したことですし、藤壺さまに求婚したという縁もあるのですから、どんな方なのか一度見ておきたいと思ってお願いしているだけです。もし、しばらくの間はすばらしいと思ったとしても、一時的なことです。昔だったら、藤壺さまに夢中になったかもしれませんけれど。あなたを一度お抱き申しあげたら、同じように夢中になりますよ」。女一の宮が、「なんだかすっかり別人のようになってしまったのですね。藤壺さまのことは、ずっと一緒に住んでいたから、別々に住むようになった時は、女の私でさえ、ますます恋しくなって、いつも泣いてばかりいました。あなたはそうならないと思いますが、源少将殿（仲頼）などのように思いあまって出家でもしたらみっともないと思って心配なのです」。中納言は、「なんとも不吉なことをおっしゃいますね。わかりました。私のことを見ていてください。ですから、必ず、藤壺さまを透き見をさせてください」などと申しあげておやすみになった。

三〇　正頼、大宮に、いぬ宮のことを聞く。

右大臣（正頼）が、大宮に、「いぬ宮は、どんな様子でしたか」。大宮が、「まちがいなく美しく成長するはずだと思いました。小さい頃の藤壺に似ていましたけれど、いぬ宮は、藤壺よりもとても美しくなるだろうと見えました」。右大臣が、「父親の中納言（仲忠）が、今から、とても大切に世話をしているようですね。どのように育てようと思っているのでしょう。いぬ宮が成長するまで長生きしたいものですね」とおっしゃる。

三一　正頼、左大将を辞し、仲忠、右大将を兼任することになる。

右大臣（正頼）が、「私も歳をとった。慎まなければならないと、人も言うから」と思って、大将を退く辞表を提出申しあげさせなさる。一度は返されたけれど、ふたたび提出申しあげさせなさる。今度も受理してもらえない。そこで、右大臣が、右大弁季英（藤英）を召して、「帝に、二度も、大将を退きたいとお願いしたのに、受け取ってもらえない。帝が私の思いが真実だと思って受け取ってくださるように、心をこめて辞表を書いてください。この大将という職は、私の辞表が受理されたら、当然、私の縁者が任じられるでしょう。大将の職は藤中納言の朝臣（仲忠）に譲りたいと思うのですが、そんな私の気持ちを理解して、藤中納言の朝臣に譲りたいという私の思いがわかっていただけるような辞表を作ってください」とおっしゃるので、季英は、すぐに右大臣の前で辞表を作って、それを書いてお渡しする。右大臣は、それを見て、「期待どおりです」と言い、「今度はきっと受理していただけるだろう」と言って、その辞表を提出申しあげさせなさった。

こうしているうちに、宮中から、中納言のもとに、大将を兼任するようにとのご連絡がある。中納言は、女一の宮に、「このような仰せがありました。任大将の饗宴のための被け物や禄などの用意をしてください」とお願い申しあげなさる。

こうしているうちに、帝から、唐櫃一具に、一つには唐綾と大和綾と織物、一つには絹を入れて、「これを、任大将の饗宴の日の被け物や禄になさい」と言って、女一の宮のもとにお贈り申しあげなさった。また、源中納言（涼）の北の方（さま宮）のもとから、赤色の織物の唐衣、唐裳、摺り裳、綾の細長に、三重襲の袴を添えた女の装束五具を、縁飾りをした衣箱に畳んで入れてお贈り申しあげなさった。あちらこちらから、皆、同じようにお贈り申しあげなさる。女一の宮のほうでもご用意なさる。家人たちに与える物なども、皆揃えられている。

三二　仲忠、右大将を兼任し、喜び申しに諸所を巡って参内する。

その日になって、中納言（仲忠）は、右大将を兼任なさった。昇進のお礼を申しあげるために、装束、蘇枋襲の下襲や綾の上の袴などを、すばらしい香りに染みこませて、身なりを調えてお出かけになると、真っ先に女一の宮を拝み申しあげなさる。次に、仁寿殿の女御と、北の対にいる大宮などに昇進のお礼を申しあげて、東南の町にいる左大臣（忠雅）のもとに参上なさる。お供は、四位の官人が八人、五位の官人が十人以上、六位の官人が三十人ほどいて、随身たちは、御前駆の者たちで、それ以外の者たちも大勢いる。

三条の院の東南の町に住む方々の前をお通りになると、侍女たちが、「まあ立派におなりになったこと」などと言って騒ぎたてる。源中納言（涼）のお住まいを見ると、綺の縁取りをした青色の御簾を周囲にかけている。簀子に、高欄にもたれかかって、八人ほどの女童が、青色の表着に蘇枋襲の汗衫と綾の上の袴をつけ、濃い袙を着て並んですわっている。御簾の内には、四五間にわたって、赤色の唐衣を着た侍女が、そこでも濃い袿を御簾の下から出して出だし衣にして、並んですわっている。右大将（仲忠）が、立ちどまって、「中納言殿（涼）は、こちらにいらっしゃいますか」とお尋ねになると、女童が、「今朝、参内なさいました」と答える。右大将が、「北の方（さま宮）に、『今回の昇進は身にあまる思いがいたしますが、それでもお礼だけは申しあげます』とお伝えください」と言って、遣水のあたりを通り過ぎようとなさると、女童たちが、皆、扇で拍子をとって、「名取川に鮎を釣るおとどの」と歌う。右大将が、そちらを見て、「そんなふうにおっしゃっても、私は身におぼえはありませんよ（え知らずや）」と言ってお通りになった。

右大将は、左大臣の北の方に昇進のお礼を申しあげさせて、東南の町から、車をまわさせて、三条殿にいる尚侍のもとに参上して、そこから参内なさった。

三三　参内した仲忠を見て、女房たち言い騒ぐ。

右大将（仲忠）が右近の陣にお入りになると、人々が、すぐにそれに気づいて珍しがる。女御や更衣の局の前をお通りになると、人々が、「ずいぶんと久しぶりに参内なさいましたね。長らく見なかった間に、ますます立派におなりになりました」。「やはり、女一の宮さまは、とてもすばらしい。右大将殿は、色好みの本性を人に気づかれることはなかったものの、その実、女と見れば、誰にでも言い寄った人でしたのに、女一の宮さまは、そんな右大将殿を、今はほかの女性に目も向けさせずにいらっしゃるのですよ」。「仁寿殿の女御は、理想的ですばらしい人です。どのお妃も同じ帝に宮仕えをしているのに、帝から一番のご寵愛を受けています。娘の女一の宮は、このように並ぶ者がいないほどの人に、かけがえのない妻だと思われているのです。すばらしいことです。男皇子たちは、まことに立派で、容姿もすぐれていて、人に称えられるような方々が、大勢いらっしゃいます。ただ、帝が、女御を后に立てたり、皇子を春宮に立てたりなさらなかったというだけのことです」。また、別の人々が、「けれども、仁寿殿の女御の場合は、時々、ほかのお妃も帝の寝所に参上したりなどして、寵愛を独占しているわけではありません。藤壺さまのほうがすばらしいと聞いています。入内してから何年もたつのに、春宮の寵愛を独占していて、春宮はほかのお妃がいることを意識なさることもないまま過ごしていらっしゃいます。藤壺さまは、仁寿殿の女御とは比較になりません。春宮候補もお持ちです。すばらしい方のようですね」。「嵯峨の院の小宮は、夜も昼も、声をあげて泣いていらっしゃるそうです。『昨日今日、児・緑子と聞いていた人のために、私が、こんな恥ずかしい思いをするとは。でも、父院のもとに退出しようとすると、何か過ちでも犯して、春宮のおそばに置いてもらえないかのように、院や母宮もお思いになるにちがいない。かといって、一緒に宮仕えをしていると、不愉快でしかたがない』と言って泣いていらっしゃるそうです」。「どのお妃も、皆、同じお気持ちだと思います。太政大臣殿（季明）の大君も、また、大声をあげて、夜も昼も、神仏を拝み、藤壺さまのことを呪って、泣き騒いでいらっしゃると聞いています。お妃としては見苦しいことだと思いますが、お諫めしてもお聞き入れにならないそうです」などと、あちらこちらの局で盛んに言いたてていらっしゃる。

三四　帝、参内した仲忠に、累代の書の講書を要請する。

右大将（仲忠）は、蔵人を通して、帝に昇進のお礼を申しあげさせなさる。帝が、「前々から願っていた昇進が実現したのだな。やはり、こちらに」とおっしゃるので、右大将は、拝舞して、清涼殿に上って、帝のおそばで畏まっていらっしゃる。帝が、しばらく何もおっしゃらずに、右大将を見ながら、「結婚相手としてふさわしいだろうと思って、女一の宮を妻として与えたのだ。右大将は、格段に立派になったものだなあ。女一の宮は、仲忠をどう思って見ていらっしゃるのだろう」などと思い、しばらく考え込んで、右大将に、「どうしてこんなに長い間参内しなかったのか。先ごろ、節会などがあったので、参内されるのではないかと思っていたが、姿が見えなかったので、とてももの足りなくてつまらない気持ちがした。娘婿として、ほかの人よりは親しいつもりでいるのに、姻戚でもない上達部などよりも顔を見せてくれないのだね。だから、これからは、ちょくちょく参内してくれないか」。

右大将が、恐縮して、「毎日参内しなければならないとは思っているのですが、ここ数か月、わが家に代々伝わってきた書物の抄物（しょうもつ）というものを読もうと思って、家に籠もっておりました。文書というものをいったん読み始めると、世間の俗事はすっかり忘れてしまうものでございますね。この書物というのは、私の先祖だった人々が書き遺したものなどで、とてもそんなものがありそうもない所に、捨てられたような状態で遺されていたのですが、そんな所にあったものですから、さすがに、誰も見つけて持って行くことができなかったものでございます。私もなかなか見つけることができなかったのですが、なんとか取り出しました」。

帝が、「すばらしいことではないか。学問など、心をこめて学んでいらっしゃるのは、朝廷のためにも、とても頼もしいことだ。来年は高麗人（こまうど）も来ることになっている年だが、学者たちといっても、藤英に比べたらたいしたことはないし、昔のように学問を究めたすぐれた者たちも特にいないから、あなたの次には、式部大輔（しきぶのたいふ）を頼もしく思っている。それ以外には、学問を究めたすぐれた学者たちはいないと思っていたが、あなたが、そのような文書や書物などまで探し出して手に入れられたというのは、まことにすばらしいことだ。あらゆる書物などは、皆揃（そろ）っているのか」。右大将は、「皆揃っていて、ないものはございませんでした。俊蔭（としかげ）の朝臣（あそん）は字が上手な人でしたが、その盛りの時に、学問に通じている俊蔭の朝臣が、すべて書いたり詠んだりしたものと、俊蔭の朝臣の父が書いたり詠んだりしたものが、散佚（さんいつ）することなく一つ一つすべて遺っているようです。それらはともかくとして、それ以外にも、とてもすばらしいものを見つけました」とお答えになる。帝が、「いったいどんなものなのか」。右大将は、「家の日記と詩歌集のようなものでございます。俊蔭の朝臣が唐の国に渡った日から、その父が記した日記が一つ、母の歌集が一つで、どちらも、亡くなる日まで、日づけなどを記して書き遺したものでございます。それと、俊蔭の朝臣が、日本に帰って来るまで作っていた詩集と、俊蔭の朝臣の日記などが、その中にありました。それを読んでいると、とても悲しい気持ちがいたしました」などとお答え申しあげなさる。帝が、「どうして、今まで知らせてくださらなかったのか。学問に秀でた人たちが、このうえない悲しい思いをして書き遺したものは、実際、どんなものなのだろうか。やはり、あなたは、誰も手に入れることのできない物を自分の物にするために生まれてきた人なのだね。今の話を聞いていて、私も、それを、ぜひ早く見たい気持ちになった」。右大将が、「見つけた時に、すぐに帝にお知らせしなければと思ったのですが、俊蔭の朝臣の父が遺した抄物の序文にも、『俊蔭の朝臣が唐の国にいる間に記した私の日記は、俊蔭の朝臣が日本に帰って来るまでは、他人が見てはならない。それまでの間は、祖霊がいつもそばにいて守る』と書いてありました。俊蔭の朝臣が遺した抄物には、遺言が、『私には、今は、学問を受け継ぐ者がいない。文書のことは、学問を学んでいない女の子がわかるはずがない。二代か三代の間にでも、学問を受け継ぐ男の子が生まれるのなら、その子のために日記を遺すのだ。それまでの間は、祖霊がそばにいて守ることだろう』と書いてありました。そんなことが書かれていたので、帝にお話しすることを憚って、今までお知らせせずにいたのです」。帝は、「聡明な人だったから、『あなたが、自分の学問を継ぐ子孫として生まれることになるはずだ』とわかっていたのだろう」。右大将が、「『祖霊が守る』とあった言葉どおりに、その文書が置いてあった所は、長年、あたりに近寄って来た人は、皆死にました。私がその蔵を開かせようとしたところ、近くに住んでいた者が、『なんとも恐ろしいことをするのですね。大勢の人が、この蔵を開けようとして亡くなったのですよ』と怖がっていました」。帝は、「あなたが読んで聞かせたら、その祖霊たちも、まさか祟ることはないだろう。今日は、右大将になったことで、あなたも右近衛府の官人たちを饗応しなければならないだろうから、今日はこのままにして、落ち着いた時に、その家の詩歌集と代々の書物の抄物を持たせて参内なさい」とおっしゃる。

三五　仲忠、藤壺のもとを訪れる。

右大将（仲忠）は、帝のご依頼をお引き受けして立って、后の宮、さらに、そこから春宮のもとに参上して、まず、春宮の殿上の間に昇進のお礼を申しあげさせようとなさると、春宮は藤壺に行っていらっしゃった。右大将は、殿上の間を出て、藤壺に参上して、孫王の君を通して、「長い間参りませんでしたが、今日は、昇進のお礼を申しあげるために参上いたしました。以前と同じ近衛ですから、聞き馴れていらっしゃって、特に新鮮味もないでしょう」と連絡を申しあげさせなさる。孫王の君が、春宮に申しあげると、春宮が、「そうか。右大将から連絡があるようだよ」と言って、お知らせ申しあげなさるので、藤壺は、右大将に、「ここ数年、近衛中将だと聞いていましたが、今度は同じ近衛でも大将に昇進なさったとお聞きしたので、お喜び申しあげます。めったにないご昇進だとうかがって、私も、今日の右大将と同じようにうれしく思っております」と、孫王の君に言わせなさる。右大将が、「藤壺さまに、『今日のように喜んでくださるのなら、これまでも、そのような日がたくさんありましたのにどうしてご連絡くださらなかったのですか』と申しあげてください」と言って、孫王の君に、「あなたは、すっかり私をお忘れになったのでしょうね」とおっしゃる。孫王の君は、「誰が身につけさせたのですか。あなたではないですか」と言う。右大将が、「いいえ。あなたからだと聞いています。単なる知り合いだというならともかく、私との個人的な愛情があるでしょうに。私のことをどうしてお見捨てになったのですか」。孫王の君が、「そんなことをおっしゃっても、女一の宮さまとご結婚なさった今となっては、どうにもなりませんね」。右大将が、「もう昔のことだとお考えになろうとするのですか。私は、少しも忘れていません。ところで、春宮は、藤壺さまのことをどう思っていらっしゃるのですか」。孫王の君が、「昔と同じです。いや、今は、それ以上のご寵愛ぶりです。春宮は、藤壺さまのもとを立ち去ることもなさらずに、うっとうしく思われていらっしゃいます。藤壺さまは、嫌な噂がさまざまに聞こえてくるので、お心も晴れず、『退出して、気晴らしをしたい』とお願い申しあげなさっているのですが、春宮が許してくださらないので、夜も昼も不満を漏らしていらっしゃいます」。右大将が、「その嫌な噂ということに関しては、梨壺のことも不快に思っていらっしゃるのでしょうね。それを思うと、心苦しい限りです」。孫王の君が、「いいえ。梨壺さまだけです。梨壺さまは、少しも嫌な噂をお立て申しあげなさることはありません。ですから、春宮も、梨壺さまに心に隔てを置く様子もなく、時々、梨壺さまをご寝所に参上させなさいます。昼もお召しになる時があります。ほかの方々は、聞くに堪えないことばかりおっしゃいます」。右大将が、「ほんとうでしょうか。あなたのお耳に入っていないだけで、噂はうかがっています」。孫王の君が、「いえ、私が言ったとおりだと思います。右大将殿が、誰よりも先に後ろ盾となって世話をなさるのは、藤壺さまではなく、梨壺さまではないかと思います」。右大将が、「そうですか。春宮には、私の昇進のお礼よりも、まず、梨壺を寵愛してくださることのお礼を申しあげましょう」。孫王の君が、「私を油断させておいて、梨壺さまのためのお礼をなさるのは、あんまりですね」などと言う。右大将は、立ったままで話していらっしゃる。

春宮が、御簾の内で立って見ていて、藤壺に、「時がたつにつれて、ますます立派になる人ですね。今からこんなだと、将来どれほど立派になるのでしょう。こんなにも立派だと、親などは、不吉な思いで見ているのでしょうね。この右大将の昔の愛情を思い出しなさった時なのか、あなたは、すぐに、どんどんと不機嫌になって、私を憎みなさいますね。私は、

『右大将は、容姿も才芸も、私より格段にすぐれているだろう。でも、あなたを愛する気持ちは、私に匹敵する人はいないだろう』と思っています。『春宮という立場にある人は、たった一人の妃を大切にしてはいけない』と言いますが、私は、今もそうですし、これからも、『あなたとほかの妃たちを同列に見ていると思っていただきたくない』と考えているのです。あなたが入内なさってからは、特に、ほかの妃たちを寝所に来させることもありません。先ほど話題になっていた梨壺だけは、心もおっとりとしていて、見た目も美しいうえに、『親なども、思慮分別がある人だ。それに、この右大将が聞いてどう思うか』などと思って、時々、私のもとに参上させたり、こちらから行って逢ったりなどもしました。でも、あなたが、そうしないでほしいとお思いになるなら、もうやめるつもりです」。藤壺が、「なんともおかしなことをおっしゃいますね。どのお妃さまも、私が入内する前と同じようなご寵愛をお受けになるなら、私も春宮にお仕えしやすいでしょう。そうでないと、ほんとうに聞いていていたたまれない思いがするのです」。春宮が、「そんな気持ちになれないのだから、しかたがないではないですか。あなたほどいろいろと気を揉ませなさる人はいませんね。入内なさる前も、私は夜も昼も嘆いていたのです。入内なさった後、やむをえない事情があって退出なさった時も、いつまでも里にいて戻って来てくださらなかったので、私はどれほど悲しく思ったことか。もうこれからは退出なさらないでください」。藤壺が、「とても無理なことをおっしゃいますね。里にいる幼い宮たちとお会いせずにいることはできません」。春宮は、

「幼い宮たちは、人を遣わして、こちらに呼んでお会いになればいい。私も会いたい。お父上の右大臣殿（正頼）などとは、こちらで会っていらっしゃるのでしょう。母上（大宮）と、手紙で、いろいろとご相談申しあげなさってください。あなたが里に戻っていらっしゃる間は、ずっと、どうしていいのかまったくわからなくなって、何も食べられなくなってしまうのです。絶対に退出を許すつもりはありません」と思っておっしゃる。

［藤壺は。］

三六　仲忠、梨壺を訪れ、三条の院に帰る。昇進の宴が催される。

その後、右大将（仲忠）は、梨壺に参上して、いろいろとお話などを申しあげて退出しようとなさる。すると、右近衛府の官人たちが待ち受け申しあげて、右大将を先頭に立てて楽器を演奏しながら、三条の院にお帰りになる。

三条の院の東北の町では、いつものように、寝殿の南の廂の間に、しかるべく御座所がしつらえられていた。庭には、いくつもの幄が張り巡らしてある。中将も少将も、皆、顔見知りの人々である。とても盛大にお祝いの宴をなさって、その夜は一晩中管絃の遊びをする。音楽の名人の任大将の饗宴ということなので、楽人たちも、ぜひ、申し分のない演奏だと聞いていただきたいと思って、心をこめて演奏する。夜が明ける前ごろに、少将をはじめ、上達部まで、皆、被け物をいただきなさる。上達部には、通常、被け物のことはないのだが、初めての饗宴だから、上達部にもお与えになったのだった。普通の身分の者も低い身分の者も、ほかの禄（ろく）などを全員にお与えになって、夜が明けるまで管絃の遊びをして、客などはお帰りになった。

蔵開・中

この巻の梗概

藤原仲忠は、祖父清原俊蔭と曽祖父清原の大君の詩集、および、俊蔭の日記を持って参内して、帝に進講する。帝は、春宮も呼び寄せ、四日間にわたって進講させる。帰宅できない仲忠は、妻女一の宮のもとに何度も手紙を贈る。講書の四日目の明け方、帝は、藤壺ばかりを寵愛してほかの妃たちを顧みない春宮に、譲位が近いことを伝え、世を保つための心構えを持つように諭す。しかし、仲忠の異母妹梨壺だけは、春宮の愛を受けて懐妊したことが講書二日目に明らかになっていた。この巻には、太政大臣源季明が病気にかかっていることも語られ、物語は、後の立坊争いを徐々に視野に収めてゆく。講書の禄として、仲忠に、忠こその出奔の原因になった橘千蔭の石帯が与えられた。講書の後、仲忠は、梨壺のもとを訪れ、懐妊を確認し、帰宅後、父兼雅に梨壺懐妊の件を報告する。梨壺が懐妊したことで、一条殿に残された梨壺の母嵯峨の院の

主要登場人物および系図（蔵開・中）

◇は系図の中に重複して出ている人

源涼
后の宮
承香殿の女御
朱雀帝
◇女三の宮
五の宮
春宮
三の宮
◇女一の宮

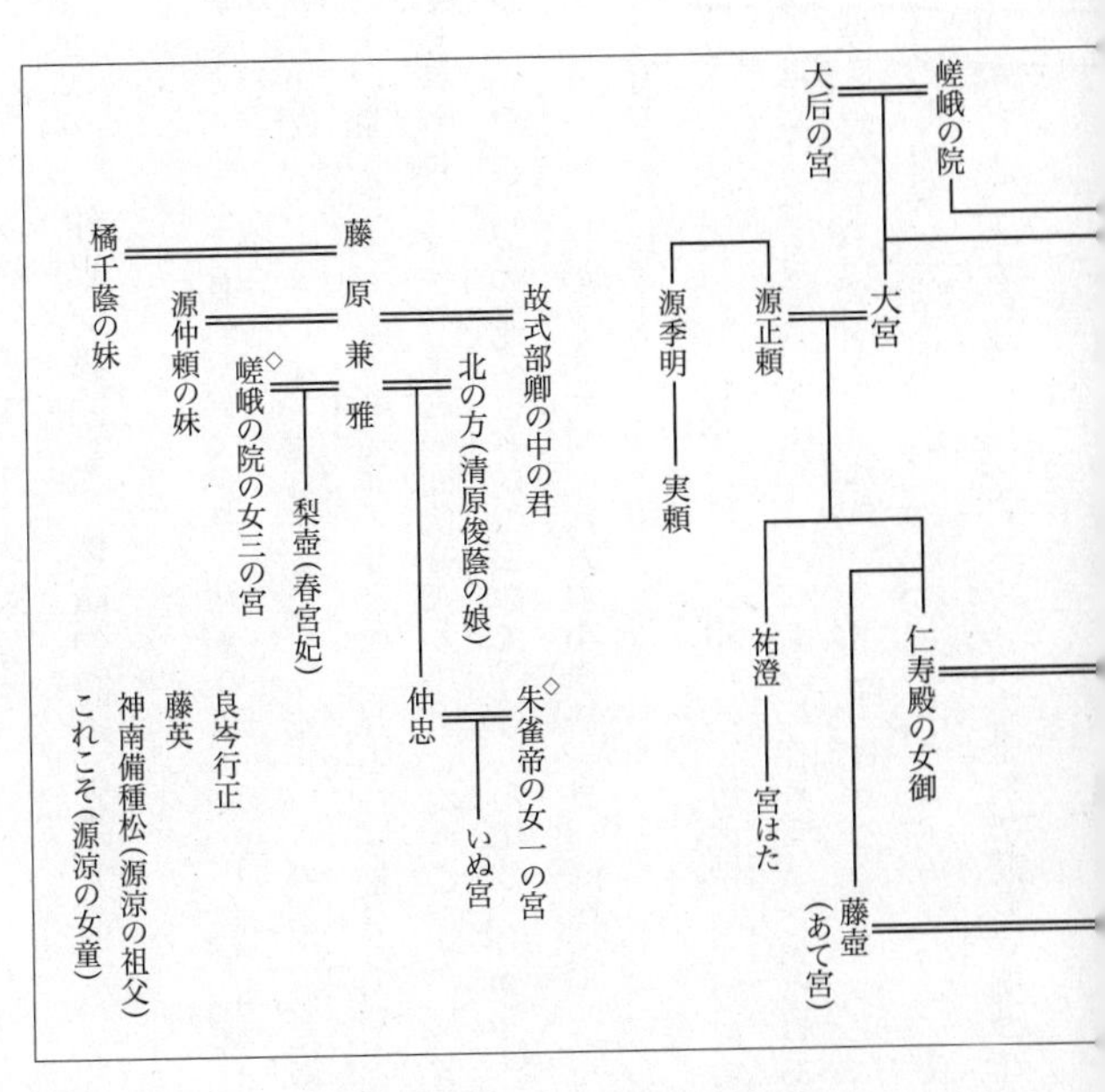

女三の宮の処遇を案じた仲忠は、父に勧めて、女三の宮を三条殿に迎える準備をする。兼雅のほかの妻たち（故式部卿の宮の中の君、源仲頼の妹、千蔭の妹）は、一条殿を訪れた仲忠に歌を託す。また、源涼とさま宮との間にも男君が生まれて、産養が催された。

一 仲忠、参内し、俊蔭の詩集を講ずる。

かくて、一二日ありて、大将殿、内裏の仰せられし書ども持たせて参り給ひて、そのよし奏せさせ給ふ。帝、「この朝臣に見ゆることそ、恥づかしけれ。景迹に心憎くて、見るに、神さびたる翁にて見ゆれば、女一の皇女の面伏せなりや」とのたまひて、うち化粧じ給ひて、昼の御座におはしまして、召し入れて、「いづら」とのたまへば、沈の文箱一具、浅香の小唐櫃一具、蘇枋の大いなる一具持て参れり。

開けさせて、文箱を御覧ずれば、文箱には、唐色紙を二つに切りて、ようしたためて、厚さ二三寸ばかりに作れる、一箱づつあり。俊蔭のぬしの集、その手にて、古文に書けり。いま一つには、俊蔭のぬしの父式部大輔の集、草に書けり。「手づから点し、読みて聞かせよ」とのたまへば、古文、文机の上にて読む。例の花

一 帝からご依頼があった書物。「蔵開・上」の巻【三四】参照。
二 「いづら」は、相手を促す言葉。ここは、仲忠が持参した書を早く見せよと催促する発言。さあ早く見せてくれ。
三 俊蔭と俊蔭の父の詩集が入っている。
四 俊蔭の母の歌集が入っている。【一八】注一参照。
五 蘇枋の大きな唐櫃。俊蔭の日記が入っている。【一九】注四参照。
六 「唐の色紙を二つに折りて」の誤りと解する説もある。
七 「古文」は、古体の漢字。漢代の隷書以前の字体という。
八 「蔵開・上」の巻【三四】注一六には、俊蔭の父の日記とあった。

の宴などの講師の声よりは、少しみそかに読ませ給ふ。七八枚の書なり。果てに、一度は訓、一度は音に読ませ給ひて、おもしろしと聞こしめすをば誦ぜさせ給ふ。何ごとし給ふにも、声いとおもしろき人の誦じたれば、いとおもしろく悲しければ、聞こしめす帝も、御しほたれ給ふ。大将も、涙を流しつつ仕うまつり給ふ。悲しきところをばうち泣かせ給ひ、興あるところをば興じ給ひ、をかしきをばうち笑はせ給ひつつ、異御心なく聞こしめし暮らす。[上達部・殿上人あり。大将の、仰せにて、御書講ぜさせ給ふ。参り集ひ給へり。されど、人に聞かせじとて、高くも読まず、御前には人も参らせ給はず。誦ぜさせ給ふばかりをぞ、わづかに聞きける。]

二　日が暮れる。仲忠、女一の宮に手紙を書く。

かくて、仕うまつり暮らす。上に、「この頃は、夜長に、しめ

九　「草」は、漢字の草書体。
一〇　古文で書かれた俊蔭の詩集。
一一　殿上の間に集まっている人々に声を聞かせないための配慮。「国譲・下」の巻【五五】注三四では、嵯峨の院が、仲忠の声を「よき講師の試みの声なりや」と言っている。
一二　「御しほたれ給ふ」は、「しほたれ給ふ」に、接頭語「御」がついたもの。
一三　以下、帝が、昼の御座で仲忠に講書させている最中の、殿上の間での人々の様子。
一四　「大将の」は「大将に」の誤りか。

一　「に」は衍か。

やかにて、夜聞かむ。なまかでそ」とのたまへば、夕暮れに、殿上に出で給ひて、宮[二]に、御文奉れ給ふ、

「まかで侍りなむとすれど、御書聞こしめしさして、『夜、仕うまつれ』と仰せらるればなむ。夜寒[三]をいかにとなむ。南の御方[四]おはしまさせ給ひて、もろともにを。いぬ、召して、御前に候はせ給へ。まかで侍るまでは、御帳の内出ださせ給ふな。『おいかに』[五]といふこと侍るなり。まことや、宿直物賜はせよ。わいても、『衣だに』[六]と語らひにて。なめし。中務の君、読み聞こえ給へ」

とて奉り給へば、赤色の織物の直垂[七][2]、綾のにも[3]綿入れて、白き綾の袿重ねて、六尺ばかりの黒貂[八]の裘、綾の裏つけて綿入れたる、御包みに包ませ給ふ。置口[4]の御衣箱一具に、いと赤らかなる綾掻練の袿一襲、同じ綾の袿重ねて、三重襲の夜の御袴、織物の直衣・指貫・掻練襲の下襲入れて、包みに包みたり。色・香・打ち目、世になくめでたし。放ちの箱[九]、泔坏[5]の具など奉れ給ふ。

二 「宮」は、妻女一の宮。
三 『順集』「呉竹の夜寒に今はなりぬとやかりそめ臥しに衣片敷く」による表現か。
四 「南の御方」は、「南のおとど」に住む女一の宮の母仁寿殿の女御。「沖つ白波」の巻【四】注九参照。
五 「おいかに」、未詳。
六 『拾遺集』恋三「衣だに中にありしは疎かりき逢はぬ夜をさへ隔てつるかな」(詠人不知)による表現。
七 「直垂」は、直垂の衾。「綾の」は、「綾の直垂(の衾)」の略。
八 『和名抄』毛群部獣名「黒貂 布流岐」、「貂 似レ鼠黄色、皮堪レ作レ裘」、装束部衣服類「説文云、裘 音求、加波古路毛、俗云加波岐奴 皮衣也」。
九 「放ちの箱」、未詳。

御返りは、中務の君、

「かくなど聞こえさせつれば、御宿直物奉らせ給ふ。『夜寒』は、『何ともまだ思し知らず』となむ。『「いぬ宮は、さおはします」と聞こえさせよ』となむ」

とて奉れ給へば、大将、見給ひて、「あぢきなの宣旨書きや」と独りごちて、宿直装束し替へて、召しあれば、参り給ひぬ。

三　朱雀帝、夜も、仲忠に俊蔭の詩集の講書を続けさせる。

夜さりの御膳参る。「靫負やある」と召し出でて、「この朝臣労れや。里、後ろめたく思ふらむ。ここにて、下ろしをものせよ」とて下ろさせ給ふ。

これをかれをなど御覧じ続けさせ給ふ。后腹の五の宮の候ひ給ひける、酒殿に御酒召して、「書は酒こそ映やせ。近衛は、酒離れては、何わざかせむ」とのたまひて賜ふ。五の宮に、「強ひ

「打乱りの箱」と同じか。化粧用具などを入れる箱。

一〇「思し知らず」は、間接話法的な敬意の表現。

一一 この「給ふ」は、女一の宮に対する敬意の表現。

一二「宣旨書き」は、代筆の意。

一 靫負の乳母。仁寿殿の女御に好意を持つ。「蔵開・上」の巻【三〇】注五参照。

二 宮中の酒殿は、左兵衛府の西にあった。

三「書は酒こそ映やせ」は、当時の諺か。詩集は、酒を飲みながら読むといっそう楽しくなるものだの意。

四「近衛府」の「衛府」に「酔ふ」を掛けた洒落。

五「嵯峨の院」の巻【三】注五参照。

そ」などのたまへば、「檜破子侍り」。上、「さらば、強ひよや。いぬる年の十五夜に、そこたちしてためし。ここにて」とのたまひて、御覧じて、「かばかりに」とて賜へば、ともかくも聞こえで、賜ふ限り飲みたる、いと清きほどなり。酒などうち飲みて、書に向かひたる火影、顔・ありさま、いとめでたし。上、見る目よりも、近まさりする人にぞありける、一の皇女、まことに心ざしありてや思ふらむ、また、わが心を思ひたるにやあらむと思す。

かくて、書読ませて聞こしめす。女御・更衣参り給へり。その夜は、承香殿の御宿直なり。夜更けゆくままに、書読む声、誦ずる声も、いとあはれにおもしろし。上は、琴の琴掻き合はせつつ、誦ぜさせ給ひつつ聞こしめす。「あはれに、この朝臣の、昔、琴を習はしたらましかば、いかによからまし。このことによりて、身も沈みにしぞかし。大臣にもなりなましものを」。大将、「いとあぢきなう侍る人にこそ」。上、「あな憎。もどきしにこそ」。大将、「その朝臣のやうならましかば。かれは、いといみじう侍り

五 終助詞「そ」だけで禁止を表す例と解した。
六 「いぬる年の十五夜」は、仲忠・涼の婿取りの日のことをいう。「沖つ白波」の巻【五】参照。その日、仲忠は、帝から坏を賜っている。
七 「そこたちしてためし」、未詳。
八 「ここ」は、昼の御座をいう。
九 「一の皇女」は、女一の宮をいう。
一〇 底本「そ京てん」。承香殿の女御。「内侍のかみ」の巻【三】および【五】参照。
一一 「この朝臣」は、俊蔭をいう。俊蔭は、昔、帝（当時は、春宮）の琴の師となることを拒否した。「俊蔭」の巻【九】参照。
一二 「もどきし」は、過去の助動詞「き」で表現されているから、俊蔭の動作。

けるものを」。上、「空言（そらごと）かな。『かの朝臣には音（ね）もこよなくまさりたり』と、聞きたる人も言へ。一三また、聞きしに、さこそあれ」とのたまふほどに、一四「丑二つ（うしふたつ）」と申せば、帝「夜更けにけり。しばしうち休みて、つとめてこそ」とのたまひて、一五入らせ給ひぬ。

大将の君は、一六殿上に臥（ふ）し給へり。この君候ひ給ふとて、殿上人、いと多かり。寝入らで身じろき臥し給へれば、一七頭（とう）の中将、実頼「昔はいぎたなくおはせし殿の、など、一八庚申（かうし）のやうにては候ひ添ひにたるぞや」とのたまふ。

四　翌朝、仲忠、女一の宮と手紙を交わす。

[1] つとめてになりて、上、起きさせ給ひて、殿上の方にみそかにおはしまして、一垣間見（かいばみ）をし給へば、大将殿の、人の見ぬ方とて、奥に向きて、文書き給ふ、

仲忠二「昨夜（よべ）は、などか、御返りはのたまはせざりけむ。おぼつかな

一三 係助詞「こそ」なしに已然形で文末になっていること、不審。
一四 「丑二つ」は、午前一時半から二時頃。
一五 夜の御殿に。
一六 殿上の間。
一七 「頭の中将」は、源実頼。
一八 「庚申」は、「祭の使」の巻【三七】注一参照。庚申の夜、宮中では、近臣が遊びなどをして夜を明かした。

一 帝は、清涼殿の昼の御座と殿上の間の壁にある櫛形の窓から覗いたのだろう。
二 昨夜は、どうして、ご自分でお返事を書いてくださらなかったのでしょうか。

くなむ。[2]宿直物賜はせたりしにつけても、

[三]唐衣たち馴らしてし百敷の袖凍りつる今宵何なり[3]

[四]いかでうちはへてとこそ思ひ給へつれ。今日もや、宣旨書きは。いみじうこそ思ほし落としたれ」

と、白き色紙に書きて、咲きたる梅の花につけて、[五]主殿司に、[仲忠][六]「宿直所に、[七]男どももあらむ。取らせよ」とて賜へば、[八]宰相の中将の君の御子、宮はたといひて、八歳ばかりにて、[九]殿上にあり、それ、「まろを使ひ給へ」とて奪ひ取れば、[仲忠]「など、かくはのたまふ」とのたまへば、宮はた、[一〇]「宮の御もとなれば」と言ふ。大将、「それをば、など」とのたまふ。[宮はた][一一]「父君の思ひ奉れ給へば、まろも」とて取りて、[一二]殿上口に立てる[一三]侍の人に取らせつ。

上は、疎かには思はぬなめり、つとめて文遣るはと見給ひて、やをら入らせ給ひて、例の御座所におはしまして、しばしありて召せば、装束して参り給ひぬ。[一四]五の宮も、御前に候ひ給ふ。

さて、御書仕うまつるほどに、宮はた、[4]青き色紙に書きて[一五]呉竹

三　「唐衣」は、「立つ」の枕詞。『風葉集』恋五「内裏に久しう候ひて、えまかでざりける頃、女一の皇女に聞こえ侍りける　右大将仲忠」。
四　袖の氷はどうして夜が明けて朝になっても解けないのだろうかの意か。
五　「主殿司」は、後宮十二司の一つで、殿上の掃除なども掌る。ここは、その女官をいう。
六　「宿直所」は、右大将の曹司。陰明門内の東廊にあった。
七　仲忠の従者たち。
八　「宰相の中将の君」は、源祐澄。以下「殿上にあり」まで挿入句。
九　「殿上にあり」は、殿上童として仕えていることをいう。
一〇　女一の宮さまのもとへ

につけたる文を捧(ささ)[5]げて来て、「宮(宮はた)の御返り言(こと)」ともて騒ぎて、大将殿、「しばし。今」と言へば、上(帝)、「持て来(こ)や」とて取らせ給へば、大将殿、いとかたはらいたく苦しと思ふめり。上、御覧ずれば、

「昨夜(よべ)(女一の宮)は、散らされもやするとてなむ。『思ひ落としたり』とかありし、そのわたりにてぞ。

[一六]消えずのみ見ゆる思ひもあるものを何か袂(たもと)の凍りしもせむ[6]

まことや、装束(さうぞく)どももものせさす。昨日のが見苦しかりしかば。これも、[一七]もどきしにぞあなる」

と、いとをかしげに書き給へり。[一八]女御の君の御手の、あてに若くは見ゆれど、おとなしくも後見(うしろみ)[一九]おこするかなと思(おぼ)して押し巻きて、投げ遣はしつ。大将、賜はりて見て、「何ごとにか侍らむ」とて、懐に入れつ。

のお手紙ですから。

一一　父上が、女一の宮さまをお慕い申しあげていらっしゃるから、私も。「蔵開・上」の巻【三五】参照。

一二　「殿上口」は、殿上の間の戸口。殿上を許されない者との対応をする場所。

一三　「侍の人」は、宮はたの従者。

一四　仲忠が。

一五　手紙を呉竹につけたのは、【三】注三の歌と関係があるか。

一六　「思ひ」に「火」を掛ける。「消ゆ」「火」「凍る」は、縁語。「思ひ」は、藤壺に対する思いをいう。

一七　「もどきし」を「もと着し」と解する説もある。

一八　母仁寿殿の女御のご筆跡に似ていて。

一九　「後見おこす」は、女一の宮が妻として仲忠に装束を送って来たことをいう。

五　帝、講書に春宮を招く。梨壺の懐妊が話題になる。

上、春宮に、五の宮を御使にて、「昨日より、いとありがたき書をなむ、右大将に読ませて聞き侍る。渡りて聞き給へ」と聞こえ給ふ。五の宮[1]、うち笑ひ給ひて、「え上り給はじ。さらに、ただにおはせざんなり。ある所に籠もりおはして、うつつにものし給はざんなれば。男ども[一]、侍る所[二]にまうで来つつ、『この月ごろ御前[三]に候はぬこと。すべて、御顔[2]なむ見奉らぬ』となむ嘆きわび申す[四]」。上、「いづくにものせらるるにかあらむ」。「藤壺ならでは、いづくにかは。異人を知り給はばこそあらめ」。「皇女[五]を、いかにし奉るらむ」。宮、「それは、今年、いまだ対面し給はざなり。すべて、誰も見奉ること難く。いかならむ暇にか侍りつらむ、こ[六]の御妹[七]こそ、時々見奉りて妊じて侍るなり」。「あたら人[八]の、色[3]の心ものし給ふこそあなれ。世の中はいとよく保ち給ふべしとこ

一　春宮の殿上人たち。
二　私の所にやって参りまして。
三　「御前」は、春宮の御前の意。
四　この「申す」は、敬うべき客体がない用法。帝に対する畏まった表現。
五　嵯峨の院の小宮をいう。
六　「この御妹」は、仲忠の妹梨壺をいう。
七　係助詞「こそ」の結びが調わない。
八　「あたら人」は、春宮をいう。
九　参考、『漢書』第五三巻中山靖王「勝為レ人楽レ酒好レ内」。「内」は、女性、女色の意。
一〇　「この宮」は、嵯峨の院の小宮をいう。

そ見れ」。「書にも、『酒を好み、内を好む』とこそ謗れるものを。この宮、いかに思すらむ」。「いかに聞こしめすらむ。そがうちにも、宮の御愛子なり。など、皇女たち、かくのみあらむ。女三の宮も、いとあはれにてものせらるなり。祐澄の朝臣も、いかがしなさむとものすらむ。すべて、女皇子たちは、ただにものせられむこそよからめ。身に、よからぬ宮たち多く持たるや」とのたまふほどに、春宮の御使、「『ただ今参上る』となむ仰せられつる」と奏す。巳の四つばかりになりぬ。

［大将は、殿上に。物調じ据ゑたる。宿直所にも、宮よりも台盤所よりも参れり。御前より、立ち給ひて、宿直所に下りて居給へり。参る物ども調じ据ゑたり。御装束は、蘇枋襲・綾の上の袴などにて、いと清らに香ばしくて奉れ給へり。四位五位、あまた参れり。装束解き広げて臥し給へり。］

一一　嵯峨の院や大后の宮は。
一二　「愛子」は、漢語で、和文には稀有な語。「俊蔭」の巻【七】注二参照。
一三　「女三の宮」は、兼雅の妻で、梨壺の母。以下「いかがしなさむとものすらむ」までを、五の宮の発言と見る説もある。
一四　梅壺の更衣がお生みになった皇女を。この更衣と皇女のことは、【三四】参照。
一五　結婚せずに独身でいられるのがいいのだろう。
一六　私自身にも、あまり美しくない女宮たちがいるから、将来が心配だ。
一七　「宿直所」は、仲忠の曹司。【四】注六参照。
一八　女一の宮。
一九　以下、仲忠が女一の宮から手紙とともに送られた装束に着替えたさま。
二〇　以下、仲忠が曹司でくつろいでいる場面。

六　春宮、参上する。講書が続き、仲忠、女一の宮に消息する。

午[1]の時ばかりに、春宮、いみじくけうらに装束き給ひて参上り給へり。御褥など参りて、御前におはします。大将を召せども[2]、しばし休むとて参上り給はず。

一御装束し替へて参り給へり。物の色、うつくしさたぐひなく[3]、匂ひ深くて、例の御書仕うまつる。

聞こしめし暮らして、暗くなりて、まだ御殿油参らぬほどに、大将、二下り給ひて、蔵人して奏せさせ給ふ、仲忠「まかで侍りて、つとめて参らむは、いかが侍らむ[4]」と奏せさせ給ふ。上、帝「暮れがたく明けやすきうちに、夜なむ、いと興ある。[5]まかでられずやよからむ。まだ三客人のものし給ふを」とのたまふ。大将、いたく嘆きて、宮に、御文奉れ給ふ、

仲忠四「今朝は、喜びてなむ。すなはちと思ひ給へつ[6]れど。『まかで

一 仲忠が女一の宮から送られた装束に着替えたことをいう。

二 「下る」は、曹司に下がるの意。

三 「客人」は、藤壺のもとにいてなかなか来なかった春宮を戯れて言った言葉。

四 今朝は、お手紙をいただいてうれしく思いました。すぐにお返事をと思ったのですが、お返事できませんでした。

五 帝が許してくださらないので、今晩も帰ることができません。

六 【四】の女一の宮の手紙に、「『思ひ落としたり』とかありし、そのわたりにてぞ」と書かれていたことをいう。

七 ずいぶんと昔のことを持ち出されたものですね。

なむ』とて侍りつれど、許[五]させ給はねば。『[六]そのわたりに』とか侍りつるは、あな古[七]めかしや。

昔[八]のは消えにしものをほどもなきこひにぞ袖は色燃えぬべき[7]

昨[九]日の今日[8]こそ、わびしきものとは。まことや、汚[一〇]き物は賜はり侍りぬ。いぬは、[9]いかが。聞[一一]こえたりしやうにや」

とて、昨日の御装束どもは奉り給ひつ。

暗きほどになりて、御返しなし。

七　夜通し講書が続き、俊蔭の詩集から父の詩集に替わる。

上よりしきりに召せば、物なんど参りて参り給ひぬ。[一]上、[1]「書は、夜なむ、いと興ある。今宵は、ここにて聞き給へ」と、[二]春宮に聞こえ給ふほどに、雪少し高くなり、御殿油参りて、短き灯台、左右[2]に立てたり。上の御前に琴の御琴、春宮の御前に箏の御琴、五の宮琵琶、御前ごとにうち置きて、大将は書読み給ふ。

八「恋」の「ひ」に「火」を掛ける。「昔の（恋）」は藤壺への、「ほどもなき恋」は女一の宮への思いをいう。「袖は色燃ゆ」は、袖が紅の涙で赤く染まったことをいう。

九 昨日逢ったばかりなのに、今日、もうこんなにつらいものだとは。

一〇「汚き物」は、【四】注一七の「もどきし」に対して言った発言か。

一一「聞こえたりしやうにや」は、【三】の仲忠の手紙の「いぬ、召して、御前に候はせ給へ」の発言をいう。

一 仲忠が。

二「短き灯台」は、本を読むための丈の低い灯台。

上、あからさまに入らせ給へるほどに、大将書の点直すとてある筆を、春宮取らせ給ひて、御懐紙に、かく書きて、藤壺に奉り給ふ。

「『今宵は、書聞け』とのたまへば、心にもあらでなむ。『長らふ』[三]とても言ふなるものを。

白雪のふればはかなき世の中を一人明かさむことのわびしさ[四]

あらむ世の限りだにこそ」[五]

とて、宮はたに取らせ給ふ。これは、藤壺を親にし奉りて、春宮の殿上もすとて[六]、持て参りて奉れば、君、白き紙に、

「憂きことのまだしら雪の下消えてふれどとまらぬ世の中はなぞ[七]

『憂からぬは』[八]とこそ。何か。『長らふ』[九]、思ひ給へられず」

とて、宮はたに、「上・大将などの御前にて、な奉りそ」とのたまふ。

参りて、宮の御後ろに候ふほどに、御書読む盛りに、上傍目し

三　参考、『小馬命婦集』「心にもあらぬ難波のながらへてよそに経むとは思ひけむやは」。「ながらへば」の誤りと見て、『後撰集』恋五「長らへば人の心も見るべきに露の命ぞ悲しかりける」（詠人不知）による表現と解する説もある。

四　「ふれ」に「降れ」と「経れ」を掛ける。

五　生きている間だけでも一緒にいたいものです。

六　春宮の殿上童としてもお仕えしていたので。

七　「白雪」の「しら」に「知ら（ず）」、「ふれ」に「降れ」と「経れ」を掛ける。「下消え」は、積もった雪の下の部分が解けて消えることをいう。引歌、『古今集』恋二「かき暗し降る白雪の下消えに消えてもの思ふ頃にもあるかな」（壬生忠岑）。

給へる間に、宮、取りて見給ひて、世の中を、心憂しとも思ひたるかな、心に身をまかせば、[一〇]人の心ごとによりてなど、うち涙ぐみ給ひて見給へるを、大将見合はせ給ひて、[一一]思ひやみにしかど、心地うち騒げば、静むとすれど、僻読みを多くす。上、点一つも読み過たぬを、あやしと思して、うちほほ笑み給ふを、大将見奉りて笑ひぬ。上も、え念じ給はで笑はせ給ひぬ。大将、いとほしと思ひて、かい直して、いとおもしろく読みなす。その声、いとおもしろし。[一二]著くあり。声うち静めて、いと高くおもしろく誦する声、[一三]鈴を振りたるやうにて、[一四]雲居を穿ちて、おもしろきこと限りなし。

御前なる御琴ども搔き合はせ給ひて、帝「書の禄に、何よかりなむ」とのたまへば、五の宮、「または、いかでか。この度のには、[一五]まかりならばや」。上、帝「いと難からむ。文才には、何かは」とて、御時よく笑はせ給ふ。

帝「さて、[一六]これは、しばしかくて。[一七]この冊子を読まむ」とのたまひ

八　歌による表現か。
九　「長らえる」とのことですが、私は長生きできるとは思ってもおりません。
一〇　「人の心ごとによりて」は、藤壺のどんな気持ちにも応えてあげられるのになどの意か。
一一　「思ひ」は、藤壺への思いをいう。
一二　「しろし」は「しるし」に同じか。
一三　「鈴を振りたるやうにて」は、「祭の使」の巻【三〇】注三参照。
一四　【三】注四に、「昨夜は、事とは、雲を穿ちて空には上がりし」とある。
一五　私がなりたいと思います。
一六　俊蔭の詩集。【一七】注五で、俊蔭の詩集の講書を再開している。
一七　「この冊子」は、俊蔭の父式部大輔の詩集をいう。

て、いま一箱のを、初めて読ませ給ふ。これは、いと読み点あり、あはれに、おもしろさもまされり。上、「風情は、なほ、この朝臣のはまされりけり。あやしく、この族の父まさりなるかな」とのたまひて、夜一夜、おもしろき句あるところを誦ぜさせ給ひて、御琴どもに合はせさせ給ふ。

暁方に、いとおもしろきところあり、大将に誦ぜさせ給ひ、我も誦じ給ふ。五の宮に、「誦ぜよ」とのたまへば、ともかくものたまはで、うち出でて誦じ給ふ声、いとおもしろし。春宮、誦し給はず。

八　暁方に、人々休む。仲忠、宮はたと語る。

かくて、暁方になりぬ。春宮に、「なほ、明日ばかりは、こなたにを。いと御心つきぬべき物侍り。それ見せ奉らむ」とて、御几帳立てておはしまさせ給ひ、上は入らせ給ひぬ。五の宮は、台

一八　俊蔭の詩集は、【二】で、帝が「手づから点し、読みて聞かせよ」と言っていた。【二】参照。それに対して、式部大輔の詩集には充分に訓点が施してあると解した。
一九　俊蔭の父式部大輔。
二〇　とやかく辞退なさらずに。
二一　春宮は、藤壺のことばかり考えていて、誦じようとしないのである。
一　臨時の春宮の御座所を設けるのである。
二　帝は夜の御殿に入った。
三　台盤所は、侍女の詰め所。五の宮や蔵人がここで寝るのは、臨時の措置か。
四　「侍」は、清涼殿の南の下侍。
五　この姉君は、梅壺の更衣の皇女腹の娘。祐澄が三の宮と結婚させたいと思っ

盤所に入り給ひて、蔵人たちの中に御殿籠もりぬ。

大将は[四]侍に出で給へば、宮はた、ともに往ぬ。大将、臥し給ひて、宮はたを懐に臥させ給ひて語らふ。[五]「姉君は、大きになり給へりや」。宮はた、「大きにもなり給はず、小さくもおはせず」と言へば、「御髪は長しや」。「いと長げなり」。大将、「父君は、うつくしうし給ふや」。「いさ、知らず。弟宮をこそ、夜昼抱き給へ」。「いで。弟宮は、いくらほど大きにおはする」。宮はた、「今ぞ立つめる。いとをかしげなり」と言ふ。大将、「など、父君は宮をば思ひ奉り給ふぞ」。「いさ。[六]南の方に出で居て、『よそ人に見なし奉りつる』とて泣きなどこそし給へ」。大将、「『いづれの宮を』とかのたまふ」。宮はた、[七]「そこのを措いて、[1]いづれかは」。「わがか」[2]と言へば、[八]「内裏の上の御もとにまうづれば、いと清らにて、常に[九]見え給ふぞかし」。大将、「などて、それをば思ひ奉るぞ。[一〇]『見奉らむ』とや」と言へば、[3]「さかし」と言ふ。「さて、[一一]御文は取り入るるか」。宮はた、[一二]「さぞかし」。大将、いみじう笑

ているが、宮あこ君に求婚されている。「蔵開・下」の巻【七】注三六参照。後に、仁寿殿の女御腹の八の宮と結婚する。「国譲・下」の巻【三】注一〇参照。

六 「南の方」は、仁寿殿の女御が住む南のおとどが見える所をいうか。仁寿殿の女御は、女一の宮の母。

七 「そこ」は、あなたの奥さまである女一の宮の意。【四】注二参照。祐澄にとっては姪にあたる。

八 「内裏の上」は、仁寿殿の女御をいう。

九 女一の宮が。

一〇 「妻としてお迎えしたい」とおっしゃっているのですか。

一一 祐澄の手紙。

一二 「さぞかし」を、受け取ってはくださるのですが、それだけで、お返事はいただけませんの意と解した。

ひて、「我得させむよ。ものな思ひそ。さて、藤壺に参らば、『仲忠なむ、さ聞こゆる』とて、『日ごろ候へど、暇の侍らねば、え参り侍らぬ』と申し給へ」など言ふに、つとめてになりぬ。

九　講書第三日。宮はた、仲忠の使として藤壺に行く。

宮はた起くれば、頭掻い繕ひ、装束せさせて遣りつ。藤壺に参りたれば、御達、「あな香ばしや。この君は、女の懐にぞ寝給ひける」。「さらで、右大将のおとどの御懐にぞ寝たりつる」。御達、「女のにこそは」と言ふ。

上に、申し給へること聞こゆれば、君、「候ひ給ふと承れば、頼もしき心地なむ。御暇の頃は、さ言ふやうあなり」と言はせ給へば、大将、「いとけやけくも。よからぬことなきこと」など聞こえ給ふ。

藤壺、「この君は、いづくなるぞ」と問ひ給へば、「殿上に」と

一　宮はたが、藤壺に、仲忠が申しあげなさったことを申しあげると。

二　それなりの理由がおありだと聞いています。仲忠が、妻女一の宮のもとにばかりいることをいう。

三　「せ」は、使役の助動詞。宮はたの口から、仲忠に言わせるの意。

四　「けやけし」は、ここは、まったく違うの意か。

五　嘘をつこうなどという気持ちはありませんのにの意か。

六　仲忠は、宮はたを藤壺のもとに行かせている間に、殿上の間に移ったのである。

1　【三】で、藤壺から食べ物や酒や炭などが殿上の間に贈られている。ここは、その相談である。

言ふ。

一〇　藤壺、春宮からの手紙に返事を書く。

藤壺、孫王の君に、「[一]かの言ひしことは、今の間にぞよかんなる」とのたまふほどに、宮の御文あり。見給へば、

（春宮）「昨夜、[二]思はぬやうにありしかば、夜もすがらなむ。何ごとをか、さまでは。

[三]ふる効の何かなからむ沫雪の積もれば山とならぬものかは」

とて、

「つらからむをのみこそ。さらぬことをば、な思しそ。『しばし』とあればなむ。[四]対面にを」

とある御返り言、

（藤壺）[五]「山となる雪ぞゆゆしく思ほゆる絶えてこしぢのものとこそ聞け

二 思いがけない内容のお手紙だったので、一晩中気にかかっていました。【七】の藤壺から贈られた春宮への手紙をいう。

三 「ふる」に「降る」と「経る」を掛ける。「ふる効の何かなからむ」は、藤壺の歌の「ふれどとまらぬ」に対していう。「沫雪」は、泡のように柔らかく解けやすい雪。『和名抄』天地部風雨類「日本紀私記云、沫雪、阿和由岐、其弱如二水沫一、故云二沫雪一」。

四 「対面にを」は、くわしくはお会いしてからの意で、手紙の文末の慣用表現。

五 「越路」の「こし」に「来じ」を掛ける。参考、『後撰集』冬「白山に雪降りぬれば跡絶えて今はこし路に人も通はず」（詠人不知）。この歌は、「来し」を掛けている。

それをこそ思う給へ忘る[1]まじけれ」

と聞こえ給ふ。

一一　仲忠、女一の宮に手紙を書く。

かかるほどに、雪高く降りぬ。大将の君、宮の御もとに、かく聞こえ奉り給ふ。

仲忠よ「夜の間は、[一]いかが。御返りも賜はせざりしかば、おぼつかなくもなむ。さらに散らし侍らぬものを。

[二]かくばかり見ねば恋しき君をいかで知らで昔をわが過ぐしけむ

と聞こえさするも、[三]思しや出づらむと思ひ給ふるこそ。かつは、いぬこそ、[1]いと恋しう侍れ。わが君、御懐に抱かせ給へ[2]れ。今朝の雪こそ、いと寒げなれ」

と聞こえて、御返り言見て御前へは参らむ、[四]昨日のやうにもぞも

一 【四】の女一の宮の手紙の「散らされもやする」に対する発言。

二 「かくばかり」は、「恋しき」に係る。参考、『後撰集』「片時も見ねば恋しき君を置きてあやしや幾夜ほかに寝ぬらむ」（藤原有文）。

三 昔からのあなたへの深い愛情を思い出してくださるのではないかと思ったからです。

四 「昨日のやうにもぞもて騒ぐ」は、【四】で、宮はたが講書中に女一の宮の手紙を持ってきたことをいう。

一 源涼・藤原季英・良岑行正。

二 「君は」は、「聞かせ給はぬ」に係る。

て騒ぐとおぼえて、しばし参り給はず。

一二　仲忠、殿上の間で、涼・藤英・行正たちと語る。

殿上には、源中納言・右大弁・中将、異人もいと多かり。右の大殿の君達、あまたものし給ふ。源中納言、大将の君に申し給ふやう、「などか、君は、昔よりいかばかりかは契り聞こゆる、この御書を承らむとて、妻の懐を捨てて、かく寒きに、震ふ震ふうちはへ候ふ効なく、一文字をだに聞かせ給はぬ。少し高くだにやは仕うまつり給はぬ」。大将、「仰せ言あれば、高くは、え。そがうちに、苦しう侍れば、声も出でず」。中納言、「さて、いかで、昨夜は、事とは、雲を穿ちて空には上がりし。このぬしこそは、わが世の末の博士とは思ひつれ。それすら、さるけをまいりて惑ふまで読みののしらせ給ひしかども、腸の断えしかば、御声の限りをこそ聞き侍りしか。文字一つもおぼえぬは。すべて、君は涼

三　以下「聞こゆる」まで挿入句。
四　【七】注一四参照。
五　底本「ひと丶は」を、「ことは」の誤りと解した。「事と」は、すっかり、格別になどの意の副詞。
六　「このぬし」は、藤原季英（藤英）をいう。
七　「さるけをまいりて」、未詳。
八　「腸断ゆ」は、「断腸」の訓読語。悲しみの表現が一般だが、ここは、感動の表現。
九　「鶴脛」は、着物の裾が短くて脛を長く出している。「蔵開・上」の巻【一四】注一〇参照。
一〇　「物の底に読み入る」は、当時の諺か。
一一　倒置法。
一二　漢代、魯の恭王が孔子旧宅の壁の中の石の函から『古文孝経』を得た故事に

をぞ惑はし給ふ。琴弾き給ひては、裸・鶴脛にて走らせ給ひて、殿上まで笑はせ奉り給ふ」。大将、「断ちやすき御腹にこそあれ。今も、聞い給ひては、え仕うまつらじや」。中納言、「なほ、物の底に、な読み入れ給ひそ、よろしくは」。大将、「石の唐櫃に入るるぞかし」。右大弁、「壁の中に納めさせ給へとにやあらむ」。大将、「さては、ぬしぞ埋もれ給はむ」。中将、「明王の御代に出で来まじきことどもなり。この御書秘せらるるよし、行正こそ承りつけたれ。ことわりなり。げに、凡俗の身にぞあぢきなきや。とははつせ聞き知りたらむ」など言ふほどに、藤壺より、大きやかなる酒台のほどなる瑠璃の甕に御膳一盛り、同じ皿坏に生物・乾物、窪坏に果物盛りて、同じ瓶の大きなるに御酒入れて、白銀の結び袋に信濃梨・干し棗など入れて、白銀の銚子に麝香煎一銚子入れて奉り給へり。炭取に小野の炭取り入れて奉り給へり。

よる。『古文孝経』序「魯恭王使三人壊二夫子講堂一。於二壁中石函一得二古文孝経二十二章一」。『古文孝経』は、これで秦の始皇帝の焚書をまぬがれたという。

一三 あなた（藤英）が、焚書坑儒で、真っ先に埋められなさるでしょう。

一四 焚書坑儒のようなことは。

一五 「凡俗（はうぞく）」は、漢音「はんぞく」の転。平凡で取り柄がないの意。

一六 「とははつせ」、未詳。

一七 「酒台」は、酒壺の下に置く台。

一八 「甕」は、「浅甕」か。『和名抄』器皿部瓦器「浅甕 佐良介」。

一九 「皿坏」は浅い坏、「窪坏」は中央が窪んだ坏をいうか。

一 「羹」は、熱い汁物。

一三　殿上の間に、藤壺から、羹とともに歌が贈られる。

集まりて興じて、皆取り据ゑて参るほどに、大いなる白銀の提子に若菜の羹一鍋、蓋には黒方を大いなるかはらけのやうに作り窪めて覆ひたり。取り所には、女の一人若菜摘みたる形を作りたり。それに、孫王の君の手して、かく書きたる、

「君がため春日の野辺の雪間分け今日の若菜を一人摘みつる

羹をば、かくなむ仕うまつりなりにたる。聞こしめしつべしや」

と書きつけて、小さき黄金の生瓢を奉り、雉の脚、折り物に高く盛りて添へ奉り給へり。


『和名抄』飲食部菓菜類「羹　阿豆毛乃」。

二「取り所」は、蓋のつまみ。

三『風葉集』春上「右大将仲忠内裏に候ひけるに、藤壺の女御、白銀の提子に若菜の羹入れて、黒方を蓋に覆ひて、取る所に女の若菜摘みたる形作りたりけるを遣はし侍りけるに、書きつけ侍りける　うつほの孫王の君」。引歌、『古今集』春上「君がため春の野に出でて若菜摘むわが衣手に雪は降りつつ」（光孝天皇）。参考、『和泉式部続集』「君がため若菜摘むとて春日野の雪間をいかに今日は分けまし」。

四「生瓢」は、瓢箪で作った杓。『和名抄』器皿部木器「瓢　奈利比佐古」。

五「折り物」は、紙などを折った器か。

一四　帝、女一の宮から仲忠への返事を覗く。

集まりて笑ひののしれば、上、など、この朝臣の今日は遅く出で来て、かく言ふはとて、例の所より覗かせ給へば、台盤に物据ゑて、取りなしつつ参る。御酒など参るほどに、例の、宮はた、陸奥国紙のいと清らなるに、雪降りかかりたる枝に文をつけたる持て来て、「宮の御文」と捧げてひろめかす。源中納言、「心地しあらむ御文を、かうして悪しかめりや」。大将は、「今日は、いとよしや。昨日、御前にて、かくしたりしこそ、道芝なかりしか」と、「乱がはしう」とて取りて見給ふ。

後ろに、上も御覧ずれば、

『おぼつかなし』とかあるは、御前にとのみ聞けば、上もこそ見給へとてなむ。『思ひ出でむ』とかや。

限りなくありし昔の見えしかば今も我にはあらじとぞ思ふ

一「この朝臣」は、仲忠をいう。

二 今日はなかなか現れずに。

三「例の所より覗く」は、【四】注一参照。

四「ひろめかす」は、ひらひらさせるの意。「びろめかす」とも。

五 奥さまからの思いがこもったお手紙を、こんなふうに扱ってはいけませんよ。

六 以下は、涼への発言。

七「道芝」は、道案内をする物の意。「道芝なし」は、どうしていいかわからず途方にくれるの意。

八 以下は、宮はたへの発言。

九『思ひ出でむ』とかや」は、【二】注三参照。

一〇「限りなくありし昔」は、仲忠の藤壺への昔の愛とてぞ、聞こえにくきや。一一からうして、もの思ひ知られたりけるかな。問ひ給へる人は、一二あなたの御懐にのみぞあなる」とあるを、いとよう見給ひて、度々文遣りなどするは、いとないがしろにはあらぬなめり、いかで、いましばし据ゑて、せむやう見むと思して、御心地落ち居ぬ。

一三帰りおはして、つれなくて居給へり。

一五　仲忠、藤壺に歌を返す。

殿上に、酒飲みののしりて、鍋の蓋の返り言は、物取り食ふ翁の形を、一御膳まろかして作り据ゑて、それに、かく書き給ふ。

仲忠「二白栲の雪間掻き分け袖ひちて摘める若菜は一人食へとや

三羹時は、まだ過ぎ侍らざりける」

とて奉れ給ふ。

情をいう。

一一　私も、ようやく、恋のもの思いがわかるようになりました。

一二　「あなた」は、仁寿殿の女御をいう。

一三　帝は、昼の御座にお戻りになって。

一　ご飯を丸めて。翁が雪まみれになったさまを模したものか。

二　「白栲の」は、「雪」の枕詞。

三　羹はまだ充分に温かいので、こちらに来て、一緒に召しあがりませんか。

一六　仲忠、殿上の間で、涼たちと過ごす。

物など食ひ果てて、大将、この物ども奉れ給へる物どもを、さながら取り集めて、返し奉り給ふとて、孫王の君の御もとに、「これを、いと全く返し奉るは、朝にもいと疾く賜はらむとて、器物侍らずは、求めさせ給はむほど、遅くやとてなむ」とのたまへり。

孫王の君など、いみじく笑ひ給ふ。「空言人にて、今さへもそらめき給へるかな」とて、「いとよき御厨子所の雑仕なりけり。わきても、かはらけをぞ一つ失ひてける。衣の袖解かれぬべう」と聞こえたれば、集まりて笑ふ。大将、「今、ふるをさにやくを奉らむ」などて、酔ひて臥し給へり。

上より、「遅し」とて召せば、「涼の朝臣酒を強ひて賜び侍りつ

一　この食べ物を下さった時の食器を。
二　すっかりそのままお返しするのは。
三　「朝」は、翌朝の意。
四　この食器がないと、別の食器をお探しになっているうちに遅くなってしまうのではないか。
五　冗談ばかり言う方で、今でもこんな冗談をおっしゃるのですね。
六　「御厨子所の雑仕」は、食器の心配をしてくれた仲忠を戯れていう。
七　衣の袖の中にないか、着物を脱いでお探しください。
八　殿上の間の人々が。
九　「ふるをさにやく」、未詳。「古き雑役」の誤りと解する説もある。

るに、「前後も知らでなむ」。空酔ひをし、空言をして参り給はず。帝、休むならむと思して、しばし召さず。

一七　巳の時から日が暮れるまで、講書が続けられる。

かくて、巳の時うち下りてのほどに、青鈍の綾の袴、柳襲などいと清らにて、今日の移しは、麝香・薫物・薫衣香、物ごとにし返したり、さて参上り給へば、昨夜の俊蔭のぬしの集を読ませ給ふ。読み暮らして、暗うなりぬ。上、「いと日高う始めつ。さらに、な立ちそ」とのたまひて、御殿油いとど参りて読ませ給ふ。

一八　亥の時頃から、仲忠、俊蔭の母の歌集を読む。

亥の時ばかりよりは、これはしばしとどめさせ給ひて、小唐櫃開けさせて御覧ずれば、唐の色紙を、中より押し折りて、大の冊

一〇「前後も知らず」は、何がなんだかわからなくなった状態をいう。

一「下る」は、その時刻の後半になることをいう。「うち」は、接頭語。

二「青鈍」が喪服ではない例。「蔵開・上」の巻【一五】注三参照。以下「し返したり」までを挿入句と解した。

三「移し」は、「移しの香」の略。

四「し返す」を、香を改めて薫き染めるの意と解した。

五【七】注一六参照。

一 俊蔭の母の歌集が入っている「浅香の小唐櫃」をいう。【一】注四参照。

二 中央で二つに折って。

以下、俊蔭の母の歌集は四冊の冊子本で、それぞれ異なる書体で記してあった。

子に作りて、厚さ三寸ばかりにて、一つには例の女の手、二行に一歌書き、一つには草、行同じごと、一つには片仮名、一つは葦手。まづ、例の手を読ませ給ふ。歌・手、限りなし。四所さし向かひて、人に聞かせで聞こしめす。

今宵は、后の宮参上り給へり。たはのこれうのゐかひたち、いと多かり。かかることありとて、御簾のもとに后の宮おはせば、上は、大将に御目くはせて、みそかに読ませ給ふ。后の宮、「内裏こそ聞かせ給はざらめ。講師は心せよ」とのたまへば、え読までで爪食ひもて候ふ。上、「いと悪き朝臣なりけり。かく、な臆せられそ。ただ、言ふに従ひて読め。これは、誰も誰も読みつべけれど、そゐに異人の読むまじきよしのあれば、まづ読まするぞ」とのたまへば、少し高く読む。所々は、音にも読む。后の宮、いみじう憎み給ふ。されど、いとよく聞こしめす。異人は、え聞き知らず。聞こしめし知りたる限りは、上も春宮も泣き給ふ。したるやうは、ただ、ありつることを、物語のやうに書き記しつつ、

三 「女の手」は、平仮名。草仮名をさらに簡略にしたもの。「女手」ともいう。
四 「草」は、「草仮名」の略。「菊の宴」巻【五】注三参照。
五 「葦手」は、草仮名などで、水辺の葦などに模して装飾的に書いた文字。
六 「例の手」は、「女の手」をいう。
七 「四所」は、帝・春宮・五の宮・仲忠の四人。
八 「たはのこれうのゐかひ」、未詳。「台盤所に候ふ御達」の誤りと解する説もある。
九 講師は、私にも聞こえるように、気を遣って読め。「講師」は、仲忠をいう。
一〇 「爪食ふ」は、きまりが悪く思うさまをいう。
一一 「そゐに」は、「そゆゑに」の約。訓点資料に多く見られる語。

その折の歌どもをつけたり。おもしろきところも悲しきところも
ありて。[一四]

一九　暁方に、俊蔭の日記を見る。

かくて、暁方になりて、上、[帝]「かかる、ことわりなり。この母皇女(みこ)は、昔、名高かりける姫、手書き、歌詠みなりけり。院[一]の御姉(いもうと)の、女御腹なりけり。さりける人の、さる折々にし置きたりける言(こと)なれば、かくいみじきなり。これは、女一の宮には見せたりや」。大将、[仲忠][二]「見給へつけし所にて、[三]外題(げだい)ばかりをなむ。さては、今宵となむ開きては見給ふる」。[1]上、「かしこにて講ぜらるべきものなり」とて、「これは、しばし」とて、「[四]いま一つを」とて御覧ずれば、これは、俊蔭(としかげ)が、京より筑紫(つくし)へ出(い)で立ち、唐土(もろこし)へ渡りたりける間(あひだ)よりはじめて、京に娘の上を言ひ初めて言ひつつ、折々に[五]詩(うた)あり。これがおもしろく悲しきことは、[六]かれには[2]まされり。

一二　「音」は漢字の音だろうが、仮名の歌をどのように読むのかよくわからない。
一三　書かれている内容は。
一四　接続助詞「て」でとめた表現。

一　嵯峨の院の異腹の姉。「俊蔭」の巻【二】注三、「楼の上・上」の巻【二四】注一六参照。嵯峨の院は后腹だろう。
二　「見給へつけし所」は、京極殿の蔵をいう。
三　表紙の外題だけを見ただけです。
四　「いま一つ」は、俊蔭の日記が入っている「蘇枋の大いなる（唐櫃）」。【一】注五参照。
五　この「うた」は、漢詩の意。
六　「かれ」は、俊蔭の母の歌集の歌をいう。

[七]その巻にしも取りあたりて聞こしめして、「これは、尚侍の見るべきことどもにこそあめれ。[3]見せたりや」とのたまふ。大将、「さも侍らず。これは見せ侍らむ」とて取り替ふれば、[八]「なほ見果てよ」とて御覧ずるに、おもしろき、悲しきこと限りなし。また、異に取り替ふる巻は、[九][4]蓮華の花園にて、天人翔り給ひし時、詠み集めたる[5]言ども、そのよし記せるなり。上、愛で給ふこと限りなし。

二〇　帝、譲位の意向を漏らし、春宮を戒める。

「夜明けぬべし。長き夜をし尽くすべくもなき言どもなめり。今は、これらは、[一]ただに見む。[二]集ども日記どもなどをなむ、[1]読ませて聞くべき。それは、[三]仏名過ぐしてせむ。[四]この朝臣、いと苦しと思ひためり」と仰せられて、春宮に聞こえ給ふ、[五]「そのこととなければ、対面すること、いと難し。かかるついでに聞こえむと思

七「その巻」は、「娘の上を言ひ初めて言ひつつ」とある巻のこと。

八 このまま最後まで読め。

九「俊蔭」の巻【二】参照。俊蔭は、この蓮華の花園で、天人から、秘琴を南風・波斯風と名づけられ、「この二つの琴の音せむ所には、娑婆世界なりとも、必ず訪はむ」との予言を得ている。ただし、作詩のことは見えない。

一「ただに見る」は、講書の形を取らずに自分で読むの意。

二 俊蔭の詩集と俊蔭の父の日記をいうか。

三「仏名」は、「仏名会」に同じ。「嵯峨の院」の巻【三六】注一参照。

四「この朝臣」は、仲忠をいう。

ふこともあり。この朝臣こそあめれ。それは、[六]行く先の御後見すべき人なめれば。[2]月ごろ、聞けば、[七]上にものし給はずと言ふなるを、なほ、上に[3]出で給ひて、例の作法にまつりごとあらせてこそ。候はせむに、思す人あらば、夜は参上らせ、昼は[八]上局賜ひなどしてこそ。例に違ひて聞こゆれば。[九]そがうちに、[一〇]小宮と申しし人の、いたく嘆かるるやうに聞こゆるは。などかは、[一一]いと、さしも。[一二]院の聞こしめすところもあり。御歳高くなりぬれば、御世、いまいくばくもあらじを。そがうちにも、[一三]宮のいとらうたくし給ふ宮なり。天下に心にかなはずとも、少し心とどめてこそ」と聞こえ給へば、（春宮）「それは、さ思ひ給ふることなり。先つ頃も、『渡り給へ』と聞こえ、かしこにもまうでて侍りしかども、聞こゆるにも従ひ給はず、いと荒々しく御気色のあれば、月ごろ、かしこまりて、ものも聞こえず侍り」。上、（帝）「それものたまふやうありとぞ聞くや」。宮、（春宮）[一四][4]「交じりて侍るめる者を、[5]よろしからず思すなり。それ、初め、[一五]かしこになむ、『今宵、[6]いざ給へ』[7]と聞こえしを。

五　何か特別な理由がないと。
六　「行く先の後見」は、将来即位した際の後ろ盾となってくれる人の意。
七　「上」は、春宮の御所の殿上の間をいう。
八　「上局」は、春宮の御所に賜る局。
九　下に「こうして忠告するのだ」の意の省略がある。
一〇　嵯峨の院の小宮。「小宮」は、春宮と結婚する前の愛称である。
一一　どうして、そんなふうに、小宮がお嘆きになるようなしうちをなさるのか。
一二　「院」は、小宮の父嵯峨の院。
一三　「宮」は、小宮の母大后の宮。
一四　「交じりて侍るめる者」は、藤壺をいう。
一五　「かしこ」は、小宮をいう。

さてなむ絶えたるを、いかなるにか[8]侍らむ、よからず思して、この人[一六]かしこに侍るとて御気色悪しければ、勘事許さるるまでなむ、[一七]心ざしをば失ひ侍らねど。ついでには、おのづから聞こしめしてむ」。上は、「後は[一八]祓へ物にもなし給ふとも、院のおはします世に、かかると聞こしめすなむ、いといとほしき。[9]いかやうなることどもを思したるにやあらむ、上も宮も、御髪下ろしてむとし給ふなり。[一九]世保ち給ふべきこと近くなりぬるを、平らかに、謗られなくて保ち給へ。[二〇]人の国にも、最愛の妻持たる王ぞ、謗り取りたるめる。さ言はるる人持給へれば、戒め聞こゆるなり。わきても、[二一]ここに、[10]よき妻の限り集へたれど、え褒められずなりぬるや」。宮、「かしこ[11]にこそ侍るめれ。言葉も惜しまずのしることは、ほかには、え侍らじ」と聞こえ給ふほどに、明け離れぬ。

二一　帝、仲忠に禄として石帯を与えて、講書を終える。

一六「かしこ」は、藤壺（飛香舎）をいう。春宮の御所が梅壺（凝花舎）ならば、藤壺はその隣で、梅壺へは藤壺を通ることになる。それゆえ、小宮は、梅壺に上ることを拒み、藤壺を不快に思うのか。小宮の殿舎は、未詳。

一七 小宮に対する愛情は失っていないのですが。倒置法。

一八「祓へ物」は、祓えの際に穢れや災いを移して流し捨てる形代。

一九「世を保つ」は、春宮が即位することをいい、譲位が近いことをほのめかす。

二〇「人の国」は、唐をいう。以下、楊貴妃と玄宗皇帝のこと。参考、『源氏物語』「桐壺」の巻「上達部、上人なども、あいなく目を側めつつ、『いとまばゆき人の御おぼえなり。唐土にも、かかる事の起こりにこそ、世も乱れ悪しかりけれ』と、やうや上、世の中に名高くて伝はり来る御帯あまたある中に、よしと思すを取り出ださせ給ひて、大将に、「これ、一日に、朝拝[一]などあらむ折ものせられよ」とて賜ふ。大将、舞踏し給ふ。

明けぬれば、まかで給ひなむとす。上、「仏名過ぐして、必ず、いま二三日ものせられよ。年の初めには、え読むまじき書[二]なめるを。仁寿殿[三]は、今年は参るまじきにやあらむ。みづからの上にかやうの時よりも、いと久しかめるは[四]。もし、そこに乳母せさせてものせらるるか[五]。まめやかには、そそのかして参らせられよ。昔はかくもあらざりしかど、末の世には、妻の侮るにこそ」とのたまへば、大将、かしこまりて承り給ふ。この御書どもは、皆封つけさせつつ、御厨子に納められぬ。

二二　夜が明けて、仲忠、藤壺に戻る春宮を送る。

春宮、帰り給へり。殿上人・学士[一]など率ゐて、大将も、藤壺ま

う、天の下にも、あぢきなう、人のもて悩みぐさになりて、楊貴妃のためしも引き出でつべくなりゆくに」。
三「ここ」は、一人称。

一「朝拝」は、「内侍のかみ」の巻【四】注七参照。
二【二】に、「帝も、御しほたれ給ふ」とあった。新年に、涙は不吉である。
三 女御は、女一の宮の出産で退出したままになっていた。「蔵開・上」【六】参照。
四 自分が出産した時よりも、ずいぶんと長い間退出していらっしゃるようですね。
五 ひょっとして、あなたが女御にいぬ宮の乳母をさせていらっしゃるのですか。

一 東宮の学士。藤英とは別人か。「沖つ白波」巻【一四】注三六参照。

で御送りし給ふ。孫王の君に消息申し置き給ひて、梨壺にまうで給ふ。

宮は、藤壺に入り臥し給ひぬ。

二三　仲忠、梨壺に立ち寄り、懐妊したことを確認する。

大将の君、梨壺に対面し給へり。「日ごろ候ひ侍りつれど、聞こえざりつるかな」。「いつも上にとのみ承りつれば、これよりも、え聞こえざりつる」。大将、「いとつらく[1]、思し隔て[一]たりけること。先に参りたりし[二]かど、などかのたまはざりけむ」。梨壺は、「何ごと[2]ぞや。聞こえぬことなきものを」。大将、「あるやうおはしけるものを。こればかりは、殿[三]の御ためにも、仲忠らがためにも、体面[四]なることなむ侍らぬ。例のやうなる世[五]に、そよりめでたきことなりとも、何かは。かく、皆人[六]の、不用になりぬと言ひ騒ぐ世に、いかにまれ[3]、かかる聞こえ[七]のあるのみなむうれしきこと侍るべ

二　藤壺への伝言。

一　「思ひ隔つ」は、ここは、懐妊したことを黙って隠していたことをいう。
二　「先に参りたりし」は、「蔵開・上」の巻【三六】参照。
三　「殿」は、父兼雅。
四　「体面なり」は、面目が立つの意。
五　「例のやうなる世」は、次の「かく……言ひ騒ぐ世」との対比で、春宮の妃たちが普通に平穏でいる時の意。
六　「皆人」は、藤壺以外の春宮妃たち。
七　「かかる聞こえ」は、懐妊したという噂をいう。
八　「よきこと」は、逆説的に、悪阻（つわり）のことをいうか。【三〇】注三にも、「よきこと候ひつきて」とある。「憂きこと」の誤りと解する説もある。
九　この相撲の節のことは

き」。（梨壺）「いで。あやしの問はず語りや。[八]よきこと候ひつきて、何かはとてこそ」。大将、「いつばかりよりかは」。君（梨壺）、「[九]相撲（すまひ）の節（せち）の頃、暑気（あつけ）にやなど思ひしほどよりにやあらむ」。大将、「いと久しくなりにけるを、殿には聞こしめしたらむや」。（梨壺）「いで。いかでか。[一〇]聞こえばこそはあらめ。時のなく、恥づかしければ。ここなる人にだに、あまたには知らせぬものを、いかでか聞き給ひつらむ」。大将、「[一一]一夜（ひとよ）、五の宮の奏し給ひしをなむ」。君、「五の宮の御心ぞ、いとあやしきや。[一二]かくいたづらにてありとにやあらむ、（五の宮）『[一三]我はしも憎まじ』などのたまひしを、この頃、音もし給はぬは、[一四]かう聞き給ひてなりけり」。大将、「世の中のあだ人[4]となむ騒がれ[5]給ひて、世をばないがしろに思ひて、御前（おまへ）にも、慎（つつ）むことなく、よろづのことを奏し給ふや。なほ、よく心慎（つつし）みて候ひ給へ。[一五]探女（さぐめ）[6]のみあり」とのたまへば、（梨壺）「一所（ひとところ）により奉りて、胸のみなむつぶれ侍る。[一六]大殿（おほいどの）の君一所（ひとところ）のみこそ、あまたの人の名は立て給ふめれ」。大将、「[一七]院の御方は参上（まうのぼ）[7]り給はずとか」。（梨壺）「いで。[一八]この春、いみじ

語られていない。

一〇　春宮のご寵愛もない今、恥ずかしいので、父上にはお知らせしていません。

一一　「一夜」は、【五】参照。

一二　挿入句。私がこんなふうに春宮の寵愛も受けられずにいるからでしょうか。

一三　兄の春宮と違って、私は、あなたを愛しています。「憎まじ」は、五の宮の言葉を、梨壺の立場から弱めた表現。

一四　私が懐妊したとお聞きになったからだったのですね。

一五　「探女」は、「天の探女」のこと。邪悪な心で、人の心の中を探る女神。ここは、梨壺方の動静を探ろうとする侍女たちをいう。

一六　太政大臣源季明の大君。

一七　嵯峨の院の小宮。

一八　以下、【三〇】の春宮の発言に、「先つ頃も……」とあった時のことだろう。

き御いさかひありて、御衣引き破られ、よろづの所掻き損なはれ給ひて後は、参上らせ奉り給はざなり。されど、かくてのみは、よにも、昔、時におはせし人なれば。宮に対面賜はる時も、『あはれと思ひ聞こゆれど、心憂ければ』などぞのたまふ」。大将、「やむごとなき所もや引き破られ給へらむ。さては、まして、いかならむ」とて、「今、一二日過ぐして参らむ」とてまかで給ひぬ。

［梨壺。］

二四　仲忠、退出する。洗髪で不在の女一の宮に手紙を書く。

かくて、大将の君、まかで給ひて、這入りて見給へば、昼の御座所にも御帳の内にも、宮おはしまさず。あやしと思ひて、中務の君に、「いづくにぞ」とのたまへば、「西の御方に御泔参る」と聞こゆれば、あさましと思ひて、「などか。まかで侍りとは聞こ

一九　「掻き損なふ」は、ひっかいて傷つけるの意。
二〇　「されど、昔、時におはせし人なれば、かくてのみは、よにも（あらじ）」の倒置表現。
二一　小宮を。【三〇】注一七にも、「心ざしをば失ひ侍らねど」とあった。
二二　「やむごとなき所」は、体の大事な所、いわゆる急所を戯れて言ったものか。

一　「宮」は、女一の宮をいう。
二　「西の御方」は、仁寿殿の女御の居所。ただし、【三】注四、【八】注六には、「南の（御）方」とあった。
三　「おぼろけに」は、「お

しめしつらむを。今日しも、おぼろけに[三]久しく洗ます御髪のやうに。洗まし干さむほど、命短からむ人は、え対面賜はらじかし。さて、いぬは」とのたまふ。「それも、あなたに」と聞こゆ。[四]「大輔呼び給へ」とて召したれば、いぬ宮抱きて出で来たり。おとど抱き取りて見給へば、[五]粉をまろかしたるやうに肥えて、[六]見知り顔に物語す。いとうつくしと思ひ、宮の御もとに、御文奉り給ふ、

「からうしてまかで侍りつるを、渡らせ給はぬこそ。[七]大空のだ[1]にあるものを。今日の御泔こそ。

[八]鳴る神も[2]裂くとは聞かぬ会ふことを今日あらはるるかみは何ぞも

そなたにや参り来べき」

と聞こえ給へり。されど、御返りも聞こえ給はねば、むつかりて、いぬ宮抱きて、昼の御座に臥し給ひぬ。大輔に、[3]「この子は、人にや見せつる」とのたまへば、「さも侍らず。誰も誰も、[九]西の御

ぼろけならず」の意。特別に久しぶりに髪をお洗いになるなんて。

四「大輔」は、いぬ宮の乳母。大輔の乳母。

五「粉をまろかす」を、白い粉を丸めて作った餅などのさまの形容と解した。

六 父親の顔を見てわかるかのように。

七『元良親王集』「大空の月だに宿は入るものを雲のよそにも過ぐる君かな」により、女一の宮の不在を嘆いたものか。「大空の神」の意で、次の『古今集』の歌による表現と解する説もある。

八「あらはるるかみ」に「現はるる神」と「洗はるる髪」を掛ける。引歌、『古今集』恋四「天の原踏み轟かし鳴る神も思ふ仲をば離くるものかは」。

九「西の御方」は、注二参照。

方に渡りおはしまして、[一〇]見奉らせ給はむとありしかど、御帳の内に、かく抱き奉りて[一一]なむ。ただ春宮の[一二]若君たちなむ、[一三]おとどの君に抱かれ奉り給ひておはしまして、隠し奉りしかど、[一四]内裏の上をもこなたの上をも打ちかなぐり奉り給ひつつ、『宮の児見せよ、見せよ』[4]とのたまひしかば、[一五]上なむ、打たれわびて、見せ奉り給[一六]ひしか。うつくしみて抱き持ちておはせし」。おとどの、「いとものの狂ほしきことどもかな。かばかりのほどのことは、昨日今日のやうに、いとよく思ほゆるものを。男君たちに、かかるわざをこそ。[一七]わが君は、いとよく隠し給へ[5]。隠しておはせむをば、何わざをかし給ふべき」。大輔、[一八]「御髪にかかりて、二所ながら泣きののしり給ひしかば、いかでかは」と聞こゆれば、すべて疎かなるわざにこそ[6]、いとものしと思したり。

二五　仲忠、女一の宮のもとを訪れる。

一〇「見奉らせ給はむ」の「せ給ふ」は、大輔の立場からの敬意の表現。

一一 下に「お見せいたしませんでした」の意の省略がある。

一二 底本「わか君」を「若宮」の誤りと見る説もあるが、「若君」のままにした。「あて宮」の巻【一〇】注八参照。

一三「おとどの君」は、正頼をいう。

一四 仁寿殿の女御をも女一の宮さまをも叩いたり引っ張ったりし申しあげなさって。女一の宮が「西の御方」に行っていた時のことか。

一五「上」は、「こなたの上」のことで、女一の宮をいう。

一六「しか」は「し」の誤りか。

一七「わが君」は、大輔への呼びかけ。

一八 女一の宮さまの髪を引っ張っての意。

宮、つとめてより暮るるまで、御髪洗ます。御湯帷子して、おもと人立ち居て参る。洗まし果てて、高き御厨子の上に御褥敷きて干し給ふ。女御の君の御前にあたりて、廂に横さまに立てたる御厨子なり。母屋の御簾を上げて、御帳立てたり。宮の御前には、御火桶据ゑて、火熾して、薫物ども焼べて薫き匂はし、御髪あぶり、拭ひ、集まりて仕うまつる。「こなたに渡り給ひて干させ給へ」と、おとど聞こえ給へば、女御の君、「かうのたまふなるを、あなたにて干し給へかし」。宮、「何か。今、干し果てて」とのたまふ。右近の乳母といふ、「干し果てさせ給ひてこそ。渡らせ給へらば、ただ大殿籠もりなば、御髪に撓つきなむず。御産屋のその日のうちにだに入り臥し給ひし御心は、御髪ばかりには障り給ひなむや」。宮、「何ごとを。ものな言ひそ」とのたまふほどに、大将の君、直衣着て、中の戸を押し開けて、女御の御前につい居給ふほどに、右のおとどもおはしたり。

一　入浴などの際に着る衣。『和名抄』調度部澡浴具「内衣　由加太比良」。
二　「こなた」は、寝殿。
三　「おとど」は、仲忠。
四　そんな必要はありません。
五　「右近の乳母」は、女一の宮の乳母。ここが初出。
六　「渡らせ給へらば、ただ大殿籠もりなむ。さらば、御髪に撓つきなむず」の意。「撓」は、充分に乾かない髪に枕などでつく癖のこと。
七　いぬ宮が生まれた日のこと。「蔵開・上」の巻【二】参照。
八　「中の戸」は、殿舎を東西に隔てる中仕切りの戸。参考『源氏物語』「竹河」の巻「中の戸ばかり隔てたる西東をだにいとい ぶせきものにし給ひて、かたみに渡り通ひおはするを」。
九　右大臣源正頼。

二六　仲忠、正頼に帝の譲位の意向を告げ、帯を見せる。

宮あらはなれば、[一]御屏風取り出でて立つれば、「何か。いとよかめるものを。さて、疾くを干させ給へ。[二]あなたにも御厨子は多く侍るものを」などて、女御の君に聞こえ給ふ、「今朝、[三]仰せ言侍りつるを、疾く聞こえさせむと思ひ給へつれど、乱り心地の、いとあやしく侍りつれば、ためらひ侍るとてなむ。上、しかしかなむのたまはせつるは。さは、仲忠が乳母せさせ奉るとなむ仰せ給へる」。女御の君、「さこそ言へ、[1]帝、聞こゆるところ、いかにかしてのたまへる。[2]このいぬを見で、えあるまじければ。宮たちをば知り奉らで、やがて参りぬれば、ともかくも知らぬを、これは、初めより御口入れなどし侍りつれば、え、振り捨てては[四]。そがうちに、物の映えありて見よげにもしなさぬ宮仕へなれば、忙しくも思はず」。父おとど、「などか、さは思ほす。正頼が子ども

一　女一の宮は髪を干しているから身動きができないためである。
二　「あなた」は、寝殿をいう。
三　「仰せ言」は、【三】の、帝の「そそのかして参らせられよ」の発言をいう。
四　下に「参らず」などの省略がある。
五　「片端」は、欠点・難点の意。
六　「出で走る」は、人々

の中には、そこのみこそ幸ひはおはすれ。この宮たちを、そこばく、疵・片端[五]なく生ほし奉り、さまざまに言ふ効なからず、出[六]で走り、所[七]にうち群れておはしますを見奉れば、女子[八]持ち奉りたる心地こそすれ。また、この閣下[九]を、かくて見奉り給ふは、天下の后[一〇]の位を何かはせむ。来し方行く末も、またたぐひものし給ふべき人[一一]かは。もの思し知らずもありけるかな」。大将、うち笑ひて、「かたはらいたくも仰せらるるかな。それらを物の映えなく思さるるにこそ。あなた[一二]には、いぬ憎まれたる。『上に見捨てられたる』とこそは、常に勘当せらるなれ。天下[一三]し給ふべきこと近くなりたるやうに仰せられつるものかな」。おとど、「朱雀院[一四]修理し果てつめれば、さもあらむ」。大将、「日ごろは、宮も上になむおはしつる。月ごろ見奉らざりつるほどに、いと清らになり給へる」。おとど、「わが国の王にはあまり給へる人なり」。大将、「い[一五]とどからき役をなむ。春宮は、いと気高く心憎くて、つとまぼり給ふ。五の宮は、いとものはなやかにて、何ごとを見つけむと思

の中に交わるなどの意。「内侍のかみ」の巻【三〇】注四参照。
七 「所」を、わが家の意と解した。「一所」の誤りと解する説もある。
八 娘を持っていてよかったの意と解した。
九 底本「かむか」を「閣下」の誤りと見る説に従った。仲忠を戯れていうか。
一〇 「后の位も」の誤りか。
一一 「人」は、仲忠をいう。
一二 「あなた」は、女一の宮をいう。
一三 「天下し給ふべきこと近くなる」は、【三〇】注一九参照。
一四 史実では、朱雀院は、天暦四年（九五〇）に焼失して以降、後院としてはほとんど使用されなかった。
一五 帝の御前で講書をしたことをいう。

したる御気色にて見給ふ。御書をとさまかうざまに読ませ給ふを仕うまつりつるは、いとこそ難う侍りつれ。さは侍れど、一六重物をこそ賜はりて侍る」。おとど、「何にかあらむ」。仲忠「御帯なり」。おとど、「いで。見給へむ[7]」とのたまふ。

取りに遣はしたれば、螺鈿の帯の箱に、袋に入れて、御包みに包みて持て参れり。おとど、引き出で見給へば、一七貞信公の石の、いとかしこきなり。驚き給ひて、正頼「これは、また、世になき物なり。これを賜はり給ふばかりに、仕まつり、感ぜしめ給へるこそ、いと恐ろしけれ。これは、一八小野の右[8]のおとどの御帯なり。これによりてなむ、多くのことありし。それによりてなむ一九真言院の律師山籠もりしにしかば[9]、小野に籠もり居給ひて、千蔭『今は領[10]ずべき人も侍らず』とて、二〇院に奉り給ひしを、二一内裏の位に居給ひし時、渡し奉り給ひてしなり。かしこき御宝になむせさせ給へる。あまた候ひつらめども、これがやうには、えあらじ」とのたまふ。大将、「これは、藤壺の御徳に賜はりて侍り。宮の御文奉り給へりける

一六 「重物」は、貴重な物の意。
一七 「貞信公」は、藤原忠平の諡。天暦三年(九四九)没。「石の」は、「石の帯」の略。「忠こそ」の巻【二】注三に、「父おとどの御もとに祖の御時より次々伝はれる名高き帯」とあった。貞信公の帯は史上にも見え、この物語の成立年代論の論点の一つになっている。
一八 「小野の右のおとど」は、小野に籠もった右大臣橘千蔭、忠こその父。「忠こそ」の巻【三】参照。
一九 忠こそ。「吹上・下」の巻【四】で「真言院の阿闍梨」になり、「あて宮」の巻まで阿闍梨とある。
二〇 嵯峨の院。当時は帝。千蔭が嵯峨帝に帯を献上したことは、「忠こそ」の巻には見えない。
二一 朱雀帝が即位なさった

御返りを御覧じて、何ごとか聞こえ侍りけむ、いみじく思ほし入りたる御気色を、あやしと見奉りしほどに、御書仕うまつり違へて、上の笑はせ給ひしかば、かしこさに、誦せさせ給ひし句をなむ、わななくわななく、ものもおぼえず誦じ上げて侍りける。それに、『禄、何よからむ』など仰せられて賜はりつるなり。失礼仕うまつりては、重き禄賜はるものなりけり」。弾正の宮、「それを例にしたらむ人は、いかがあるべからむ」とのたまふ。

二七　正頼のもとに、さま宮の男子出産の報が届く。

女御の君、わが御前、宮たちの御前どもの御台どもを参らせ給ふ。大将は、まだ物も参らざりけり。おとど取り映やし給ひて、御酒など少し参るほどに、「源中納言の北の方、子生み給ふとて、いたくわづらひ給ふ」とて騒ぐ。おとど、「典侍、かしこにものせよ。心しらひたる人なくて悪しからむ」とのたまへば、「早く、

時、嵯峨の院がお譲り申しあげなさった石帯です。
三　春宮が講書の最中に藤壺からの返事を読んだ時のことをいう。【七】参照。
亖　挿入句。藤壺さまのお返事は、どのような内容だったのでしょうか。底本「侍り」、不審。「給ひ」の誤りか。
亖　「けり」は、自分でもわからないうちにしてしまったという気持ちを表す。
亖　「失礼」は、失態などの意。黒川本『色葉字類抄』「失礼　シチライ」。
云　「人」を、弾正の宮自身をいうと解した。

一　仲忠が酒などを少しお飲みになっている時にの意。
二　「源中納言の北の方」は、源涼の妻。さま宮。
三　いぬ宮の湯殿を務めた典侍。「蔵開・上」の巻【二】

昼召しありつれば、参り[3]給ひぬ」と聞こゆ。おとど、「立ちながら訪(とぶら)はむ」とておはしぬ。大将の君、訪(と)はまほしう思へど、苦し[六]うてものし給はず。

かかるほどに、生み給ひてけり。男と言ふ。

二八　仲忠、女一の宮を連れて戻り、一緒に御帳に入る。

女御の君、仁寿殿「御髪(みぐし)は干給ひぬや。はや渡り給へ」とて、奥へ入り給へば、大将、[一]御屏風(びやうぶ)押し開(あ)けて見給へば、宮、濃き袿(うちき)の御衣(ぞ)に、赤らかなる、また、[二]黄気(きいけ)つきたる織物の細長(ほそなが)引き重ねて奉りて、白き御衣(ぞ)引きかけて、御髪は、少し湿(しめ)りて、四尺(ししやく)の御厨子(みづし)より多くうち延(は)へて、[三]瑩(やう)じかけたると見ゆ。小さき御台して、御湯づけ・果物(くだもの)など参りたり。大将、仲忠「あな見苦しの御すまひや。[四]あなたにて干し給へ。一人は、いと侍(はべ)りにくくし」とて、掻(か)き抱(いだ)き下(お)ろして、[五]率(ゐ)て奉り給ひて、やがて[六]御帳(みちやう)の中に入り臥(ふ)し給ひぬ。

注六参照。
四 「かしこ」は、東南の町の西北の対をいう。「沖つ白波」の巻【四】参照。
五 お産の心得がある人がいないと具合が悪いだろう。
六 仲忠は、前夜徹夜していた。

一 【二六】に、「宮あらはなれば、御屏風取り出でて立つれば」とあった。
二 「きいけ」を、「黄」の延音に接尾語「け」のついた形と見る説に従った。
三 「瑩じかく」は、「あて宮」の巻【五】注八参照。女一の宮の髪は、「蔵開・上」の巻【六】注一九参照。
四 女一の宮が仲忠の勧めに従って寝殿で髪を干さなかったことをいう。
五 「率て」は、寝殿に連れて行くことをいう。
六 「御帳」は、【三四】に見

「などか、御文奉れたれど、ここにてもかしこにても御返りは賜はらぬ」とて、日ごろのありつる御物語聞こえ給ふ。宮はた言ひしことどもなど聞こえ給へば、「内裏に馴らひて、ここなる時もあなたに常にあめれば、見もすらむかし。顔も心もをかしき者と見つるを、憎くものを見ける」。大将、「さて、父ぬしぞ」。宮、「それは、さも見えぬものを」。大将、「あなかま。御叔父たちは、皆、さる心なきものなり。一人は、いたづらにもなされぬめりき。誰にかあらむ、さばかりものを思ふめりしは」。宮、うち笑ひて、「あやしき濡れ衣なりや。異筋にこそ見ゆめりしか」。「いで。そゐに、妹の君ならむやは。異宮たちは、いと小さくこそおはしけめ」などて大殿籠もりぬれば、右近の乳母うちむつかる。「さればこそ聞こえさせつれ。明日も御泔は参りぬべかめり、さがなく御殿籠もりぬれば。おぼろけに参りにくき御髪のやうに」と聞こゆれば、女御の君、「あなかまや。夜昼御前に候はれければ、うち休まむとこそは。何かは。御髪のわたりも何も、人

える、寝殿の御帳台。

七 「かしこ」は、宮中をいう。

八 「宮はた言ひしことども」は、【八】の、宮はたの「内裏の上の御もとにまうづれば、いと清らにて、常に見え給ふぞかし」の発言などをいう。

九 問題なのは父君（祐澄）のことです。

一〇 「さる心」は、叔父らしい心の意か。

一一 「一人」は、仲澄をいう。

一二 仲忠は、仲澄に、「もし、見ぬ人恋ふる御病か」と発言していた。「俊蔭」の巻【六〇】注七参照。仲澄が藤壺への思いで亡くなったことを知っていて、わざと言う。

一三 倒置法。

一四 「そゐに」は、【一八】注一一参照。

一五 「妹の君」は、仲澄の妹、特に、藤壺をいう。

の見奉り給はむに、よもこそ。ともかくもし給はむ。[一八]さらに」とのたまふ。

二九　翌朝、仲忠のもとに、母尚侍の手紙が届く。

またの日になるまで、出で給はず。御膳参りて、[一]御台など鳴らせど、聞き入れ給はず。しわづらひて、中務の君、「御台参る」と聞こゆれば、「いと眠たく苦し。小さき盤に少し分けていませ」とのたまへば、[二]中の盤に、御分け、[三][1]別に少し分けてし物、御合はせなど持て参れり。まづ宮に少し召させて、御下ろし少し参りて、大殿籠もりぬ。またの昼つ方まで出で給はず。

尚侍の殿より、御文あり。

「などか、久しく。[四]かねてのたまひしことを、さらむ時と思ひ設けたること[2]なんども、[五]今日こそ[3]はとな[4]む思ふ。ものし給ひて見給へ」

一六　【三五】の、右近の乳母の発言参照。右近の乳母は、寝殿から仁寿殿の女御がいる西の対に報告に行ったのである。

一七　ちょっとお洗いすればすむ髪であるかのように。女一の宮の髪の豊かさをいう。

一八　心配することはまったくありません。

一　御台を鳴らすのは、食事ができたことの合図。

二　「中の盤」は、「小さき盤」に対して、中ほどの大きさの皿をいうか。参考、『河海抄』「若菜上」の巻「延長御記日采女調和若菜羹供進采女又以供進余羹給侍臣盛中垸置中盤」。

三　「別に少し分けてし物」は、上の「御分け」の説明。

四　「かねてのたまひしこと」は、涼への産養の返礼をいう。「蔵開・上」の巻【一九】

とあり。おとど、「まことや、さることありかし。あな苦しや。いかでまうでむ」とて、

「ただ今参りて。さらなれば、聞こえさせぬ」

とて奉り給ひぬ。「さてもあらじ。また、ほかざまへ、な[六]」と聞こえて出で給ひぬ。

三〇　仲忠、兼雅に帯を見せ、梨壺懐妊の報告をする。

三条殿にまうで給へれば、産養のことども、いと清らにて[1]、子[一]持ちの前の物どもなど、皆し具して[二]、あしこに引き出だしたらむにもどかしからずせられたり。洲浜[三]、湧き水の傍らに、鶴立てり。その鶴のもとに、葦手にて、黄金[四]の毛にて打ちたる、

今宵[五]より流るる水のおのが世にいく度澄むと見よや鶴の子[2]

とあり。よろづの物具して、取り出でて見せ奉り給ふ。物など参る。父おとど、いたう興じて見え給ふ。

で、仲忠は、「かしこにも、立たむ月ばかりには、かかることは侍るべかなるを、訪はでは、え侍らじ」と言っていた。

五　今日は涼の子の産養三日目にあたる。

六　下に「おはしましそ」などの省略がある。

一　「子持ち」は、さま宮。

二　「し具す」は、何もかも備わる、揃うの意。「内侍のかみ」の巻【三〇】注五参照。

三　参考、『拾遺集』賀二七三番の歌の詞書「天暦の帝四十になりおはしましける時、山階寺に金泥寿命経四十巻を書き供養し奉りて、御巻数鶴にくはせて洲浜に立てたりけり。その洲浜の敷物にあまたの歌葦手に書ける中に」。

大将、「日ごろ内裏に候ひ侍りて、夜昼御書仕うまつり侍りて、一日なむまかで侍りし。やがて候はむとせしかど、明くる日まで候ひて、乱り心地のいと悪しく侍りしかば、その名残や侍らむ、昨日今日起き上がられ侍らざりつるを、御消息の侍りつればなむ。さるは、御覧ぜさすべき物も侍り、聞こえさすべきことも多く侍り」。父おとど、「何書か仕うまつられつる」。「いで。故治部卿のぬしの御集どもなどの侍りけるを、何かは、文書などをさへ秘し侍らむとて、『御覧ぜむ』とありしかば、持て参りて侍りしを、やがて、『仕うまつれ』と仰せられしかばなむ。さて、かかる物をなむ賜はりて侍る」とて、帯を見せ奉り給ふ。「これは、さ聞く御帯なり。いとかたじけなく賜はせためるは。一日、頭の中将の、『世の人の言ふやうなむ、「帝のやむごとなくし給ふ物は、皆、そこに賜はりぬ。御娘の中に愛しくし給ふも、弄び物も、家までも、これと思したるは、皆なむ」と言ふ』とありしは、さも言ひつべきことにこそはありけれ」。大将、「右のおとどの御帯となむ。

四 「黄金の毛にて打つ」は、糸状の黄金で象嵌することをいう。
五 黄河の水は千年に一度澄むという。「蔵開・上」の巻【一八】注四三参照。その故事を引いて長寿を寿ぐ。
六 「明くる日」は、徹夜したことをいうか。
七 挿入句。「その名残にや侍らむ」に同じ。
八 「何の書か」の誤りか。
九 「琴はともかく、書物などまで秘密にすることはないだろう」と思って。「持て参りて侍りしを」に係る。
一〇 「やがて」は、「仰せられしかばなむ」の下に省略された「講書いたしました」の内容に係る。
一一 「頭の中将」は、源実頼。
一二 「そこ」は、二人称。仲忠。間接話法的な表現。
一三 二条の院が下賜された

これは、[一四]御前に候ひ侍りなむ。よき御帯侍らざめるを。仲忠は、故治部卿のぬしの、唐より持て渡り給へりける、[一五]まだ革もつけで石にて侍り、これにも劣るまじうは侍るを調ぜさせてさし侍らむ」。父おとど、「何か。かたじけなく、御心ざしあらむ物を。なほ、節会などにさして御覧ぜさせ給へ。[一六]ここには、さらずとも」。大将、「さらば、かの侍るを調ぜさせて奉らむ。いとかしこき[一七]角どもなど侍りけりや。さる物どもを込め置かれて、ほとほど[一八]あやしきことも」。おとど、「さらに言は[10]ぬことなり」。

大将、「[一九]いとめづらしきことの侍るは、聞こしめしたらむや」。御いらへ、「何ごとにかあらむ」。大将、「[二〇]さだ過ぎたることになむ。梨壺の御ことなり」。おとど、「御顔をだに見奉らで年ごろになりぬるを、なでふさることか」。大将、「それがあやしさに、[11]一日、まかで侍りしままに、やがてまうでて侍りしに、問ひ聞こえしかば、『何かは、[二一]よきこと候[12]ひつきて』となむのたまひし」。父おとど、大きに驚き給ひて、「いつからあることにかあらむ。[二二]宮

ことをいう。「蔵開・上」の巻【五】参照。

一四　父上のお手もとにお置きください。

一五　挿入句。

一六　「ここ」は、一人称。私は、こんな立派な帯でなくてもかまわない。

一七　「角」は、石帯の飾りの犀角。

一八　「あやしきこと」は、京極殿の蔵が盗難にあいそうだったことをいうか。

一九　以下、梨壺の懐妊の件に話題を変える。

二〇　時機を逸したことですが、おめでたいことです。懐妊を婉曲的にいったもの。

二一　「よきこと」は、【三】注八参照。

二二　春宮は知っていらっしゃるのだろうか。

は知ろしめしてや。もし、[二三]異様(ことやう)なるわざしたるか」。大将、「いとまがまがしきこと。いかがは知ろしめさざらむ。[二四]人よりは時々参(まう)上(のぼ)り給ふなるものを。[二五]七月ばかりよりと聞き侍りし」。父おとど、「いと興(けう)あることかな。昔、[二六]頼みあるほどにさばかり[13]ありて、今さあらましかば。なほ、忘れ奉るにてこそ。[二七]かくののしる世の中に、ともあれかくもあれ、さあんなるに、あやしく、思ひのほかなること」。大将、「内裏(うち)に候ひし頃、[二八]宮も、上に、[二九]かかる御気色御覧ぜ[14]させむとにやありけむ、[三〇]とどめ奉り給ひて、二日ばかりおはしますめりきかし。ありしよりも、[三一]いと景迹(きやうさく)になりまさり給ひにためり。国領(し)り給ふべきことも近げになむ」。おとど、「藤壺、いみじき人なめりかし。ただ今の后にこそは。坊がねを、一人にもあらず、二人まで、玉を磨きて持給へる。かう幸ひ人を、さともなき我らまで[三二]言ひわづらはししかな」。大将、「[三三]またも、梨壺のやうになむ。それは後よりとなむ承る」。父おとど、「あたら明王(めいわう)がねの、多くの人嘆かせ給ふにぞあめる。人一人によりて、父母、

二三 梨壺は、ひょっとして、不義密通をしたのか。

二四 【五】の、五の宮の発言に、「この御妹こそ、時々見奉りて妊じて侍るなり」とあった。

二五 【三】で、梨壺が、仲忠に、「相撲の節の頃、暑気にやなど思ひしほどよりにやあらむ」と答えている。

二六 「頼みあるほど」は、生まれた御子が立坊する期待が持てた時の意。

二七 宮が藤壺さまばかりを寵愛なさっていると評判の時に。

二八 春宮も。「おはしますめりきかし」に係る。

二九 挿入句。藤壺さまばかりを寵愛なさっていることを案じているお気持ちをわかっていただきたいとお思いになったのでしょうかの意か。

三〇 帝が春宮をとどめ申しあげなさって。

はらからと具して思ひ嘆けば、いくそばくの人の嘆きぞは。そが中にも、院[三四]の御方、いかに思すらむ」。

三一　仲忠、兼雅に、女三の宮を迎えるように勧める。

大将、（仲忠）「内裏（うち）にも、いとかしこく嘆かせ給ふめる。そのことによりては、あぢきなく、殿[一]にも仲忠らも、いと苦しき仰せ言（ごと）[二]なむ。なほ、かの[三]宮訪（とぶら）ひ聞こえさせ給へ。それによりても、いとほしく思（おぼ）されたりき。げに、院の御世、いくばくもおはしまさぬ時[1]、さなど聞かせ奉り給へ。それは、かしこに[四]まうでさせ給はむ、何のしるきことも侍（はべ）らじ。ここは、かく広く侍るめり。ただ、仲忠侍るべしとて造らせ給へる所[五]におはしまさせ給へかし」。（兼雅）「いかで。ここは、この御料（みれう）[六]に奉りたる所に、人のものし給はむこと[2]、本意（ほい）違（たが）ひたるやうに。年ごろ、いみじう愛（かな）しかりし心ざし、また人なくて心やすくてあらむをだにこそ」。（仲忠）「それは、御心寄せさせ給は

三一「景迹なり」は、すぐれている、すばらしいの意。
三二「言ひわづらはす」は、かつて藤壺に求婚したことをいう。
三三 藤壺がまた懐妊していることをいう。
三四「院の御方」は、嵯峨の院の小宮。

一 あるいは、「殿にも仲忠にも」の誤りか。
二【五】の、帝と五の宮の発言参照。
三 嵯峨の院の女三の宮。
四 父上が一条殿にお通いになるのでは、女三の宮さまを大切にするお気持ちをはっきりと表したことにならないと思います。
五 この「所」は、三条殿の南のおとどをいう。「蔵開・下」の巻【七】注一参照。
六 尚侍のためにさしあげた所の意。

ばこそは。[七]かく聞こゆるにつけては、などか。[八]やがて奉り給はばこそあらめ。広き所に、時々通はせ給はむに、なでふことかあらむ。昔、[九]若くおはしましけむ世には、計りなかりけむことにつけて、仲忠らが物の心も知らぬを掻(か)き持ては、いかばかり[3]かは悲しび給ひし」と聞こゆるままに、涙は雨のごとくにこぼす。父おとど・母北の方も、いみじう泣き給ふ。（仲忠[4]）「いはむや、年ごろ、[一〇]さてものし給ひける人の、宮仕へし給はむ御娘など持ち給ひて、今、かくておはするは、何心か思すらむ。なほ、[一一]誰々も、[5]このこと許し給へ」と申し給ふ。北の方、（尚侍）「何か。ここには、年ごろ、かくてものし給ふに、御心ざしは見つるを、今は、忘れ給ふとも、[一二]思ふべくもあらず。まして、[一三]そこに、かく聞こえ給はむことは、よきことになむ」[6]と聞こえ給へば、おとど、（兼雅）「ここには知らず。二(ふた)所(ところ)の御中に、よろしかるべく定めて」。

大将、「[一四]『その日ばかり御迎へせむ』と、御文を書きて賜へ。持て参りて、くはしく聞こえむ」。おとど、「なほ、[一五]まうでて申され

七 私のほうからお勧め申しあげることに関してはの意。
八 この屋敷をそのまま女三の宮さまに献上なさるのならばともかく。
九 昔、母上が若くていらっしゃった時には。以下、京極殿や北山のうつほでの生活をいう。
一〇 父上の愛情を受けていらっしゃった人。
一一 父上も母上も。
一二 なんの不満もありません。
一三 「そこ」は、二人称。仲忠。
一四 いついつくらいにお迎えに参ります。
一五 私の手紙ではなく、あなたがおうかがいして、あなたの口からうまくお話ししてください。
一六 「取り賄ふ」は、持って来て用意するの意。参考、『源氏物語』「初音」の巻「（光源氏が）御硯取り賄ひ、（明

よかし。ここには、何ごとをかは」。大将、「いと便なきこと。いかでか、御文なくては」とて、御硯・紙など取り賄ひて奉り給へば、「何ごとをか書くべき」とて、いと久しく思ひつつ書き給ふ。「いさや。かやうにぞ。ものおぼえずや」とて見せ給ふ。見れば、

「『年ごろは』と聞こえさするも、いかでなりにけるにかと思ひ給ふる、あやしくなむ。いかなるにか侍りつらむ、昔のやうにもあらず、まかり歩きもせず、もの憂くなりにたるは。捨て人になりもて侍るにや侍りつらむ。老い惚れたるとだに思ひ定めぬ。されば、そのわたりにも、え参らず。そがうちにも、これかれものせらるる所なれば、憎しと見給はむ所もあらむが恥づかしさに、さしわきても、え。聞こえ御覧ぜざりし人にも侍らぬを、このいとむつかしげなる所に渡りおはしましなむや。さ侍りぬべくは、その日ばかり御迎へに参り来む。さても、あやしくこそ。

よそながら多くの年も隔てけり衣恨みし時はいつぞも

石の姫君に明石の君への返事を）書かせ奉らせ給ふ」。

一七　挿入句。どうしてこんなふうになってしまったのだろうかと思っております。

一八　以下、倒置法。

一九　底本「すとく」。「捨て人」の誤りと見る説に従った。「捨て人」は、「嵯峨の院」の巻【二】注一四参照。

二〇　すっかり耄碌したとさえ自覚しています。

二一　「これかれ」は、兼雅のほかの妻妾たちをいう。

二二　あなただけを特別に訪ねることもできないのです。「え」の下に「参らず」の省略がある。

二三　「人」は、仲忠をいう。

二四　引歌、『拾遺集』恋三「衣だに中にありしは疎かりき逢はぬ夜をさへ隔てつるかな」（詠人不知）。『風葉集』恋三「久しうまかり通はずなりにける女のもと

それをさへなむ。『ことごとには、この朝臣、聞こえさせ承れよ』となむ」

などあり。大将、「いとよく侍るめり」とて、押し巻きて取りて、「今日は、え参り侍らぬ。明日、参らむ。このこと、とかく思う給ふるも、いとほしく思ひ給へつることの侍りしかな」とて、日暮れぬれば、かの源中納言殿に、家司の中に心あるを召して奉れ給ふ。御消息、『あれは、かの、「暮れに」とのたまひし人にとて』など申せよ」とぞありける。大将、帰り給ひぬ。

その夜は、梳髪せさせ、湯殿などせさせ給ふほどに、中納言殿の御消息聞こゆ。

「杙こそ設くと言ふなれ。かねてこそはとなむ。『名取川』とも聞こえさすめり」

とあり。御使どもには、さまざまの禄あり。

に遣はしける　うつほの右のおほいまうち君」、三句「隔て来ぬ」。

二五「この朝臣」は、仲忠をいう。間接話法的な表現。

二六「いとほしく思ひ給へつること」は、「内侍のかみ」の巻【三五】の時のことをいうか。

二七「源中納言殿」は、涼。

二八「あれ」は、涼への産養の品か。

二九 仲忠に、「名取川に鮎釣るおとどの」と歌った女童のことか。「蔵開・上」の巻【三】注三参照。「暮れに」は、その俗謡の中の言葉か。また、「蔵開・下」の巻【一】注二四参照。

三〇 底本「くゐ」を「杙」（くひ）と解した。あるいは、「悔い」を掛けるか。

三一 産養の品をいただいたあの女童は、今でも、「名取川」とも申しあげているよ

三二　翌日、仲忠、女一の宮に外出を告げ、一条殿を訪れる。

かくて、大殿籠もりて、「今日、恥づかしき所にまからむずる」とて、よき直衣装束取り出でて、御薫物どもせさせ、宮の[一]立ち走り給へるを見て、[2]右近の乳母のむつかるなりし御髪は、損[1]はれざめるは、あやしくもかこちしかなとて。[二]

[三]一条殿は、二町なり。門は[3]、[4]二つ立てり。[5]おとど宮[四]、それに従ひて、西、東の対、渡殿、皆あり。寝殿は、東の対かけて、宮住[五]み給ふ。異対どもに、[六]すこしはひとつはらう、[6]召人めきたりし人、対一つを二人にて住む。池おもしろく、木立興あり。やうやう毀れもてゆく。[七]これを、梨壺の君に、父おとどの奉り給ひけるなれば、宮ぞぬしにて住み給ふ。異人は、上達部・親王たちの御娘なれど、親ももの給はず、ただおとどにかかり給ひたりしかば[7]、[八]今かかりとて、[8]よその家なむなければ、え別れ給はぬなり。召人

うですの意と解した。

一　女一の宮が仲忠が出かける支度のために立ち働いているのである。
二　接続助詞「て」でとめた表現。
三　一条殿は、「俊蔭」の巻【四八】注四参照。
四　「おとど宮」、未詳。
五　嵯峨の院の女三の宮。
六　「すこしはひとつはらう」、未詳。
七　もともと三条殿が梨壺の里邸として設けられていた。「俊蔭」の巻【四八】注八と注九参照。尚侍（俊蔭の娘）を三条殿に迎えて後、一条殿が梨壺に献上されたものらしい。
八　「かかる」は、世話を受けるの意。

めきたりし人々、あるは、次々に従ひてまかでにけり。

かかるに、大将、東の[九]一二の対、南のおとどの前より、[一〇]丹後掾に御文持たせて、宮の御方に参り給ふほどに、方々立ち並みて見つつ、人々の言ふやう、「わが君をわびさせ奉る盗人の族は、あだの戯れに戯れて、[一一]妬媢の誦経文捧げ持ちて惑ひ来るぞ」と、集まりて、あるは、手を擦りて立ち居拝む、あるは、よろづのまがまがしきこと言はぬなし。[一二]主どもは、「あなかまや。[一三]かくめでたき子持たらむ人をば、いかがは疎かにはし給はむ。すべて、宿世の尽きたればにこそあらめ」とてうち泣き給ふもあり、見愛で給ふもあり。

かく言ひ騒ぐも知らで、いと静かに歩みて、御供に人いと多くて、寝殿の御階のもとに立ち給へれば、よき童四人ばかり、大人十人ばかりありて、「右大将の君こそおはしたれ」と、宮に聞こゆれば、（女三の宮）「あなおぼえず。[一四]なでふ道惑ひぞ」と言はせ給へれば、（仲忠）「大殿の御使にて、取り申すべきこと侍りて」と申させ給へば、

九　東の一の対と二の対を通り過ぎ、南のおとどの前を通って。仲忠は、この時は東の門から入ったらしい。「蔵開・下」の巻【八】注一参照。

一〇　「丹後掾」は、仲忠の家司か。ここが初出。以後見えない。

一一　「妬」は妻が夫をねたむこと、「媢」は夫が妻をねたむことの意。「妬媢の誦経文」は、夫婦の嫉妬を除くようにと祈る願文か。

一二　「主」は、仲忠を見てあれこれ言う人々たちの主にあたる人々。

一三　「かくめでたき子持たらむ人」は　仲忠の母である尚侍（俊蔭の娘）をいう。

一四　参考、『貫之集』〈元日、古き男の女のもとに来てものなど言ふ〉「新しき年の便りに玉桙の道惑ひする君かとぞ思ふ」。

南の廂に、御座・褥など敷きて、よき童出で来て、「こなたに入らせ給へ」とあれば、入り給ひぬ。

大将、「しばしばと思ひ給ふれど、騒がしく侍りつつなむ。今日は、[一五]『この御文、人して奉れば、おぼめかせもぞし給ふ。しるく御覧ずばかりも、持たせて参れ』と侍りつれば」とてなむ参らせ給ふ。宮、「げに。かかる御使なくは、え思ひ出づまじくこそは」とて見給ひて、「あなあやしや。[一六]まことにて書き給ひつるにやあらむ」とのたまへば、大将、「いとゆゆしきことになむ。なでふ空心にてかは。[一七]『人々あまたものし給ふを、昔のごと、はた、え侍らじ。[一八]さしわきては、心よからぬことこそ侍れ。なほ渡りおはしませ』となむ。かしこには、人も侍らず、ただ仲忠らが母一人、[一九]目欠いたる[9]嫗にて、宿守りには」と聞こえ給ふ。「その目欠いたらむ一所こそは、[二〇]さはやかならむあまたよりも、いと恥づかしうは。さても、[二一]時々見奉りし時も、僻ことせられしを、[二二]いかなることにか[10]となむ」。大将、「さも侍らず。年ごろ、[二三]御前をば、常

一五　以下、仲忠への発言。このお手紙は、ほかの人に頼んでお渡ししたら、誰の手紙かわからずに、女三の宮さまに受け取っていただけないかもしれない。私からの手紙だとはっきりわかっていただけるように、おまえが手紙を持たせて参れ。「奉れ」は、下二段活用の未然形か。「おぼめかせ」は、下二段活用の例か、「おぼめかし」の誤りか。

一六　「まことにて」は、本心での意。

一七　「人々」は、兼雅の妻妾たちをいう。

一八　女三の宮さまの所にだけ特別に通っては。

一九　「目欠く」は、片目が潰れているの意。観智院本『類従名義抄』「瞎　カタメ　シイ　メカケ」。

二〇　「さはやかなり」は、ここは、「目欠いたる」の反

に嘆き聞こえさせ給ふ。それを、思ほし起こして聞こえさせ給ふなり」。宮、「世の中は、かくてありぬべし。ただ、院の（嵯峨の院）、『面伏（おもてぶ）せなる者は、死なぬこそ心憂けれ』とのたまはすなるを聞くこそ、いみじう悲しうは」とて泣き給ひて、「何かは。心強う（二四）聞こえても、何の猛（たけ）きことかは。ただ、思ひ入れたりとだに、院に聞こしめさるばかりにこそ。悪（あ）しくもあれよくもあれ、さもと、人に見え聞こえにし人（二五）、忘られたるばかりは、いみじきことなむなかりける。（二六）かしこき人の持て足らひたる[11]、今あらむをば、何にかはと思へど[12]、（二七）ただ、言ひなされむをこそは」とのたまへば、大将、「いともうれしくも、参り来たる効（かひ）ありて、かく仰せらるること。今、二十五日ばかりに御迎へに参り来む」と聞こえ給ひて、御返（二八）り申し給へば、（女三の宮）「何か。（二九）かうなむものし給ひつる」とのたまへば、（仲忠）「いかでか。（三〇）空（そら）参りしたりともこそ。ただしるしばかりにても」など聞こえ給ふほどに、御供の人々は、宮の家司（けいし）ども政所（まんどころ）に呼びつけて、皆、さまざまに酒飲ます。大将には、よき果物（くだもの）・乾物（からもの）な

対語。

二一　時々兼雅に会った時の意。

二二　「らる」は、自発の助動詞。

二三　底本「こせん」。「御前」は、二人称。

二四　強情にお断りしても。

二五　「人」は、女三の宮自身をいう。世間から、妻だと思われていた私が。

二六　立派な方で、すべての美質を備えている人。尚侍をいう。

二七　何はともあれ、お言葉に従いましょう。

二八　お返事を書くようにお願い申しあげなさると。

二九　あなたがこうして来たのだからあなたが伝えてくれという気持ちでの発言。

三〇　うかがったふりをしたと、父上がお思いになると

ど、折敷(をしき)よくして、御湯づけ・御酒(おほみき)など参る。賄ひには、おとど[13]の召し使ひ給ひし人の、よき若人なりし、なほ衰へがたき、右近[三一]といふなむ、出で来て仕うまつりける。大将、「これや、かしこ[三二]に、（兼雅）『忘れずありがたき人』とものし給ふならむ」。宮、「いでや。ここには、よきも悪しきも、さ思ひ出でらるる者あらじや」。大将、「今は、[三三]ここにも忘れ聞こえじ」とて、かはらけさし給ふ。[三四]宮、「いとめづらしく見え給へる[14]」とて、御几帳(みきちやう)のもとに寄り給ひて、かはらけ度々(たび)と勧め給ふ。大将、「御返りなくは、えまかり帰らじ。[三五]ここにこそ候ふべかめれ」と聞こえ給へば、（女三の宮）「あなわづらはし」とて、

（女三の宮）[三六]「めづらしきは、うつし心にもあらじと思へ[15]ど、うたてある御使にてなむ。いでや、

[三七]恨みけむほどは知られで唐衣(からころも)袖濡(ぬ)れわたる年ぞ経にける」

と書きて、折りて挿(さ)されたりし紅葉の枯れ極(ごう)じたるにつけて出だされたり。

困ります。

三一「右近」は、女三の宮づきの侍女。兼雅の召人か。

三二「かしこ」は、兼雅をいう。

三三「ここ」は、一人称。

三四「さす」は、酒を注ぐの意。ここは、仲忠が右近に酒を注ぐのである。

三五 ここに居すわることになりましょう。

三六 珍しいお手紙をいただいたが、ご本心からではあるまいと思うものの、返事をせがむ困ったお使の方がおいでですので、お返事をさしあげます。

三七【三二】注三四の兼雅の歌に続いて、『風葉集』恋三「返し　嵯峨の院の女三の皇女」。参考、『源氏物語』「玉鬘」の巻「古体の歌詠みは、唐衣、袂濡るるかことこそ離れねな」。

大将、「[三八]なくて散りにし古里の」と言ひて立ち給へば、南のおとどより、[三九]柑子を一つ投げて、大将を打つ人あり。「待ち取るなるこそ」とて取りつ。さて出で給へば、東の一二の対より、橘と大いなる栗と投げ出だしたり。大将取り給へば、一の対より、歳三十ばかりなる人[四〇]の、いとあてやかに愛敬づきたる声にて、「[四一]誰が辺にかは」と言ふ。大将、「浮人こそしるしなれ」とて出で給ひぬ。

[これは、一条殿。]

三三　仲忠、三条殿を訪れ、兼雅に一条殿の妻妾たちのことを報告する。

かくて、三条殿に帰り給ひて、宮の御文奉りて、「のたまへるやう、かうかう」など申し給へば、おとど、「あはれにものたまふなるかな。[一]昔のやうにて侍らむだに、御面伏せにこそあれ。今は、まして、何の効もあらじを。さて、[二]そこは毀れなどやしたる。

三八 『古今集』秋下「見る人もなくて散りぬる奥山の紅葉は夜の錦なりけり」(紀貫之)による表現。

三九 中国の晋の潘岳が美男子で、洛陽の街を歩くと、女性たちが果物を投げたという故事に基づく。『晋書』列伝第五五潘岳「岳美㆓姿儀㆒、辞藻絶麗……婦人遇㆑之者、皆連手縈繞、投㆑之以㆑果。遂満㆑車而帰」。

四〇 源仲頼の妹。

四一 『遊仙窟』「李樹子、元来不㆓是偏㆒。巧知㆓娘子意㆒、擲㆑菓到㆓渠辺㆒」の「渠辺(きみがほとりに)」による表現。

一 私が昔のように一条殿に通ったところで、嵯峨の院の面目を施すことにはならない。

二 「そこ」は、女三の宮

いかやうにか住み給へる」。「奥は見給へず。[三]あらはなる限りは、異なることも侍らず。政所の家司の男どもなど、あまた侍り。下人などあまた侍りて、御蔵開けて、物を納め下ろしなどし侍りつ。おはします所もめやすくしつらはれて、童・大人、あまた侍りつ」。父おとど、「かれは、[四]財の王ぞや。御祖母が一人子にて、その御財をさながら領じたり。よき荘、いと多く持給へる人ぞ。よき調度、細かなる宝物は、かしこにこそあらめ」とのたまふ。

大将、「不便なる所にまうでて、かしこく打たれ侍りつるかな。かかる[五]飛礫どもして、方々にぞ打たせ給へるに、極じてなむ侍る」とて取り出でて奉り給へば、「あやしくもありけるかな」とて、栗を見給へば、中を割りて、実を取りて、檜皮色の[六]色紙に、かく書きて入れたり。

[七]行くとても跡をとどめし道なれどふみ過ぐる世を見るが悲しさ

とあり。ものものたまはで、橘を見給へば、それも、実を取りて、

が住む一条殿の寝殿をいう。

三　私が見わたせる範囲では。

四　底本「たからの王そみやをいかみとりこにて」を「財の王ぞや。御祖母が一人子にて」の誤りと解する説に従ったが、女三の宮は、正頼の妻大宮、春宮妃小宮と同じく、大后の宮腹であるから、不審。「一人子」は、最愛の孫の意か。この物語で、「財の王」とされる人は、ほかに、三春高基、源忠経の北の方、神南備種松がいる。

五　黒川本『色葉字類抄』「飛礫　ツクレイシ　ツフテ」。

六　以下、色紙は、それぞれの実に似せた色である。

七　「ふみ」に「踏み」と「文」を掛ける。

黄ばみたる色紙に書きて入れたり。

[八]いにしへの忘れがたさに住み馴れし宿をばえこそ離れざりけれ

柑子(かうじ)を見給へば、赤ばみたる色紙に書きて入れたり。

[九]結び置きてわがたらちねは別れにき[7]いかにせよとて忘れ果てしぞ

とあるを見給ひて、涙、雨のごとくに降らし給ふ。北の方、あはれ、さまざまに、かく憎からず思ひける人々を置きて、かくありけると見給ふも悲しければ、うち泣き給ふ。大将の君、用なき物ども取り出でてけるかな、はしたなしと思ひ給へり。

三四　兼雅、仲忠に一条殿の妻妾たちのことを語る。

[一]久しく思ひ潜(みそ)[1]びて、(兼雅)「この柑子(かうじ)投げ出(い)だしつらむ所は、[二]故式部(しきぶ)卿(きやう)の宮の中の君なり。父宮の召してのたまひしやう、(式部卿)『我なむ、

八　『風葉集』雑三「右のおほいまうち君、一条の家には住ませながら離れ果てにければ、遣はしける　うつほの橘の右大臣の妹」。

九　「たらちね」は、ここは、父親の意。故式部卿の宮をいう。『風葉集』恋四「父親王、『我なむ世に久しうあるまじ』とて、右大臣にねんごろに申し置きて、ほどなく隠れ侍りにける後、おとど、また離れ果てにければ、遣はしける　うつほの式部卿の親王の中の君」、二句「わがたらちめは」。

一　底本「おもひみうきて」。「菊の宴」の巻【一〇】注三にも、「久しく思ひ潜びて」とあった。「思ひひそむ」は、「思ひみそぶ」に同じ。

二　朱雀帝の故式部卿の宮の女御の妹。故式部卿の宮

世に久しくあるまじき。ここに、らうたしと思ふ者なむある。あだあだしくは言はるれ[三]、さりともと思ひてなむ』とて賜びたりし人なり。十三にて見初めて、いくばくもなくて、宮隠れ給ひにき。[四]その後、ほどもなくてぞ、ここには来にしかば。げに、いかに思ふらむ。栗出だしけむは、[五]仲頼の少将の妹なり。いとよく、人の妻にてもありぬべかりし人ぞ。遊びは、少将にもまさりたり。すべてせぬわざなく、労ありし人なり。容貌も気近く、愛敬づきてぞありし。橘の所は、千蔭のおとどの御妹なり。それは、歳は、我にこよなくこのかみにぞおはせし。おはする西わたりには、[六]更衣などいますかり。その更衣は、[七]宰相の中将の御妻皇女の母なり。梅壺の御息所といひしいみじかりし色好みなりしを語らひたりしぞ。またもありや。数へ尽くすべくもあらず。この中の君の返り言はせむ」とのたまへば、（仲忠）「皆こそせさせ給はめ。取り侍りし物を[八]御覧ぜぬやうにこそ」。おとど、（兼雅をさめどの）「納殿にあらむ大柑子の中に、大きに疵なからむ、三つ取りて持て来」とて、[九]臍のもとを壺に彫

の女御は、「内侍のかみ」の巻【三】注三、「国譲・下」の巻【五五】注三七参照。
三 「言はるれ」は、已然形で条件句になる表現か。
四 兼雅は、仲忠母子を三条殿に迎えて以後一条殿に行かなくなった。「俊蔭」の巻【五二】参照。
五 源仲頼の妹。兼雅の「召人めきたりし人」。
六 嵯峨の院の梅壺の更衣。「忠こそ」の巻【一三】注二四参照。
七 正頼の三男祐澄。「藤原の君」の巻【七】注一三参照。
八 あるいは、「御覧ぜさせぬ」の誤りか。
九 「臍」は、果実のへた。『和名抄』果蓏部果蓏類「蔕 爾雅云、棗李之類、皆有蔕 保曽」。

りおはす。「何を入れむ」とのたまへば、ささやかなる桂の箱を取り出でて、北の方奉り給へり。開けて見給へば、金あり。それを移しつつ入れ給ふ。端まで一壺入れて、蓋合はせて、黄ばみたる薄様一重ねに包みたり。一つには、かう書きて入れ給ふ。

一〇 契り置きし昔の人も忘れずて君をば訪はぬ我かあらぬか

と書きて入れたり。栗の所には、

一一 宿を出でて跡も枕も定めねばふみ遣る方もそこはかもなし

いま一つには、

一二 出で入りし宿を形見と眺めつつ住むをあはれと聞かぬ日ぞなき

とて入れつつ、しるしつけて、「これは南のおとどに。これは、それは」と言ひつつ、「さらば、これものせさせ給へ」とて奉り給へば、大将、上に使ひ給ふ童、御供に小舎人にてありしを召して、「これ、そこそこに」とのたまひて、「さし置きてまうで来ね」とて賜ふ。

一〇 故式部卿の宮の中の君への返歌。「昔の人」は、故式部卿の宮をいう。

一一 仲頼の妹への返歌。「ふみ」に「踏み」と「文」を掛ける。「跡」は足もと、「枕」は枕もとの意。「跡も枕も定めず」は、方向もわからずにさまようの意。「跡」「踏み」は、縁語。参考、『和泉式部続集』「寝られねば床中にのみ起き居つつ跡も枕も定めやはする」。底本は、「そこはかもなし」の「も」の右に「と」と傍記がある。

一二 橘千蔭の妹への返歌。

一三 「南のおとど」は、故式部卿の宮の中の君の居所。仲頼の妹は東の一の対、千蔭の妹は東の二の対に住む。

一四 殿上の間で使っていらっしゃって、小舎人童として一条殿にお供した童。

一五 「さし置きてまうで来」

三五　兼雅、仲忠に官位の不満などを語る。

かくて、[仲忠]「除目[一]侍なるを、参らせ給はむとやする」。おとど、[兼雅]「何しにかは参らむ。出でて歩けば、そこ[二]にも面伏せにて、人の、人とも見たらねば、生きたる効もなきに」。[仲忠]「大臣、闕の侍らざらむには、いかでかは」。父おとど、「などかは、その闕のなからむ。この頃こそ、かく金釘[三]のやうに固まりためれ。そこを御婿[2]にして、[四]中納言になさるとて空けられし闕には、親とてあるおのれをこそなされましか。仁寿殿を思して、その親を引き越してなされたるは、さるべきことかは。おのづから、右のおとど参り給ひて、心にまかせてし給びてむ。殊なることなくは、交じろひせじとす。新嘗会にも参らじとせしかど、久しう参らで、帝の御顔もゆかしうもぞあるとて参りて見れば、右のおとど、我はと思ひ顔にて、孫の皇子たちは駒[五]をすぐりて並び居、子どもは、雲居のごと[六]着き

は、手紙を置いて返事をもらわずに帰って来るの意。「あて宮」の巻【四】注三参照。

一　この「除目」は、臨時の除目か。

二　「そこ」は、二人称。仲忠。

三　金釘で固定したように固まるの意か。

四　「沖つ白波」の巻【五】で、仲忠が中納言になった時、左大臣源季明が太政大臣、右大臣藤原忠雅が左大臣に昇り、空いた右大臣には正頼がなっている。

五　「駒」は、仔馬。『和名抄』牛馬部牛馬類「駒　古万　馬子也」。馬は、牛に対して、すぐれたものをいう。

六　「雲居のごと」は、「蔵開・上」の巻【一五】注六参照。

て、土[七]を食ひて膝まづき合へり。いでや。皇子たちを思へば、宿世心憂く、いかなる窪[八]つきたる女子[九]持たらむとぞ見ゆるや。また、[一〇]いま一つの窪ありて、蜂巣のごとく生み広ぐめり。天の下の皇子たちは、この窪どもに生み果てられ給ふめり。この度も、男子をこそ生まめ。この、師走[一一]の月夜のやうなるわざしたんなる者は、女の童のかしけ[一二]たるをこそ生まめ。幸ひのなき者は、いかがはある」。北の方、（尚侍）「などか、ものものたまはで、荒々しう、かく悪毒は吐き給ふ。昔思ひ出でて、心地のむつかしきか。あしこ[一三]を子にて持給へるは、などかはある。まだ腰屈まり給はざめれば、人と等しくなり給ふ世もありなむ。女子らしはづし給ふとも、男子の筋にも入るやうもありなむは。いとうたて。世の人[一四]のつきたるものも、けしからぬ者こそたはやすく言ふなれ。御やうなる人は、殊にしも言はざなるものを。立ち返り、いとつばひらか[一五]にものたまへるかな」。おとど、「さて[一六]、そこはつき給へりや」とて引きまさぐり給へば、（尚侍）「うたて、戯れ給へる」とてうちむつかりて、後

七　「土を食ふ」は、平伏しているさまの形容。
八　「窪」は、女性生殖器のこと。
九　仁寿殿の女御をいう。
一〇　藤壺をいう。
一一　梨壺をいう。「師走の月夜」は、「すさまじき」ものの典型例。参考、『篁物語』「あなすさまじ。師走の月夜ともあるかな」、『源氏物語』「総角」の巻「世の人のすさまじきことに言ふなる師走の月夜の」。
一二　「かしく」は、痩せこけるの意。『源氏物語』「東屋」の巻「かしけたる女の童を得たるななり」。
一三　「あしこ」は、仲忠をいう。
一四　「世の人のつきたるもの」は、「窪」を婉曲的にいったもの。
一五　「つばひらかなり」は、「つまびらかなり」に同じ。

ろ向き給へる御髪の、[一七]瑩じかけたるごとくして、九尺ばかりあるを繰り出で給へれば、[一八]一御座広ごりて、いとめでたし。「この御後ろ手の広ごりかかるに見つきてこそは、我は聖になりにたれ。よき人を家に多く据ゑ、[一九]仕う人のよきを集めて、[二〇]宮をば盗みもて来てさる者にて据ゑ奉りて、人の妻などのもとにも至らぬ隈なく歩きて、皆憎まれでこそありしか。今様の人は、あやしうまめ[6]にこそあれ。まづは、かしこき天下の帝の御娘を持たりとも、その妹[7]の皇女たち、そのあたりの人の妻は、女御まで残してましや。[二一]罪の浅きにやあらむ」とのたまへば、[二二]大将、「いとうたてあること。一人侍りし時、いかでと思ひ給へし人をだに、よき折侍りしかど、さもあらずなりにしものを」。おとど、[二三]「それこそ、いとわがごとくなけれ。今も、などか、させざらむ。まかでてものせられむ時、空酔ひをして、ただ入りに入るべきぞかし。人も騒がば、『いたく酔ひにけりや。ここは、いづく[8]ぞ。[二四]中のおとどにはあらずや』と、ただ酔ひに酔ふばかりぞかし」。北の方、「いと悪[9]しき

漢文訓読語という。
一六　ところで、あなたには、その窪がついていらっしゃるのですか。
一七　「瑩じかく」は、「あて宮」の巻【五】注八参照。
一八　兼雅が引き出しなさると。
一九　「仕う人」は、「仕へ人」のウ音便で、召人をいうか。
二〇　「宮」は、嵯峨の院の女三の宮。
二一　「罪」は煩悩の罪の意で、女一の宮一人で満足しているのは、煩悩の罪が少ないのだろうかの意か。
二二　「人」は、藤壺をいう。「蔵開・上」の巻【三】にも、仲忠の同様の発言が見える。
二三　今度藤壺が退出して滞在なさっている時に。
二四　三条の院の東北の町の寝殿。仲忠と女一の宮が住む。藤壺の里邸は、隣の東の対。「沖つ白波」の巻【一四】参照。

こと、多くし給ひけるかな。[二五]若き人は、親、かくのたまふとも。[二六][10]そこは、早う立ち給ひね。な聞き給ひそ」。おとど、（兼雅）「男(をのこ)は、身を顧み、人の思はむことを知りなば、よき妻(め)は得てむや。文通はして許されむ時と言はむには、何わざをかせむ。隙(ひま)を見て、ふと入りぬればこそ。まして、[二七]あしこの乱れて歩(あり)かむは、追ふ女しあらじかし。[二八][11]二の宮と、源中納言の妻(め)とは、早うこそ」などのたまふ。大将、（仲忠）「いとあやしきこと。さらば、[二九]かの日、御車どもなど設けさせて候はむ。糸毛なむ、[三〇]かの宮に、内裏(うち)より、造らせて奉り給へり。まだ乗り給はざめるを。[三一]民部卿の御方(み)になむ、新しき糸毛の車、造りてあめるを、先(さい)つ頃より、[三二]太政大臣(おほきおとど)悩み給ふとて、かの殿の、うちはへてものせらるれば、[三三]御物忌(みものい)みなどにあらばなむ。消息(せうそこ)をものせむ」。父おとど、（兼雅）「いかやうにかわづらひ給ふらむ。訪(とぶら)ひ奉るべくこそありけれ」。大将、「[三四]右大弁の、昨日申されしは、『[三五]御表(へう)、二度(ふたたび)は奉れ給へる。一日(ひとひ)、召しありしかば、参りたりしに、作らせ給ひしは、病重くなりにたる[12]気色などのや

二五　上は兼雅へ、下は仲忠への発言。
二六　「そこ」は、二人称。仲忠。
二七　「あしこ」は、仲忠をいう。あの子が誰かれかまわず言い寄ったら。
二八　女一の宮の妹の女二の宮と、源涼の妻さま宮。
二九　女三の宮を一条殿に迎えに行く日。
三〇　女一の宮。
三一　「民部卿」は、源実正。太政大臣季明の長男。
三二　季明の病気は、再び、「国譲・上」の巻【三】で語られる。
三三　「御物忌み」は、季明の死の婉曲的な表現。
三四　「右大弁」は、藤英。
三五　太政大臣を辞する辞表。藤英は、三度目の辞表を作ったのである。藤英は、正頼が左大将を辞する辞表なども作っている。「蔵開・上」

うになむ作らせ給ふ』と申すは、重くわづらひ給ふにやあらむ。え、かしこに侍らずは、源中納言の御方[13]にあまた侍り。[三六]すべて、いくつばかりかは」。おとど、「いさや。十ばかりこそよからめ」。大将、[三七]「御前のことなど、かねて仰せられよかし。かしこにもの[三八]たまはむ。[三九]御座所しつらはせ給ふこと行はせ給へ」。おとど、[四〇]「調度など清らなりし所を[14]。よきもなかめりや」とのたまふ。

大将、帰り給ひぬ。

三六　兼雅、仲忠が帰った後、尚侍と語る。

おとど、「をかしき真人[一][1]の、おのれ舅[2]の帝に言はれて、すずろなる、そこ[二]の御敵引き出でむと言ふかな。[三]さ言ふやうこそあらめと思へば、否とも言はぬぞかし」とのたまへど、下心地には、悪しとも思さざりけり[3]。

[三条殿の[四]。]

の巻【三】注四参照。

三六　全部で、何輌ほどの車が必要ですか。

三七　御前駆のことなど、前もって私にお命じください。

三八　女一の宮にも申しつけましょう。「のたまふ」は、申しつけるなどの意。「俊蔭」の巻【三四】注一五参照。

三九　父上は、女三の宮さまの御座所のしつらいのことをなさってください。

四〇　一条殿は、調度などに贅を尽くした所だったな。でも、こちらは、立派な調度もないようだな。

一　「真人」は、二人称として用いることが多いが、ここは、三人称としての用法。仲忠をいう。

二　「そこ」は、二人称。尚侍（俊蔭の娘）。「そこの御敵」は、女三の宮をいう。

三　仲忠には、そう言うだ

三七　涼の男君の産養が行われる。

かくて、源中納言殿の産屋の七日の夜になりぬれば、紀伊守[一]ぞ、御饗のことどもを、男方・女方、御座所しつらふこと仕うまつる。御簾には、浅葱にして、緑の綺[二]を端には挿したり。南の廂に、巡りてかけたり。壁代には、白き綾を打ち瑩[三]じたり。畳には、こ[四]んわたを薦に、紫の裏つけて、唐の錦の端挿し、白き綾を筵にしたり。褥・上筵は、例のごと。簀子にも、かくしたり。浅香の机、白銀の様器、黄金のかはらけ、火桶には、沈を檜皮色に彩りて、内には黄金の塗物[五]をしたり。鉢、白銀を内黒に彩れり。熾し炭は[六]とりのこ。

かくて、殿の君達[七]、皆おはして、上達部は上[八]に、君達は簀子におはす。異人は、まだおはせず。

中納言の君、大将に、かく聞こえ給ふ、

けの理由があるのだろう。
四　下に脱文があるか。

一「紀伊守」は、神南備種松。涼の祖父。

二「綺」は、模様を浮かせて織った薄い絹織物。「内侍のかみ」の巻【三】注一九参照。

三「瑩ず」は、「あて宮」の巻【五】注八参照。

四「こんわた」、未詳。「かんばた（綺）」「こまわた（高麗綿）」の誤りと見る説もある。「薦」は、敷物。『和名抄』調度部坐臥具「薦　古毛　席也」。

五「黄金の塗物」は、「内侍のかみ」の巻【三】注二六参照。

六「とりのこ」、未詳。
七　正頼の男君たち。
八「上」は、廂の間をいう。

九「松風」は琴の音で、「松風を孕める君」は、仲

[涼九]「松風を孕める君も得てしかな生まれたる子の肖物にせむ
いかでいかで」
と聞こえ給へり。大将、「かくのたまはぬ前にまうでむと思へる
ものを」とて、かく、返り言に、
[仲忠一〇]「秋風を肖ゆとや知れる君が子は千年をまつの野分とぞ聞く
ただ今参りつるものを、『肖物』とのたまへば、もの憂くこそ」
とて奉り給ひて、「かしこは、さすがに、人目多く、恥づかしき
所ぞ」とて、[一一]直衣装束清らにしてものし給ふ。
中納言、喜びて、[2]下りて迎へて、入り給ひぬ。前には、[一二]物仕、
幄打ちて、[一三]かたにあり。近衛府の者ども、皆あり。[一四]将監四人、
[3]将曹四人、[一五][4]前松灯したり。

忠をいう。仲忠を招く歌。
一〇　「まつ」に「待つ」と「松」を掛ける。
一一　底本は、「とて」の下に一字分の空白がある。
一二　底本「ものし」を「物仕」と解する説に従ったが、あるいは、「物の節」の誤りか。「物の師」の誤りと解する説もある。
一三　「かたに」、未詳。「きたに」「にたに」と同じ語で、大勢、たくさんなどの意か。「蔵開・上」の巻【九】注一九参照。
一四　「将監」は近衛府の第三等官、「将曹」は近衛府の第四等官。
一五　「前松」は、松明（たいまつ）に同じ。

蔵開・中

一　仲忠、参内し、俊蔭の詩集を講ずる。

それから一日か二日たって、右大将（仲忠）は、帝からご依頼があった書物を持たせて参内して、その旨を奏上させなさる。帝は、「この右大将の朝臣と顔を合わせることは、恥ずかしい。とても立派ですぐれた人なので、右大将の目に、私が歳老いた翁然として見られると、女一の宮の面目をつぶすことになるな」と言って、化粧をして身なりを調えて、昼の御座に出ていらっしゃる。右大将を呼び入れて、「さあ早く見せてくれ」とおっしゃるので、右大将は、沈香の文箱一具、浅香の小唐櫃一具、蘇枋の大きな唐櫃一具を持っておそばに行く。

帝が、それらを開けさせて、文箱を御覧になると、文箱には、唐の色紙を二つに切って、冊子の形にちゃんと調えて、二、三寸ほどの厚さで作った書物が、一箱ずつ入っている。一つには、俊蔭殿の詩集が、本人の筆跡で、古体の漢字で書いてある。もう一つには、俊蔭殿の父の式部大輔の詩集が、漢字の草書体で書いてある。帝が、「あなたが、みずから訓点を施して、読んで聞かせてくれ」とおっしゃるので、右大将は、古体の漢字で書かれた俊蔭殿の詩集を、文机の上に置いて読む。いつもの花の宴などの講師の声よりは、少し小さな声で読ませなさる。七八枚の書物である。最後には、一度は訓で、一度は音で読ませて、帝は、聞いて、おもしろいとお思いになった佳句を吟詠させなさる。何をなさっても、声がとてもすばらしい右大将が吟詠したので、とても趣があり、また、悲しみをそそるので、お聞きになった帝も、涙をお流しになる。右大将も、涙を流しながらお読み申しあげなさる。帝は、悲しいところではお泣きになり、おもしろいところでは感動なさり、おかしいところではお笑いになって、一日中、ずっと右大将に詩集を読ませてお聞きになる。

［上達部と殿上人がいる。帝が、右大将に命じて、書物を講ぜさせなさる。大勢の人々が、参上して集まっていらっしゃる。けれども、右大将は、帝以外の人には聞かすまいと思って、大きな声で読まず、帝も、人々をおそばに近づけ申しあげなさらない。だから、人々は、帝が右大将に吟詠させなさった声だけを、わずかに聞くばかりだった。］

二　日が暮れる。仲忠、女一の宮に手紙を書く。

右大将（仲忠）は、一日中、講書をして過ごす。帝が、「この頃は、夜が長い頃だから、夜に、落ち着いて聞きたい。だから、このまま退出しないように」とおっしゃるので、右大将は、夕暮れに、殿上の間においでになって、女一の宮に、

「退出するつもりだったのですが、帝が、講書をお聞きになるのを途中でやめて、『夜も

講書を続けるように』とおっしゃるので、退出することができません。夜寒の頃、お一人でどのようにお過ごしなのかと案じております。仁寿殿の女御さまに来ていただいて、一緒にいてもらってください。また、いぬ宮を、乳母のもとから呼び寄せて、おそばにお置きください。そして、私が退出するまでは、いぬ宮を御帳台の中からお出しなさらないでください。『おいかに（未詳）』ということがあると言います。それはそうと、宿直物をお送りください。とりわけ、『衣だに』と思って、親しくお話ししてきたのですから。こんなことを申しあげるのも失礼ですね。中務の君よ、この手紙を読んでさしあげてください」

とお手紙をさしあげなさる。それを聞いて、女一の宮は、赤色の織物の直垂の衾と綾の直垂の衾に綿を入れて、白き綾の袿を重ねた物と、六尺ほどの黒貂の裘に綾の裏地をつけて綿を入れた物を、包みに包ませてお送りになる。ほかに、縁飾りをした衣箱一具に、とても赤っぽい綾掻練の袿一襲に同じ色の綾の袿を重ねて、三重襲の夜の袴、織物の直衣と指貫、掻練襲の下襲を入れて、包みに包んである。その色も薫物の香りも砧で打った模様も、この世の物と思われないほどすばらしい。放ちの箱や泔坏の具などもお送り申しあげなさる。

お返事は、中務の君が、

「お手紙の内容をお話し申しあげたところ、女一の宮さまが宿直物をお送り申しあげなさいました。お手紙に、『夜寒の頃……』と書かれていましたが、女一の宮さまは、『なんのことだか、まだわかりません』とおっしゃっています。『「いぬ宮のことについては、お言葉どおりにそばに一緒にいます」と申しあげよ』とのお言葉です」と書いてお送りしたので、右大将が、それを見て、「代筆ですませるなんて不愉快だ」と独り言を言って、宿直装束に着替えていらっしゃると、帝がお呼びになったので、御前に参上なさった。

三　朱雀帝、夜も、仲忠に俊蔭の詩集の講書を続けさせる。

夜の食事をさしあげる。帝は、「靫負の乳母はいるか」と呼び出して、「この右大将の朝臣（仲忠）の世話をしてくれ。里のことを気がかりに思っていることだろう。ここで、お下がりを食べさせてやれ」と言って、帝のお食事を下賜なさる。

帝は、「今度は、ここを読ませようか、あそこを読ませようか」などと思って、詩集をずっと見ていらっしゃる。后の宮腹の五の宮がおそばにいらっしゃったので、帝は、酒殿から酒を取り寄せて、「詩集は、酒を飲みながら読むといっそう楽しくなるものだ。特に、『衛府（酔ふ）』という名の近衛府の官人は、酒がそばにないと、何もできないだろう」と言って、右大将に酒をお与えになる。五の宮に、「無理に飲ませるなよ」などとおっしゃると、「肴の入った檜破子がございます」とお答えになる。帝は、「それなら、飲ませてやれ。先年の八月の十五夜に、そこたちしてためし（未詳）。今日は、この昼の御座で」と言って、右大将の顔を見ながら、「これくらいならいいだろう」と言って、酒をお与えになる。右大将は、何も申しあげずに、くださった酒をすべて飲み干した。その様子は、なんのためらいもなく潔い。酒を飲んで、灯火に照らされながら詩集に向かっている様子は、顔も姿も、まことに上品で美しい。帝は、「遠くで見ているよりも、近くで見ると、ますますすばらしく見える人だなあ。女一の宮に、ほんとうに愛情を感じているのだろうか。それとも、私の気持ちを気にして、愛情があるように振る舞っているのだろうか」とお思いになる。

帝は、右大将に俊蔭の詩集を読ませてお聞きになる。女御と更衣も集まっていらっしゃった。その夜は、承香殿の女御が宿直をなさる日だった。夜が更けてゆくにつれて、右大将が読む声も吟詠する声も、心に染みて趣深く感じられる。帝は、右大将に吟詠させて、その声に合わせて琴を弾きながらお聞きになる。帝が、「ああ、俊蔭の朝臣が、昔、私に琴を教えてくれたら、どんなによかっただろうに。俊蔭の朝臣は、それを拒んだために、不遇な思いをしたのだ。大臣にまでも昇進しただろうに」。右大将が、「ほんとうにけしからん人でございます」。帝が、「ああ憎らしい。俊蔭の朝臣は、私のことを、琴を教えるのにふさわしくないと批判したのだ」。右大将が、「私が、その俊蔭の朝臣のようだったら、よかったでしょうに。俊蔭の朝臣は、たいへんな琴の名手だったそうですから」。帝が、「嘘だね。あなたの琴の演奏を聞いた人も、『俊蔭の朝臣より音色も格段にまさっている』と言っている。また、私も、聞いた時に、そう思ったよ」とおっしゃっている時に、宿直申しの者が、「丑二つ

（午前一時半）」と申しあげるので、帝は、「夜が更けてしまった。しばらく休んで、また翌朝に」と言って、夜の御殿にお入りになった。

右大将は、殿上の間で横におなりになった。右大将が参内なさっているということで、殿上人が、とても大勢集まっている。眠れずに寝返りをうっていらっしゃると、頭の中将（実頼）が、「昔は眠ってばかりいらっしゃった方が、どうして、庚申待ちの夜のように、こんなに遅くまで、帝のおそばにずっといたのですか」とおっしゃる。

四　翌朝、仲忠、女一の宮と手紙を交わす。

夜が明けて、帝が、起きて、こっそりと殿上の間のほうに出て行って、櫛形の窓からお覗きになると、殿上の間では、右大将（仲忠）が、人が見ない方向だと思って、奥を向いて、女一の宮に手紙を書いていらっしゃった。その手紙は、白い色紙に、

「昨夜は、どうしてご自分でお返事を書いてくださらなかったのでしょうか。気にかかっておりました。宿直物をお送りくださったことにつけても、

　馴れ親しんできた宮中にいるのに、今夜、袖が涙で凍ったのはなぜでしょうか。

袖の氷はどうして夜が明けて朝になっても解けないのだろうかと思っております。今日も、代筆ですませるおつもりですか。私のことを、ひどく軽く見ていらっしゃるのですね」

と書いてあって、咲いた白い梅の花につけてある。右大将が、主殿司の女官に、「私の曹司

に、従者たちがいると思います。この手紙をその者に渡してください」と言ってお渡しになると、八歳ほどで殿上童として仕えている、宮はたという名の、宰相の中将（祐澄）の御子が、「手紙の使として、私をお使いください」と言って、手紙を奪い取る。右大将が、「なぜ、そんなことをおっしゃるのですか」とお尋ねになると、宮はたは、「女一の宮さまのもとへのお手紙ですから」と答える。右大将が、「女一の宮への手紙を、どうしてあなたが」とお尋ねになると、宮はたは、「父上が、女一の宮さまをお慕い申しあげていらっしゃるから、私も」と言って受け取って、殿上の間の戸口に立っている自分の従者に渡した。

帝は、それを見て、朝早くに手紙を贈るということは女一の宮のことを大切に思っているようだと思って、そっと奥に入って、昨日の御座所にすわって、しばらくして右大将をお呼び出しになると、右大将は身なりを調えて参上なさった。五の宮も、帝の御前に控えていらっしゃる。

そうして、右大将が俊蔭の詩集の講書をしている時に、宮はたが、青い色紙に書いて呉竹につけた手紙を高くさし上げて持って来て、「女一の宮さまからのご返事です」と、大声をあげる。右大将が、「しばらく待て。すぐに受け取るから」と言うと、帝が、「こちらへ持って来い」と言ってお受け取りになったので、大将殿は、とてもきまりが悪くて困ったことだと思っているようだ。帝が手紙を御覧になると、

「昨夜は、ほかの方々にお見せになるのではないかと思って、返事をいたしませんでした。

『軽く見ている』とかありましたが、それはあなたのほうでしょう。あなたにはまだ消えることのない思いの火があるのですから、あなたの袂が凍ったりなどは絶対にしないでしょう。

ところで、昨日お召しになっていた装束が見苦しかったので、別の装束も送らせます。これも、以前あなたが非難したものだということです」

と、とても趣深くお書きになっている。帝は、「母の女御の筆跡に似ていて、気品があって若々しく見えるけれど、一人前に妻として右大将の世話をして装束を送ってくることよ」と思って、その手紙を巻いて、投げてお渡しになる。右大将は、渡された手紙をいただいて見て、「歌に書かれているのはなんのことでございましょうか」と言って、手紙を懐に入れた。

五　帝、講書に春宮を招く。梨壺の懐妊が話題になる。

帝は、春宮に、五の宮を使にして、「昨日から、とても珍しい詩集を、右大将に読ませて聞いています。こちらに来て一緒にお聞きなさい」とお誘い申しあげなさる。五の宮が、笑いながら、「春宮は、こちらにおいでになれないでしょう。まったく普通の状態ではいらっしゃらないと聞いています。ある所に籠もっていて、正常ではいらっしゃらないそうですから。春宮の殿上人たちが、私の所にやって参りまして、『ここ何か月も、春宮の御前にお仕えしていません。お顔もまったく拝見していません』と嘆いております」。帝が、「どこに籠もっていらっしゃるのだろう」。五の宮が、「藤壺さまの所に決まっています。春宮は、ほかの妃たちに関心を持っていらっしゃらないのですから」。帝が、「春宮は、嵯峨の院の小宮を、どのようにお扱い申しあげているのだろう」。五の宮が、「小宮さまは、今年、まだ対面なさっていないと聞いております。どなたも、春宮のお顔を拝見することが困難な状態で。でも、どんな機会だったのでしょうか、この右大将の妹君（梨壺）は、時々お逢いすることがあって懐妊したそうです」。帝が、「春宮は、あんなにすぐれた人なのに、好色の心がおありだと聞いている。でも、世の中を充分に治めることはできるはずだと思っている」。五の宮が、「漢籍にも、『酒を好み、女を好む』と言って非難しておりますのに。小宮は、どのようなお気持ちでいらっしゃるでしょう」。帝が、「それはそれとして、嵯峨の院や大后の宮は、どんな思いで聞いていらっしゃるのだろう。女宮たちの中でも、小宮は大后の宮がかわいがっている御子だ。嵯峨の院の女宮たちは、どうして、皆、こんなふうに夫に大切にされずにいるのだろう。女三の宮も、とてもいたわしい境遇でいらっしゃるそうだ。祐澄の朝臣も、梅壺の更衣がお生みになった皇女をどうするつもりでいるのだろう。女宮たちは、誰も、結婚せずに独身でいられるのがいいのだろう。私自身にも、あまり美しくない女宮たちがいるから、将来が心配だ」とおっしゃっているうちに、春宮の使が、「春宮は、『すぐに参ります』とおっしゃいました」と申しあげる。巳の四つ（午前十一時半）ごろになった。

［右大将は、殿上の間にいる。調理されたお食事が置かれている。

右大将の曹司にも、女一の宮からも台盤所からも食事が送られている。右大将は、帝の御前から、立って、曹司に下がって席にお着きになる。調理されたお食事が置かれている。右大将の装束は、蘇枋襲の下襲や綾の上の袴などで、女一の宮が、とても上品でいい香りを薫き染めてお送り申しあげなさった物である。四位と五位の官人たちが、大勢参上している。

右大将が、曹司で、装束をくつろげて横になっていらっしゃる。」

六　春宮、参上する。講書が続き、仲忠、女一の宮に消息する。

午の時（正午）ごろに、春宮が、とても美しく身なりを調えて参上なさった。褥などを敷いてさしあげると、春宮は帝の御前におすわりになる。帝が右大将（仲忠）をお呼び出しになるけれども、右大将は、しばらく休むと言って参上なさらない。

しばらくして、右大将は、装束を着替えて参上なさる。装束の色合いも美しさもほかに例がないほどすばらしく、薫物の香りがしっかりと薫き染められていて、また俊蔭の詩集の講書を続ける。

帝は、一日中講書をお聞きになる。

暗くなって、まだ御殿油をお灯しする前に、右大将は、曹司に下がって、蔵人に、「いったん退出して、翌朝ふたたび参内したいのですが、いかがでしょうか」と奏上させなさる。

帝は、「夜は、暮れるのを待っているとなかなか暮れず、明けずにいてほしいと思っているとすぐに明けるものだから、まことにおもしろいのだ。退出なさらないほうがいいだろう。せっかく来てくださったお客さまも、まだお帰りにならずにいるのだから」とおっしゃる。

右大将は、ひどく嘆いて、女一の宮に、

「今朝は、お手紙をいただいてうれしく思いました。すぐにお返事をと思ったのですが、お返事できませんでした。『退出したい』とお願いいたしたのですが、帝が許してくださらないので、今晩も帰ることができません。お手紙に、『軽く見ているのは、あなたのほうではないか』とありましたが、ずいぶんと昔のことを持ち出されたものですね。

昔の思いの火はすっかり消えてしまったのに、それから間もない新しい恋のために、私の袖は、流す紅の涙で、火に燃えるように、赤く染まってしまいそうです。

昨日逢ったばかりなのに、今日、もうこんなにつらいものだとは。ところで、きれいでもない装束は送っていただきました。いぬ宮は、どうしていますか。私がお願い申しあげたようにしてくださっていますか」

とお手紙をさしあげて、昨日着ていらっしゃった装束はお送り申しあげなさった。

その日は、暗くなったので、女一の宮からのお返事はない。

七　夜通し講書が続き、俊蔭の詩集から父の詩集に替わる。

帝がしきりにお呼びになるので、右大将（仲忠）はお食事などしてから参上なさった。帝が、春宮に、「詩集は、夜読むのが、とてもおもしろいものだ。今夜は、藤壺に戻らずに、ここで聞きなさい」と申しあげなさっているうちに、雪が少し高く降り積もり、御殿油をお灯しして、丈の低い灯台を左右に立てた。帝の御前に琴の琴、春宮の御前に箏の琴、五の宮の御前に琵琶を、それぞれ置いて、右大将は俊蔭の詩集の講書をなさる。

帝がほんのちょっと奥にお入りになっている間に、春宮は、右大将が詩集の訓点を直すために置いておいた筆を手に取って、藤壺への手紙を、懐紙に、

「帝が、『今夜は、右大将が講書しているのを聞け』とおっしゃるので、不本意ながら戻ることができません。古歌にあるように、『長らえる』とも言いますのに。

　白雪が降っている中、生きているだけでもはかない世の中を、あなたと離れて一人で夜を明かすことになるのはつらいことです。

生きている間だけでも一緒にいたいものです」

と書いて、宮はたにお渡しになる。この子は、藤壺を母親のように頼みにし申しあげていて、春宮の殿上童としてもお仕えしていたので、藤壺のもとに持って行ってお渡しすると、藤壺は、白い紙に、

「つらい思いなどまだ知らずにいましたが、宮仕えして時間がたつのに、どうして、今では、白雪が降ってもその下のほうで消えてゆくように、消え入るようなつらい思いをし

なければならないのでしょうか。
『憂からぬは』と言います。いえ、そんなことはありません。『長らえる』とのことですが、私は長生きできるとは思ってもおりません」

と書いて、宮はたに、「帝や右大将殿などの前ではお渡ししないでください」とおっしゃる。

宮はたは、その返事を持って戻って来て、春宮の後ろに控えている。右大将の講書の最中だったが、春宮は、帝がよそ見をなさっている隙に、宮はたから受け取って、「宮仕えを、つらいと思っているのだな。私が思いどおりに振る舞えるなら、あの人のどんな願いにも応えてあげられるのに」などと思って、涙ぐみながら、藤壺からの返事を見ていらっしゃる。右大将は、そんな春宮と目を合わせなさって、藤壺への思いは断ち切ったはずなのだが、心が動揺する。それを静めようとするけれど、読みまちがいをたくさんする。帝が、訓点一つも読みまちがえない人なのにおかしいと思って、ほほ笑みなさるので、右大将も帝を見申しあげて笑ってしまった。帝も、我慢できずに笑っておしまいになる。右大将は、申しわけないと思って、まちがいを直して、ことさらにとてもおもしろく読む。その声は、ほんとうにすばらしい。はっきりとして際立っている。抑揚を抑えて、とても高くおもしろく吟詠する声は、鈴を振ったように響き、雲に穴を空けて空に上がってゆくようで、とても趣深い。

帝たちは御前にある琴を一緒にお弾きになって、帝が、「講書の禄には、何がいいのだろうか」とお尋ねになると、五の宮は、「ふたたび姫宮をお与えになるわけにはいきますまい。

今回の禄には、私がなりたいと思います」とお答えになる。帝は、「それは、まことに難しいだろう。学問の才の禄としては、おまえはまったくふさわしくない」と言ってご機嫌よくお笑いになる。

帝が、「さて、この俊蔭の詩集は、しばらくこのままにしておこう。今度は、こちらの冊子を読もう」と言って、もう一箱のを、初めて読ませなさる。こちらは、充分に訓点が施してあって、心に染みる感じで、さらに風情が豊かである。帝は、「風情は、やはり、こちらの俊蔭の父の朝臣の詩のほうがまさっているね。不思議なことに、この俊蔭の一族は父親のほうがすぐれているのだな」と言って、一晩中、おもしろい句があるところを吟詠させて、琴に合わせさせなさる。

帝は、夜が明ける前ごろに、とても心惹かれるところがあって、右大将に吟詠させて、ご自分も吟詠なさる。五の宮に、「おまえも吟詠せよ」とお命じになると、五の宮はとやかく辞退なさらずに、声を張り上げて吟詠なさる。その声は、とてもすばらしい。春宮は、吟詠なさらない。

八　暁方に、人々休む。仲忠、宮はたと語る。

夜が明ける前ごろになった。帝は、春宮に、「このまま、明日だけは、こちらにいてください。とても興味をお持ちになりそうな物があります。それをお見せしましょう」と言って、几帳を立てて、春宮の御座所をしつらえて、そこに入っていただき、ご自分は夜の御殿にお入りになった。五の宮は、台盤所に入って、蔵人たちの中でおやすみになった。

右大将（仲忠）が殿上の間の南の下侍にお出になると、宮はたが、一緒について行く。右大将が、横になって、宮はたを懐に抱いて横に寝かせて、「姉君は、大きくおなりになりましたか」と話しかけなさると、宮はたは、「大きくもなっていらっしゃらないし、小さいままでもいらっしゃいません」と答える。右大将が、「髪は長いのですか」。宮はたが、「とても長いようです」。右大将が、「父上（祐澄）は、かわいがっていらっしゃいますか」。宮はたが、「さあ、わかりません。父上は、弟宮を、夜も昼も抱いていらっしゃいます」。右大将が、「そうですか。弟宮は、どれほど大きくおなりになりましたか」。宮はたが、「ようやく一人で立つことができるようになったようです。とてもかわいらしいのです」と言う。右大将が、「父上は、どうして女宮のことをお慕い申しあげていらっしゃるのですか」。宮はたが、「さあ、わかりません。南のおとどのほうに出てすわって、『あの宮と結婚することができなかった』と言って泣いたりなどなさっています」と言う。右大将が、「『どちらの女宮を』とおっしゃっているのですか」。宮はたが、「右大将殿の奥さまのほかにはいらっしゃいません」。右大将が、「女一の宮のことなのですか」と言うと、宮はたが、「仁寿殿の女御さまのもとにうかがってお会いするのですが、女一の宮さまはとてもお美しい方ですね」。右大将が、「父上は、どうして女一の宮をお慕い申しあげているのですか。『妻として迎えたい』とおっしゃっているのですか」とお尋ねになると、「そのとおりです」と言う。「ところで、女一の宮は、父上のお手紙を受け取ってくれるのですか」。宮はたが、「受け取ってはくださるのですが、それだけで、お返事はいただけません」。右大将が、大声で笑って、「私がお返事をもらってあげよう。もう何も心配しなくていいよ。ところで、藤壺にうかがったら、『私がこう申しあげています』と言って、『ここ何日か参内してはいるのですが、暇がないので、そちらにうかがうことができません』とお伝えください」などと言っているうちに、夜が明けた。

九　講書第三日。宮はた、仲忠の使として藤壺に行く。

宮はたが起きると、右大将（仲忠）は、その髪を梳かし、身なりを調えさせて行かせた。宮はたが藤壺に参上すると、上﨟の侍女たちが、「まあいい香りがすること。この君は、女性の懐でおやすみになったのですよ」と言う。宮はたが、「そうではなくて、右大将殿の懐で寝たのです」と言っても、上﨟の侍女たちは、「女性のでしょう」と言う。

宮はたが、藤壺に、右大将が申しあげなさったことを申しあげると、藤壺が、宮はたに、「参内なさっているとうかがいますと、頼もしい気持ちがいたします。『暇がないので』とおっしゃる時には、それなりの理由があると聞いています」と伝言させなさったので、右大将は、「まったく違うことを想像していらっしゃるのですね。嘘をつこうなどという気持ちはありませんのに」などと申しあげなさる。

藤壺が、「右大将殿は、どこにいらっしゃるのですか」とお尋ねになると、宮はたは、「今は、殿上の間にいらっしゃいます」と言う。

一〇　藤壺、春宮からの手紙に返事を書く。

藤壺が、孫王の君に、「この前言ったことは、今のうちにするのがいいようです」とおっしゃっている時に、春宮からの手紙がある。御覧になると、

「昨夜、思いがけない内容のお手紙だったので、一晩中気にかかっていました。何をそんなに思い詰めていらっしゃるのですか。

宮仕えをして過ごしていらっしゃると、きっと報われる日がくるはずです。消えやすい沫雪であっても、降って積もると、必ず雪の山となるのです」

とあって、

「私があなたに冷たくしているのならともかく、そうではないのですから、心配なさらないでください。悩む必要のないことでお悩みにならないでください。帝が、『しばらくの間、こちらにいよ』とおっしゃるので、まだ戻れません。くわしくはお会いしてから」

と書かれている。藤壺は、

「山となる雪は忌まわしく思われます。雪の山は、人の訪れが絶えて来なくなる越路のも

のだと聞いています。

そのことを忘れられそうもありません」

と返事をお書き申しあげなさる。

一一　仲忠、女一の宮に手紙を書く。

こうしているうちに、雪が高く降り積もった。右大将（仲忠）は、女一の宮のもとに、

「夜の間は、どのように過ごしていらっしゃいましたか。お返事もいただけませんでしたので、気にかかっておりました。けっしてほかの人にお手紙を見せたりいたしませんのに。お逢いできずにいるとこんなにも恋しいあなたのことを、私は、どうして昔は知らずに過ごしていたのでしょうか。

こんなふうに申しあげるのも、昔からのあなたへの深い愛情を思い出してくださるのではないかと思ったからです。それに、いぬ宮のことがとても恋しくてなりません。女一の宮さま、いぬ宮を懐に抱いていてください。今朝の雪は、とても寒く感じられます」

とお手紙を書いてお贈り申しあげなさって、「帝の御前には、このお返事を見てから参上しよう。昨日のように騒ぎたてると困る」と思われて、しばらく参上なさらない。

一二　仲忠、殿上の間で、涼・藤英・行正たちと語る。

殿上の間には、源中納言（涼）と右大弁（藤英）と中将（行正）のほかにも、人々が大勢集まって来ている。右大臣（正頼）の男君たちも、大勢いらっしゃる。源中納言が、右大将（仲忠）に、「昔から固く契りを交わしていただいた仲ではないですか。私は、今回の講書をお聞きしたいと思って、妻の懐をうち捨てて、こんなに寒い中、ずっと震えながら待っておりましたのに、その効もなく、どうして、あなたは、一言だけでも聞かせてくださらないのですか。せめて少し大きな声で読んでいただけませんか」とお願いなさる。右大将が、「帝のお言葉があるので、大きな声で読むことができないのです。それに、苦しいので、大きな声も出ません」。中納言が、「それでは、どうして、昨夜は、格別に、声が雲に穴を空けて空に上がっていったのですか。ここにいる右大弁殿のことを、末世とはいえ、この世を代表する学者だとは思っていました。その右大弁殿さえ、さるけをまいりて（未詳）、詩を読んで、私たちが取り乱すほど大騒ぎをさせなさいました。けれども、今回は、腸がちぎれてしまうほど感動したので、あなたの声ばかり聞いていました。でも、その時の言葉は一つもおぼえていません。あなたは、何かにつけ、私の心を惑わせてばかりいらっしゃる。昔、いぬ宮さまがお生まれになって、琴をお弾きになった時には、私を、裸で、短い裾から脛を長く出した姿で走らせて、殿上人たちまで笑わせ申しあげなさいました」。右大将が、「簡単にちぎれてしまう腸なのですね。今回も、あなたがお聞きになっているのでは、講書をいたすことはできませんね」。中納言が、「だからといって、できたら、何かの底に向かって読んだりはなさらないでください」。右大将が、「それなら、石の唐櫃の中に向かって読むことにしましょうね」。右大弁が、「その唐櫃は壁の中にしまわせなさいということでしょうか」。右大将が、「それでは、あなたが、焚書坑儒で、真っ先に埋もれなさることでしょう」。中将が、「焚書坑儒のようなことは、立派なこの帝の御代に起こるはずはありません。私は、この講書を私たちに聞かせないようにしていらっしゃる理由をうかがっています。聞かせないようになさるのも当然です。ほんとうに、平凡で取り柄がない私なんかつまらないものです。とははつせ（未詳）聞いて知っているでしょう」などと言っている時に、藤壺から、大きめの酒台ほどの大きさの瑠璃の器に食事を一盛、同じ瑠璃の皿坏に生物と乾物、窪坏に果物を盛って、同じ瑠璃の大きな瓶に酒を入れて、白銀の結び袋に信濃梨や干し棗などを入れて、白銀の銚子に麝香煎を一銚子入れてお贈り申しあげなさった。また、炭取に小野の炭を入れてお贈り申しあげなさった。

一三　殿上の間に、藤壺から、羹とともに歌が贈られる。

殿上人たちが、皆、集まっておもしろがって、自分の手もとに置いて召しあがっている時に、大きな白銀の提子に若菜の羹が一鍋贈られてくる。蓋の代わりに、黒方を窪んだ大きな盃のような形で作って覆ってある。そのつまみは、女の人が一人で若菜を摘んでいる形に作ってある。それに、藤壺から、侍女の孫王の君の筆跡で、

「春日の野辺の雪が解けた所を掻き分けて、あなたのために、私一人で今日のこの若菜を
　摘みました。

その若菜を羹にして、こんなふうに料理いたしました。食べてくださいますか」

と書きつけてあって、黄金で作った小さい瓢箪の杓と、折り物に高く盛った雉の脚を添えてお贈り申しあげなさった。

一四　帝、女一の宮から仲忠への返事を覗く。

殿上の間で、人々が集まって大声で笑っているので、帝が、「どうして、右大将の朝臣(仲忠)は、今日はなかなか現れずに、こうして騒いでいるのだろう」と思って、前日の朝と同じ櫛形の窓からお覗きになると、右大将は、台盤に食べ物を載せて、手に取って召しあがっている。酒などを飲んでいらっしゃる時に、この前と同じように、宮はたが、とても美しい陸奥国紙に書かれた、雪が降りかかった枝につけた手紙を持って来て、「女一の宮さまのお手紙です」と言って高くさし上げて、ひらひらさせる。源中納言(涼)が、「奥さまからの思いが籠もったお手紙を、こんなふうに扱ってはいけませんよ」。右大将は、「今日は、まったく問題ありません。昨日、帝の御前で、同じことをした時は、どうしていいかわから

ず途方にくれました」と言って、宮はたに、「不作法ですよ」と注意して受け取って御覧になる。

その後ろで、帝も御覧になると、

「お手紙に、『返事がなくて気にかかっていた』とかありましたが、帝の御前においでになるとばかり聞いていましたので、帝が御覧になるのではないかと心配してお返事できなかったのです。『昔からの深い愛情を思い出すのではないか』とか。

私は、昔の、あなたの藤壺（ふじつぼ）さまに対するこのうえない愛情を見てきましたから、今でも、あなたが愛しているのは私ではないだろうと思っています。

ということで、お返事ができなかったのです。私も、ようやく、恋のもの思いがわかるようになりました。ところで、お尋ねになったいぬ宮は、母上（仁寿殿（じじゅうでん）の女御）がずっと懐に抱いてくださっているそうです」

と書かれている。帝は、それをしっかりと見て、「度々手紙を贈ったりなどしているのは、女一の宮をさほどいいかげんに扱っているわけではないようだ。ぜひ、もうしばらく宮中にとどめて、右大将がどうするのか見てみよう」と思って、安心なさった。

帝は、昼（ひ）の御座（おまし）に戻って、何もなかったかのようにすわっていらっしゃる。

一五　仲忠、藤壺に歌を返す。

殿上の間で、人々が酒を飲んで騒いでいる時に、右大将（仲忠）は、若菜の羹の鍋の蓋に書きつけられた藤壺の手紙の返事を、その蓋に、ご飯を丸めて、物を手に取って食べている翁の形を作って載せて、それに、

「雪が解けた所を掻き分けて、袖が濡れながら摘んでくださった若菜を、私一人で食べよとおっしゃるのですか。

羹はまだ充分に温かいので、こちらに来て一緒に召しあがりませんか」

と書いてお贈り申しあげなさる。

一六　仲忠、殿上の間で、涼たちと過ごす。

食事を食べ終わって、右大将（仲忠）が、この食べ物を贈ってくださった時の食器を、すべて集めて、お返し申しあげなさる時に、孫王の君のもとに、

「この食器を、すっかりそのままお返しするのは、『明日の朝も、すぐにお贈りいただきたい』と思って、『この食器がないと、別の食器をお探しになっているうちに遅くなってしまうのではないか』と案じられたからです」

とお手紙をお書きになった。

このお手紙を見て、孫王の君などは、大声でお笑いになる。孫王の君は、「冗談ばかり言う方で、今でもこんな冗談をおっしゃるのですね」と言って、

「右大将殿は、御厨子所の仕事を完璧にこなす雑仕女だったのですね。ただ、盃が一つなくなっていました。衣の袖の中にないか、着物を脱いでお探しください」

とお返事申しあげる。

殿上の間でも、その返事を見て、人々が集まって笑う。右大将は、「今、ふるをさにやく（未詳）をさしあげよう」などと言って、酔って横になっていらっしゃる。

帝が、「遅い」と言ってお呼びになると、右大将は、「涼の朝臣が酒を無理に飲ませなさったので、酔って、何がなんだかわからなくなったためにうかがえません」と言って、酔ったふりをし、嘘をついて参上なさらない。帝は、休んでいるのだろうと思って、しばらくの間お呼びにならない。

一七　巳の時から日が暮れるまで、講書が続けられる。

巳の時（午前十時）も半ば過ぎた頃に、右大将（仲忠）が、帝の御前に参上なさる。青鈍の綾の袴に柳襲の下襲などがとても美しく仕立ててあって、今日の移しの香は、麝香・薫物・薫衣香を、どれにも改めて薫き染めてある。右大将が参上なさると、帝は、昨夜の俊蔭殿の詩集の続きを読ませなさる。一日中読んで、暗くなった。帝は、「ずいぶんと日が高く

なってから読み始めたのだ。今日は、まだ席を立たないように」と言って、さらに明るく御殿油をお灯しして読ませなさる。

一八　亥の時頃から、仲忠、俊蔭の母の歌集を読む。

亥の時（午後十時）ごろからは、帝が、俊蔭の父の朝臣の詩集はしばらく読むのをやめさせて、小唐櫃を開けさせて御覧になる。すると、俊蔭の母の歌集が、唐の色紙を中央で二つに折って、厚さ三寸ほどの大きな冊子に作ってあって、歌が、一つには普通の平仮名で一首を二行に、一つには草仮名で同じように一首を二行に、また、一つには片仮名、一つは葦手で書かれている。帝は、まず、平仮名の歌を読ませなさる。歌も筆跡も、このうえなくすばらしい。帝・春宮・五の宮・右大将の四人は、向かい合って、ほかの人に聞かせずにお聞きになっている。

今夜は、后の宮が参上なさっている。たはのこれうのゐかひたち（未詳）が、とても大勢いる。講書をしていると聞いて、后の宮が御簾のもとに来ていらっしゃるので、帝は、右大将に目くばせをして、小さな声で読ませなさる。后の宮が、「帝は聞かせてくださらないでしょう。でも、講師は、私にも聞こえるように、気を遣って読め」とおっしゃるので、右大将は読むことができずにきまりが悪くてじっとしている。帝が、右大将に、「まったく困った人だな。そんなにびくびくなさるな。ただ、私が言ったとおりに読め。この歌集は、誰でも読むことができるものだが、だからといってあなた以外の人が読むのにはふさわしくない理由があるから、あなたに真っ先に読ませたのだ」とおっしゃるので、右大将は少し声を大きくして読む。所々は、漢字の字音でも読む。后の宮は、とても不愉快にお思いになる。けれども、后の宮は、聞いて充分に理解なさる。ほかの人は、聞いても理解できずにいる。理解なさった方は、皆、帝も春宮もお泣きになる。書かれている内容は、ただ、実際にあったことを、物語のように書き記してあって、その時々の歌を載せてある。感動的なところも悲しいところもあって。

一九　暁方に、俊蔭の日記を見る。

夜が明ける前ごろになって、帝が、「この筆跡も歌もこんなにすばらしいのは当然なのだ。俊蔭の母の皇女は、昔、能書家で歌人として評判の姫宮だった。嵯峨の院の、女御腹の姉宮だったのだ。そのような方が、その時々に書き残した歌だから、こんなにすばらしいのだ。これは、女一の宮には見せたのか」。右大将（仲忠）が、「私も、見つけた京極殿の蔵で、表紙の外題を見ただけです。それ以外では、今夜初めて開いて見ました」とお答えになる。帝が、「これは、女一の宮の所で講じなさるのにふさわしいものだ」と言い、「この歌集は、しばらくこのままにしておこう」と言って、「もう一つの唐櫃を」と言って御覧になる。こちらの唐櫃に入っている俊蔭の日記は、俊蔭が、都から筑紫に出発して唐の国に渡るまでの間をはじめとして、都に帰って来て、生まれた娘の将来を案じて書き始めたものまで、その時々の思いが記してあって、折々に詩が書かれている。この詩は、俊蔭の母の歌よりもさらに感動的なところもあり悲しいところもある。娘の将来を案じて書かれた巻を講じると、帝は、それを聞いて、「これは、尚侍さまが見るのにふさわしいことが書かれているようだ。見せたのか」とおっしゃる。右大将が、「まだ見せておりません。これは、母上に見せることにいたします」と言って、次の巻を講じようとすると、帝は、「このまま最後まで読め」と言って御覧になる。この巻は、このうえなく感動的で悲しい。また、次に講じた巻は、蓮華の花園で、天人が飛んで来てくださった時に詠んだ詩が集めてあって、詠んだ時の事情が記してある。帝は、とても感動なさる。

二〇　帝、譲位の意向を漏らし、春宮を戒める。

帝が、「もう夜が明けてしまいそうだ。この詩集の詩は、長い夜の間ずっと読んでも読み尽くせそうにもない。残った詩は、もう講書をしてもらわずに自分で読もう。詩集と日記などは、右大将(仲忠)に読ませて聞こう。でも、それは、仏名会が終わってからにしよう。右大将の朝臣は、とてもつらいと思っているようだ」と言って、春宮に、「何か特別な理由がないと、あなたと会うことがとても難しい。ちょうどいい機会だから申しあげたいと思うことがいろいろあります。ここに、右大将の朝臣がいます。でも、この人は、将来あなたが即位なさった際に後ろ盾となってくれるはずの人だから、同席していてもさしつかえないでしょう。ここ何か月か、聞いたところによると、あなたは春宮の殿上の間にもお出にならないそうですが、やはり、殿上の間に出て、恒例の作法どおりに春宮としての政務をお執りになったほうがいい。妃をおそばに置くにしても、愛する人がいらっしゃるなら、夜は夜の御殿に参上させ、昼は上局をお与えになるなどなさればいいでしょう。あなたは慣例に背いていると耳にするので、こうして忠告するのです。中でも、小宮と申しあげた人が、ひどく嘆いていらっしゃるように聞いています。どうして、そんなふうに、小宮がお嘆きになるようなしうちをなさるのか。嵯峨の院は、お聞きになって、どんなお気持ちになられるだろうか。院は、ご高齢になられたから、もうそれほど長く生きてはいらっしゃらないでしょう。小宮は、大后の宮が、特にとてもかわいく思っていらっしゃる方だ。どんなに心に添わない方であっても、少し気にかけてさしあげてください」と申しあげなさると、春宮が、「そのことについては、私も同じ気持ちでおります。先ごろも、『こちらにおいでください』と申しあげましたし、私のほうから小宮のもとにも出向いたのですが、私が何を申しあげても聞き入れてくださらず、とても腹を立ててとりつく島のない様子でした。そんな具合なので、ここ何か月も、憚られて、こちらからは何も言葉をかけずにいるのです」。帝が、「小宮のほうでも言い分がおありだと聞いていますよ」。春宮が、「一緒に宮仕えをしている者のことを、不快に思っていらっしゃるのです。それでも、その人が入内した当初は、小宮のもとに、

『今夜は夜の御殿においでください』と申しあげていたのですが。その後お声をかけずにいたところ、どうしてなのでしょうか、不快にお思いになって、あの人が藤壺（ふじつぼ）にいると言ってご機嫌が悪いので、小宮に対する愛情は失っていないのですが、怒りを解いてくださるまで、声がかけられないのです。院と大后の宮も、何かの折に、きっと事情をお聞き及びになることでしょう」。帝が、「ゆくゆくは祓（はら）えの際の形代（かたしろ）のようにお捨てになったとしても、院が生きていらっしゃる時に、このことがお耳に入るのは、とてもお気の毒です。どのようなことをお考えになっているのでしょうか、院も大后の宮も、出家しようとなさっているそうです。あなたは、即位なさる時が近づいてきたのですから、波風を立てずに、人からの非難を受けないように身を処しなさい。唐の国でも、最愛の妻を持った王が、非難を受けたようです。あなたも同じように非難される原因となる人を持っていらっしゃるから、戒め申しあげているのです。とりわけ、私は、美しい妻ばかり集めましたが、褒めてもらえないままになってしまいましたよ」。春宮が、「私を戒めるようにと言ったのは小宮のようですね。言葉も惜しまず騒ぎたてるのは、ほかにはいるはずがありません」と申しあげなさっているうちに、すっかり夜が明けた。

二一　帝、仲忠に禄として石帯を与えて、講書を終える。

帝は、伝来されてきた、世間で評判が高い石帯がたくさんある中で、すばらしいとお思いになっている石帯を取り出させて、右大将（仲忠）に、「この石帯を、元日に、朝拝などがある時におつけなさい」と言ってお与えになる。右大将は拝舞なさる。

夜が明けたので、右大将は退出しようとなさる。帝が、「仏名会が終わってから、必ず、もう二三日参内して、講書の続きをしてください。涙を誘うから、年の初めには読むことができそうにない書物のようです。ところで、仁寿殿の女御は、年内には参内しないつもりなのでしょうか。自分が出産した時よりも、ずいぶんと長い間退出しているようですね。ひょっとして、あなたが女御にいぬ宮の乳母をさせていらっしゃるのですか。冗談はさておき、あなたから勧めて、女御を参内させてください。昔はこんなふうでもなかったのですが、歳をとると、妻から軽く見られるものです」とおっしゃるので、右大将は、恐縮してお引き受け申しあげなさる。これらの書物は、すべて封印をさせて、厨子に納められた。

二二　夜が明けて、仲忠、藤壺に戻る春宮を送る。

春宮がお帰りになった。殿上人や東宮の学士などを引き連れて、右大将（仲忠）も、藤壺までお送りなさる。右大将は、孫王の君に藤壺への伝言を言い残し申しあげて、梨壺に参上なさる。

春宮は、藤壺に入って横におなりになった。

二三　仲忠、梨壺に立ち寄り、懐妊したことを確認する。

右大将（仲忠）は、梨壺に対面なさった。右大将が、「ここ数日参内していながら、ご挨拶せずに申しわけございません」。梨壺が、「いつも殿上の間にいらっしゃるとばかりうかがっておりましたので、こちらからもご挨拶せずに申しわけありません」。右大将が、「梨壺さまが私に隠しごとをなさっていたことを知って、とても恨めしい気持ちでおります。先日こちらに参りましたのに、どうしてお話しくださらなかったのですか」。梨壺が、「なんのことですか。何もかもお話し申しあげていますのに」。右大将が、「私にお話しくださらねばならないことがおありでしたのに。父上のためにも、私どものためにも、これほど面目が立つことはございません。春宮の妃たちが普通に平穏でいる時には、それよりもすばらしいことであっても、こんなに喜びはいたしません。このように、藤壺さま以外の妃たちは誰もが、宮仕えをしていてもしかたがないと言って騒いでいる時に、ほんとうかどうかはともかく、懐妊なさったという噂を聞くだけでもうれしいことでございます」。梨壺が、「何をおっしゃるのですか。おかしな問わず語りをなさいますね。悪阻になって、何もいいことはないと思っているのです」。右大将が、「いつごろからですか」。梨壺が、「相撲の節の頃、暑気あたりだろうかなどと思っていた頃からでしょうか」。右大将が、「それからずいぶんと月日がたちましたが、父上は、このことを聞いて知っていらっしゃるのでしょうか」。梨壺が、「いいえ。

父上がご存じのはずはありません。私のほうからお話ししていませんので。春宮のご寵愛もない今、恥ずかしいので、お知らせしていません。ここにいる者たちにさえ、大勢には知らせていないのに、どうして兄上はお聞きになったのでしょうか」。右大将が、「先日の夜、五の宮が帝にお話し申しあげなさったのを聞いたのです」。梨壺が、「五の宮がどういうお気持ちなのか、まったくわかりません。私がこんなふうに春宮の寵愛も受けられずにいるからでしょうか、『兄の春宮と違って、私はあなたを愛しています』などとおっしゃっていたのに、最近は、お手紙もくださらないのは、私が懐妊したとお聞きになったからだったのですね」。右大将が、「五の宮は、世に名だたる浮気者と評判になっていらっしゃる方で、この世を軽く見て、帝の御前でも、何憚ることなく、あれやこれやとお話しになるのですよ。これまで以上に、充分に慎重に振る舞って宮仕えをなさってください。まわりには探女ばかりがいるのですよ」。梨壺が、「あるお一方のために、胸がつぶれる思いをしております。太政大臣殿（季明）の大君お一人だけが、多くの妃たちの悪い噂を立てていらっしゃるようです」。右大将が、「嵯峨の院の小宮は夜の御殿に参上なさらないとか」。梨壺が、「いえ。この春、ひどい喧嘩をして、御衣を破られ、あちらこちらを引っ掻かれて傷つけられてからは、春宮は参上させなさらないと聞いています。けれど、昔、寵愛を受けていらっしゃった方ですから、このままになることは絶対にないでしょう。私が春宮と逢っていただいた時も、『小宮のことはかわいそうだとは思うのだが、気が進まないので』などとおっしゃっていました」。右大将は、「今度は、春宮は、大事な所も引き裂かれなさることになるのでしょうか。そうなると、これまで以上に、小宮はどういう扱いを受けることになるのでしょう」と言い、「すぐに、一日か二日たってから参ります」と言って退出なさった。

［梨壺。］

二四　仲忠、退出する。洗髪で不在の女一の宮に手紙を書く。

右大将（仲忠）は、退出して、東北の町の寝殿にそっと入って御覧になると、女一の宮は昼の御座所にも御帳台の内にもおいでにならない。右大将が、どうしたのだろうと思って、中務の君に、「女一の宮はどこにいらっしゃるのか」とお尋ねになると、「仁寿殿の女御さまがおいでになる西の御方で髪を洗ってさしあげています」と申しあげるので、とんでもないことだと思って、「どうして、今、髪をお洗いになるのか。私が、私が退出することはお聞きになっているだろうに。よりによって今日、特別に久しぶりに髪をお洗いになるなんて。洗った髪を乾かしている間に、寿命が短い人は、会っていただけなくなるだろう。ところで、いぬ宮はどうしているのか」とおっしゃる。中務の君は、「いぬ宮さまも、一緒に西の御方にいらっしゃいます」と申しあげる。

右大将が、「大輔の乳母をお呼びください」と言って呼んだので、大輔の乳母が、いぬ宮を抱いてやって来た。右大将が抱き取って御覧になると、いぬ宮は粉を丸めたように色が白くふっくらとして、父親の顔を見てわかるかのように何かおしゃべりをする。右大将は、とてもかわいいと思いながら、女一の宮のもとに、

「やっとのことで退出して来ましたのに、こちらに戻っていらっしゃらないとは。大空の月さえ家にさし込むものですよ。今日髪をお洗いになるとは。

空で鳴る神であっても、二人の仲を裂くとは聞いたことがありませんのに、今日、神が現れる（髪が洗われる）のは、どうしてなのでしょう。

私の方からそちらにうかがいましょうか」

とお手紙をさしあげなさる。けれども、女一の宮がお返事もさしあげなさらないので、機嫌をそこねて、いぬ宮を抱いて、昼の御座に横におなりになった。大輔の乳母に、「この子を、誰かに見せましたか」とお尋ねになると、「誰にも見せておりません。さまざまな方が、西の御方においでになって、『いぬ宮さまのお顔を見申しあげたい』とおっしゃったのですが、私が、御帳台の内で、こんなふうにお抱きしてお見せいたしませんでした。ただ春宮の若君たちだけが、右大臣殿（正頼）に抱かれておいでになって、私はお隠し申しあげたのですが、仁寿殿の女御をも女一の宮さまをも叩いたり引っ張ったりし申しあげて、『女一の宮さまの児を見せて見せて』とおっしゃったので、女一の宮さまが、叩かれて困って、お見せ申しあげなさいました。若君たちは、かわいいと思って、いぬ宮さまを抱いていらっしゃいました」と答える。右大将が、「なんともばかげたことをしたものですね。若君たちの年齢での

ことは、大きくなってからも、昨日今日のように、とてもよくおぼえているものなのに。若君たちに、いぬ宮を抱かせなさるなんて。あなたは、いぬ宮をしっかりと隠してください。ちゃんと隠してくださったら、若君たちも何もおできにならないでしょう」とおっしゃる。大輔の乳母が、「若君たちが、女一の宮さまの髪を引っ張って、お二人で泣き騒ぎなさったので、どうしようもなかったのです」と申しあげるので、右大将は、「ほんとうにあさはかなことをしたものだ。なんとも不愉快だ」と思っていらっしゃる。

二五　仲忠、女一の宮のもとを訪れる。

西の御方では、女一の宮が、早朝から日暮れまで、髪を洗っていらっしゃる。宮は湯帷子をお召しになっていて、侍女が立ったりすわったりしてお世話する。女一の宮は、髪を洗い終えて、丈の高い厨子の上に褥を敷いて乾かしていらっしゃる。仁寿殿の女御の前で、廂の間に横向きに立てた厨子である。母屋の御簾を上げて、御帳を立ててある。女一の宮の前には、火桶を置き、火を熾し、薫物を薫いて香りを立てて、髪をあぶったり拭ったりしながら、集まってお世話する。右大将（仲忠）が、「こちらの寝殿に戻って来て、髪を乾かしてください」と申しあげなさるので、仁寿殿の女御は、「こうおっしゃっているのですから、あちらで髪を乾かしなさい」とおっしゃる。女一の宮は、「そんな必要はありません。今、乾かし終えてから戻ります」とおっしゃる。右近の乳母という人が、「乾かし終えてからお戻りになったほうがいいと思います。お戻りになったら、すぐに一緒に寝床にお入りになることでしょう。そうなさったら、きっと髪に癖がついてしまうと思います。女一の宮さまが出産なさったその日でさえ、右大将殿は御帳台に入って一緒に寝ておしまいになったのですから、女一の宮さまの髪に癖がつくことなど気にもおかけにならないでしょう」。女一の宮が、「何を言うのですか。黙っていなさい」とおっしゃっていると、右大将が、直衣を着て、中の戸を押し開けてやって来て、女御の前に膝をついておすわりになる。その時、右大臣（正頼）もこちらにおいでになった。

二六　仲忠、正頼に帝の譲位の意向を告げ、帯を見せる。

女一の宮がまる見えなので、屏風を持って来て立てると、右大将（仲忠）は、「そんな必要はありません。このままでかまいませんから。そのまま、早く髪を乾かしてください。あちらの寝殿にも厨子はたくさんありますのに」などと言って、仁寿殿の女御に、「今朝、帝のお言葉があったので、すぐにお知らせしようと思ったのですが、ひどく気分が悪くなって、静養しているうちに遅くなってしまいました。帝は、『早く参内なさるように』とおっしゃっていました。なかなか参内なさらないのは、私が女御さまに乳母をおさせしているのだとおっしゃいました」と申しあげなさる。仁寿殿の女御が、「それにしても、帝は、私が申しあげたことを、どうしてそんなふうにおっしゃったのですか。このいぬ宮を見ずにいることなどできそうもありませんから。私が出産した時は、宮たちのお世話をすることもなく、すぐに参内いたしましたので、その後のことは何もわからなかったのですが、いぬ宮が生まれた今回は、初めからお世話などいたしましたから、このまま残して参内することはできません。それに、お宮仕えをしても、お仕えした効(かい)もなく、特に楽しいこともありませんから、急いで参内しようとも思いません」。父の右大臣（正頼）が、「どうしてそんなふうにお考えになるのですか。私の子どもたちの中では、あなただけが幸せになっていらっしゃいます。こちらの宮たちを、何人も、欠点も難点もなくお育てして、それぞれに立派になって、人々の中に交わったり、わが家で一堂に会したりしているのを見申しあげると、娘を持っていてよかったという気持ちがします。また、この右大将閣下を、こうして婿として見申しあげていらっしゃるのは、たとえ后の位であってもどうでもいいお気持ちになることでしょう。右大将殿は、これまでだってこれからだって、ほかに例のないすぐれた人でいらっしゃいます。わきまえのないことをおっしゃいますね」。右大将が、笑って、「きまりが悪いことをおっしゃいますね。女御は、私を婿として迎えた効がないと思っていらっしゃるのです。いぬ宮は、女一の宮に憎らしいと思われています。私は、『帝から見捨てられて結婚させられたのだ』と、いつもお叱りを受けています。ところで、帝が、春宮(とうぐう)が即位なさる時が近くなっているようにおっしゃいました」。右大臣が、「朱雀院(すざく)をすっかり修理し終えたようだから、そうなのでしょう」。右大将が、「ここ何日か、春宮も帝の御前においでになりました。ここ何か月もお顔を見ずにいた間に、とても美しく立派におなりになりました」。右大臣が、「この国の王としてはもったいない方です」。右大将が、「私は、帝の御前で、これまでにもましてつらい講書の役を務めました。春宮は、まことに気品があり、心惹かれる様子で、じっと見つめていらっしゃいました。一方、五の宮は、とてもはなやかで美しく、何かを見つけてやろうと思っていらっしゃる様子で、私を御覧になっていました。帝が書物をあれやこれやと講ぜさせなさるので、その役を務めて、とてもむずかしくてたいへんな思いをいたしました。でも、そのおかげで、帝から貴重な物をいただきました」。右大臣が、「何でしょうか」。右大将が、「石帯です」。右大臣が、「どれどれ。拝見いたしましょう」とおっしゃる。

　右大将が取りに行かせたところ、螺鈿の帯の箱に、袋に入れて、包みに包んで持って参上した。右大臣が、袋から取り出して御覧になると、とても立派な、貞信公の石帯だ。右大臣は、驚いて、「これは、この世にほかにないほどすばらしい石帯です。講書の役をお務めして、この石帯を拝領なさるほど帝を感動させなさったとは、まことに驚くべきことです。これは、小野の右大臣（千蔭）が持っていらっしゃった石帯です。この石帯が原因で、多くの事件が起こりました。そのことが原因で、真言院の律師（忠こそ）は山に籠もってしまいました。そのために、父の右大臣も、小野に籠もって、『この石帯は、もう受け継ぐ者もおりません』と言って、嵯峨の院に献上して、朱雀帝が即位なさった時に、院がお譲り申しあげなさった石帯です。それ以来、帝は、すばらしい宝物として大切になさっていました。帝のもとには石帯がたくさんあるでしょうが、これほどの物ではないでしょう」とおっしゃる。右大将が、「これは、藤壺さまのおかげでいただいたのです。講書の最中に、春宮が、藤壺さまにお送りなさったお手紙の返事を見て、ひどく思い詰めた様子をなさいました。藤壺さまのお返事は、どのような内容だったのでしょうか。どうなさったのだろうと思って、春宮のご様子を見ているうちに、私は読みまちがえてしまいました。それを、帝がお笑いになったので、私は、申しわけないと思って、帝が吟詠させなさった句を、震えながら、何がなんだかわからずに吟詠しました。その時に、帝が、『講書の禄は、何がいいだろう』などとおっしゃって、この石帯をいただいたのです。失態を犯すと、貴重な禄をいただけるものだったのですね」。弾正の宮(三の宮)は、「いつも失態ばかり犯している私は、どれほどの禄がいただけるのでしょうか」とおっしゃる。

二七　正頼のもとに、さま宮の男子出産の報が届く。

仁寿殿の女御は、ご自分と宮たちのお食事を用意させなさる。右大将(仲忠)は、まだお食事もなさっていなかった。右大臣(正頼)が盃を手にしてお勧めになるので、右大将が酒などを少しお飲みになっている時に、人々が、「源中納言殿(涼)の北の方(さま宮)が、御子をお生みになるとのことで、とても苦しんでいらっしゃる」と言って騒ぐ。右大臣が、「典侍は、あちらに行ってくれ。お産の心得がある人がいないと具合が悪いだろう」とおっしゃると、人々は、「典侍は、昼にお召しがあったので、とっくに参上なさいました」と申しあげる。右大臣は、「穢れに触れないように立ったままでお見舞いしよう」と言っておいでになった。右大将は、お見舞いしたいとは思うけれど、気分が悪くておいでにならない。

こうしているうちに、源中納言の北の方は御子をお生みになった。御子は、男君だと言う。

二八　仲忠、女一の宮を連れて戻り、一緒に御帳に入る。

仁寿殿の女御が、「髪は乾きましたか。早くお帰りなさい」と言って、奥へお入りになったので、右大将（仲忠）が、屛風を押し開けて御覧になると、女一の宮は、濃い袿の御衣の上に、赤っぽくて黄色がかった織物の細長を重ねて着て、さらにその上から白い御衣をかけていて、髪は、少し湿って、四尺の厨子から長く延ばして、磨いたように艶々と見える。小さい食膳で、湯づけや果物などを召しあがっている。右大将は、「寝殿に戻るようにお願いしたのにお断りになるとは、ああみっともない。あちらでお乾かしください。寝殿に一人でいるのは、まことに居心地が悪いのです」と言って、母屋から抱き下ろして、寝殿にお連れして、そのまま御帳台の中に入って横におなりになった。

右大将が、「お手紙をさしあげたのに、どうして、宮中でもこちらに帰ってからもお返事をくださらなかったのですか」と言って、ここ何日間の出来事をお話し申しあげなさる。宮はたが言ったことなどを申しあげなさると、女一の宮が、「あの子は、宮中で仁寿殿の女御の所にいつも出入りしているので、こちらにいる時も仁寿殿の女御のもとにばかりいるようですから、私のことを見る機会もあったのでしょう。顔も性格もかわいらしい子だと思って見ていましたのに、私のことを見ていたなんて憎らしいこと」。右大将が、「ところで、問題なのは父君（祐澄）のことです」。女一の宮が、「あの方は、そんなふうにも見えませんでしたのに」。右大将が、「そんな言い方ですませないでください。叔父君たちは、皆、そんな叔父らしい心など持っていないものです。その中のお一人（仲澄）は、わが身を破滅させておしまいになったようです。ずいぶんと思い詰めているようでしたが、お相手は誰だったのでしょうか、あなたなのではありませんか」。女一の宮は、笑って、「私に濡れ衣を着せるのはおかしいと思います。見ていて、ほかの方だと思われました」。右大将は、「そんなことはないでしょう。だからといって、まさか妹君（藤壺）ではないでしょう。それに、あなたの妹宮たちは、まだとても幼かったでしょう」などと言って、一緒に寝床に入っておやすみになるので、右近の乳母が機嫌をそこねている。

　右近の乳母が、仁寿殿の女御に、「ですからご忠告申しあげたのです。自分勝手に一緒に寝床に入っておやすみになるから、また明日も髪を洗ってさしあげなければなりません。ちょっとお洗いすればすむ髪であるかのように思っていらっしゃるのでは」と申しあげると、女御は、「そんなことを言ってはいけません。右大将殿は、夜も昼も帝の御前に参上なさっていたのですから、しばらく休みたいとお思いなのです。案じることはありません。髪のことも何も、右大将殿がお世話をしてくださるでしょうから、いくらなんでもおかしなことにはならないでしょう。右大将殿が、すべてしてくださると思います。心配することはまったくありません」とおっしゃる。

二九　翌朝、仲忠のもとに、母尚侍の手紙が届く。

右大将（仲忠）は、翌日になるまで、御帳台から出ていらっしゃらない。お食事を用意して、食膳などを鳴らして合図するけれど、お聞き入れにならない。中務の君が、困って、「お食事の用意ができました」と申しあげると、「とても眠たくて気分が悪い。小さい盤に少し分けて持って来てください」とおっしゃるので、中ほどの大きさの盤に、別に少し分けておいたお食事と、おかずなどを持って参上する。右大将は、まず女一の宮に少し食べていただいて、ご自身はお下がりを少し食べておやすみになった。翌日の昼ごろまで御帳台から出ていらっしゃらない。

尚侍から、

「どうして長い間ご連絡をくださらなかったのですか。前におっしゃっていたことを聞いて、源中納言殿（涼）の産養の時にはと思って準備しておいた物などをお贈りするのは、今日がいいと思います。こちらに来てご確認ください」

とお手紙がある。右大将は、「そうそう、そんなことがあったな。ああ気分がすぐれない。

どのようにしてうかがったらいいだろう」と言って、「今すぐにうかがいます。今さらと思いますので、今はこれ以上申しあげません」とお返事をさしあげなさった。女一の宮に、「うかがわないわけにもいきません。また、よそに行ったりなさらないでください」と申しあげてお出かけになった。

三〇　仲忠、兼雅に帯を見せ、梨壺懐妊の報告をする。

右大将（仲忠）が三条殿に参上なさると、贅を尽くした産養の品々があり、御子を生んだ北の方（さま宮）のための食事なども、皆揃っていて、財力豊かな源中納言（涼）のもとに出しても恥ずかしくないようにしつらえられている。洲浜は、湧き水のほとりに鶴が立っている。その鶴のもとに、葦手で、糸状の黄金で象嵌した歌が、

　黄河は千年に一度澄むと言いますが、同じように千年の寿命を持つ鶴の子は、今夜から流れ始めた水が、自分が生きている間に何度澄むのかと見てください。

と書いてある。尚侍は、いろいろな物を添えて、取り出して、右大将にお見せ申しあげなさる。食事などをさしあげる。父の左大将（兼雅）は、とてもおもしろがっているようにお見受けされる。

　右大将が、「ここ数日宮中にいて、夜も昼も講書をいたしておりまして、先日退出いたしました。そのまますぐにこちらにうかがおうと思ったのですが、宮中で夜を徹して講書をし

ていたために、とても気分がすぐれなかったので、その名残なのでしょうか、昨日今日は起き上がることができませんでした。でも、お手紙をいただいたので、こうして参上いたしました。じつは、お目にかけたい物もありますし、申しあげなければならないこともたくさんございます」。父の左大将が、「何を講書してさしあげなさったのか」。右大将が、「特別なものではありません。故治部卿殿（俊蔭）の詩集などが手もとにあったのですが、帝が、『見たい』とおっしゃったので、『琴はともかく、書物などまで秘密にすることはないだろう』と思って、それを持って参内したのです。すると、『読め』とおっしゃったので、そのまま講書をいたしました。そのために、このような物をいただきました」と言って、石帯をお見せ申しあげなさる。左大将が、「これは、評判の石帯だ。このような石帯をくださるとは、なんと畏れ多いことか。先日、頭の中将（実頼）が、『世間の人が、「帝が大切になさっている物は、皆、右大将殿がいただいてしまった。一番かわいがっていらっしゃる姫宮も、身のまわりで大事にしていらっしゃる物も、家までも、これをとお思いになっている物は、すべて右大将殿の物になった」と噂しています』と言っていたが、噂どおりだったのだね」。右大将が、「これは、かつて右大臣殿（千蔭）の石帯だったと聞いています。この石帯は、父上のお手もとにお置きください。父上のもとに、立派な石帯がないようですから。私は、まだ革もつけずに石のままですが、故治部卿殿が唐の国から持ってお帰りになった、これにも劣らないものがありますから、それを石帯に仕立てさせてさしましょう」。父の左大将が、

「私がもらうわけにはいかない。畏れ多くも、帝のご意向があってくださったものだから。やはり、節会などの際にさしてお目にかけなさい。私は、こんな立派な帯でなくてもかまわない」。右大将が、「それなら、今お話しした故治部卿殿の遺品を石帯に仕立てさせて、父上にさしあげましょう。まことに立派な飾りの犀角などもいくつかございました。こんなにすばらしい物をいくつも隠しておかれたために、危うく困ったことが起こるところでした」。左大将が、「それは、けっして口にしてはならないことだ」とおっしゃる。

右大将が、「ところで、今まで待ち望んでいたことがかなったのですが、お聞き及びでしょうか」。左大将が、「どのようなことだろうか」とお返事なさる。右大将が、「時機を逸したことですが、おめでたいことです。梨壺さまが懐妊なさいました」。左大将が、「お顔を見ることさえもないまま何年もたってしまったが、どうして今になって懐妊なさったのだろう」。右大将が、「私も、それを不思議に思ったので、先日、帝の御前を退出したその足で、梨壺にうかがって、そのことをお尋ねしたところ、梨壺さまは、『悪阻になって、何もいいことはありません』とおっしゃっていました」。父の左大将は、とても驚いて、「いつごろ懐妊がわかったのだろうか。春宮は知っていらっしゃるのだろうか。ひょっとして、不義密通をしたのか」。右大将が、「まったくもって縁起でもないことを。春宮は、ちゃんと知っていらっしゃいます。ほかの妃たちよりは時々寝所に参上なさっているそうです。ご懐妊にお気づきになったのは、七月ごろからと聞いております」。父の左大将が、「とても楽しみなことだ。昔、藤壺さまが入内（じゅだい）なさる前で、まだ立坊する期待が持てた時に御子が生まれて、今ふたたび出産するということなら、どんなによかったことか。やはり、梨壺が懐妊なさるなんて、まったく考えもしなかった。春宮が藤壺さまばかりを寵愛（ちょうあい）なさっていると評判の時に、何はともあれ、それがほんとうなら、不思議で、思いがけないことだ」。右大将が、「講書するために宮中におりました頃、帝が、藤壺さまばかりを寵愛なさっていることを案じているお気持ちをわかっていただきたいとお思いになったのでしょうか、とどめ申しあげなさったので、春宮も帝の御前に二日ほど滞在なさいました。春宮は、前よりも、とても立派におなりになりました。帝におなりになることも近いようです」。父の左大将が、「藤壺さまは、ほんとうにすばらしい方だ。じきに后におなりになるだろう。一人のみならず、二人まで、美しく飾りたてた宝石のような次の春宮候補を持っていらっしゃる。こんな幸運な方を、これといって取り柄もない私たちまで求婚して困らせたのだね」。右大将が、「藤壺さまは、また、梨壺さまと同じように懐妊なさっているとのことです。ご出産は、梨壺さまより後だと聞いております」。父の左大将が、「立派な帝となるはずのあんなにもすばらしい春宮が、多くの人を嘆かせていらっしゃるようだ。藤壺さまお一人のために、ほかの妃たちの父と母も、兄弟姉妹も、一緒になって思い嘆くのだから、どれほどの人が嘆いていることか。中でも、嵯峨（さが）の院の小宮は、どんな気持ちでいらっしゃるのだろうか」とおっしゃる。

三一　仲忠、兼雅に、女三の宮を迎えるように勧める。

右大将（仲忠）が、「帝も、ずいぶんと嘆いていらっしゃるようです。そのことに関しては、筋が通らないことだと思うのですが、父上にとっても私にとっても、とても耳が痛いお言葉がございました。やはり、嵯峨の院の女三の宮さまのもとを見舞ってさしあげてください。女三の宮さまのことについても、帝は、気の毒だと思っていらっしゃいました。帝がおっしゃったように、院はもうそれほど長く生きてはいらっしゃらないでしょうから、今のうちに、女三の宮さまを見舞ったことが、院のお耳に入るようにしてさしあげてください。でも、父上が一条殿にお通いになるのでは、女三の宮さまを大切になさるお気持ちをはっきりと表したことにならないと思います。この三条の屋敷は、このように広うございます。ただ、私が住むためにお造りになった南のおとどに来ていただいてください」。左大将（兼雅）が、「そんなことはできない。この屋敷は、こちらの北の方（尚侍）のためにさしあげた所なのだから、ほかの人がお住みになるのは本来の意図と違ってしまうように思う。長年、とてもいとしく思ってきた私の気持ちは、せめてこれからほかの女性を交えずになんの気遣いもせずに暮らしてもらうことで示したいのだ」。右大将が、「それは、父上が女三の宮さまに思いをかけていらっしゃったのならともかく、そうではないのですから、かまわないと思います。この屋敷をそのまま女三の宮さまに献上なさるのならばともかく、広い屋敷ですから、時々お通いになるなら、なんの問題もないでしょう。昔、母上が若くていらっしゃった時には、これからどうなるのかもわからないまま、私のような物心もつかない子をかかえて、どんなに悲しい思いをなさったことか」と申しあげながら、涙を雨のようにこぼす。父の左大将も母北の方も、激しくお泣きになる。右大将が、「まして、長年、父上の愛情を受けていらっしゃって、宮仕えをすることができる姫君などを持ったまま、今は、女三の宮さまと同じような境遇でいらっしゃる方は、どんな思いでいらっしゃるでしょうか。やはり、父上も母上も、女三の宮さまをお迎えすることをお許しください」とお願い申しあげなさる。北の方が、「かまいません。私は、長年、こうして大切にしてくださったことで、私への愛情はわかりましたから、今は、私のことをお忘れになったとしても、なんの不満もありません。まして、あなたが、父上にお勧め申しあげなさることは、すばらしいことです」と申しあげなさると、左大将が、「私は関知しない。お二人の間で、適切に決めてください」とおっしゃる。

右大将が、『いついつくらいにお迎えに参ります』とお手紙を書いてお渡しください。私が、そのお手紙を持って参上して、くわしくお話しいたします」。左大将が、「やはり、私の手紙ではなく、おうかがいして、あなたの口からうまくお話ししてください。私からは、何も申しあげることはできない」。右大将が、「それはとても不都合なことです。父上のお手紙を持たずにおうかがいするわけにはいきません」と言って、硯（すずり）や紙などを持って来て用意してお渡し申しあげなさると、左大将は、「どんなことを書いたらいいのだろう」と言って、ずいぶんと長い間悩んでお書きになる。左大将が、「どうだろうか。こんなふうに書いてみた。どう書いたらいいのかわからない」と言ってお見せになる。右大将が御覧になると、「『長い間ご無沙汰しています』と申しあげるのも、不思議な気持ちがいたします。どうしてこんなふうになってしまったのだろうかと思っております。昔とは違って、忍び歩きをすることもなく、出歩くのもおっくうになってしまったのは、どうしてなのでしょうか。世捨て人になってゆくのでしょうか。すっかり耄碌したとさえ自覚しています。ですから、そちらにもうかがうことができません。それに、そちらにはいろいろな方がおいでになりますから、私がうかがうと、私のことを憎らしいと思って御覧になる方もいらっしゃるだろうと考えると気がねされて、あなただけを特別に訪ねることもできないのです。この使の右大将はお話し申しあげたり会っていただいたりしたことがない者ではございませんから、この者の勧めに従って、私どものとてもむさ苦しい所にお移りくださいませんか。もしそうしてくださるのならば、その日だけでも、私がお迎えに参ります。それにしても、不思議な気持ちがします。

別々に暮らしていたまま、長い年月を過ごしてきてしまいました。衣の隔てを恨んだ時は、いつのことだったのでしょうか。

そんな気持ちまでいたします。右大将に、『くわしいことは、おまえがお話をして、ご意向をうかがって来い』と申しつけてあります」

などと書いてある。右大将は、「すばらしいお手紙だと思います」と言って、その手紙を巻いて受け取って、「今日は、女三の宮さまのもとにうかがうことができません。明日、うかがいます。この件に関して、私があれこれ心を砕くのも、女三の宮さまに申しわけないと思うことがあったからなのです」と言って、日が暮れてしまったから、家司たちの中で思慮分別がある者を呼び出して、源中納言（涼）に、産養の品をお贈り申しあげなさる。使の者には、『あれは、あの、「暮れに」とお歌いになった女童にと思ってお贈りしたものです』などと申しあげよ」と言って伝言させなさった。右大将はお帰りになった。

その夜は、髪を梳かさせたり、入浴の世話などをさせたりなさっている時に、源中納言から、

「杙は事前に作り構えるものだと言うそうです。あの品も前もってご用意くださったものだと思って恐縮しております。産養の品をいただいたあの女童は、今でも、『名取川』とも申しあげているようです」

とお手紙がある。使の者たちには、さまざまな禄が贈られる。

三二　翌日、仲忠、女一の宮に外出を告げ、一条殿を訪れる。

右大将（仲忠）が、おやすみになって、翌朝、「今日は、気がねされる所にうかがうつもりです」とおっしゃると、女一の宮は、立派な直衣装束を持って来させて、いろいろな薫物

で薫き染めさせて立ち働いていらっしゃる。右大将は、それを見て、「右近の乳母が、癖がつくと、文句を言っていたという髪は、傷んでいないようだな。なんで、あんなに文句を言ったのだろう」と思って、一条殿にお出かけになった。

一条殿は、二町の広さである。門は、二つ立っている。おとど宮（未詳）、それぞれに、西の対と東の対があり、渡殿も、すべて揃っている。寝殿は、東の対にかけて、女三の宮が住んでいらっしゃる。ほかの対には、すこしはひとつはらう（未詳）、召人のようだった人が、対一つを分けて二人で住んでいる。池は趣があり、木立は風情がある。とはいえ、次第に荒れ果ててゆく。この屋敷は、父の左大将（兼雅）が梨壺の君にさしあげたものだから、女三の宮が主人として住んでいらっしゃる。ほかの方々は、上達部や親王たちの女君たちではあったが、親も亡くなっていて、ひたすら左大将の世話を受けていらっしゃったので、今こんな境遇になっていても、移り住むほかの家がなくて、この一条殿を離れることがおできにならないのである。召人のようだった人々のうち、ある人は、次々と一条殿から退出して行ってしまった。

こうしているうちに、右大将が、東の一の対と二の対を通り過ぎ、南のおとどの前を通って、丹後掾に左大将の手紙を持たせて、寝殿にいらっしゃる女三の宮のもとに参上なさる。その時に、途中のあちらこちらの殿舎で、侍女たちが、立ち並んで見て、「私たちのご主人さまを嘆かせ申しあげている盗人の一族の者が、自分は好色三昧の振る舞いをしているくせに、夫婦の嫉妬を取り除くための願い文を捧げ持って慌ててやって来るよ」と言いながら集まって、ある者は、手を擦り合わせて立ったりすわったりして拝み、また、ある者は、ありとあらゆる忌まわしいことを言ってばかりいる。女主人たちの中には、「そんなことを言ってはいけません。こんなに立派な子を持っている人のことを、左大将殿が疎略な扱いをなさるはずはないでしょう。何もかも、私たちの宿縁が尽きてしまったからなのでしょう」と言って泣いていらっしゃる方もいるし、右大将を見て感動していらっしゃる人もいる。

右大将が、人々がこんなふうに言って騒いでいるのも知らずに、たいそう悠然とした様子で歩いてやって来て、お供の者をとても多く従えて、寝殿の御階のもとにお立ちになる。すると、かわいい女童が四人ほど、侍女が十人ほどいて、女三の宮に、「右大将殿がおいでになりました」と申しあげる。宮が、「まあ思いがけないこと」と言って、右大将に、「どうして行く先をまちがえたのですか」と言わせなさると、右大将が、「父の左大将の使として、取り次いで申しあげなければならないことがございますので、こうしてやって参りました」と申しあげさせなさるので、南の廂の間に、敷物や褥などを敷いて、かわいい女童が出て来て、「こちらにお入りください」と言うので、右大将は廂の間にお入りになった。

右大将は、女三の宮に、「頻繁におうかがいしたいと思ってはいるのですが、身辺にいろいろなことが起こって慌ただしくてご無沙汰してしまいました。今日は、父上が、『このお手紙は、ほかの人に頼んでお渡ししたら、誰の手紙かわからずに、女三の宮さまに受け取っていただけないかもしれない。私からの手紙だとはっきりわかっていただけるように、おまえが手紙を持たせて参れ』とおっしゃいましたので、私が参りました」と言って、手紙をお渡し申しあげなさる。宮が、「おっしゃるとおりです。こうしてあなたが使をしてくださらなかったら、お父上のことを思い出すことはできなかったでしょう」と言って、手紙を見て、「なんともおかしなことですね。そのお手紙は、本心からお書きになったのでしょうか」とおっしゃるので、右大将は、「ずいぶんとひどいことをおっしゃいますね。けっして嘘偽りの心でお書きになったわけではありません。父上は、『一条殿には女君たちが大勢住んでいらっしゃいますが、昔のように、すべての方のもとに通うことはできません。かといって、女三の宮さまの所にだけ特別に通っては、不愉快なことが起こると思います。やはり、こちらにお移りください』とおっしゃいました。三条殿には、女君は誰もいず、ただ私どもの母が一人、それも、片目が潰れた老女で、留守番役としているだけでございます」と申しあげなさる。宮が、「その片目が潰れた方お一人が、両目がはっきり見える大勢の方々よりも、とても気がねされるのです。それにしても、時々お会いした時も、お父上に対して思わず失礼な態度をとってしまったのに、どうしてこんなふうに言ってくださるのだろうかととまどっています」。右大将が、「そんなことはございません。父上は、長年、女三の宮さまのことを思って、いつも心を痛めていらっしゃいます。そこで、心を奮い立たせて、こうしてお誘い申しあげなさったのです」。女三の宮が、「私たち夫婦の仲は、このままでもかまいません。

ただ、父院が、『親の面目をつぶすような娘は、死なずにいることがつらいのだ』とおっしゃっているということを耳にすると、とても悲しくてなりません」と言って泣いて、「もう何も申しません。強情にお断りしても、何もいいことはないでしょう。ただ、せめて、左大将殿がまだ心にかけてくれていると、父院のお耳に入るだけで充分です。どんな状態であっても、世間から、妻だと思われていた人が、忘れられていることほどつらいことはありません。立派な方で、すべての美質を備えている今の北の方がいらっしゃるのですから、私などが移り住むわけにはいかないと思うのですが、何はともあれ、お言葉に従いましょう」とおっしゃるので、右大将が、「こちらにうかがった効（かい）があって、こんなふうに言ってくださったことを、とてもうれしく思います。近いうちに、二十五日頃にお迎えに参りましょう」と申しあげなさって、左大将へのお返事を書くようにお願い申しあげなさると、宮が、「そんな必要はないでしょう。あなたがこうしておいでになったのですから」とおっしゃるので、右大将が、「そういうわけにはまいりません。うかがったふりをしたと、父上がお思いになると困ります。ただ形だけでもお返事をお書きください」などと申しあげなさっている間に、お供の人々は、宮の家司（けいし）たちが政所（まんどころ）に呼びつけて、全員に、さまざまに酒を飲ませる。右大将には、上等な果物（くだもの）や乾物（からもの）などと、折敷（おしき）を立派に調えて、湯づけや酒などをさしあげる。食事の世話は、右近という人が出て来てお仕えした。この人は、かつて、左大将が身近にお使いになっていた、美しく若かった侍女で、今でも容色は衰えていない。右大将が、「この人は、父が、『忘れられないほどすばらしい人だ』とおっしゃっている人でしょうか」。女三の宮が、「さあ、どうでしょう。ここには、美しい者もそうでない者も、左大将殿にそのように思い出してもらえる者などいないでしょう」。右大将が、右近に、「これからは、私もお忘れ申しあげますまい」と言って、盃に酒を注ぎなさる。宮は、「とても珍しくおいでくださいました」と言って、几帳のもとに近寄って、右大将に酒を何度もお勧めになる。右大将が、「お返事がいただけないなら、帰ることはできません。ここに居すわることになりましょう」と申しあげなさるので、宮は、「ああわずらわしいこと」と言って、

「珍しいお手紙をいただきましたが、ご本心からではあるまいと思うものの、返事をせがむ困ったお使の方がおいでですので、お返事をさしあげます。さて、

衣の隔てを恨んでいらっしゃったという頃のことはおぼえておりませんが、私は衣の袖がずっと濡れたまま長い年月を過ごしてまいりました」

と書いて、その手紙を、折って瓶に挿されたまますっかり枯れてしまった紅葉につけて、几帳越しにお出しになった。

右大将が、「なくて散りにし古里の」と口ずさんでお立ちになると、南のおとどから、右大将に柑子を一つ投げつける人がいる。右大将は、「私を待ち受けていたようだ」と言ってその柑子を受け取った。そのまま出ていらっしゃると、東の一の対と二の対から、橘と大きな栗とを投げつけた。右大将がそれをお取りになると、東の一の対から、三十歳くらいの人

が、とても上品な感じの魅力的な声で、「どなたのもとに投げたのでしょうか」と言う。右大将は、「浮人（うかれびと）を目印に投げたのです」と言ってお出になった。

［ここは、一条殿。］

三三　仲忠、三条殿を訪れ、兼雅に一条殿の妻妾たちのことを報告する。

右大将（仲忠）が、三条殿にお帰りになり、女三の宮の手紙をお渡しして、「女三の宮さまは、こんなふうにおっしゃっていました」などと申しあげなさると、左大将（兼雅）が、「いたわしいことをおっしゃったものだね。私が昔のように一条殿へ通ったところで、嵯峨（さが）の院の面目を施すことにはならない。まして、こちらにお迎えしても、今となってはもうしかたがないだろう。ところで、女三の宮のお住まいは壊れたりなどしていたか。どのように住んでいらっしゃったのか」。右大将が、「奥は見ておりません。私が見わたせる範囲では、特に変わったこともございませんでした。政所（まんどころ）の家司（けいし）の男たちなどが大勢いました。下人（しもびと）などが大勢いて、蔵を開けて、物をしまったり出したりなどしていました。女三の宮さまがおいでになる所も感じよく調えられて、女童（おんなわらわ）や侍女が大勢いました」。父の左大将は、「あの方は、たいへんな財産家だ。祖母宮の最愛の孫として、その財産をすべて受け継いでいらっしゃる。立派な荘園（しょうえん）を、とても多く持っていらっしゃる方だ。あちらには、高価な調度や優美で美しい宝物があるだろう」とおっしゃる。

右大将が、「行かずもがなの所を通り過ぎたために、ひどく物を投げつけられました。このような飛礫（つぶて）で、あちらこちらから投げつけなさったので、途方にくれてしまいました」と言って、それを取り出してお渡し申しあげなさると、左大将は、「どういうことなのだろう」と言って、栗（くり）を御覧になると、割って、中の実を取り出して、檜皮（ひわだ）色の色紙に、

昔は、女三の宮さまのもとへ行くついでにも立ち寄ってくださいましたのに、今日は、左大将殿のお手紙が素通りして行くのを見ると悲しくてなりません。

と書いて入れてある。左大将は、何もおっしゃらずに、橘を御覧になると、それも、実を取り出して、黄みを帯びた色紙に、

私は、昔のことを忘れることができないまま、住み馴（な）れたこの屋敷を離れることができずにおります。

と書いて入れてある。柑子（こうじ）を御覧になると、赤みを帯びた色紙に、

父上は、私とあなたの縁を結んでおいて亡くなってしまいました。それなのに、あなたは、どのようにしろと思って、私のことをすっかりお忘れになったのですか。

と書いて入れてある。左大将は、これらの手紙を読んで、涙を雨のようにお流しになる。北の方（尚侍）は、手紙を読んで、「ああ。こんなふうにそれぞれに愛していた方々を一条殿に残して、私と暮らしていたのだ」と思うと悲しくなってお泣きになる。右大将は、「お見

せしてはならない物を取り出してしまったな。まずいことをした」と思っていらっしゃる。

三四　兼雅、仲忠に一条殿の妻妾たちのことを語る。

左大将（兼雅）が、長い間じっと静かに考えて、「この柑子を投げつけたのは、故式部卿の宮の中の君だ。父宮が、私を呼び寄せて、『私は、もう長く生きていられそうにない。ここに、かわいいと思っている娘がいる。あなたは好色だと評判だが、それでも娘を大切にしてくれるだろうと思って』とおっしゃって託してくださった人だ。十三歳で出逢って、それからそれほど時を経ずに、宮がお亡くなりになってしまった。その後、間もなく、私はこちらに来てしまったので、どうなったのかわからない。ほんとうに、どんな思いをしていることだろう。栗を投げつけたのは、仲頼の少将の妹だ。とてもすばらしい人で、どなたかの北の方になってもおかしくなかった人だ。音楽の才は、少将よりすぐれている。どんなことにも通じていて、嗜みがあった人だ。容姿も親しみやすく、魅力的な人だった。橘を投げつけたのは、千蔭の右大臣の妹だ。その人は、歳は、私よりずいぶんと歳上でいらっしゃった。この人が住んでいらっしゃる西のあたりには、更衣などがおいでになる。その更衣は、宰相の中将（祐澄）の北の方の母宮だ。梅壺の御息所というたいへんな色好みだった方を、親しく言葉を交わして迎えたのだ。ほかにもいるなあ。でも、数えきれない。この中の君への返事だけはしよう」とおっしゃるので、右大将（仲忠）は、「皆さまにお返事をなさってください。お返事をしてくださらないと、私が受け取った物を、父上が御覧になっていないようです」とおっしゃる。左大将が、「納殿(おさめどの)にある大柑子(だいこうじ)の中で、大きくて疵(きず)がない物を、三つ取って持て来い」と言って、蒂(へた)のもとを壺のように刳(く)り貫(ぬ)きなさる。「中に何を入れたらいいのだろうか」とおっしゃるので、北の方が、桂(かつら)の小さな箱を持って来させてお渡しになる。左大将が、開けて御覧になると、中には黄金が入っている。それを柑子に移してお入れになる。柑子の壺の蒂の所までいっぱいに黄金を入れて、蓋(ふた)を合わせて、黄みを帯びた薄様(うすよう)一重ねに包んだ。柑子を投げつけた所には、

　私は、生前にお約束した亡き父上のことも忘れずにおります。ですから、私がこのままあなたのもとを訪れないかどうかはおわかりになるでしょう。

と書いてお入れになる。栗を投げつけた所には、

　私が一条殿に通わなくなってから、方向もわからずにさまよっていましたので、どちらにお手紙をさしあげたらいいのかわかりませんでした。

橘を投げつけた所には、

　私は、昔通った屋敷を、私との形見だと思って眺めながら住んでいらっしゃるあなたのことを、毎日、いとしいと思って聞いています。

と書いて入れて、それぞれに目印をつけて、左大将が、「これは南のおとどに。これは東の一の対に、それは東の二の対に」と言い、「それでは、これをさしあげてください」と言っ

てお渡しなさるので、右大将は、殿上の間で使っていらっしゃって、小舎人童として一条殿にお供した童を呼び寄せて、「これを、どこそこに」と言って、「この手紙を置いて、返事をもらわずに帰って来い」と指図してお渡しになる。

三五　兼雅、仲忠に官位の不満などを語る。

右大将（仲忠）が、「近いうちに除目があるそうですが、参内なさいますか」。左大将（兼雅）が、「参内するつもりはない。私などが外に出て歩くと、あなたに恥ずかしい思いをさせることになるし、世間の人が私を人並みにも扱ってくれないから、生きている効もないのでね」。右大将が、「大臣は、現在欠員がないのですから、どうしようもありません」。父の左大将が、「どうして大臣の欠員がないことがあろう。最近は、こんなふうに金釘で固定したように固まっているが、あなたを婿にして、中納言になされるということで空けられた右大臣の欠員には、あなたの親であるこの私を任命なされればよかったのだ。仁寿殿の女御のお気持ちを配慮して、あなたの親である私に先んじて、女御の父親を右大臣に任命なさったのは、道理にかなったことなのか。今回の除目は、当然のこととして、右大臣殿（正頼）が参内して、きっと思いどおりになさるだろう。特別なことがなければ、私は参加したくない。新嘗会の際にも参内すまいと思ったが、長い間参内せずにいたから、帝のお顔も見たいと思って参内して見ると、右大臣殿が、わがもの顔に振る舞い、孫の皇子たちは選りすぐった駒のように並んですわり、男君たちは、雲のように大勢集まって座に着いていて、土を食わんばかりに平伏して膝まずいていた。いやはや。皇子たちのことを思うと、わが身の宿世のつたなさが情けなく、それにひきかえ、右大臣はどのような窪がついた女君を持っているのだろうかと思われるよ。今また、もう一つの窪がついた女君がいて、蜂の巣のように、御子を次々と生んでいるようだ。この世の皇子たちは、全員、この二つの窪からお生まれになってしまうだろう。藤壺さまは、今度も、男御子を生むだろう。その一方、師走の月夜のような、時機を逸して懐妊をした梨壺は、瘦せこけて貧相な女の子を生むだろう。運のつたない者は、もうどうにもならない」。北の方（尚侍）が、「ちゃんとお返事をなさらずに、どうして、腹を立てて、こんな悪態をおつきになるのですか。昔のことを思い出して、ご機嫌が悪いのですか。あんなに立派な子を子として持っていらっしゃるのに、なんの不満があるのですか。あなただってまだ腰が曲がった翁ではいらっしゃらないのですから、右大臣と同じように大臣におなりになる時もきっとあるでしょう。娘のほうがうまくいかなくても、息子の血筋のほうで望みがかなうこともきっとあるでしょう。まあ嫌だ。女の人なら誰でもついているもののことも、下賤の者は軽々しく口にすると言います。でも、あなたのような身分が高い方は、特に口にしないそうですのに。それなのに、何度も、ずいぶんとあからさまにも口になさいましたね」。左大将が、「ところで、あなたには、その窪がついていらっしゃるのですか」と言って引き寄せておさわりになるので、北の方は、「嫌だ。ふざけていらっしゃること」と言って腹を立てて、後ろを向いておしまいになった。左大将が、九尺ほどもあって磨いたように艶々としているその髪を引き出しなさると、敷物一面に広がって、とても美しい。左大将が、右大将に、「私は、この髪が広がりかかる後ろ姿を見て心が奪われたから、聖のようになって、ほかの女性に興味を失ってしまったのだ。昔は、美しい女性を屋敷に大勢住まわせたり、美しい召人を集めたり、院の女三の宮さまを勝手に連れ出して妻にし申しあげたり、ありとあらゆる人妻などのもとにも通ったりしたが、誰からも憎まれることはなかった。それにひきかえ、最近の人は、不思議なほど真面目だ。あなたにしたって、畏れ多くも帝の女一の宮さまを妻として迎えたとしても、その妹宮たちや、その近親の人妻は、たとえ女御であっても、残すことなく懸想すればよかったのに。そうしなかったのは、あなたの煩悩の罪が少ないのだろうか」とおっしゃると、右大将は、「なんということをおっしゃるのですか。私がまだ独身だった時に、ぜひ妻にしたいと思った人でさえ、いい機会があったのに、それができないままで終わりましたのに」。左大将が、「それが、私とはまったく違うのだ。今からでも、その思いを果たせばいい。藤壺さまが退出して滞在なさっている時に、酔ったふりをして、お部屋にずかずかと入ってしまえばいいのだ。うるさいことを言う人がいたら、『ひどく酔ってしまいました。ここは、どこですか。女一の宮さまがいらっしゃる寝殿ではないのですか』と言って、酔ったふりをしていればいい」。北の方が、「ずいぶんとひどいことを、たくさんなさったのですね」と言って、右大将に、「若いあなたは、父上がこんなことをおっしゃっても、けっして真似をなさってはいけません。あなたは、早くお帰りなさい。父上がおっしゃることをお聞きになってはいけません」。左大将が、「男は、自分の立場を考えたり、他人の思わくを気にしたりなどしていたら、すばらしい妻は手に入れることはできるはずがない。『手紙を贈って、親から求婚を許してもらった時に』と言っていたら、結婚などできないだろう。隙を見つけて、さっと入ってしまえば、何とかなるものだ。まして、あなたが誰かれかまわず言い寄ったら、追い払う女などいないだろう。女二の宮さまと、源中納言の北の方（さま宮）とは、すぐに言い寄ればいい」などとおっしゃる。右大将が、「なんともわけがわからないことをおっしゃいますね。それはそうと、そういうことなら、女三の宮さまをお迎えに行く日に、お車などを準備させてお供いたします。糸毛の車は、女一の宮さまに、帝が造らせてさしあげなさいました。まだ乗っていらっしゃらないようですから、お借りしましょう。民部卿殿（実正）の所で、新しい糸毛の車を造ったようですが、先日来、太政大臣殿（季明）がご病気だということで、民部卿殿が、太政大臣邸にずっと詰めていらっしゃるので、万が一のことがあったら、お借りできないかもしれません。でも、連絡してみましょう」。父の左大将が、「どのような具合でいらっしゃるのだろう。お見舞いにうかがわなければならなかったな」。右大将が、「右大弁（藤英）が、昨日、『太政大臣の辞表を、二度提出なさっています。先日、お召しがあったので、参上したのですが、その際に、私に、病が重くなったために辞職したいという内容の辞表をまた作らせなさいました』と申しましたので、重いご病気にかかっていらっしゃるのでしょうか。民部卿殿の所に借りることのできる車がなかったら、源中納言（涼）の所に、たくさんあります。全部で何輛ほどの車が必要ですか」。左大将が、「さあ、どうだろう。十輛ほどあればいいだろう」。右大将が、「御前駆のことなど、前もって私にお命じください。女一の宮にも申しつけましょう。父上は、女三の宮さまの御座所のしつらいのことをなさってください」。左大将が、「一条殿は、調度などに贅を尽くした所だったな。でも、こちらは、立派な調度もないようだな」とおっしゃる。

右大将（仲忠）はお帰りになった。

三六　兼雅、仲忠が帰った後、尚侍と語る。

左大将（兼雅）は、尚侍に、「立派になった右大将が、自分が舅の帝に言われて、あなたのことを恨んでいる、自分とは無関係な女三の宮さまを引っ張り出そうと言うとはね。そう言うには何か思わくがあるのだろうと思うから、嫌だとも言わなかったのだよ」と弁解をなさるけれど、心の中では、困ったことだとも思っていらっしゃらなかった。

［三条殿の。］

三七　涼の男君の産養が行われる。

源中納言（涼）の御子の産養の七日目の夜になったので、紀伊守（種松）が、饗宴の準備をして、男方の分も女方の分も、御座所をしつらえることのお世話をする。御簾は、浅葱色にして、縁取りには緑色の綺を挿してあって、南の廂の間の周囲にかけてある。壁代は、砧で打って磨いたように艶を出した白い綾を用いている。敷物としては、こんわた（未詳）を編んだものに、紫の裏をつけ、唐の錦の縁取りをして、白い綾を筵にしている。褥と上筵は、通常の物を用いている。簀子にも、同じような敷物を敷いている。食台は浅香、様器は白銀、盃は黄金で、火桶には、沈香を檜皮色に彩って、内側には黄金の漆で塗ってある。中に入れる鉢の内側は、白銀を黒く彩ってある。火を熾す炭はとりのこ（未詳）である。

右大臣（正頼）の男君たちが、皆いらっしゃって、上達部は廂の間に、殿上人の方々は簀子にお着きになる。そのほかの方は、まだおいでにならない。

源中納言が、右大将（仲忠）に、

「秘琴の伝授を受けて、松風を内に持っているあなたに来ていただきたい。生まれた子どもの肖りものにしたいと思います。
ぜひぜひ」

とお手紙をさしあげなさった。右大将は、「こんなお誘いを受ける前にうかがおうと思って

いたのに」と言って、

「松風ではなく、秋風を消りものにしようとしているのだとわかっていらっしゃいますか。私は、あなたのお子さまのほうが千年の寿命を待つ松に吹く野分の風だと思って聞いています。

ちょうどおうかがいしようと思っているところでしたが、『消りものに』などとおっしゃると、気が進まなくなってしまいます」

とお返事をさしあげて、「あちらは、やはり、人目が多く、気がねされる所だ」と言って、立派な直衣装束を着てお出かけになった。

源中納言は、喜んで、庭に下りて迎えて、右大将とともに建物の中にお入りになった。庭には、幄を張って、諸芸の専門家が大勢いる。近衛府の官人たちも、皆集まっている。近衛将監が四人、将曹が四人、松明を灯している。

蔵開・下

この巻の梗概

源涼の男君の産養の日、藤原仲忠は、涼に車を貸してくれるように依頼する。梨壺の母女三の宮を迎えに行くためだった。翌日、仲忠は、父兼雅とともに一条殿を訪れ、女三の宮を兼雅の三条殿の南のおとどに迎える。一方、その夜、源正頼は、三度目の懐妊をした藤壺を退出させるために参内するが、春宮が藤壺の退出を許さないために、むなしく帰る。参内した正頼の耳には、太政大臣源季明の大君や嵯峨の院の小宮の殿舎から、藤壺を呪詛する言葉が聞こえてきて、正頼を心配させる。年が返って、一月二十五日には、いぬ宮の百日の祝いが、尚侍によって催された。二月に、故式部卿の宮の中の君は兼雅によって三条殿の東角の家に、源仲頼の妹は仲忠によって二条の院に引き取られた。

主要登場人物および系図（蔵開・下）

◇は系図の中に重複して出ている人

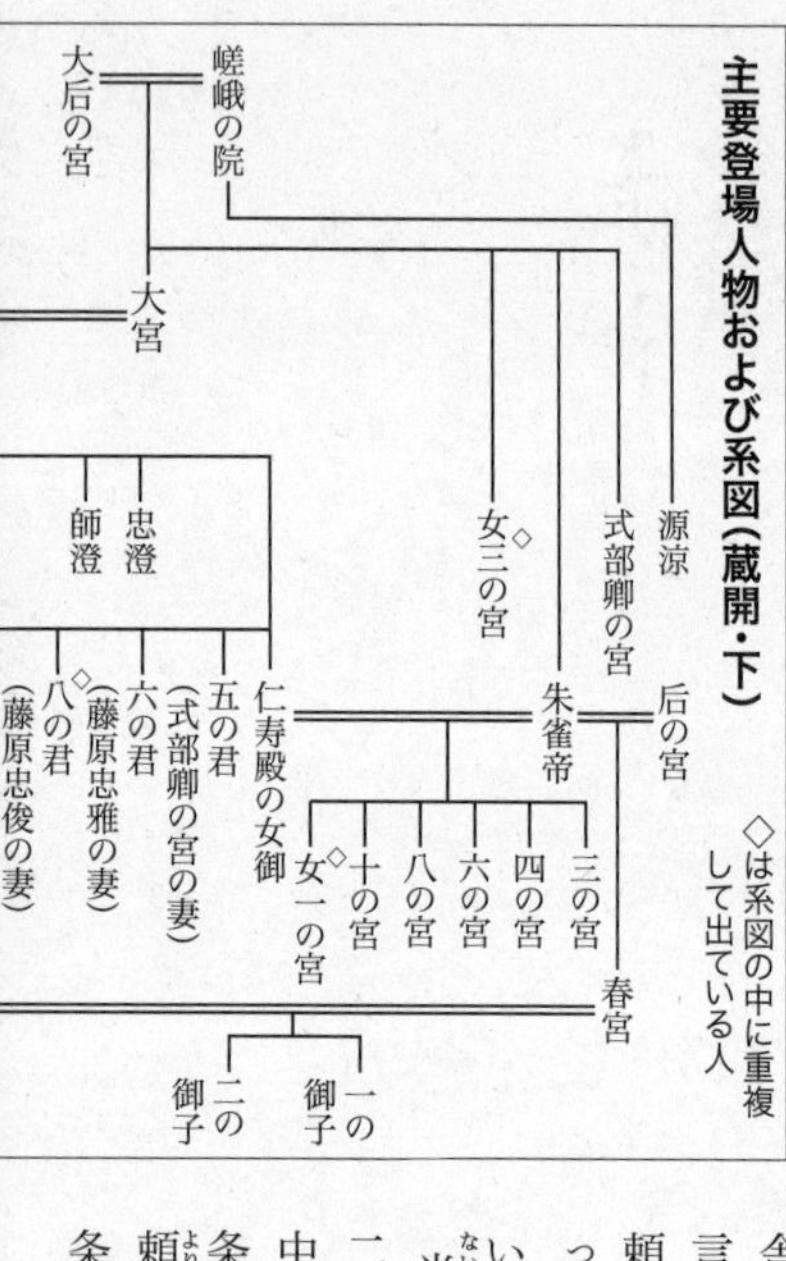

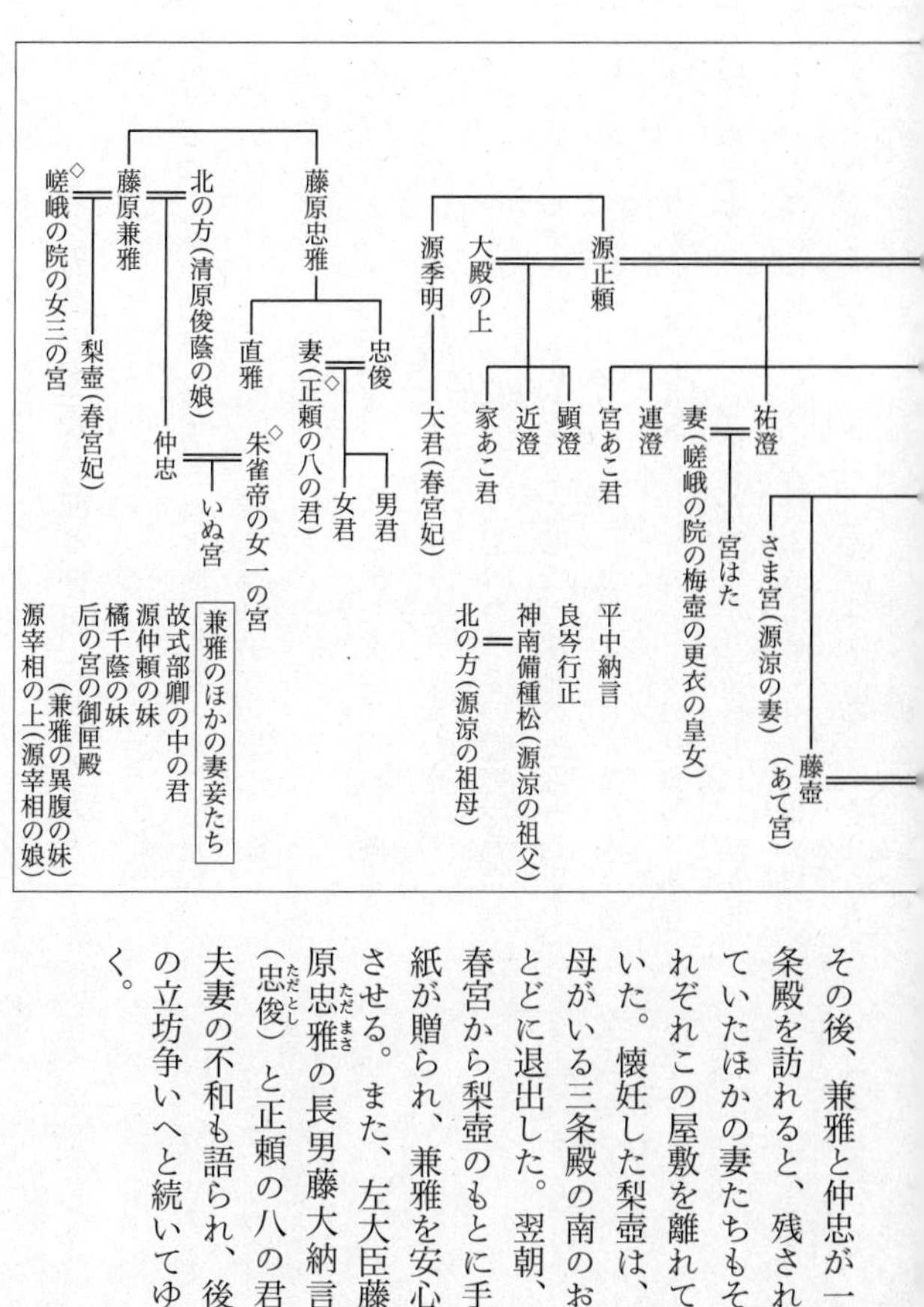

その後、兼雅と仲忠が一条殿を訪れると、残されていたほかの妻たちもそれぞれこの屋敷を離れていた。懐妊した梨壺は、母がいる三条殿の南のおとどに退出した。翌朝、春宮から梨壺のもとに手紙が贈られ、兼雅を安心させる。また、左大臣藤原忠雅（ただまさ）の長男藤大納言（忠俊（ただとし））と正頼の八の君夫妻の不和も語られ、後の立坊争いへと続いてゆく。

一　涼の男君の産養。涼と仲忠、語り合う。

かかるほどに、平中納言・藤大納言・藤宰相などおはしたり。物参り、御かはらけ度々になりて、皆人遊び給ひ、下にも楽しののしる。

かかれど、右大将・源中納言は、遊びもし給はず、つと向かひ居て物語をし給ふ。中納言、「人の心ばかりくちをしきものこそなけれ。涼は、ここにかくて侍らむと思はざりき。藤壺を宮に奉り給ひし時思ひしやうは、いかさまにせむ、法師にやなりなまし、死にやしなまし、滋野の帥のやうに愁へをやせましとなむ思ひ騒ぎし。また、取り返し思ひしやうは、いづれももの狂ほし、本意をこそ遂げめと思ひて、年ごろつれなくまかり歩きしに、かかること聞こえしかば、いとねたく、なでふ人も報いせむ、憎くは、一夜まからむ、らうたくは、また、二夜まからむ、我を頑なな

一　この三人は、涼と同じく、正頼の婿たち。
二　「下」は、庭の意で、「蔵開・中」の巻【三七】注三の「物仕」たちの楽をいうのだろう。
三　滋野真菅。「あて宮」の巻【二六】参照。
四　「かかること」は、さま宮との結婚話をいう。
五　この「かかること」は、婿取られたことをいう。
六　八月十五夜の夜のこと。結婚の三日目。「沖つ白波」の巻【四】参照。

る田舎人（ゐなか）と思ひて、[10]かくし給ふとなむ思ひし。さるほどに、かか[五]ることありしかば、思ふごと、二夜はまかりにき。内裏（[六]うち）に召しし夜は、[七]さらに参らじ、やがてやみなむと思ひて、更くる夜までは[11]侍りしかど、させむことのいとあはれにうたてかりしかばなむ、[八]え侍らで参りにき。さてだに侍りつきにしかば、かく、今まで。今宵も、ここにて君達（[九]きんだち）に対面する。京人の労（らう）あるなりせば、かくては侍らましやは」。大将、（仲忠）[一〇]「それは、仰せられたるぞ。これによりて、[一一]おとどはいたく思（おぼ）しわづらひけり。[一二]宮も度々（たび）仰せらる[12]めりしかば、（正頼）『かかる宣旨（[一三]せんじ）あり』と申し給ふめりしかど、しひて召し取りてこそ。されば、御心地にこそ飽かず思されけめ。人は、ことわりとぞ思ふや。さても、[一四]かの君は、容貌（かたち）によりてこそ、誰々も思ひしか。この君も、劣り給はざなるは。[一五]小さくより、弾正（[13]だんじやう）の宮にこそ思ほしかしづきたりけるをも、[一六]かかることのありければ、[14]いとほしがりてこそはありけれ。同じ人の御子の、かれはまづ生ひ出で、これは後に生（い）ひ出で給ひつるにこそあれ。容貌は劣り給

七　今日は、もう通うのはやめよう。このまま結婚せずにすませてしまおう。涼は、三日目の夜に婚家に通わないことで、結婚を解消しようとしたのである。

八　宮中にとどまることができずに。

九　「君達」は、二人称。

一〇　藤壺さまからさま宮さまに替わったのは。

一一　「おとど」は、正頼。

一二　春宮。「菊の宴」の巻【三】。この残菊の宴に、涼と仲忠も参加していた。

一三　涼にあて宮をという神泉苑の宣旨。「吹上・下」の巻【二】参照。

一四　「かの君」は藤壺、「この君」は、さま宮。

一五　「蔵開・上」の巻【三八】注二七参照。

一六　「かかること」は、藤壺が春宮に入内したことをいう。

はざなるを、何をか思す」。中納言、「さだにあればこそは、かくても侍れば、今は、いづちかまからむ。天下(てんげ)に言ふとも[15]、かの君の御やうなる人はありなむや。容貌のみやは。よろづのことをこそは。一七沙汰(さた)聞きは、さもや」。大将、「さても、ありさまをのたまへ。かの君の御さま、まろぞ、一八よく聞き取りたる」。涼[16]「などか。髪うるはしく、色白く、目・鼻こそはつきためれ」。大将、[17]「さのみやは。さても[18]、心はなしや」。涼「いさや。それは知らず」。大将、一九「いかでか、今宵はある」とて笑ひ給ふ。

仲忠二〇「まことに、ここに、見しやうなる童(わらは)のありしは、誰ぞ」。中納言、「いさ。あまたあれば、知らず。いづれぞ。中に、二一承香殿(そきやうでん)の女御の御もとなりしこそあれ」。大将、「もし、この我らが中将なりし時、二二灌仏(くわうぶつ)の童に出だされたりしかは」。いらへ、涼「それぞかし。これこそとぞいひし」。大将、「それらか、二三一日(ひとひ)、これらまかりしかば、扇を叩(たた)きて、二四『夕さり来(こ)』と言ひしは[19]。いと馴(な)れたりと見[20]しは、さなりけり」。いらへ、涼「童は、藤壺のあこきこそあれ。ほ

一七 世間の人々も、同じように言っていますの意か。
一八 「蔵開・上」の巻【三】の典侍との会話で聞いたことをいうのだろう。
一九 今夜は、私たち二人ともどうかしていますねなどの意か。
二〇 以下、話題を変えるところで。
二一 仲忠と涼は、「吹上・下」の巻【二】で中将となり、「沖つ白波」の巻【五】で中納言に昇進した。
二二 「灌仏会」の略。四月八日、釈迦の誕生を祝う法会。この灌仏会は語られていない。「童」は、僧に布施を与える女童か。
二三 任大将の喜び申しの時のこと。
二四 「夕さり来」は、「名取川」の中の言葉か。「蔵開・上」の巻【三】注二三、「蔵

かには、ただ今なし。あこきは、兵衛の君の妹とや」。「[21]あこきは、木工の君のとや。先つ頃、内裏に侍りしにも、あこきをぞ語らひて侍りし」などて遊びもせず。

大将、「などて、君の、琴は弾き給はで、人をば呼びもて来て、すずろ物語の役は」。「いで。年ごろ、思ひつることを言はむ人もなかりつる。今日、今宵、思ひ出づるままに聞こゆるぞかし。琴は、聞く人もあらじ」。「くちをしくとも、[二五]弾きにこそ弾かざらめ、[二六]聞くには聞くは」。中納言、「[二七][22]御やうに、人走らすばかりは、いかでか。さて、書などをこそ、男の童は。よろづの遊びは」。大将、「[23]子ばかり愛しきものやはありける。君は思ひ給ふや[24]」。「いさ。いまだ、汚ければ、見ず」。大将、「言ふ効なきことする君かな。[二八]まろらが子は、すなはちより懐にこそ入り居たれ」。中納言、「[二九]それ、女ならば。我らが子は、親にまさるなし。男は、我に劣らむには、何にかはせむ。女ならば、琴をも習はし、をかしき物をも取らせて、[三〇]あやかなる交じらひもやすると[三一]思はめ。まろがもとに、

開・中」の巻【三】注二九参照。
二五　挿入句。琴を弾くことはできません。
二六　聞くことぐらいはできますよ。
二七　あなたのように、人を走らせるほどには、とても弾けません。いぬ宮が生まれた時のことをいう。「蔵開・上」の巻【九】参照。
二八　私どもの子は、生まれるとすぐに私の懐で抱かれていましたよ。「蔵開・上」の巻【八】参照。
二九　私だって、女の子だったら、同じように抱いていますよ。
三〇　「あやかなり」は、優美だ、きらびやかだなどの意で、ここは、入内することをいうか。「あてやかなり」の誤りと見る説もある。
三一　「とこそ思はめ」の誤りか。

[三二]女の蔵こそ侍れ」。大将、「賜へ。それ、用なかなり。まろが子に取らせむ」。[25]いらへ、涼「まろが子の妻になし給へ。さながら取らせむ」。大将、「いとまがまがしきこと。[26]すなはち出でなむ。さても、我らが[27]小童の心地しつるに、皆、子を設けつるよ。[三三]まこと、おややういはしてきや」。涼「いさ。つごもりの夜こそは。[三四]まことは、方々ものし給へば、[三五]内へも入らず」。大将、「源氏といふところ、痴れたることとする。[三六]我は、人の御親とも知らずおはするに、ただ入りに入り臥しにき」。中納言、「帝の御娘得たれば、誰かは、御前に入り臥すらむ。何かは、[三七]先払へられて、鬼も神も急ぎては[28]遣らひ歩くべき」。大将、「我、男は、[三八]実法にはあらぬものぞ。すべて妻を思はぬか」。涼「思はざらむ時、今まであらむや。捨ててまし」。

大将、「あはれ。吹上にて、我らが、あやしきことを、せぬわざわざを[29]せしはや。我らは、かく、上達部の初めにてあり。[三九]かの[30]少将も、かくてあらば、今、[四〇]頭などにもなりなむ。そのかみ、上

三二 「女の蔵」は、女の子に必要な物を納めた蔵か。
三三 以下、話題を変える。それはそうと。
三四 「おややういはしてきや」、未詳。下の会話によると、妻との関係をいうか。
三五 「内」は、御帳台の内の意。
三六 「蔵開・上」の巻【二】参照。
三七 「先払へ」は、「先払ふ」の下二段活用の例か。
三八 「実法」は、真面目だの意。
三九 「かの少将」は、源仲頼。
四〇 「頭」は、蔵人の頭。
四一 「かいさうもち」、未詳。
四二 底本「給へり」、不審。「侍り」の誤りと解した。
四三 「あて宮」の巻【三】でも、仲忠と涼たちは、良岑

藹にもあり、おぼえもありし人の、あはれにて、山に籠もりたる。久しく、えこそ訪はね。訪ひ給ふや」。中納言、「涼は、時々訪ひ[31]侍り。先つ頃、綿の衣ども縫はせて、[四一]かいさうもちなど調じて贈[四二][32]り侍りき」。大将、「年返りて、[四三]花の盛りに、いざ給へ[33]。[四四][34]良中将などして、詩など作らむ[35]かし。[四五]古きところ失はぬこそ、生きたる効はあれ。殿上の今は、いとさうざうしきに、御遊びの折など、いとさうざうしや。世の中のはかなきに、今は、思ふやうは、[四六]人の聞かまほしくし給ふ物の音を、手を惜しみて、今日も死なば、何の効かは、よろづのするわざ、歳老いぬれば、[四七]皆劣り忘れなむ、[四八]下り立ちて遊び、帝にも親にも聞かせ奉らむとす」。中納言、「いとどいみじきことあるべき世の中にもあるかな。まろにも聞かせ給へ」。大将、「君にもせよかし」と言ふほどに、御消息、[四九]大殿よりあり。

（正頼）「まうで来むずるを、[五〇]乱り足の気上がりて、[五一]東西知らずなむ。[五二]そこに男ども侍らむ、御身の代はりには、雑役もせさせ給へ」

行正とともに、「花摘みがてら」水尾の仲頼を訪れている。

四四　「良中将」は、行正。

四五　「古きところ」は、昔からの友情の意。

四六　以下、仲忠の心内。

四七　下手になったり忘れたりしてしまうだろう。

四八　身を入れて弾いて。

四九　「大殿」は、正頼。

五〇　「乱り足の気」は、脚気のこと。正頼が脚気を患っていたことは、「嵯峨の院」の巻【七】【一三】、および、「菊の宴」の巻【三】にも見える。

五一　「東西知らず」は、どうしたらいいのかわからないほど苦しいの意。「国譲・上」の巻【三】注三にも、「乱り心地東西知らず侍りて」と見える。

五二　挿入句。「男ども」は、正頼の男君たちをいう。

とあり。

御返り言、

「かしこまりて承りぬ。渡りおはしまさねば、人、いとさうざうしげに」

など聞こえ給ふ。

二　産養で、碁を打ち、酒宴を催す。

色紙を引き違へつつ、碁手多く包みて、御前ごとに参れり。大将、「中納言の君の財は、皆、今宵打ち取りてむ」とて、碁を打ち給へば、中納言、「承りぬ」とて、打ち競ひ給へば、結び袋に入れて出だしたる、一度に、いと多く押し立てて打ち入れつ。大将、餌袋に一餌袋押し包みて、二包み持給へり。負けたる人、集まりて請へば、「またこそ。負けたらむ時使はむ」とて取らせず。これらは黄金の銭なり。

一　「引き違ふ」は、交差させて重ねるの意か。

二　「打ち競ひ給へば」は、「打ち入れつ」に係る。「打ち入る」は、入れ揚げるの意。

三　「結び袋」は、『二阿抄』「按に、いまの世にぬさ袋などいへるものなるべし」。「蔵開・中」の巻【三】には、「白銀の結び袋」の例があった。

四　七日の産養で詠む歌。

五　「白き銭」は、白銀の銭のことか。

六　「賜（たう）ぶ」、不審。

かくて、[9]御酒、度々になりぬ。殊に高き人々おはせねば、ある限りの君たちは、足を乱りて戯れ遊びをし給ふほどに、夜、半ばかりになりぬ。大将、立ちて、東の簀子に立ちて、柱に寄り立ちて見給へば、御簾を二尺ばかり巻き上げて、大人四十人ばかり、赤色、青色の唐衣、綾の摺り裳、さまざま重ね着て並み居て、[四]今宵の歌、詠み書き、あるは、とありかかりと言ひ合へり。童、十余人ばかり、青色の五重襲、綾の上の袴、綾掻練の袙、三重襲の袴着て、前ごとに、[五]白き銭を置きて[六]賜べつ。簀子には、間ごとに灯籠かけたり。蘇枋の大いなる[七]櫃に、白銀の鉢据ゑて、火熾しつつ、所々に据ゑたり。東の渡殿には、すみ物など棚に[八]舁き据ゑたり。

[10]しばしあれば、[九]紀伊守、国の官たちの[一〇][11]労者率ゐて、物奉る。[一一]苞苴一つ、鮭とを[一二]一つにつけたり。鯉十捧げ、[12]二つを一つにつけたり。雉子[13]十捧げ、三つを一枝につけたり。鳩十捧げ、二つを一捧げにしたり。[一三][14]白銀の瓶二つに、蜜と甘葛と入れたり。東の渡殿に

下二段活用の「食ぶ」が、飲食物以外の物をいただくの意に用いられた例か。
七 この櫃は、中に鉢を入れて炭櫃の代用としたものか。「炭櫃」の誤りと見る説もある。
八 「舁き据う」は、「舁き立つ」に同じで、運んで来て置くの意。
九 「紀伊守」は、神南備種松。源涼の祖父。
一〇 底本「らうに」を「らうざ（労者）」の誤りと見る説に従った。
一一 「苞苴」は、藁や薦などで包んだ魚。『和名抄』調度部厨膳具「苞苴 俗云阿良万岐 裹二魚肉一也」。
一二 苞苴と鮭とを同じ枝につけてある。
一三 底本「すふたつ」を「かめふたつ」の誤りと解した。「蔵開・上」の巻【一七】注一四参照。

持て連ねて並み立てり。また、紀伊守[15]の北の方の御もとより、衝重[16]三つ、[一四]腰高坏、[17]糾へ結ひたる壺四つ奉り給へり。それは、御前の簀子に並め据ゑたり。開けて見れば、[一五]鰹・火焼きの鮑、海松・[一六]甘海苔など見ゆ。

三　仲忠、さま宮や、涼の女童これこそに歌を贈る。

大将の君、[1]にはかに[一]さし出で給へり。人々驚けば、「我と君と[二]は、いみじく契りたる仲ぞ。かたみに、[三]『内許さむ』とぞ言ひたる」とて入り給へば、母屋の[2]御簾の前に、方々の御産養の物ども参り据ゑたり。[四]大殿・左大臣・種松など奉りたる物どもなり。中に、種松が、になし。母屋の御簾の内にぞ、産屋装束したる[3]宿徳ども、いと多く居たる。大将、「今は、かくおとなしくなり給ひて、子掻き抱き給ふらむこそ。あな恥づかしや」。[五]大殿の北の方、奥の方にて、「そは、見馴らひ給ふらむを」。大将、[六][4]「物恥も

一四 「腰高坏」は、脚が高い高坏か。
一五 種松の妻の動作は、主体敬語で表現されている。「吹上・上」の巻【一〇】注ニ参照。
一六 『和名抄』菜蔬部藻類「神仙菜 崔禹食経云、紫菜 楊氏漢語抄云、阿末乃利、俗用ニ甘苔一」。

一 ここは、廂の間に現れたことをいう。
二 「君」は、涼。
三 御簾の内に入ることを許そう。
四 「大殿」は右大臣源正頼、「左大臣」は藤原忠雅。
五 左大臣忠雅の北の方（正頼の六の君）か。
六 厚かましいと思われたようですね。
七 「この頃の名」は、近衛大将のこと。
八 兵衛府からは警護の者

せずと聞かれためるは。何か、この頃の名告らば。兵衛府よりは参りにけむや」。北の方、「潮路よりこそ追ひけれ」。大将、「近き衛りならでは、などてかは。よき所に参りにけるかな」とて、衝重なる果物を見給へば、白銀の皿の四寸ばかりなるに、それより高く盛りつつあり。

かかるほどに、内より、かはらけ出ださせ給ふとて、

さま宮
年を経て一度あらむかかる日のかはらけいく世君にささまし

とあれば、大将、

生まれ出づる世々のかはらけ待つほどにまづ一度の児を見せなむ

とて、「また、御声しつる。佐野の渡りの官にや」とあれば、「酒飲まざらむ人咎めむとぞ」と、口々にのたまふほどに、南の方に、宮はたが言ふやう、「大将殿こそ。この父君盗みし侍り。この御物、皆取る」とののしれば、大将、「盗みする親をば、ようぞ打つや」といらへ給へば、内より、かはらけ度々強ひ給ふ。

が参上したのでしょうか。兵衛督は、正頼の次男師澄。

九「潮路よりこそ追ひけれ」は、なかなか現れないことの比喩か。引歌があるのか。

一〇 母屋の内から。

一一「佐野の渡り」は、和歌山県新宮市佐野の渡し場。紀伊国の歌枕。「佐野の渡りの官」、未詳。「御声」は赤子の声で、その声が大きく元気なことをいうか。

一二 酒を飲もうとしないあなたを咎めるために泣いているのですよ。

一三 南の廂の間で。

一四「こそ」は、親愛の情をこめて名前に添える接尾語。

一五 私の父上が。正頼の三男祐澄をいう。

一六「この御物」は、私がいただいた物の意で、碁手の銭をいう。

さかづきの巡り合ひつつよろづ世を数へて君にいく世知らせ
む

などて、内にさし入れ給ふ。外には、きに並み居て、と言ひかく言ひ、強ひらるれば、「いとわづらはしき所にも」とて立ち給ひなむとすれば、式部卿の宮の御方、世に名立たる琵琶、源中納言の持給へるを、いささか掻き鳴らしてさし出で給ふ。大将、ともかくも言はで掻き鳴らし給ひて、「これはこの、名立たる物なりけりな」とて、一日、うなゐども歌ひし歌を、いとおもしろき音に掻い弾きて、「いづらや。この折にこそ、かの扇拍子は」とて少し掻い弾きて立ち給へば、兵衛の君といふ人、道に塞がり居て、「かかる所に入りおはしましては、まさに帰らせ給ひなむや」とて引きとどむれば、「あなわづらはしや。群猿の心地こそすれ」。「大将の御舎人どもぞかし」。大将、「うたてある随身にこそは」とのたまふほどに、内より、綾掻練のいと黒らかなる一襲、薄色の織物の細長一襲、三重襲の袴一具、えも言はず清らにてさし出

一七 酒を飲まないことの断りの歌。「盃」の「つき」に、「月」を掛ける。
一八 「きに」、未詳。「きたに」の誤りか。「吹上・上」の巻【三】注七参照。
一九 「強ひらるれば」の「らる」は、受身の助動詞。
二〇 正頼の五の君。さまこそと同じ、東南の町に住む。
二一 「これはこの」は、「嵯峨の院」の巻【三】注二四参照。
二二 「夕さり来」の歌をいう。【二】注二四参照。
二三 さま宮づきの侍女。
二四 「群猿」は、さま宮の侍女たちをたとえたもの。
二五 近衛大将の部下の近衛舎人。また、近衛将監以下をも、広くいう。兵衛の君が自分たちをたとえたもの。
二六 随身は、近衛将監以下から選ばれた。
二七 「綾掻練のいと黒らかなる」は、「蔵開・上」の巻

で給へれば、中将の君といふ人、取りて被け奉りつ。

大将、御達の歌書きつけつる硯のもとに立ち寄りて、筆を取りて、[二八]懐紙にかく書きて、[二九]腰に結ひつく。高欄のもとに、これかれ押しかかりて居たる所に、「ここにありける。一日は、知らぬ人はとにこそ。[三〇]今よりだに知る人にてを」とて滑し取らせて、そなたの御階より下りてみそかに出で給へば、中納言見つけて、南の階より裸足にて下りおはして追ひつきて、「なぞ、君の、内に入りて、[三一]『舎人の閨』の法師のやうにては逃げ給ふぞ」とて引きもて来て、「疎き所に、知らぬ人のやうに。上﨟も、殊におはせず。[三二]大納言殿こそ。それは疎からぬ御仲なれば。起き臥し、昔語りも行く先の契りもせむとする所に、[三三]調伏丸がやうにて」。大将、「追ひ出す心やあるとて。まことは、これこそにもの言はむとてまかり入りたりつれば、召し入れて調ぜられつるに、極じてまかり逃げつるぞや」とて、これかれ、[三四]つくしとりやかゐしまとに居並み給へり。

【一五】注六参照。
二八 「かく」は、【四】注三の歌を指す。指示語として異例だが、【八】注三にも同様の表現が見える。
二九 「腰」は、袴の腰紐。
三〇 『古今六帖』五帖〈知らぬ人〉「誰はかは知らぬ前より人を知る知らぬ人こそ知る人になれ」による表現か。
三一 「舎人の閨」は、散佚物語の名。宮中の舎人の寝所に忍んだ法師が逃げ出す内容らしい。『仲文集』「いにしへは舎人の閨の物語り過つ人ぞあたらし」。
三二 藤大納言。【二】注一参照。
三三 『今昔物語集』巻二九―二にも見える盗賊の名。正体不明の怪盗であった。
三四 「つくしとりやかゐしまと」、未詳。

四　仲忠、涼や、正頼の男君たちと、暁方まで語って帰る。

殿の上達部三所、大将、中納言殿と物語し給ふほどに、故侍従の御弟、大夫なりしは、内蔵頭にて蔵人にぞものし給ふ、故侍従には容貌も心もまさりたる、たぐひなき色好みにぞありける、かはらけ取りて出で給へり。大将、「この君見奉れば、わいても、よろづのことまさりにぞ」などて、『内裏に、『御仏名過ごして参れ』と仰せられしを、え参り侍らぬかな。折あらば、そのよし、『労るところ侍りてなむ、え参らざめる』と奏し給へ」とて、「水尾の御室なる人の、かやうの折、をかしかりしはや」。中納言、「藤壺、少しの罪は得ざらむやは。昔より人わびさせむとなり給へる御身かな。涼らも、思はずやはある。身を捨つる捨てぬとにこそあめれ」。大将は、「酔ひにたるか。など、かくは言ふ」。いらへ、「酔はぬ時も言種なれば、皆人耳馴れにたらむ。あが君も、

一　正頼の長男権中納言忠澄・次男宰相師澄・三男宰相の中将祐澄の三人。
二　仲澄の弟、近澄。
三　以下「ありける」まで挿入句。
四　「蔵開・中」の巻【三】参照。仲忠が講書の続きをしたのは、「国譲・上」の巻【三八】注三参照。
五　「労るところあり」は、病気になる、体調が悪いの意。
六　「水尾の御室なる人」は、源仲頼をいう。
七　「言種」は、口癖の意。
八　「さかしら言ふ愚か」は、分別ありげなことを言

言さかしらや」。大将、「そよ。『さかしら言ふ愚か』と言へばぞよ」。源中納言、「遠くては、よって思ふぞ」と言へば、「さては、えこそ」と、口々言ふを、御はらからたち、内にも外にも、いと聞きにくしと思へり。

宰相の中将、「今宵は、祐澄は、はしたなき目をこそ見給へつれ。攤に負け迫りて、はたまろに、『いささかを』とて、碁手を借りつれば、ののしりつるに、わびにてなむ侍りつる。この碁手といふもの、少し盗ませて侍ればこそ、いと多く、からうて侍れ」とて、多く包みて持ち給へり。「かれは、心高き人ぞや。あやしうこそは。いみじき契りなどしたるものを」。「いかなる御契りをか」。大将、「見せざらむとこそは」。いらへ、「うらやましくも侍ることかな」など言ふほどに、暁になりぬ。

かはらけ立ち返り参る。内より、被け物、君たち取り続きて出で給へり。中納言、取り続き被け給ふ。織物の赤色の唐衣、綾搔練の袿、綾の摺り裳、三重襲の袴、児の衣、襁褓添へたり。上人

八　う者がほんとうは愚か者だの意の当時の諺か。
九　「よって」を「よりて」の促音便と解する説に従った。
一〇　藤壺の兄弟姉妹たち。
一一　「攤」は、賽を用いて、その目によって優劣を競う遊び。庚申や産養などの際に行われた。「蔵開・上」の巻【三】注五参照。
一二　「はたまろ」は、「宮はた」のこと。
一三　「借りつれば」とあるが、宮はたは、【三】では、「この父君盗みし侍り。この御物、皆取る」と言っていた。
一四　「かれ」は、宮はたをいう。
一五　仲忠が宮はたと交わした契りの内容はよくわからない。ここは、内緒にしようと約束しましたの意か。
一六　「上人」は、殿上人の意。

には、織物の細長、袷（あはせ）の袴など、さまざまなり。

かかるほどに、西の方（一七）、中納言の祖母（おば）君の御もとより、織物の袿一襲（ひとかさね）、唐綾（からあや）の掻練、袷の袴など、上達部・殿上人などにも出だし給へり。

立ち給はむずるほどに、大将、「まことや、聞こえむとしつることは、明日、御車賜へ」。源中納言、「何々の御料にぞ」。（仲忠）「女三の宮、三条に迎へ奉る料なり」。人々、いみじく喜び驚き給ふ。（涼）「わが世にいたはしくかたはらいたかりつることの、めやすきことかな。これは、いかでぞ。殿（一八）の、御心と思し立ちたるか。御催しか」。大将、「異人（ことひと）の知るべきことならばこそ。させむとあれば」。（涼）「いとよく侍るなり」と。人々集まりて喜び給ひて、（涼）「車奉り侍らむ。わきても、藤壺（一九）の、明日まかでさせむとあめれば、それが要（い）るべきやうになむ」。大将、「それは、まかり出で給はじ。さるものなりとも、暁方にぞ、からうしては。それも不用もや」。（涼）「ここ（二〇）にはなき。昼つ方奉れて、その御用にもあたりなむ」。「い

一七　「西の方」は、「国譲・上」の巻【四】に、「このおとどの西に、七間の、檜皮葺きにてあり。……御厨子所には、その西の屋をしたり」とある「西の屋」のことか。種松の妻は、さま宮の出産のために、ここに来ていたのである。

一八　「殿」は、兼雅。

一九　「蔵開・上」の巻【三八】注三の大宮の発言に、「このつごもりばかりにぞまかでさせむと思ひ給ふる」とあった。「藤壺の」は「藤壺を」の誤りか。

二〇　「ここ」は、三条の院。車は、「吹上・下」の巻【三】注一に見える、三条堀川の家にあるのだろう。

二一　この産養の宴に出席し

とよかなり」と、これかれのたまふほどに、紀伊守(きのかみ)[二一]、客人(まらうど)の上達部(かんだちめ)[25]四所(よところ)に、[二二]はなかにもあるを、かくて皆帰り給ひぬ。

これこそ、被(かづ)け物を持ちて思ふやう、これぱかり賜はむとにやあらむとて、[26]つくづく見る。腰の方に、文結ひつけられたり。見れば、

仲忠[二三]「人知れず渡り初めにし名取川なほ見まほしや告げよいづこと

[二四]内裏(うち)わたりこそ忘れがたけれ。これは、寒げなる居住まひなりとて」[27]

とあるを見て、この文を、いとうれしと思ふ。[二五]かくののしる御手[28]持ちたる人もなきものを、内裏(うち)わたりの人、いかでか見むとこそすれ、これ、一行(ひとくだり)にても持ちたる人は、[二六]心憎くせしものをと思ひて隠しつ。織物の細長を引き剝ぎて、[二七]兵衛(へ)の君に袷(あはせ)、中将の君に[29][30]単衣(ひとへ)取らせて、残りは取りて入りぬ。

た、平中納言・藤大納言・藤宰相・右大将仲忠の四人。

二二 「はなかにもあるを」、未詳。

二三 【三】注二六参照。参考、『古今集』恋三「陸奥にありと言ふなる名取川なき名取りては苦しかりけり」（壬生忠岑）、「名取川瀬々の埋もれ木あらはればいかにせむとかあひ見初めけむ」（詠人不知）。

二四 これこそが灌仏の童だった時のことをいう。【二】注三参照。

二五 こんなに評判が高い筆跡で書かれた手紙を。

二六 「心憎くす」は、すばらしいものを手に入れたと喜んでいるなどの意か。

二七 「引き剝ぐ」は、張り合わせた物を引き剝がすの意。細長は、表と裏の間に中倍（なかへ）を加えて合わせ重ねた三重襲だったか。

五　産養の翌日。産屋の世話をした典侍が帰る。

かくて、昨夜の御前の物引く[一]。すみ物も添へて、苞苴十枝と、魚・鳥十枝、高坏五高坏[1]づつ、[二]大殿・大将殿、[2]藤壺・女御の君の御もとへ奉れ給ふ。

典侍、帰りなむとて、「『[三]いぬ宮の御湯殿に参らむ』と、おとどに聞こえてしを、かくて侍れば、ものしと思すらむ。おぼろけならで愛しくし給へば[3]、いかに、日ごろ、御湯殿を後ろめたく思すらむ」。[四]中納言殿の北の方、「ここにも、[五]心しらひたる人もなければ、御口入れ給へとこそ思へ」。典侍、「時々通ひて参り来む。さばかりある[六]御心に、[七]御方いとよく労らせ給へばならむと思さむ、いと恥づかしく侍り」。北の方、「げに、さぞあらむ」などのたまふ。

[八]大殿の北の方、六の君[九]、「この児[4]は、いかがある。いぶかしさに、先つ

一 「引く」は、贈り物として配るの意。
二 正頼と仲忠、藤壺と仁寿殿の女御。
三 「蔵開・上」の巻【三】参照。「おとど」は、仲忠。
四 源涼の妻。さま宮。
五 「蔵開・中」の巻【三七】注五の正頼の発言にも、「心しらひたる人なくて悪しからむ」とあった。
六 「御心」は、仲忠の心。
七 「御方」は、涼。
八 左大臣忠雅の北の方。正頼の六の君。
九 「この児」は、いぬ宮をいう。
一〇 仲忠が講書をするために参内した時のこと。

頃、おとどの内裏にものし給ひし頃見にものしたりしかど、さらに見せ給はず。何しにかは。片端やつきたる」。「あなまがまがし。ただ、父おとど、いま少し小さくて、気近きにこそおはすめれ。日に二度三度はありし御文に、『人に見せ奉り給ふな』とのみありしかばこそ侍りけめ。藤壺の御方よりも生ひまさり給ひなむかし」。大殿、「いでや。容貌あるも、言ひ騒げば、あまりに聞きにくしや」などのたまふ。典侍に、御衣櫃に、女の装束一具、夜の装束一具、絹三十疋、綿など入れて取らせ給ふ。

[源中納言殿。]

六　仲忠、昼の御座所で、いぬ宮を抱いてくつろぐ。

かくて、大将殿は、昼の御座所に、いぬ宮抱きて臥し給へり。宮も、傍らに御殿籠もり給へり。源中納言殿より奉り給へる物どもも、糸を藁にて、白き組を粗らかにて、絹一疋を腹赤にて、そを

一一 「蔵開・中」の巻【三四】の大輔の乳母の報告にあった、春宮の若宮たちがいぬ宮を見に来た時のことか。

一二 実際は大輔の乳母がいぬ宮を見せなかったのだが、「見せ給はず」とあり、女一の宮の行為として表現されている。

一三 「大殿」は、「大殿の北の方」の意。

一四 美しくなるのも、世間で騒ぎたてることになるから、聞いていてとてもいたたまれない思いがするものですね。

一 「組」は、「組糸」の略。

二 底本「あらまき（苞苴）」を「あらゝか」の誤りと見る説もある。

三 『和名抄』龍魚部龍魚類「鰚魚　弁色立成云、鰚波良可　今案所レ出未レ詳、式文用二腹赤二字一」。

五葉の作り枝につけつつ十枝、鯉・鯛は、生きて働くやうにて、同じ作り枝につけたり。雉の嘴には黒方、皆[四]白銀どもなり。鳩[5]は黄金、その嘴には黄金入れたり。小鳥には、黒方をまろかしたり。折櫃は白銀、沈の鰹[6]、黒方の火焼き[7]の鮑[8]、海松・青海苔は糸、甘海苔に綿[9]を染めて、下には綾。衝重二十六、蘇枋の物入れたり。洲浜を見給へば[10]、中納言殿の御手にて、

涼[五] 行く水の澄む影君に添ふるまで[11]汀の鶴は生ひも立たなむ

とあり。すみ物は、台盤所に、おもと人・蔵人たちまで[12]賜ぶ[13]。碁[14]手も、皆あり。皆分けつつぞ。昨夜の勝ち物の銭[六]に、[15]いま一餌袋、白き添へて[七]、

涼[八]「いと行く先長く思し設くめる物は、などか忘れさせ給ひにける。心汚き[九]上達部も侍るものを」

と、中納言の御消息にてあり。

御返り、

仲忠[16]「人に掻き預けてし[17]は、色こそ変はれ。にめる[一〇]」

四 「皆」は、体全体の意。

五 「蔵開・中」の巻【三〇】注五の歌の返し。「君」は、仲忠。「汀の鶴」は、涼の子をたとえる。

六 「勝ち物の銭」は、【三】に見える、仲忠が勝ち取った「黄金の銭」のこと。

七 「白き」は、「白き銭」の意。

八 【三】の、仲忠の「負けたらむ時使はむ」の発言をいう。

九 特に、祐澄のことをいうのだろう。

一〇 「にめる」、未詳。

一一 「おはす」は、いぬ宮に対する敬意の表現。

一二 源中納言殿の所で、『今日明日はいてほしい』と言

となむ。

典侍（ないしのすけ）、いとけうらに装束（さうぞ）きて、御前（まへ）に参り給ひて、「いぬ宮の、いと恋しく[一一]おはしつれば、『[一二]今日明日は』と侍りつれど、急ぎて参りつるなり」。おとど（仲忠）、「いとどうれしかなり。日ごろ、後ろめたかりつる。御方々は、などておはしつるぞ。あまた御声せしは、いく所にか」。典侍「[一三]大殿の北の方の、[一四]御子にし奉り給へば、いたく悩み給ひしかば。[一五]式部卿の宮の御方は、御子をいとやすく生み給へば、肖物（あえもの）にとて。[一六]大納言殿の北の方は、いづれとももとよりいみじき思ひはらからにて、心細き心など聞こえ給へる、かねて渡らせ給ひにける。いかなるにか侍らむ、大納言殿、[一七]御仲違（たが）ひにて、日ごろは、夜（よ）ごとにおはして、簀子（すのこ）になむ居明かし給ふめる。御（み）格子は、疾（と）く下（お）ろして、鎖（さ）し巡り、人もの聞こゆれば、いみじう[一八]さいなめば、ただ一所（ひとところ）なむ。一夜（ひとよ）は、いとほしがりて、中納言の君対面（たいめ）し給へりしかば、それも追ひ出（い）でられてなむ。今日は、[一九]北のおとどに渡り給ひぬらむ。[二〇]さるは、それも、かやうのことあり

ってくださったのですが。
一三　左大臣忠雅の北の方（正頼の六の君）。さま宮と同じ大宮腹で、東南の町に住む。
一四　さま宮さまをお子さまのようにお思い申しあげていらっしゃるので、さま宮さまがひどく苦しんでいらっしゃったために、来ていらっしゃったのです。
一五　正頼の五の君。大宮腹。
一六　藤原忠俊の北の方。正頼の八の君。
一七　忠俊と八の君との不和は、【八】以下でくわしく語られる。
一八　「さいなむ」は、主体敬語の動詞に準じる用法。
一九　「北のおとど」は、東北の町の北の対。正頼・大宮夫婦の居所。
二〇　じつは、八の君も、近いうちにご出産なさるようです。

げにおはすめり」。（仲忠）「むべなりけり、例は[二一]いたうそらめいたる人の、いとまめに見え給ひしは。この君[二二]の御容貌（かたち）は、いかがおはする」。（典侍）[二三]「内裏の御方のやうの人の、いとをかしげなるになむ」。大将、「見奉らざらむ人は知りがたくぞ」。典侍（すけ）、「何か。気色[二四]は、いとよくぞ」。（仲忠）「さて、源中納言殿は[二五]」。典侍、「それは、宮[二六]の御やうの人の、若く清らにおはすること[二七]」。御方々、いと清らにおはします[20]」。宮は、驚き給ひて、（女一の宮）「何ごとぞ。あな聞きにくく[21]」。大将の、「夢見給へるか。人の、ものや言ひつる」とて[二八]、「中納言と君との[二九]御仲は、いかなるぞ。児（ちご）[三〇]、まろがやうに抱（いだ）くや」。典侍（すけ）、「御仲は、いとめでたく思ひ聞こえ給へり。いたう[三一]わづらひ給ひし時は、泣く泣く、手惑ひをぞし給ひし。児（ちご）は、見には見給ふ。恐ろしとて抱（いだ）き給はず」。おとど、（涼）[三二]「『まだ見ず』などのたまひしかば、いぶかしきぞや[22]」などて、典侍（ないしのすけ）、いぬ宮抱（いだ）きて入りぬ。

おとど[23]、宮に[24]、「起き居給ひてよ。昨夜（よべ）の所よりある物ども見給へ。これら取り置かせ給へれ。かかる物の用ある時に、にはか

二一 いつもは冗談ばかり言う藤大納言殿が。
二二 「この君」は、八の君。
二三 「内裏の御方」は、仁寿殿の女御。
二四 女御のお顔は、しっかりと御覧になっているはずです。いぬ宮の出産の際に仲忠が仁寿殿の女御を見たことをいうのだろう。「蔵開・上」の巻【八】参照。
二五 「源中納言殿」は、「源中納言殿の北の方」の意。さま宮。
二六 「宮」は、女一の宮。
二七 「こと」を下に続けて、「異御方々」と解する説もある。
二八 「とて」の上は仲忠の女一の宮への発言、下は仲忠の典侍への発言。
二九 涼とさま宮の夫婦仲。
三〇 【二】注六で、仲忠は、涼に、「まろらが子は、すなはちより懐にこそ入り居たれ」

にすれば、わづらはしき」と聞こえ給ふ。起き給ひて、昨夜(よべ)の被(かづ)け物ども見給ふ。おとど、「皆人、かかることとすれど、あやしく、物の具などありがたく清らにする所にこそあれ。この袿(うちき)添ひたるは、[三三]御前(まへ)に奉れ。唐衣(からぎぬ)添ひたるは、[三四]内裏(うち)の御方の参らせ給はむ料に奉れ給へ」。宮（女一の宮）、「[三五]片方(かたへ)は、[三六]三条に奉れむ」。おとど、「あな見苦しや。片隅に籠もり居たる[三七]なま嫗(おんな)の着るべき物かは」などのたまひて、その日はおはしまし暮らして、またの日、「三条（仲忠）にまかりてすべきこと侍り」とて、袍(うへのきぬ)装束(さうぞく)清らにして、薫物(たきもの)どもして出で給ひぬ。

七　仲忠、兼雅とともに、車で一条殿に女三の宮を迎えに行く。

三条殿にまうで給ひて、[一]南のおとどを見給へば、いと清らにしつらはれたり。

しばしあれば、殿ばらより、御車ども奉れ給へり。源中納言殿

と言っていた。

三一　さま宮が出産で苦しんでいらした時の意。

三二　【一】で、涼は、仲忠に、「いさ。いまだ、汚ければ、見ず」と言っていた。

三三　あなたがお召しください。

三四　仁寿殿の女御が参内なさる時のための物としてさしあげてください。

三五　「片方」は、女一の宮がもらう物のいくつかの意。

三六　「三条」は、「三条の北の方」の意で、尚侍をいう。仲忠の母。

三七　「なま嫗」は、「嵯峨の院」の巻【一六】注二照。

一　この「南のおとど」は、女三の宮を迎えるための建物。「蔵開・中」の巻【三二】注五参照。

より、新しき黄金造りの、男ども二十四人、装束一色にて、選り立てて奉り給へり。糸毛には、侍の下臈の男どもに上の衣など着せて、三十人ばかりつけたり。御前、四位十人、五位二十人、六位三十人。大将は、「馬に鞍置きて、男ども、帰るべきやうに率てまうで来、一条殿に」と言ひ置き給ひて、父おとど一つ御車にて、御前二人ばかりして、明かくものし給ひぬ。

八　兼雅、故式部卿の宮の中の君の貧困ぶりを垣間見る。

西の御門より、下り給ひて、右大将は宮の御前へ、左大将は、忍びて中の君の御方に参りて見給へば、うち破れたる屏風一具ばかり、夏の帷子の煤けたる几帳一つ二つ立てて、君は、綾掻練の所々破れたる一襲、煤けたる白衣着て、火桶の煤けたるに火わづかに熾したるに、台一つ立てて、白き陶鋺に、御膳、糒めきて、少し盛りて、菹・薑・漬けたる蕪・堅塩ばかりして、夜さりの

二 「黄金造りの御車」の略。
三 「一色にて」は、同じ色に調えての意。
四 「糸毛の御車」の略。
五 この馬は、仲忠が帰りに乗る馬。【二】注六参照。
六 「男ども」は、呼びかけの言葉。

一 今回は、西の門から入っている。「蔵開・中」の巻【三】注九参照。
二 「右大将」は、仲忠。
三 女三の宮。寝殿から東の対にかけて住む。「蔵開・中」の巻【三】参照。
四 「左大将」は、兼雅。
五 故式部卿の宮の中の君。南のおとどに住む。
六 今は、冬十二月。
七 『和名抄』飲食部水漿類「糒 比女 煮レ米多レ水者也」。

御膳にもあらず、朝の膳にもあらぬほどに参りたり。御前には、古びたる革蒔絵の御櫛の箱、さやうなる硯箱据ゑて、櫛の箱、蓋を取り退けて、一日の柑子の壺の残りを取り出でて、乳母[一一]かけて見などす。その娘・孫など、童にてあり。下仕へ、一人ばかりなむありける。

おとど、見巡らして、とばかりもののたまはず、ただ泣きに、[一二]二三の御衣の袖のしとどになりぬまで泣き給ふ。御前なる硯を引き寄せて、懐紙に、[一三]かく書きて、うち置きて立ち給ひぬれば、中の君、「我、かくていみじきさまを見えぬるは、さもあらばあれ。異世にやは経たる。かくなしたるにこそはあめれ。これを、かくすと見えぬるは、いみじく悲しきこと。わが幸ひなく、恥を見るべき宿世のありければ、[一四]ここらの年月こそあれ、かかる年月を見ること」と、臥しまろび泣き給ふ。乳母の孫の童、[一五]「御硯に、かかる物こそ侍れ」とて取りて奉る。見給へば、

兼雅　ともかくも言ふべき方も思ほえず見るに涙の降るに惑ひて

八　天治本『新撰字鏡』「蒴菹　須々保利」。易林本『節用集』「漬菜　ス、ボリ　菹　同　酢菜也」。
九　しょうがの古名。『和名抄』飲食部塩梅類「薑　久礼乃波之加美、俗云二阿奈波之加美一」。
一〇　精製していない塩。
一一　「かく」は、秤で目方を計るの意。『〔寛平五年九月以前〕皇太夫人班子女王歌合』「かけつれば千ぢの黄金も数知りぬなどわが恋の逢ふはかりなき」。
一二　「二三」を、二三枚（の御衣）の意と解した。
一三　「かく」は、後の「ともかくも……」の歌を指す。【三】注六参照。
一四　挿入句。
一五　中の君たちは、兼雅に見られたことはわかり、兼雅が歌を書いたことは気づかなかったことになる。

君、これが返り言をだに、いかで言はむと思して、かく書き給ふ。

中の君一六 眺めつつ雲居をのみぞ恨みつる別れし人は目にも見えねど

と書きて、いかで遣らむと思せど、出で走るべき姿したる人もなければ、押し揉みて、手に握りて、寝殿に向かひたる柱もとに立ちて見給へば、左大将、下りかかりて、一七東の一の対の方へおはしぬ。

九　兼雅、女三の宮に、三条殿に移り住むように説得する。

一御達二十余人ばかり、装束清らにし、童四人、青色に二襖子重ねて着たり。おはする所、ありさま、昔に劣らず。御褥敷きて、御簾の前に居給へり。三宮は、昔の御容貌に、殊に劣り給はず。綾掻練の濃き薄き、織物の細長など奉りて、御火桶清らにておはす。炭櫃に、火など熾したり。御台一具、御器などして、例のやうにて物参れり。

一六 参考、『躬恒集』「大空を眺めぞ暮らす吹く風の声はすれども目にも見えねば」。

一七 兼雅は、東の一の対の前を通って、女三の宮が住む寝殿に向かった。

一 以下は、寝殿の場面。

二 「襖子」は、「藤原の君」の巻【三五】注一五参照。

三 やや唐突だが、兼雅は、御簾の内から出された褥にすわったのである。

四 女三の宮に対する謙辞であると同時に、兼雅自身の不満でもある。「蔵開・中」の巻【三五】参照。

五 「宮仕へ」は、結婚の意。

六 「苫屋」は、苫で屋根を葺いた粗末な漁夫の家。

七 「さらに」を「思したらで」にかけて解した。「見おとど、「年ごろは、あさましく、朝廷にも捨てられ奉りたるやうにて。昔は、行く先、もし人並み並みにやと思う給へて、かかる宮仕へもさる方なりしを、今日は、限りのやうなる身に侍れば、候はむも御面伏せなるやうなれば、かかる身にありぬべき者のもとに籠もり侍るを、さてのみやは。行く先も短くなりぬる心地し侍ればなむ、『浜の苫屋のやうなる所に、時々、通ひおはしましなむや』と聞こえたりし」。宮、さらに、年ごろ見ざりつるとも思したらで、いとおいらかに、「世の中は、いとよく、かくてもありぬや。ただ、苦しくおぼゆるは、院の上も宮も、『心と、世の中に住みはふれて、帝・后の御面を伏すること』とのたまふなれば、え参らで、年を経るなむ。悲しさは、昔は、しばしこそのたまひしか、時々は参り通ひしものをと思ふなむ。孫王の御上は思ひ給へらるる。されば、『今は、ともかくもしなし、捨てられなむままにを』となむ、一日、中納言にものせし」とのたまふほどに、おとどの御前に、昔のやうにて御台参れり。

ざりつる」にかけて解することもできる。
八　女三の宮は、「蔵開・中」の巻【三】で、仲忠にも、「世の中は、かくてありぬべし」と言っていた。
九　父の嵯峨の院も母の大后の宮も。
一〇　自ら求めて、落ちぶれた生活をして。女三の宮の結婚は、院が認めたものではなかった。「蔵開・中」の巻【二五】に、「宮をば盗みもて来て」とあった。
一一　「孫王」は、梨壺。梨壺さまのことは心配しております。でも、私のことはもうどうなってもかまいませんの気持ちを込める。
一二　「蔵開・中」の巻【三】注二七では、迎えられることを承諾していた。
一三　仲忠。左大将兼雅に対して、仲忠を「大将」と呼称することを避けたものか。

一〇　仲忠、仲頼の妹のもとを訪れてから、女三の宮のもとに行く。

多くの御物語し給ふほどは、右大将、少将の妹の方におはして、簀子のもとに立給へり。「あなおぼえず。所違へか」と聞こえ給へば、「一日、しるし求め給ひしかば、それ聞こえむとてなむ」。いらへ、「『かかる人のしるへき』とのたまひしかば、いとよくぞ思ひ知りにき」などて、簾のもとに几帳立て、褥さし出でて、赤色の火桶、絵をかしく描きたるに、火熾して出だしたり。大将、「いま少し近く寄らせ給へ。山籠もりの君を、昔は、いみじう語らひ聞こえしかば、さりとも聞こしめすやうもありけむ」。いらへ、「山籠もりの知るべき人やは」と。大将、「何か。いとよく承りたりや。一日も聞こえさすべかりけれども、かくておはすらむとも、え知り給へでありしを。打ちて追はせ給ひしよし聞こえしかばなむ。かく承らましかば。山の君のあはれにおぼえ給へば、

一　底本「たゝまへり」。「立つ給へり」の促音便無表記の形か。
二　底本「かゝる人のしるへき」、未詳。「蔵開・中」の巻【三二】の仲忠の「浮人こそしるしなれ」の発言のことか。
三　「山籠もりの君」は、兄の源仲頼をいう。
四　その山籠もりの人が、私のことなど知っているはずがありません。人違いをなさっているのではないでしょうか。
五　仲忠が前に訪れた時に、栗を投げつけたことをいう。「蔵開・中」の巻【三三】【三四】参照。
六　前もってうかがっていたら、ご挨拶をいたしましたのに。

かばかりに聞こえまほしくなむ」。いらへ、「常に聞こゆめりしかば、よそには承り馴らしたれど、疎々しく思されし筋にやと思ひ給ふるになむ」。大将、「それは、親二所おはすとなむ。殿の御代はり、かの君の御代はりに、人数に侍らずとも、あひ思ほせ。さても、いかでかは。かの君たち世に経給はぬに、かくては。この宮内卿の殿のは、いづくにぞ、いかでか」。いらへ、「親の御もとにこそは。前にものし給へりしには、さになむ。吹上の帰さを思ひ出でて、いみじくなむ泣かるなりし。『かの人と同じやうなるさまになりなむ』などあめれど、親の許されねば、心は同じやうにてなむ」。大将、「幼き人などものしげなりしは、何にて、いくつばかりにて、いづくにか」。いらへ、「女一人、十余ばかりにて、男二人、一つ二つが弟にてなむ。女は母君の御もとに、男は、物習はさむとて、山へ迎へ侍りき。兄なるは、何ごとも親にはまさりぬべかめり。弟は、えせで騒がれ侍るなり」。大将、「遊びの具も、いとかしこくて持給へりし、持て上り給ひにしか」。いら

七　「疎々しく思されし筋」は、仲頼の妹自身のことをいう。
八　私には母上がお二人いらっしゃると思うことにいたします。
九　「殿」は兼雅、「かの君」は仲頼。
一〇　仲頼が出家したことをいう。
一一　「宮内卿の殿の」は、宮内卿在原忠保の娘。仲頼の妻の意。
一二　先日くださったお手紙には、そのように書かれていました。
一三　仲頼が、吹上からの帰りに仲忠たちと宮内卿の家に寄った時のこと。「吹上・上」の巻【一七】参照。
一四　「ものしげなり」は、動詞「ものす」の連用形に接尾語「げ」がついた語。
一五　男の子か女の子かの意。
一六　「山」は、水尾をいう。

へ、『子どもに物習はさむ』とて、後になむ。『女に、え習はさぬは。少し外の方にさし出でて、物の音など調べ置きて、かしこよりも深く入りなむ』とて、常に言ひおこせ侍りつる」。大将、「あはれ、さる所に、何心を思ひて、幼き子どもと居給ふらむ。

むつましき疎きと妹を振り捨てて山辺に一人いかで住むらむ」

とのたまへば、妹の君、いみじく泣きて、

頼みしも見えしもさらに忘られで一人は里も住みうかりけり

と聞こゆれば、大将、「今日は、宮の御方に、『三条へ渡り給へ』とてなむものせられつる。仲忠侍る所も、今、いと広くなりぬべし。今、そこに御迎へせむ。しばし、なほ、かくておはせよ。な思し疎みそ」とて立ちて、宮の御方へおはしぬ。

おとど、「ここにや」とのたまひて、「右近や、昔思ほえて賄ひせむや。湯づけせよ」などのたまへば、同じやうなる金の坏にして、湯づけして、合はせいと清げにて、外に参る。

一七 「かしこ」は、水尾をいう。仲頼の妹からの間接話法的な表現。
一八 「むつましき妹」と「疎き妹」とを残しての意で、「むつましき妹」は妹、「疎き妹」は妻をいうか。
一九 「頼みし人」は仲頼、「見えし人」は兼雅。『風葉集』雑三「同じさまに侍りける頃、右大将仲忠、立ち寄りて、兄人の仲頼水尾に籠もれることを申し出でて、『むつましき疎きと妹を振り捨てて山辺に一人いかで住むらむ』と申しければ　同じ朱雀院女一の宮の按察使」。仲頼の妹は、後に、仲忠に迎えられ、「按察使の君」と称した。「国譲・上」の巻【二】注三六、「国譲・下」の巻【一八】注一八参照。
二〇 女三の宮。
二一 「仲忠侍る所」は、三条の院の居所をいう。【三九】

御酒など参るほどに、日暮れて、御車・御前など参りたり。政所より炭多く出だして、所々に熾させて、車副など据ゑて、餅・乾物など取り出で、酒、樽に入れて据ゑて、鋺して沸かしつつ飲ます。御前どもに、果物・乾物などして、酒飲ます。

一一　女三の宮、三条殿の南のおとどに迎えられる。

かくて、まづ、うなゐ・下仕へ、かく副車に乗る。御車寄せて、奉りて引き出づれば、中の君、さは、かくするなりけり、わが、いかさまにあらむとすらむ、この文をだに見せずなりぬることと、泣く泣く持ち、かく思ひ、立ち給へり。おとど、御車出だして、しばしありて、立ち寄り給ひて、「今日は、便りのやうなり。今、ことさらにを」とて帰り給ふに、この文投げ出だし給へれば、取りておはして、奉りつる御車に奉りぬ。

大将は、御馬に乗りて、前に仕まつり給ふ。世の中の人、「右

注九参照。ただし、仲忠が、なぜ、「今、いと広くなりぬべし」と言っているのかわからない。仲頼の妹は、【三八】で、仲忠の二条の院に、一旦、「しばしとて据ゑ」られている。

二二　底本「左近」。「蔵開・中」の巻【三】注三と同じ人と解した。

二三　「外」は、御簾の外をいう。

二四　「鋺」は、煮炊きに用いる鍋の一種。

一　「かく」の本文、不審。

二　「この文」は、【八】注一六の歌をいう。

三　「文を持ち」の意。

四　「便り」は、ここは、女三の宮を迎えるついでの意。

五　女三の宮がお乗りになった車にお乗りになった。

六　この馬は、【七】注五参照。

大将は、継母の宮迎へ奉りて、御前していますべかなり」とて、車引き立てて見る。御前松灯しわたして、逸る馬に乗り、折りまはしておはする御さまを、車ども面をさし出でつつ見る。よしある檳榔毛の車の簾をいと高く上げて、落ちぬばかりこぼれ出でて見るあり。大将、うち寄りて、「何見給ふ。まろよりほかにあらじかし」とのたまへば、「かかるあだにはありければ」。大将、『後の瀬』と言ふなればぞ」とておはしぬ。

かくて、三条殿におはして、南のおとどに御車寄せつ。皆、下り給ひぬ。今宵の御設け、人々に預けられたれば、皆参りたり。父おとどは、やがて、ここに御殿籠もる。大将、「今なむまかづる。明日も候はむ」と、北の方に聞こえて帰り給ひぬ。

一二　正頼、藤壺を退出させるために参内し、むなしく帰る。

右の大殿は、藤壺の御迎へし給はむとて、やがて、その車に事

七「前松」は、松明（たいまつ）に同じ。

八「折りまはす」は、馬を縦横に乗りまわすの意。

九「後の瀬」は、また会う機会の意。参考、『万葉集』巻三「かにかくに人は言ふとも若狭道の後瀬の山の後も逢はむ君」（大伴坂上大嬢）、『古今六帖』二帖〈国〉「若狭なる後瀬の山の後も逢はむわが思ふ人に今日ならずとも」。

一〇「南のおとど」は、【七】注一参照。

一一 兼雅の北の方。仲忠の母。尚侍。

一 右大臣源正頼。

二【四】注一九参照。

三「事加ふ」は、ここは、装飾などをさらに施すことをいうのだろう。

四「十まり」は、「十あま

など加へて、糸毛三つ、黄金造り十まり[四][2]、うなゐ車、下仕へ車合はせて二十[3]ばかり、御前の、[五]人の国なるのみこそ残れ、京なるは、五位四位、なきなし。おとど、「暇許されざるなるを、参りてまかでさせむ」とのたまひて出で立ち給へば、御子ども、[六]中納言を放ちて、[4]皆、御供にまうで給ふ。

[七]縫殿の陣に御車引き立て、まうで給ふ。

[八]宮は、昼より、さる気色御覧じて、「あやしく、心地の悪しきかな」とて、[九]捕らへて臥し給ひぬるままに起き居給はず。おとど参り給へれば、宮入り臥し給へれば、え上り給はで、下に立ち給へれば、君たちはさながら土に立ち給へり。女これかれして、[一〇]君に消息申し給へど、え聞こえ継がぬほどに、[一一]大殿の君の御方に言ふやう、「ここらの年月日[一二]燃えざりつる死人の、今宵、かく、からうして率て出で[5]られぬべきかな。いかに[一三]腐り[6]乱れたらむ。[一四]さかるいはくそむかしのことのはきそすめる」と言ふ。また、[一五]院の御方に、下仕へ・童など、「今宵は、よき日なるべし。縫殿の陣の

り」に同じ。

五　挿入句。地方に下っている者だけは参加しないの意。

六　権中納言忠澄。正頼の長男。

七　「縫殿の陣」は、内裏の朔平門。女性は、ここで牛車を乗り下りする。「内侍のかみ」の巻【三四】注四三参照。

八　春宮。

九　藤壺をつかまえて。

一〇　「君」は、藤壺。

一一　底本「おほとの、きみ」。「おほいとの、きみ」の誤りか。太政大臣源季明の大君。「あて宮」の巻【三〇】注二五、「蔵開・上」の巻【三三】注一三参照。

一二　「燃えざりつる死人」は、藤壺を死体に見立てた呪詛の言葉である。

一三　「乱る」は、腐るの意。参考、西大寺本『金光明最

方に、にはかに、物巻きたる車ども、きたに立てりつ。今宵ぞ、持て出でらるべかめる。桃楚して、よく打たばや」など言ひ合へり。

おとど、爪弾きをして、「女子持ちたらむ人は、よき犬・乞丐なりけり。中に、らうたしと思ひし者をしも出だし立てて、かかる耳を聞くこと。なほ、犬・烏にもくれて、込め据ゑたらましものを」と言ひ、立ち給ひつるを、宮は、いとよく聞こしめす。

これかれ、「夜更けぬ」と消息申せば、「え聞こえず」とのみ申す。孫王の君を呼び寄せて、「御跡の方より、忍びてまうでて申せ。『度々、まかでさせずとのみあれば、思ほえず、敵など持ち給へれば、後ろめたさに、御迎へに』など申し給へ」とのたまへば、「聞こえむ」とて、御跡の方より、やをら滑り入るを、宮、御殿籠もり起くるやうにて、いと荒く走り踏ませ給へば、御脇息に倒れかかりて、腰を突きそきつ。御屏風・御几帳も、こほこほと倒れぬ。

勝王経』平安初期点「膿み爛（みだれ）き」。「腐り乱る」は、「腐爛（乱）」の訓読語。

一四 「さかるいはくそむかしのことのはきそすめる」、未詳。

一五 嵯峨の院の小宮。

一六 「巻く」は、絹を巻くの意。棺を載せる車の車輪には絹を巻いた。参考、『栄華物語』巻二一「暮れぬれば、殿の御車に御装束す。御車の輪などに絹巻きなどするを見るにも、常のありさまはかくやありしなど、いみじきことども多かり」。

一七 「きたに」は、「吹上・上」の巻【三】注七参照。

一八 「持て出づ」は、藤壺を死体に見立てていう言葉。

一九 「楚」は、まっすぐに伸びた若枝。桃の若枝は邪気を払うものと考えられていた。

二〇 「爪弾き」は、腹を立

孫王の君、いと久しくためらひて、かうかうと聞こゆれば、「おほなおほな、夜のほどろに参りて、ただにやは。顕澄、啓せよ。宮亮なれば、蔵人ならずとも」とのたまへど、「何か。御気色よろしからぬにこそ」とて申し給はねば、むつかり給ふを、宮、聞こしめして、女君をつと掻き寄せてのたまふやう、「そこは、我をいかに言ひ栄してか、親はらから引き連れさせて、我をば責めさする。よろづのこと、我に知らせてこそ、参りもまかでもせられめ。我に知らせで、親はらから、一つ心にて、我をや責めさせむずる。そこを放ちやりては、我はあるべくもあらず。かく謀りてまかり出でさする、また参らせじとなめり。かくながら、我もそこも死なむ」とのたまひて、つと抱きて臥し給へば、五月ばかりの腹いみじう働きて、ただ惑ひに惑ひ給ひ、いみじう泣き給ふ。宮、いと憎しと思せど、腹の騒ぐに、いみじと思して、うち許してのたまふ、「うべ、上は、『戒むるとぞ』とのたまふばかり。そこによりては、せぬわざわざをこそしつべけれ。かく心を隔て

て た時の動作。「藤原の君」の巻【三】注八参照。
二一 「犬・乞丐」は、正頼がみずからを貶めていう言葉。「乞丐」は、物乞いの意。
二二 「耳を聞く」は、話を聞く、噂を聞くの意。
二三 「跡」は、足もとの意。
二四 「走り踏む」は、さっと足を伸ばすの意か。
二五 「突きそく」は、激しく打つの意か。
二六 「おほなおほな」は、軽率にもの意。
二七 正頼の五男。「蔵開・上」の巻【三】注三参照。
二八 春宮坊の蔵人。
二九 妊娠五月目ほどの。
三〇 底本「うへ〳〵は」を「うべ、上は」と解する説に従った。
三一 「蔵開・中」の巻【三〇】の、朱雀帝の「さ言はるる人持給へれば、戒め聞こゆるなり」の発言をいう。

て心強(こは)く悪(あ)しきは、仲忠の朝臣(あそん)のするぞ。[三二]これに会はずなりにたるをぞ、いと悔しと思ひ入れためる。人のいと愛(かな)しくする[三三]一つ子、帝(みかど)の二つなく労(いたは)り給ふ婿、わが国に[三四]面(おもて)もたげたる人いたづらになして、[三五]天(あめ)の下(した)の人悲しませ給ふらむにこそ。[13]そこは、[三六]容貌(かたち)よかめり、心こそ、えよからざりけれ」とのたまへば、[三七]水のわななきして、汗にしとどに濡(ぬ)れて、屈(かが)まり臥(ふ)し給へれば、さすがに、をかしと思して、(春宮)「今より、我に知らせぬ心、な遣はれそよ。[三八]まかでらるべきことあめれば、いましばしこそあれ。しひてかくすれば、いと憎きぞかし」とのたまへば、夜中過ぐるまで立ち給ひて、暁にぞ、おとどは帰りける。

一三　翌朝、正頼、藤壺に手紙を書いて、退出を促す。

つとめて、[一]右馬頭(むまのかみ)の君を御使にて、おとどの御文あり。

(正頼)「昨夜(よべ)は、道のほど後ろめたさに、御(み)迎へに参り来たりしかど、

三二　あなたは、仲忠の朝臣と結婚できないままになってしまったことを、悔やまれてならないと思い詰めているようです。
三三　仲忠は、実際は一人っ子ではない。ここは、特に、男の子をいうか。
三四　「面（を）もたぐ」は、頭角を現すなどの意か。
三五　「天の下の人」は、藤壺の多くの求婚者たちをいう。
三六　挿入句。
三七　参考、『源氏物語』「夕霧」の巻「（障子を）引き立てさして、（落葉の宮は）水のやうにわななきおはす」。
三八　「まかでらるべきこと」は、藤壺が出産のために退出することをいう。

一　式部卿の宮の子の右馬頭の君か。「祭の使」の巻【一】注五参照。

暇を賜はり給はざりければ、暁になむまかで侍るを。暇賜はり給ひて、消息はのたまへ。車どもなど調へさするも、わづらはしきを。いでや。子ども二十人にかかりて持て侍れど、そこをば、懐と言ふばかりに生ほし立て奉りしかば、いつしかも人々しくなり、面立たしき目をも見給へとこそ思ひ奉りしか。消息継がぬほど、うちやすらひつつ聞き侍りしかば、ある所々に、ゆゆしくいみじき言どものありしかば、いと心憂くなむ。みづからはさるものにて、若き者ども、人々も聞きしこそ、いと恥づかしかりしか。げに、しばしまかで給ひて、人の目どもも休め奉り給へ」

とあるを、人取りて、御前に奉れば、宮、「持て来や」とて御覧じて、いといとほしとは思せど、まかで給へとある、いと憎しと思して、押し揉みて投げやり給ひて、「人々のものすらむことは、ここには、え知らず。面伏せなりと思さば、見給ふまじくこそはとなむ」と言はせ給へば、右馬頭、いとはしたなく、いとほしと

二「かかる」は、達する、及ぶの意か。

三「そこ」は、二人称。藤壺。

四「懐と言ふばかりに生ほし立つ」は、ずっと懐に入れておきたいと思うほど育てるの意。「藤原の君」の巻【七】注一四の祐澄の発言にも、「一人ばかりは懐住みせさせてあらむ」とあった。

五 私はともかくとして。

六「せ」は、使役の助動詞。

七「おほなおほな」は、【一三】注一六参照。

八「引き連れてある」は、

思してまかで給ひて、かうかうと申し給へば、これかれ、いとほしがり騒ぎ給ふ。大宮、「事しもあり顔に、[七]おほなおほな、子ども[八]引き連れてある、よからぬ文書きをして、[九]かかることも出だし給ふ、そこはとまれかくまれ、若き人々の行く末のため、[7]いとこそあぢきなけれ」とのたまふ。

[8]右大将殿の[一〇]聞き給ひて、「されぱこそ聞こえしか、[9]『[一一]えまかで給はじ』と。[一二]おぼろけに御心重くおはしますにもあらぬに、[10]いとほしきことかな」とのたまふ。

一四　司召し。人々、昇進する。仲忠、春宮と対面する。

かくて、今日は[一]司召しなれば、左右のおとど、[二]右大将など、一日定められて、夜召す。春宮は、その夕さり、藤壺もろともに上り給ひて、例のごとしつらはせておはします。

つとめて、司召し果ててののしる。いと多く召したり。衛門督

「出だし給ふ」と並列の表現で、ともに、「あぢきなけれ」に係る。

九「かかること」は、春宮の勘気をこうむったことをいう。

一〇「の」、不審。衍と見る説もある。

一一【四】で、仲忠は、涼に、「それは、まかり出で給はじ」と言っていた。

一二 正頼のことをいうと解した。「国譲・下」の巻【二】の兼雅の発言には、「いとよき人なれど、いと急に強き人になむ侍る」とある。

一「蔵開・中」の巻【三五】注一に、「除目侍なるを」とあった。

二 底本「左大将」。ここは、右大将仲忠である。左大将兼雅は、不参。兼雅は、仲忠に、「蔵開・中」の巻【三五】で、「何しにかは参らむ」と

に忠澄の中納言、右近少将には近澄の内蔵頭かけて、左衛門尉にあこ君となり給へれど、宮には喜びも申させ給はず。

宮の、上におはしませば、人々、殿上人など喜びて、右大将も参り給へり。うたてあることはのたまひつれど、まめなる御心にしあらねば、召して、もののたまひなどす。「先つ頃、いと間近かりしかど、異ことなかりしほどにて。異ことに、さやうなることあるべきやうにはあべかりしを、今年は不用なめりな」。大将の、「この頃仕うまつるべく侍りつるを、さること侍りてなむ。年返りてぞ仕うまつるべく侍る」とてまかで給ひぬ。

藤壺を、下へ下ろし給はで、いと近く御局し給ひて、兵衛の君・孫王の君・あこきばかりして、また人召し寄せず、「人の用あらば、この人を使ひ給へ」とて据ゑ奉り給ひつれば、御気色のいと恐ろしかりつるに怖ぢ惑ひて、ものも聞こえで候ひ給ふ。

「喜びの人、いと多かり。殿上にも候ふなり。宮。」

言っていた。

三　蔵人で内蔵頭を兼任していた近澄は、右近少将となって、内蔵頭を兼任したのである。

四　家あこ君。「国譲・下」の巻【三】注六に、「家あこの衛門尉、冠得給ふ」とある。衛門大尉は、従六位上相当。

五　「せ」は、使役の助動詞。「喜びも申させ給はず」は、正頼の動作だろう。

六　仲忠が講書した時のことをいう。

七　「さやうなること」は、講書をいう。

八　事情がございまして。

九　上局。春宮は、「蔵開・中」の巻【三〇】注八の帝の「昼は上局賜ひなどしてこそ」の忠告に従ったのである。

一〇　【一】に、「童は、藤壺のあこきこそあれ」とあった。

一一　「なり」は、「藤原の君」の巻【一四】注一〇参照。

一五　年末。仲忠、仲頼の妹に米や炭を贈る。

かくて、つごもりにもなりぬれば、ここかしこに、節料いと多く奉る。そが中に、種松は、大殿・右大将殿の粥の料据ゑ調じて奉る。大殿には炭二十荷・米三石、殿には炭十荷・米十石奉れたり。

大将、三条殿に、米一石と炭二荷奉り給ふ。また、同じ数に、米も炭も、御廏の草刈・馬人召して仰せて、小さき童二人、大きなる童子請じ求めさせ給ひて、一条殿に、少将の妹に遣はす。「一日は、ことごとにと思ひ給へしかど、日の暮れにしかばなむ。なほ、聞こえしやうに。いづ方にもいづ方にも、むつましき筋にを。さて、この炭は、水尾に見比べ給へとてなむ」と書きて、中紙のすくよかなるに包みて、「山より」と、少将の手にいとよく書き似せて、近く使ひ給ふ上童添へて、「栗出だし

一　あるいは、「米二十石」の誤りか。
二　寺などに仕える剃髪得度前の少年。仲忠は、仲頼からの使と見せかけるために童子を選んだのである。
三　「ことごとに」は、詳細にの意。「嵯峨の院」の巻【一七】注三参照。
四　【一〇】の仲忠の発言。
五　「水尾」は、水尾の仲頼から贈られる炭。
六　「中紙」は、品質がよくない紙の意か。
七　手紙の上書きを仲頼からと見せかけて、一条殿に残されたほかの女性たちの目を配慮したのである。
八　「蔵開・中」の巻【三四】注一四参照。
九　「炭」は、銭だった。
一〇　「とのこす」、未詳。
一一　「米」は、絹と綿だった。
一二　「絓糸」は、繭の外面から繰り取った粗い絹糸。

し所に教へ入れて帰りまうで来ね」とて遣はしければ、至りて、

（上童）「水尾より」とて入れたれば、見るに、炭、旅籠をいと細かに組みて、とのこすを貫き立てて、銭二十貫一籠に入れて、物覆ひて結ひたり。米は、絓糸、俵に編みて、絹五十疋、俵に入れて三俵、いま一つには、いみじくうるはしき綿二十入れたり。見給ひて、

（仲頼の妹）「いとものおぼえず、づしやかなる節料も賜へるかな。これを、いかにせむ」とのたまへば、乳母など、「これも、おとどの御徳にてこそあめれ。知らぬ人、御呼ばひ人ならばこそは、取り入れ給はずもあらめ。はや、御返り聞こえ給へ」と言へば、御使を呼び入れて、物食はせ、酒飲ませなどして、大いなる童には白き袿一つ、小さきには単衣一つづつ賜ひて、懐に入れさせて、御返り、

（仲頼の妹）「承りぬ。一日は、げに、ことわりにも、聞こえさせずなりにけるかな。『山の代はり』とのたまはすれば、馬のたとひの侍らむ心地して、いともいともうれしくなむ。さては、これは、炭焼きをさへせさせ給ひければ、いかに御手黒かるらむとなむ

『和名抄』調度部蠶糸具「絓糸　之介以度　悪糸也」。
一三　助数詞「屯」など脱か。
一四　「づしやかなり」は、現代語の「ずっしり」と同源の語で、この物語の例が最古の例という。
一五　「おとどの御徳」は、仲忠のおかげの意。
一六　「呼ばひ人」は、求婚者の意。
一七　「大いなる童」は、注一二の「大きなる童子」のこと。
一八　「小さき」は、同じく、二人の「小さき童」のこと。
一九　私のほうでもお話し申しあげないままになってしまって残念でした。
二〇　【一〇】注九に、「殿の御代はり、かの君の御代はりに、人数に侍らずとも、あひ思ほせ」とあった。
二一　「馬のたとひ」は、『淮南子』人間訓に見える「塞翁馬」の故事のことか。

思ひやられける」と聞こえつ。取り広げて見て、御達喜ぶ。(仲頼の妹)「あなかまや。かの君の御もとの[12]と聞きて行き集まりて、誓ひ呪ひぞせむ[二二]」とて、母宮[二三]の御もと、水尾の料など取り置く。宮内卿の殿にも奉れなどし給ふ。

水尾には、大将殿[二四]、御文添へて、子どもの衣など調じて奉り給ふ。

[少将の妹の御方。御達四人、童・下仕へ一人づつ、女房二人ばかりあり。君、三十余ばかりにて、愛敬づき、匂ひやかなり。前に琴[13]ども置きて、住まひよげ[14]なり。]

一六　兼雅、故式部卿の宮の中の君に、食べ物や炭などを贈る。

かくて、種松は、左大将[一1]にも、絹・綿など、大きなる櫃に積みて、錦[2]など、世になき式[二3]に奉れり。宮の御方にも、御荘々よりも[4]、

二二 「誓（うけ）ふ」は、呪ふと同じ意。
二三 仲頼や妹の母。【三九】注八にも、「母宮」とある。仲頼たちの母が皇女だったことは、ここで初めて見える。
二四 ここを「大将殿の御文」の誤りと見て、仲頼の妹の動作と解する説もある。

一 藤原兼雅。
二 「式」は、やり方の意。
三 「あなた」は、女三の

節料(せちれう)多く奉れり。

おとど、なほ、北の方の御もとにのみ、夜昼おはす。[5]御膳(おもの)などは、ただ、ここに。[三]あなたには、時々、昼間などにまうで給ふ。北の方に、[四]一日中(ひとひ)の君のありしやう語り給ひて、[6]投げ出(い)だし文見せ奉れば、北の方、[五]いみじく泣き給ひて、尚侍「あはれ。親に後れ奉りて、心細き住まひするは、いみじきものを。若くて、親には後れ奉りてけり。[六]そこには、年ごろ、思ひ聞こえ給ふと見えず。げに、何心地し給ひけむ。[7][七]などかは、さ、あはれに、[八]親の聞こえ置き給ひけむものを、[8]かくは」。おとど、兼雅「いさや。[九]そこを見つけ奉りしに、胸・心もつぶれて、よろづのことおぼえざりしかば、[9]知らざりつるにや。[一〇]この中納言の言ひ出でて、[一一]かうして、忘れたりつる見苦しきものども思ひ出でさするにこそは。いかに訪(とぶら)ひに遣らむ。食物(くひもの)などこそ、いとあはれなりしか」などのたまふほどに、「右大将殿より」とて、この炭・[10]米(よね)を奉り給へれば、おとど、[一二]「気色ある物かな。持て来(こ)」と、御前(まへ)に召して、開けさせて

宮が住む南のおとどをいう。

四「一日中の君のありしやう」は、【八】参照。

五 尚侍は、自分が親（俊蔭）に先立たれたことを思い出して同情して泣くのである。

六「そこ」は、二人称。兼雅。

七「などかは」は、「かくは（し奉り給ひけむ）」に係る。

八「親」は、故式部卿の宮。兼雅は、仲忠に宮の発言を話していた。「蔵開・中」の巻【三四】参照。

九「そこ」は、二人称。尚侍。

一〇「この中納言」は、仲忠。【九】注三参照。

一一 あるいは、「からうして」の誤りか。

一二（ほんとうの炭や米ではなく）何か趣向がありそうな物だなあ。

見給へば、少将[一三]の妹のなりし同じやうなり。絹などは、着つべし[11]やと、くはしく御覧ずるに、いとうつくしげなる白絹どもなり。北の方、「これを、やがて、のたまひつる所[一四]にはものし給へ」と聞こえ給へば、おとど、「よきことなり」とて、車の箔[一五]したる、[12]されたる下簾などかけて入れさせ給ふ。納殿[一六]・贄殿[13]の魚・鳥・果物など、よきを選らせて、炭・油など、[14]長櫃に積ませ給ひて、御文、

「一日は、見給へしに、目もくれて、ものおぼえざりしかばなむ、え聞[15]こえざりし[16]。さかしくも思せ[17]。それも、今は、

[一七]天雲は見ゆとも今は何かせむ見えぬこの世の人は訪ふとも

さて、この[一八]米は、夏衣にや。[一九]『単衣なるしも』とか[18]言ふなれば、

[二〇]今よりだに」

とて奉り給へれば、君、物[二一]どもよりも、一日の文を見てなど思して、御返り、

「一日は、おぼえぬ便りなりしを、めづらしき心地せられしか

一三 仲頼の妹に贈ったのと同じように、銭や絹と綿が入っている。

一四 「のたまひつる所」は、故式部卿の宮の中の君の所をいう。

一五 「箔す」は、車を金箔や銀箔などで装飾することをいうか。

一六 「贄殿」は、食物を貯蔵したり調理したりする所。「炭・油」も、贄殿にあったものだろう。【三五】注三参照。

一七 【八】注一六の中の君の歌への返歌。「見えぬこの世の人は訪ふとも」は、倒置法で、「天雲は見ゆとも」と並列の表現か。

一八 「米」に「穀」(目の透いた薄絹)を掛けた表現。

一九 『拾遺集』恋三「夏衣薄きながらぞ頼まるる単衣なるしも身に近ければ」(詠人不知)による表現。

ど、『この世の[二二]』、されども、

待つ人は多くの月日見えねどもいづれの暮れか雲を見ざら
む」

とあり。かの[二三]包みし金（かね）は、百両[19]に足らで[20]ぞありける。唐人（からひと）の来たる頃にて、要（えう）[二四]ずる物せむとしければ、かかる物[二五]どももあれば、ありしやうに入れて持給へり。

衣（きぬ）など人々に着せ給ふ[21]と聞きて、里に出で居し人々空消息（そらせうそく）[二六][22]しつつ出で来たり[23]。物いと多く取り広げて、にぎははしければ、異（こと）方々の人は、いみじくうらやみののしる。

一七　大晦日。兼雅、仲忠を呼び寄せ、さまざまに語る。

かくて、つごもりの日、三条殿に、「大将殿[兼雅一]に聞こゆべきこととあり」とありければ、まうで給へり。おとど[兼雅]、「申すべきことありてなむ。この、こたみ[1]はなりぬる近江守（あふみのかみ）の家のみなむ[2]、切（せち）[二]なる

二〇　せめてこれからは私をあてになさってください。注一九の引歌による。
二一　贈ってくださった物よりも、先日の手紙を見てくださったことのほうがうれしいの意か。
二二　「見えぬこの世の人は訪ふとも」とおっしゃいましたがの意か。
二三　「蔵開・中」の巻【三四】で、兼雅が大柑子の中に入れて贈った金。
二四　底本「ようする」。
二五　こうして贈り物をいただいたので。
二六　「そらせそかく」を「そらせうそく」の誤りと解する説に従った。

一　右大将仲忠。特に改まった言い方。
二　【三五】で、故式部卿の宮の中の君をこの家に迎えている。

用あるを、[三]そこに使ひ給ふ人にこそあんなれ、用ぜらるる二条の院の東なる、ここに領(りやう)ずるに[四]よと[五]ものせられよ」。大将(仲忠)、「いとやすきことなり。[六]さらずも、奉り侍(はべ)りなむ、[七]いとよくかなひ侍る人なれば。[3]こたびは、[八]右大臣、[4]ものしと思(おぼ)したりつれど、しひて申しなし侍りぬるなり。さても、身には住み侍らざなり[5]。三条の院のもとなる所になむ、[九]三葉(みつば)に、[6]狭(せば)けれど、いとをかしげに造りて侍る。宮あこにと思ひて侍る娘の[7]料に侍るなるを、宮あこはおよすげたる心ばへなれば、[8]そも不用になむ」。おとど、「さりとも、代はりなくては、いかが。宮あこは、などか官(つかさ)も得させ給はずなりぬらむ」。大将、「[一〇]まづ冠(かうぶり)をとにや侍らむ」。おとど、「[一一]蔵人(くらひと)の少将の、[一二]弟(おと)まさりになり分かれぬべかめるかな。ただ今の[一三]上の人は、これ一人なめりかし。心もよげなり。[一四]誰をか持たる」。大将、「侍りしかど、今は侍らで、宮あこと二人、親のもとになむ。少将は、[一五]あるまじき心ばへなれば、親など制し給ふなれば、『(近澄)さて、[一六]仲忠[9]侍らずや』とものすなれば、『(正頼)それは、不意に賜へばこそあれ。

三 挿入句。近江守が仲忠の家司であることをいう。
四 あるいは「よ」は「と」の誤りか。
五 近江守に頼んでください。
六 交換などなさらなくても。
七 倒置法。
八 源正頼。
九 「三葉」は、催馬楽「此殿」による表現。
一〇 「冠」は、従五位下に叙せられること。叙爵。宮あこ君は、【三】注四で叙爵している。
一一 近澄。【四】注三参照。
一二 「弟まさり」は、歳下のほうがすぐれていること。
一三 「上の人」は、殿上人。「上人」。
一四 誰を北の方として迎えているのか。
一五 「あるまじき心ばへ」は、皇女を妻にしたいといきんぢは、いかなる道、何によりて』となむ、切(せち)に責め給ふなれど、思ひやまでなむ。心地も[10]痴(し)れぬべき者なめりとなむ嘆かる[11]る」。おとど、「[一七]侍従(じじゅう)は、誰よりかは。[一八]もし、宮か」。大将、「知らず。[一九]気色見給へむとてものせしかど、『異筋(女一の宮こと)こそ』となむ。夜昼、[二〇]あはび、もの思へ[12]りしかば、かく世の短[13]かるべかりければにやとこそ見給へ[14]しか」。おとど、「[二一]例なることなれば、げに、嘆かれぬべくこそは。[二二]いづれをかは」。大将、「二の宮こそは。ただ[15]裳(も)着給ひて、そは[16]、いまだ小さくなむ」。おとど、「御容貌(かたち)などは、いかが[17]はものし給ふらむ」。大将、「[二三]かしこ(女一の宮)には[18]、『我は[19]、人か』とのみあるは、まさり給へ[20]るにこそ」。北の方(尚侍)、「いでや。宮は、いとめでたくおはするものを。さる[二四]容貌族(かたちぞう)にて、皇女(みこ)たちにさへおはすれば、色合ひ・御髪(みぐし)筋などは、いかでかは。また、[二五]さるは見ぬ。かの限りはこそ。[二六]飽き給へらずなりにしかば、いかでか参りて見奉らむ」。おとど、「髪よく容貌(かたち)よくある人は見しや。この中に、[二七]ここにおは[21]する宮と、中の君と、御髪(かみ)はありがたかりし。[二八]ここの

う思いをいう。

一六　仲忠も女一の宮さまを妻に迎えているではないですか。

一七　仲澄は、誰のことが原因で亡くなったのか。

一八　仲忠の妻、女一の宮。

一九　「蔵開・中」の巻【三八】参照。

二〇　「あはぶ」は、「淡し」の動詞で、浮つく、心が落ち着かないの意か。

二一　仲澄の例もあることだから。

二二　近澄は誰に思いを寄せているのか。

二三　「かしこ」は、女一の宮をいう。「蔵開・上」の巻【三】注二四参照。

二四　「容貌族」は、美人ばかりの一族の意。

二五　ほかに、同じように美しい人は見たことがありません。

二六　「給ふ」は、女一の宮

御やうなる、されど、なし。かやうにものし給ふ」。北の方、「あなむくつけや。容貌は、歳こそ。そがうちに、梳るものともせでうち捨てたるに、かれは、女御の、夜昼撫で繕ひ奉り給へば、いといみじや」。大将、「御やうになむ。常に、『似たり』と聞こゆれば。『かれのは、いとよきものを。藤壺のこそ』とのたまふ」。「この宮は、かの御やうにてをかしげなるとなむ承る」。「歳老いぬるばかりの宝はなかりけり。昔なりせば、この人たち、いかに見まほしからまし」と。大将、「こま返らせ給へかし」。おとど、「今、その駒や」などて、「宮あこは、誰をか」。大将、「宰相の中将の、弾正の宮にと思ひて侍る娘をとなむ。かの君、はた、さる御心もなかなれば」。おとど、「それも、用なかなりや」。大将、「かの宰相こそ、この宮を、顕れて、女御にもみづからにもものせらるなれ」。おとど、「若宮をば、いかにせむとにかあらむ」。おとど、「皇女ふさひなりや。あなかしこ。いとおほけなき人ぞや。若宮をば、わが一条にありし前よりこそ、取り持て来にしか。

たちに対する敬意の表現か。
二七 「ここにおはする宮」は女三の宮、「中の君」は故式部卿の宮の中の君。
二八 「ここ」は、尚侍をいう。
二九 「かれ」は、女一の宮をいう。
三〇 母上の髪と似ています。
三一 「蔵開・上」の巻【三】参照。
三二 「この宮」は、女二の宮をいう。
三三 若い頃だったら。
三四 「こま返る」は、若返る、若かった頃に戻るの意。参考、『源氏物語』「玉鬘」の巻「まめ人の、引き違へ、こま返るやうもありかし」。
三五 『古今集』雑上「大荒木の森の下草老いぬれば駒もすさめず刈る人もなし」(詠人不知)による表現か。
三六 祐澄の大君。「蔵開・中」の巻【八】注五参照。
三七 女二の宮さまご本人にも。

また取らずや」。大将、「さらば、かの家のことは、また、のたま[四一]ひて、申さむに従ひて」などて帰り給ひぬ。

［ここは、絵ありて、三条殿。[30]］

一八　正頼の八の君、夫忠俊との不和で、父のもとに身を寄せる。

かくて、右大臣殿には、[1]大殿の御方に、大納言殿の北の方渡り[一]ておはす。[2]大宮、「かかる折に、かく離れ居給へれば、かしこは便なく思すらむ。[二]父おとども、[3]けしからぬやうに聞き給ふらむ。[三]何ごとによりたる御仲ぞ」とのたまへば、八の君「何にかは。今は、人に、面、侮れば、見え侍らじとて」。大宮、「幼き子どももあり、また、[四]ただにものせられざめり。便なきこと。年の初めに、一人は、いかでか。今宵、はや渡り給ひね」と聞こえ給へど、いらへも聞こえ給はず。御子は、五つなる男、[4]三つなる女、[五]孕み給へり。女君は、いとをかしげなれば、父君、いと愛しうし給ふ。

三八　「若宮」は、祐澄の妻。「藤原の君」の巻【七】注三参照。三条の院の西北の町に住む。
三九　兼雅の発言が続くと解した。
四〇　「皇女ふさひ」は、結婚相手には内親王がふさわしい人の意。「国譲・上」の巻【二】注三参照。
四一　近江守に申しつけて。「のたまふ」は、「俊蔭」の巻【三】注一五参照。

一　藤原忠俊の北の方。正頼の八の君。
二　藤大納言の父、左大臣藤原忠雅。
三　何が原因で夫婦喧嘩をしているのかの意。
四　懐妊していることをいう。【六】注三〇参照。
五　また懐妊なさっている。

［殿には、人々の奉りたる物、いと多かり。種松の奉りたる、米五石・炭五荷、女御の君の御方と一の宮の御方に奉り給うて。］

一九　年が明ける。三条の院の新年の儀。人々、参内する。

かくて、一日の日になりて、殿の君たちよりはじめて、十所あまり一所、北のおとどの東の面に並み立ちて、宮・おとど拝み奉り給ふ。しばしあれば、宮たち四所、いと清らに装束き給ひて、女御の御前に参り給ふ。右大将、うち次ぎて参りて、拝み奉り給ふ。宮たち、大将殿に参り給ひぬ。青色に蘇枋襲着たる童部、御褥参り、物参りなどす。御酒参らむとするほどに、十の宮に御かはらけ持たせ奉り、かく書きて出だし給へり。

仁寿殿
　今日のごとわが思ふ人と円居していく世の春をともに待ち出でむ

とて、大将に奉り給ふ。大将、宮を掻き抱きて、かはらけを見て、

六　種松から贈られた節料の中から、米五石と炭五荷を、仁寿殿の女御と女一の宮のもとに配ったの意。【五】参照。

七　接続助詞「て」でとめた表現。

一　以下、新年の儀。

二　源正頼の男君たち。

三　この十一人は、正頼の男君たちの数で、「藤原の君」の巻【三】に、大宮腹「男八所」、大殿の上腹「男四所」とある十二人から、仲澄を除いた十一人か。ただし、上の「よりはじめて」の表現、不審。

四　三、四、六、八の宮。

五　「大将殿」は、右大将仲忠の妻である女一の宮の意。

六　以下は、男宮たちが退出した後の、仁寿殿の女御の居所での場面。

七　仁寿殿の女御腹の十の

かく聞こゆ。

円居して今日待つことは変はらじを春の来ざらむ年はありと

も

と聞こえて、かはらけ度々になりぬ。

かくて、皆、内裏に参り給ひぬ。一〇いづ方にもいづ方にも、上達部参り給ひぬ。6藤大納言殿は、一一北の方籠もり居て、御装束えし給はねば、参り給はで、子どもうつくしみて居給へり。一二

かくて、上達部は、一三右近の陣に着きぬ。女御の御腹の皇子たち四所、一四殿、大将は、一五御所に参り給ふ。例の、御局どもの前を渡り給へば、后の宮の人々言ふ、「かの仁寿殿の腹の皇子たちを見よや。一六有心にこそあれど、7一七女皇子のうち連れたるにこそあめれ」。ある所に、「など、この名立たる容貌の皇女、大将に一八気取られたる」。また、異人の言ふ、「近衛府の大将を、8うべにこそはあめれ」など、口々に言ひ騒げど、見ぬやうにて渡らせ給ふ。一九9三の宮三品、10帥の宮四品、いま一所は無品、11二〇二所は、二一12色許され給へり。

宮。「蔵開・上」の巻【二五】注三参照。
八　仁寿殿の女御が。
九　十の宮。
一〇　「いづ方にもいづ方にも」は、三条の院に住む正頼の婿たちのことをいうか。
一一　北の方（八の君）が両親の住む東北の町の北の対に籠もっていて。
一二　藤大納言は、三条の院の東南の町の西南（の対）に住む。
一三　「右近の陣」は、紫宸殿の西、月華門にある。
一四　「殿」は、右大臣正頼。
一五　帝の御座所。
一六　「有心」は、風流を解するなどの意。
一七　男性的でないと揶揄した言葉。
一八　「気取らる」は、魂を奪われるなどの意。
一九　「せ給ふ」の最高敬語、不審。

六の皇子(みこ)は、まだし。皆、蘇枋襲(すはうがさね)の綾(れう)の上の袴(はかま)着給へり。宮たちは、御所に候ひ給ふ。

二〇 同日、仲忠、藤壺を訪れ、さらに梨壺と対面する。

大将は、藤壺(ふぢつぼ)にまうで給ひて、孫王(そんわう)の君に、「参り来たるよし聞こえ給へ」と申し給へば、「日ごろは、上の御局(みつぼね)[1]にてなむ。一(ひと)夜(よ)、おとどのものし給へりしに、御気色いと悪(あ)しくて、その夜[二]さり率(ゐ)て奉り[2]て、御局の人も寄せ給はず。されば、え聞こえじ」と聞こゆれば、「人はなしや」。「ただ、一二人[三]なむ。兵衛・あこきとなむ」。大将、「よし。さらば」とて帰り給ひぬ。

上渡り給ふとおぼえたる人[四]なれば、梨壺にまうで給ひて対面し給へり。君、「一日(ひとひ)、人の、『宮は殿に』[五]など言ひしは、いかなることぞ。宮は、聞こしめして、『上の[六]、おのれをのたまひしに、驚きてこそは[3]。さやうに[4]、そこ[七]にし給へる[5]ならむ』となむ。内裏(うち)

二〇 品位のある三の宮と四の宮の二人。
二一 禁色が許されること。

一 正頼が藤壺を迎えるために参内した時のこと。【三】参照。
二 【四】によれば、翌日の司召しの夜のことである。
三 底本「一二人」。あるいは、「人二人」の誤りか。
四 藤壺が上の御局にいる時にはうかがっても無駄だとわきまえている人だからなどの意か。
五 女三の宮が三条殿に迎えられたの意。
六 帝が、春宮に、ほかの

にも、さぞのたまふなるや。内裏(うち)にも、帝『とまれ、さておはすと言へば、いと操(みさを)なりや。内のこと知らねども』[八]。大将、「さも聞[九]こえねど、兼雅『さてのみは、いかでかは』とて。えこそ」。君、「[一〇]一夜(ひとよ)召したり。参上(まうのぼ)りたりしに、春宮[一一]『院の御方をぞ、いかでかはと思ひ聞こゆれど、恐ろしくのたまひしのみおぼえて、えこそ聞こえね』などぞのたまひし。藤壺は、などにかあらむ、[一二]ただ御簾(みす)の前に局(つぼね)して、苦しげにてぞ。乳母(めのと)たちなどは、[6]『[一三]いかなるにかあらむ、[一四][7]事と傍目(あからめ)をこそし給はね。いかなるべき御仲にかあらむ』とぞ嘆くなりし」。大将、「あぢきなの嘆きや。時めく人は、さこそは。ただの人も、[8]思ふ時には、[一五]片時、ほかにとやはおぼゆる。御上をば、いかがのたまふ。おとどに申ししかば、[9]兼雅[一六]『宮は、しかなどのたまはすらむや。いかなることぞ』などなむ、いぶかしがり聞こえ給ふなりし」。君、梨壺[10]「ともかくも、いかが、知ろしめさぬことは。一日(ひとひ)も、春宮[一七]『藤壺も、かやうにぞあめる。年ごろ、さもあらざりしことを』などぞのたまひし」[11]とのたまひて、まかで給ひぬ。

妻も大切にせよと戒めたことをいう。「蔵開・中」の巻【三〇】の帝の発言参照。

七　「そこ」は、仲忠をいう。間接話法的な表現。

八　本心はわからないが。

九　私がお勧めしたのではありませんが。

一〇　先日の夜、春宮が私をお召しになりました。

一一　嵯峨の院の小宮。「蔵開・中」の巻【三〇】の春宮の発言参照。

一二　挿入句。

一三　挿入句。

一四　「事と」は、特に、とりわけの意の副詞。

一五　片時でも、ほかの女性にとは思わないものです。

一六　「蔵開・中」の巻【三〇】注三参照。

一七　藤壺も、あなたと同じように懐妊しているようだ。

［ここは、梨壺。］

二一　加階、賭弓の節、いぬ宮の百日の祝いが続く。

かくて、七日になりて、人々加階し給ふ。右のおとど正二位、左大将殿従二位、左衛門佐四位、宮あこ冠得給ふ。女爵、一階越えて、尚侍、三位の加階し給ふ。

かくて、賭弓に、左大将参り給はず。左、負け給ひぬ。内宴は聞こしめさず。

二十五日に出で来る乙子は、いぬ宮の御百日にあたりけり。こたみは、尚侍の殿し給ふ。やがて、子の日がてら参り給ふやうは、右大将は、春宮の若宮に、をかしき弄び物・参り物調ぜさせ給ひ、雛の、糸毛、黄金造りの車、色々に調じて、人乗せ、黄金の黄牛かけて、破子ども、白銀・黄金調じて、入れ物いとをかしくて、駒に人乗せなどして設け給へり。

一　源正頼。正頼は、「内侍のかみ」の巻【三八】に「正三位」とあったが、右大臣任官の際に従二位に上ったか。
二　藤原兼雅。兼雅も、同じく、「従三位」とあった。兼雅も、その後、正三位に上っていたことになる。
三　正頼の四男連澄。衛門佐は従五位上相当であるから、不審。
四　【一七】注一〇、および、「蔵開・上」の巻【八】注五〇参照。
五　尚侍は正四位下だったか。
六　兼雅は、司召しにも参内しなかった。【四】注二参照。
七　【三】注一参照。
八　「乙子」は、月に三度の子の日がある時には、三番目の子の日をいう。
九　五十日の儀は、仁寿殿の女御がした。「蔵開・上」の巻【三七】参照。

かくて、その日になりて、尚侍の殿、車六つして参り給へり。御前の物ども、いぬ宮の御前には、沈の折敷十二、金の坏ども、御前どもに、さまざまにしたり。檜破子、百[一二]。

かくて、[一三]右のおとどは、昨夜、司召しの夜なれば、左のおとどと参り給ひぬ。[一四]宮の、女御の御前の物ども参れり。男宮たちの御前にも、例の、御衝重・破子。大宮にも、御前の物して参れり。檜破子に据ゑて奉れ給へり。女御の君の御方の人々同じ数、春宮の若宮たちの人々のも檜破子五つに、[一五]さての御方々にも皆奉れ給ふ。藤壺に、檜破子十、[一六]ただの十奉り給ふとて、女御の君の御文、

「新しき年はすなはちと思ひ給へしを、あやしく、[一七]このわたりの御文は見給はぬやうに承りしかば、慎ましかりつるほどに、いぬの、[一八]かかるわざするほどになりにけるを、かくなむとも聞こえでやはとてなむ。

[一九]よろづ世の行くへも知らで生ひ出づる小松に今日ぞ子の日知らする」

一〇　「参り給ふやうは」、語法不審。
一一　以下は、雛遊びのための作り物。「黄牛」は、「吹上・上」の巻【三】注三〇参照。
一二　「百日」の百に合わせた数。
一三　正頼は、昨夜、司召しの夜だったから、婿の左大臣藤原忠雅と一緒に参内していた。司召しは、一月二十四日、二十五日に行われたことになる。
一四　女一の宮と仁寿殿の女御のためのお食事。
一五　それ以外の。
一六　「ただの破子」の意。「檜破子」に対して、杉などで作ったものをいうか。
一七　前に、春宮が、正頼の藤壺への手紙を投げ捨てたことをいう。【三】参照。
一八　「かかるわざ」は、百日の祝いの儀のこと。
一九　「小松」に、いぬ宮を

と、青き色紙に書きて、小松につけて奉り給ふ。

藤壺は、踏歌(たふか)[二〇]の夜(よ)[15]より下(しも)[二一]におはしませば、御消息(せうそこ)も聞き、君[二二]たちも参り給ふ。檜破子どもは殿上[二三]に出だし給ひて、御返り、

(藤壺)「げに、おぼつかなきまで。日ごろは、里の御文も見給へざりきや。対面にぞ聞こえさすべき。この頃は、いかでかと思ひ給へつるになむ。さて、これは、

よろづ世の子の日知るらむ姫松につくべき言(こと)の我もあるかな

まかで侍(はべ)らむと思ひ給ふれど、心にもあらずのみなむ」

と聞こえ給へり。

かくて、いぬ宮に餅(もちひ)参り給ふとて、女御の君、折敷(をしき)[二四]の洲浜(すはま)を見給へば、例の、鶴二羽、しかよろひてあり[二五]。松、生ひたり。左大将の手に書き給へり。

(兼雅)百日川(ももかがは)[二六]今日と知らせつ乙子をぞ数へて千世となせよ[16]姫松[17]

とあり。女御、(仁寿殿)「いとよき物の師にこそ」[二七]とて、

生ひてさは百日川にやなりにける子の日を千世と数ふべき松

たとえる。「出づる」に「鶴」が詠みこまれていると解する説もある。『風葉集』賀「いぬ宮の百日、乙子にあたりて侍りける、破子ども藤壺の女御に遣はすとて　同じ仁寿殿の女御」、二句「行くへもしるく」。

二〇 「男踏歌」は一月十四日、「女踏歌」は一月十六日に行われた。ただし、いずれも語られていない。

二一 ご自分の局。藤壺。

二二 正頼の男君たち。

二三 「殿上」は、春宮の殿上の間。

二四 兼雅夫婦から贈られた折敷の洲浜。

二五 「しかよろひてあり」、未詳。

二六 「百日川」、未詳。

二七 「物の師」は、兼雅の歌に「知らせつ」とあることをいうか。

尚侍、
数へたる今日を今日知る姫松は千世てふことは習はざらめや
一の宮、
姫松は子の日を多く数へつつあまたの世をも過ぐすべきかな
とて、尚侍のおとど、折敷ながら、外にさし入れ給へれば、右大将、
姫松は乙子の限り数へつつ千年の春は見つと知らなむ
とてさし出づれば、異人は見給はず。男宮たち、宰相の中将・良中将・蔵人の少将・宮あこの大夫、皆詠み給へれど、書かず。

二二　百日の日、仲忠、藤壺腹の男宮たちに贈り物をする。

右大将は、東のおとどの南の方に参り給ひて、宮たちの御前に、沈の折敷・瑠璃の御坏の小さきして、物参り給ふ。小車二つづつ、白銀・黄金の馬、さまざま色々取り立てて、「宮たち、出でさせ

二六　「さし入る」は、仲忠たちのいる所に視点を置いた表現。「蔵開・上」の巻【三七】注三〇参照。
二九　「乙子の限り数ふ」は、女一の宮の「子の日を多く数ふ」に対して、正月に一回しかない乙子の日だけを数えるの意。
三〇　底本「おと丶宮たち」。「男宮たち」の誤りと解する説に従った。
三一　正頼の三男、祐澄。
三二　正頼の十一の君の婿、良岑行正。

一　「沖つ白波」の巻【四】注八に、「東のおとど、春宮の御方」とあった。
二　仲忠が【三】で用意していた「参り物」である。
三　同じく「弄び物」である。

給へ」と聞こえ給ふ。初めの宮は、若宮と聞こゆ。御歳五つ、ほど大きに、御色合ひ・御髪の筋、[四]母君に似給へれど、これは、宮[五]の御やうにて、気高く[1]おはし、御髪、[六]背中ばかりなど、海松を作りつけたるやうなり。綾掻練一襲、袷の袴、織物の直衣着給へり。弟の宮は、四つ、御髪、肩わたりにて、兄宮のやうなり。それも、同じごと[2]装束き給へり。大将、二所ながら御膝に[七]据ゐ立て給ひて聞こえ給ふ。「かしこに侍りつる子に[八]餅食はせ侍るを、まづ聞こ[九]しめさせて、[3]下ろしをとてなむ」。若宮、「わが見に出でたりしか[4]ば、[一〇]宮の隠して見せ給はざりし」。[一一]小宮、「見せ給はざりしかば、いみじう泣きしか[一二]ばこそ[5]、見せ給ひしか。抱きしかば、[一三]うち落として騒がれき」。大将、「さて、いかが御覧ぜし。憎げにや侍りし」。宮、「否。いとうつくしかりき。こなたに率て来などせさせしかば、[一四]ののしりてとどめき。ただ今、抱きておはせよ」とのたまへば、「ただ今は、汚げにむつかしう、[一五]なめげなるわざもし侍れば、今、大きになりなむ時に、召して、らうたくして使はせ給

四 「母君」は、藤壺。
五 父の春宮に似ていらして。
六 あるいは、「背中ばかりなれど」の誤りか。
七 底本「すへたて給て」。「据ゑ奉りて」の誤りと見る説もある。「据ゑ立つ」は、平安時代の仮名作品にほかに例が見えない語。
八 底本「もちゐい」。「餅飯」の意で、「餅（もちひ）」に同じ。
九 まず食べていただいて、そのお下がりをと思っております。
一〇 「蔵開・中」の巻【三四】参照。大輔の乳母の発言には、「隠し奉りしかど」と、自分が隠したとあった。
一一 「小宮」は、「弟宮」のこと。
一二 以下、底本の異本注記の本文によった。
一三 「蔵開・中」の巻【三四】の大輔の乳母の発言には、

へ」。宮、「いとうれしかりなむ。遊ぶ人なくて、いと悪し」とのたまふ。大将、手づから賄ひして、宮たちに物含めつつ参り給ふ。車どもを、「雛に子の日せさせ給へとて率て参りつる」とて奉り給へば、宮たちも、喜びて弄び給ふ。かくて、常に、をかしき弄び物は奉り給ひけり。

［ここ、東のおとど。］

二三　同日、尚侍、被け物をする。人々帰る。

かくて、大将は、中のおとどに渡り給ひぬ。尚侍のおとどは、賭弓の料に設けられたりし被け物ども取りに遣はして、宮たち三所には、袿・被衣添へたる女の装ひ、宰相の中将・良中将には、例の装束、蔵人の少将・大夫の君には、織物の細長、袷の袴など被け給ふ。

かくて、皆帰り給ひぬ。

弟宮がいぬ宮を落としたことは報告されていなかった。

一四　大輔の乳母の動作か。

一五　「なめげなるわざ」は、糞尿などをいう。

一六　底本「ひな」。「ひゝな」の誤りと見るべきか。「雛に、子の日す」は、人形を車に乗せて、小松引きに出かける真似をして遊ぶことをいう。この仲忠の子の日の弄び物は、後に、「国譲・上」の巻【三】注一四で話題になっている。

一　今年の賭弓は左が負けたために、用意していた被け物が残っていたのである。【三】注七参照。

二　三条殿に。

三　「被衣」は、女性が外出の際に顔を隠すために用いる衣。

尚侍のおとど、南面に御座装ひて、御供の人々など、そこに候ふ。御みづからは、宮・女御の君に御物語聞こえ給へり。

[百日の所。尚侍のおとど、暁に渡り給ふ。いぬ宮は、首いとよく居て、起き返りし給ふ。人見ては、ただ笑ひに笑ひてうつくし。」

大将、内裏に参り給ふ。

司召しには、宮あこ侍従に、兵部大輔に左衛門佐なりぬ。さては、人々、私の御労りあり。右大将は、昔、山より下り給ひし馬副、一人は伊予介、いと難かりけるを、労りなし給ふ。その時は、大学允、所の衆にてぞありし。

二四　二月。仲忠、近江守の家を兼雅に献上する。

かかるほどに、月立ちて、二月になりぬ。右大将、三条殿に、あののたまひし家の券奉り給へり。おとどに申し給ふ、「仰せら

四 寝殿の南の廂の間。
五 尚侍ご自身は。
六 「蔵開・上」の巻【八】注二四に、「首も居ぬべきほどにて」とあった。
七 「起き返り」は、赤子が這った状態で上体を起こすしぐさをいう。
八 兵部大輔は、正五位下相当。昇進した四位の官として、不審。【三】注三参照。
九 「労り」は、官位の昇進などの世話の意。
一〇 「(仲忠が)下り給ひし時の馬副」の意。兼雅の供をして、尚侍と仲忠を北山から連れ帰った二人の従者のうちの一人。「俊蔭」の巻【五〇】注四参照。
一一 伊予介に任官させることが難しかったが。仲忠の政界における力を表す。もう一人は、「国譲・下」の巻【三】で、春宮坊の大進に

れし家奉り侍り。申すやう、『賜はれる国は、家ばかりは造り侍りぬべし。これは、かく小さくくちをしき所なれど、これをと仰せらるればなむ』。やがて内の具具して奉り侍るめり。目録」とて、その書奉り給ふ。見給へば、厨子・唐櫃・几帳・屛風よりはじめて、人の家の具あり。蔵に物置きたり。この家、ゆへぬしはかりの所の垣、いと全く新しく造りて、檜皮のおとど、いとをかしげに造りて、ただ這ひ入るばかりにしつらひたり。おとどの、「代はりにとの家は、いかがものする。さるべくは、春ものせむ」。大将、「『さらに賜はらじ』と申し侍り。『いかばかりのつたなき者と御覧ぜられたれば、かう仰せらるらむ』となむ憚りかしこまり侍る」と申し給ひて、帰り給ひぬ。

二五　二月五日頃、故式部卿の宮の中の君、近江守の家に迎えられる。

二月五日ばかりに、中の君の御もとに、車三つばかり、着給ふ

なっている。

三　二人は、大学允と蔵人所の衆だった。「大学允」は、大学寮の第三等官で、大允が正七位の下相当。「蔵人所の衆」は、蔵人所の下級役人で、六位の侍の中から選出された。

一　近江守の家。【一七】参照。

二　任じていただいた近江国での所得での意。

三「ゆへぬしはかりの」、未詳。

四　そのまま入って住むだけでいいように調えてある。

五　あるいは、「とてなむ」の誤りか。

一　一条殿にいる、故式部卿の宮の中の君。

べき御衣、御衣箱に入れて、御車に入れて、むつましき人、五六人ばかりして、忍びて、一条殿に、夜更けておはして、中の君の御方に這入り給へば、人々装束して、御達四人、童・下仕へなど二人、君も、白き衣などあまた着給ひて、御殿油など灯したり。

おとど聞こえ給ふ、「前に来たりしかど、ものを聞こえずなりにき。心ざしはさらに怠らねど、あやしく、童なりし時、あはれなりし人の、おのれだに知らで隠れにしを見つけて、それを、あはれと見つつ、年ごろ侍りつるほどに、かくてものし給ふをも、え聞こえざりつる。よし。それは、しめやかに聞こえむ。かの侍る三条の東角に向かひたる家、小さきあり。そこに渡り給ひて、いと心やすくてものし給へ。身は、かくおほぞうなる所の、心を心にまかせ給はぬなれば、御迎へにとてなむ」とのたまへば、「にはかにては、いかが」とのたまへば、おとど、「なでふ物あらばこそあらめ。いささかならむ調度などは、ここに乳母をとどめ給ひて。今日、よき日なり」とのたまへば、「さらば」とて、

二 夜が更けてから行ったのは、一条邸に残されるほかの妻妾たちに気づかれない配慮である。
三 「這入り」は、「這ひ入り」の約。
四 中の君は、前に兼雅が訪れた際にも、「煤けたる白衣」を着ていた。【八】参照。
五 「心ざし」は、中の君への愛情の意。
六 「あはれなりし人」は、尚侍をいう。
七 その話は、また、落ち着いていたしましょう。
八 底本「ひんかしかど」。あるいは、「東門」と解することもできるか。
九 近江守のもとの家。
一〇 あるいは、「身」は「御身」の誤りか。
一一 「おほぞうなり」は、誰からも特別に顧みられることがないなどの意。
一二 下に「管理させなされ

御車寄せさせ給ひて、乗せ奉り給ひて、副車には、ある御達など乗せ給ひて、御包みなど入れて、いと忍びて、西の御門より出でて、かの殿に入りて見給へば、御座所新しく、清げなる屏風・几帳など立てたり。取り使ひ給ふべき調度、なきなし。おとど、さて、その夜は、そこにとどまり給ひて、御設けいと清らにしたり。

おとど、つとめて、殿の内を見給へば、しらたて覆ひしたる唐櫃二具、鎖鎖して鍵結ひつけたり。さし開け見給へば、香の唐櫃どもなり。あるには、御衣どもさまざまにし入れ、あるには、よき絹・綿・をのをの紙などあり。御衣架に、覆ひして、御衾などかけたり。さらぬ物ども、厨子・唐櫃など多かり。外には、四尺の御厨子三具、三尺の一具、覆ひしたり。さて、それにも、鎖・鍵あり。開けて見給へば、男女の御調度。二階一具、覆ひして、硯の具などあり。大いなる厨子一具、一つには、唐物、いとようし置きたり。調度・灯台の具などあり。壁代は、白くて新し。寝殿の北に、新しき長屋あり。へたてことのうちあまたして、贄殿、

ばいい」の意の省略がある。
一三　中の君の着替えの装束を入れた包み。
一四　以下は、近江守の配慮である。
一五　ここも、近江守の配慮だろう。
一六　「しらたて」、未詳。
一七　「香の唐櫃」は、香を入れて衣服に香を移す唐櫃。参考、『源氏物語』「蓬生」の巻「この人々の香の御唐櫃に入れたりけるがいとなつかしき香したるを奉りければ、いかがはせむに着替へ給ひて」。
一八　底本「をの〳〵かみ」、未詳。「小野の紙」や「陸奥紙」の誤りと見る説もある。
一九　「三尺の」は、「三尺の御厨子」の意。
二〇　「二階」は、「二階厨子」の略。
二一　いま一つには、調度や灯台の道具などが入れてある。

酢・酒造り、漬物・炭・木・油など置きたり。蔵一つ、それには、銭・米、よからぬ布[11]どもなど置きて、鎖鎖して、鍵は厨子にあり。御厨子所、大殿の具[二四]、いとよくし掟てたり。

おとど、見巡りておはし給へれば[二五]、君、昨夜、おとどの包ませておはしたる綾掻練・織物の細長[12]など着給ひて、歳四十に一つ二つ足らねど[13]、いとあてはかに、子めきて、らうたげなる顔して、髪、丈に二尺ばかりあまり給へり。いと若く見え給ふ。おとど、兼雅「[二六]とどまりにし人のもとに、『そこなるむつかしき物どもは、乳母の宿りに残さず取らせて、そこそこと[二七]よく掃き清めて、夜さり渡りね』と言ひ遣はせ」とのたまふ[14]。

昨夜より三日[二八]の、家あるじの近江守。今日は、御台・金[15]の御坏して。おとど、家の券、奉りたる目録添へて奉り給ふ。兼雅「これは、確かならむ物に入れて置き給へれ。これをさへはかなくしなし給ふな。ここには、常にも、えまうで来じ。近ければ、時々、あからさまにこそまうで来め[16]。今は、若人[17]にもおはせず、親ものし

二二 「へたてことのうちあまたして」、未詳。
二三 「贄殿」は、「吹上・上」の巻【二六】注一六参照。「絵解き」には、「これは、酒殿。十石入るばかりの瓮二十ばかり据ゑて、酒造りたり。酢・醬・漬物、皆同じごとしたり。贄どもなどもあり」とある。
二四 「大殿の具」は、左大将のための料理の意か。
二五 底本「おはし給へれは」、敬語不審。「嵯峨の院」の巻【三五】注五参照。
二六 一条殿に残った人々。
二七 「そこそこと」は、どこもかしこもの意か。
二八 転居などの後三日間は、籠もって儀式をする習慣があった。「国譲・上」の巻【八】注一八の藤壺の退出、「国譲・中」の巻【二】注一一の源実忠の北の方の転居、「楼の上・上」の巻【三〇】

給はず。ありつるやうにてあらむと、な[18]思ほしそ。[二九]あしこにある子の母、いと心よくありがたき人なり。[三〇]それは、思ほし疎まず、[19]語らひてものし給へ」とて渡り給ひぬ。

［ここは、中の君の御殿。］

二六　兼雅、尚侍に、故式部卿の宮の中の君を迎えたことを報告する。

かくて、[一]北の方[1]の御もとにおはして見給へば、装束清らにして、頭梳りて居給へれば、ただ今婿取りもしつべき娘のやうにて、いとめでたし。住まひ・しつらひ、言ふ方なし。暗き所にも、北の方、御容貌・様体、[二]照り輝きて見ゆ。[三]香の香ばしきことは、さらにも言はず。御達も、[四]かく容貌あるは三十人ばかり出で入りすれど、なほ、二十人ばかり、絶えずあり。童・下仕へも、あまたあり。この殿は、一町なれど、年ごろ、買ひ広げつつ、心に入れて多くのおとど造り重ねたり。北の方に、おとどの聞こえ給ふ、

注七のいぬ宮の京極殿移転など参照。

二九　「あしこにある子」は、来ていた仲忠を指しての発言だろう。

三〇　その人（尚侍）に対しては。

一　「北の方」は、尚侍をいう。

二　「俊蔭」の巻【三】注二参照。参考、『竹取物語』「この児の容貌のけうらなること世になく、屋の内は暗き所なく、光満ちたり」。

三　「蔵開・上」の巻【四】に、『蔵の唐櫃一つに香あり』と言へるを取り出でさせ給ひて、母北の方にも一の宮にも奉り給へば、この御族の香どもは、世の常ならずなむ」とあった。

四　「かく」の指示語、不審。

兼雅「年ごろいとほしと思ひつる人々据うとて侍(はべ)るなり。取り据ゑたるこの人、[2]いとはかなき人なり。父宮の、多くの財(たから)、よき荘(さう)どもなど賜へ[五]めりしかど、年ごろ口入れざりしほどに、[六]ありし人ともなく、皆し失ひてけり。ありし人も、たづきなくなりにければ、皆出でて往(い)にけり。かうあはれなる人になむ。そこにも、殊に思(おぼ)す人もなかめるを、[七]私(わたくし)の人にしても見え聞こえむずと思[3]しやりて、心しらひ給へ」。北の方、尚侍[八]「若き人の、親ものし給はず、[4]御(み)口入るる人もなきは、いかでかは。さても、[九]世人こそ、[一〇]さしもあらでありぬべかりける人も、[5]世を過ぐすらむやうも知らで、親とてありし人も、呪(のろ)ふやうに、俊蔭[一一]『悪[あ]しかるべくは、よかれと思ふとも、惑ひなむ。よかるべくは、恐ろしきものの中に捨てたりともあへなむ。ただ、神仏(かみほとけ)にまかせ奉る』と、ゆゆしく言はれてありしほどに、うち続きて亡くなりにしかばこそ、あさましかりしか。まして、親王(みこ)たちの御子と言はむ人は、何ごとをかは」と聞こえ給へば、兼雅「げに、さぞあらむ。女子(をんなご)をあまた持たらぬこそやすけれ」

五 「賜へめり」は、「賜へるめり」の撥音便「賜へんめり」の撥音無表記の形。
六 まるで別人のようになって。
七 「私の人にしても」は、（妻同士ということではなく）個人的な知り合いとしてでもの意。
八 【一六】にも、尚侍の、同様の発言が見える。
九 底本「夜人」。「世人こそ」は、「世人こそあれ」の略。挿入句。
一〇 「さしもあらでありぬべかりける人」は、尚侍自身をいう。
一一 「俊蔭」の巻【二】の俊蔭の発言、【三】の俊蔭の遺言をいう。

などのたまひて、「今日は、かかる日になしてむ。宮訪ひ奉りてまうで来て往なむ」とて、宮の御方に参り給ふ。

二七　兼雅、女三の宮のもとを訪れる。

こなたは、右大将殿の御方にて、一の宮も通はし奉らむと思して、寝殿の南遠く去りて、池・山近き所、月見給ふべくとて、高く厳めしく、今造られたる、西の対・廊あり。御達十人ばかり、童部などあり。宮は、いとらうらうじう気高く、ものものしき顔して居給へり。

おとど、宮に、「年ごろおぼつかなくて侍りつるを、近くておはしまさする時だに、しばしば参り来まほしけれど。この侍る人は、かれもまだ小さく、おのれもまだ世の中も知らざりし時より侍りてありしほどに、子なむありけるを知らせで、いささかなることに鬱じて隠れにしを、年ごろは、え求め出でざりしに、から

一二「かかる日」は、気の毒に思っていた人々を慰める日の意。
一三　嵯峨の院の女三の宮。

一「こなた」は、三条殿の、女三の宮が住む南のおとど。
二　もともと右大将（仲忠）のお住まいとして造られた所で。
三「しでん」は、「しんでん」の「しん」の撥音無表記と解した。
四　せめて近くに来ていただいたこれからは、頻繁にうかがいたいと思うのですが。「する」は、使役の助動詞。下に「なかなかそれもかないません」の意の省略がある。
五「この侍る人」は、尚侍をいう。
六　関わりがあったのですがなどの意か。

うして、ありがたく[七]見出(みで)て侍りしかばなむ[八]。[九]『あからさまに』とてまかでにしままに、やがてまかりとまりにしかば、いかにあやしく思されけむ。さて、この年ごろ[3]、まかり去る所もなく、[一〇]宮仕へも、ありしやうにも仕うまつらで籠もり侍るに馴(な)らひたるに、例ならず馴らは[4]ぬやうに思はれ侍らば、また、いかなる隠れなどかせむとて。[一一]いと心深く、ありがたき心ゆるひも侍らず。子の仲忠の朝臣(あそん)[5]、子に侍れど、[一二]親になむし侍る。それが見思はむことも、慎ましく。[一三]おのづから御覧ずらむ、あやしく、[一四]兼雅[6]が子にはあらぬ者なれば、若く侍るなれど、いとまめに、[一五]一所(ひとところ)につき奉りて侍るめるも、幼く、ここかしこにまかり歩(あり)かむを見むが恥づかしさになむ。今も、昔のやうに侍りぬべけれど、え」など聞こえ給へば、宮(女三の宮)、「何か。[一六]中納言も、昔は、そこの御(み)ありさまにも劣らず聞こえしかど、[一七]この宮の、[一八]名立たり給へる人なれば、いとまめになられたるにこそ。ここに、この尚侍(ないしのかみ)の、世の中[7]にまたなき者にものし給ふなれば、一人になりにたる[8]にこそ。異人(ことひと)の、[一九]え静めざ

七 底本「見て丶」。「見出て」と解した。「見出」は、「見出で」の約。
八 下に「大切にしないわけにはいかないのです」の意の省略がある。
九 私が、「ほんのちょっと出かけて来る」と言って、一条殿を退出して、そのまままこの三条殿に住みついてしまいましたので。
一〇 兼雅が宮仕えをしていないことは、【九】注四、【四】注二参照。
一一 下に「出歩くこともできません」の意の省略がある。
一二 私は仲忠をまるで親のように頼りにしています。
一三 挿入句。
一四 色好みの私とは似ても似つかぬ子なので。
一五 妻女一の宮をいう。
一六 仲忠。【九】注三、【一六】注一〇参照。
一七 女一の宮。

りしぞや」など、御物語多くして帰り給ひぬ。
［ここは、三条殿。宮の御方。］

二八　一条殿に残された妻妾たち、それぞれに引き取られる。

かくて、一条殿には、夜更けて、おとどは、車ながらさし寄せて下り給ひしかば、方々の人、え知り給はざりしを、かく、物運び、家清めなどするに驚きて、方々の思ほしける、かくて集まりてありつる方に、宮々もかくてこそはと思ひつればこそ、さてだにすずろなりつる住まひを、宮をば家に迎へ奉る、思ひしをば下の家に迎へつるは、我らをば、え棄ちて追はで、かくてなありそとにこそと思ひ嘆くほどに、真言院の律師は、家など買ひて、「渡り給ひね」と、叔母おとどを聞こえ給ひしかど、し出でむさまを見むとて、しばしものし給へるに、かく聞き見て、御車して、夜、みづからいまして、みづから迎へて率て渡り給ひぬ。

一八 【一九】にも、「この名立たる容貌の皇女」とあった。
一九 あなたの色好みの心を。

一 ほかの殿舎に住む人々。
二 女三の宮と故式部卿の宮の中の君をいうか。
三 下に「我々も我慢して住んでいたのだ」の意の省略がある。
四 「思ひし（人）」を、故式部卿の宮の中の君をいうと解した。
五 「下の家」は、三条殿の東角の家をいうか。
六 「棄ちて追ふ」は、「追ひ棄つ」と同じ意か。参考、『落窪物語』巻二「やがて（あこきを）追ひ棄てむと思ひしものを」。
七 「真言院の律師」は、忠こそ。「蔵開・中」の巻【三六】注一九参照。
八 東の二の対にいた、橘千蔭の妹。

北の対におはするは、[一〇]妹なり。右の[一一]おとど[4]の大殿（おほいどの）[5]の、あなたの、一つ御腹の妹（おとうと）、はらからなれど、異腹（ことはら）にて疎（うと）かりけるを、[一二]妹（いもうと）むつびして、忍びて迎へ取りて通ひ給ひしなり。[一三]后（きさい）の宮の御匣殿（みくしげどの）、異（こと）御腹の妹（いもうと）なれど、いとらうたくして顧み給ふを、かく聞こしめして、「（御匣殿）されぱこそ、『ひそかに渡り給ひね』とはものせしか」とて、[一四]別納（べちなふ）に渡し[一五]奉りつ。[一六]更衣（かうい）は、宰相の中将の私（わたくし）の殿に、[一七]御娘迎へ[一八]奉り[6]給ひて、西の一の対におはするは、[一九]宰相ばかりの人の御娘、若くて奉りたるなりけり、それは、兄人（せうと）[7]なんどありければ、迎へつ。少将[8]の妹は、大将殿、[二〇]二条の院のかこやかなる家[9]に、しばしとて据ゑ給へれば、[二一]人もなし。ただ[10]、宮の家司（けいし）ども集まりて、妻（め）子（こ）率ゐて、あるいは、下屋（しもや）に曹司（ざうし）[11]しつつあり。

二九　花盛りの頃、兼雅、仲忠と、一条殿を訪れる。

かかるほどに、花盛り興（けう）あるに、おとど、大将に、「（兼雅）一条の、

九　兼雅がどうするのかを見とどけようの意。
一〇　兼雅の異腹の妹。
一一　右大臣源正頼の妻大殿の上。「あなたの」は、「あなたの北の方」の意か。「藤原の君」の巻【一】注三参照。
一二　「妹むつび」は、兄妹の間の恋愛の意。
一三　后の宮の御匣殿の別当。
一四　「別納」は、別棟の建物の意。
一五　あるいは、「渡し奉り給ひつ」の誤りか。
一六　梅壺の更衣。「蔵開・中」の巻【三四】注五参照。
一七　梅壺の更衣の皇女。祐澄の北の方。
一八　あるいは、「迎へ奉り給ひつ」の誤りか。
一九　以下「なりけり」まで挿入句。宰相の娘（宰相の上）は、「楼の上・上」の巻【二】参照。
二〇　【一〇】注三参照。

人気（ひとけ）もなかなるを、いかが住みなしたると、行き（い）て見む。[1]いざ給（たう）べ」とて、もろともにおはして、まづ、北のおとどに入りて見給へば、居給ひし所に、かの君の御手にて、

兼雅の妹一　妹背川（いもせ）すまず[2]なりぬる宿ゆゑに涙をもなほ流しつるかな

とあるを、あはれと見給ひて、西の対の更衣（かうい）の御方を見給へば、居給ひし所の柱に、

梅壺二　近かりし雲の下り（お）居て見るべきに風吹く塵（ちり）と惑ふ身はなぞ

とありけるに、院に候ひ（さぶら）しを率（ゐ）てまかでにしぞかし、あないとほしと見給ひて、同じ一の対を見給へば、

宰相の上三　古里に多くの年を待ちわびて渡り川にも訪（と）はじとやする

とあれば、まして、あはれ、いづくへならむ、いかでこれが返り言（こと）せむと思す（おぼ）。東（ひんがし）の二の対に入りて見給へば、その対の前に、さまざまの竹[3]にあたれる柱に、

千蔭の妹四　来ぬ人を待ちわたりつる我なくて籬（まがき）の竹を誰か払は[4][5]む

とあるを、千蔭の妹五[6]「いにしへの」と言ひし所と思して、一の対に入りて

三　一条殿には。

一　「妹背川」は、兄妹であることをいう。「すま」に「澄ま」と「住ま」を掛ける。

二　「近かりし雲」は、宮中で嵯峨の院に仕えた自分をいうか。

三　女性は最初に契った男に背負われて三途の川（渡り川）を渡るという俗信があった。この歌は、「楼の上」の巻【二】注五に再び見える。

四　『風葉集』恋四「右大臣の一条の家に、これかれ住ませ侍りける、心変はりにければ、皆、便りにつけつつ散り散りになりけるに、竹など近き柱に書きつけ侍りける　うつほの橋の右大臣の妹」、四句五句「籬の竹も誰をはからむ」。

五　「蔵開・中」の巻【三】注八の千蔭の妹の歌の初句。

見給へば、居給ひし柱寄せに、[六]

仲頼の妹
来つつ見し宿にぞ影も頼まれし我だに知らぬ方へ行くかな

と、草(さう)[七]に書きたり。おとど、「この人、いづちならむ。母宮[八]の御もとに、はた、あらざめり」とのたまへば、大将、「仲忠なむ、二条の院に渡し奉りて侍る。今、かしこ[九]の広うなりぬべかなれば、[一〇]そこに、かの[一一]ものし給(た)ぶが、遊びする人なくてさうざうしくし給[8]へば、迎へ侍らむ[7]」と申し給ふ。おとど、「恥づかしく、若くよかりし人とて、よからぬこともあらむものを」。大将、「いとめやすくて、労(らう)ある人にこそものし給ひけれ。とかく、あべきことは、皆ものして侍り」。おとど、「あないとほしや」とのたまふ。

かくて、おとど、巡りて見給ひて、昔は、方々に、我も我もと、けうらを尽くして住みしものを、今日は、掻(か)[一二]い払ひて、人もなし、花は、色々に咲き乱れたり、かすかに[一三]見給ふに、あはれに思さるれば、うち泣きて、

兼雅[一四]
花だにも昔の色は変はらぬを待つ時過ぎし[9]人ぞ散りぬる

六「柱寄せ」は、柱の側面に打ちつけて格子や妻戸と柱との間をふさぐもの。

七「草」は、「草仮名」の略。

八【三五】注三参照。

九 仲忠が住む三条の院をいう。【一〇】注三参照。

一〇「そこに」は、「迎へ侍らむ」に係る。

一一「かのものし給ぶ(人)」は、妻女一の宮をいう。

一二「掻い払ふ」は、人がすっかりいなくなるの意。

一三「かすかに見る」は、「かすかなりと見る」に同じで、「昔は」から「かすかに」までを、兼雅の心内文と解した。

一四「散る」は、「花」の縁語。参考、『古今集』恋五「月やあらぬ春や昔の春ならぬわが身一つはもとの身にして」(在原業平)。

とのたまへば、大将、「これにも」とて、
　年を経てまつをも散らす宿なれば春なる梅の嘆かるるかな[一五]
と申し給へば、兼雅「あな思ひ限なや」とのたまひて、御修理すべき[一六]
ことなどのたまひて帰り給ひぬ。
［一条殿。］

三〇　兼雅、一条殿の様子を尚侍に語る。

かくて、北の方に、おとど、兼雅「年ごろ、一条のいぶかしかりしかど、人々の苦しげにてあらむと、いとほしかりつれば、ものせざりし。人もなしと聞きてまかりたりければ、いとこそあはれなりつれ。広き家に屋ども多かるに、人は、皆、住みあまりてこそ侍りしか、人音もせず、下ろし込めて、草木ばかりぞありつる。[一][二]方々に書きつけたること」など聞こえ給へば、北の方、昔の京極を思して、かく書きつけて、見せ奉り給ふ。

一五「まつ」に「待つ」と「松」を掛ける。「春なる梅」は、尚侍をたとえる。
一六「思ひ限なし」は、思いやりがないの意。私に対する思いやりがないね。

一 以下「侍りしか」まで挿入句。
二「下ろし込む」は、格子や簾などをしっかり下ろすの意。多く、中に人が閉じ籠もっているさまをいうが、ここは中に人がいない場合である。

[尚侍三]まつとては尾上の滝ぞ流れにし君住みよしにいかがありけむ

とて見せ奉り給へば、[兼雅四]「身を抓みてのみ、はた」とのたまふ。おとどは、ただここにのみものし給ふ。

物などは奉れ給はねど、かくておはしませば、わが御方の物を、[3][五]御荘御荘より持て込みて奉れ、御はらからの宮たちよりも、かく旅におは[4]すなりとて訪ひ聞こえ給へば、これも、[六][5]その御徳にとぞあるべき。

中の君は、贈り物、何も何も、少しづつ物分け奉り給ふ。夜はおはすべくもあらず、時々、宵の間などになむ。

三一　兼雅と仲忠、懐妊で退出する梨壺を迎えに参内する。

かかるほどに、梨壺、まかで給ひなむと聞こえ給へり。右大将ものし給へるに、おとど、[兼雅一]「宮の、『まかでむ』[1]とあめるを、いかなるべきことにか。[二]かかる人は、[三]帳台の宿直などしてこそ。[四]許さ

三「まつ」に「待つ」と「松」を掛ける。「尾上」は、兵庫県の尾上神社か。参考、『古今集』雑上「かくしつつ世をや尽くさむ高砂の尾上に立てる松ならなくに」(詠人不知)。「滝と流る」は、激しく涙を流すさまをいう。また、「住みよし」に「住吉」を掛ける。

四『元良親王集』「身を抓みて思ひ知りにき薫物のひとり寝いかにわびしかるらむ」による表現。

五「御荘」は、女三の宮が相続した荘園。「蔵開・中」の巻【三】の兼雅の発言に、「よき荘、いと多く持給へる人ぞ」とあった。

六「その御徳」は、仲忠のおかげだの意。【二五】注二五の仲頼の妹の乳母の発言にも、「おとどの御徳にてこそあめれ」とあった。

れむとすらむやは」。大将、「いかが、さ侍らむ。先つ頃、度々参上り給ひけるものを。宮、『藤壺も、かやうにてぞ』などこそのたまひけれ」。おとど、「いさや。うたて聞こゆる世なれば、人もやうたて言ひなさむとてぞや。車どもなどして、迎へに遣らむかし」とて、御車調へさせ給ふ。「一条は、ただ今、恐ろしげなめり。ここにてこそは、ともかくも」とて、宮の御方の西面、西の対かけて、一条殿の御調度ども運ばせ給ひ、しつらはせ給ひて、御車十二、御前、ここかしこ取り合はせて、数知らず多くて、御迎へに、宮の御方の御達二十人ばかり参る。

右大将、「かの御迎へに参り侍り。おはしまさむとやする」と聞こえ給へば、おとど、「何しにかは。そこにも、内裏の聞こしめすに、不調なるやうにもこそ」。大将、「いかが参らざらむ。女は、さるべき人の追従するにつけてこそ、やむごとなくも。なほおはしませ。人の見るところも、宮の聞こしめすところも侍り」と聞こえ給へば、「右のおとど、引き連れて参り給ひ、騒がれ給

一　「宮の」は、春宮に仕える者の意で、梨壺をいう。
二　「かかる人」は、懐妊した人の意。
三　春宮の夜の御帳台での宿直の意。
四　反語表現。「許されむとせざらむ」の強調表現。
五　反語表現。「さ侍らじ」の強調表現。
六　藤壺が懐妊していることをいう。【三〇】注一七参照。
七　【三七】に見える西の対。
八　兼雅方と仲忠方の御前駆を合わせて。
九　「不調なる」は、具合が悪いの意。
一〇　「追従す」は、お供をするの意。
一一　春宮。
一二　【三】参照。

ふこそ、惜しまれ給べば、面目あれ。まかでさすとて、無期の勘事にも預かれ、それに喜びて。親はらからを勘ぜられむこそ、いとやさしかるべけれ」と渋り給ふを、しひてのかし立て給ひて、参り給ひて、御局におはすと聞こしめして、宮、まかでぬべかなりとて渡り給へり。二大将ものし給へば、宮は、「ここにこそまかでらるべかりけれ。かの左大将、いとめづらしくこそ。今年、対面せざりつるかな」と。おとど、かしこまりて、「かくて侍るを。今は身を捨てて籠もり侍りつれば、久しう内裏にも参らず侍るを、今宵、この女の童、『まかでむ』と申して侍りつれば、かく無徳に侍れば、従ふ下人一人も侍らねば、車につきてまかでさせむとて」。宮、うち笑はせ給ひて、「いとありがたき車副使ふべき人にこそは。無徳なるにはあらで、ありがたきにこそ。さても、かく事欠かぬ近き衛りは、昔も今も、えあらじを」と、「いとありがたきことなりや。ここには、この頃ならずとも、まかでられなむ。また、ここにものする人も暇請ふをと思へど、この頃は神

一三 「勘事」は、春宮の怒り。「……に預かる」は、漢文訓読的な表現。「預かれ」は、已然形で条件句になる表現か。
一四 「のかし立つ」は、促すの意。
一五 「ここ」は、梨壺をいう。
一六 上は梨壺へ、下は兼雅への発言。
一七 「この女の童」は、梨壺をいう。
一八 「侍りつれば」は、「まかでさせむとて」の下に省略された「参内した次第です」の内容に係る。
一九 「無徳」は、貧しいの意。
二〇 私自身が車につき添って。
二一 この「無徳」は、不遇の意で、兼雅が言う「無徳」を切り返した表現。不遇なのではなく、めったにないほどに幸運な人です。暗に、懐妊したことをいうか。

事（わざ）の頃なれば、げに、いかでかはとてなむ」などのたまふほどに、[10]「夜更けぬ」とて、急ぎてまかで給ひぬ。

三二　梨壺、三条殿の南のおとどに退出する。

かくて、南のおとどにまかで給ひぬ。御設け、殿の政所（まどころ）[1]より、いと清らにて参れり。おとど、梨壺（なしつぼ）と物語聞こえ給ふ、「（兼雅）この夢[一]のやうなることは[2]、宮は、まめやかに思（おぼ）したりや。前々（さき）も、世の人も、よからぬこと言はるれば、これをなむ、夜昼、思ひ[二]とするを。今宵[三]ほのめかし給へるは、いかに思したるぞ」。君、（梨壺）[3]「知ろしめさずは、いかがは。とかく思ほすらむことは知らず。『まかでむ』と申させたりしかば、参上（まうのぼ）りて侍りし」。おとど、「世の人の[四]する宿直（とのゐ）か」。君、「さやうになむ」。おとど、「さらば、いとうれ[4]しかなり。後は、とまれかくまれ、知るとだにのたまはば、恥隠れぬべし」など御物語し給ひて、やがて、そこにとまり給ひぬ。

二二「近き衛り」に「近衛」を掛けた表現。
二三 以下、春宮の梨壺への発言。
二四「ここ」は、梨壺をいう。
二五「ここにものする人」は、藤壺をいう。
二六 神事の頃は、潔斎のために、女性を近づけることはできない。

一「夢のやうなること」は、懐妊をいう。
二「思ひ」は、心配の意。
三「今宵ほのめかし給へる（こと）」は、【三】注三の春宮の発言をいう。
四「世の人のする宿直」は、【三】注三の「帳台の宿直」のことか。

三三　翌朝、春宮から梨壺に手紙が贈られ、兼雅喜ぶ。

つとめて、御湯[一][1]参るとておはするほどに、宮[二]より、御文あり。

「昨夜(よべ)は、あやしく急がれしかば、殊に、ここにものせず[三][2]などなむ。さりぬべき昔もありしを、人々に恨みらるる今しも、あはれにて[四]。まかでられにしをなむ[五]。今宵は、

近くても見ぬ間(ま)も多くありしかどなど春の夜(よ)を明かしかねつる

空言人(そらごとひと)[六]になりぬべしや。さらば、思ふやうに平らかにてをや[七]、早う」

とて、薄き紫の色紙に書きて、梅の花につけて奉れ給へるを、おとど、寄りて見給ひて、「今ぞ、心地落ち居ぬる。この御文は、櫛(くし)の箱[八]の底に、よく納め置き給へれ」とて、御使に、酒賜ひて、物被(かづ)け給ひて、いみじく労(いたは)らせ給ひて、御返り、

一　底本「御内」。「御湯」の誤りと見る説に従った。
二　春宮。
三　底本「ことにここにものせす」を、「ことにここにものせず」の誤りと解した。
四　とっくの昔に懐妊なさってもよかったのに。
五　退出なさったことを、寂しく思っています。
六　今さらこんなことを言っても、嘘つきだと思われてしまうでしょうね。
七　「や」を衍と見る説もある。
八　「櫛の箱」は、女性の櫛などを入れる箱。「櫛笥」に同じ。「嵯峨の院」の巻【三】注三九参照。
九　このことだけは、ほんとうのことだと思います。
一〇　「出で入る」は、出産のために退出して、出産後に参内すること。ここは、藤壺の出産の時のことをい

梨壺「昨夜(よべ)は、『夜更けぬ』と、人々急がれしかば、心慌たたしくてなむ。『空言人に』とか。九これぱかりなむ。まことに、

一〇出で入(い)るとよそには見つつ雲居にて多くの日をも過ぐし来(こ)し3かな

何か。二候(さぶら)ひ侍(はべ)りても」

と聞こえ給ふ。

右大将、檜破子(ひわりご)など調じて奉れ給へり。御達(ごたち)など、取り栄して食ふ。おとどは、三寝殿へ渡り給ひぬ。

[絵4あり。]

三四　その翌日、藤壺も退出する。

一次の日、はた、藤壺(ふぢつぼ)1まかで給へり。

う。「よそ」は、自分には関係のないものの意。

二「候ひ侍りても」は、「蔵開・中」の巻【一〇】注四の「対面にを」と同じ、手紙の末尾の慣用表現か。くわしくは、また参内いたしましてから。

三 寝殿は、尚侍が住んでいる。

一 この一文、不審。「まかで給へり」とあるが、予定で、実際には、春宮に退出を許されなかったか。藤壺の退出は、「国譲・上」の巻【七】で語られているが、それ以前に、「国譲・上」の巻【三】注三で、退出したがる藤壺に、春宮は、「梨壺は、そのほどは過ぐしてこそまかでつれ」と発言している。梨壺の退出は、この春宮の発言の日よりも前になるはずである。

蔵開・下

一　涼の男君の産養。涼と仲忠、語り合う。

こうしているうちに、平中納言・藤大納言（忠俊）・藤宰相（直雅）などがいらっしゃった。誰もが皆、食事をし、酒を何杯も飲み、管絃の遊びをなさって、庭でも盛大に楽器の演奏をする。

けれども、右大将（仲忠）と源中納言（涼）は、管絃の遊びにも加わらず、じっと向かい合っていろいろなお話をなさる。源中納言が、「人の心ほど情けないものはありませんね。私は、『この屋敷にこうして婿として住んで、子まで生まれることになろう』とは思いませんでした。藤壺さまを春宮に入内させなさった時には、『どうしたらいいのだろう。法師になってしまおうか。死んでしまおうか。滋野の帥（真菅）のように帝に愁訴しようか』と思って、心が落ち着きませんでした。でも、また、『どれもばかげたことだ。本来の思いを遂げよう』と思い返して、何年も、女のもとに忍び歩きをしても真剣になることはありませんでしたが、さま宮との結婚話があったので、ひどくしゃくにさわって、『皆に思い知らせてやろう。気にくわなかったら、一晩通ってやめよう。かわいかったら、次の二晩目も通うことにしよう。私を無骨な田舎者だと思って、こんなことをなさるのだ』と思いました。そうしているうちに、こうして婿取られることになったので、思っていたとおり、二晩は通いました。三日目に宮中にお召しがあった夜は、『今日は、もう通うのはやめよう。このまま結婚せずにすませてしまおう』と思って、夜が更けるまで宮中にいたのですが、そんなことをするのがとても気の毒で心が痛んだので、宮中にとどまることができずに、その夜も通ってしまいました。そんな事情があってこちらに住みつくことになったので、こうして、今まで結婚生活を続けているのです。そのおかげで、今夜も、ここであなたとお会いできました。私が洗練された都人だったとしたら、ここにこうしていることはなかったでしょう」。右大将が、「藤壺さまからさま宮さまに替わったのは、帝のお言葉があったからなのです。このことで、右大臣殿（正頼）はずいぶんと悩んでいらっしゃいました。春宮からも、度々、入内させるようにとのお言葉があったので、右大臣殿が、『帝の宣旨があるのです』と申しあげなさったようですが、春宮は強引に入内させなさったのです。ですから、あなたは納得できない思いをなさったことでしょう。でも、世間の人は、当然のことだと思っていますよ。それにしても、藤壺さまは、お顔が美しいから、誰もが求婚したのです。さま宮さまも、お顔の美しさではひけをとらないと聞いていますよ。さま宮さまは、小さい頃から、弾正の宮（三の宮）にと思って大切に育てていらっしゃったということですが、藤壺さまが春宮のもとに入内なさったので、申しわけなく思って、あなたと結婚させなさったのです。どちらも同じ右大臣殿のお子さまで、藤壺さまは先に生まれ、さま宮さまは後にお生まれになっただけの違いしかありません。お顔は同じように美しいと聞いていますのに、何を不満に思っていらっしゃるのですか」。源中納言が、「顔の美しさが藤壺さまにひけをとらないから、こうして結婚を続けているのです。ですから、もう、どこにも行くつもりはありません。でも、誰がなんと言ったって、藤壺さまのような方はいません。お顔の美しさだけではありません。何もかもがすぐれていらっしゃいます。世間の人々も、同じように言っています」。右大将が、「ところで、さま宮さまがどんなに美しいかお聞かせください。藤壺さまのお美しさは、私が、しっかりと聞いて知っています」。源中納言が、「ちゃんとお話しします。髪が美しく、色が白くて、目と鼻はついているようです」。右大将が、「それだけではないでしょう。それでは、心はないのですか」。源中納言が、「さあ、どうでしょう。それはわかりません」。右大将は、「今夜は、私たち二人ともどうかしていますね」と言ってお笑いになる。

右大将が、「それはそうと、こちらに、以前に見たことがあるような女童がいましたが、誰ですか」。源中納言が、「さあ。女童は大勢いるので、わかりません。どの者ですか。童の中で、昔、承香殿の女御のもとに仕えていた者はいます」。右大将が、「ひょっとして、私たちが中将だった時に、宮中で灌仏会の際の女童として出された者ですか」。源中納言が、「その女童ですよ。これこそという名でした」。右大将が、「先日、私がこちらにうかがった時に、扇を叩いて拍子をとって、『夕さり来』と歌ったのは、その女童たちだったのですか。ずいぶんと馴(な)れ馴れしい者だと思ったのは、その童だったのですね」。源中納言が、「女童は、藤壺さまにお仕えしているあこきが一番だと思います。いい女童は、今、ほかには誰もいません。あこきは、兵衛の君の妹だとか」。右大将は、「あこきは、木工(もく)の君の妹だとか。先ごろ、参内した時にも、あこきと親しく話をしました」などと言って、管絃の遊びに加わらずにいる。

右大将が、「どうして、あなたは、私を招いておきながら、琴(きん)をお弾きにならずに、つまらない話の相手をさせるのですか」。源中納言が、「いや。長年、思っていたことを話す相手もいなかったのです。今日、今夜、思い出すままお話しするのです。私の琴(きん)の演奏など、聞く人もいないでしょう」。右大将が、「私は、琴を弾くことはできません。でも、私は取るに足らない者ですが、聞くことぐらいはできますよ」。源中納言が、「あなたのように、人を走らせるほどには、とても弾けません。ところで、男の子には、漢籍などを学ばせたいものですね。さまざまな伎芸(ぎげい)などを習わせるのは、あまり気が進みません」。右大将が、「子どもほどかわいいものはありませんね。あなたはかわいいと思っていらっしゃいますか」。源中納言が、「いえ。汚いので、まだ顔も見ていません」。右大将が、「あなたは、親とも思われないことをするのですね。私どもの子は、生まれるとすぐに私の懐で抱かれていましたよ」。源中納言が、「私だって、女の子だったら、同じように抱いていますよ。私どもの子は、親よりもすぐれることはありません。男の子は、私に劣っていたら、どうしようもありません。

女の子だったら、琴(きん)をも習わせ、趣がある物をも与えて、きらびやかな宮仕えもするのではと期待ができます。私の所に、女の子に必要な物を納めた蔵があります」。右大将が、「私にください。それは、あなたには必要ないものなのですね。私の娘に与えましょう」。源中納言が、「私の息子の妻になさったらいかがですか。そうしたら、すべてお渡ししましょう」。右大将が、「とんでもないことをおっしゃいますね。すぐに女のお子さまが生まれるでしょう。それにしても、私たちはまだほんの子どもだと思っていたのに、二人とも、子を持つ身になりましたね。それはそうと、おややういはしてきや（未詳）」。源中納言が、「いえ。月末の夜に一度だけ。じつは、女君たちがおいでになるので、御帳台(みちょうだい)の中にも入らずにいるのです」。右大将が、「源氏の一族は、愚かなことをするものですね。私は、女一の宮が親になった自覚も持っていらっしゃらないうちに、御帳台の中に入り込んで、一緒に寝てしまいました」。源中納言が、「それは、帝の女宮を妻として迎えられたからです。あなた以外の誰も、御帳台の内に入って寝ることなどできないでしょう。あなたなら、追い払われて、鬼も神も慌てて追い出すために歩きまわることはないでしょう」。右大将が、「私は男ですから、真面目一方ではいられませんよ。奥さまに対する愛情はまったくないのですか」。源中納言は、「妻をいとしく思わない時など、今までありません。もしいとしく思わなかったら、離縁していたでしょう」とおっしゃる。

右大将が、「ああ、私たちは、昔、吹上(ふきあげ)で、今考えると不思議な気持ちがしますが、惜しみない演奏をしましたね。私どもは、現在、こうして、上達部の末席に着きました。あの少将殿（仲頼）も、出家をせずに、私たちと同じように宮仕えをしていたら、今、きっと蔵人の頭などにもなっていることでしょう。その当時、私たちより身分も高く、信望もあった人が山に籠もってしまったとは、気の毒なことです。長いことお見舞いに行くことができずにいます。お見舞いにいらっしゃいましたか」。源中納言が、「私は、時々お見舞いに行っています。先日は、綿を入れた衣を縫わせて、かいさうもち（未詳）などをこしらえて贈りました」。右大将が、「年が改まって、花盛りになったら、一緒に行きましょう。良中将殿（行正）などと一緒に、詩などを作りましょう。昔からの友情を忘れずにいることは、生きている効があるものです。今は、殿上の間にいても、帝の御前での管絃の遊びの時なども、少将殿がいないと、もの足りなくてとてもつまらないですね。はかないこの世の中に生きていて、私は、今、『人が聞きたがっていらっしゃる琴の音を、手を惜しんで弾かないまま、今日にも死んだら、生きた効もないだろう。どんな伎芸も、歳をとると、誰もが下手になったり忘れたりしてしまうだろう。身を入れて弾いて、帝にも親にもお聞かせしたい』と思っているのです」。源中納言が、「ますますすばらしい催しになりそうですね。私にもお聞かせください」。右大将が、「その時には、あなたも一緒にお弾きくださいね」と言っている時に、右大臣から、

「そちらにうかがおうと思っていたのですが、持病の脚気のために気分が悪くなって、ど

うしたらいいのかわからないほど苦しいので、うかがえません。そちらに私の息子たちがいるでしょう。その者たちに、あなたの代わりとして、雑用でもさせてください」

と手紙が贈られてくる。

源中納言は、

「お手紙をいただいて恐縮しております。来てくださらないので、誰もが、もの足りなくてとてもつまらなそうにしております」

などとお返事申しあげなさる。

二　産養で、碁を打ち、酒宴を催す。

色紙を交差させて重ね、碁手の銭をたくさん包んで、方々の前にさしあげる。右大将（仲忠）が、「あなたの財産は、今夜、私が勝って全部手に入れましょう」と言って、碁をお打ちになると、中納言（涼）は、「承知しました」と言って、張り合ってお打ちになったので、結び袋に入れて出した碁手の銭を、一度に、とても多くつぎ込んで負けて入れ揚げてしまった。右大将は、碁手の銭を餌袋(えぶくろ)に包んで二つ持っていらっしゃる。碁に負けた人が集まって貸してほしがると、「また、いずれ。これは、負けた時に使うつもりです」と言って貸そうとしない。これらは黄金(こがね)の銭である。

何度もお酒をお飲みになった。特に身分が高い人々はおいでにならないので、集まっている方々が、皆、酔って、足もふらつきながら遊び戯れていらっしゃるうちに、夜中近くになった。右大将が、その場を離れて、東の簀子に立って、柱に寄りかかって御覧になると、御簾を二尺ほど巻き上げて、四十人ほどの侍女が、赤色と青色の唐衣に綾の摺り裳をつけ、色とりどりの袿を重ねて着て並んですわって、今夜の産養での歌を詠んだり書いたり、あるいは、その歌を、ああだこうだと批評したりしている。女童は、十人以上いて、青色の五重襲の袙と綾の上の袴や、綾掻練の袙と三重襲の袴を着て、それぞれの前に、白銀の銭をいただいて置いてある。簀子には、一間ごとに灯籠がかけてある。大きな蘇枋の櫃の中に、白銀の鉢を入れて、火を熾して、所々に置いてある。東の渡殿には、すみ物（未詳）などを運んで来て棚に置いてある。

しばらくすると、紀伊守（種松）が、嗜みがある、国府の官人を引き連れて来て、贈り物をさしあげる。苞苴と鮭を一つずつ同じ枝につけてある。鯉は十捧げで、二つずつ同じ枝につけてある。雉は十捧げで、三つずつ同じ枝につけてある。鳩は十捧げで、二つずつ同じ枝につけてある。白銀の瓶二つに、蜜と甘葛が入れてある。官人たちは、東の渡殿に持って連れだって並んで立っている。また、紀伊守の北の方のもとから、衝重三つと腰高坏、ほかに、組み合わせて結んだ壺を四つさしあげなさった。それらは、さま宮の前の簀子に並べて置いてある。開けて見ると、鰹と火焼きの鮑、海松と甘海苔などが見える。

三　仲忠、さま宮や、涼の女童これこそに歌を贈る。

右大将（仲忠）が、突然、廂の間に姿をお見せになった。侍女たちが驚くと、右大将は、「私と中納言殿（涼）とは、固い契りを交わした仲なのですよ。たがいに、『御簾の内に入ることを許そう』と約束したのです」と言って、御簾の内にお入りになる。すると、母屋の御簾の前には、あちらこちらから贈られた産養の品々が置いてある。右大臣（正頼）と左大臣（忠雅）と種松などが贈った物である。その中でも、種松からの贈り物が、このうえなく見事だ。母屋の御簾の内には、助産の経験豊かな侍女が産屋装束を着て大勢すわっている。右大将が、「さま宮さまも、今では、こうして大人になって、お子さまを抱いていらっしゃるのでしょうね。ああ気恥ずかしい」。左大臣の北の方（六の君）が、奥のほうで、「右大将殿もお子さまをお持ちですから、見馴れていらっしゃるでしょうに」。右大将が、「厚かましいと思われたようですね。私が、今の、近衛大将の名を名告って入ったら、さしつかえないでしょう。兵衛府からは警護の者が参上したのでしょうか」。左大臣の北の方が、「遠い潮路をこちらに向かったそうです」。右大将が、「近くで護衛する近衛の者でなくては、警護できませんよ。ちょうどいい所にうかがいました」と言って、衝重に載った果物を御覧になると、四寸ほどの高さの白銀の皿に、それより高く盛ってある。

こうしているうちに、母屋の内から、盃を出させて、さま宮が、長い年月の中で一度しかない、めでたい日の盃ですが、これから何回あなたに盃をさしあげることができるでしょうか。おそらくこれが最初で最後でしょうから、ぜひこの盃を受けてください。

と歌を贈ってきたので、右大将は、

これからもお子さまが何人もお生まれになるでしょうが、その盃を待つ間に、まず、今回のお子さまの顔を見せていただきたいと思います。

と歌を返して、「また、泣き声が聞こえます。佐野の渡し場の役人の声でしょうか」とおっしゃると、女君たちが、口々に、「酒を飲もうとしないあなたを咎（とが）めるために泣いているのですよ」とおっしゃる。

その時に、南の廂（ひさし）の間（ま）で、宮はたが、「右大将殿。私の父上（祐澄（すけずみ））が盗みをします。私がいただいた碁手の銭を全部取るのです」と言って騒ぐ。右大将が、「盗みをする親は、しっかりと懲らしめなさい」とお返事なさる。

そこに、母屋の内から、酒を飲むように何度も無理にお勧めになる。右大将は、

盃が何度も巡るように、年月が巡ってきて、万年の寿命を数えたら、何回あなたに盃をさしあげることができるかお教えできるでしょう。今は盃をお受けできません。

などと詠んで、盃を母屋の内にお返しなさる。母屋の外には、侍女たちが、大勢並んですわって、口々にあれやこれやと言って、無理に酒を勧める。酒を勧められて、右大将が、「ま

ったくやっかいな所に来てしまったものだ」と言って立って行こうとなさると、式部卿の宮の北の方（五の君）が、源中納言（涼）が持っていらっしゃる、今の世に評判の琵琶を、少し掻き鳴らして、御簾の内からさし出しなさる。右大将は、何も言わずに、掻き鳴らして、「これがあの、名高い琵琶なのですね」と言って、先日、女童たちが歌った歌を、とてもすばらしい音色で弾いて、「どこにいるのですか。この前の扇拍子をとるのにちょうどいい機会ですよ」と言って、さらに少し弾いてお立ちになる。すると、兵衛の君という人が、道をさえぎってすわって、「このような所に入り込んで来て、そのままお帰りになることはできませんよ」と言って引きとめるので、右大将が、「ああやっかいだ。猿の群れに囲まれた感じがします」とおっしゃると、「いえ。ここにいるのは、右大将殿の舎人たちなのですよ」と言う。右大将が、「困った随身たちですね」とおっしゃっている時に、御簾の内から、なんとも言えず美しく仕立てた、真っ黒に見える紅の綾掻練の袿一襲、薄色の織物の細長一襲、三重襲の袴一具をさし出しなさったので、中将の君という人が、それを受け取って、右大将に被けてさしあげた。

　右大将は、上臈の侍女たちが歌を書きつけていた硯のもとに立ち寄り、筆を手にして、懐紙に歌を書いて、被け物の袴の腰紐に結びつける。高欄のもとに、女童たちがもたれかかってすわっていたので、右大将は、そこに行って、「ここにいたのですね。先日は、見ず知らずの人はと思って遠慮していました。せめて、これからは、知り合いとして親しくしてください」と言って、袴を、滑らせるようにしてこれこそに与えて、東の御階を下りてこっそり出て行こうとなさる。すると、それを、源中納言が見つけて、南の御階を裸足で下りて来て追いついて、「あなたは、どうして、女たちがいる御簾の内に入り込んで、『舎人の閨』の物語の法師のように逃げ出しなさるのですか」と言って、右大将を連れ戻して、「親しくない人の家を訪れた、見ず知らずの人のようで、水くさいではないですか。今日は、身分が高い気詰まりな方も、特にいらっしゃいません。藤大納言殿（忠俊）だけです。でも、この方は親しい仲ですから、かまわないでしょう。私が、寝ても覚めても、妻と、昔の話をしたり将来の約束もしたりしようと思っている所に、まるで盗賊の調伏丸のように、こそこそと忍び込みなさるなんて」とおっしゃると、右大将は、「私を追い出すつもりかと思いまして。じつは、これこそと少し話をしたいと思って、御簾の内に入ろうとしたところ、呼び入れられて咎められたので、どうしていいのかわからなくなって逃げ出してしまったのです」と言って、お二人で、つくしとりやかゑしまと（未詳）に並んですわっていらっしゃる。

四　仲忠、涼や、正頼の男君たちと、暁方まで語って帰る。

右大臣（正頼）の男君の三人の上達部（忠澄・師澄・祐澄）と右大将（仲忠）と源中納言（涼）が話をなさっている時に、亡き侍従（仲澄）の弟の蔵人（近澄）が、盃を手に持って出ていらっしゃる。この蔵人は、かつて大夫であったが、今では、蔵人で内蔵頭を兼任していらっしゃる。亡き侍従より、容姿も性格もすぐれた、ほかに例がないほどの色好みだった。右大将が、「この君を拝見すると、ほかのご兄弟たちの中でも、とりわけ、何もかもすぐれた方だと思います」などと言って、蔵人に、「帝が、『仏名会（ぶつみょうえ）を終えてから参内せよ』とおっしゃったのですが、まだ参内できずにいます。もし機会があったら、その理由を、『体調がすぐれないので、参内することができないようだ』と申しあげてください」と言って、源中納言に、「水尾（みずのお）の僧房に住む人（仲頼）は、こんな時に、風流な遊びをしてくれましたね」とおっしゃる。源中納言が、「藤壺（ふじつぼ）さまだって、少しは罰を受けて当然です。昔から人につらい思いをさせるためにいらっしゃった方なのですね。私どもも、どれほどつらい思いをしたことか。その方と私との違いは、出家したか出家しなかったかの違いだけです」。右大将が、「酔ってしまったのですか。どうしてそんなことを言うのです」。源中納言が、「酔っていない時もいつも言っていることなので、誰も聞き馴れているでしょう。あなたさまも、分別ありげなことをおっしゃいますね」。右大将が、「そうそう。『分別ありげなことを言う者がほんとうは愚か者だ』と言いますからね」。源中納言が、「手がとどかないと思うと、そのためにかえって思いがつのるのです」。右大将が、「それでは、思いはかないませんね」と、お二人が口々に言うのを、藤壺の兄弟姉妹たちは、御簾（みす）の内の女君たちも外の男君たちも、聞いていてほんとうにいたたまれない思いがしている。

宰相の中将（祐澄）が、「今夜、私は、きまりが悪い思いをいたしました。攤（だ）に負けて碁手の銭がなくなって、宮はたに、『少しだけ』と言って借りたところ、大騒ぎをしたので、困ってしまいました。少し盗ませましたので、碁手の銭というものが、こんなにもたくさんあります」と言って、色紙に包んだ碁手をたくさん持っていらっしゃる。右大将が、「あの子は、志の高い子ですよ。おかしいですね。固い契りなどを交わしましたのに」。宰相の中将が、「どのような契りを交わしたのですか」。右大将が、「内緒にしようと約束しました」。宰相の中将が、「うらやましいことです」などと言っているうちに、夜明けが近くなった。

何度もお酒をお飲みになる。右大臣の男君たちが、御簾の内から被け物を受け取って続いて出ていらっしゃる。源中納言が、それを受け取って、次々と被けなさる。被け物は、織物の赤色の唐衣、綾掻練の袿、綾の摺り裳、三重襲の袴で、今回は、児の衣と産着を加えている。殿上人には、織物の細長と袷の袴などを、身分に応じて被けなさる。

こうしているうちに、西のほうにある、源中納言の祖母である、紀伊守（種松）の北の方のもとからも、織物の袿一襲、唐綾の掻練、袷の袴などを、上達部と殿上人などへの被け物として送っていらっしゃった。

右大将は、お帰りになる時に、「そうそう、お願いしたいことがありました。明日、車をお貸しください」とお頼みになる。源中納言が、「何にお使いになるのですか」。右大将が、「女三の宮さまを、三条殿にお迎え申しあげるためです」。それを聞いた方々は、とても驚いてお喜びになる。源中納言が、「今まで気の毒で心苦しく思っていましたが、ほっとしました。どうしてこういうことになったのですか。父上がご自分の判断でお決めになったのですか。それとも、あなたがお勧めになったのですか」。右大将が、「本人以外の者が関わることができることではありませんから。父上が、そうしたいとおっしゃったからです」。源中納言が、「とてもすばらしいことです」とおっしゃる。人々も、集まってお喜びになる。源中納言が、「車をお貸しいたします。ただ、藤壺さまを明日退出させたいとおっしゃっているようですので、その車が必要になるかもしれません」。右大将が、「藤壺さまは、退出なさらないでしょう。退出なさるとしても、夜が明ける前ごろに、やっとでしょう。でも、それも無理かもしれませんね」。源中納言が、「今、車は、ここにはありません。昼ごろにお届けいたしますから、お使いください」。右大将が、「まことにすばらしいお話ですね」と、お二人で話をなさっている時に、紀伊守が、客人の上達部四人に、はなかにもあるを（未詳）、こうして、皆お帰りになった。

これこそが、右大将から渡された被け物を手にして、この袴だけをくださったわけではないだろうと思って、じっくり見る。すると、袴の腰紐（こしひも）の所に、手紙が結びつけられていた。見ると、

「ひそかにあなたに思いをかけてしまいました。根も葉もない噂（うわさ）が立つことになったとしても、やはりお逢（あ）いしたいと思います。どこにいらっしゃるのか、お知らせください。宮中で灌仏会（かんぶつえ）の際にお見かけした時のことが忘れられません。この袴は、すわっている時

のあなたの様子が寒そうだと思ったので、お贈りします」
と書かれている。これこそは、それを見て、この手紙をとてもうれしく思う。そして、「こんなに評判が高い筆跡で書かれた手紙を持っている人もいない。だから、宮中にいる侍女たちは、ぜひとも見たいと思うだろう。右大将殿の筆跡を、一行でも持っている人は、すばらしいものを手に入れたと喜んでいたのだから」と思って隠した。三重襲の織物の細長を引き剝がして、兵衛の君に袷、中将の君に単衣を与えて、残りは自分で手に持って奥に入った。

五　産養の翌日。産屋の世話をした典侍が帰る。

昨夜の贈り物を配る。源中納言（涼）は、すみ物（未詳）も添えて、苞苴十枝と、魚と鳥を十枝、高坏を五つずつ、右大臣（正頼）と右大将（仲忠）、藤壺と仁寿殿の女御のもとにお贈り申しあげなさる。

典侍が、帰ろうと思って、「右大将殿に、『いぬ宮さまの湯殿のお世話をするためにうかがいます』と申しあげたのですが、その後こちらに居続けておりますので、右大将殿は不愉快に思っていらっしゃるでしょう。ずいぶんとかわいく思っていらっしゃるから、ここ数日、湯殿のことを、どれほど気にかけていらっしゃるでしょうか」。源中納言の北の方（さま宮）が、「湯殿の心得がある人もいないので、私の所でもお世話していただきたいと思います」。典侍が、「これからも時々こちらにうかがいます。あれほど私によくしてくださる右大将殿が、『中納言殿がとても大切に扱ってくださるから来ないのだろう』とお思いになったら、とても恥ずかしく思います」。北の方は、「ほんとうに、そうでしょうね」などとおっしゃる。

左大臣（忠雅）の北の方（六の君）が、「そのいぬ宮は、どうしていますか。見たいと思って、先ごろ、右大将殿が参内なさった隙に見に行ったのですが、まったく見せてくださいませんでした。どうしてなのでしょう。不具合なところでもあるのですか」。典侍が、「まあ縁起でもない。いぬ宮さまは、ただ、父の右大将殿を、もう少し小さくして、親しみやすくした子でいらっしゃいます。宮中から、一日に二度三度は贈られたお手紙に、『いぬ宮をほかの人にお見せ申しあげないでください』とばかり書かれていたからだったのでしょう。成長すると、藤壺さまよりも美しくおなりになるでしょう」。北の方が、「いやはや。美しくなるのも、世間で騒ぎたてることになるから、聞いていてとてもいたたまれない思いがするものですね」などとおっしゃる。御衣櫃に、女の装束一具と夜の装束一具、絹三十疋と綿などを入れて、典侍にお与えになる。

[源中納言が住む、東南の町の西北の対。]

六　仲忠、昼の御座所で、いぬ宮を抱いてくつろぐ。

右大将（仲忠）は、昼の御座所に、いぬ宮を抱いて横になっていらっしゃる。女一の宮も、そばでおやすみになっている。源中納言（涼）からお贈り申しあげなさった物は、糸を藁の代わりにし、白い組み糸を粗く巻いて、一疋の絹を腹赤という魚に見立てた苞苴を、五葉の松の作り枝につけて十枝、鯉と鯛は、生きて動いているように作って、同じ五葉の作り枝につけてある。雉は体全体で白銀で、嘴は黒方で作られている。鳩は黄金で、嘴には黄金が入れてある。小鳥は、黒方を丸めて作ってある。白銀の折櫃には、沈香の鰹と、黒方の火焼きの鮑が載っていて、海松と青海苔は糸、甘海苔は綿を染めたもので作ってあり、下には綾が敷いてある。衝重は二十六あって、蘇枋で作った物が入れてある。右大将が、洲浜を御覧になると、源中納言の筆跡で、

　流れる水が澄んで映る姿が、あなたのそばで一緒に映るまで、汀にいる鶴の子は成長し
　　てほしいと思っています。

と書いてある。すみ物（未詳）は、台盤所に、侍女や女蔵人たちにまでお与えになる。碁手の銭も、皆ある。皆で分けている。右大将が昨夜勝ち取った黄金の銭二餌袋に、さらに白銀の銭一餌袋を加えて、

「次に負けた時のためにと思って、ずっと先まで取っておかれた碁手の銭なのに、どうしてお忘れになったのですか。この銭をほしがっている賤しい上達部もおりますのに」

と書かれた、源中納言の手紙が添えられている。

　右大将は、

「私が人に預けた銭は、色が違います。にめる（未詳）」

とお返事をお書きになった。

典侍（ないしのすけ）が、とても美しく身なりを調えて、右大将の前に参上して、「源中納言殿の所で、『今日明日はいてほしい』と言ってくださったのですが、いぬ宮さまのことがとても恋しく思われたので、急いで参上いたしました」。右大将が、「ますますうれしいお話です。ここ何日か、いぬ宮の湯殿の世話はどうしたらいいのか、気を揉（も）んでいました。なぜ、源中納言殿の所に女君たちが来ていらっしゃったのですか。大勢の方の声が聞こえましたが、何人いらっしゃったのですか」。典侍が、「左大臣殿（忠雅）の北の方（六の君）は、さま宮さまをお子さまのようにお思い申しあげていらっしゃるので、さま宮さまがひどく苦しんでいらっしゃったために、来ていらっしゃったのです。式部卿の宮の北の方（五の君）は、お子さまをとても安産でお生みになったので、安産のための肖り（あやか）ものとして。藤大納言殿（忠俊）の北の方（八の君）は、もともとどの方ともとても仲がいいご姉妹で、さま宮さまが心細い時にご相談申しあげていらっしゃったので、以前から来ていらっしゃったそうです。ところで、どんな事情があるのでしょうか、藤大納言殿は、北の方と仲違（たが）いをなさって、ここ数日は、毎晩おいでになって、簀子（すのこ）にいたまま夜を明かしていらっしゃるようです。格子は、夜になるとすぐに下ろして、周囲を閉ざし、人が藤大納言殿に言葉をおかけすると、北の方がひどくお叱りになるので、藤大納言殿はたったお一人で夜を過ごしていらっしゃいます。先日の夜は、源中納言殿が、気の毒に思って対面なさったのですが、その時も追い出されてしまいました。今日は、北の方は東北の町の北の対のご両親の所にきっと行っていらっしゃるでしょう。じつは、北の方も、近いうちにご出産なさるようです」。右大将が、「いつもは冗談ばかり言う藤大納言殿が、ひどく真面目そうにしていらっしゃるように見えたのは、そういう理由だったのですね。北の方のお顔は、どんなふうでいらっしゃるのですか」。典侍が、「仁寿殿（じじゅうでん）の女御に似ていて、とても美しい方です」。右大将が、「そう言われても、女御のお顔を拝見していない私には、わかりません」。典侍が、「そんなことはないでしょう。女御のお顔は、しっかりと御覧になっているはずです」。右大将が、「それでは、さま宮さまは、いかがですか」。典侍が、「さま宮さまは、女一の宮さまに似ていて、若くて上品で美しい方です。女君たちは、皆、とても美しい方々でいらっしゃいます」と言うと、女一の宮が、目を覚まして、「何を言うのですか。ああ聞いていられない」。右大将が、「夢を見ていらっしゃったのですか。誰か何か言いましたか」と言って、典侍に、「源中納言殿とさま宮さまのご夫婦仲は、いかがですか。源中納言殿は、私と同じようにお子さまを抱いていますか」。典侍が、「ご夫婦の仲に関しては、源中納言殿はさま宮さまのことをとても大切にお思い申しあげていらっしゃいます。さま宮さまが出産のためにひどく苦しんでいらっしゃった時は、源中納言殿は、泣きながら、慌てふためいていらっしゃいました。お子さまは、見てはいらっしゃいます。でも、気味が悪いと言ってお抱きにはなりません」。右大将が、「源中納言殿が、『まだ顔も見ていない』などとおっしゃったので、不思議に思っていました」などと話をして、典侍がいぬ宮を抱いて奥に入った。

右大将が、女一の宮に、「もう起きてください。昨夜うかがった源中納言殿の所からの贈り物を見てください。この贈り物は取っておいてください。このような物が必要な時に、急に用意するのは、面倒ですから」と申しあげなさる。女一の宮は、起きて、昨夜のさまざまな被け物を御覧になる。右大将が、「被け物は、誰でもすることだけれど、源中納言殿の所は、不思議なほど、女の装束などをほかに例がないほど美しく仕立てる所です。袿が加わっているこの装束は、あなたがお召しください。唐衣が加わっている装束は、仁寿殿の女御が参内なさる時のための物としてさしあげてください」。女一の宮が、「私がいただく物のいくつかは、尚侍さまにさしあげましょう」。右大将が、「ああ、こんな物を着ても見苦しいばかりですよ。片隅に籠もっている婆さんが着るのにふさわしい物ではありません」などと言って、その日は一日中そこでお過ごしになって、翌日、「三条殿に出かけてしなければならないことがございます」と言って、立派な束帯を用意して、薫物で薫き染めてお出かけになった。

七　仲忠、兼雅とともに、車で一条殿に女三の宮を迎えに行く。

右大将（仲忠）が、三条殿に参上して、女三の宮をお迎えすることになる南のおとどを御覧になると、とても美しく飾りたてられている。

しばらくすると、あちらこちらの殿方から、貸してくださるようにお願いしていた車をお送り申しあげなさる。源中納言（涼）からは、装束を同じ色に調えた男たちを二十四人選りすぐって、新しい黄金造りの車をお送り申しあげなさった。糸毛の車には、侍所の身分が低い男たちに表着などを着せて、三十人ほどつき添わせている。御前駆は、四位の官人が十人、五位の官人が二十人、六位の官人が三十人。右大将は、「男たちよ、帰る時のために、鞍を置いた馬を引き連れて、後で一条殿にやって来い」と言い残して、父の左大将（兼雅）と同じ車に乗って、御前駆を二人ほど連れて、明るいうちに一条殿にお出かけになった。

八　兼雅、故式部卿の宮の中の君の貧困ぶりを垣間見る。

右大将（仲忠）と左大将（兼雅）は、西の門で車を下りて、右大将は女三の宮のもとに、左大将はこっそりと故式部卿の宮の中の君のもとに参上なさる。左大将が御覧になると、中の君は、壊れた屏風を一双だけ、まだ夏用の帷子を垂らした薄汚れた几帳を一つか二つ立てて、所々破れた綾掻練の袿一襲と、薄汚れた白い衣を着て、煤けて黒くなった火桶に火をわずかに熾してすわっている。食膳を一つ立てて、白い陶鋺に糄糅飯のようなご飯を少し盛り、おかずは塩に漬けて発酵させた野菜や生姜や漬物の蕪、また、精製されていない塩ばかりで、夜の食事でも朝の食事でもない、中途半端な時間に召しあがっている。中の君の前には、古ぼけた革蒔絵の櫛の箱と、同じような硯箱が置かれている。乳母が、櫛の箱の蓋を取りはずして、左大将が先日贈った柑子の壺の中の残りを取り出して、入っている黄金の目方を計って見たりなどしている。乳母の娘や孫などが、童として仕えている。ほかに、下仕えが一人だけいる。

　左大将は、それらの様子を見て、しばらく何もおっしゃらずに、ただ涙を流すばかりで、二三枚の御衣の袖がぐっしょり濡れてしまうまでお泣きになる。中の君の前にある硯を引き寄せて、懐紙に歌を書いて、そこに置いてお立ちになったので、中の君は、「私が、こうしてみじめな様子を見られてしまったのは、しかたがない。でも、別の世ではなく、同じこの世で生きていたのだ。それなのに、あの人が、私を見捨てて、このような目にあわせたのだ。こんな生活をしていることを見られてしまったのは、とても悲しい。私の運がつたなく、恥を見ることになる宿縁があったから、これまで長い年月があったのに、今でもこんな情けない年月を送ることになったのだ」と言って転げまわってお泣きになる。乳母の孫の女童が、「硯の所に、こんな物がございます」と言って取ってお渡し申しあげる。中の君が御覧になると、

　今のお暮らしぶりを見て涙が落ちることに動顚して、どのように申しあげたらいいのか、
　　言葉も思いつきません。

と書かれていた。中の君が、「せめてこの歌の返事だけでも、ぜひしたい」と思って、

お別れしたあなたのことを見たいと思っても目に見ることはできませんでしたが、ぼんやりと、恨めしい思いで空ばかり眺めていました。

と書いて、ぜひ渡したいとお思いになるけれど、外に出て走って追いかけるのに恥ずかしくない姿をした者もいないので、それを両手でくしゃくしゃにして、手で握りしめて、寝殿に向かい合っている柱のもとに立って御覧になると、左大将は、御階を下り始めたところで、女三の宮が住む寝殿の東の一の対の方へ行っておしまいになった。

九　兼雅、女三の宮に、三条殿に移り住むように説得する。

女三の宮の所では、二十人以上の上﨟の侍女たちが美しい装束を着て、四人の女童が青色の汗衫に襖子を重ねて着ている。女三の宮の御座所は、その様子が、昔に劣ることなくしつらえられている。褥を敷いて、左大将（兼雅）は御簾の前におすわりになった。宮の容姿は、昔と比べて、特にやつれてはいらっしゃらない。濃い綾掻練と薄い綾掻練の袿と、織物の細長などを着て、美しく立派な火桶の前にすわっていらっしゃる。炭櫃には、火を熾している。食膳一具に御器などが備えられて、いつもと同じように食事をなさっている。

左大将が、「長年、どういうわけか、朝廷からも見放され申しあげたようなありさまでして。昔は、『将来、ひょっとして人並みの官職に即けるのではないか』と思って、あなたを妻としてお迎えするのもふさわしいと考えていましたが、今日となっては、これ以上の出世も望めそうもない身でございますから、私がおそばにいても、あなたに恥ずかしい思いをさせるようなので、私などに似つかわしい者の所に籠もっていたのですが、いつまでもそうしてもいられません。もういつまでも生きていられそうもない気持ちがしますので、先日、右大将（仲忠）を使にして、『浜の苫屋のような所に、時々は通って来てくださいませんか』とお願いしたのです」。女三の宮が、長年左大将と逢うこともなかったことをまったく気にすることもなく、とてもおっとりと、「私たち夫婦の仲は、このままでも一向にかまいません。ただ、つらく思われるのは、父の嵯峨の院も母の大后の宮も、『みずから求めて、落ちぶれた生活をして、私たちに恥ずかしい思いをさせること』と嘆いていらっしゃると聞いていますので、両親のもとにうかがうこともできないまま、何年にもなります。昔は、しばらくの間は文句を言っていらっしゃったけれど、時々はうかがっていたのにと思うと、悲しくてなりません。梨壺さまのことは心配しております。でも、私のことはもう。ですから、先日、中納言殿（仲忠）に、『今は、どのように扱われても、捨てられるならそれでもかまいません』と申しあげたのです」とおっしゃっているうちに、左大将の前に、昔と同じようにお食事が用意された。

一〇　仲忠、仲頼の妹のもとを訪れてから、女三の宮のもとに行く。

左大将（兼雅）と女三の宮が積もる話をなさっている間に、右大将（仲忠）は、少将（仲頼）の妹が住む東の一の対に行っていて、簀子のもとにお立ちになる。少将の妹が、「まあ思いがけないこと。行く先をおまちがえになったのですか」と申しあげなさると、右大将が、「先日うかがった時に、目印をお求めになったので、そのことをお話ししようと思ってうかがいました」。少将の妹は、「右大将殿が、『このような浮人を目印に投げたのだ』とおっしゃったので、おいでになることをちゃんとわかっていました」などと言って、簾のもとに几帳を立てて、右大将のために、褥をさし出し、美しく絵を描いた赤色の火桶に火を熾してさし出した。右大将が、「もう少し近くお寄りください。昔は、山籠もりの君（仲頼）ととても親しくおつき合いしていただいたので、こんな私のこともお耳になさったこともおありでしょう」。少将の妹が、「その山籠もりの人が、私のことなど知っているはずがありません」。右大将が、「そんなことはありません。あなたのことは、山籠もりの君からとてもよくうかがっていますよ。先日もいろいろとお話し申しあげなければならなかったところですが、こちらにいらっしゃるとも存じませんでしたので、ご挨拶もいたしませんでした。栗を投げつけて、私を追い払わせなさったことを、父上に申しあげたことで、こちらにいらっしゃるとわかった次第です。前もってうかがっていたら、ご挨拶をいたしましたのに。山籠もりの君があなたのことを案じていらっしゃったので、こうしてお話しできる機会があればと思っておりました」。少将の妹が、「兄がいつもお噂をしているようでしたので、よそながらずっと存じあげていましたが、私はお父上から妻妾たちの中でもよそよそしく思われていた者だろうと思って遠慮しておりました」。右大将が、「そのことですが、私には母上がお二人いらっしゃると思うことにいたします。人並みに扱っていただけるような身ではございませんが、父上の代わり、山籠もりの君の代わりだと思って、親しくお思いください。ところで、どのようにお暮らしですか。山籠もりの君たちが出家なさったのに、ここでこのまま暮らしてゆくおつもりですか。山籠もりの君の北の方だった、宮内卿殿（忠保）の姫君は、どこで、どうしていらっしゃるのですか」。少将の妹が、「親もとにいらっしゃるそうです。先日くださったお手紙には、そのように書かれていました。昔、皆さまが吹上から帰る途中で宮内卿殿の屋敷にお立ち寄りになった時のことを思い出して、激しくお泣きになっているとのことでした。『あの人と同じように出家してしまいたい』などとおっしゃっているようですが、親が許してくださらないので、出家はできないものの、心は兄と同じように修行者になっていらっしゃいます」。右大将が、「幼いお子さまがいたと思いますが、男君でしたか女君でしたか、何歳ぐらいで、今どこにおいでなのですか」。少将の妹が、「十歳を過ぎた女君が一人で、一歳か二歳下の男君が二人います。女君は母君と一緒にいて、二人の男君は、楽器を習わせようと言って、兄が水尾に迎えました。男君の兄のほうは、何をやっても父親よりすぐれているようです。男君の弟のほうは、うまくできずに怒られているそうです」。右大将が、「とてもすばらしい楽器を持っていらっしゃいましたが、それも持って水尾にお上りになったのですか」。少将の妹が、『息子たちに習わせよう』と言って、後で運ばせました。『娘に琴を習わせることができないのが残念だ。少しの間山を出て、琴などを伝授してから、この水尾より深い山に入ってしまいたい』と、いつも連絡してきます」。右大将が、「ああ、あんな所にいて、どんな思いで、幼い男君たちと暮らしていらっしゃることでしょう。

気心が知れたあなたや疎遠になった北の方を残して、あなたの兄上は、一人、どんな思いで水尾の山辺に住んでいらっしゃるのでしょう」

とおっしゃると、少将の妹が、激しく泣いて、

私は、頼りにしていた兄のことも、夫だった左大将殿のことも、まったく忘れることができずに、一人で里に住んで、水尾にいる兄と同じようにつらい思いをしていました。

と申しあげるので、右大将は、「今日は、父上は、女三の宮さまのもとに、『三条殿にお移りください』とお願いするために来られたのです。私が住んでいる所も、今にきっととても広くなると思います。近いうちにそちらにお迎えしましょう。それまで、しばらくの間、このままここでお過ごしください。私のことを疎ましくお思いにならないでください」と言って立って、女三の宮のもとにおいでになった。

左大将が、「こちらへ」と言って、右大将を呼び寄せて、「右近よ、昔のことを思い出して、食事の世話をせよ。湯づけを食べさせてやれ」などとおっしゃるので、右近は、左大将と同じような金の坏に湯づけを入れて、おかずを見た目にもとても美しく調えて、御簾の外の右大将にさしあげる。

左大将と右大将が酒を飲んでいらっしゃるうちに、日が暮れて、車と御前駆の者などが参上した。政所から、炭を多く出して、あちらこちらで火を熾させて、車副の者などを待たせ、餅や乾物などを持って来させて、酒を樽に入れて前に置いて、鋺で沸かして飲ませる。御前駆の者たちには、果物や乾物などを出して、酒を飲ませる。

一一　女三の宮、三条殿の南のおとどに迎えられる。

まず、女童と下仕えが、一緒に副車に乗る。その後、寝殿に寄せた車に、女三の宮がお乗りになる。その車を引き出しなさると、故式部卿の宮の中の君は、泣きながら、「やはり、女三の宮さまを迎えに来たのだ。私は、これからどうなってしまうのだろう。私が書いたこの手紙さえ見せることができないままになってしまった」と思い、その手紙を手に持って立っていらっしゃる。左大将（兼雅）は、女三の宮が乗った車を先に行かせて、しばらくして、中の君のもとに立ち寄って、「今日は、女三の宮を迎えるついでに立ち寄ったかのようだと思って、ご挨拶しませんでした。近いうちに、あらためてお迎えに参ります」と言ってお帰りになる。その時に、中の君があの手紙を投げつけなさったので、左大将は、それを取って、女三の宮がお乗りになった車にお乗りになった。

右大将（仲忠）は、馬に乗って、左大将と女三の宮が乗った車の御前駆をお務めになる。世間の人は、「右大将殿は、継母の宮をお迎えして、その御前駆をお務めになるそうだ」と言って、車を立てて見る。松明を灯した者たちが列を作って、勇みたつ馬を見事な手綱さばきで乗りまわしていらっしゃる右大将の様子を、人々は車から顔を出して見ている。風情がある檳榔毛の車の下簾をたいそう高く上げて、落ちてしまいそうなほど外に身を乗り出して見ている者もいる。右大将が、近寄って、「何を見ていらっしゃるのですか。見物は、私以外にはないでしょう」とおっしゃると、車の中から、「このような好色な振る舞いをする方だと聞いていましたので」。右大将は、「『また逢う機会もある』と言うそうですからね」と言って通り過ぎていらっしゃった。

三条殿にお着きになって、南のおとどに車を寄せた。左大将と女三の宮は、車からお下りになった。今夜お迎えするための準備を、人々に託していらっしゃったので、その者たちがすべて用意してさしあげている。父の左大将は、そのまま、南のおとどでおやすみになる。右大将は、母北の方（尚侍）に、「私はこれで帰ります。明日もこちらに参ります」と申しあげてお帰りになった。

一二　正頼、藤壺を退出させるために参内し、むなしく帰る。

右大臣（正頼）は、退出する藤壺を迎えるために、右大将（仲忠）が源中納言（涼）からお借りになった黄金造りの車に、そのまま装飾などを加えて、糸毛の車三輛と黄金造りの車十輛以上、さらに、女童の車と下仕えの者が乗る車が合わせて二十輛ほど、また、御前駆は、地方に下っている者だけは別にして、都にいる者は、四位と五位の官人たちも残らず参加する。右大臣は、「藤壺さまがお暇を許してもらえないということなので、私が参内して退出させよう」と言ってお出かけになるので、男君たちも、権中納言（忠澄）以外は、皆、お供をして参内なさる。

一行は、縫殿の陣に車を立てて、宮中にお入りになる。

春宮は、昼から、そのけはいを察して、「どういうわけか、気分がすぐれないなあ」と言って、藤壺をつかまえて横になったまま起き上がろうとなさらない。右大臣が参上なさると、春宮が御帳台に入って藤壺と一緒に寝ていらっしゃったので、右大臣は、簀子に上ることがおできにならない。右大臣が御階の下に立っていらっしゃるので、男君たちも全員地面に立っていらっしゃる。何人かの侍女を通して、参上したことを藤壺に申しあげなさるけれど、お取り次ぎすることができずにいるうちに、太政大臣（季明）の大君の所から、「長い年月火葬にされることのなかった死人が、今晩、こうして、やっとのことで運び出されることになるようだ。どんなに腐りきっていることだろう。さかるいはくそむかしのことのはきそすめる（未詳）」と言う声が聞こえてくる。また、嵯峨の院の小宮の所では、下仕えや女童などが、「今晩は、すばらしい日だ。縫殿の陣の所に、急に、車輪に絹を巻いた車が、たくさん立っていた。今晩は、死人が運び出されるようだ。真っすぐな桃の若枝を鞭にして、しっかりと打ちのめしたい」などと言い合っている。

右大臣が、爪弾きをして、「娘を持った人は、すばらしい犬や物乞いだったのだ。娘たちの中でも、かわいいと思った者を宮仕えに出して、こんな呪いの言葉を聞くとは。やはり、犬や烏にでもくれてやって、家の中に閉じ込めてもらえばよかったのに」と言ってお立ちになっている。春宮は、右大臣のその言葉をしっかりと聞いていらっしゃった。

人々が、「夜が更けてしまいます」と連絡をさしあげると、侍女は、「春宮にお取り次ぎできません」とばかりお答えする。右大臣が、孫王の君を呼び寄せて、「足もとのほうから、こっそりと参上して、藤壺さまにお伝えしてくれ。『何度も、退出させてくれないと恨んでいらっしゃるということですし、思いもかけず、宮中に敵などがおありなので、気にかかって、私みずからお迎えに参りました』などと申しあげてください」とおっしゃるので、孫王の君は、「お伝えしてみます」と言って、足もとの方から、滑るようにそっと御帳台に入る。春宮は、それに気づいて、目が覚めて起き上がったふりをして、とても乱暴にさっと足をお伸ばしになったので、孫王の君は、脇息に倒れかかって、腰を強く打ってしまった。屏風や几帳も、ばたばたと倒れた。

孫王の君が、痛みが鎮まるのを長い間待って、このことをご報告すると、右大臣は、「軽率なことだとは思うが、夜分に参って、このまま帰るわけにはいくまい。顕澄よ、春宮にお願い申しあげてくれ。おまえは春宮亮だから、蔵人でなくてもお話しできるだろう」とおっしゃる。春宮亮が、「そんなことはできません。春宮は、ご機嫌がよくないのですから」と言って、春宮にお伝え申しあげなさらないので、右大臣は不愉快にお思いになる。春宮は、それを聞いて、藤壺をしっかりと抱き寄せて、「あなたは、私のことをどんなふうに言いたてて、親兄弟を引き連れて来させて、私を苦しめさせるのですか。参内するにせよ退出するにせよ、すべて、私に知らせてからなさってください。私に知らせずに、親も兄弟も、心を合わせて、私を苦しめようとするのですか。あなたを手放してしまったら、私は生きていられそうもありません。こうしてだますようにして退出させようとするのは、もう参内させるつもりはないと思っていらっしゃるかのようです。いっそ、このまま、二人で一緒に死にましょう」と言って、しっかりと抱きしめて横におなりになる。すると、妊娠五か月ほどのお腹（なか）が激しく動くので、藤壺は、もうどうしていいのかわからなくなって、ひどくお泣きになる。春宮は、なんとも不愉快だとお思いになるけれど、藤壺のお腹が激しく動くので、たいへんだと思って、手を緩めて、「なるほど、帝（みかど）が、『戒めるために言っているのだ』とおっしゃるだけのことはありますね。あなたのために、普通だったら考えられないようなことをしてしまいそうです。こんなふうに、私に心を開くことなく、強情で言うことを聞こうとしないのは、仲忠の朝臣が原因なのですね。あなたは、仲忠の朝臣と結婚できないままになってしまったことを、悔やまれてならないと思い詰めているようです。両親がとてもかわいがっている一人息子、帝がこのうえなく大切になさっている婿で、この国で頭角を現している仲忠の朝臣を破滅させて、世間の人々を悲しませなさることになるのでしょう。あなたは、顔は美しい、でも、性格はとてもいいなんて言えませんね」とおっしゃると、藤壺は、水のように震えて、汗でぐっしょり濡れて、身をかがめて横になっていらっしゃる。春宮は、そうはいったものの、いとしいと思って、「これからは、私に知らせずに退出しようとなさらないでください。どうせ出産のために退出なさることになるのですから、もうしばらくここにいてください。強引に退出しようとするから、とても憎らしいのです」と言って引きとめなさるので、右大臣は、夜中過ぎるまで御階(みはし)の下に立っていて、夜が明ける前にお帰りになった。

一三　翌朝、正頼、藤壺に手紙を書いて、退出を促す。

翌朝、右馬頭(うまのかみ)を使にして、右大臣（正頼）から、藤壺(ふじつぼ)に、「昨夜は、退出なさる道中が心配なので、お迎えするために参内したのですが、お暇(いとま)を許していただくことがおできにならなかったということなので、夜が明ける前に退出しました。今度は、お暇を許していただいてから、ご連絡ください。車などを用意させるのも面倒なので。いやはや。私には二十人に及ぶ子どもたちがおりますけれど、あなたは、ずっと懐に入れておきたいと思うほど大切にお育ていたしましたので、『早く一人前に成長して、春宮妃(とうぐうひ)として晴れがましい目にあっていただきたい』とお思い申しあげていました。それなのに、お迎えに参上したことを取り次いでもらえずにいる間に、たたずみながら聞いておりましたところ、あちらこちらから、不吉極まりない発言が聞こえてきましたので、とてもつらく思いました。私はともかくとして、若い者たちや人々も耳にしたことが、とても恥ずかしい思いがしました。ほんとうに、しばらくの間退出して、ほかの妃たちの気持ちも静めてさしあげなさい」

と手紙がある。それを、侍女が受け取って、藤壺のもとにさしあげると、春宮が、「こちらに持って来い」と言ってお読みになる。春宮は、まことに気の毒だとはお思いになるけれど、「退出なさるように」と書かれているのを、とても憎らしいと思って、手紙を両手でくしゃくしゃにして投げ捨てて、「妃たちが何をなさったのかなど、私には関係がない。恥ずかしい思いをしたとお思いになるならば、もう藤壺さまにお会いにならなければいいと思う」と言わせなさるので、右馬頭は、もうどうしていいのかわからなくなって、困ったことになったと思って退出する。

右馬頭が、右大臣に事の次第をご報告申しあげなさると、どなたも、気の毒に思って大騒ぎをなさる。大宮は、「何か大事件が起こったかのように、軽率にも、男君たちを引き連れて参内したり、配慮に欠ける手紙を書いて、こんなことまで引き起こしたりなさるのは、あなた自身はともかく、若い子どもたちの将来のために、ほんとうに困ったことです」とおっしゃる。

このことを、右大将（仲忠）が聞いて、「だから、『藤壺さまは退出することがおできにならないだろう』と申しあげたのです。右大臣殿はとりわけ慎重なご性格なのに、お気の毒なことだ」とおっしゃる。

一四　司召し。人々、昇進する。仲忠、春宮と対面する。

この日は除目の日だから、左大臣（忠雅）、右大臣（正頼）、右大将（仲忠）などは、一日中評議なさって、夜になって任命なさる。春宮は、その日の夕方に、藤壺を連れて参上して、いつものように御座所をしつらえさせて、そこにいらっしゃる。

翌朝、除目が終わって騒ぐ。とても多くの人を任命なさった。忠澄の中納言は衛門督、内蔵頭だった近澄は右近少将を兼任して、家あこ君は左衛門尉におなりになったけれど、右大臣は春宮には任官のお礼も申しあげさせなさらない。

春宮がこちらに来ていらっしゃるので、任官した人々や殿上人などは喜び、右大将も参上なさった。春宮は、右大将に対して聞き苦しいことはおっしゃったけれど、本心からではなかったので、右大将を召して、お話しなどなさる。春宮が、「先日の講書の際、すぐ近くにいたのに、講書を聞くほかには何もできなかったので、話もできずに残念に思いました。別の機会に、同じように講書をするようにと、帝がおっしゃっていたはずですが、今年はもうできそうもありませんね」とおっしゃると、右大将は、「今のこの時期にするようにとおっしゃいましたが、事情がございまして。年が改まってからするつもりでございます」と言って退出なさった。

春宮は、藤壺を、下がらせなさることなく、すぐ近くに上局を設けて、兵衛の君や孫王の君やあこきだけで、ほかの人は呼び寄せずに、「何か用事があったら、この人たちをお使いなさい」と言ってお残し申しあげなさったので、藤壺は、一昨日の春宮のご様子がとても恐ろしかったことをひどく怖がって、何も申しあげずに上局に控えていらっしゃる。

「任官のお礼をする人が、とても大勢いる。春宮の殿上の間にも参上しているようだ。春宮もいらっしゃる。」

一五　年末。仲忠、仲頼の妹に米や炭を贈る。

年末になったので、あちらこちらに、節料をとても多く献上する。種松は、その中に、右大臣（正頼）と右大将（仲忠）の粥の材料を用意して入れて献上する。右大臣には炭二十荷と米三石、右大将には炭十荷と米十石を献上した。

右大将は、三条殿に、米一石と炭二荷をさしあげなさる。また、同じ数の米と炭を、廏の草刈と馬人を呼び出して命じて、小さい童二人と大きな童子を探し求めさせて、一条殿にいる少将（仲頼）の妹にお贈りになる。右大将は、手紙を、

「先日うかがった時には、いろいろと細かいお話をと思ったのですけれど、日が暮れてしまったので、それもかないませんでした。やはり、申しあげたように、私どもの所へお移

りください。兄上とのことも父とのこともあって、親しい間柄なのですから。それはそれとして、この炭は、水尾にいらっしゃる兄上から贈られる炭と見比べてくださいと思ってお贈りいたします」

と書いて、あまり品質がよくないごわごわした紙に包み、少将の筆跡そっくりに似せて、「水尾から」と書いて、おそばでお使いになっている殿上の童に、「使の童たちに教えて、栗を投げつけた所にさし入れて帰って来い」と言って、一緒に行かせなさった。

その童は、少将の妹のもとにやって来て、「水尾から」と言ってさし入れた。炭として贈られたのは、とても細かく組んだ旅籠に、とのこす（未詳）を貫き立てて、一籠に銭二十貫を入れた物で、覆いをして結んである。米として贈られたのは、絓糸を俵に編んで、その俵三つに絹五十疋を入れた物で、もう一つの俵には、とても美しい綿が二十屯入れてある。少将の妹が、それを見て、「ずいぶんとたくさんの節料をくださいましたが、なぜなのかまったくわかりません。これを、どうしたらいいのでしょう」とおっしゃると、乳母などが、「これも、右大将殿のおかげだと思います。見ず知らずの人や求婚してくる人ならばともかく、そうではないのですから、お受け取りになってもかまわないでしょう。早く、お返事申しあげてください」と言うので、少将の妹は、使の者を呼び入れて、食事をさせたり、酒を飲ませたりなどして、大きな童子には白い袿、小さい二人の童には単衣を一つずつ与えて、懐に入れさせて、

「お手紙ありがとうございました。先日は、お言葉のとおり、もっともなことですが、私のほうでもお話し申しあげないままになってしまって残念でした。前に、『水尾にいる兄の代わりに』とおっしゃいましたので、塞翁が馬のたとえがわが身に起こったかのような気持ちがして、とてもとてもうれしく思います。ところで、お贈りくださった物は、炭焼きまでなさったと思いますから、さぞかし手が黒くなっていらっしゃるだろうと案じられました」

とお返事をさしあげた。上臈の侍女たちは、贈られた物を取り出して並べて見て喜ぶ。少将の妹は、「静かになさい。右大将殿から贈られた物だと聞いて集まって来て、呪詛するかもしれません」と言って、母宮のもとと水尾に贈る物などは手もとに残しておく。宮内卿（忠保）の屋敷にもさしあげたりなどなさる。

右大将は、水尾には、お手紙を添えて、男君たちの衣などを仕立ててお送り申しあげなさる。

［少将の妹のお住まい。上臈の侍女たちが四人、童と下仕えが一人ずつ、侍女が二人ほどいる。少将の妹は、三十歳過ぎくらいで、魅力があって、若々しくて美しい。前に琴をいくつか置いて、心地よさそうに住んでいる。］

一六　兼雅、故式部卿の宮の中の君に、食べ物や炭などを贈る。

種松は、左大将（兼雅）にも、絹や綿などを大きな櫃に積み、錦などをほかにないほどすばらしいやり方で献上した。女三の宮のもとにも、あちらこちらの荘園からも、節料を多く献上した。

左大将は、相変わらず、夜も昼も北の方（尚侍）のもとにばかりおいでになる。食事などは、こちらでばかりなさる。女三の宮がお住まいになっている南のおとどには、時々、昼間などに顔をお出し申しあげなさる。北の方に、先日見た故式部卿の宮の中の君の暮らしぶりをお話しになって、投げつけてきた手紙をお見せ申しあげると、北の方が、激しくお泣きになって、「ああ。親に先立たれて、心細い暮らしをすることは、とてもつらいものですのに。中の君さまは、若い時にお父上に先立たれてしまったのですね。それなのに、夫であるあなたは、長年、大切にし申しあげなさっているとも見受けられません。ほんとうに、どれほどつらい思いをなさったことでしょう。さぞかしお父上が心をこめて言い遺し申しあげなさったでしょうに、どうしてこんな扱いをなさったのですか」。左大将が、「さあ、どうしてでしょう。あなたを見つけ申しあげた時に、胸も心もつぶれて、何がなんだかわからなくなったので、中の君のことまで気がまわらなかったのでしょう。中納言（仲忠）が勧めてくれて、こうして、私が忘れていた、みっともない過去の出来事まで、あれやこれやと思い出させてくれたのです。見舞うために、どんな物を贈ったらいいのでしょうか。食べ物などは、まことに粗末なものでした」などとおっしゃっていると、「右大将殿（仲忠）から」と言って、炭と米を献上なさったので、左大将が、「何か趣向がありそうな物だなあ。こちらへ持って来い」と言って、前に取り寄せて、開けさせて御覧になると、少将（仲頼）の妹に贈ったのと同じように、銭や絹と綿が入っている。絹などは、着るのにふさわしい物だろうかと思って、細かい所まで御覧になると、まことに美しい感じの白絹ばかりである。北の方が、「これを、このまま、今おっしゃっていた中の君さまの所にお贈りなさったらいかがですか」と申しあげなさると、左大将は、「すばらしい考えですね」と言って、それを、箔で装飾した車に、趣がある下簾などをかけて、その銭や絹と綿を入れさせなさる。納殿と贄殿にあった魚や鳥や果物などの中から、上等な物を選ばせて、炭や油などは長櫃に積ませて、お手紙に、

「先日は、うかがってお暮らしぶりを拝見いたしましたが、涙で目も見えなくなって、どうしていいのかわからなくなったので、声をおかけすることができませんでした。しっかりとした分別をお持ちください。でも、今となっては、

空の雲は見えたとしても、これまで姿を見せなかったこの世の人が訪れたとしても、どうにもなりません。

ところで、この米（穀）は、夏用の衣なのでしょうか。歌に、『単衣なるしも身に近ければ』とか言うそうですから、せめてこれからは私をあてになさってください」

と書いてお贈り申しあげなさると、中の君は、「贈ってくださった物よりも、先日の手紙を見てくださったことのほうがうれしい」などと思って、

「先日は、思いがけない機会があったことで、めずらしい気持ちがしましたが、このお手紙に、『これまで姿を見せなかったこの世の人が訪れたとしても』とあったので、うれしく思ったものの、

待っていたあなたは長い年月姿を見せてくださいませんでしたが、私は、これからも、
夕暮れになると、空の雲を見ることになるでしょう」

とお返事をさしあげる。前に左大将からもらった大きな柑子に包んであった黄金は、百両に足りない程度だった。今は唐の国の人が交易のために来朝している頃で、必要な物を買いたいと思っていたところ、こうして贈り物をいただいたので、これまでと同じようにしまってお置きになった。

中の君が侍女たちに衣などを着せてくださると聞いて、里に退出していた者たちが、いいかげんな口実をもうけて戻って来た。贈られた物がまことに多く取り出して並べられてたくさんあるので、ほかの女君たちの所の侍女は、ひどくうらやましく思って騒ぐ。

一七　大晦日。兼雅、仲忠を呼び寄せ、さまざまに語る。

大晦日に、左大将（兼雅）から、「大将殿に申しあげたいことがある」と連絡があったので、右大将（仲忠）は三条殿に参上なさった。左大将が、「お願いしたいことがあって来てもらったのだ。近くにある、今回の除目で近江守に任官した人の家がどうしても要り用なの

だが、その人はあなたが家司としてお使いになっている人だそうだね、あなたが使用していらっしゃる二条の院の東にある、私が所有している家と、その人の家を交換してほしいと、近江守に頼んでください」。右大将が、「とても簡単なことです。私が言うことをとてもよく聞いてくれる人ですから、交換などなさらなくても、きっと献上すると思います。今回の除目では、右大臣殿（正頼）は不本意に思っていらっしゃったのですが、私が無理にお願いして近江守に任官させたのです。それに、その家に近江守自身は住んでいないと聞いています。近江守は、三条の院のそばに、狭いけれど、何棟もの建物が建ち並ぶ屋敷を、とても立派に造って持っています。宮あこ君を婿に迎えたいと思っている娘のための屋敷だそうですが、宮あこ君は、しっかりとした分別がある方で、その話を承けないでしょうから、それも無駄になると思います」。左大将が、「そうはいっても、代わりの家を与えないわけにはいかないだろう。ところで、右大臣殿は、今回の除目で、なぜ宮あこ君を官位に就けさせなさらなかったのだろうか」。右大将が、「まず叙爵をさせたいということなのでしょうか」。左大将が、「蔵人の少将（近澄）は、兄上たちよりもすぐれているようだね。現在の殿上人たちの中ですぐれているのは、この人だけだろう。性格もよさそうだ。誰を北の方として迎えているのか」。右大将が、「前にはいたのですが、今は離婚して、宮あこ君と二人で、親もとで暮らしています。少将は、皇女を妻に迎えたいというだいそれた望みを持っているので、右大臣殿などが戒めていらっしゃるそうですが、少将は、『そんなことを言っても、仲忠も女一の宮さまを妻に迎えているではないですか』と言っていると聞きました。右大臣殿は、『それは、思いもかけず帝がお与えになったからだ。おまえは、どんな才能で、何を理由にして』と、強く咎めていらっしゃるそうですが、少将はその思いを断ち切ることができずにいるのです。このままでは惚けてしまうのではないかと心配されています」。左大将が、「ところで、侍従（仲澄）は、誰のことが原因で亡くなったのか。ひょっとして、あなたの妻の女一の宮さまなのか」。右大将が、「わかりません。事情を知りたいと思って、女一の宮に聞いてみたのですが、『ほかの方でしょう』とおっしゃっていました。侍従は、夜も昼も、心が落ち着かずに、思い悩んでいたので、こんなふうに早死にをする宿命だったからなのだろうかと思いました」。左大将が、「侍従の例もあることだから、おっしゃるとおり、心配されて当然だね。それはそうと、少将は誰に思いを寄せているのか」。右大将が、「女二の宮さまだと思います。裳着をなさったばかりで、まだお小さい方です」。左大将が、「お顔だちなどは、どうなのだろう」。右大将が、「女一の宮が、『私は、人と比べられるような者ではない』とばかり言っていますので、女二の宮さまのほうがお美しいのでしょう」。すると、北の方（尚侍）が、「何をおっしゃっているのですか。女一の宮さまは、とてもお美しいのに。あの美人ばかりの一族で、そのうえ皇女でもいらっしゃるのですから、顔の色合いや髪の毛の筋などは、どんなにすばらしいことか。ほかに、同じように美しい人は見たことがありません。あの方たちだけです。心行くまで拝見できないままになってしまったので、ぜひもう一度うかがってお目にかかりたいと思います」。左大将が、「髪も顔も美しい人は見たことがない。妻たちの中でも、こちらにいらっしゃる女三の宮さまと、故式部卿の宮の中の君も、髪だけは美しかった。でも、この北の方のようにどちらも美しい人は見たことがない。今でもこんなにお美しい」。北の方が、「まあわけがわからない冗談をおっしゃること。顔は、歳をとると衰えるものです。それに、私は、髪を梳かすこともせずにほうっていますが、女一の宮さまは、仁寿殿の女御が、夜も昼も梳かして手入れをしてさしあげなさっていますから、ほんとうにお美しい」。右大将が、「いえ、母上の髪と似ています。私が、『母上の髪と似ている』と申しあげると、女一の宮は、いつも、『お母上の髪は、とてもお美しいのに。私の髪よりも、藤壺さまの髪のほうが似ていらっしゃいます』とおっしゃっています」。北の方が、「女二の宮さまの髪は藤壺さまと似ていて美しいと聞いています」。左大将が、「歳をとることほどすばらしいことはないね。若い頃だったら、この方々のことを、どれほど見たいと思ったことだろうか」。右大将が、「若かった頃にお戻りになったらいかがですか」。左大将が、「今さら若返ったとしても、誰も相手にしてくれないよ」などとおっしゃって、「ところで、宮あこ君は、誰を妻に迎えたいと思っているのだろうか」。右大将が、「宰相の中将殿（祐澄）が弾正の宮（三の宮）にと思っている姫君をと聞いています。でも、宮のほうでは、そんな気はないそうですから、どうなることでしょう」。左大将が、「それも、無理だろうね」。右大将が、「宰相の中将は、女二の宮さまのことを慕って、その思いを、仁寿殿の女御にも女二の宮さまご本人にもあからさまに伝えていらっしゃるそうです」。左大将が、「北の方である若宮のことは、どうするつもりなのだろうか」とおっしゃって、「結婚相手には内親王がふさわしいと思っている人だよ。畏れ多いことだ。ほんとうに身のほどをわきまえない人だ。宰相の中将は、梅壺の更衣が一条殿で暮らすようになる前に、若宮を盗み出して妻にしたのだ。今回もまた、女二の宮さまを盗み出すのではないだろうか」。右大将は、それには答えずに、「そういうことなら、あの家のことは、近江守に申しつけて、その返事を聞いてから、またご報告いたします」などと言ってお帰りになった。

［ここは、絵があって、三条殿。］

一八　正頼の八の君、夫忠俊との不和で、父のもとに身を寄せる。

右大臣（正頼）の三条の院では、右大臣と大宮のもとに、藤大納言（忠俊）の北の方（八の君）が移って来ていらっしゃる。大宮が、「年末で忙しいこんな時に、こうして離れていらっしゃると、大納言殿は困っていらっしゃるでしょう。父の左大臣殿（忠雅）も、けしからんことと思って聞いていらっしゃると思います。何が原因で夫婦喧嘩（げんか）をなさっているのですか」とおっしゃると、北の方が、「なんでもありません。私を大切に扱わないので、夫とはもう顔を合わせたくないと思って」。大宮が、「幼い子どもたちもいるし、また、懐妊なさっているようですね。不都合なことです。年の初めには、さまざまな行事があるのですから、お一人でいるわけにはいかないでしょう。今夜、すぐにお帰りなさい」と申しあげなさるけれど、北の方はお返事も申しあげなさらない。お子さまは、五歳の男君と三歳の女君がいて、また懐妊なさっている。女君は、とても愛くるしいので、父の藤大納言は、とてもかわいがっていらっしゃる。

［三条の院には、人々が献上した物が、とてもたくさんある。種松が献上した、米五石と炭五荷は、仁寿殿の女御と女一の宮のもとにさしあげなさって。］

一九　年が明ける。三条の院の新年の儀。人々、参内する。

年が明けて元日になって、右大臣（正頼）の男君たちをはじめとして、十一人の君たちが、北の対の東側の庭に並んで立って、大宮と右大臣に拝賀なさる。しばらくすると、四人の男宮たちが、とても美しい装束を着て、母の仁寿殿の女御の前に参上なさる。続いて、右大将（仲忠）も参上して拝賀なさる。男宮たちは、女一の宮のもとに参上なさった。青色の汗衫に蘇枋襲の衵を着た女童が、褥を敷いてさしあげて、食事をお出ししたりする。酒をお飲みになろうとしている時に、御簾の内から、仁寿殿の女御が、十の宮に盃を持たせて、

今日と同じように、私が大切に思っている人々と楽しく集まって、これから何度もご一緒に春を迎えたいと思います。

と書いて、右大将にお渡し申しあげなさる。右大将は、十の宮を抱いて、盃に書かれた歌を

見て、

　これから先、春が訪れない年があったとしても、楽しく集まって今日のこの日を待つことは変わらないことでしょう。

とお返事をして、酒を何杯も飲んだ。

　この後、皆、参内なさった。どの婿君たちも、上達部たちは参上なさる。藤大納言（忠俊）は、北の方（八の君）が両親の住む東北の町の北の対に籠もっていて、装束を調えることがおできにならないので、参内なさらずに、子どもたちをかわいがっていらっしゃる。

　上達部たちは、右近の陣に着いた。仁寿殿の女御腹の四人の皇子たちと、右大臣と右大将は、帝の御座所に参上なさる。いつものように、女御や更衣の局の前をお通りになると、后の宮の侍女たちが、「仁寿殿の女御が生んだあの皇子たちを見なさい。風流を解する人たちですが、まるで女皇子たちが連れだっているようですね」と言う。ある所では、「美しいと評判の女一の宮さまが、どうして右大将殿に魅せられてしまったのでしょう」。また、ほかの所では、「帝のおそば近くで護衛する近衛大将だから、婿になるのももっともなことでしょう」などと、口々に言って騒ぐけれど、どなたも、聞こえないふりをしてお通りになる。三の宮は三品、四の宮（帥の宮）は四品、もうお一人の六の宮は無品、三の宮と四の宮のお二人は、禁色が許されていらっしゃる。六の宮は、まだ許していただいていない。全員が、蘇枋襲の綾の上の袴を穿いていらっしゃる。皇子たちは、帝の御座所にそのまま控えていらっしゃる。

二〇　同日、仲忠、藤壺を訪れ、さらに梨壺と対面する。

右大将（仲忠）は、藤壺に参上して、孫王の君に、「私が参上したことを藤壺さまにお伝えください」と申しあげなさると、孫王の君が、「ここ数日は、上局に籠もっていらっしゃいます。先日の夜、右大臣殿（正頼）が藤壺さまをお迎えするために参内なさった時に、春宮は、ご機嫌がとても悪くなって、その夜、藤壺さまを上局にお連れしたまま、こちらの局の者もお近づけになりません。ですから、お伝えすることはできないでしょう」と申しあげる。右大将が、「上局には、侍女たちは誰もいないのですか」。孫王の君が、「ただ、一人か二人がいるだけです。兵衛の君とあこきです」。右大将は、「わかりました。そういうことなら、しかたがない」と言ってお帰りになった。

右大将は、藤壺が上局においでになる時にはうかがっても無駄だとわきまえているので、梨壺に参上してお会いになった。梨壺が、「先日、人が、『母宮は三条殿に迎えていただいた』などと言っていましたが、どういうことなのでしょうか。春宮は、それを聞いて、『帝が、ほかの妻たちも大切にせよと、私を戒めなさったので、それを聞いて驚いたのだろう。それで、右大将が計画して女三の宮を迎えたのだろう』とおっしゃっていました。帝も、同じようにおっしゃっているそうです。帝も、『とにもかくにも、女三の宮を迎えたということだから、左大将（兼雅）は女三の宮への思いをいつまでも変えずにいてくれたのだな。本心はわからないが』とおっしゃっているそうです」。右大将が、「私がお勧めしたのではありませんが、父上が、『このままにしておくわけにはいくまい』と言ってお迎えなさったのです。私などがお勧めできることではありません」。梨壺が、「先日の夜、春宮が私をお召しになりました。参上すると、春宮は、『嵯峨の院の小宮のことを、このままにしておくわけにはいかないとお思い申しあげてはいるのだが、恐ろしいことをおっしゃっていたことばかり思い出されて、何も申しあげられないのだ』などとおっしゃっていました。藤壺さまは、どうしてなのでしょうか、春宮の御簾のすぐ前に上局を設けられて、つらそうにしていらっしゃるそうです。乳母たちなどは、『春宮は、どうしてなのでしょうか、特にほかの妃たちに目も向けたりはなさいません。お二人の仲はどうなってしまわれるのでしょう』と嘆いていると聞きました」。右大将が、「そんな嘆きは無用です。寵愛を受けている人とは、そうなのです。臣下の人でも、恋い慕う人がいる時には、片時でも、ほかの女性にとは思わないものです。ところで、春宮は、梨壺さまのことを、どのようにおっしゃっているのですか。父上に懐妊なさったことをお知らせしたところ、父上は、不審に思って、『春宮は、ご自分の御子だとおっしゃっているのだろうか。どうして今ごろ懐妊したのだろうか』などと申していらっしゃったそうです」。梨壺が、「何はともあれ、春宮はご自分の御子だと認めてくださっています。先日も、『藤壺も、同じように懐妊しているようだ。あなたは、入内して何年もたつのに、懐妊なさらなかったのに』などと言っていらっしゃいました」とおっしゃったので、それを聞いて、右大将は退出なさった。

[ここは、梨壺。]

二一 加階、賭弓の節、いぬ宮の百日の祝いが続く。

七日になって、人々が昇進なさる。右大臣（正頼）は正二位、左大将（兼雅）は従二位、左衛門佐（連澄）は四位、宮あこ君は従五位下におなりになる。女性の叙位では、尚侍が、一階越えて、三位に昇進なさる。

賭弓の節には、左大将は参内なさらない。左方が負けておしまいになった。内宴は催しなさらない。

二十五日の乙子の日は、いぬ宮の百日目にあたっていた。この百日の日の祝宴は、尚侍が催しなさる。この日が子の日であることもあって、三条の院に参上なさる時に、右大将（仲忠）は、春宮の若宮に、趣向を凝らした玩具やお食事を用意させなさる。雛遊びのための、糸毛の車や黄金造りの車をさまざまにこしらえて、それに人を乗せて、黄金の黄牛に引かせ、白銀と黄金の破子を作って、その中にとてもおいしそうな物を入れ、馬に人を乗せたりなどした物を用意なさった。

いぬ宮の百日の祝宴の日になって、尚侍が、六輛の車で参上なさった。

この日のお食事は、いぬ宮の前には沈香の折敷十二と金の坏、ほかの方々の前にも、それぞれに用意されている。檜破子も百ある。

右大臣は、昨夜は、除目の夜だったので、左大臣（忠雅）と一緒に参内なさっていた。女一の宮と仁寿殿の女御の食事をさしあげる。男宮たちの前にも、いつものように、衝重と破子が置かれる。大宮にも、食事を用意してさしあげた。檜破子に載せてさしあげなさる。女御に仕える侍女たちにも同じ数、春宮の若宮たちに仕える侍女たちにも檜破子五つ、それ以外の方々のもとにも、皆さしあげなさる。宮中にいらっしゃる藤壺に、檜破子を十、普通の破子を十お贈り申しあげなさる時に、女御が、青い色紙に、

「新年を迎えたらすぐにお手紙をさしあげようと思っていたのですが、どういうわけか、こちらからの手紙は見ていただけないように聞きましたので、遠慮しているうちに、いぬ宮が、こうして百日の祝宴をする日になりました。そこで、このことをお知らせしなくてはと思って、お手紙をさしあげました。

　将来どこまで生長するのかもわからない小松（いぬ宮）に、今日は、めでたい子の日だと知らせることにします」

とお手紙を書いて、小松につけてさしあげなさる。

藤壺は、踏歌の夜からは上局からご自分の局に下がっていらっしゃったので、来訪の挨拶もこちらで聞き、兄弟の男君たちも参上なさる。贈られた檜破子は春宮の殿上の間にさしあ

げて、女御に、

「ほんとうに、長い間お手紙をさしあげずにいて申しわけありません。ここ数日は、里からの手紙も見ておりませんでした。お会いしてからいろいろとお話し申しあげたいことがございます。最近は、そちらではどのようにお過ごしなのかと思っておりました。ところで、この小松は、

　将来何度となく子の日を迎えることになる姫松（いぬ宮）に、私も、結びつけたい祝いの言葉があります。

退出したいと思っているのですけれど、思いどおりにならないのです」

とお返事をさしあげなさる。

いぬ宮の口に餅を含ませ申しあげなさる時に、女御が折敷(おしき)の洲浜(すはま)を御覧になると、いつものように、鶴が二羽、しかよろひてある（未詳）。松が生えている。左大将の筆跡で、

　百日川が、今日が百日の日だと知らせてくれました。姫松（いぬ宮）よ、毎年の乙子の日を数えて、千年の松となって栄えてください。

と書かれている。女御は、「百日川は、とてもすばらしい先生なのですね」と言って、

　これから子の日を千年も数えることになる姫松（いぬ宮）が、それでは、生まれてから百日になったのですね。

尚侍が、

　生まれてから数えて百日目の今日を子の日だと知った姫松（いぬ宮）ですから、千年の松になるということを必ず習うことになるはずです。

女一の宮が、

　姫松（いぬ宮）は、子の日を多く数えながら、たくさんの年月を過ごすことになるはずです。

と書いて、尚侍が、折敷に載せたまま、御簾の外にさし出しなさると、右大将が、

　姫松（いぬ宮）は、子の日の中でも乙子の日だけを数えながら、千年の春を迎えることになるのだと知ってほしいと思います。

と書いて御簾の内にさし入れたので、御簾の外にいる方々は御覧になれなかった。男宮たちも、宰相の中将（祐澄）・良中将（行正）・蔵人の少将（近澄）・宮あこの大夫も、皆、歌をお詠みになったけれど、ここには書かない。

二二　百日の日、仲忠、藤壺腹の男宮たちに贈り物をする。

右大将（仲忠）は、東の対の南の廂の間に参上して、春宮の若宮たちの前に、小さい沈香の折敷と瑠璃の坏で食事をさしあげなさる。小さな玩具の車を二つずつ、白銀の馬と黄金の馬を、さまざまに色とりどりに作り調えて、「宮たち、出ておいでください」とお呼び申しあげなさる。兄宮は、若宮と申しあげる。五歳で、体も大きく、顔の色合いや髪の毛の様子

は、母の藤壺に似ていらっしゃるけれど、全体的には、父の春宮に似て、気品がおありで、背中くらいまで伸びた髪は海松を髪の形にしてつけたようである。綾掻練の袿一襲に袷の袴を穿き、織物の直衣を着ていらっしゃる。弟宮は、四歳で、髪は、肩くらいの長さで、兄宮に似ている。弟宮も、兄宮と同じような装束を着ていらっしゃる。右大将は、お二人を膝の上にすわらせて、「あちらにいる子に餅を食べさせたいと思うのですが、宮さまたちにまず食べていただいて、そのお下がりをと思っております」。若宮が、「私がその子を見に行ったところ、女一の宮さまが隠して見せてくださいませんでした」。弟宮が、「見せてくださらなかったので、激しく泣くと、見せてくださいました。抱っこした時に、落としてしまって大騒ぎになりました」。右大将が、「ところで、見てどうお思いになりましたか。醜かったですか」。若宮が、「いいえ。とてもかわいい子でした。こちらに連れて来させようとしたら、大騒ぎで引きとめました。今すぐに、抱いて連れて来てください」とおっしゃるので、右大将が、「今は、汚らしく見苦しくて、失礼なこともしますから、いずれ、大きくなった時に、呼び寄せて、かわいがって召し使いください」。若宮が、「そうなったら、とてもうれしいでしょうね。遊び相手がいなくて、とてもつまらないのです」とおっしゃる。右大将は、ご自身の手で食事の世話をして、宮たちに食事を口に含めて食べさせてさしあげなさる。お二人の宮に、玩具の車を、「人形に子の日の遊びをさせていただきたいと思って持って参りました」と言ってお渡し申しあげなさると、宮たちも、喜んで手に持ってお遊びになる。右大将は、いつも、こんなふうに、趣向を凝らした玩具をさしあげなさっていたのだった。
［ここは、三条の院の東北の町の東の対。］

二三　同日、尚侍、被け物をする。人々帰る。

右大将（仲忠）は、寝殿にお移りになった。尚侍は、賭弓の節の還饗のために準備なさっていた被け物を三条殿に取りに行かせて、仁寿殿の女御腹の三人の男宮たちには、袿と被衣を添えた女の装束、宰相の中将（祐澄）と良中将（行正）には、恒例の女の装束、蔵人の少将（近澄）と大夫の君（宮あこ君）には、織物の細長と袷の袴などを被けなさる。

こうして、皆お帰りになった。

尚侍は、寝殿の南の廂の間に御座所をしつらえて、お供の侍女たちなどが、そこに控えている。尚侍ご自身は、女一の宮と仁寿殿の女御にお話し申しあげなさっている。
［百日の祝宴をしている所。尚侍は、夜が明ける前においでになる。いぬ宮は、首がとてもよくすわっていて、上体を反らしたりなさる。人を見ては、いつも笑っていてかわいい。］

右大将は参内なさる。

除目では、宮あこ君は侍従に、左衛門佐（連澄）は兵部大輔になった。そのほかは、人々が、私的に官職の推挙をなさる。右大将は、昔、北山から下りて都に戻っていらっしゃった時の二人の馬副のうちの一人を、とても難しかったが、推挙して伊予介に任官させなさった。

その当時は、二人は、大学允と蔵人所の下級役人であった。

二四　二月。仲忠、近江守の家を兼雅に献上する。

こうしているうちに、月が変わって、二月になった。右大将（仲忠）は、三条殿に、左大将（兼雅）が前にほしがっていらっしゃった家の権利書をさしあげなさった。左大将に、「ほしがっていらっしゃった家をさしあげます。近江守は、『任じていただいた近江国での所得で、家ぐらいは造ることができそうです。この家は、こうして小さくてみすぼらしい所ですが、この家をとおっしゃいますので』と申しております。家の調度をそのまま一緒に献上するようです。これがその目録です」と申しあげて、目録をさしあげなさる。左大将が御覧になると、厨子・唐櫃・几帳・屏風をはじめとして、家の調度類が揃っている。蔵には、物が置いてある。この家は、ゆへぬしはかりの（未詳）所の垣を完璧に新しく造って、檜皮葺きの殿舎をとても立派に造って、そのまま入って住むだけでいいように調えてある。左大将が、「代わりにと思って用意しておいた家は、どうしたらいいのだろう。必要なら、この春のうちに近江守に渡そう」とおっしゃると、右大将は、「近江守は、『けっしていただくつもりはありません』と申しておりました。『私のことをどれほどのふがいない者とお思いになって、代わりの家などとおっしゃるのだろう』と言って、遠慮して恐縮しておりました」と申しあげてお帰りになった。

二五　二月五日頃、故式部卿の宮の中の君、近江守の家に迎えられる。

二月五日頃に、左大将（兼雅）は、一条殿の故式部卿の宮の中の君のもとに、三輛（さんりょう）ほどの車で、お召しになる御衣を衣箱（ころもばこ）に入れて車に載せ、五人か六人の気心が知れた従者を連れて、夜が更けてから、こっそりとお出かけになる。中の君のお住まいにそっとお入りになると、侍女たちが装束を調えて、上臈（じょうろう）の侍女たちが四人、女童（おんなわらわ）と下仕えなどが二人いて、中の君も、白い衣などをたくさんお召しになって、御殿油などを灯している。

左大将が、中の君に、「この前来たのですが、何もお話し申しあげないまま帰ってしまいました。あなたへの愛情は少しも薄れていないのですが、どういうわけか、私がまだ元服する前に、いとしく思った人が、私さえ知らないうちに姿を隠してしまったのですが、その人を見つけて、その人を、いとしいと思いながら、長年一緒に暮らしている間に、あなたがこんなふうに過ごしていらっしゃることも、知ることができませんでした。やめましょう。その話は、また、落ち着いていたしましょう。その人が住んでいる三条殿の東角の向かいに、小さな家があります。そこに移って、なんの気遣いもなくお暮らしください。あなたが、こんなふうに誰からも特別に顧みられることがない所で、思いどおりにならない暮らしをなさっているので、お迎えにと思って参りました」とおっしゃると、中の君は、「突然なことなので、どうしていいのかわかりません」と言って躊躇（ちゅうちょ）なさる。左大将が、「特別な財産などないのですから、かまわないでしょう。多少ある調度などは、ここに乳母を残しておいて管理させなさればいい。今日は、お移りになるのにいい日です」とおっしゃると、中の君が、「そういうことなら」とお答えになるので、左大将は、車を寄せさせて、中の君をお乗せして、副車には、一緒にいた上臈の侍女たちなどを乗せて、中の君の着替えの装束を入れた包みなどを載せて、ほかの女君たちに知られないようにこっそりと、西の門から出る。

近江守から献上された家に入って御覧になると、御座所は新調されていて、見た目にも美しい屏風や几帳などを立ててある。中の君が手に取ってお使いになる調度品は、すべて揃っている。左大将は、その夜はそのままそこにお泊まりになる。贅を尽くした引っ越しの祝いの膳が用意されていた。

左大将が、翌朝、家の中を御覧になると、しらたて（未詳）覆った唐櫃二具があって、錠をかけてその鍵が結びつけてある。開けて御覧になると、中には香の唐櫃がいくつも入っている。ある物には御衣をさまざまに仕立てて入れ、ある物には美しい絹や綿やをのをの紙（未詳）などが入れてある。衣桁に、覆いをして衾などがかけてある。そのほかにも、厨子や唐櫃などがたくさんある。御座所の外には、四尺の厨子が三具、三尺の厨子が一具あって、いずれにも覆いがしてある。そして、その厨子にも、唐櫃と同じように錠をかけて鍵が結びつけてある。左大将が開けて御覧になると、男用と女用の調度品が入っている。覆いをした二階厨子が一具あって、硯箱などが置かれている。大きな厨子が一具あって、一つには、とても美しく仕立てられた唐物が入れてある。いま一つには、調度や灯台の道具などが入れてある。壁代は、白くて新しい。寝殿の北に、新しい長屋がある。へたてことのうちあまたして（未詳）、贄殿では、酢や酒を造り、漬物・炭・木・油などを置いてある。蔵が一つあって、それには、銭と米や、あまり立派ではない布などを置いて、錠をかけて、鍵は厨子にしまってある。御厨子所には、左大将のための料理を、とても豪華に用意している。

　左大将が、歩きまわって見て戻っていらっしゃると、中の君は、昨夜、左大将が包ませて持っていらっしゃった綾掻練の袿と織物の細長などをお召しになっていて、歳は四十歳より一歳か二歳若いけれど、とても気品があり、おっとりとしていて、かわいらしい顔をして、髪は、背丈よりも二尺ほど長くていらっしゃる。とても若くお見えになる。左大将は、「一条殿に残った人々のもとに、『そこにある見苦しい物は、乳母の家にすべて送って、どこもかしこも充分に掃いてきれいにして、夜になったらこちらに来なさい』と言いに行かせよ」とおっしゃる。

　昨夜から転居後三日間の食事の世話などは、この家の持ち主だった近江守がお世話する。今日は、食膳と金の坏で食事がふるまわれる。左大将は、家の権利書を、近江守が献上した目録を添えてお渡し申しあげなさる。左大将が、「これは、厳重に管理できる物に入れてしまっておきなさい。この権利書や目録までなくさないでください。私は、こちらには、毎日のようにうかがうことはできません。でも、近くに住んでいるのですから、時々、ちょっと顔をお出ししましょう。今は、若いわけでもありませんし、親もいらっしゃいません。これまでと同じように暮らしたいなどとはお思いにならないでください。あちらにいる子の母（尚侍）は、とても気立てがよく、ほかに例がないほどすぐれた人です。その人に対しては、疎ましく思わずに、親しくおつき合いください」と言ってお帰りになった。

［ここは、故式部卿の宮の中の君の屋敷。］

二六　兼雅、尚侍に、故式部卿の宮の中の君を迎えたことを報告する。

左大将（兼雅）が、北の方（尚侍）のもとに帰って来て御覧になると、北の方は、美しい装束を着て、髪を梳かしてすわっていらっしゃる。今すぐに婿を迎えてもおかしくない娘のようで、とても美しい。住まいも調度も、言葉で表現できないほどである。北の方は、暗い所でも、顔も姿も光り輝いて見える。薫き染めた香の香りがすばらしいことは言うまでもない。上臈の侍女も、こんなふうに美しい侍女たちが三十人ほど出たり入ったりしているけれど、それでも常に二十人ほどの侍女たちがいる。女童と下仕えも大勢いる。この屋敷は、もとは一町の広さだったけれど、何年もかけて、買い広げて、心をこめて多くの建物を軒を連ねて建てている。左大将が、北の方に、「長年申しわけなく思ってきた人々を住まわせたいと思っています。今回引き取って住まわせた人は、頼る人がいない、とてもかわいそうな人なのです。父宮が、多くの財産や立派な荘園などをお与えになったようですが、私が長年世話をせずにいた間に、まるで別人のようになって、財産も荘園もすべて失ってしまいました。仕えていた者たちも、経済的なよりどころがなくなってしまったので、皆出て行ってしまいました。こんなふうに気の毒な人なのです。あなたも、特に親しく思っている人もいらっしゃらないようですから、個人的な知り合いとしてでもつき合ってやろうと思って、心遣いをしてあげてください」。北の方が、「親を亡くし、世話をしてくれる人もいない若い方が、どうして暮らしてゆけましょう。それにしても、世間の人はともかく、その方ほどではなかったはずの私でさえも、この世をどうやって過ごしたらいいのかもわからず、父上も、呪うように、『災いがある身ならば、幸せを願っても、きっと途方にくれることになるだろう。幸いがある身ならば、恐ろしいものの中に放り出したとしてもかまわないだろう。あなたのことは、ひたすら、神仏におまかせ申しあげる』と、不吉なことをおっしゃっていましたが、そのうちに、両親が続いて亡くなってしまったので、驚きました。まして、親王たちの御子という身分の人は、どうやって過ごしてゆけましょう」と申しあげなさるので、左大将は、「ほんとうに、そのとおりだ。娘を大勢持っていないことは気が楽だね」などと言って、「今日は、気の毒に思っていた人々を慰める日にしよう。女三の宮をお見舞いして戻って来て、中の君のもとを訪れよう」と言って、女三の宮のもとに参上なさる。

二七　兼雅、女三の宮のもとを訪れる。

女三の宮の所は、もともと右大将（仲忠）のお住まいとして造られた所で、女一の宮も訪れていただけるようにと考えて、寝殿の南から遠く離れて、池や築山に近い所に、月を御覧になるための、高くて立派な、新しく造られたばかりの西の対と廊がある。上臈の侍女たち十人ほどと女童などがいる。女三の宮は、まことに才気も気品もあって、落ち着きがある様子ですわっていらっしゃる。

左大将（兼雅）は、女三の宮に、「長年ご無沙汰しておりましたが、せめて近くに来ていただいたこれからは、頻繁にうかがいたいと思うのですが、なかなかそれもかないません。こちらにおります尚侍は、その人もまだ若く、私もまだ世間のことも知らずにいた時から関わりがあった人です。その間に子が生まれたのですが、それを知らせずに、ちょっとしたことが原因で嫌気がさして姿を隠してしまったのです。そのまま、長年捜し出すことができずにいましたが、めったにないことですが、やっとのことで見つけ出したといった事情なので、大切にしないわけにはいかないのです。私が、『ほんのちょっと出かけて来る』と言って、一条殿を退出して、そのままこの三条殿に住みついてしまいましたので、さぞかしけしからんとお思いになられたことでしょう。それ以来、ここ数年、ほかに通う所もなく、宮仕えも、以前のようにもせずにずっと籠もっております。ですから、こちらに通って、いつもと違っておかしいと思われたら、また、どこかに姿を隠してしまうのではないかと心配して、出歩くこともできません。尚侍は、とてもよく気がまわるので、めったに気をゆるすこともできません。子の仲忠は、子ではありますが、私はまるで親のように頼りにしています。その仲忠が私を見てどのように思うかと考えると、憚られて。何かの折に御覧になっていることでしょう、どういうわけか、色好みの私とは似ても似つかぬ子なので、まだ若いのですが、真面目一方で、妻を一人お迎えしているようですが、私が、分別もなく、あちらこちらの女性のもとに忍び歩きをするのを見てどう思っているのかと考えると、恥ずかしくて。今も、昔のように、あなた一人を大切にしなければならないのですが、それもかないません」などと申しあげなさると、女三の宮は、「気になさることはありません。中納言殿（仲忠）も、昔は、あなたにも劣らず色好みだという噂でしたが、女一の宮さまが美しいと評判の方なので、真面目一方におなりになったのでしょう。あなたも、尚侍さまが、今の世に例がないほどすばらしい方でいらっしゃるそうですから、ほかの女性に目が向かなくなっておしまいになったのでしょう。ほかの方では、あなたの色好みの心を静めることはできなかったのですね」などと言って、積もる話をたくさんして、左大将はお帰りになった。

［ここは、三条殿。女三の宮のお住まい。］

二八　一条殿に残された妻妾たち、それぞれに引き取られる。

左大将（兼雅）は、一条殿に、夜が更けてから、車に乗ったまま建物に寄せてお下りになったので、ほかの殿舎に住む人々は、女三の宮と故式部卿の宮の中の君が迎えられたことを知らずにいらっしゃったが、こうして、荷物を運び出したり、家を掃除したりなどすることに驚いて、「私たちは、『こうして集まって住んでいる所に、女三の宮さまと故式部卿の宮の中の君も、一緒に住んでいらっしゃる』と思っていたから、我慢して住んでいたのだ。その時でさえ、この先どうしていいのかわからない思いで暮らしていたのに。まして、女三の宮さまは三条殿にお迎え申しあげるし、大切に思っていた中の君は三条殿の近くの別の家に迎えたということは、私たちのことは追い払うことはできないが、このままここで暮らさずに出て行けということなのだろう」と思って嘆いている。

その頃、真言院の律師（忠こそ）は、家などを買って、叔母上（千蔭の妹）に、「お移りください」と申しあげなさっていたのだが、叔母上は、左大将殿がどうするのかを見とどけようと思って、しばらく一条殿に残っていらっしゃった。けれども、律師が、このことを知って、夜、ご自身で訪れて、叔母上を迎えて、車でその家に連れてお移りになった。

北の対にいらっしゃった方は、左大将の妹である。右大臣（正頼）のもう一人の北の方である大殿の上と同腹の妹で、左大将とは兄と妹であっても、母が違っていて疎遠だったのだが、妹でありながら親しく契りを交わして、こっそりと一条殿に迎え取って通っていらっしゃったのだった。后の宮の御匣殿の別当は、母が違う妹だけれど、とてもかわいがって心にかけていらっしゃったので、今回のことを聞いて、「だから、『こっそりとこちらにお移りください』とお勧めしたのです」と言って、屋敷の別棟の建物にお移し申しあげた。梅壺の更衣は、宰相の中将（祐澄）の私邸に、娘である北の方がお迎え申しあげなさる。西の一の対に住んでいらっしゃった方は、兄などがいたので、その兄が迎えた。この方は、宰相ほどの人の娘で、まだ若い時に左大将と結婚させたのだった。少将（仲頼）の妹は、右大将（仲忠）が、二条の院の閑静な家に、しばらくの間と思って住まわせなさったので、一条殿には女君たちは誰もいない。ただ、女三の宮の家司たちが集まって、妻や子どもを引き連れて来ていて、中には、下屋に曹司を作って住んでいる者もいる。

二九　花盛りの頃、兼雅、仲忠と、一条殿を訪れる。

こうしているうちに、花が盛りで風情がある頃に、左大将（兼雅）が、右大将（仲忠）に、「一条殿は、今は人気もないそうだが、行って、どんな様子になっているのか見てみたい。さあ、一緒に行こう」と言って、連れだって出かけて、まず、左大将の妹が住んでいらっしゃった北の対に入って御覧になると、御座所に、その方の筆跡で、

妹背川が澄むことがないように、兄上が妹の私のもとに住むことがなくなってしまった

この家のために、私は涙までも流したことです。

と書いてあるの見て、左大将は、気の毒にお思いになる。次に、梅壺の更衣が住んでいらっしゃった西の対を御覧になると、御座所の柱に、

山近くにいた雲が下りて来て、ここにいるようになって親しく逢っていただけると思いましたのに、どうして風に吹かれる塵のように行方を定めぬ身となっているのでしょう。

と書いてあったので、それを見て、左大将は、「この方は、嵯峨の院にお仕えしていたのを連れ出して来たのだ。ああ、申しわけないことをした」とお思いになる。次に、宰相の上が住んでいらっしゃった西の一の対を御覧になると、

ここを私の家だと思って長年待っていましたが、来ていただけずにつらい思いをいたしました。このままでは、私が三途の川を渡る時にも来ていただけないのでしょうね。

と書いてあったので、左大将は、ほかの方にもまして、「ああ、どこへ行かれたのだろう。ぜひ、この歌の返事をさしあげたい」とお思いになる。次に、千蔭の右大臣の妹が住んでいらっしゃった東の二の対に入って御覧になると、その対の前に、さまざまの竹が生えていて、そのそばの柱に、

来ないあなたをずっと待ち続けた私がいなくなったら、籬の竹を誰が払うことになるのでしょう。

と書いてあるのを見て、『昔のことを』という歌を書いた色紙を橘に入れて投げつけてきた

所だ」とお思いになる。次に、少将（仲頼）の妹が住んでいらっしゃった東の一の対に入って御覧になると、御座所の柱寄せに、

　この家は、あなたが通って来て逢ってくださったから、いつかまたお姿を見ることができるのではと期待できたのです。それなのに、そんな私さえ、見知らぬ所に行くのですね。

と、草仮名（そうがな）で書いてある。左大将が、「この人は、どこへ行かれたのだろう。おそらく、母宮のもとではないだろう」とおっしゃると、右大将は、「私が、二条の院にお移し申しあげました。近いうちに、三条の院が広くなるはずですし、あちらにいる女一の宮が、親しくする人がいなくて寂しい思いをしていらっしゃいますので、そちらにお迎えするつもりです」と申しあげなさる。左大将が、「昔は、若くて、こちらが恥ずかしくなるほどすばらしい人だったが、何か困ったことが起こらなければいいが」。右大将が、「とても感じがよくて、嗜（たしな）みがある方でいらっしゃいました。お迎えする準備は、何もかもすべて調っております」。左大将は、「ああ申しわけないことをした」とおっしゃる。

　左大将は、歩きまわって見て、「昔は、どの殿舎でも、我も我もと、美しさの限りを尽くして住んでいたのに、今日は、すっかりいなくなって、誰もいない。花は、色とりどりに咲き乱れている。人が少なくてひっそりとしているな」と思っていらっしゃると、いたわしい思いになられるので、涙を落として、

花でさえも変わることなく、昔と同じ色で咲いているのに、待つ時が過ぎた人は花が散るようにいなくなってしまったことだ。

とお詠みになると、右大将が、「私も詠みましょう」と言って、

長い年月がたつと、待っていた常緑の松さえも散らす家なのですから、今、春を盛りと咲いている梅がいつ散るかと嘆かれるのです。

とお詠み申しあげなさると、左大将は、「ああ、私に対する思いやりがないね」と言って、修理すべきことなどを命じてお帰りになった。

［一条殿。］

三〇　兼雅、一条殿の様子を尚侍に語る。

左大将（兼雅）が、北の方（尚侍(ないしのかみ)）に、「長年、一条殿のことが気にかかっていたのですが、女君たちがつらい思いをしているだろうと考えると申しわけない気持ちがして、訪れなかったのです。誰もいなくなったと聞いて出かけたところ、とてもいたわしい思いになりました。広い家に建物もたくさんあって、昔は、どの建物にも、あふれんばかりに人が住んでいたのですが、今では、人が住んでいるけはいもなく、格子や簾(すだれ)をすっかり下ろして、草木ばかりが生い繁っていました。どの殿舎にも歌が書きつけてありました」などと申しあげなさるので、北の方が、昔、京極殿で左大将の訪れを待っていた時のことを思い出して、

　昔は、あなたの訪れを待って、涙が尾上の滝のように流れました。それなのに、あなたは、住み心地がいい一条殿で、どのようなお暮らしをなさっていたのでしょうか。

と書きつけてお見せ申しあげなさると、左大将は、「わが身を抓って初めてわかるのですね」とおっしゃる。左大将は、この頃、いつも北の方のもとにばかりいらっしゃる。

　女三の宮のもとには、左大将からは何もさしあげなさらないけれど、こうして三条殿にお住まいになったので、ご自分のための物は、あちらこちらの荘園から運び入れて献上し、ご兄弟姉妹の宮たちからも、旅住みをなさっているそうだと聞いてお見舞いの品々をお送り申しあげなさるので、これも、右大将（仲忠）のおかげだと思っているにちがいない。

　故式部卿の宮の中の君のもとには、左大将が、贈り物を、何もかも、少しずつお分け申しあげなさる。左大将は、夜はおいでになることはないが、宵の間などに時々訪れなさる。

三一　兼雅と仲忠、懐妊で退出する梨壺を迎えに参内する。

　こうしているうちに、梨壺が、「ぜひとも退出したい」と申しあげなさった。左大将（兼雅）は、右大将（仲忠）が三条殿においでになった時に、「梨壺が、『退出したい』と言ってきたのだが、どうしたらいいだろうか。懐妊した人は、御帳台の宿直などをしてはじめて退出することを許されるものだ。春宮は、退出することをけっして許してくださらないだろう」。右大将が、「必ず許してくださるはずです。以前に何度も夜の御殿に参上なさったそうですから。春宮が、『藤壺も、同じように懐妊している』などとおっしゃっていたと聞いています」。左大将は、「さあ、どうだろう。世間は嫌な噂をするものだから、誰かが不愉快なことを言いたてるのではないかと思うと心配なのだ。車などを用意して、迎えに人を行かせよう」と言って、車の準備をさせなさる。右大将が、「一条殿は、現在、誰もいなくて恐ろしいと思います。この三条殿なら、どのようなお世話もできましょう」と言って、女三の宮のお住まいの西の廂の間に、西の対にかけて、一条殿にあった調度類を運ばせて、美しく飾りたてさせ、車十二輛で、左大将方と右大将方を合わせて、数えきれないほど多くの御前駆を従えて、女三の宮の上臈の侍女たち二十人ほどが、梨壺をお迎えするために参上する。

右大将が、「梨壺さまのお迎えに参ります。父上も一緒においでになりませんか」と申しあげなさると、左大将が、「迎えになど行けるものか。あなたにとっても、帝がお聞きになったら、具合が悪いことになるのではないか」。右大将が、「お迎えに行かないわけにはいきません。女は、しかるべき人がお供をすることで、重きを置かれることにもなるのです。そんなことをおっしゃらずに、一緒においでください。世間の人の見る目もありますし、春宮もどんな思いでお聞きになることでしょう」と申しあげなさると、左大将が、「右大臣殿（正頼）は、藤壺さまをお迎えするために、男君たちを引き連れて参上なさって、大騒ぎになったが、あれは、春宮から退出させたくないと思っていただいたのだから、名誉なことだ。退出させたために、春宮からいつまでもお咎めを受けたとしても、かえってそのことで喜べるのだ。もっとも、親や兄弟を責めたてなさったら、とても肩身が狭い思いがすることだろう」と言って渋っていらっしゃったのだが、右大将は、強引に促して参内なさる。

　春宮は、左大将と右大将が梨壺に来ていらっしゃると聞いて、梨壺は退出するつもりなのだと思って、梨壺においでになった。二人の大将がいらっしゃるので、春宮は、梨壺に、「あなたは退出なさるおつもりだったのですね」と言って、「そこにいる左大将は、ずいぶんと久しぶりですね。今年はまだ会っていなかったですね」とおっしゃる。左大将が、恐縮して、「今日は、こうして参上いたしました。今は宮仕えもせずに籠もっておりましたので、長い間参内もせずにいましたが、この梨壺が、『退出したい』と申しましたので、私は貧しくて、仕える下人（しもびと）が一人もおりませんから、私自身が車につき添って退出させようと思って、今夜参内した次第です」とおっしゃると、春宮は、笑って、「まことにほかに例がない車副（くるまぞい）の者を使う人なのですね。梨壺は、不遇なのではなく、めったにないほどに幸運な人です。それにしても、二人の近衛大将（このえのだいしょう）が車副をするなんて、これほど申し分のない護衛は、昔も今もありそうもないでしょうね」と言って、梨壺に、「ほんとうに例がないことなのですよ。あなたは、今でなくても退出できるでしょう。また、ここにいる藤壺も退出を願っているのだから、あなたまでもと思うと困るのですが、この頃は神事（しんじ）で潔斎（けっさい）をしなければならないから、なるほど、退出を許さざるを得ないと思うので」などとおっしゃる。そうしているうちに、「夜が更けてしまう」と言って、梨壺は急いで退出なさった。

三二　梨壺、三条殿の南のおとどに退出する。

梨壺（なしつぼ）は、女三の宮が住んでいらっしゃる、三条殿の南のおとどに退出なさった。そのお祝いの膳は、三条殿の政所（まんどころ）から、とても美しく調えてお送りした。左大将（兼雅）が、梨壺に、「今回の、懐妊という夢のようなことについて、春宮は、ほんとうにご自分の子だと思ってくださっていますか。そのことを心配していました。これまでも、世間の人まで、不愉快なことを口になさるので、夜も昼も、どのようなお気持ちでいらっしゃるのでしょうか」。梨壺が、「ほんとうに自分の子だと思っていらっしゃらなければ、あのようにおっしゃるはずはありません。どのようなお気持ちでいらっしゃるのかはわかりません。『退出したい』と申しあげさせたところ、私を夜の御殿（おとど）にお召しになったので、参上いたしました」。左大将が、「ほかの妃（ひ）たちと同じ御帳台（みちょうだい）の宿直（とのい）ですか」。梨壺が、「そのとおりです」。左大将は、「そういうことなら、とてもうれしいと思います。後のことは、ともかく、今、春宮が、『自分の子だ』とだけでもおっしゃったのなら、みっともない思いをせずにすむだろう」などと話をして、この日は、そのまま、女三の宮がいらっしゃる南のおとどにお泊まりになった。

三三　翌朝、春宮から梨壺に手紙が贈られ、兼雅喜ぶ。

その翌朝、左大将（兼雅）が、薬湯をお飲ませするために、梨壺（なしつぼ）のもとにおいでになった時に、春宮から、手紙を、

「昨夜は、どういうわけか、急いで退出なさったので、特に、こちらにいたくないのだななどと思いました。とっくの昔に懐妊なさってもよかったのに、人々に恨まれる今になったとは、お気の毒なことです。退出なさったことを寂しく思っています。今夜は、

近くで暮らしていても逢（あ）わずにいた時もたくさんあったのに、どうして春の夜が明けるまで眠れないのでしょうか。

今さらこんなことを言っても、嘘（うそ）つきだと思われてしまうでしょうね。それでは、願いどおりに無事に出産なさったら、早く戻っていらしてください」

と、薄い紫の色紙に書き、梅の花につけてお贈り申しあげなさる。左大将は、近づいて来て、その手紙を見て、「このお手紙を見て、ようやく安心できました。これは、櫛（くし）の箱の底に、しっかりとしまっておおきなさい」と言って、使の者に、酒を飲ませ、被（かず）け物を与えて、心をこめてねぎらいなさる。

梨壺は、

「昨夜は、人々が、『夜が更けてしまう』と言ってお急ぎになったので、気ぜわしい思いで退出いたしました。『嘘つきだと思われるのではないか』とか。このことだけは、ほんとうのことだと思います。それはそうと、

これまで、出産のために退出して、その後に参内することを、自分には関係のないものだと思って見ながら、宮中で多くの日々を過ごしてきたことです。今はこれ以上申しあげません。くわしくは、また参内いたしましてから」とお返事申しあげなさる。

右大将（仲忠）は、檜破子（ひわりご）などを用意してお贈り申しあげなさった。上臈（じょうろう）の侍女たちなどが、それを受け取って、おいしそうだと思って食べる。左大将は、北の方（尚侍（ないしのかみ））がいらっしゃる寝殿へお帰りになった。

［絵がある。］

三四　その翌日、藤壺も退出する。

翌日、藤壺（ふじつぼ）もまた退出なさった。

『うつほ物語』四

本文校訂表

上に当該箇所の本文、下に底本の本文をあげた。ただし、上の本文は、本文庫の本文のままではなく、底本の本文に対応させた。仮名遣いも、底本にあわせた。

「蔵開・上」の巻

【一】
1みなもし―みなりし

【二】
1きよら―きよう
2とのはら―とのゝはら
3つけ―つせ
4ちゝ―ゝち
5みたり―こ［み］たち
6まかこと―まつりこと給
7人―一
8を―の
9に―ナシ

【三】
1あたひ―あひた
2を―にを
3とも―こん
4つゝ―つく

【四】
1ひとつ―ひと
2とも―と
3も―ナシ
4給はん―給し
5集（ひ）―たに
6こゝは―みし
7きやうこくとの―きやこてとの

【五】
1なか―なる
2給ゑ―給人［ゑ］

【六】
1二―こ
2たいらか―たいから
3御こ―とこ

【七】
1御つほね―御つほ
2右―左

【八】
1かん―うへ
2かん―うへ
3右―左
4は―はは
5かつき―かつけ
6を―と
7や―は
8いちしるき―いちしき
9かん―うへ
10かん―うへ
11から―かう

【九】
1かん―うへ
2はた―いた
3かん―うへ
4に―ナシ
5かたかた―かた
6とも―らん
7車―事
8ことに―ことも
9こく―こかく
10みゆか―みゆる
11こゝしき―ちゝしき
12うらふれ―うふれ

【一〇】
1みな―み
2の―ナシ
3は―に

4にーも
5らるーらるゝ
6右ー左
7かんーうへ
8らるーらるゝ
9かんーうへ

【二】
1しろかねーしろかさね
2かんーうへ
3のーのの
4にーには
5たるーたり
6御ーし
7かーは
8ましかーまし
9かんーうへ
10給つー給へ
11ひさしくーひさ
12かんーうへ
13おはしまさふーおはしさふ
14かんーうへ
15所にーそも
16右ー左
17かんーうへ

【三】
1右ー左
2しろかねーしろかさね
3にーナシ
4こてーにて
5おととー大将
6さかうーさから
7はらーはる
8からーかう
9いれしめたれーいれしためれ
10たりーたる

【三】
1御ーの
2さらーさゝ
3かんーうへ
4ありかたくーありかく
5こめーこみ
6なるーたる
7とひーすみ［とひ］
8むーよ
9えーうへ
10とくーかく
11ゆゝしくーゆかしく
12おもほすーおもほえす
13のたまはせーのみたまはせ
14いかりーいか
15かへれーうつれ
16まほしうーほしう
17もてーもの
18りうなうかうーかうのふかう
19犬宮ー大宮
20花ふれうー花ふれら
21しきものーもの
22ゝとくーゝとて
23とくーとて

【四】
1左大臣ー左大将
2ゐならひーみなゝひ
3きよらーきよう
4まいりーまいる
5宮ーナシ
6おひーうひ
7おひーおり
8さるかうーさるから
9あらーから
10まうてーまかて
11みたひーみたふ
12まてーさて
13たたにーたたは
14のかけーかせ［のかけ］
15右ー左

【五】

1ことはしめ―こと御しめ
2いつら―いつゝ
3ことは―こなん
4こと―す
5に―と
6おはし―おなし
7左―右
8る―り
9さらに―さく
10宮―文
11そち―うち
12左―右
13に―か
14む―は
15あまさ―あさま
16たゝひと―たくひと
17たらう―たうう
18も―ナシ
19ひたちの大す―ひたりのおほす
20右―左
21右のおとゝ―左おとゝに
22まいり―まい
23あされ―あさし
24給へ―あへ
25右―左
26鶴―ナシ
27おほち―おほゝち
28とひたまふに―ふたところ
29右―左
30てふ―てら
31みき―とき
32を―て
33の―ナシ
34に―ナシ
35おほみき―おほんつき
36中将―少将
37かきつくる―かきつく
38まとほ―そまと
39の―ナシ
40左―右
41すみ物―ねすみ物
42ものし―し
43人々―人こ
44さい相―大上
45うへ―う一
46あく―あつ
47くさく―くさて
48いたし―ほし
49孔雀は―ナシ
50つる―つゝな
51おはしまさふ―おはしまさん
52右―左
53たうへ―たゝへ
54女御の君―女君
55犬宮―大宮
56ひころ―ひとゝころ
57とか―とる
58に―ナシ
59かん―うへ
60こもり―とこり
61と―こ
62かけ―かつけ
63御―とそ
64みなゝから―みなくから
65を―の
66たち―日ころ
67わたし―わたり

【六】

1の―ナシ
2かん―うへ
3とく―とち
4なからひ―ならひ
5こそ―こに
6おはせ―おはしせ

7らむ―らし
8や―ナシ
9この―の
10かな―しな
11さて―まて
12右―左
13に―ナシ
14に―い
15か―ナシ
16しら―しか
17すへて―すつし
18さはかり―さはり
19ゝたり―がたり
20けに―をに
21もたり―もたる
22を―と
23こえて―うつく
24もの―もる
【七】
1まかなひ―のひ
2わたり―とり
3なからひ―ならひ
4まうけ―まう
5ひやくるり―ひやくなり
6六つ―にはろく
7るり―なり
8よつ―さへに
9か―の
10ゐ―ゝ
11なる―へ
12しるへ―しる人
13は―ナシ
14うへ―うち
15こて―くて
16おほく―おほに
17まこと―こと
18の―を
19とく―とて
20の―ね
21の―ナシ
22よくさ―よく
23そへ―すへ
24に―ナシ
25たる―たり
26つる―る
27使―を
28り―と
【八】
1君―うへ
2からきぬ―かう［ら］きぬ
3すはまもの―すはうもの
4右大将の―左大将
5こと―とり
6たり―たる
7こて―こと
8しうとく―いふそう
9つ―つゝ
10さうそか―さこそか
11こゝろみ―しろみ
12わこんの―わか
13ゝ―く
14か―ゝ
15わこん―わか
16しりつき―しりへき
17は―に
18人ひと―人とそ
19いまし―いまま
20を―と
21つたはら―はたら
22右―左
23なん―ぬなん
24みやはま―みやはさ［ま］
25し―て
26なみ―なま［み］
27右―左

28それ―きれ
29うちはやし―うらはやし
30かへれ―かくれ
31ある―あり
32ひとく―ひとて
33やをら―やをう
34宮あこ君―ナシ
35きよら―きよう
36右―左
37きよら―きよう
38きさい―さいき［キサイ歟］

【九】

1きよら―きよう
2む―ナシ
3北―左
4の―ナシ
5みそひつ―みこそひつ
6二つ―こ
7るい―ない
8きこえさせ―きこえて
9なん―んな
10ちかゝりけり―ちかゝける
11るす―す
12の―ナシ
13ころもはこ―こゝろもはこ
14を―そ
15きよら―きよう
16まほしき―まほし
17給へ―給は
18ものし給ふ―ものゝし
19たまへ―たまへり
20ひさしきよより―としきよにて
21とふらは―さふらは
22給へ―給へり
23を―と
24あかえ―あこえ
25つる―る
26なとて―なとゝて

【一〇】

1入れ―の
2こらんし―えんし
3物―は
4なんと―なにと
5つる―つ
6給つ―給へ
7きし―しき
8る―つる
9つらき―つゝき
10ひとり―ひとつ
11まもり―まいり

【一一】

1ふところ―ふころ
2衣―ゑ
3しと―とし
4たてまつれ―たてまつり給へれ
5こゝらかかる―こゝははかる
6ふさ―ふさし
7しりへ―しもへ
8をのつから―をつから
9せ―て
10へゝやけさ―くゝやけさ
11すへさ―そへさ
12かは―には
13御―ナシ
14天下―殿下
15せ給は―す給え
16の―ナシ
17そ―に
18に―ナシ
19さたに―そこに
20侍らん―侍

【一二】

1を―と
2て―ゝ
3に―ナシ

4けれ―けり
5なり―なか
6すてさせ―すたさし
7まことに―まことを
8まことや―まことの
9に―ち
10こゝち―こゝら

【三三】
1を―は
2ぬ―ん
3あら―あしから
4ありかたけれ―あなたけれ
5こと―おと
6に―ナシ
7を―と
8ほい―ほに
9つ―つる
10こもち―こもら

【三四】
1たてまつらす―たてまつり給はす
2こそ―こゝろ
3御―ナシ
4こそ―にそ
5給つ―給へ
6わたくしこと―わた［く］しこと
7右―左
8給へ―給へり
9給は―給へ
10女きみ―女御きみ
11見え―見
12つれ―れ
13ころ―心
14たまへ―たてまつ
15らは―しか
16ある―あり
17御―さ
18侍り―侍か
19なき―よき
20さはかしく―さはしく
21まゝ―そこ
22せ―ナシ
23ぬ―ね
24見―見え

【三五】
1あれ―あね
2めさましき―めさまあしき
3し―しか
4しか―しかは
5思ひ―しひ
6おとこ―おとこおとこ
7なからひ―なから
8なる―なか

【三七】
1は―に
2ひわりこ―はわたり
3しき物―物
4きよら―きよう
5みな〱―みなん
6はん―いへ
7ひと―人
8なれ―あれ
9すはま―すにま
10いかゝ―いとゝ
11たまは―たは
12みかさ―みか
13つる―る
14ゝり―こり
15みゝと―みこと

【三八】
1に―ナシ
2大宮―宮
3か―は
4たまひ―たまへ
5うみ―み
6なれ―なり

7三条—四条
8を—と
9そ—う
10大宮—大官
11たまふる—たまへる
12文—また
13まうて—また［う］て
14たり—り
15六日—いへ
16御かた—御かた〳〵

【二九】
1たる—さる
2かは—ナシ
3給は—給け
4なからひ—ならひ
5しはし—ははし
6を—の
7一たひ—一とひ
8は—い

【三〇】
1いぬ—はぬ
2あり—なり
3けしき—けし
4こと—と
5ちゝ—はゝ

【三一】
1しし—し
2藤—権
3て—ナシ
4やまとあや—まことあや
5みそはこ—みはこ

【三二】
1なと—なとありなと
2君—ナシ
3左—右
4はかり—はかりの
5方々—方
6かたしけなき—かたきなき
7左—右
8に—より

【三三】
1に—ナシ
2はうかね—はこかね
3さ—ナシ
4おほこへ—おほうへ

【三四】
1して—とも
2ふたふ—ふたら
3るいたい—るいさい
4者—物の
5りほう—りさう
6ぬ—め
7と—ナシ
8なく—なは
9ちち—せち
10いへのき—いつ［へ歟］のこ
11の—は
12せ—ナシ
13はゝかわかとも—はひはわこん
14よをさり—えりとり
15と—を
16し—こ
17とく—とて
18たまへ—たまふへ
19わつか—はつか
20の—のの
21いて—はて
22と—ナシ
23は—い
24いたはる—いたる
25みち—みし

【三五】
1なる—る
2うけ給はる—うけ給ふる
3おほかる—おほかり

4と—ナシ
5いて—て
6の—を
7か—ナシ
8に—ナシ
9は—え
10たちさり—たちまさり
11しか—しに
12こゝ—こ
13せ—を
14とう宮—と宮
15いと—こと
16まうのほらせ—まうしてのほらは
17さら—さし
18人—へ
19そ—て
20のたまへ—たまへ

【三六】

1その—の
2よひとよ—よひとひ
3なんなく—なく
4なか—なり

「蔵開・中」の巻

【一】

1からしきし—からにしき
2よう—えふ7
3したゝめ—しそゝめ
4としかけ—をしかけ
5てつから—てつかう
6点し—天三
7にて—にそ
8也—や

【二】

1つかうまつり—つかうまいり
2ひたゝれ—たゝれ
3にも—もに
4おきくちのみそはこ—をきくちは
かりそはこ
5ゆするつき—ゆすたつき
6なにとも—なよけも

【三】

1させ—せさせ
2五の宮の—五言に
3しひ—くし
4かうい—かう
5あちきなう—あきなう
6うゐ—こゐ
7ふたつ—ろまへ

【四】

1つとめて—へとそて
2なん—ならん
3なになり—なり［に］け［な］り
4あをき—あを・［き歟］
5ささけ—さけ
6こほり—しほり［こほり］

【五】

1五宮—五言［宮歟］
2おほん—おほ
3いろ—いち
4このむ—のむ
5そしれ—しれ
6みこ—こ
7の—ナシ
8の—つ
9おり—おも

【六】

1の—ナシ
2とも—とて
3なく—ナシ
4侍ら—侍つら
5まかて—さかて
6つれ—れ
7そて—へ［そ］て
8の—は

9いぬ—ナシ

【七】

1うゑ—こゑ

2さう—さら

3なからふ—なからむ

4こへ—うへ

5てて—てして

【八】

1おい—とへ

2か—ナシ

3さかし—よし

【九】

1さらて—さかく

2の—め

【一〇】

1わする—ある

【一一】

1こそ—こゝそ

2給へ—給つ

【一二】

1右大弁—右中弁

2中将—中納言

3の—ナシ

4ことゝ—ひとゝ

5すら—すゝ

6つるはき—つるはきき

7たまひ—たまは

8けに—そん

9はうそく—かしそく

10に—よ

11なる—なり

12しゆたい—しふたい

13おもの—ゐもの

14さらつき—さうつき

15に—ナシ

16くたもの—もの

17の—ナシ

18ゝ—こ

【一三】

1へし—いし

2つけ—つせ

3もり—もも

【一四】

1なと—なみ

2らうかはしう—からかはしう

【一五】

1の—に［の］

【一六】

1そらこと人—そらとく

2そらめき—そらめみ

3て—たて

4めせ—せめ

【一七】

1もの—もれ

2まうのほり—・［さう］のほり

3いとゝ—いとく

【一八】

1ひとうた—ひとかた

2うち—たち

3つめ—とり

4さふらふ—さふらぬ

5そゑに—そらに

6よま—よさ

【一九】

1ひらき—ひゝき

2は—一

3みせ—は

4れん華の—れん・［華歟］

5こと—ナシ

【二〇】

1よませ—ませ

2月ころ—月こゝろ

3いて—ちらし

4ましり—さしり

5める—ある

6いさ—いて
7と—は
8に—わ
9いかやうなる—やうなる
10よき—はき
11こそ—とそ

【二一】
1めのと—のと
2つゝ—つ

【二二】
1り—る

【二三】
1つらく—つく
2は—に
3まれ—さ［本］れは［さ歟］れ
4なむ—なり
5さわか—わか
6さくめ—あくめ
7は—へ
8心うけれ—心うせれ

【二四】
1たに—たき
2かみ—たに
3に—ナシ
4と—よ
5かくし—し
6に—ナシ

【二五】
1みゆかたひら—みゆかたゝ
2たちゐ—たえゐ
3なり—也や

【二六】
1みかと—見ると
2る—り
3こそ—そ
4かうか—かむか
5にくま—にくは
6上—た
7給へ—給は
8みきのおとと—宮の大臣
9しか—か
10領す—両やうす
11しちらい—しらゝい

【二七】
1わつらひ—わ［ツ］らひ
2なく—なかく
3まいり—よはり

【二八】
1たれ—給へ
2は—か
3みや—はや
4そゐに—うへに

【二九】
1へち—つち
2なんとも—なり［る］らん
3は—い
4おもふ—おもひ

【三〇】
1きよら—きよう
2や—ゝ
3御らんぜ—御らん
4とも—み
5給はり—給ひ
6いへ—いつ
7も—ナシ
8と—を
9なむ—らむ
10いは—いか
11ひとひ—ひとは
12候ひ—け
13さはかり—さかり
14させ—ナシ
15の—その

【三一】
1ぬ—す

2こと—と
3か—ナシ
4いはむや—はんや
5この—の
6と—ナシ
7すて人—すとく
8なり—なく
9うらみ—うらめ［み］
10給へつる—給へる

【三二】
1のたち—たちの
2うこん—たんこ
3は—り
4二つ—に
5り—る
6めしうと—めしこと
7たり—侍り
8よそ—ころ
9たる—たり
10と—ナシ
11たる—たり
12と—は
13おとゝ—おとこ
14給へ—給ふ
15おもへ—おもふ

【三三】
1さて—あて
2給へ—給は
3やみをは—みやをい
4ひとりこ—みとりこ
5しきし—しき
6とて—とく
7き—さ

【三四】
1みそひ—みうき
2おはする—おやにする
3なに—るに
4さため—さゝめ

【三五】
1はへ—はつ
2むこ—こ
3いかなる—いかなる人
4つはひらか—へ［つ歟］はひらか
5のたまへ—のたまふ
6まめに—よめる
7みこ—こ
8は—に
9あしき—あとしき
10そこ—こそ
11二の宮—この宮
12けしき—けし
13みかた—みるた
14きよら—きよう

【三六】
1まうと—まこと
2しうと—しう
3さり—り

【三七】
1そ—に
2て—と
3さうくわん—さうから
4四人—四人を

「蔵開・下」の巻

【一】
1かく—かう
2右—左
3つと—いと
4を—の
5まかり—まいり
6むくい—むくは
7にくゝ—にくら
8ひとよ—ひとに
9まから—まかゝ
10かくし—返し

11侍り―待
12おほせらる―おほせらるゝ
13弾正の宮―大将の宮
14いとおしかり―いとおかしかり
15とも―ととも
16なとか―なと
17さ―ナシ
18も―こと
19いひ―ひ
20たり―たりし
21あこき―こき
22御やうに―さやうこ
23子―ナシ
24給ふ―の
25いらへ―いらて
26すなはち―するうち
27こわらは―てわらは
28やらひ―やくひ
29はや―やは
30少将―中将
31侍り―侍へり
32侍り―給へり
33給へ―給へりき大将としかへりて
花のさかりにいさ給へ
34らう中将―らうの中将
35つくら―つくらはる

【二】
1の―ナシ
2うち―うちうち
3うち―より
4うけ給はり―まけ給
5きそひ―きすい
6たる―たり
7つ―つゝ
8おし―をき
9おほみき―おほきみ
10しはし―しるし
11らうざ―らうに
12ふたつ―にたつ
13とさゝけ―とさゝけたり
14かめふたつに―すふたつふたつ
15の―ナシ
16みつ―み
17あさへ―あさゝ

【三】
1にはか―るはか
2みす―すみ
3しうとく―しうとゝ
4ものはぢもせず―ものはちときす
5北のかた―北のかたに
6に―こ
7の―ナシ
8と―ナシ
9てゝきみ―てゝにき
10を―と
11さしいれたまふ―さしうねたまひ
12いつら―いつし［ら］
13の―ナシ
14ひとく―ひとへ
15え―ナシ
16こゝ―み
17あり―なり
18に―は
19て―と
20と―一字判読不能
21か―かく
22まかり―まり

【四】
1の―ナシ
2みおとと―みをとそ
3たてまつれ―たてらるれ
4わいても―いても
5あら―あしく
6おむろ―おむこ
7さら―るら

8すゝしら—すくしち
9す—ナシ
10にこそ—よそ
11さかしら—さかし
12源—原
13は—い
14はしたなき—はしたるき
15つれ—れ
16にいさゝか—さりさくか
17こて—えて
18こて—とて
19なと—なれ
20みせ—みを
21の—ナシ
22桂—ナシ
23の—ナシ
24すりも—すりとも
25よところ—よとこゝろ
26つく〳〵—ひく〳〵
27とて—ナシ
28御—つ
29に—ナシ
30ひとへ—ひとつ

【五】

1たかつき—たりつき
2ふちつほ—ふちつほの
3給へ—るへ
4ちこ—ちに
5に—ナシ

【六】

1より—よりも
2にて—ゝて
3はらか—いらか
4そ—す
5はと—いと
6かつを—かつをゝ
7の—つ
8あはひ—あそひ
9わた—はら
10は—ナシ
11そふる—かふる
12まて—ゐて
13たふ—くふ
14こて—とて
15に—ナシ
16人—く
17し—か
18大殿の—大将
19いとおしかり—おしかり
20おはします—おはしまし
21あな—あれ
22そ—に
23をとゝ—をと
24に—は
25と—はと

【七】

1一そく—一すく
2こ一条殿—三条殿

【八】

1すゝをり—すくをり
2みくし—なくし
3しもつかへ—しひもつかへ
4つる—くる
5し—の
6と—ナシ

【九】

1ほそなか—ほうなか
2ゐんのうへ—身のうへ
3の—ナシ

【一〇】

1少将—ナシ
2ひとひしるし—ひとくし
3給へ—給は
4は—え
5に—ナシ

6ものし—もし
7さ—見
8と—ナシ
9同しやう—同やく
10は—かは
11く—人
12さらに—さかに
13そ—す
14右近—左近
15まかり—御かり
16つゝ—心〳〵

【二】

1に—人
2せ—を

【三】

1の—ナシ
2たうまり—たうきり
3廿—廿人
4みな—御みな
5ゐて—ゐ
6みたれ—みたゝき
7らる—らるゝ
8もち—もり
9おほな〳〵—おきな〳〵
10のたまふ—のた給
11はらから—はしから
12はかり—しかり
13そこ—こ

【三】

1まかて—さかて
2はへる—はつる
3給はり—給はりて
4おほし—ほし
5人〳〵—人〳〵に
6はつかし—はつ
7いと—にと
8右—左
9しか—しは
10の給ふ—のた給

【四】

1右—左
2少将—中将
3右—左
4し—しし
5す—ナシ

【五】

1は—す
2と—こと
3ちひさき—ちいちき
4とうし—ほうし
5さて—きて
6に—ナシ
7と—ナシ
8おほひ—おほし
9は—を
10の給はすれ—の給ふはすれ
11むま—むさ
12もと—とも
13とも—ともに
14よけ—よせ

【六】

1左—右
2にしき—きにし
3しき—しきゝ
4も—にし
5御物—る物
6なけいたし—なけいたり
7給けん—給より
8かくは—かしくは
9しら—さら
10よね—き
11き—ま
12され—やけ
13の—ナシ
14なかひつ—かひつ

15きこえ—きえ
16し—ナシ
17さかしく—さりしく
18か—り
19百—一日
20たら—たゝ
21きせ—ませ
22そらせうそく—そらせそかく
23たり—たたり

【七】

1こたみ—二たみ
2なむ—ななむ
3こたひ—二たひ
4ものし—もとのし
5はへら—はへる
6せはけれ—さはけれ
7むすめ—め
8そ—み
9はへら—はへう
10しれ—しら
11るる—る
12おもへ—おもひ
13みしかかる—みしかる
14給へ—給へり
15たゝ—こゝ
16そ—所
17は—し
18に—き
19は—か
20給へ—給つ
21おはする—おかする
22み—に
23の—と
24と—ナシ
25み—い
26宮あこ—宮のあと
27弾正—大上
28らる—られ
29わか宮—わか君や
30あり—あひ

【八】

1右大臣—右大将
2わたり—あたり
3はなれ—いなれ
4をとこ—をとも
5の—そ
6よね—すみよね
7荷—石
8と—に
9一の宮—との宮
10たまう—まう

【九】

1の—ナシ
2おかみ—おり［か］み
3右—左
4御みき—御みきに
5こと—みと［ことイ］
6給ひ—給は
7と—も
8の—ナシ
9三宮—一宮
10そちの—そちのそちの
11無品—五品
12いろ—とか

【一〇】

1にて—かと
2たてまつり—たりまつり
3は—え
4さやう—んやう
5し—ナシ
6は—のは
7ことと—ことし
8も—を
9申しか—申か
10とも—をと

11と―ナシ
【二】
1の―ナシ
2左―右
3まけ―すけ
4いてくる―いてつる
5の―ナシ
6のせ―の
7の―ナシ
8の―ナシ
9と―も
10の―ナシ
11とを―とに
12とを―とま
13おもひ―おもへ
14おひ―おもひ
15より―り
16なせ―なす
17ひめ松―ひの松
18かん―うへ
19をとこ宮―おと丶宮
20みやあこ―みや〳〵あこ
【三】
1おはし―おかし
2さうそき―さうかき

3おろし―おろかし
4いて―て
5こそみせ給ひしかいたきしかは―ナシ［こそみせ給ひしかいたきしかはイ］
6かり―かりけり
【三】
1かん―うへ
2の―ナシ
3かん―うへ
4宮―宮の
5り―ナシ
6かん―うへ
7いぬ宮―ぬ宮
8かへり―かへ
9笑ひ―ナシ
【四】
1おほせらるれ―おほせられ
2の―ナシ
3ははかり―はかり
【五】
1なかのきみ―なかきみ
2物し―物の
3侍る―件
4の給へ―のた給へ

5は―ナシ
6つし―つき
7さて―さへ
8二かい―二か
9おほひ―おほ
10つし―へし
11ぬの―ぬ丶の
12の―ナシ
13たら―たう
14の給ふ―の給へ
15かね―よね
16め―ん
17わか人―我人
18おもほし―おもはし
19かたらひ―かたよひ
【六】
1の―のかた
2ひと―こと
3むす―す
4みくち―みくら
5すくす―す
【七】
1の―ナシ
2こ―この
3まかり―まもり

4ぬ—ナシ
5こ—こゝ
6か—ナシ
7またなき—まきなき
8に—ナシ
9こゝは—こうはい

【三八】
1すゝろ—すくろ
2しも—しろ
3給しか—給し給か
4の—ナシ
5の—ナシ
6たてまつり—たてたてまつり
7なんと—なよて
8少将—中将
9かこやか—かこや
10たゝ—たゝの
11し—ナシ

【三九】
1いさ—さい
2す—ひ
3たけ—たい
4を—に
5誰か—誰を
6いにしへ（古へ）の—ふるもの
7侍らむ—侍
8よかり—よか
9すき—す

【四〇】
1おろし—おそろし
2なと—なき
3を—の
4おはす—おはする
5その—すの

【四一】
1と—の
2ん—人
3右—左
4ふてう—てう
5の—ナシ
6さす—ます
7こそ—そ
8かくて—信つゝ
9は—ナシ
10の給ふ—のた給

【四二】
1の—ナシ
2の—ナシ
3しろしめさす—しろしめしに
4の給は—のた給は

【四三】
1ゆ—内
2ことにここに—ことに〳〵
3こ—と
4あり—ある

【四四】
1まかて—まて

新版
うつほ物語 四
現代語訳付き
室城秀之＝訳注

令和５年 ９月25日　初版発行

発行者●山下直久

発行●株式会社KADOKAWA
〒102-8177　東京都千代田区富士見2-13-3
電話　0570-002-301（ナビダイヤル）

角川文庫 23830

印刷所●株式会社暁印刷
製本所●本間製本株式会社

表紙画●和田三造

●お問い合わせ
https://www.kadokawa.co.jp/（「お問い合わせ」へお進みください）
※内容によっては、お答えできない場合があります。
※サポートは日本国内のみとさせていただきます。
※Japanese text only

ISBN 978-4-04-400027-1　C0193

◇◇◇

角川文庫発刊に際して

角川源義

第二次世界大戦の敗北は、軍事力の敗北であった以上に、私たちの若い文化力の敗退であった。私たちの文化が戦争に対して如何に無力であり、単なるあだ花に過ぎなかったかを、私たちは身を以て体験し痛感した。西洋近代文化の摂取にとって、明治以後八十年の歳月は決して短かすぎたとは言えない。にもかかわらず、近代文化の伝統を確立し、自由な批判と柔軟な良識に富む文化層として自らを形成することに私たちは失敗して来た。そしてこれは、各層への文化の普及滲透を任務とする出版人の責任でもあった。

一九四五年以来、私たちは再び振出しに戻り、第一歩から踏み出すことを余儀なくされた。これは大きな不幸ではあるが、反面、これまでの混沌・未熟・歪曲の中にあった我が国の文化に秩序と確たる基礎を齎らすためには絶好の機会でもある。角川書店は、このような祖国の文化的危機にあたり、微力をも顧みず再建の礎石たるべき抱負と決意とをもって出発したが、ここに創立以来の念願を果すべく角川文庫を発刊する。これまで刊行されたあらゆる全集叢書文庫類の長所と短所とを検討し、古今東西の不朽の典籍を、良心的編集のもとに、廉価に、そして書架にふさわしい美本として、多くのひとびとに提供しようとする。しかし私たちは徒らに百科全書的な知識のジレッタントを作ることを目的とせず、あくまで祖国の文化に秩序と再建への道を示し、この文庫を角川書店の栄ある事業として、今後永久に継続発展せしめ、学芸と教養との殿堂として大成せんことを期したい。多くの読書子の愛情ある忠言と支持とによって、この希望と抱負とを完遂せしめられんことを願う。

一九四九年五月三日

角川ソフィア文庫ベストセラー

新版 うつほ物語 一
現代語訳付き
訳注／室城秀之

『源氏物語』にも影響を与えたといわれる日本文学史上最古の長編物語。原文、注釈、現代語訳、各巻の梗概、系図などの資料を掲載。第一冊となる本書には、「俊蔭」「藤原の君」「忠こそ」「春日詣」をおさめる。

新版 うつほ物語 二
現代語訳付き
訳注／室城秀之

紫式部や清少納言にも影響を与えた日本文学史上最古の長編物語。原文、註釈、現代語訳、各巻の梗概、系図などを収録。第二冊目となる本書には「嵯峨の院」「祭の使」「吹上・上」「吹上・下」を収載。

新版 落窪物語（上、下）
現代語訳付き
訳注／室城秀之

『源氏物語』に先立つ、笑いの要素が多い、継子いじめの長編物語。母の死後、継母にこき使われていた女君。その女君に深い愛情を抱くようになった少将道頼は、継母のもとから女君を救出し復讐を誓う――。

新版 古事記
現代語訳付き
訳注／中村啓信

天地創成から推古天皇につながる天皇家の系譜と王権の由来書。厳密な史料研究成果に拠る読み下し文、平易な現代語訳、漢字本文（原文）、便利な全歌謡各句索引と主要語句索引を完備した決定版！

風土記（上）
現代語訳付き
監修・訳注／中村啓信

風土記は、八世紀、元明天皇の詔により諸国の産物、伝説、地名の由来などを撰進させた地誌。現存する資料を網羅し新たに全訳注。漢文体の本文も掲載する。上巻には、常陸国、出雲国、播磨国風土記を収録。

角川ソフィア文庫ベストセラー

風土記（下）
現代語訳付き

監修・訳注／中村啓信

報告書という性格から、編纂当時の生きた伝承・社会・風俗を知ることができる貴重な資料。下巻には、現存する五か国の中で、豊後国、肥前国と後世の諸文献から集められた各国の逸文をまとめて収録。

新版 万葉集（一～四）
現代語訳付き

訳注／伊藤　博

古の人々は、どんな恋に身を焦がし、誰の死を悼み、そしてどんな植物や動物、自然現象に心を奪われたのか――。全四五〇〇余首を鑑賞に適した歌群ごとに分類。天皇から庶民にいたる万葉人の想いが今に蘇る！

新版 竹取物語
現代語訳付き

訳注／室伏信助

竹の中から生まれて翁に育てられた少女が、五人の求婚者を退けて月の世界へ帰っていく伝奇小説。かぐや姫のお話として親しまれる日本最古の物語。第一人者による最新の研究の成果。豊富な資料・索引付き。

新版 古今和歌集
現代語訳付き

訳注／高田祐彦

日本人の美意識を決定づけ、『源氏物語』などの文学や美術工芸ほか、日本文化全体に大きな影響を与えた最初の勅撰集。四季の歌、恋の歌を中心に一一〇〇首を整然と配列した構成は、後の世の規範となっている。

新版 伊勢物語
現代語訳付き

訳注／石田穣二

在原業平がモデルとされる男の一代記を、歌を挟みながら一二五段に記した短編風連作。『源氏物語』にもその名が見え、能や浄瑠璃など後世にも影響を与えた。詳細な語注・補注と読みやすい現代語訳の決定版。

角川ソフィア文庫ベストセラー

源氏物語（全十巻）
現代語訳付き
紫式部
訳注／玉上琢彌

一一世紀初頭に世界文学史上の奇跡として生まれ、後世の文化全般に大きな影響を与えた一大長編。寵愛の皇子でありながら、臣下となった光源氏の栄光と苦悩の晩年、その子・薫の世代の物語に分けられる。

和漢朗詠集
現代語訳付き
訳注／三木雅博

平安時代中期の才人、藤原公任が編んだ、漢詩句588と和歌216首を融合させたユニークな詞華集。全作品に最新の研究成果に基づいた現代語訳・注釈・解説を付載。文学作品としての読みも示した決定版。

更級日記
現代語訳付き
菅原孝標女
訳注／原岡文子

作者一三歳から四〇年に及ぶ平安時代の日記。東国から京へ上り、恋焦がれていた物語を読みふけった少女時代、晩い結婚、夫との死別、その後の侘しい生活。ついに憧れを手にすることのなかった一生の回想録。

大鏡
校注／佐藤謙三

一九〇歳と一八〇歳の老翁二人が、藤原道長の栄華にいたる天皇一四代の一七六年間を、若侍相手に問答体形式で叙述・評論した平安後期の歴史物語。人名・地名・語句索引のほか、帝王・源氏、藤原氏略系図付き。

今昔物語集 本朝仏法部（上）（下）
校注／佐藤謙三

一二世紀ごろの成立といわれるインド・中国・日本の三国の説話を収めた日本最大の説話文学集。名僧伝、諸大寺の縁起、現世利益をもたらす観音霊験譚、啓蒙的な因果応報譚など、多彩な仏教説話二三一話を収録。

角川ソフィア文庫ベストセラー

新版 発心集（上） 現代語訳付き

鴨 長明
訳注／浅見和彦・伊東玉美

鴨長明の思想が色濃くにじみ出た仏教説話集。欲心、妬心など、変わりやすい「心」の諸相を凝視し、自身の執着心とどう戦い、どう鎮めるかを突きつめていく。唯一の文庫完全版。上巻は巻一～五の62話を収録。

新版 発心集（下） 現代語訳付き

鴨 長明
訳注／浅見和彦・伊東玉美

鴨長明が心の安定のために求めた数奇の境地は、『方丈記』の無常の世界観とともに、現代人の生き方にも大きな示唆を与えてくれる。下巻は巻六～八の40話、新たな訳と詳細な注のほか、解説・年表・索引を付載。

宇治拾遺物語

校注／中島悦次

全一九七話からなる、鎌倉時代の説話集。仏教説話・世俗説話・民間伝承に大別され、類纂的な今昔物語と共通の説話も多いが、より自由な連想で集められている。底本は宮内庁書陵部蔵写本。重要語句索引付き。

保元物語 現代語訳付き

訳注／日下 力

鳥羽法皇の崩御をきっかけに起こった崇徳院と後白河天皇との皇位継承争い、藤原忠通・頼長の摂関家の対立、源氏・平家の権力争いを描く。原典本文、現代語訳、脚注、校訂注を収載した保元物語の決定版！

平治物語 現代語訳付き

訳注／日下 力

保元の乱で勝利した後白河上皇のもと、藤原信頼と信西とが権勢を争う中、信頼側の源義朝が挙兵して上皇と天皇を幽閉。急報を受けた平清盛は――。源平抗争の本格化を、源氏の悲話をまじえて語る軍記物語。

角川ソフィア文庫ベストセラー

平家物語（上、下）
校注／佐藤謙三

平清盛を中心とする平家一門の興亡に焦点を当て、源平の勇壮な合戦譚の中に盛者必衰の理を語る軍記物語。音楽性豊かな名文は、琵琶法師の語りのテキストとされ、後の謡曲や文学、芸能に大きな影響を与えた。

新版 百人一首
訳注／島津忠夫

藤原定家が選んだ、日本人に最も親しまれている和歌集「百人一首」。最古の歌仙絵と、現代語訳・語注・鑑賞・出典・参考・作者伝・全体の詳細な解説などで構成した、伝素庵筆古刊本による最良のテキスト。

堤中納言物語
現代語訳付き

訳注／山岸徳平

「花桜折る少将」ほか一〇編からなる世界最古の短編小説集。同時代の宮廷女流文学には見られない特異な人間像を、尖鋭な笑いと皮肉をまじえて描く。各編初めに、あらすじ・作者・年代・成立事情・題名を解説。

新版 徒然草
現代語訳付き

兼好法師
訳注／小川剛生

無常観のなかに中世の現実を見据えた視点をもつ兼好の名随筆集。歴史、文学の双方の領域にわたる該博な知識をそなえた訳者が、本文、注釈、現代語訳のすべてを再検証。これからの新たな規準となる決定版。

風姿花伝・三道
現代語訳付き

世阿弥
訳注／竹本幹夫

能の大成者・世阿弥が子のために書いた能楽論を、原文と脚注、現代語訳と評釈で読み解く。実践的な内容のみならず、幽玄の本質に迫る芸術論としての価値が高く、人生論としても秀逸。能作の書『三道』を併載。